HEYNE <

Das Buch

Am Weihnachtstag trifft ein Tsunami den Heimatort Ahalyas und Sitas. Die Schwestern verlieren innerhalb eines fürchterlichen Tages ihre gesamte Familie – und ihre Freiheit: Denn bei dem Versuch, sich allein in ihr Internat durchzuschlagen, werden die Mädchen von Frauenhändlern gefangen. Sie kommen in ein Bordell in Mumbai, wo sie ein schreckliches Schicksal erwartet.

Gleichzeitig gelangt auch der ehrgeizige Anwalt Thomas Clarke in Washington an den Tiefpunkt seines Lebens: Seine Frau verlässt ihn nach einer familiären Tragödie, und sein Chef zieht ihn von einem wichtigen Fall ab und schickt ihn in Zwangsurlaub. Frustriert geht Thomas nach Mumbai, um dort bei einer NGO zu arbeiten. Dabei stößt er schon bald auf den Fall der entführten Schwestern und setzt alles daran, sie zu befreien. Doch die Bordellbesitzer pflegen beste Kontakte zu Justiz und Polizei, sie sind international vernetzt. Und dann ist Sita plötzlich wie vom Erdboden verschluckt.

»Eine überwältigende Geschichte über die Kraft der Überzeugung, die Bedeutung der Familie und die Macht der Gefühle.« *Publishers Weekly*

Der Autor

Corban Addison studierte an der University of Virginia Jura und arbeitete sieben Jahre lang als Prozessanwalt. In verschiedenen Initiativen setzt er sich für die Menschenrechte ein. Besonders das Thema moderne Sklaverei treibt ihn seit Langem um. Für seinen Debütroman *Du bist in meiner Hand* recherchierte er vor Ort in Mumbai: Er sprach mit Experten und Aktivisten und traf undercover auch Opfer in Bordellen. Corban Addison lebt mit seiner Frau und den gemeinsamen zwei Kindern in Charlottesville, Virginia.

CORBAN ADDISON

DU BIST IN MEINER HAND

ROMAN

Aus dem Amerikanischen
von Birgit Moosmüller

WILHELM HEYNE VERLAG
MÜNCHEN

Die Originalausgabe erschien unter dem Titel A WALK ACROSS THE SUN bei Silver Oak, an Imprint of Sterling Publishing Co. Inc. (New York) and Quercus Publishing (London)

Redaktion: Claudia Alt
Umschlaggestaltung: Eisele Grafik-Design, München
Umschlagabbildungen: © photosindia/GettyImages; © Blend Images/John Lund/GettyImages
Satz: C. Schaber, Datentechnik, Wels
Druck und Bindung: GGP Media GmbH, Pößneck
Printed in Germany

ISBN 978-3-453-43751-7
www.heyne-verlag.de

Für die zahllosen Seelen,
die in der Zwangsprostitution gefangen gehalten werden.

Und für die heldenmütigen Männer und Frauen,
die sich weltweit für ihre Befreiung einsetzen.

*Denn die dunklen Winkel des Landes
sind voll von Frevel.*

PSALM 74,20

*Wenn kein Frieden herrscht,
dann, weil wir vergessen haben,
dass wir zusammengehören.*

MUTTER TERESA

Erster Teil

I

Kinder spielen am Meeresstrand der Welten.
Rabindranath Tagore

Tamil Nadu – Indien

An dem Morgen, als ihre Welt zerbrach, lag das Meer ganz ruhig da. Sie waren Schwestern – Ahalya war siebzehn, Sita zwei Jahre jünger. Wie schon ihre Mutter waren sie Kinder des Meeres. Als ihr Vater, ein Software-Manager, mit der Familie aus den Ebenen von Delhi nach Chennai an der Koromandelküste umgezogen war, hatten Ahalya und Sita es wie eine Heimkehr empfunden. Sie betrachteten das Meer als ihren Freund und Gefährten, nie hätten sie geglaubt, dass es sich gegen sie wenden könnte. Aber sie waren jung und wussten noch wenig von Leid und Schmerz.

Ahalya spürte es, als im Morgengrauen die Erde bebte. Sie warf einen Blick zu Sita, die neben ihr schlief, und wunderte sich, dass ihre Schwester nicht aufwachte. Die Erschütterungen waren heftig, hörten aber schnell wieder auf, und Ahalya fragte sich anschließend, ob sie das Beben nur geträumt hatte. Im Erdgeschoss rührte sich niemand. Es war der zweite Weihnachtsfeiertag, ein Sonntag, und ganz Indien schlief.

Ahalya kuschelte sich wieder in ihre Decke und atmete den süßen Sandelholzduft ein, den das Haar ihrer Schwester verströmte. Ihre Gedanken wanderten zu dem pfauenblauen Salwar Kameez, einem Geschenk ihres Vaters für den bevorstehenden Konzertabend am Konservatorium von Mylapore. In diesen Wochen um den Jahreswechsel war die Madras-Musiksaison in vollem Gange. Ihr Vater hatte ihnen Karten für ein Geigenkonzert besorgt, das an diesem Abend um acht Uhr stattfinden sollte. Ahalya und Sita lernten beide Geige.

Allmählich erwachte der Haushalt. Um Viertel nach sieben holte Jaya, die langjährige Haushälterin der Familie, ein kleines Gefäß voll Kalkstaub aus der Kommode am Fußende ihres Bettes und trat damit vor die Haustür. Sie fegte den Eingangsbereich zunächst mit einem steifen Besen, streute anschließend weiße Kalkpunkte auf den Boden und verband diese dann mit eleganten Linien zur Sternform einer Jasminblüte. Als sie mit ihrem Werk zufrieden war, legte sie die Handflächen zum Gebet aneinander und bat Lakshmi, die hinduistische Glücksgöttin, um einen guten Tag. Nachdem sie auf diese Weise das Kolam-Ritual vollzogen hatte, ging sie in die Küche, um das Frühstück vorzubereiten.

Ahalya erwachte erst wieder, als schon helles Sonnenlicht durch die Vorhänge fiel. Sita, die immer früh aufstand, war schon fast fertig angezogen. Ihr tiefschwarzes Haar glänzte, noch feucht von der Dusche. Ahalya sah zu, wie ihre Schwester sich vor dem Spiegel schminkte, und lächelte. Sita war zart gebaut und hatte die feinen Gesichtszüge und großen, ausdrucksvollen Augen ihrer Mutter Ambini geerbt. Für ihr Alter wirkte sie recht schmal, erst die Pubertät würde ihr weiblichere Formen verleihen. Sita selbst war über ihr mädchenhaftes Aussehen weniger glücklich, auch wenn Ahalya und Ambini ihr immer wieder versicherten, dass sich die von ihr herbeigesehnten Veränderungen mit der Zeit ganz von selbst einstellen würden.

Um Sitas Vorsprung wieder wettzumachen und nicht zu spät zum Frühstück zu kommen, schlüpfte Ahalya eilig in einen gelben Churidar, einen Hosenanzug, und schlang sich einen farblich passenden Schal um den Hals.

»Fertig, meine Liebe?«, wandte sich Ahalya auf Englisch an Sita. Im Haushalt der Familie Ghai galt die Regel, dass die Mädchen nur dann Hindi oder Tamil sprechen durften, wenn ein Erwachsener sie in der jeweiligen Sprache anredete. Wie alle Inder der gehobenen Mittelschicht träumten ihre Eltern davon, sie zum Studium nach England zu schicken, am besten nach Oxford oder Cambridge. An dem von Klosterschwestern geführten Internat, das die Mädchen besuchten, wurden neben Englisch auch die Landessprache Hindi und Tamil – die alte, regionale Sprache der Einwohner von Tamil Nadu – unterrichtet, aber die Klosterschwestern bevorzugten Englisch, und die Mädchen widersetzten sich nicht.

»Ja«, seufzte Sita und warf dabei einen unzufriedenen Blick in den Spiegel, »ich schätze schon.«

»Ach, Sita«, schalt Ahalya sie, »mit gerunzelter Stirn wirst du Vikram Pillai aber nicht gefallen.«

Ahalyas Bemerkung zeitigte die gewünschte Wirkung: Beim Gedanken an die abendlichen Pläne der Familie hellte sich Sitas Miene sichtlich auf. Vikram Pillai war ihr Lieblingsgeiger.

»Glaubst du, wir werden Gelegenheit haben, mit ihm zu sprechen?«, fragte Sita. »Die Schlange nach dem Konzert ist immer so lang.«

»Frag *Baba*«, gab ihr Ahalya zur Antwort. Sie musste an die Überraschung denken, die sie und ihr Vater für Sita geplant hatten – und die sie bis dahin erfolgreich vor ihr geheim gehalten hatten. »Bei seinen Beziehungen kann man nie wissen.«

»Ich frage ihn beim Frühstück.« Mit diesen Worten stürmte Sita zur Tür hinaus und die Treppe hinunter.

Ahalya lachte leise vor sich hin und folgte ihrer Schwester ins Wohnzimmer. Zusammen vollzogen die Mädchen dort die Puja, das Morgengebet, vor den Familiengöttern Ganesha – dem Elefantengott des Glückes – und Rama – der Inkarnation von Vishnu –, die beide auf einem Altar in einer Ecke des Raumes standen. Wie die meisten Angehörigen der Kaufmannskaste waren die Ghais eher weltlich orientiert und besuchten einen Tempel oder Schrein nur bei den seltenen Gelegenheiten, wenn sie die Götter um einen besonderen Segen baten. Kam jedoch die Großmutter der Mädchen zu Besuch, wurden jedes Mal die Räucherstäbchen angezündet und alle Vorkehrungen für die Puja getroffen, und sämtliche Familienmitglieder nahmen an dem Ritual teil.

Als die Schwestern schließlich das Esszimmer betraten, waren dort bereits ihr Vater Naresh, ihre Mutter und ihre Großmutter zum Frühstück versammelt. Ehe Ahalya und Sita sich setzten, berührten sie in einer traditionellen Respektsbezeigung die Füße ihres Vaters. Naresh lächelte und gab beiden ein Küsschen auf die Wange.

»Guten Morgen, *Baba*.«

»Guten Morgen, meine Schönen.«

»*Baba*, kennst du jemanden, der Vikram Pillai kennt?«, fragte Sita.

Naresh sah für einen Moment Ahalya an, ehe er Sita augenzwinkernd zur Antwort gab: »Nach heute Abend bestimmt.«

Sita zog die Augenbrauen hoch. »Wie meinst du das?«

Naresh griff in seine Tasche. »Eigentlich wollte ich damit noch bis später warten, aber wenn du mich schon fragst ...«

Er zog einen VIP-Ausweis hervor und legte ihn auf den Tisch. »Wir treffen ihn vor dem Konzert.«

Sita sah den Ausweis an und begann zu strahlen. Langsam sank sie auf die Knie und berührte ein zweites Mal den Fuß ihres Vaters.

»Danke, *Baba*. Kann Ahalya auch mit?«

»Aber natürlich«, antwortete Naresh und legte drei weitere VIP-Ausweise neben den ersten. »Und deine Mutter und Großmutter auch.«

Sitas Blick wanderte von ihrer Schwester zu ihrem Vater, und ihr Lächeln wurde noch ein Stückchen breiter.

Während die beiden Mädchen ihre Plätze einnahmen, wuselte Jaya um sie herum und verteilte die Schüsseln voll Reis, Kokosnuss-Chutney, Masala Dosa – mit Kartoffeln gefüllten Crêpes – und Chapati – Brotfladen – auf dem Tisch. Als Nachspeise servierte Jaya frisch gepflückte Chickoo – kiwiartige Früchte – und Mysore Pak, eine an Karamellbonbons erinnernde süße Köstlichkeit. Während Ahalya in eine Chickoo schnitt, fiel ihr das Beben vom frühen Morgen wieder ein.

»*Baba*, hast du das Erdbeben gespürt?«, fragte sie.

»Was für ein Erdbeben?«, erkundigte sich ihre Großmutter.

Naresh musste lachen. »Du Glückliche hast wirklich einen tiefen Schlaf, *Naani*.« Mit einem beruhigenden Gesichtsausdruck wandte er sich seiner Tochter zu. »Das Beben war heftig, hat aber keinen Schaden angerichtet.«

»Erdbeben verheißen nichts Gutes«, erklärte die alte Frau und umklammerte dabei mit beiden Händen ihre Serviette.

»Sie sind ein wissenschaftliches Phänomen«, stellte Naresh in sanftem Ton richtig, »und dieses war harmlos. Wir brauchen uns deswegen keine Sorgen zu machen.« Er wandte sich wieder Ahalya zu und wechselte das Thema: »Erzähl uns von Schwester Naomi. Als ich sie das letzte Mal gesehen habe, ging es ihr nicht gut.«

Die Familie frühstückte in aller Ruhe weiter, während Ahalya ihrem Vater über die Direktorin von St. Mary's berichtete. Durchs offene Fenster wehte eine kühle Brise herein. Sita wurde allmählich unruhig und bat Naresh, aufstehen zu dürfen. Dann schnappte sie sich ein Stück Mysore Pak und stürmte aus dem Haus in Richtung Strand. Ahalya musste lächeln.

»Darf ich auch schon gehen?«, fragte sie ihren Vater.

Er nickte. »Ich glaube, unsere kleine Überraschung war eine gute Idee.«

»Das denke ich auch«, pflichtete sie ihm bei. Dann schlüpfte sie rasch in ihre Sandalen und folgte ihrer Schwester hinaus in den Sonnenschein.

Gegen zwanzig nach acht waren alle bis auf Jaya und die Großmutter der Mädchen zum Strand aufgebrochen. Das bescheidene Haus der Familie stand auf einem Ufergrundstück, knapp fünfundzwanzig Kilometer südlich von Chennai und etwa anderthalb Kilometer von einem der zahlreichen Fischerdörfer entlang der Küste Tamil Nadus entfernt. Nach indischen Maßstäben handelte es sich um eine ländliche Gegend, und Ambini, die in dicht besiedelten Vierteln von Mylapore groß geworden war, empfand sie als abgelegen. Trotzdem nahm sie das Opfer, so weit weg von der Stadt zu leben, gern in Kauf, wenn ihre Kinder dafür so nahe an der Heimat ihrer Vorfahren aufwuchsen.

Ahalya wanderte den Strand entlang, während Sita auf der Suche nach Muscheln direkt am Rand des Wassers dahinlief. Naresh und Ambini folgten ihnen in einvernehmlichem Schweigen. Die Ghais spazierten nach Norden, in Richtung Fischerdorf. Dabei trafen sie nur auf ein älteres Paar, das still im Sand saß, und zwei Jungen, die mit Kieselsteinen nach den Vögeln warfen. Ansonsten war der Strand menschenleer.

Kurz vor neun fiel Ahalya etwas Seltsames auf: Die Wellen, die vom Wind an den Strand geworfen wurden, klatschten nicht mehr so weit über den Sand wie noch ein paar Minuten zuvor. Während das Mädchen die leichte Brandung beobachtete, schien das Meer vor ihren Augen zurückzuweichen. Schon bald lagen etwa fünfzehn Meter nasser Sand frei. Die beiden Jungen lieferten sich ein Wettrennen über die schlammige Fläche und jauchzten vor Vergnügen, als sie dem entschwindenden Ozean nachjagten. Während Ahalya das Schauspiel mit einem unguten Gefühl beobachtete, wirkte Sita eher neugierig.

»Idhar kya ho raha hai?«, verfiel sie zurück in ihre Muttersprache Hindi. »Was ist da los?«

»Das weiß ich auch nicht so genau«, antwortete Ahalya auf Englisch.

Ahalya sah die Welle als Erste. Erschrocken deutete sie auf eine schmale weiße Linie am Horizont. In weniger als zehn Sekunden wurde die Linie breiter und entpuppte sich als hohe, herandonnernde Flutwelle. Sie kam so schnell näher, dass den Ghais kaum Zeit zum Reagieren blieb. Naresh winkte und rief, doch seine Worte wurden vom hungrigen Donner der Welle verschluckt.

Ahalya griff nach Sitas Hand und zerrte ihre Schwester auf eine Gruppe von Palmen zu, wobei sie im weichen Sand nur mühsam vorankam. Für einen Moment wirbelte brackiges Wasser um ihre Beine, dann war die Welle da und trug sie hoch. Ahalya überschlug sich. Salzwasser strömte ihr in die Nase, verstopfte ihr die Ohren und brannte in ihren Augen. Während sie zum Licht emporstrebte, hatte sie das Gefühl zu ersticken. Einen Augenblick später durchbrach sie die Wasseroberfläche und schnappte keuchend nach Luft.

Sie sah eine verschwommene Bewegung, ein Flattern von Farbe – Sitas türkisen Churidar. Sie bekam die Hand ihrer Schwester zu fassen, verlor sie im heftigen Sog der Welle aber sofort wieder. Stattdessen streiften ihre Finger die glatte Rinde einer Palme. Ahalya warf sich dem Baum entgegen und kämpfte mit den Beinen verzweifelt gegen die Strömung an, griff aber erneut ins Leere.

Sie wurde schrecklich herumgewirbelt und sah den Palmenstamm erst den Bruchteil einer Sekunde vor dem Aufprall. In ihrem Kopf explodierte der Schmerz, dennoch schlang sie Arme und Beine um den Baum und klammerte sich fest. Dann verlor sie das Bewusstsein.

Als sie die Augen wieder aufschlug, sah sie blauen Himmel zwischen den im Wind hin und her wehenden Palmwedeln hindurchschimmern. Um sie herum herrschte eine unheimliche Stille. Ihr Kopf fühlte sich an wie in zwei Hälften gespalten. Es vergingen noch mehrere Sekunden, ehe sich das Meer langsam zurückzog und das Land wieder freigab. Ahalya entdeckte in der Ferne Sitas Gesicht und hörte sie rufen.

»Ahalya, hilf mir!«

Ihr Mund war voller Salzwasser, sie brachte nur ein Wort heraus, nicht mehr als ein Krächzen: »Warte!« Sie spuckte aus und versuchte es erneut: »Warte, Sita! Warte, bis das Wasser sinkt.«

Was es dann auch tat. Endlich.

Ahalya ließ sich langsam am Stamm der Palme hinuntergleiten, bis ihre Füße nassen Boden berührten. Der Churidar hing ihr in Fetzen vom Leib, und Blut lief ihr übers

Gesicht. Sie watete über die schlammige Fläche zu Sita und löste deren steife Arme von dem Baumstamm, der sie gerettet hatte. Während sie ihre Schwester beschützend in den Arm nahm, spähte sie durch das Palmenwäldchen in Richtung Strand. Der schreckliche Anblick, der sich dort bot, drang zunächst gar nicht richtig in ihr Bewusstsein. Die Dornbüsche, die den Strand säumten, hatten keine Blätter mehr. Um sie herum trieben dunkle Umrisse auf der Oberfläche des schlammigen Wassers.

Ahalya starrte auf die dunklen Schatten und rang nach Luft. Schlagartig begriff sie.

»*Idhar aavo!*«, befahl sie Sita auf Hindi. »Komm!«

Sie nahm ihre Schwester an der Hand und führte sie durch das knietiefe Wasser. Der erste Leichnam, auf den sie stießen, war der von Ambini. Ihr Körper war mit Schlamm bedeckt und jeder freiliegende Zentimeter Haut von Dornen durchbohrt. Ihre Augen standen offen, und ihr Gesicht war eine einzige Maske des Grauens.

Der Anblick ihrer Mutter ließ Sita zu Stein erstarren. Sie umklammerte die Hand ihrer großen Schwester so fest, dass diese vor Schmerz aufschrie und sich mit einer heftigen Bewegung aus ihrem Griff befreite. Ahalya sank weinend auf die Knie, während Sita nur fassungslos zu Boden starrte. Erst nach einem langen Augenblick brach auch sie in Schluchzen aus. Sie barg das Gesicht in beiden Händen und begann am ganzen Leib krampfhaft zu zittern.

Ahalya schlang die Arme um ihre Schwester und drückte sie eine Weile an sich. Dann führte sie sie weg von Ambini. Es dauerte nicht lange, bis sie auf einen weiteren Toten stießen, einen von den Jungen aus der Gegend. Sita wurde wieder ganz starr vor Entsetzen, sodass Ahalya sie fast tragen musste, während sie sich durch den Schlamm, der einmal der Strand gewesen war, auf das Haus der Familie zubewegten. Ahalya wusste, dass ihre einzige Hoffnung darin bestand, ihren Vater zu finden.

Wäre Sita nicht gestolpert, hätten sie Nareshs Leichnam vermutlich übersehen. Als Ahalya sich zu ihrer Schwester hinunterbeugte, um ihr aufzuhelfen, bemerkte sie landeinwärts auf den Resten einer Salzwasserlagune einen weiteren dunklen Umriss. Naresh war von der Welle durch den Palmenhain gespült worden und am Rand der Lagune zwischen ein paar Felsblöcken hängen geblieben.

Ahalya zerrte ihre Schwester die kurze Strecke bis zu ihrem Vater. Einen langen Moment starrte sie den Toten fassungslos an. Dann begriff sie allmählich und schluchzte auf. Ihr Vater konnte einfach nicht tot sein; nicht er, der ihr doch so vieles für die Zukunft versprochen hatte.

»Schau«, flüsterte Sita und deutete dabei in Richtung Süden.

Ahalya wischte sich die Tränen aus den Augen und folgte dem Blick ihrer Schwester, hinweg über eine fremde, von der Welle kahl gewaschene Welt. In der Ferne stand ihr Haus. Der Anblick der vertrauten Silhouette überraschte Ahalya ebenso wie die plötzliche Stille ihrer Schwester. Sita hatte zu weinen aufgehört und beide Arme schützend um sich geschlungen. Ahalya sah den gequälten Ausdruck in ihren Augen, dennoch versuchte sie, neuen Mut zu fassen. Vielleicht hatten Jaya oder ihre Großmutter überlebt. Die Vorstellung, dass sie und Sita womöglich ganz allein zurückgeblieben waren, erschien ihr unerträglich.

Mühsam wateten die beiden Mädchen weiter durch die überschwemmte Landschaft auf die Überreste des Gebäudes zu, das fast ein Jahrzehnt lang ihr Zuhause gewesen war. Vor der alles zerstörenden Welle hatte die Landschaft rund um das Haus einem Naturschutzgebiet aus blühenden Gärten und Obstbäumen geglichen. Bald nachdem Naresh mit seiner Familie aus Delhi hergezogen war, hatte er nahe am Haus einen Ashoka-Baum zu Ehren von Sita gepflanzt. Als Kind hatte sie oft unter dem immergrünen Bäumchen gespielt und sich vorgestellt, wie ihre Namenspatronin, die Heldin des indischen Nationalepos Ramayana, von Hanuman, dem edlen Affengott, aus ihrer Gefangenschaft auf der Insel Lanka gerettet wurde. Jetzt waren der Ashoka-Baum und all seine ehemals grünen Gefährten nur noch zerzauste Gerippe: kahle Stämme ohne Blätter, Äste und Blüten.

Sita blieb neben den Resten ihres geliebten Baumes stehen, aber Ahalya zog sie weiter. Die Fenster im Erdgeschoss waren von der Welle herausgerissen worden, und die meisten Möbel trieben nun im überfluteten Hof. Trotzdem wirkte das Gebäude insgesamt intakt. Während die Mädchen sich der weit offen stehenden Haustür näherten, lauschte Ahalya angestrengt nach menschlichen Stimmen, konnte jedoch keine hören. Im Haus war es still wie in einer Krypta.

Beim Betreten der Diele rümpfte Ahalya die Nase, weil die Luft so modrig roch. Als sie einen vorsichtigen Blick ins Wohnzimmer warf, sah sie ihre Großmutter mit dem Gesicht nach unten neben einer schlammverkrusteten Couch in der braunen Brühe treiben. Neue Tränen schossen ihr in die Augen, doch inzwischen war sie zu erschöpft zum Weinen. Nachdem sie auf ihren toten Vater gestoßen waren, hatte sie schon halb damit gerechnet, dass ihre Großmutter ebenfalls ums Leben gekommen war.

Ahalya watete durch das Wohnzimmer hinüber in die Küche und betete dabei inständig, Jaya möge überlebt haben. Die Haushälterin hatte bereits vor Ahalyas Geburt zur Familie Ghai gehört.

Als Ahalya nun mit der apathischen Sita im Schlepptau die Küche betrat, fand sie dort ein wüstes Durcheinander vor. Umgefallene Körbe, Behälter mit Reinigungsmitteln, Glasgefäße voller Süßigkeiten, Mangos, Papayas und Kokosnüsse trieben im stehenden Wasser. Unter der Oberfläche lagen Töpfe, Pfannen, Schüsseln und Silberbesteck wie gesunkene Wracks über den Boden verstreut. Von Jaya aber fehlte jede Spur.

Ahalya wollte die Küche bereits wieder verlassen, um im Wohnzimmer weiterzusuchen, als ihr auffiel, dass die Holztür zur Speisekammer einen Spalt offen stand. Sie sah die Hand, bevor ihre Schwester sie entdeckte, und schob die Tür ganz auf. Dort lag die tote Jaya eingekeilt in der Enge der kleinen Kammer. Etwas Friedliches umgab sie. Sie hatte die Augen geschlossen und sah aus, als schliefe sie nur. Trotzdem war ihre Haut kalt und klamm, als die Mädchen sie berührten.

Das Schwindelgefühl überfiel Ahalya ohne Vorwarnung. Beinahe wäre sie ohnmächtig geworden. Während sie dort im wadentiefen Wasser stand, traf die Wahrheit sie hart wie ein körperlicher Schlag: Sie und Sita waren nun Waisen. Die einzigen lebenden Verwandten, die sie noch hatten, waren Tanten und Cousins und Cousinen im fernen Delhi, die sie schon seit Jahren nicht mehr gesehen hatten.

Ahalya gab sich einen Ruck und führte ihre Schwester die Stufen zu ihrem Schlafzimmer hinauf.

Die Flutwelle war bis über die Treppe gestiegen, sodass auch im ersten Stock eine Schlammschicht den Boden bedeckte, aber die Fenster und Möbel waren unbeschädigt geblieben. Ahalyas ganze Aufmerksamkeit richtete sich auf ein einziges Ziel: die Tasche, in der sich ihr Handy befand. Wenn sie es schaffte, Schwester Naomi zu erreichen und mit Sita bis in die Klosterschule von St. Mary's in Tiruvallur zu gelangen, waren sie gerettet.

Sie entdeckte ihre Tasche mit dem Handy auf dem Nachttisch und tippte eilig Schwester Naomis Nummer ein. Während das Telefon läutete, hörte sie ein fernes, aus Richtung Osten kommendes Rauschen. Ahalya blickte durch das Fenster auf die mit schlammbraunen Flecken übersäte Fläche des Golfs von Bengalen hinaus und wollte ihren Augen nicht trauen: Eine weitere Wasserwand walzte auf den Strand zu. Binnen weniger Sekunden steigerte sich das Rauschen zu einem grollenden Tosen und übertönte die Stimme am anderen Ende der Leitung. »Hallo? Hallo? Ahalya? Sita?« Ahalya vergaß Schwester Naomi. In ihrer Welt gab es nur noch ihre Schwester und die zweite todbringende Welle.

Die tosenden Wassermassen erreichten das Haus und überfluteten das Erdgeschoss. Das Gebäude bebte und ächzte, während die Welle sich gegen sein Fundament warf. Ahalya schlug die Schlafzimmertür zu und scheuchte Sita aufs Bett. Sie schlang die Arme um ihre zitternde kleine Schwester und fragte sich, ob Shiva beschlossen hatte, die Welt nicht mit Feuer, sondern mit Wasser zu vernichten.

Der Schrecken der zweiten Welle schien kein Ende zu nehmen. Brackiges Wasser quoll durch den Spalt unter der Schlafzimmertür und breitete sich fächerförmig über den Boden aus. Die Schwestern kauerten aneinandergedrängt auf dem Bett, während das Wasser stieg. Plötzlich schien sich das Haus unter ihnen zu bewegen, und der Boden neigte sich. Die Schlafzimmertür flog auf, und braunes Wasser strömte herein. Ahalya kreischte entsetzt auf, während Sita den Kopf im feuchten Stoff von Ahalyas schlammverschmiertem Churidar vergrub. Ahalya schloss die Augen und bat Lakshmi in einem stummen Gebet, ihre Schwester und sie von ihren Sünden freizusprechen und sicher ins nächste Leben zu geleiten.

In ihrem losgelösten Zustand bekam sie kaum mit, dass das Tosen langsam nachließ und schließlich ganz aufhörte. Das Haus hielt auch dann noch stand, als die Strömung die Richtung wechselte und die zweite Flutwelle sich wieder ins Meer zurückzog. Die beiden Schwestern blieben wie versteinert auf dem Bett sitzen. Die verwüstete Welt, die die Welle zurückließ, schien auf unheimliche Weise aller Geräusche beraubt.

»Ahalya?«, flüsterte Sita nach einer ganzen Weile. »Wo sollen wir denn jetzt hin?«

Ahalya blinzelte. Langsam konnte sie wieder einen klaren Gedanken fassen. Behutsam löste sie sich von ihrer Schwester und spürte das Telefon in ihrer Hand. Mit tauben Fingern tippte sie erneut die vertrauten Zahlen ein.

»Wir müssen nach St. Mary's«, erklärte sie. »Schwester Naomi wird wissen, was zu tun ist.«

»Aber wie sollen wir dorthin kommen?«, fragte Sita ängstlich. »Es ist niemand da, der uns fahren kann.«

Ahalya schloss die Augen und lauschte dem Läuten des Telefons. Schwester Naomi hob ab. Besorgt fragte sie, was denn passiert sei und ob sie sich in Gefahr befänden. Als Ahalya ihr antwortete, schien ihre Stimme aus weiter Ferne zu kommen. Eine Welle habe sie überrollt, erklärte sie. Ihre Familie sei tot. Sie und Sita hätten überlebt, aber ihr Zuhause sei völlig zerstört.

Ein paar lange Sekunden war in der Leitung nur Rauschen zu hören, dann fand Schwester Naomi ihre Stimme wieder. Sie wies Ahalya an, zur Straße zu gehen und sich von einem Nachbarn nach Chennai mitnehmen zu lassen.

»Steigt nur bei jemandem ein, dem ihr vertraut«, mahnte sie. »Wir erwarten euch.«

Nachdem Ahalya das Gespräch beendet hatte, wandte sie sich an Sita. »Wir müssen jemanden mit einem Wagen finden. Komm, wir brauchen etwas Trockenes zum Anziehen.«

Sie führte ihre Schwester zu einer Kommode hinüber, half ihr, die nassen, schmutzigen Sachen auszuziehen, und reichte ihr einen sauberen Churidar. Sie selbst zog sich ebenfalls um. Anschließend trat sie in der Hoffnung, sich das Gesicht waschen zu können, ans Waschbecken, doch es kam kein Wasser. Sie würden sich erst waschen können, wenn sie St. Mary's erreichten.

Sita war schon auf dem Weg zur Tür, doch Ahalya hielt noch einmal inne, um ein Foto vom Schreibtisch zu holen. Es zeigte die Familie Ghai an Weihnachten vor einem Jahr. Sie löste das Foto aus seinem Rahmen und schob es unter den Bund ihres Churidars. Dann griff sie nach einem kleinen Holzkästchen und steckte es zusammen mit ihrem Handy in einen Stoffbeutel. In dem Kästchen befand sich der Goldschmuck, den die beiden Schwestern im Lauf der Jahre geschenkt bekommen hatten. Ahalya warf einen letzten Blick in den Raum und nickte ihm zum Abschied zu. Alles andere würde sie zurücklassen.

Die Schwestern gingen die Treppe hinunter und wateten durch die Diele hinaus in den Vorhof. Draußen brannte die Sonne vom Himmel. Das stehende Wasser, das die zweite Welle hinterlassen hatte, roch bereits nach totem Fisch. Ahalya führte Sita um die Rückseite des halb zerstörten Hauses, hinaus auf die Straße. Die zwei Autos der Familie, die vor der Flut in der Zufahrt gestanden hatten, waren nirgendwo zu sehen. Ahalya überlegte, ob sie einen letzten Blick auf das Haus werfen sollte, widerstand jedoch der Versuchung. Die zerstörte Welt um sie war nicht mehr das Zuhause, das sie gekannt hatten. Ihre frühere Welt gab es jetzt nur noch in ihrer Erinnerung.

Als sie die Hauptstraße erreichten, sahen sie, dass sie über und über mit dem angeschwemmten Holz aus dem Palmenhain übersät war. Ahalya spürte einen Anflug von Panik. Wer würde sich unter solchen Bedingungen auf die Straße wagen? Aber dann fiel ihr ein, dass sie vielleicht jemand aus dem Fischerdorf mitnehmen konnte. Sie wusste, dass ihre Chancen nicht gut standen. Die meisten Dorfbewohner lebten in Strandhütten, die von den Wellen vermutlich völlig zerstört worden waren. Trotzdem würden diejenigen, die überlebt hatten, Lebensmittel und Hilfe aus Chennai brauchen. Früher oder später musste sich jemand aus dem Dorf auf den Weg dorthin machen.

Schweigend gingen die Schwestern Seite an Seite dahin. Sie legten fast anderthalb Kilometer zurück, ohne irgendein Anzeichen von Leben zu entdecken. Die ganze Bodenvegetation war weggespült, sodass die Erde zu beiden Seiten des Asphalts nackt und trostlos wirkte. Als die beiden Mädchen schließlich den Rand des Fischerdorfs erreichten, schwitzten sie bereits heftig und hatten großen Durst. Selbst im Winter brannte die südindische Sonne gnadenlos vom Himmel.

Ahalya führte ihre Schwester die Straße entlang, die zum Meer hinunter verlief. Als sie sich dem Strand näherten, sahen sie einen Mann in einem schlammverschmierten weißen Hemd – einem Lungi – auf sich zukommen. In seinen Armen hielt er ein Kind. Hinter dem Mann folgte eine traurige Prozession weiterer Fischer, von denen die meisten Palmkörbe auf dem Kopf und bunte Säcke auf den Schultern trugen.

Der Mann blieb vor Ahalya stehen. »*Vanakkam*«, grüßte sie auf die übliche Weise. »Wohin geht ihr?«

Der Mann war so aufgelöst, dass er ihre Frage gar nicht zur Kenntnis nahm. Stattdessen fuchtelte er mit einem

Arm wild in der Luft herum und berichtete ihr von den Wellen.

»Ich war mit meinem Boot draußen«, erklärte er, »und habe überhaupt nichts davon mitbekommen. Bei meiner Rückkehr war alles weg. Meine Frau, meine Kinder ...« Er drehte sich um und machte eine ausladende Handbewegung, die seine zerlumpte Gefolgschaft mit einschloss. »Nur wir sind übrig geblieben.«

Ahalya spürte den Kummer des Mannes und stählte sich zugleich gegen ihren eigenen, indem sie sich auf die vor ihnen liegenden Probleme konzentrierte.

»Euer Dorfoberhaupt hat doch einen Lieferwagen«, sagte sie. »Wo ist der?«

Der Mann schüttelte den Kopf. »Kaputt.«

»Und euer Trinkwasser? Bestimmt habt ihr noch volle Fässer aus der Monsunzeit.«

»Die hat es alle weggespült.«

»Wohin geht ihr?«, fragte sie erneut.

»Nach Mahabalipuram«, antwortete der Mann. »Wir haben dort Verwandte.«

Nur mit Mühe konnte Ahalya ihre Enttäuschung verbergen. Mahabalipuram lag acht Kilometer in die falsche Richtung. »Wir müssen nach Chennai.«

Der Mann sah sie an, als hätte sie den Verstand verloren. »Das schafft ihr nie.«

Ahalya entgegnete trotzig: »Und ob wir das schaffen!«

Die Schwestern begleiteten die Dorfbewohner zurück zur Hauptstraße, wo sich ihre Wege trennten.

»Wir sollten nach Kovallam gehen«, meldete sich Sita leise zu Wort. »Vielleicht kommen wir von dort mit einem Bus weiter.«

Ahalya nickte. Kovallam war ein größeres Fischerdorf, das gut drei Kilometer in nördlicher Richtung lag. Selbst wenn sie dort keinen Bus fanden, war sie ziemlich sicher, dass sie auf dem Markt von Kovallam zumindest Trinkwasser bekommen würden. Erst einmal brauchten sie etwas zu trinken, alles Weitere würde sich dann zeigen.

In der tropischen Hitze ging es nur langsam voran. Hin und wieder brachte eine Brise vom Ozean etwas Erfrischung. Ansonsten war ihr Fußmarsch eintönig und qualvoll. Ihre nassen, sandverkrusteten Sandalen sorgten dafür, dass ihre Füße bald wund gescheuert waren.

Als sie Kovallam schließlich erreichten, waren beide beinahe am Ende ihrer Kräfte. Am Stand der Sonne schätzte Ahalya, dass es mittlerweile fast elf Uhr war. Wenn nicht irgendein Glücksfall eintrat, hatten sie kaum eine Chance, die Klosterschule vor Einbruch der Dunkelheit zu erreichen.

Im Dorf Kovallam ging es zu wie in einem Bienenstock. Ochsenkarren und andere hölzerne Gefährte drängten sich mit Autos und Fußgängern auf den engen, vom Wasser noch feuchten Straßen. Ahalya hielt eine alte Frau in einem schlammverkrusteten Sari an und fragte sie nach einem Bus in Richtung Chennai, doch die Frau war vor Kummer völlig außer sich.

»Mein Sohn«, rief sie, »er war am Strand! Habt ihr ihn gesehen?«

Ahalya schüttelte bedauernd den Kopf und wandte sich dann ab. Als Nächstes bat sie einen Mann, der einen Korb mit reifen Bananen trug, um Hilfe, aber er starrte sie nur mit leerem Blick an. Ein anderer Mann, der einen mit Trauben beladenen Handkarren hinter sich herzog, reagierte mit einem kurzen Kopfschütteln.

»Wisst ihr denn nicht, was hier passiert ist?«, fügte er hinzu und spuckte einen Schwall Betelsaft auf die Straße.

»Kein Mensch kann sagen, ob die Busse überhaupt noch fahren.«

Ahalya kämpfte gegen eine plötzliche Woge der Verzweiflung an. Sie musste Ruhe bewahren, sonst würde sie vielleicht eine vorschnelle Entscheidung treffen und sie beide in Gefahr bringen.

Sie führte Sita in den Markt von Kovallam hinein. Wie erwartet waren nur bei ein paar Ständen die Rollläden hochgezogen. Sie fragte einen Zuckerrohrverkäufer, ob er eine Flasche Wasser entbehren könne. Sie bemühte sich um ihr nettestes Lächeln, während sie ihm erklärte, dass die Welle ihre Börse fortgespült habe und sie deshalb nicht über Geld verfüge. Der Verkäufer musterte sie ohne jedes Mitgefühl.

»Hier müssen alle bezahlen«, entgegnete er schroff. »Wir haben nichts zu verschenken.«

Ahalya griff wieder nach Sitas Hand und steuerte auf einen Gemüseverkäufer zu. Sie schilderte ihm ihre Lage, woraufhin ihr der Mann voller Mitgefühl zwei Flaschen Wasser reichte und ihnen ein Fleckchen Schatten unter einem Sonnenschirm anbot.

»*Nandri*«, sagte Ahalya, die das Wasser dankbar entgegennahm und sofort eine Flasche an Sita weiterreichte. »Danke.«

Die Mädchen tranken durstig. Nachdem Sita ihre Flasche geleert hatte, lehnte sie den Kopf an Ahalyas Schulter und döste ein wenig vor sich hin. Ahalya dagegen widerstand dem Drang zu schlafen und ließ den Blick über den Markt schweifen, auf der Suche nach einem vertrauten Gesicht. Ihr Vater kannte in Kovallam etliche Männer, an deren Namen sie sich jedoch nicht erinnern konnte.

Als sie auch nach einiger Zeit niemanden sah, der ihr bekannt vorgekommen wäre, überlegte sie, wie viel der

Schmuck in ihrem Beutel auf der Straße wohl wert war. Wie viel würde es kosten, sich von einem Fahrer nach Chennai bringen zu lassen? Ihre Intuition riet ihr, lieber kein Taxi zu nehmen, aber bisher hatte sie keine Busse durch den Markt fahren sehen, und sie bezweifelte, dass an diesem Nachmittag überhaupt einer die Fahrt in die gewünschte Richtung antreten würde. Zu Fuß hatten Sita und sie keine Chance, es bis nach Chennai zu schaffen, zumindest nicht im Lauf des Nachmittags, und sie kannte keinen Ort außerhalb der Stadt, wo sie die Nacht in Sicherheit verbringen konnten.

Die Mädchen ruhten sich über eine Stunde lang im Schatten des Sonnenschirms aus. Sita rührte sich nicht, und auch Ahalya schlief schließlich ein. Als sie wieder aufwachte, stellte sie fest, dass die Sonne ihren Zenit bereits überschritten hatte. Sie musste bald eine Entscheidung treffen.

Sie wandte sich dem Verkäufer zu, um ihn wegen eines Fahrers zu fragen, aber in dem Moment sprang ihr ein Gesicht in der Menge ins Auge, das ihr bekannt vorkam. Sie hatte es schon einmal gesehen, und zwar bei einem abendlichen Empfang, zu dem sie ihren Vater im Frühjahr begleitet hatten. Der Mann hatte ihren Vater herzlich begrüßt, und ihr Vater hatte entsprechend reagiert. Ahalya konnte sich nicht an den Namen des Mannes erinnern, vergaß aber nie ein Gesicht.

Sie kniff Sita leicht in den Arm, um sie zu wecken. Nachdem sie ihrer Schwester eingeschärft hatte, sich ja nicht von der Stelle zu rühren, schlängelte sie sich zwischen Kühen, Autos und Rikschas hindurch auf den Mann zu.

»Sir«, sprach sie ihn auf Englisch an, »ich bin Ahalya Ghai. Naresh Ghai ist mein Vater. Erinnern Sie sich an mich?«

Der Mann sah sie einen Moment fragend an, dann zog sich ein Lächeln über sein Gesicht. »Aber natürlich«, antwortete er in steifem Englisch. »Ich bin Ramesh Narayanan. Wir haben uns bei einem Treffen der Historischen Gesellschaft von Tamil kennengelernt.« Verwundert sah er sie an. »Was machst du hier? Bist du mit deinem Vater unterwegs?«

Die Frage versetzte Ahalya einen Stich mitten ins Herz. Sie sammelte sich kurz, dann erzählte sie ihm stockend die schreckliche Wahrheit über ihre Familie.

Während sie berichtete, wich das Blut aus Rameshs Gesicht. Ihm war anzusehen, dass er krampfhaft nach den richtigen Worten suchte. Schließlich fragte er nur: »Wo ist deine Schwester?«

Ahalya deutete auf den Stand des Gemüseverkäufers. »Wir sind unterwegs zu unserer Klosterschule in Tiruvallur. Die Nonnen werden sich um uns kümmern.«

Rameshs Blick wanderte zwischen Ahalya und Sita hin und her. »Ihr werdet eine Mitfahrgelegenheit brauchen.«

Ahalya nickte. »Bis hierher sind wir zu Fuß gegangen, aber Sita ist schon sehr müde.«

Ramesh schürzte die Lippen. »Dann seid ihr in der gleichen Lage wie ich. Der Bus, mit dem ich gekommen bin, fährt nicht mehr. Ich versuche schon die ganze Zeit, einen Fahrer aufzutreiben, der mich zurück nach Chennai bringt.« Er hielt einen Moment inne und bedachte sie mit einem kleinen Lächeln. »Keine Sorge, ich werde mich darum kümmern, dass ihr bei Einbruch der Nacht in Tiruvallur seid. Das ist das Mindeste, was ich für die Töchter von Naresh Ghai tun kann.«

Ahalya war schier überwältigt vor Erleichterung.

»Warte bei deiner Schwester«, wies Ramesh sie an. »Ich komme euch holen, sobald ich kann.«

Nach einiger Zeit kehrte Ramesh mit einem drahtigen Mann zurück, der über einer khakigrünen Hose ein weites, Kurta genanntes Hemd trug. Der Mann hatte eingefallene Wangen, kalte Augen und eine Narbe am Kinn. Nach einem Blick auf die Schwestern nickte er Ramesh zu. Ahalya verspürte gegenüber dem narbengesichtigen Mann ein instinktives Misstrauen, hatte aber keine andere Wahl, als Rameshs Hilfe anzunehmen.

»Wohin bringen Sie uns?«, fragte Sita mit einem leichten Zittern in der Stimme.

Ramesh antwortete ihr: »Dieser Mann – er heißt Kanan – hat einen Lieferwagen mit Vierradantrieb. Er ist der einzige Mensch in ganz Kovallam, der bereit ist, sich nach den Wellen noch auf die Straße zu wagen, noch dazu zu einem erstaunlich fairen Preis. Wir können uns glücklich schätzen, ihn gefunden zu haben.«

Ahalya nahm ihre Schwester an der Hand. »Keine Angst«, meinte sie beruhigend.

Sie folgten Kanan über den Marktplatz bis zu einer mit bunten Stoffen geschmückten Gasse. Der Wagen – ein staubiger blauer Toyota – hatte schon bessere Tage gesehen. Unter dem Vorwand, sie bekomme leicht Platzangst, lehnte Ahalya Rameshs Angebot ab, sich mit Sita nach vorn neben den Fahrer zu setzen, und gab ihrer Schwester ein Zeichen, auf die Ladefläche zu klettern. Die Vorstellung, so nahe bei dem narbengesichtigen Mann zu sitzen, war ihr höchst unangenehm.

Kanan ließ den Motor an und legte den Gang ein, dann setzte er den Wagen mit einem Ruck in Bewegung. Nachdem sie sich durch die Straßen von Kovallam gekämpft hatten, nahm Kanan die Schnellstraße in Richtung Chennai.

Die Wellen hatten die landschaftlich vorher so schöne Küstenebene in einen schlammigen Sumpf verwandelt und die Straße in eine Schlickfläche mit einer schnell austrocknenden Sandkruste, die das Vorankommen des Wagens erschwerte. Obwohl hier kaum andere Fahrzeuge unterwegs waren, brauchten sie eine ganze Stunde, um Neelankarai zu erreichen, den südlichsten Vorort von Chennai, und eine weitere Stunde bis nach Thiruvanmiyur, das knapp drei Kilometer vom Fluss Adyar entfernt lag. Die Wellen hatten viele der Gebäude entlang der Küste zerstört, Straßen überflutet, Autos umgeworfen und ganze Flotten von Fischerbooten an Land gespült. Die East Coast Road war voller Fußgänger, und der Verkehr bewegte sich in Schrittgeschwindigkeit.

Knapp einen Kilometer vor dem Flussdelta kam der Verkehr gänzlich zum Erliegen. Lautes Gehupe brach los, und die Fahrer stießen wilde Flüche aus, doch nichts ging vorwärts. Nach zehn frustrierenden Minuten legte Kanan den Rückwärtsgang ein und fuhr auf einer landeinwärts verlaufenden Straße in Richtung Thomasberg. Als sie schließlich bei Saidapet den Fluss überquerten, stand die Sonne bereits tief am Himmel. Die Durchgangsstraßen nördlich des Flusses hatten allem Anschein nach keinen Schaden genommen.

Ihr Fahrer bog nach Osten in Richtung Mylapore und der Küste ab. Das Gewimmel von Autos, Lieferwagen, Bussen, Fahrrädern und Rikschas spendete Ahalya ein klein wenig Trost. Sie warf Sita einen aufmunternden Blick zu.

»Bald sind wir da«, bemerkte sie mit einem Lächeln, das ihre Schwester jedoch unerwidert ließ.

»Wie wird es mit uns weitergehen?«, fragte Sita.

»Das weiß ich auch nicht«, gestand Ahalya.

Erneut kämpfte sie gegen den großen Kummer an, der unaufhörlich an ihrem Herzen zerrte, doch dieses Mal war der Druck zu groß. Tränen brannten ihr in den Augen und liefen ihr übers Gesicht. Während sie Sita in den Arm nahm, versprach sie im Stillen Lakshmi, dass sie alles in ihrer Macht Stehende tun würde, um ihre Schwester zu beschützen. Sie würde ihr wie eine Mutter sein und sämtliche Opfer bringen, die nötig waren, damit Sita eines Tages ein neues Leben beginnen konnte. Von nun an trug sie für ihre Schwester die Verantwortung.

Sie durfte nicht versagen.

Kurz vor sechs Uhr abends kam der Wegen neben einem exklusiv wirkenden Wohnkomplex zum Stehen. Auf die von Bäumen gesäumte Straße fielen bereits lange Schatten, bald würde die Sonne untergehen. Ramesh stieg aus, strich sein Hemd glatt und lächelte die Mädchen mitfühlend an.

»Ich bedauere sehr, dass ich euch nicht die ganze Strecke bis nach Tiruvallur begleiten kann«, erklärte er, »aber ich habe heute Abend einen Termin in Chennai. Ich habe Kanan dafür bezahlt, dass er euch den Rest des Weges fährt.«

Er reichte Ahalya eine Visitenkarte mit seiner Handynummer. »Ich kann euch gar nicht sagen, wie leid es mir tut, dass ihr eure Familie verloren habt. Solltet ihr jemals Hilfe brauchen, dann ruft mich an.« Mit einer kleinen Verbeugung verabschiedete er sich von ihnen.

Kanan sprach kein Wort mit den Schwestern, nachdem Ramesh sie verlassen hatte. Er telefonierte kurz auf seinem Handy, wendete dann den Wagen und fuhr nach Nordwesten, in Richtung Stadtmitte. Sie überquerten den Fluss Kuvam und bogen nach links auf eine der größeren Durchgangsstraßen ab. Kanan steuerte den Wagen durch den dichten Verkehr in Richtung der westlichen Vororte.

Alles sah gut aus, bis sie die Kreuzung an der Jawaharlal Nehru Road erreichten. Abrupt bog Kanan plötzlich nach links in ein Industriegebiet ab.

»*Neengal enna seigirirgal?*«, fragte ihn Ahalya, während sie an die Scheibe klopfte, die die Ladefläche vom Führerhaus trennte. »Was tun Sie denn da?«

Ohne ihr die geringste Beachtung zu schenken, fuhr Kanan schnell die Schotterstraße entlang. Inzwischen befanden sie sich in einem Viertel mit heruntergekommenen Wohnungen. Rundherum wimmelte es nur so von verdreckten Kindern und räudigen Hunden. In dunklen Hauseingängen standen rauchende Männer, und hin und wieder sah Ahalya auf einer schmalen Terrasse ein älteres Paar, das schweigend nebeneinandersaß. Dies hier war ein Ort, wo die Menschen seit Generationen ein Leben am Rande der Gesellschaft fristeten – ein Ort, wo die Leute wegsahen und keine Fragen stellten. Hier würde ihnen niemand zu Hilfe kommen, wenn sie schrie. Ihr Gefühl hatte sie nicht getrogen. Kanan war kein vertrauenswürdiger Mensch.

Sie fasste in ihren Beutel, um ihr Handy herauszuholen. Ausgerechnet in dem Moment stieg Kanan auf die Bremse und brachte den Wagen zum Stehen. Nachdem Ahalya das Handy hastig in ihrem Churidar versteckt hatte, blickte sie sich um. Der Wagen stand am Ende einer Reihe schäbiger Wohnungen. Über ihnen ragte eine hohe Steinmauer auf. Die Ecke war schlecht beleuchtet, und abgesehen von drei Männern, die in dem schwachen Licht beieinanderstanden, konnte Ahalya keine Menschenseele entdecken. Die Männer traten an die Ladefläche, und der jüngste von ihnen stieg hinauf.

Er beugte sich zu den Mädchen hinunter. »Ihr habt von uns nichts zu befürchten«, erklärte er. »Wenn ihr brav macht, was wir euch sagen, tun wir euch nichts.« Sein Blick fiel auf Ahalyas Beutel. »Was haben wir denn hier?«, fragte er und griff danach.

Ahalya hielt die Tasche fest. Ohne zu zögern schlug ihr der junge Mann mit dem Handrücken ins Gesicht – so fest, dass ihr die Wange brannte und sie Blut auf der Lippe schmeckte. Neben ihr brach Sita in erschrockenes Wimmern aus. Der brutale Schlag war so plötzlich und überraschend gekommen. Ahalya ließ die Tasche los.

Der junge Mann leerte ihren Inhalt auf die Ladefläche, griff nach dem Holzkästchen und öffnete den Verschluss. Der Schmuck funkelte im Lichtschein einer Straßenlampe.

»Kanan, du alter Halunke!«, rief er triumphierend, während er eine von Sitas Halsketten hochhielt. »Sieh mal, was du uns da gebracht hast! Du musst von Ganesha gesegnet sein.«

»Umso besser«, wandte sich Kanan an einen fetten Mann mit pockennarbigem Gesicht, »dann könnt ihr meine Provision gleich verdoppeln.« Der Fette verzog das Gesicht, woraufhin Kanan sofort einen Rückzieher machte. »Schon gut, schon gut, verdoppeln wäre zu viel. Gebt mir das Eineinhalbfache.«

»In Ordnung«, antwortete der fette Mann und blätterte ihm die Scheine hin. »Und jetzt verschwinde.«

Nachdem der junge Mann die Mädchen angewiesen hatte, von der Ladefläche zu steigen, sprang Kanan zurück in sein Führerhaus, ließ den Motor an und düste in einer Staubwolke davon.

Der junge Mann nahm Sita am Arm, während der fette Ahalya nicht von der Seite wich. Der Dritte im Bunde, ein Brille tragender Mann mit einer silbernen Armbanduhr, trödelte hinter ihnen her. Ahalyas Herz klopfte wie wild, als die Männer sie in einen dunklen Gang und dann eine Treppe hinaufführten. Die Tür zu einer Wohnung stand offen. Über der Tür war ein Hamsa-Glücksbringer aufgehängt, als Talisman gegen den bösen Blick.

Die Männer scheuchten die Mädchen ins Wohnzimmer, wo eine übergewichtige Frau auf der Couch saß und fernsah. Sie blickte nur kurz zu den Mädchen auf, ehe sie sich wieder ihrer Sendung zuwandte. Der junge und der fette Mann verabschiedeten sich per Handschlag von dem Brillenträger, den sie Chako nannten. Dabei sprach der fette Mann kurz mit Chako, aber so leise, dass Ahalya nichts verstand außer der Ankündigung des fetten Mannes, am Morgen wiederzukommen.

Nachdem Chako sich von den anderen verabschiedet hatte, schloss er die Tür und legte zwei Riegel vor. Anschließend wandte er sich mit ausdrucksloser Miene an die Mädchen.

»Habt ihr Hunger?«, fragte er.

Ahalyas Magen knurrte. Der Gedanke an Essen war ihr in den letzten Stunden überhaupt nicht gekommen. Sie wechselte einen Blick mit Sita, ehe sie Chakos Frage mit einem Nicken beantwortete. Chako drehte sich zu der Frau um und richtete in Tamil einen harschen Befehl an sie, woraufhin die Frau sich von der Couch erhob, den Mädchen einen gereizten Blick zuwarf und in Richtung Küche davonstapfte.

Wenige Minuten später tauchte sie mit zwei dampfenden Tellern Reis und Kichererbsen-Kartoffel-Chutney sowie einem Krug Wasser wieder auf. Heißhungrig schlangen die Schwestern das Essen hinunter. Es war zu stark gewürzt und das Wasser lauwarm und ungefiltert, aber das war Ahalya längst egal. Sie mussten den rechten Augenblick abwarten, bis sie allein waren und sie Schwester Naomi anrufen konnte.

Nach dem Essen befahl Chako den Mädchen, sich zu seiner Frau auf die Couch zu setzen. Er selbst ließ sich nicht weit von ihnen entfernt in einem Sessel nieder. Chakos Frau verfolgte gebannt eine Talkshow, die die Mädchen nie hatten sehen dürfen. Der prominente Gast war eine tamilische Schauspielerin, und das Gespräch drehte sich um ihren neuesten Film, ein schwülstiges Drama, das inmitten des Bürgerkriegs in Sri Lanka spielte.

Ahalya saß in stummer Fassungslosigkeit neben ihrer Schwester. Binnen eines einzigen Tages waren alle ihre Familienangehörigen vom Meer getötet und Sita und sie entführt worden. Was hatten Chako und seine Frau mit ihnen vor? Waren andere Mädchen auch schon hier eingesperrt gewesen, oder waren sie die ersten? Ahalya fiel ein, dass Kanan von dem fetten Mann eine Provision ausbezahlt bekommen hatte, was darauf hindeutete, dass sie das schon öfter gemacht hatten. Aber aus welchem Grund?

Die Talkshow dauerte eine Stunde. Danach schaltete Chako auf einen internationalen Nachrichtensender um. Ahalya und Sita richteten sich auf und verfolgten gebannt den Bericht über die Verwüstungen, die riesige Flutwellen an der Küste des Indischen Ozeans angerichtet hatten. Verwaiste Babys schrien auf den Armen von Helfern, Frauen schluchzten vor laufender Kamera, und ganze Dörfer lagen verwüstet da, niedergewalzt von einer Wasserwand, die ohne Vorwarnung über sie hereingebrochen war.

Dem Nachrichtensprecher zufolge war der Tsunami durch ein heftiges Erdbeben vor der Küste Indonesiens ausgelöst worden. Eine Reihe durch das Beben verursachter Wellen hatten sich mit der Geschwindigkeit eines Düsenjets vom Epizentrum ausgebreitet. Binnen einer Zeitspanne von weniger als drei Stunden hatte der Tsunami dafür gesorgt, dass nun Tausende von Menschen, die über die Gefahr nicht informiert worden waren, tot an den Küsten von Indonesien, Thailand, Malaysia, Sri Lanka, Indien und der

Andamanen und Nikobaren lagen. Der Sender brachte Schätzungen zur Zahl der Todesopfer. Einige gingen davon aus, dass insgesamt etwa fünfzigtausend Menschen ums Leben gekommen waren, andere rechneten mit fünfmal so vielen Toten. Das Ausmaß der Katastrophe war unvorstellbar.

Sie verfolgten die Berichte bis zehn Uhr. Als Chako schließlich den Fernseher ausschaltete, führte er Ahalya und Sita in ein kleines, mit zwei Betten und einem Schreibtisch ausgestattetes Zimmer. Er teilte den Schwestern mit, dass sie zusammen in dem einen Bett und er und seine Frau in dem anderen schlafen würden. Auf der gegenüberliegenden Seite des Raumes befand sich ein Fenster, das mit rostenden Jalousien und Eisenstangen versehen war.

Ein paar Minuten später kam Chakos Frau herein. Sie trug bereits ihr Nachthemd und hatte ein Glas Wasser und zwei kleine Pillen dabei. Chako erklärte den Mädchen, dass die Pillen ihnen beim Einschlafen helfen sollten. Ahalya überlegte fieberhaft. Geistesgegenwärtig beschloss sie, die Pille heimlich unter die Zunge zu klemmen und nur das Wasser zu schlucken. Ihr Telefon steckte immer noch in ihrem Hosenbund. Sie hatte vor, es zu benutzen, sobald alle eingeschlafen waren. Chakos Frau aber wühlte mit dem Zeigefinger in ihrem Mund herum und entdeckte ihre List.

»Dummes Gör«, fauchte die Frau, während sie Ahalya einen Schlag auf den Hinterkopf verpasste, »du weißt wohl nicht, was gut für dich ist!« Sie schob Ahalya die Pille erneut in den Mund und zwang sie, sie zu schlucken.

Chako warf einen Blick auf seine funkelnde Uhr und wünschte den Schwestern eine gute Nacht. Nachdem er die Schlafzimmertür hinter sich zugezogen hatte, drehte er mit einem hörbaren Klicken den Schlüssel im Schloss um.

Seine Frau ließ sich auf dem Bett nieder, das näher am Fenster stand, und fixierte Ahalya mit finsterem Blick.

»Ihr kommt hier nicht raus«, erklärte sie. »Versucht es lieber nicht, sonst kommt Chako mit einem Messer. Andere haben es schon auf die harte Tour gelernt. Und stört ja nicht meinen Schlaf.«

Ahalya und Sita legten sich nebeneinander aufs Bett. Sita weinte leise ins Laken, bis sie allmählich in den Schlaf hinüberglitt. In dem verzweifelten Versuch, die unsichtbaren Mächte fernzuhalten, die ihre Welt in einen Albtraum verwandelt hatten, schlang Ahalya die Arme schützend um ihre Schwester. Während das Beruhigungsmittel langsam zu wirken begann, kämpfte Ahalya gegen den Schlaf an, doch das Medikament verwirrte ihr die Sinne und ließ ihre Augenlider immer schwerer werden.

Mit letzter Kraft schob sie ihr Handy noch tiefer in ihren Churidar. Dann erlahmte ihre Gegenwehr, und sie verlor das Bewusstsein.

2

Gesteht es offen – Böses treibt sich im Land herum,
dessen geheime Prinzipien uns unbekannt sind.

VOLTAIRE

Kiawah Island – South Carolina

Am Morgen des 26. Dezembers spazierte Thomas Clarke in der Dämmerung am Ufer von Vanderhorst Plantation entlang. Er war der Erste aus der im Strandhaus versammelten Freundesgruppe, der den Tag begrüßte. Am Vorabend hatte ein wildes Weihnachtsbesäufnis stattgefunden, Wein und Brandy waren in Strömen geflossen, und die meisten seiner Kumpels waren am Ende sturzbetrunken gewesen. Thomas hatte sich zurückgehalten, was aber nur daran lag, dass seine Gedanken um ganz andere Dinge kreisten.

Er bereute, dass er von Washington hergefahren war. Es war nicht seine Idee gewesen. Seinem besten Freund aus Studientagen war die Sache mit Priya zu Ohren gekommen, und er hatte ihn eingeladen, Weihnachten auf der Insel zu verbringen. Thomas wusste es zu schätzen, dass Jeremy ihm Gesellschaft leisten wollte, aber der als Ablenkung gedachte Ausflug bewirkte das genaue Gegenteil: Thomas hatte sich schon seit Jahren nicht mehr so einsam gefühlt.

Er ging über die Dünen zum Strand hinunter, wo sich ihm ein malerischer Anblick bot: ein wolkenloser, zartrosa leuchtender Himmel, weiße Gischtkronen auf graublauen, von einem böigen Wind gepeitschten Wellen, und davor ein breiter, sich endlos dahinziehender Streifen weißen Sandes. Er hatte die Hände tief in die Taschen seines Mantels geschoben und stapfte zunächst auf den Rand des Wassers zu, dann wandte er sich nach Osten, dem Wind entgegen. Er war eins achtundachtzig groß, gute achtzig Kilo schwer und ein ausgezeichneter Sportler. Unter anderen Umständen wäre er eine lange Strecke gelaufen, doch an diesem Tag ging ihm zu viel im Kopf herum. Während er in gleichmäßigem Tempo dahinmarschierte, versuchte er seine düsteren Gedanken zu verdrängen, doch schließlich kapitulierte er und sah wieder seine Frau vor sich, wie sie neben dem Taxi stand und ihm Lebewohl sagte.

Ihr Name war Priya, was so viel hieß wie »Liebling«. Er wusste noch genau, wie er diesen Namen nach ihrer ersten Begegnung immer wieder vor sich hin gesagt hatte. Die Unschuld jener Tage erschien ihm mittlerweile geradezu unwirklich. So vieles war passiert, so vieles hatte sich verändert. Die Schläge, die sie einstecken mussten, waren niederschmetternd gewesen, und der Schaden nicht wiedergutzumachen. Der Ausdruck in Priyas Augen, als sie gegangen war, hatte alles gesagt. Jenseits von Bitterkeit, Wut und Verzweiflung – jenseits allen Fühlens – lag ein Ort, an dem man gar nichts mehr empfand. Am Ende hatte sie ihn kaum noch angesehen, sondern eher durch ihn hindurch.

Ihre Geschichte setzte sich aus vielen Einzelteilen zusammen. Einige davon waren durchaus nachvollziehbar, der Rest aber war ein Wirrwarr aus Schuld und Schmerz, schwindender Loyalität und unausgesprochenen Bedürfnissen, und darüber hinaus existierte eine kulturelle Kluft, die sie nie ganz hatten überbrücken können. Aber so lief es im Leben oft: Fester Boden konnte sich ohne Vorwarnung in Treibsand verwandeln.

Thomas erreichte die westlichste Fahrrinne des Ocean Course und machte kehrt. Die winterliche Luft am menschenleeren Strand von Vanderhorst Plantation war eisig kalt, auch wenn die aufgehende Sonne auf dem Wasser etwas Wärme verhieß. Auf dem Rückweg zum Strandhaus legte Thomas noch einen Zahn zu. Er war von einem vielfach ausgezeichneten Sportler und ehemaligen Elitesoldaten der Marines erzogen worden, der mittlerweile als Vorsitzender Richter am Bundesbezirksgericht für den östlichen Bezirk von Virginia tätig war. Der ehrwürdige Randolph Truman Clarke, Jurist mit stählernem Blick und Meister der schnellen Abwicklung von Prozessen, hielt viel von frühmorgendlichen Bestrafungen. Das Ergebnis seiner Erziehung war, dass sowohl Thomas als auch sein jüngerer Bruder Ted morgens regelrecht danach lechzten, kalten Wind auf dem Gesicht zu spüren und in weiter Ferne die Sonne aufgehen zu sehen.

Als Thomas schließlich wieder den Holzsteg erreichte, der über die Dünen führte, blieb er einen Moment stehen und wartete, bis der gleichmäßige Rhythmus des Meeres ein wenig Ruhe in seinen Kopf brachte. Er hatte einen langen Tag vor sich. Bei dem Gedanken daran verzog er das Gesicht.

Seit er und Priya in die Stadt gezogen waren, hatten sie den Weihnachtsabend immer bei seiner Familie in Alexandria verbracht. Dieses Jahr hatte er ohne jede Erklärung mit der Tradition gebrochen. Sein Vater hatte sein Missfallen in knappen Worten geäußert, doch seine Mutter war völlig am Boden zerstört gewesen. Obwohl sie sich ausdrücklich nach seinen und Priyas Plänen erkundigt hatte, war er nicht mit Einzelheiten herausgerückt. Er brachte es einfach nicht über sich, ihr zu sagen, dass Priya ihn verlassen hatte.

Am Ende aber hatten sie ihm doch zu sehr zugesetzt. Seine Mutter hatte darauf bestanden – *bestanden* –, dass sie wenigstens einmal zum Abendessen kamen; egal, ob vor oder nach den Feiertagen. Er hatte versucht, sich herauszureden und es auf die viele Arbeit in der Kanzlei zu schieben, woraufhin der Richter sich den Telefonhörer gegriffen und ein Machtwort gesprochen hatte.

»Der Tag nach Weihnachten ist ein Sonntag«, hatte er erklärt. »An dem Tag ist kein Mensch in der Kanzlei. Ich bin mir sicher, dass du da auch mal eine Pause einlegen kannst.«

»An dem Abend ist die Kanzleiweihnachtsfeier«, hatte Thomas gekontert.

Die Finte hatte so lange funktioniert, bis der Richter auf die Idee gekommen war, nachzufragen, wann die Feier denn beginne.

»Um halb neun«, hatte er zugegeben.

»Dann kannst du ja vorher vorbeikommen«, hatte der Richter erklärt.

Thomas kehrte zum Strandhaus zurück und packte seine Tasche. Die meisten seiner Kumpel schliefen noch, und das Haus war in einem katastrophalen Zustand. Überall lagen und standen schmutzige Teller und Schnapsgläser herum, und in der Luft hing immer noch schwacher Alkoholdunst. Er beneidete Jeremy nicht um die Aufgabe, dieses Chaos wieder zu beseitigen.

Er traf seinen Freund in der Diele, bekleidet mit einem grauen T-Shirt und Boxershorts.

»Du brichst schon auf?«, fragte Jeremy. »Ich mache später Pfannkuchen. Treibstoff für den Rückweg.«

Thomas fuhr sich durch sein dunkles Haar. »Klingt sehr verlockend, aber ich muss zurück. Heute Abend ist die Weihnachtsfeier von Clayton, und vorher muss ich noch einen Zwischenstopp bei meinen Eltern einlegen. Sie haben mich zum Essen eingeladen.«

»Manchmal kommt es einem vor, als würden die Feiertage kein Ende nehmen«, meinte Jeremy grinsend.

»Vielen Dank, dass du an mich gedacht hast«, sagte Thomas.

Jeremy packte ihn an der Schulter. »Ich weiß, unsere Feier kam nicht an einen Weihnachtsabend mit Priya heran, aber es war schön, dich mal wieder gesehen zu haben. Wenn ich irgendwas für dich tun kann …«

»Danke.« Thomas bedachte seinen Freund mit einem schwachen Lächeln, griff nach seiner Tasche und brach auf.

Thomas verließ die Ferienanlage und fuhr in Richtung Charleston. Auf die zehnstündige Rückfahrt hätte er gut und gerne verzichten können. Immerhin herrschte wenig Verkehr, sodass er die Stadt in vierzig Minuten erreichte. Eigentlich hatte er es gar nicht so eilig, aber da weit und breit keine Polizei zu sehen war, konnte er nicht widerstehen und gab Gas. Gleichzeitig bemühte er sich nach Kräften, nicht an das leere Sandsteinhaus zu denken, das ihn in Georgetown erwartete, und auch nicht an den Jasmin- und Fliederduft von Priyas Parfum, nach dem seine Bettwäsche immer noch roch.

Gegen Mittag hielt Thomas an, um zu tanken. Bei der Gelegenheit fiel ihm ein, dass er nicht gefrühstückt hatte. Auf die Empfehlung des Tankwarts hin kaufte er sich an einem örtlichen Kiosk ein Schweinebratensandwich und fuhr einen knappen Kilometer bis zum botanischen Garten von Cape Fear. Inzwischen hatte sich die Luft so weit aufgewärmt, dass er im Freien sitzen konnte.

Er stellte den Wagen auf dem Besucherparkplatz ab und betrat die Gärten. Es war ein idyllischer Ort mit üppigem

Grün. Ein paar Pärchen gingen dort spazieren, ein älterer Mann warf einem Taubenschwarm Reiskörner zu, und eine blonde Frau mit Hut machte Schnappschüsse von einem Mann, der mit Sonnenbrille unter einer Eiche posierte. Nicht weit von den beiden entfernt steuerten eine junge Mutter und ein etwa zehnjähriges Mädchen auf die speziell für Kinder angelegten Gärten zu. Während Thomas beobachtete, wie das Mädchen seiner Mutter vorauslief, spürte er in seinem Inneren ein vertrautes schmerzhaftes Ziehen. Während Priyas Schwangerschaft hatte er sich oft vorgestellt, wie Mohini im Rock Creek Park ihre ersten Schritte machen würde – eine von so vielen Hoffnungen, die durch den Tod des kleinen Mädchens zunichtegemacht worden waren.

Er ging zu einem kleinen Pavillon hinüber, der inmitten einer Wiese stand, und ließ sich auf den Stufen nieder. Von dort sah er zu, wie Mutter und Tochter in einem Wäldchen aus immergrünen Bäumen verschwanden. Die Frau mit der Kamera verlor bald das Interesse daran, ihren Begleiter zu fotografieren, und richtete ihre Aufmerksamkeit stattdessen auf die Flora. Man hörte es immer wieder klicken, während die Frau ihre Linse aufs Geratewohl hin und her schwenkte und sich dabei im Zickzackkurs auf den Pfad zubewegte, der zu den Gärten für Kinder führte. Ihr Freund schlenderte hinter ihr her.

Thomas holte sein Sandwich heraus und begann zu essen. Dabei beobachtete er die gemächlich am Himmel dahinziehenden Wolken und genoss die Stille des Ortes. Nach einer Weile ließ er den Blick wieder quer über die Wiese schweifen und sah, dass der ältere Herr sich auf einer Bank am Rand der Bäume niedergelassen hatte. Alle anderen waren verschwunden. Für einen Moment wirkte alles ganz heiter: Die Luft war still, der Wald lag friedlich da, und die Dezembersonne hing wie eine Laterne am Himmel.

Dann zerriss plötzlich ein Schrei die Stille.

Thomas legte sein Essen zur Seite und stand auf. Wieder ertönte ein Schrei. Es handelte sich um eine Frauenstimme, und sie kam aus Richtung des Gartens für Kinder. Sekunden später rannte er bereits den Pfad entlang, der zu den Bäumen führte. Für ihn bestand nicht der geringste Zweifel: Der Schrei hatte etwas mit dem Mädchen zu tun.

So schnell er konnte, rannte er in den Wald hinein. Der Weg, der unter den Zweigen entlangführte, lag einsam und dunkel vor ihm. Als er den Rand des Wäldchens erreichte, sah er die junge Mutter zusammengekrümmt mitten auf einer Lichtung kauern. Sie hielt eine Hand an den Magen gepresst und die andere ans Gesicht, während sie immer wieder einen Namen wiederholte: Abby.

Thomas blickte sich um.

Das Mädchen war verschwunden.

Er rannte zu der Frau und ging neben ihr in die Knie. An ihrer leuchtend roten Wange begann sich bereits ein scheußlicher Bluterguss abzuzeichnen. Sie starrte ihn mit einem wilden Ausdruck in den Augen an.

»*Bitte!*«, krächzte sie. »Sie haben sie mitgenommen. Sie haben meine Abby mitgenommen! *Helfen Sie mir!*«

Thomas' Herz tat einen Satz. »*Wer?*« Er ließ den Blick über den Waldrand schweifen.

»Eine Frau mit einer Fotokamera«, antwortete die Mutter keuchend, während sie gleichzeitig aufzustehen versuchte, »und zwei Männer. Einer der beiden ist plötzlich von hinten auf mich losgegangen.« Sie deutete zu den Bäumen hinüber, die sie vom Parkplatz trennten. »Dann sind sie in diese Richtung davon! Tun Sie doch was! *Bitte!*«

In diesem Moment heulte ein Motor auf, und Thomas hörte das Geräusch von Autoreifen auf Kies. Er zögerte nur eine Sekunde, ehe er aufsprang und in den Wald stürmte.

Obwohl ihm Zweige ins Gesicht schlugen und er einmal fast über einen heruntergefallenen Ast gestolpert wäre, sprintete er weiter.

Als er schließlich aus dem Wald auftauchte, konnte er gerade noch sehen, wie ein schwarzer Geländewagen in Richtung Norden aus dem Parkplatz bog. Rasch fischte er sein Handy aus der Tasche und wählte die Notrufnummer. Er wurde sofort verbunden.

»Hier ist jemand entführt worden«, erklärte er atemlos, während er mit der anderen Hand nach seinem Schlüssel tastete. »Im botanischen Garten, ein etwa zehnjähriges Mädchen. Ihre Mutter ist noch hier, und sie ist verletzt. Ich habe einen schwarzen Geländewagen gesehen, konnte aber das Kennzeichen nicht erkennen.«

Er beendete das Gespräch, ehe die Stimme am anderen Ende der Leitung Zeit hatte zu antworten. Eilig sprang er in seinen Wagen und ließ den Motor an. Nachdem er mit einem groben Ruck den Gang eingelegt hatte, bog er in einer engen Kurve auf die Zufahrtsstraße und brauste mit quietschenden Reifen hinaus auf den Eastern Boulevard. Doppelt so schnell wie erlaubt fuhr er gute anderthalb Kilometer in Richtung Middle River Loop, weil er hoffte, den Geländewagen dort zu entdecken, bevor er in eine andere Straße abbog. Doch von dem Auto fehlte jede Spur.

Nachdem er weitere anderthalb Kilometer in Richtung I-95 gerast war, ohne den Geländewagen zu sichten, fuhr er an den Straßenrand und blickte sich verzweifelt um. Jede Sekunde, die verging, verminderte seine Aussicht auf Erfolg. Die Gegend nördlich des Middle River Loop wurde von Wald und sanft ansteigenden Feldern beherrscht. Aufmerksam ließ er den Blick über die Landschaft zu beiden Seiten der Straße gleiten, auf der Suche nach einem Flecken Schwarz vor dem Hintergrund aus Grün. Auf der Schnellstraße fuhren ein paar Autos vorbei, aber von dem Geländewagen war weiterhin nichts zu sehen.

Wütend umklammerte Thomas das Lenkrad mit beiden Händen. Der Geländewagen hatte höchstens eine Minute Vorsprung, sodass er eigentlich noch nicht weit sein konnte, doch im Gegensatz zu ihm, Thomas, kannten sich die Entführer in der Gegend wahrscheinlich sehr gut aus.

Nach einer Weile machte er kehrt und fuhr die Strecke zurück, die er gekommen war. Während seiner Abwesenheit waren vier Streifenwagen und ein Krankenwagen eingetroffen, die nun – alle mit blitzendem Blaulicht – die Zufahrt zu den Gärten belagerten. Hinter dem Krankenwagen standen zwei Polizeibeamte und sahen zu, wie sich eine Rettungssanitäterin um die Mutter des Mädchens kümmerte. Ein weiterer Beamter sprach in ein Funkgerät, während ein vierter ein Stück weiter hinten Fotos machte.

Thomas trat auf den Beamten mit dem Funkgerät zu und wartete. Der Polizist redete ungerührt weiter und schien den Mann neben sich gar nicht zu bemerken. Plötzlich packte ihn jemand am Arm. Er drehte sich um, vor ihm stand die Mutter des Mädchens. Flehentlich sah sie ihn an.

»Bitte sagen Sie mir, dass Sie sie noch einmal gesehen haben.« Mit diesen Worten schob sie die Sanitäterin weg, die gerade versuchte, sie zurück zum Krankenwagen zu führen. »Bitte sagen Sie mir, dass Sie wissen, wohin diese Leute meine Tochter gebracht haben.«

Wortlos schüttelte er den Kopf.

»O Gott!«, rief die Frau. »O mein Gott! Sie ist heute elf geworden. Ich war mit ihr auf dem Weg ins Kino, aber sie wollte vorher unbedingt noch in die Gärten.« Ohne Vorwarnung warf sie sich Thomas entgegen und trommelte mit beiden Fäusten auf seine Brust ein. *»Ich hätte Nein* *sagen sollen!«*, kreischte sie und brach dann in hemmungsloses Schluchzen aus. »*Wie konnte das nur passieren?*«

Thomas hatte keine Ahnung, was er tun sollte. Er wechselte einen Blick mit einem der Polizeibeamten, der daraufhin halbherzig einzugreifen versuchte.

Schließlich fing sich die Frau von selbst wieder so weit, dass sie Thomas losließ. »Entschuldigen Sie«, sagte sie und trat einen Schritt zurück. »Ich kann nur …« Sie schlang die Arme um sich. »Abby ist alles, was ich habe. Ich kann sie unmöglich verlieren. Was soll ich nur tun?«

Die Sanitäterin nahm die Frau an der Hand. »Kommen Sie, Miss Davis. Die Polizei tut alles in ihrer Macht Stehende. Nun müssen wir uns erst mal um Ihre Verletzungen kümmern.«

Dieses Mal fügte sich die Frau ohne Widerstand.

Thomas stand ganz steif da, tief bewegt und verstört zugleich. Der Beamte mit dem Funkgerät begann ihn zu dem Vorfall zu befragen, und er antwortete mechanisch, doch seine Gedanken drifteten ab in eine andere Zeit und an einen anderen Ort – einen kleinen Hügel auf dem Glenwood-Friedhof, wo er Blumen auf das Grab seiner Tochter pflanzte.

Es dauerte eine Viertelstunde, bis er seine Aussage gemacht hatte. Währenddessen bog ein Zivilfahrzeug auf den Parkplatz ein, und ein großer Mann im Anzug stieg aus. Nachdem er mit einem der Streifenbeamten neben dem Krankenwagen gesprochen hatte, steuerte der Mann auf Thomas zu.

»Ich bin Detective Morgan von der Polizei in Fayetteville. Wenn ich das richtig verstanden habe, sind Sie derjenige, von dem der Notruf kam?«

»Das stimmt«, bestätigte Thomas.

»Darf ich fragen, warum Sie versucht haben, dem Fahrzeug zu folgen?«

Thomas zuckte mit den Schultern. »Keine Ahnung. Ich wollte helfen.«

»Mein Kollege Velasquez hier sagt, Sie hätten die Entführer gesehen.«

»Nur aus der Ferne. Ein ganz normal wirkendes Paar, mir ist nichts Besonderes an ihnen aufgefallen.«

»Würden Sie sie bei einer Gegenüberstellung wiedererkennen?«

»Das bezweifle ich. Vielleicht den Mann, aber die Frau eher nicht.«

Der Detective musterte ihn neugierig. »Womit verdienen Sie Ihren Lebensunterhalt, wenn ich fragen darf?«

»Ich arbeite in Washington, D.C., als Anwalt. Warum?«

Der Detective lächelte trocken. »Ein menschenfreundlicher Anwalt. Von Ihrer Sorte gibt es nicht allzu viele auf der Welt.«

Thomas fand den Kommentar alles andere als geistreich und spürte einen Anflug von Verärgerung. Er warf einen Blick zum Krankenwagen hinüber, wo die Mutter des Mädchens gerade wegen ihrer Aufschürfungen an den Handgelenken behandelt wurde.

»Was ist hier abgelaufen?«, fragte er. »Es waren mehrere Entführer, und sie haben das Ganze am helllichten Tag durchgezogen. Je länger ich darüber nachdenke, desto mehr komme ich zu dem Schluss, dass die Sache von langer Hand geplant war.«

Der Detective verschränkte die Arme. »Dazu kann ich noch nichts sagen.«

»Sie wollen mir doch wohl nicht weismachen, dass wir es hier mit einem ganz gewöhnlichen Verbrechen zu tun haben? Wir sind hier in North Carolina, nicht in Mexico City.«

Die Miene des Detective verfinsterte sich. »Sie werden von mir weder zu hören bekommen, dass es ein übliches Verbrechen war, noch, dass es keins war.« Sein Ton wurde etwas sanfter. »Hören Sie, falls das für Sie ein Trost ist: Es werden eine Menge guter Leute an dem Fall arbeiten. Vielleicht schaltet sich sogar das FBI ein. Wir werden tun, was wir können.«

»Das bezweifle ich gar nicht. Aber werden Sie das Mädchen finden?«

Der Detective richtete den Blick auf den Wald und schien für einen Moment innerlich mit sich zu ringen. »Ich möchte Sie nicht anlügen. Statistisch gesehen stehen unsere Chancen nicht allzu gut.«

Thomas holte tief Luft. Er dankte dem Detective, der ihm seine Visitenkarte hinhielt.

»Rufen Sie mich an, wenn Ihnen zu der Sache noch etwas einfällt«, sagte der Detective. »Und sorgen Sie dafür, dass wir Sie jederzeit erreichen können. Wir haben vielleicht noch ein paar Fragen an Sie.«

Thomas nickte. Während er zu seinem Wagen zurückkehrte, hörte er im Geiste erneut die Worte der Mutter: *Abby ist alles, was ich habe. Ich kann sie unmöglich verlieren.* Er versuchte, die Verzweiflung der Frau abzuschütteln, aber sie ließ ihn nicht los.

Auf der ganzen restlichen Strecke nach Washington fühlte er sich wie betäubt. Vor seinem geistigen Auge sah er immer wieder die Entführung ablaufen. Wäre er doch nur schneller gerannt und sofort in den Wagen gesprungen, statt vorher die Notrufnummer zu wählen. Den Anruf hätte er genauso gut während der Fahrt machen können. Was die Entführer mit dem Mädchen wohl vorhatten? Würden sie ein Lösegeld verlangen, oder führten sie womöglich noch Schlimmeres im Schilde?

Ein paar Minuten vor sechs erreichte er den District of Columbia. Er fuhr ein Stück den Potomac River entlang und dann über die Brücke nach Georgetown hinein. Direkt vor seinem Haus fand er einen Parkplatz und trug seine Sporttasche in die Diele. Noch immer hatte er sich nicht an die Stille im Haus gewöhnt, seit Priya drei Wochen zuvor ausgezogen war. Er schaltete ein paar Lampen an und ging dann hinauf ins Schlafzimmer, um sich umzuziehen. Nachdem er in eine frische Hose und einen Pulli geschlüpft war, betrachtete er sich im Spiegel und entdeckte die dunklen Ringe um seine Augen. Seine Mutter würde sagen, dass er nicht auf sich achte – und damit durchaus richtigliegen. Die Fahrt in den alten Stadtkern von Alexandria nahm er nur als eine Abfolge verschwommener Lichter wahr. Nachdem er auf der Zufahrt zum bescheidenen, im Tudor-Stil gebauten Haus seiner Eltern geparkt hatte, blieb er noch eine Weile im Wagen sitzen. Schließlich stieg er aus, ging die Haustreppe hinauf und hielt an der Tür erneut einen Augenblick inne. Von drinnen begrüßte ihn die gedämpfte Stimme Gene Autrys. Der alte Schnulzensänger säuselte von Santa Claus. Für einen Moment kam Thomas sich vor wie in einem Traum. Ein Jahr zuvor hatten er und Priya händchenhaltend auf dieser Treppe gestanden. Zwischen ihnen hatte nicht immer eitel Sonnenschein geherrscht, aber Priya war schwanger und freute sich auf das Kind, und er war mit seinem Leben zufrieden. Als aufsteigender Stern bei Clayton & Swift verteidigte er die Firma Wharton Coal in einem Fall, der für seine Karriere ausschlaggebend sein konnte. Finanziell ging es ihnen auch gut. Warum nur war danach alles so schrecklich schiefgelaufen?

Er klopfte zweimal, bevor er eintrat. Mit Schürze und schweißglänzendem Gesicht eilte Elena Clarke von der Hitze des Herds hinaus in die Diele, um ihren Sohn zu begrüßen. Als sie sah, dass er allein war, wurden ihre Augen schmal.

Für einen Moment standen sich die beiden schweigend gegenüber, weil keiner den ersten Schritt tun wollte. Schließlich nahm Thomas seinen ganzen Mut zusammen.

»Priya kommt nicht. Sie hat mich vor drei Wochen verlassen.« So, nun war es endlich heraus.

Seine Mutter riss vor Schreck die Augen auf, fing sich aber schnell wieder. »Das hast du uns gar nicht erzählt«, bemerkte sie leise.

»Ich wusste nicht, was ich sagen sollte.«

»Wo ist sie hin?«

Er holte tief Luft. »Nach Hause.«

Elena ging auf ihn zu, wobei sie zunächst ein wenig zögerte, sich dann jedoch ein Herz fasste. Er ließ sich widerstandslos von ihr umarmen.

»Uns war klar, wie schwer das für euch werden würde, aber wir hatten gehofft, es käme nicht so weit.« Sie trat einen Schritt zurück und sah ihn wieder an. »Wie geht es dir?«

Er zuckte mit den Schultern. »Es ist mir schon mal besser gegangen.«

Elena nickte. »Dein Vater ist im Arbeitszimmer.« Sie verdrehte die Augen. »Er liest gerade irgendeinen unverständlichen Wälzer über den Peloponnesischen Krieg.«

Thomas brachte ein Lächeln zustande. »Gibt es sonst noch was Neues?«

Er ging den Flur hinunter, vorbei an den Schulfotos aus seiner Kindheit, und betrat das Heiligtum seines Vaters. Der Raum hatte mehr von einer Bibliothek als von einem Arbeitszimmer. Der Richter saß in einem Ledersessel, ein Kissen auf dem Schoß und einen Füllfederhalter in der Hand. Das vor ihm liegende Buch wirkte überdimensional groß. Thomas sah, dass die Seitenränder mit zahllosen Anmerkungen vollgekritzelt waren. Der Richter kommentierte alles, was er las. Nachdem er den ganzen Tag lang über menschliche Schicksale urteilte, waren gesichtslose Autoren für ihn leichte Beute.

Er blickte zu seinem Sohn hoch. »Frohe Weihnachten, Thomas.«

»Frohe Weihnachten, Dad.« Verlegen blieb er vor ihm stehen.

Der Richter ergriff das Wort. »Ich habe mitbekommen, was du eben deiner Mutter erzählt hast. Lag es an Mohini, oder hat der Wharton-Fall Priya den Rest gegeben?«

Thomas verzog das Gesicht. Sein Vater nahm kein Blatt vor den Mund. »Ein bisschen von beidem, nehme ich an«, antwortete er, ohne zu erwähnen, dass es noch andere Punkte gab, die die Geschichte verkomplizierten.

»Sie hat den verdammten Fall von Anfang an nicht gemocht«, fuhr sein Vater fort.

»Es ist ja auch schwer, ein Unternehmen zu mögen, das ein Schulhaus voller Kinder auf dem Gewissen hat.«

Der Richter nickte und stand auf. »Das Fatale am Beruf des Prozessanwalts ist«, erklärte er, während er Thomas ins Esszimmer führte, »dass man sich seine Mandanten nicht immer aussuchen kann.«

»Priya hätte dir jetzt bestimmt widersprochen.«

»Ja«, pflichtete sein Vater ihm bei, »sie war immer schon eine Idealistin.« Er legte Thomas die Hand auf die Schulter. Nicht weit entfernt schlug die Uhr sieben. »Es tut mir leid. Das letzte halbe Jahr war wirklich nicht einfach für dich.«

»Danke, Dad.« Es rührte ihn, dass sein Vater ausnahmsweise einmal Gefühle zeigte.

Im Esszimmer trafen sie auf Elena, die gerade einen Korb voll dampfender Butterbrötchen auf den Tisch stellte. »Truthahn mit Füllung, Kartoffelbrei, Cranberries, Brokkoli, das ganze Programm«, versuchte sie die Stimmung zu heben. »Zwar haben Ted und Amy am Weihnachtsabend die komplette Füllung weggefuttert, aber ich habe neue gemacht.«

Es roch köstlich, und Thomas musste lächeln. Sein jüngerer Bruder arbeitete für eine Finanzfirma in New York und Teds Frau Amy als Model für etliche Modemagazine. Trotz ihrer hochtrabenden Berufe waren beide ziemlich bodenständig geblieben.

»Ich bin mir sicher, dass Ted sich dabei mehr ins Zeug gelegt hat als Amy«, bemerkte er.

Sein Vater lachte. »Dieses Mädchen sieht man eigentlich nie etwas essen.«

»Hört mal, es tut mir leid, dass ich nicht da war«, erklärte Thomas.

»Ist schon vergessen und vergeben«, meinte seine Mutter, »und jetzt lass es dir schmecken!«

Während des Essens versuchten sie das Gespräch auf unverfänglichere Themen zu lenken, doch noch ehe sie mit dem Hauptgang fertig waren, holten die schwerwiegenden Ereignisse der letzten Zeit sie wieder ein. Seine Mutter fragte Thomas, ob er von dem Tsunami im Indischen Ozean gehört habe.

»Sie haben im Radio darüber berichtet«, antwortete er.

»Deine Mutter klebt schon den ganzen Nachmittag am Fernseher«, erklärte der Richter.

»Das kann man sich gar nicht vorstellen«, meinte Elena kopfschüttelnd. »All diese Menschen …« Ihre Stimme zitterte vor Mitgefühl. »Wie kann so etwas nur passieren?«

»Keine Ahnung«, entgegnete Thomas, der sich nun schon zum zweiten Mal an diesem Tag mit dieser Frage konfrontiert sah. Er musste daran denken, wie Abbys Mutter in seinen Armen geschluchzt hatte. Nachdenklich wandte er sich an seinen Vater.

»Nachdem wir schon mal über so deprimierende Themen sprechen, Dad, würde ich gern deine Meinung zu etwas hören, das mir auf der Heimfahrt passiert ist.«

Er erzählte dem Richter nicht ohne Hintergedanken von der Entführung und seinem Gespräch mit Detective Morgan. Immerhin saß sein Vater in einem der mächtigsten Bezirksgerichte des Landes an oberster Stelle. Wenn jemand einen guten Überblick über das Verbrechen in Amerika hatte, dann er.

Als Thomas zu Ende erzählt hatte, rieb sein Vater sich nachdenklich das Kinn. »Hmm, Fort Bragg ist in Fayetteville.« Nach einer Pause fuhr er fort. »Womöglich war es keine gewöhnliche Entführung. Wir hatten im vergangenen Jahr einen starken Anstieg im Bereich Menschenhandel zu verzeichnen.«

Thomas runzelte die Stirn. »Was hat der Armeestützpunkt damit zu tun?«

»Das ist im Grunde ganz einfach. Der Armeestützpunkt liefert den Zuhältern eine Stammkundenbasis.«

Elena seufzte und stand abrupt auf, um das Geschirr abzutragen. Nachdem Thomas einen vielsagenden Blick mit seinem Vater gewechselt hatte, erhob er sich, um ihr zu helfen. Anschließend zogen sie sich ins Wohnzimmer zurück. Thomas nippte an einem Glas Eierlikör, während sein Vater im Kaminfeuer herumstocherte.

Sie versammelten sich um den Weihnachtsbaum, und Elena nahm eine alte, ledergebundene Bibel von einem Wandtischchen. Sie schlug das Lukas-Evangelium auf, wie sie es zu dieser Zeit des Jahres immer tat, starrte jedoch nur mit leerem Blick auf die Seite. Nach einem Augenblick des Schweigens ließ sie die Bibel wieder sinken.

»Ich glaube nicht, dass ich das jetzt kann«, erklärte sie.

»Dann lese ich statt deiner.« Mit diesen Worten nahm ihr der Richter die Bibel aus der Hand.

Er blätterte bis zu dem Abschnitt, der von der Geburt Jesu handelte, und begann die uralten Worte vorzulesen. Thomas hörte zu, wie er es jedes Jahr seines Lebens getan hatte, auch wenn ihm der Text inzwischen nicht mehr viel bedeutete. Er war wie jeder katholische Junge zur Firmung gegangen, doch während seiner Studienjahre in Yale waren die Worte des Katechismus für ihn zunehmend fadenscheinig und schal geworden. In der realen Welt regierte nur eine einzige Wahrheit, und zwar der Zweifel.

Nachdem der Richter die Bibel wieder zugeklappt hatte, griff Elena unter den Weihnachtsbaum und reichte Thomas ein kleines, in Goldpapier gewickeltes Päckchen. Sie lächelte ihren Sohn an. Dann wanderte ihr Blick zum Richter.

»Dein Vater hat sie ausgesucht«, bemerkte sie.

Thomas entfernte das Papier und öffnete ein Schmuckkästchen mit einem Paar silberner Manschettenknöpfe. Sie trugen seine Initialen: TRC. Das »R« stand für Randolph.

»Priya hat dich doch immer dazu überreden wollen, diese braven Hemden mit doppelter Manschette zu tragen«, erklärte sein Vater mit einem kleinen Lachen. »Ich dachte, dieses Geschenk wäre dabei hilfreich.«

»Sie hat mich immer zu allem Möglichen überreden wollen«, erwiderte Thomas.

Elena zog ein zweites Päckchen heraus. »Für sie habe ich das hier«, meinte sie seufzend. »Ich habe es in einem Antiquariat entdeckt. Vielleicht sollte ich es jetzt einfach selbst behalten, aber lieber wäre es mir, du würdest es mitnehmen.«

Thomas schüttelte den Kopf. »Sie kommt nicht zurück, Mom. Deswegen sehe ich keinen Sinn darin, es mitzunehmen.« Er wollte nicht zu harsch klingen, ihr aber auch keine falschen Hoffnungen machen.

Elena seufzte. »Nimm es trotzdem. Bitte.«

Widerstrebend griff Thomas nach dem Geschenk. »Soll ich es auspacken?«

Seine Mutter nickte.

Unter dem Papier kam ein Gedichtband von Sarojini Naidu zum Vorschein.

»Eine gute Wahl«, stellte er fest. »Sie hat Naidu immer sehr gemocht.«

»Warum liest du uns nicht etwas vor?«

Unwillkürlich wollte er ablehnen, aber um seine Eltern nicht zu enttäuschen, schlug er das Buch auf und las ein Gedicht mit dem Titel »Vergänglichkeit« vor. Obwohl der Refrain eine eindringliche Schönheit besaß, klangen die Worte in seinem Herzen hohl.

Nein, weine nicht; neue Hoffnungen, Träume, Gesichter,
Die frische Freude all der Jahre, die noch vor dir liegen,
Macht bald dein Herz zu einem Verräter deines Kummers
Und deine Augen untreu ihren Tränen, die dann rasch versiegen.

Nachdem er zu Ende gelesen hatte, herrschte im Raum Schweigen. Keiner wusste, was er sagen sollte. Schließlich rettete sie die Standuhr, die genau im richtigen Moment halb neun schlug.

»Es tut mir leid, dass ich schon wieder auf dem Sprung bin«, verkündete Thomas und versuchte dabei, sich seine

Erleichterung nicht anmerken zu lassen, »aber ich muss mich noch umziehen, bevor ich in die Stadt fahre.«

»Natürlich«, antwortete Elena, obwohl ihr Blick voller Sorge war.

Seine Eltern begleiteten ihn zur Tür.

»Ruf uns an, wenn du etwas brauchst«, sagte Elena mit ernstem Gesicht, »egal, zu welcher Tageszeit, wir sind für dich da.«

»Ich komme schon klar«, erwiderte Thomas, ehe er ihr einen Kuss auf die Wange gab und seinem Vater die Hand schüttelte. »Ihr braucht euch meinetwegen keine Sorgen zu machen.«

Aber er wusste, dass sie ihm nicht glaubten.

Er fuhr zurück in die Stadt und legte einen kurzen Zwischenstopp zu Hause ein, um seinen Smoking anzuziehen. Er fühlte sich zutiefst erschöpft. Wie idiotisch von ihm, an Weihnachten die ganze Strecke bis nach South Carolina zu fahren. Die Feiertage hatten durchaus ihre angenehmen Seiten, aber selbst in einem guten Jahr strengte es ihn an, all die sozialen Kontakte zu pflegen. Er brauchte einen Drink. Das war so ziemlich das einzig Positive an der Kanzleiweihnachtsfeier: Es gab Alkohol in rauen Mengen.

Er rief sich ein Taxi, das ihn gegen halb zehn vor dem Eingang des Mayflower Hotel absetzte. Er wusste aus Erfahrung, dass sein spätes Eintreffen niemandem auffallen würde. Clayton-Feste dauerten die ganze Nacht.

Als er die vornehme Lobby des alten Beaux-Arts-Hotels betrat, schallte ihm bereits Stimmengewirr entgegen. In Claytons Washingtoner Kanzlei – einer von zwanzig über die ganze Welt verteilten – arbeiteten zweihundert Anwälte und noch einmal rund doppelt so viele Leute in anderen Funktionen. Wenn sich die ganze Schar versammelte und

Drinks ausgeschenkt wurden, musste man schon laut schreien, um sich Gehör zu verschaffen.

Er betrat den prächtigen Ballsaal und begrüßte eine Gruppe von Freunden. Nachdem sie ein paar Scherze und ein bisschen Kanzleiklatsch ausgetauscht hatten, entschuldigte er sich, um sich einen Drink zu holen. An einer der Bars bestellte er einen Manhattan und sah zu, wie der Barmann Whiskey, Wermut und Angosturabitter mischte. Schließlich nahm er den Drink entgegen, nippte daran und blickte auf das Meer von vor Aufregung und beginnender Trunkenheit roten Gesichtern.

Immer noch versetzte es ihm einen Adrenalinschub, wenn er sich inmitten dieser Leute befand. Clayton war eine der renommiertesten Anwaltskanzleien der Welt. Vor allem während des letzten Jahrzehnts, durch den irrwitzigen Anstieg des Immobilienmarkts, durch die Expansion der internationalen Unternehmensübernahmen sowie des globalen Energiesektors waren die Sozii der Kanzlei zu Multimillionären geworden und hatten Anwärter wie Thomas einen ersten Vorgeschmack auf ihr zukünftiges wohlsituiertes Leben bekommen.

Priya dagegen hatte alles an der Kanzlei gehasst. Sie hatte sich vehement gegen Clayton ausgesprochen, als Thomas damals seine Bewerbungen losschickte. Ihr Hauptargument war gewesen, dass nur ein nicht gewinnorientiertes Berufsleben echte Befriedigung bringe. Er hatte ihr gut zugehört, wie er es immer tat. Dennoch war er anderer Meinung gewesen. Sich für ein paar Brotkrumen bei einer Bürgerrechtsbewegung abzurackern war vielleicht emotional befriedigend, was die Karriere betraf aber eine Sackgasse. Er wollte das, was sein Vater hatte: einen Posten als Richter. Um dieses Ziel zu erreichen, musste er in der obersten Liga spielen.

»Hallo, Fremder.«

Die Stimme ließ ihn zusammenfahren. Als er sich umdrehte, blickte er in die aquamarinblauen Augen von Tera Atwood.

»Ich habe das ganze Wochenende versucht, dich zu erreichen«, erklärte sie, »aber du bist nicht rangegangen.« Sie stellte sich neben ihn und berührte seinen Arm. »Irgendwo schön gefeiert?«

Tera hatte in Chicago Jura studiert und ein Jahr nach Thomas in der Kanzlei angefangen. Sie war klug, temperamentvoll und hübsch. An diesem Abend trug sie ein mit silbernen Pailletten besetztes Kleid, in dem sie eher wie ein Varieté-Star aussah und nicht wie eine seriöse Prozessanwältin aus einer großen Kanzlei.

»Ich habe mich mit ein paar Freunden am Meer getroffen«, erklärte er, während er den Blick schweifen ließ, um zu sehen, ob jemand sie beobachtete. »Ich habe mein BlackBerry vergessen.«

Er versuchte sich zu entspannen, schaffte es aber nicht. Tera hatte eine überwältigende Wirkung auf ihn. Was er in ihrer Gegenwart empfand, ließ sich mit zwei Worten zusammenfassen: Verlangen und Schuldgefühl.

Sie bedachte ihn mit einem koketten Lächeln. »Wir könnten von hier verschwinden und irgendwohin gehen, wo wir allein sind.«

Schlagartig wuchs sein Schuldgefühl noch. »Das halte ich für keine gute Idee.«

Tera wirkte irritiert und leicht verletzt. »Mein lieber Thomas, du vergisst, dass Priya dich verlassen hat. Was hast du zu verbergen?«

Wieder sah er sich um. »Hier weiß noch niemand von unserer Trennung.«

»Und wie lange gedenkst du sie geheim zu halten?«

»Das weiß ich selbst noch nicht so genau.« Es wäre ihm lieber gewesen, wenn er dieses Gespräch hätte vermeiden können.

»Schämst du dich für mich, Thomas?« Tera versuchte beiläufig zu klingen.

»Natürlich nicht«, entgegnete er rasch. Warum war ihm so daran gelegen, sie zu beschwichtigen? Erneut legte Tera die Hand auf seinen Arm. »Was hältst du von morgen?«

Er sah einen Sozius aus der Prozessabteilung zu ihnen herübersehen und wandte den Blick ab. »Morgen ist besser«, antwortete er in der Hoffnung, sie möge den Hinweis verstehen und ihn allein lassen.

»Ich kann es kaum erwarten«, gab sie zurück, ehe sie abzog, um eine Freundin zu begrüßen.

Er sah ihr nach. In dem Moment hätte er sich am liebsten in Luft aufgelöst. Tera war einer der unbegreiflichen Aspekte in seinem Leben. Er hatte all die Techtelmechtel und Seitensprünge unter Kollegen und Kolleginnen, die in der Kanzlei gang und gäbe waren, immer voller Verachtung beobachtet. Er selbst war Priya treu gewesen. Obwohl Tera schon seit drei Jahren mit ihm am Wharton-Fall arbeitete, hatte er sie immer nur als platonische Freundin betrachtet, nichts weiter. Dann schlug das Schicksal zu, und plötzlich änderten sich die Regeln. Tera hatte genau im falschen Moment die Hand nach ihm ausgestreckt – als sich Priyas stumme Trauer in scharfkantige Verbitterung verwandelt hatte.

Dabei hatte ihre Affäre ganz unschuldig begonnen: hier ein Lachen, dort ein Klaps auf die Schulter. Doch irgendwo in all den aufreibenden Vorbereitungen auf den Wharton-Prozess und Priyas zerstörerischer Depression hatte er die Grenze überschritten, und aus bloßer gegenseitiger Anziehung war Verliebtheit geworden. Er blieb immer länger in der Kanzlei und fürchtete sich vor den Tiraden, die er zu Hause für jeden kleinen Fehler, den Priya entdeckte oder sich einbildete, über sich ergehen lassen musste. Über Mohini konnte er mit seiner Frau nicht reden, sie weigerte sich sogar, auch nur den Namen ihrer Tochter auszusprechen. Thomas war in dieser Phase äußerst verletzlich, und Tera stand zur Verfügung. Mehr als das: Sie zog ihn völlig in ihren Bann.

Ihren körperlichen Annäherungsversuchen hatte er dennoch widerstanden, bis Priya gegangen war, aber in den vergangenen drei Wochen hatte er Tera zweimal in ihrer Wohnung am Capitol Hill besucht. Über Nacht war er bisher nicht geblieben, dafür war sein schlechtes Gewissen viel zu groß. Trotzdem hatte er der Versuchung nachgegeben, mit ihr zu schlafen, weil sie gefühlvoll und schön war und seine Frau ihn verlassen hatte.

Als er nun einen Blick auf die Uhr warf, sah er, dass es bereits auf halb elf zuging. Er riss sich zusammen und drehte eine Runde, wobei er hier und dort ein paar geistreiche Bemerkungen mit einem Kanzlei-Sozius wechselte. Etwas später brach er auf. Er verließ das Mayflower zu Fuß und ging entlang der 18th Street nach Süden, in Richtung K Street. Es war eine kalte, wolkenlose Nacht, sodass man durch den Smog zumindest die helleren Sterne sehen konnte. Thomas zog den Mantel enger um sich. Er überlegte, ob er sich ein Taxi rufen sollte, entschied sich dann aber dagegen. Er wollte lieber gehen.

Als er eine halbe Stunde später zu Hause eintraf, fühlte er sich dank des Fußmarsches ein wenig belebt. Er begab sich schnurstracks in die Küche und schenkte sich ein Glas Scotch ein. Vorsichtshalber nahm er die Flasche mit hinüber zur Couch. Er versuchte, alle nagenden Gedanken aus seinem Kopf zu verscheuchen, doch sein schlechtes Gewissen wegen der Begegnung mit Tera blieb.

Er musste wieder an die Entführung in Fayetteville denken. Ob sein Vater wohl recht hatte, was die Verbindung zum Menschenhandel betraf? Befand sich Abby Davis tatsächlich in den Händen eines Zuhälters? Er stellte sich Mohini vor, wie sie mit elf vielleicht ausgesehen hätte, und schauderte. Was hätte er getan, wenn das seiner Tochter passiert wäre?

Er blickte sich nach dem Gedichtband um, den seine Mutter ihm mitgegeben hatte, und entdeckte ihn auf dem Tischchen neben dem Telefon. Er holte sich das Buch und kehrte damit auf die Couch zurück. Ohne so recht zu wissen warum, las er noch einmal das Gedicht »Vergänglichkeit«. Dieses Mal sprach ihn eine der Strophen an:

Nein, klage nicht, mag auch dein Leben dunkel sein vor
Kummer,
Die Zeit steht weder still, noch wird sie langsamer
vergehen;
Erscheint das Heut' dir noch so lang, so fremd, so bitter,
Ist es doch bald schon gestern, längst vergessenes
Geschehen.

Er lehnte sich zurück und schloss die Augen. In dem Moment begriff er, in was für einem dunklen Loch er sich verkrochen hatte, und mit ebensolcher Klarheit sah er, dass es nur einen einzigen Weg zurück ins Licht gab. Es musste sich etwas ändern. Er brauchte eine neue Perspektive. Er wusste selbst nicht genau, wie diese aussehen würde, aber so wie jetzt konnte es nicht bleiben.

Wenn er nichts unternahm, würde er jeden Tag ein kleines Stück mehr sterben.

3

Jedes Wesen fasst in sich selbst
die ganze geistige Welt.

PLOTIN

Chennai – Indien

Ahalya erwachte in einem Nebel aus verschwommenen Eindrücken. Sie hatte von dem Schlafmittel einen Brummschädel und wusste nicht gleich, wo sie sich befand. Einen kostbaren Moment lang kam es ihr vor, als würden sie und Sita zu Hause im Bett liegen und ihre Eltern unten warten, um sie mit Küssen und den Neuigkeiten des Tages zu begrüßen. Nur ganz langsam dämmerte ihr das Grauen ihrer tatsächlichen Situation.

Sita schlief in ihren Armen, den Rücken dicht an sie geschmiegt, wie sie es früher auch so oft getan hatte. Das Bett jedoch fühlte sich fremd und klumpig an, und an den Wänden fehlten die Teppiche, die sie in ihrem eigenen Schlafzimmer mithilfe ihrer Mutter aufgehängt hatten. Als nun plötzlich eine Frau in Ahalyas Gesichtsfeld auftauchte, tat ihr Herz einen Satz. Das Gesicht der Frau lag im Schatten, aber ihre Figur war nicht die von Ambini.

»Zeit, aufzustehen«, verkündete Chakos Frau kurz angebunden. »Ihr müsst den Zug erwischen.«

Sita erwachte in Ahalyas Armen. Beide Mädchen setzten sich auf. Der digitale Wecker auf dem Nachttisch zeigte 5:40 Uhr.

»Welchen Zug?«, fragte Ahalya.

»Das seht ihr dann schon.«

An der Tür drehte Chakos Frau sich noch einmal um. »Übrigens bin ich hinter deine kleine List mit dem Handy gekommen. Versteck nie wieder etwas vor uns, oder deine Schwester wird dafür büßen.«

Unwillkürlich fasste sich Ahalya an die Taille. Ihr stockte der Atem. Das Handy war weg.

»Wohin bringt ihr uns?« Sie bemühte sich, tapfer zu klingen.

»Keine Fragen mehr!«, fauchte die Frau. »Das Frühstück steht auf dem Tisch. Ihr habt eine Viertelstunde Zeit zum Essen. Um sechs kommen Prakash und Vetri und bringen euch zum Zug.«

Die Schwestern begaben sich an den Tisch, wo sie auf einem Teller zwei klebrige Idli-Kuchen und zwei Dosa-Crêpes vorfanden, dazu zwei Tassen mit Wasser. Das Ganze hatte die Bezeichnung Frühstück kaum verdient. Ahalya behauptete, keinen Hunger zu haben, und ermunterte ihre Schwester, alles allein aufzuessen. Nachdem Sita sie einen Moment eindringlich gemustert hatte, lehnte sie den zweiten Idli-Kuchen ab. Ahalya verspeiste ihn dankbar.

Prakash und Vetri erschienen zur vereinbarten Zeit. Um Punkt sechs klopften sie an der Tür, und Chako machte ihnen auf. Der junge Mann – Vetri – nickte den Mädchen kurz zu. Weder Chako noch seine Frau sprachen mit ihnen, während sie die Wohnung verließen.

Die schäbige Siedlung lag still in der Dunkelheit, als Ahalya und Sita auf die Straße traten. Hier und dort schlief im Schatten eines Hauseingangs ein herrenloser Hund, doch ansonsten wirkte die Gegend verlassen. Der fette Mann – Prakash – erwartete die Mädchen neben einem silberfarbenen Geländewagen, der in der heruntergekommenen Gegend richtig auffiel. Die Arme vor der Brust verschränkt, musterte er die beiden abschätzend.

»*Caril utkarungal*«, sagte er, während er ihnen eine der hinteren Türen aufhielt. »Steigt ein.«

Sita tat, wie ihr geheißen, und Ahalya folgte ihrem Beispiel. Der Neuwagengeruch des Fahrzeugs erinnerte Ahalya an den Land Rover ihres Vaters. Rasch schüttelte sie die Erinnerung ab und griff nach Sitas Hand.

»Geht es dir gut?«, fragte sie auf Englisch, weil sie hoffte, dass die Männer das nicht verstanden.

»Sprecht Tamil!«, blaffte Prakash, der auf der Fahrerseite einstieg.

»Es geht schon«, flüsterte Sita, während sie den Kopf auf Ahalyas Schulter bettete.

Nachdem Vetri sich auf den Beifahrersitz geschwungen hatte, brauste Prakash los. Sie verließen das Viertel und fuhren Richtung Küste. Zu dieser frühen Stunde war auf den Straßen der Stadt noch kaum etwas los. Ein paar Minuten später bog Prakash auf den Parkplatz am Hauptbahnhof von Chennai ein. Vetri sprang aus dem Wagen und verschwand in der Menge der Reisenden, die auf die Frühzüge warteten. Prakash betrachtete die Mädchen im Rückspiegel und verriegelte die Türen.

»Wohin fahren wir?«, erkundigte sich Ahalya.

»Keine Fragen!«, grunzte Prakash.

Vetri kehrte bald mit einer Handvoll Papiere zurück. Er überreichte sie Prakash, der sie in Augenschein nahm und zufrieden nickte. Dann drehte er sich zu den Mädchen um.

»Die Fahrkarten sind in Ordnung. Vetri begleitet euch, zusammen mit Amar, den ihr gleich kennenlernen werdet. Tut, was die beiden sagen, ohne Fragen zu stellen. Sprecht mit niemandem, denn das hätte schlimme Folgen für euch.

Und kommt gar nicht erst auf die Idee, euch an die Polizei zu wenden. Der stellvertretende Polizeichef ist ein Freund von mir.«

Die Schwestern stiegen aus und folgten den beiden Männern durch die Menge. Nachdem sie den Bahnhof betreten hatten, stiegen sie hinter Prakash die Stufen zu einer Fußgängerbrücke hinauf, die über die Gleise führte. Sie gingen zu Gleis vier hinüber und die Treppe zum Bahnsteig hinab, wo der Zug bereits wartete. Er bestand aus so vielen Waggons, dass Ahalya sie in dem schwachen Licht gar nicht zählen konnte. Sie hielt nach dem Namen des Zuges Ausschau. Auf einem Schild stand »Chennai Express«. Sie hatte noch nie von ihm gehört.

Prakash befahl den Mädchen, sich mit Vetri in eine Nische am Fuß der Treppe zu stellen, und ließ sie kurz allein. Als er zurückkehrte, hatte er einen weiteren Mann im Schlepptau. Der Fremde war klein, hatte schwarzes Haar, ein ausgeprägtes Kinn und die helle Hautfarbe eines Nordinders. Nachdem er die Mädchen von Kopf bis Fuß gemustert hatte, wandte er sich mit einem Lächeln an Prakash.

»Gut gemacht, mein Freund«, sagte er auf Tamil. Sein starker Akzent bestätigte Ahalya, dass er nicht aus Chennai stammte.

»Ich dachte mir schon, dass sie dir gefallen werden.«

Der Mann reichte Prakash eine schwarze Tasche. »Zwölftausend Rupien, pro Nase sechstausend. Das sind zweitausend mehr als normal.«

Prakash verzog den Mund. »Ich hatte fünfzehn verlangt.«

»Dreizehntausend, mehr gibt es nicht«, erwiderte der Mann, während er zwei Fünfhundertrupienscheine aus der Hosentasche zog.

Prakash nickte, nahm das Geld entgegen und verschwand ohne ein weiteres Wort.

Der Mann stellte sich den Schwestern vor. »Mein Name ist Amar. Vetri arbeitet für mich. Er wird mit euch reisen. Ihr habt eine lange Fahrt vor euch, und der Zug wird überfüllt sein. Verhaltet euch normal, ermutigt aber niemanden zu einem Gespräch. Wenn eine von euch beiden nicht gehorcht, muss die andere dafür büßen.«

»Wohin bringt ihr uns?«, fragte Ahalya erneut. Sie hatte Geschichten über Männer aus den Städten gehört, die Frauen von ihren Familien weglockten, um sie für wenig oder gar keinen Lohn niedere Arbeiten verrichten zu lassen. Die Vorstellung, sich in einer fernen Stadt Tag und Nacht für einen Fremden abzurackern, jagte ihr einen Schauer über den Rücken.

Amar kniff die Augen zusammen. »Das merkt ihr noch früh genug.« Er wechselte einen Blick mit Vetri und deutete den Bahnsteig entlang. »Bring sie zu ihren Plätzen.«

Vetri nickte und führte die Schwestern zu einem Waggon im hinteren Teil des Zuges. Als sie einstiegen, stellten sie fest, dass die meisten Sitzplätze bereits besetzt waren. Vetri lotste sie in ein Abteil, das etwa auf halber Höhe des Waggons lag. Auf einer der Bänke saß eine alte Frau. Sie bedachte Ahalya mit einem runzligen Lächeln, sagte aber nichts. Neben ihr döste ein beleibter Mann mittleren Alters vor sich hin. Die Bank bog sich unter seinem Gewicht, und zwischen seinen Beinen klemmte ein Koffer.

Obwohl es ein kühler Morgen war, erwärmte sich der Waggon bereits von der Hitze der Körper, und ein stechender Schweißgeruch hing in der Luft. Im vorderen Teil des Waggons weinte ein Baby, und im Abteil hinter ihnen waren zwei Männer in ein lautes Gespräch über die tamilische Politik vertieft.

Ahalya überließ Sita den Fensterplatz und setzte sich neben sie. Sita sah sie an. »Was glaubst du, wo wir hinfahren?«, flüsterte sie auf Englisch.

Ahalya warf einen Blick zu Vetri hinüber, doch der starrte gerade gebannt in eine Filmzeitschrift und interessierte sich nicht weiter für sie.

Sie holte tief Luft. »Ich weiß nicht. Von diesem Zug habe ich noch nie etwas gehört.«

»Ich habe Angst.« Sitas Worte waren in dem Lärm kaum zu hören.

»Sei stark, kleine Blume«, entgegnete Ahalya, wobei sie bewusst Sitas liebsten Spitznamen verwendete. »Wenn Mutter jetzt hier wäre, würde sie dasselbe sagen.«

Bei Sonnenaufgang verließ der Zug Chennai und begann seine Reise durch die weite Landschaft, vorbei an Dörfern und Reisfeldern, die von der Sonne ausgedörrt wirkten. Um sich abzulenken und die Zeit totzuschlagen spielten Ahalya und Sita Sprachspiele, wie sie es in St. Mary's so oft getan hatten.

»Nenn den Dichter«, forderte Ahalya ihre Schwester auf: »›Das Licht legt sich wie Goldstaub auf jede Wolke, mein Liebling, und verstreut Edelsteine in Hülle und Fülle.‹«

»Tagore«, antwortete Sita. »Das ist leicht.«

»Und das? ›Der Weg der Liebe ist das Leben. Ohne sie sind Menschen nur Knochen, bekleidet mit Haut.‹«

»Thiruvalluvar«, löste Sita das Rätsel mit Leichtigkeit.

Ahalya fiel ein weniger bekannter Vers ein. »›Der Wind der Morgenröte, der verschlossene Blüten befreit, hält für dich laue Luft bereit.‹«

Sita überlegte eine ganze Weile. »Das weiß ich nicht.«

»Hafiz.«

»Aber der war doch Muslim und kein Hindu«, wandte Sita ein.

»Für die Dichtung spielt das keine Rolle.«

Während die Stunden vergingen, füllte sich der Waggon immer mehr. Mittlerweile war es dort zum Ersticken heiß. Ahalya sah die Schweißtropfen auf der Stirn ihrer Schwester. Ihr eigener Churidar fühlte sich auch ganz feucht und klebrig an. Außerdem hatten sie Hunger. An jeder der ländlichen Haltestellen priesen fliegende Händler auf den Bahnsteigen ihre Speisen und Getränke an, doch als Vetri für sich selbst Mittag- und Abendessen kaufte, gab er den Mädchen jeweils nur Bananen.

Um sieben ging die Sonne unter, und die kühler werdende Luft brachte willkommene Linderung. Sita gähnte und sah dabei ihre Schwester an, die den fragenden Ausdruck in ihren Augen bemerkte. Während sie ihrerseits den Blick über die dicht zusammengepferchten Leiber schweifen ließ, die sich zum Teil auf den Bänken aneinanderdrängten, zum Teil auf dem Boden saßen oder sogar standen, fragte sie sich ebenfalls, wie da jemand schlafen sollte.

Trotzdem gelang es ihnen irgendwie. Schon bald streckten sich die ersten Kinder unter den Bänken aus, so gut es zwischen den dort verstauten Gepäckstücken ging. Die Frauen scharten sich zu Gruppen zusammen, bis sie sich sicher genug fühlten, um die Augen zu schließen. In alle verbleibenden Lücken quetschten sich die Männer, auch wenn sie ihre Gliedmaßen dabei in unglaublich enge Nischen und Winkel zwängen mussten.

Ahalya nahm Sita in den Arm und flüsterte ein Gebet, das Ambini ihnen beigebracht hatte und in dem Lakshmi um Glück, Gesundheit und Mut angerufen wurde. Ahalya war klar, dass sie dort, wo sie hinfuhren – wo auch immer das sein mochte –, jede dieser drei Segnungen dringend nötig haben würden.

Während die Nacht voranschritt, drehte sich ständig irgendjemand ächzend um. Babys weinten und Kinder wimmerten vor sich hin, doch sogar Ahalya und Sita schafften es, ein wenig zu schlafen, denn irgendwann in den schwarzen Morgenstunden übermannte sie schließlich die Erschöpfung.

Als Ahalya die Augen wieder aufschlug, bemerkte sie sofort, dass der Zug sein Tempo verlangsamt hatte. Mittlerweile war der Waggon auch nicht mehr so überfüllt. Viele von den Leuten, an die sie sich erinnern konnte, waren verschwunden. Draußen sah sie zunächst nur hier und da ein Licht, doch schon bald tauchten Gebäude auf. Die Angst, die sie während der Fahrt erfolgreich verdrängt hatte, kehrte zurück. Die meisten der verbliebenen Fahrgäste schliefen noch, aber ein paar streckten sich bereits und begannen herumzurumoren. Alles deutete darauf hin, dass sich der Zug seinem Ziel näherte.

Als Ahalya sich wieder dem Fenster zuwandte, stellte sie fest, dass inzwischen auch Sita erwacht war und nach der näher kommenden Stadt Ausschau hielt. »Sie ist größer als Chennai«, bemerkte sie leise.

»Ja«, gab Ahalya ihr recht, während sie ihre Schwester fest an sich drückte.

Der Zug bremste ab, und ein Bahnsteig kam in Sicht. Über mehreren Sitzbänken waren Schilder mit der Aufschrift »Dadar« angebracht. Ahalya schnappte nach Luft. Vom Bahnhof Dadar hatte sie schon gehört.

Er befand sich in Bombay.

Noch bevor der Zug zum Stehen kam, drängten die Fahrgäste zur hinteren Tür. Die meisten von ihnen zogen Gepäck und Kinder hinter sich her. Amar betrat den Waggon von vorn und kämpfte sich mühsam durch die dicht gedrängten Leiber.

»Kommt mit«, befahl er ohne weitere Erklärung.

Im Morgengrauen ging es auf dem Bahnhof von Dadar zu wie in einem Irrenhaus. Neonlampen warfen ein blasses, bläulich-graues Licht auf den Bahnsteig. Ein Taxi-*Walla* nach dem anderen bot Amar in einer fremden Sprache seine Dienste an. Ahalya blickte sich suchend nach einem Polizisten um, konnte aber keinen entdecken. Wenn sie einfach losgerannt wäre, hätte sie vielleicht in der Menge untertauchen können, doch sie sah keine Möglichkeit, Sita ein Zeichen zu geben oder bei einer solch spontanen Flucht für ihre Sicherheit zu sorgen.

Amar griff in die Brusttasche seiner Kurta und holte etwas heraus, das nach Fahrkarten aussah.

»Wir müssen uns beeilen«, erklärte er, wobei er auf einen anderen Bahnsteig deutete. Sekunden später fuhr dort ein Pendlerzug aus Richtung Norden in den Bahnhof ein. Er war völlig überfüllt, Männer standen in offenen Türen und hingen aus dem Zug. In den Waggons schien nicht genug Platz für die Menschenmenge auf dem Bahnsteig zu sein.

Amar sprach gehetzt auf sie ein. »Bleibt bei Vetri. Ihr müsst euch nach vorn drängen, um hineinzukommen.«

Sobald der Zug zum Stehen kam, stürmte die Menge auf die Türen zu. Ahalya packte Sitas Hand und schloss sich der schiebenden Meute an. Als die Mädchen sich dem Eingang des Waggons näherten, wurde der Druck so groß, dass sie schließlich fast rannten. Trotzdem schienen sie keine Chance zu haben, hineinzukommen. Plötzlich aber tat sich doch eine Lücke auf, und die Schwestern zwängten sich hindurch. Sie folgten Vetri in den mittleren Teil des Waggons und hielten sich an den Metallgriffen über ihren Köpfen fest, während die Menschenmassen rund um sie herum Ordnung in ihre Reihen zu bringen versuchten, indem sie einander auswichen oder sich noch fester zusammendrängten.

Währenddessen fuhr der Zug bereits mit hoher Geschwindigkeit und ließ etliche Stationen an sich vorbeiziehen, ohne zu halten. Nach etwa zehn Minuten kämpfte sich Vetri zu ihnen durch und erklärte, sie würden am Hauptbahnhof von Bombay aussteigen.

Der Bahnhof begrüßte sie mit grellen Lichtern und hektischem Gedränge. Die Mädchen folgten Vetri hinaus auf den Bahnsteig, wo Amar sie in Empfang nahm. Durch eine große Doppeltür führte er sie zu einem wartenden Taxi, murmelte ein paar unverständliche, an den Taxi-*Walla* gerichtete Worte, und schon fuhren sie los.

Mittlerweile stand die Sonne bereits hoch am Himmel. Sie befanden sich in einer dicht bevölkerten Gegend der Stadt. Schwarz-gelbe Taxis schwärmten wie Hummeln durch die Straßen, und ständig hasteten Fußgänger durch den dichten Verkehr. Das Taxi folgte zunächst der Hauptstraße, bog aber nach ein paar Häuserblocks in eine staubige Straße ein, die immer wieder von kleineren Straßen durchschnitten wurde. Abgesehen von ein paar Frauen, die mit fliegenden Händlern feilschten, wirkte die Gegend seltsam ruhig.

Als das Taxi schließlich am Straßenrand hielt, sah Ahalya einen Mann in grauem Hemd und schwarzer Jeans auf sie zusteuern. Obwohl er in etwa das Alter ihres Vaters hatte, war sein Haar schon fast ganz weiß. Amar stieg aus und schüttelte dem Mann die Hand. Vetri befahl den Mädchen, ebenfalls auszusteigen. Verlegen standen sie vor dem Mann mit dem weißen Haar auf dem Gehsteig.

»Originalverpackt?«, fragte der Mann an Amar gewandt.

»Ja«, antwortete der.

»Vierzigtausend«, sagte der Mann gebieterisch.

»Fünfundsiebzig«, konterte Amar.

Der Mann runzelte die Stirn. »Sechzigtausend. Auf keinen Fall mehr.«

»Einverstanden«, erklärte Amar. »Das holt ihr schnell wieder herein.«

Der Mann sah die beiden Mädchen an. »Kommt mit.«

Amar und Vetri blieben auf der Straße zurück, während die Schwestern dem Mann durch einen Eingang und dann eine Wendeltreppe hinauf folgten. Die Treppe war steil und schmal. Oben angekommen, sahen sie sich einer offenen Tür gegenüber, neben der ein junger Mann in einem dunklen Hemd und Jeans stand.

»Bring sie hinauf ins obere Zimmer«, forderte der weißhaarige Mann ihn auf.

Der junge Mann nickte. »Hier entlang«, wandte er sich an die Mädchen.

Der Bereich hinter der Tür wirkte kahl, das Mobiliar beschränkte sich auf eine L-förmige Couch und einen Spiegel an der gegenüberliegenden Wand. Der Raum war gelb gestrichen und verfügte über ein mit Vorhängen versehenes Fenster und eine zweite Tür. Der junge Mann führte die Mädchen zu der Tür auf der anderen Seite. Sie betraten einen gut sechs Meter langen Korridor mit etlichen Türen, die alle geschlossen waren. In den dahinterliegenden Räumen hörte Ahalya gedämpfte Stimmen und Schritte, doch niemand tauchte auf.

Sie folgten dem jungen Mann zu einem großen hölzernen Bücherregal am Ende des Ganges. Der Mann tastete über den linken Rahmen des Regals und zog daran, woraufhin es lautlos zur Seite schwang und den Blick auf eine verborgene Treppe freigab. Der junge Mann schob sich durch die Öffnung und forderte die Mädchen mit einer Handbewegung auf, ihm zu folgen. Ahalya griff nach der zitternden Hand ihrer Schwester, rührte sich aber nicht von der Stelle.

»Ich gehe keinen Schritt weiter, bis Sie mir gesagt haben, wo wir hier sind«, erklärte sie auf Hindi und versuchte dabei alles, was sie an Kraft noch aufbringen konnte, in ihre Worte zu legen.

Der junge Mann runzelte die Stirn. »Es steht euch nicht zu, Forderungen zu stellen.«

Obwohl Ahalyas Herz raste, gab sie ihm eine scharfe Antwort. »Sie können mit uns nicht einfach machen, was Sie wollen. Wir sind Ihre Gäste. Wo bleiben Ihre Manieren?«

Der junge Mann spuckte ein Schimpfwort aus, das sie schockierte. *»Kutti!«* Miststück! Er trat wieder hinaus auf den Gang und verpasste ihr eine schallende Ohrfeige. Sie taumelte gegen die Wand, von ihrer Lippe tröpfelte Blut.

»Widersetzt euch nicht, oder ihr werdet die Folgen zu spüren bekommen!«, zischte er. »Ihr seid jetzt unser Eigentum. Suchir hat sechzigtausend Rupien für euch bezahlt. Ihr werdet tun, was wir sagen, und eure Schulden zurückzahlen.«

Sita warf Ahalya einen flehenden Blick zu. »Wehr dich nicht. Tu, was sie verlangen.«

Ahalya fasste sich an die pochende Wange. Ohne etwas zu sagen, griff sie erneut nach Sitas Hand und folgte dem Mann in das düstere Treppenhaus. Die Wände wirkten vor lauter Ruß und Schimmelflecken fast schwarz. Der Mann führte sie in ein kleines Zimmer, in dem sich ein Bett, eine Kommode, ein Waschbecken und eine Toilette befanden. Er schaltete eine Glühbirne an, die von einem Deckenbalken hing.

»Hier bleibt ihr, bis Suchir sich etwas anderes überlegt. Essen wird euch regelmäßig heraufgebracht. Sollte es irgendeinen Notfall geben, könnt ihr auf den Boden klopfen. Dann hört euch schon jemand.«

»Auf welche Weise sollen wir die Schulden zurückzahlen?«, fragte Ahalya leise.

Der junge Mann grinste höhnisch. »*Bajaana*. Ihr werdet mit Männern schlafen, was denn sonst?« Er lachte. »Ihr habt doch wohl nicht geglaubt, dass ihr euch in einem Hotel befindet? Ihr seid hier in Kamathipura.«

Mit diesen Worten drehte er sich um und zog die Tür hinter sich zu.

Sita ließ sich zu Boden sinken und weinte leise vor sich hin. Ahalya schlang die Arme um ihre Schwester. Die Worte des Mannes erfüllten sie mit blankem Entsetzen. Nach allem, was sie bereits durchgemacht hatten, war es einfach undenkbar, dass der weißhaarige Mann namens Suchir vorhatte, sie für Sex zu verkaufen. Sita war doch noch ein Kind. Keine von ihnen beiden hatte bislang mit einem Mann geschlafen. Ein derartig grauenhaftes Schicksal ging weit über ihre Vorstellungskraft hinaus.

Ahalya hörte, wie sich die Tür öffnete, und blickte hoch. Eine Frau mittleren Alters betrat den Raum. Sie war kräftig gebaut und in einen violetten Sari gehüllt, ihr schwarzes Haar hatte sie zu einem Knoten gebunden. In der einen Hand trug sie eine Schüssel Wasser, in der anderen zwei Kränze aus zarten Malati-Blüten.

»Sprecht ihr Hindi?«, fragte sie.

Ahalya nickte.

»Gut. Ich bin Sumeera, aber die anderen Mädchen nennen mich *Badi ma*.«

Sumeera ließ sich vor ihnen nieder und nahm einen Lappen aus der Wasserschüssel. Nachdem sie ihn ausgewrungen hatte, hielt sie ihn Ahalya hin. »Bestimmt seid ihr müde von der Reise.«

Misstrauisch nahm Ahalya den Lappen entgegen. Sie reichte ihn an ihre Schwester weiter und sah zu, wie Sita sich damit das Gesicht abwischte und ihn dann gegen ihre Stirn presste.

»Ich habe euch Kränze für euer Haar gebracht«, fuhr Sumeera an Ahalya gewandt fort. »Darf ich?«

Ahalya gab ihr keine Antwort. Ein Sturm aus widersprüchlichen Gefühlen wütete in ihr. Zu ihrem Geburtstag hatte ihre Mutter ihr jedes Jahr einen Kranz aus Jasmin und Ringelblumen ins Haar gebunden. Genauso hatte sie es bei Sita gemacht. Ein Blumenkranz war ein Zeichen für einen festlichen Anlass und gute Wünsche. Nun befanden sie sich in einem Haus der Sünde. Wie konnte diese fremde Frau da mit demselben Ansinnen an sie herantreten?

Sumeera quittierte Ahalyas Schweigen mit einem Nicken und musterte sie dann resigniert. »Ich war auch einmal wie ihr«, erklärte sie schließlich. »Ich wurde aus meinem Zuhause herausgerissen und von fremden Männern hierhergebracht. Das Leben im *Adda* ist hart, aber ihr müsst es hinnehmen. Es hat keinen Sinn, sich dagegen zu wehren. Akzeptiert euer Karma, dann werdet ihr vielleicht an einem besseren Ort wiedergeboren.«

Mit diesen Worten hängte sie die Blumenkränze über den Rand der Wasserschüssel, erhob sich schwerfällig und verschwand die Treppe hinunter.

Als sie wieder allein waren, tauchte Sita den Lappen ins Wasser und reichte ihn Ahalya. »Hat sie recht?«, fragte sie ihre große Schwester im Flüsterton. »Ist das wirklich unser Karma?«

Ahalya griff nach dem Lappen, hielt den Blick jedoch auf den Boden gerichtet, weil sie spürte, wie ihr die Tränen in die Augen stiegen.

»Ich weiß es nicht«, antwortete sie.

Das war die Wahrheit.

4

Das höchste moralische Gesetz besagt, dass wir unablässig zum Wohl der Menschheit wirken sollten.
MAHATMA GANDHI

Washington, D. C.

Thomas Clarke saß bei Clayton & Swift in einem Konferenzraum im neunten Stock und starrte durchs Fenster auf das Gebäude der Kanzlei Marquise & LeClair gleich gegenüber. Der dunkle, hölzerne Konferenztisch vor ihm bot Platz für vierundzwanzig Personen. Bei der gerade stattfindenden Besprechung waren achtzehn anwesend: zwölf Anwälte, vier juristische Hilfskräfte und zwei Praktikanten. Die Wharton-Gruppe, wie sie intern hieß, war das größte Prozessteam in der Geschichte der Kanzlei.

Gesprächsthema war an diesem Tag die von Wharton eingelegte Berufung. Von den zwölf anwesenden Anwälten sprachen hauptsächlich fünf. Die übrigen – einschließlich Thomas – schwiegen, während ihre BlackBerrys, die am Ende des Tages dank einer hochentwickelten Abrechnungssoftware automatisch mit ihren Firmen-Laptops synchronisiert wurden, über die verstreichenden Sekunden Buch führten. Es handelte sich um eine Krisensitzung. Die Geschäftsleitung der Kohlenbergbaufirma war äußerst erzürnt über das Urteil der Geschworenen und wollte Blut sehen.

Niemand konnte fassen, dass es so weit gekommen war. Über drei Jahre lang hatten die Clayton-Anwälte sämtliche juristischen Winkelzüge angewandt und währenddessen nach einem Weg gesucht, die Milliardenklage wegen fahrlässiger Tötung entweder vom Tisch zu fegen oder sich mit den Klägern auf eine lächerlich geringe Schadensersatzsumme zu einigen. Dabei hatte die Verteidigung aufgrund der Beweislage von Anfang an schlechte Karten gehabt. Die Schlammlawine an dem Berg in West Virginia, wo das Unternehmen Kohle abbaute, war von Umweltaktivisten vorhergesagt worden. Die beauftragte Firma, die behauptet hatte, der beim Abbau entstehende Schlamm könne auf keinen Fall aus den Stollen der Mine austreten, musste sich gerade einer von der Regierung angeordneten Prüfung unterziehen. Und dann war da noch das Problem mit den Kindern. Einundneunzig von ihnen waren während der Schulspeisung von über zwei Millionen Hektoliter Schlamm ertränkt worden. Der Wharton-Gruppe blieb nur eine einzige Strategie, um gegen die Familien der Toten zu gewinnen: Die Anwälte mussten verhindern, dass diese Leute ihre Geschichte jemals einer Geschworenenjury erzählten.

Die Strategie wäre fast aufgegangen. Der Druck, gegen eine renommierte Kanzlei und eine Bergbaufirma mit nahezu unerschöpflichen finanziellen Ressourcen zu prozessieren, hatte die Kläger an den Rand ihrer Möglichkeiten getrieben, und beinahe hätten sie sich auf den von Wharton in letzter Minute vorgeschlagenen Vergleich eingelassen. Am Ende aber waren sie hart geblieben, und als es schließlich doch zum Geschworenenprozess kam, stand der Ausgang im Grunde schon fest. Die Frage war nur noch, wie hoch das Strafmaß ausfallen würde.

Nach drei nervenaufreibenden Wochen forderte Richter Hirschel die Geschworenen auf, sich zur Beratung zurückzuziehen. Eine Stunde später kamen sie mit einem Urteil wieder, das selbst die hartgesottensten Justizveteranen schockierte: 300 Millionen Dollar Entschädigungszahlungen und 600 Millionen Dollar Bußgeld. Dieses Urteil setzte nicht nur ein Zeichen. Es schlug ein wie eine Bombe.

Die verheerenden Auswirkungen ließen nicht lange auf sich warten: Über Nacht verloren die Wharton-Aktien die Hälfte ihres Wertes. Doch die Arbeit der Clayton-Anwälte war noch nicht zu Ende, denn bereits beim Verlassen des Gerichtsgebäudes beteuerte der Wharton-Geschäftsführer die Unschuld seiner Firma und schwor, das Urteil bis hinauf zum Obersten Bundesgericht anzufechten. In Wirklichkeit wollte er nur Zeit schinden. Selbst wenn es am Ende auf eine Bestätigung des Urteils hinauslief, würden die Kläger fünf Jahre auf ihr Geld warten müssen. Womöglich ließen sich bis dahin ja doch etliche von ihnen mit einer geringen Summe abspeisen.

Obwohl die Besprechung so wichtig war, konnte sich Thomas nur schwer auf die Sitzung konzentrieren. Seine Gedanken schweiften von der Entführung, deren Zeuge er in Fayetteville geworden war, zu Tera Atwood, die ihm am Konferenztisch gegenübersaß, und dann weiter zu den Bildern aus der Schule, die die Anwälte der Kläger den Geschworenen gezeigt hatten. Was er am Vorabend zu seinem Vater gesagt hatte, stimmte: Es war schwer, ein Unternehmen zu mögen, das für den Tod von fast hundert Kindern verantwortlich war. Andererseits spielte es für seine Arbeit keine Rolle, ob er Wharton mochte oder nicht. Die Arbeit eines Anwalts bestand darin, für seinen Mandanten zu kämpfen und andere darüber entscheiden zu lassen, was richtig und was falsch war.

Als er sich schließlich wieder in die Diskussion einklinkte, erhob sich Maximillian Junger gerade von seinem Platz am Kopfende des Tisches. Junger war der Sozius, der die

Prozessabteilung leitete, und somit auch Leiter der Wharton-Gruppe. Außerdem war er ein guter Freund von Thomas' Vater.

»Mark Blake wird das Berufungsteam leiten«, verkündete Junger mit dieser dunklen Stimme, mit der er über dreißig Jahre lang Geschworene bezirzt hatte. »Unterstützen werden ihn Hans Kristof und eine ausgewählte Gruppe aus Ihren Reihen.«

Junger griff nach einer Fernbedienung, um den an der Wand angebrachten Flachbildfernseher einzuschalten. Die Namen der für das Berufungsteam eingeteilten Anwälte erschienen auf dem Bildschirm. Enttäuscht stellte Thomas fest, dass sein Name nicht auf der Liste stand. Er warf einen Blick zu Tera hinüber. Im Gegensatz zu ihm war sie für die Aufgabe ausgewählt worden. Mit einem traurigen Ausdruck in den Augen lächelte sie ihn an. Ihre Tage der engen Zusammenarbeit an dem Fall waren vorbei.

Thomas richtete den Blick wieder auf Junger. »Den übrigen von Ihnen«, sagte er gerade, »möchte ich im Namen der Kanzlei für Ihre Bemühungen während der vergangenen vierzig Monate danken. Das Urteil war eine Enttäuschung, aber wie wir gerade besprochen haben, gibt es viele Gründe dafür, in Berufung zu gehen. Wenn Sie nicht im Berufungsteam sind, wenden Sie sich bitte an den Sie betreuenden Sozius. Wir haben etliche schwebende Verfahren, denen Sie sich widmen können.«

Junger warf einen Blick auf die Wanduhr. Die für die Sitzung angesetzten dreißig Minuten waren vorüber. »Vielen Dank für Ihre Aufmerksamkeit«, sagte er, »hiermit erkläre ich die Sitzung für beendet.«

In der Hoffnung, entwischen zu können, ehe ihn jemand von den anderen – insbesondere Tera – ansprechen konnte, stand Thomas auf und eilte zur Tür. Draußen traf er auf

Max Junger, der mit ihm zum Aufzug ging. Nachdem sie eingestiegen waren, drückte Junger auf den Knopf für den elften Stock. Thomas wollte auf den für den sechzehnten drücken, doch Junger hielt ihn zurück.

»Wir haben uns schon eine ganze Weile nicht mehr unterhalten, Thomas«, meinte er. »Was hältst du von einem kurzen Plausch in meinem Büro?«

Thomas nickte, zermarterte sich aber gleichzeitig das Gehirn, was diese Einladung zu bedeuten hatte. Ein persönliches Gespräch mit Junger verhieß nichts Gutes. Positive Nachrichten wurden immer durch die offizielle Befehlskette übermittelt.

»Wie geht es deinem Vater?«, begann Max Junger im Plauderton.

»Gut.« Thomas versuchte, seine Nerven zu beruhigen. »Er spricht sehr oft von Ihnen.«

»Und reißt bestimmt auf meine Kosten seine Witzchen«, meinte Junger mit einem leisen Lächeln. »Das hat er schon damals an der Uni gern gemacht.«

Vor seiner Ernennung zum Richter war Thomas' Vater einer der Staranwälte der Kanzlei Clayton gewesen und ein Kollege von Junger. Jahre zuvor hatten sie an der Universität von Virginia gemeinsam Jura studiert.

Die Lifttür öffnete sich, und Junger führte Thomas durch den aufwendig gestalteten Empfangsbereich des elften Stocks in sein Büro. Der Raum war so groß, dass darin locker fünfzehn von den kleinen Kabinen Platz gefunden hätten, in denen junge Anwälte wie Thomas arbeiten mussten. An den mit Kirschholz vertäfelten Wänden standen jede Menge Bücherregale, und dazwischen hingen Originalgemälde. Eine solche Umgebung hatte schon in guten Zeiten etwas Einschüchterndes. In schlechten Zeiten raubte sie einem regelrecht den Atem.

»Mach es dir gemütlich.« Junger deutete auf eine Sitzgruppe, die aus einer hart gepolsterten Couch und mehreren Ohrensesseln bestand. Thomas setzte sich auf einen der Sessel. Junger nahm auf dem Sofa Platz, schlug die Beine übereinander, presste die Fingerkuppen zusammen und musterte Thomas dann mit einem eindringlichen Blick aus seinen haselnussbraunen Augen.

»Wie geht es dir?«, fragte er. »Es ist ja erst gut drei Monate her, dass du deine Tochter verloren hast. Das war im September, nicht wahr?«

Thomas holte tief Luft und nickte. »Ich habe gute und schlechte Tage. Wie es in einem solchen Fall wohl zu erwarten ist.«

»Hmm.« Junger schwieg einen Moment nachdenklich. »Als Margie und ich damals Morgan verloren haben, ist es mir lange Zeit so vorgekommen, als befände ich mich unter Wasser. Ohne zu wissen, wie ich wieder an die Oberfläche kommen sollte.«

Thomas kannte die Geschichte von seinem Vater. Jungers sechzehnjährige Tochter war zehn Jahre zuvor bei einem Frontalzusammenstoß mit einem Holzlaster ums Leben gekommen.

»Eine passende Beschreibung«, gab Thomas ihm recht. Er wünschte, Junger würde endlich zur Sache kommen.

»Weißt du, was mich zurückgeholt hat? Was meinem Leben wieder einen Sinn gegeben hat?«

Thomas schüttelte den Kopf.

»Es war Margies Idee. Sie hat zu mir gesagt, ich bräuchte dringend mal eine Auszeit von der Kanzlei. Ich weiß noch genau, wie ich sie ausgelacht habe. Wenn du erst einmal Sozius bist, wirst du mich verstehen: Es gibt nie einen guten Zeitpunkt für eine solche Auszeit. Am Ende aber ließ Margie mir kaum eine andere Wahl. Ich rief also Bobby

Patterson an, der damals an der Universität von Virginia Dekan war, und fragte ihn, ob er für ein Jahr einen alten Kämpen wie mich im Hörsaal gebrauchen könne. Dozent zu werden war die beste Entscheidung, die ich treffen konnte. Sie verhalf mir zu einem neuen Leben.«

Junger verstummte, und Thomas fragte sich, wann er endlich die Axt auf ihn niedersausen lassen würde. Neben ihnen tickte eine Uhr. Ansonsten war im Büro kein Geräusch zu hören, mal abgesehen vom Hämmern seines eigenen Herzens.

»Ich habe mit Mark Blake gesprochen«, brach Junger schließlich das Schweigen und bestätigte damit Thomas' Befürchtungen. »Er hat mir von dem Samuelson-Fall erzählt.«

Thomas verzog den Mund, verzichtete aber darauf, sich in irgendeiner Weise zu verteidigen.

»Meinem Gefühl nach hat Mark überreagiert, aber man darf nicht vergessen, welchem Druck er ausgesetzt war. Immerhin war er bei unseren Bemühungen im Gerichtssaal der führende Mann. Seit wir Wharton Coal vertreten, hat das Unternehmen unserer Kanzlei über zwanzig Millionen Dollar bezahlt – eine enorme Summe. Jack Barrows, der Chef von Wharton, wollte auf keinen Fall, dass die Geschworenen diese geschmacklose Computersimulation der Schlammlawine zu sehen bekommen: all die computergenerierten Kinder, die um ihr Leben laufen, bis der Schlamm sie einholt, und dann die kleinen Markierungen an den Stellen, wo die Leichen liegen, rot für Jungen, blau für Mädchen. Das Ganze war von Emotionen und Vorurteilen geprägt und basierte noch dazu auf einer Reihe nicht beweisbarer Annahmen. Du kennst ja die diesbezügliche Debatte. Du hast die Unterlagen für die Verhandlung vorbereitet.«

Thomas nickte.

»Der Fall Samuelson war der Dreh- und Angelpunkt von Marks Argumentation. Wer kann es ihm verdenken? Der Richter, der die Begründung geschrieben hat, war ein Freund von Richter Hirschel. Sie enthält all jene schönen Sätze über die Gefahren unwissenschaftlicher Beweismittel, die darauf abzielen, die Geschworenen emotional zu beeinflussen. Wie du dir sicher vorstellen kannst, war es für Mark sehr demütigend, als Richter Hirschel ihm mitteilte, dass das Berufungsgericht die Entscheidung revidiert habe. Und Jack Barrows hat vor Wut geschäumt. Ich glaube, Jack hat auch überreagiert. Meiner Meinung nach hätte der Richter sowieso zugelassen, dass die Kläger den Geschworenen die Simulation vorführen. Aber Barrows hat Mark dafür verantwortlich gemacht, dass sie als Beweismittel zugelassen wurde.«

Junger musterte ihn eindringlich. »Ich schätze mal, das alles kommt für dich nicht sehr überraschend.«

Thomas schüttelte den Kopf.

»Aber das ist noch nicht alles, und was ich dir jetzt erzähle, ist vertraulich. Nach dem Urteilsspruch drohte Barrows damit, die Kanzlei zu verklagen. Die Drohung ist noch nicht vom Tisch. Bisher wissen nur ein paar Leute davon. Wir hoffen, dass sich die Wogen durch die Berufung wieder glätten werden.«

Thomas war vor Schreck ganz blass geworden. Er hatte keine Ahnung gehabt, dass die Bergbaufirma derart weitreichende Schritte erwog.

»Auf jeden Fall«, fuhr Junger fort, »bin ich sicher, dass du die Sache ganz anders siehst als Mark. Aber das spielt keine Rolle. Mark hat eine auf den Deckel bekommen, und es geht nun vorrangig darum, den Mandanten zu beruhigen. Ein paar Leute haben drastische Maßnahmen vorgeschlagen, aber dagegen habe ich Einspruch erhoben. Ich habe ihnen gesagt, dass es nicht deine Schuld war, sondern die

Schuld der Kanzlei. Wir haben den Fehler gemeinsam gemacht.« Junger breitete großmütig die Hände aus. »Daher müssen wir auch die Konsequenzen gemeinsam tragen.«

Junger legte eine Pause ein und schlug dann eine andere Richtung ein: »Thomas, weißt du, warum ich deinen Vater so schätze?«

»Nein, Sir.«

»Er ist brillant, er ist loyal, und er ist ein verdammt guter Anwalt und Richter. Was aber noch hinzukommt, ist seine Unermüdlichkeit. Er lässt nie locker, bis seine Arbeit perfekt ist. Diese Eigenschaft sehe ich auch bei dir. Ich weiß, wie sehr du dich in den Wharton-Fall hineingehängt hast. Ich bewundere deine Beharrlichkeit und deine Fähigkeiten. Trotzdem glaube ich, dass ich nicht falschliege, wenn ich jetzt sage, dass deine persönlichen Umstände deine Arbeitsleistung beeinträchtigt haben. Würdest du mir da nicht recht geben?«

Thomas war keineswegs dieser Meinung. Er hatte Mark Blake gesagt, dass im Fall Samuelson Berufung eingelegt worden war, und ihn auch darauf hingewiesen, dass mit einer baldigen Entscheidung des Berufungsgerichts zu rechnen sei. Er hatte ihm dringend geraten, Richter Hirschel darüber in Kenntnis zu setzen. Letztendlich hatte Blake sich vor Gericht blamiert, weil er zu stur war, um auf andere zu hören. Aber das konnte Thomas nicht sagen. Nicht zum leitenden Sozius. Nicht, nachdem das Gericht ein Strafmaß von 900 Millionen Dollar verhängt hatte und der Kanzlei eine Klage drohte.

Sosehr es ihn auch wurmte, er beugte sich Jungers Einschätzung. »Ja, vermutlich haben Sie recht.«

Junger nickte. »Ich lege dir das nicht zur Last. Unterm Strich aber läuft es darauf hinaus, dass du eine Erholungspause brauchst. Deswegen biete ich dir zwei Möglichkeiten an. Die erste ist ein Urlaub. Ich habe nachgesehen. Du hast über acht Wochen Resturlaub. Flieg nach Bermuda oder Bali. Schlürfe Cocktails am Strand. Vergnüge dich mit Priya im Bett. Ruh dich aus.«

Thomas kochte innerlich vor Wut, hielt seine Zunge aber im Zaum. »Und die zweite Möglichkeit?«, fragte er in der Hoffnung, er könnte vielleicht auch Buße tun, ohne völlig von der Bildfläche zu verschwinden.

Junger lächelte. »Die zweite Möglichkeit ist wahrscheinlich eher dein Ding. Über den Verlust des eigenen Kindes kommt man nie ganz hinweg. Aber es gibt Wege, wie man sein Leben trotzdem weiterleben kann. Man muss sich mit etwas beschäftigen, das es wert ist.«

Junger faltete die Hände über dem Knie. »Wie du weißt, bekommt jedes Jahr einer unserer jüngeren Anwälte ein Stipendium, damit er oder sie während dieser Zeit für einen guten Zweck arbeiten kann. Die Kanzlei übernimmt alle anfallenden Kosten, egal, in welchen Winkel der Welt die Reise geht. Wir arbeiten in diesem Zusammenhang mit den Vereinten Nationen, der EU und diversen hochkarätigen Nichtregierungsorganisationen zusammen. Das Auswahlverfahren für das kommende Jahr ist abgeschlossen, aber die Sozii haben sich bereit erklärt, dir ein Ehrenstipendium zu gewähren. Das heißt, falls du das willst.«

Verblüfft starrte Thomas ihn an. Vor seinem geistigen Auge sah er Priya hämisch grinsen. Ein Sabbatjahr bei einer gemeinnützigen Organisation? Er kam sich plötzlich vor wie ein Aussätziger.

»Ich weiß Ihre Offenheit zu schätzen, Sir«, erklärte er, »aber für mich fühlt sich das fast so an, als wollte man mich nach Sibirien schicken.«

Junger zuckte mit den Schultern. »Nenn es, wie du willst. Die Entscheidung liegt bei dir.«

Thomas atmete einmal tief ein und aus. »Also gut, mal angenommen, ich folge Ihrem Rat und gehe eine Weile ins Ausland. Was erzählen Sie dann den Kollegen? Die Leute werden sich wundern.«

Noch während er die Frage formulierte, dämmerte ihm, wie die Antwort lautete.

»Wir sagen ihnen einfach, du hättest dir aus persönlichen Gründen eine Auszeit genommen«, erklärte Junger. »Über deine Tochter wissen schließlich alle Bescheid.«

Junger hatte sich seine Züge genau überlegt. Schach und Schachmatt. »Was passiert, wenn ich zurückkomme?«, fragte Thomas müde.

Junger streckte die Hände aus. »Ich werde dafür sorgen, dass du den besten Posten bekommst, den die Kanzlei dann zu bieten hat. Nach einer Weile wird sich keiner mehr daran erinnern, dass du überhaupt weg warst.«

Thomas sah aus dem Fenster und schluckte seinen Stolz hinunter. »Ich denke darüber nach und gebe Ihnen dann Bescheid.«

Junger verzog keine Miene, aber seine Schultern entspannten sich. »Mehr verlange ich ja gar nicht.«

Als Thomas an diesem Abend die Kanzlei verließ, hatte er nicht die Absicht, so bald wiederzukommen. Draußen fiel frostiger Regen, und die Gehsteige waren spiegelglatt. Er hielt Abstand zu der Gruppe von Kollegen, die zum gemeinsamen Happy-Hour-Umtrunk in Richtung Hudson Restaurant & Lounge unterwegs waren, und nahm am McPherson Square die Metro. An der Haltestelle Foggy Bottom stieg er aus und fuhr mit einem Taxi die restliche Strecke nach Georgetown. Als er sein Haus erreichte, fielen die ersten Schneeflocken.

Er stellte seine nassen Schuhe in der Diele ab und ging nach oben, um sich umzuziehen. Als er gerade hinunter in die Küche wollte, um sich etwas zum Abendessen zu machen, informierte ihn sein BlackBerry per Summton darüber, dass er eine Mail bekommen hatte. Die Nachricht war von Andrew Porter, einem alten Studienkollegen, der inzwischen für das Justizministerium arbeitete.

Andrew hatte geschrieben: *Hey, Kumpel, ist unsere Tennis-Verabredung noch aktuell? Um sieben im EPTC?*

Thomas hätte sich treten können – die Verabredung hatte er völlig vergessen. Sie hatten das Match schon vor einem Monat ausgemacht. Jetzt spielte er mit dem Gedanken abzusagen, entschied sich aber schnell dagegen. Tennis zu spielen war eine viel angenehmere Aussicht, als den ganzen Abend Trübsal zu blasen.

Nachdem er rasch ein Thunfischsandwich und einen Apfel hinuntergeschlungen hatte, schloss er das Haus ab und stieg in seinen Wagen. Wegen des winterlichen Wetters dauerte die Fahrt in den East Potomac Park länger als erwartet, sodass Andrew Porter ihn bereits im Umkleideraum erwartete. Sein Freund war etwas kleiner und stämmiger als Thomas, aber ein richtiger Fitness-Junkie, was man an seinem durchtrainierten Körper sah.

Andrew begrüßte ihn mit Handschlag. »Na, bereit, dich fertigmachen zu lassen? Warte, bis du meinen neuen Aufschlag siehst!«, forderte er ihn scherzhaft heraus.

»Ich freue mich auch, dich zu sehen«, gab Thomas zurück. »Bevor du mich plattmachst, muss ich erst ein bisschen Rost abschütteln. Wie lange ist unser letztes Spiel her? Zwei Monate?«

»Bei dir zwei Monate, bei mir eine Woche. Clayton raubt dir dein Leben, Kumpel.«

»Wenn du wüsstest, wie recht du hast!«

Nachdem Thomas sich umgezogen hatte, trugen er und Andrew ihre Ausrüstung hinaus auf den Platz. Das East

Potomac Tennis Center war eine riesige Anlage. Neunzehn Plätze lagen im Freien, fünf in einem aufblasbaren Zelt, das von allen liebevoll »die Blase« genannt wurde. Obwohl es draußen schneite, herrschten in der Blase angenehme einundzwanzig Grad.

Sie liefen ein paar Aufwärmrunden und absolvierten dann ein paar Dehnübungen.

»Was treiben denn die Erben von Larry Flynt?«, erkundigte sich Thomas.

Andrew lachte. »Verglichen mit dem Gesindel, mit dem ich mich herumschlage, ist Flynt ein Chorknabe.«

Zu Beginn seiner Laufbahn am Justizministerium hatte Andrew sich mit Fällen von Aktienbetrug beschäftigt. Diese Arbeit war ihm allerdings zu farblos und langweilig gewesen. Seine Vorgesetzten hatten schnell begriffen, dass er dort eingesetzt werden musste, wo es wirklich zur Sache ging, wenn sie ihn behalten wollten. Deswegen versetzten sie ihn in die CEOS – die *Child Exploitation and Obscenity Section* – und übertrugen ihm die harten Fälle, hauptsächlich im Bereich Kinderpornografie. Die meisten normalen Anwälte ließen von dieser Art Arbeit lieber die Finger. Andrew dagegen schien dabei regelrecht aufzublühen.

»Los geht's!«, verkündete er nun, während er seinen Schläger herausholte. Er trat an die Grundlinie und schlug ein paar leichtere Aufschläge zum Aufwärmen, ehe er mit voller Kraft einen flachen Aufschlag in die Ecke des Platzes donnerte.

Thomas pfiff anerkennend. »Nicht schlecht!« Er machte sich seinerseits ebenfalls mit ein paar Aufschlägen warm und begab sich dann an die Grundlinie. »Na, dann zeig mir mal, was du draufhast!«, meinte er herausfordernd. Während er sich in Position stellte und dabei ein paarmal den

Schläger kreisen ließ, kam es ihm für einen Moment fast so vor, als führte er wieder ein normales Leben.

Fast.

Während der zwei Sätze, die sie in dem grellen Licht spielten, konnte Andrew nur ein paar der Ballwechsel für sich entscheiden. Thomas merkte ihm an, wie sehr es ihn wurmte, dass er eine solche Schlappe einstecken musste, aber wie immer gewann Andrews Gutmütigkeit schnell wieder die Oberhand. Am Ende des Spiels trafen sie sich am Netz.

»Du bist zu gut«, stellte Andrew fest, während er Thomas fast die Hand zerquetschte. »Ich habe dich noch nie derart auf den Ball eindreschen sehen. Bist du sicher, dass du keine Steroide nimmst?«

Thomas lachte. »Ich musste bloß ein paar Aggressionen loswerden.«

Andrews Miene wurde ernst. »Wie schlägt sich denn Priya?«

Thomas überlegte kurz und entschied sich dann dafür, sich seinem Freund anzuvertrauen. Er gab Andrew eine knappe Zusammenfassung seiner Trennung von Priya und seines Gesprächs mit Max Junger.

Andrew schüttelte den Kopf. »Das mit Priya tut mir schrecklich leid. Ich hatte immer das Gefühl, dass zwischen euch beiden etwas ganz Besonderes war. Wie stehen denn die Chancen, dass ihr wieder zusammenkommt?«

»Ziemlich schlecht.«

»Die Clayton-Geschichte finde ich zum Kotzen«, wechselte Andrew das Thema. »Nicht zu fassen, dass die Kanzlei dich derart fallen lässt. Das Wharton-Urteil war gerechtfertigt. Eigentlich hätte es sogar noch härter ausfallen müssen. Dass die jetzt mit einer Klage drohen, ist ein absoluter Witz.«

»Mag sein, trotzdem haben sie dieses Jahr die Gehälter der halben Prozessabteilung finanziert.«

»Was wirst du tun?«

Thomas zuckte mit den Schultern. »Keine Ahnung. Was würdest du mir denn raten?«

»An deiner Stelle würde ich so schnell wie möglich das Weite suchen. Um diese Jahreszeit ist es hier so trist. Ich würde mir das mit dem Sabbatjahr überlegen. Die Kanzlei hat dich ausgelaugt, das sehe ich dir an.«

Andrews Einschätzung traf voll ins Schwarze. Thomas wusste im ersten Moment gar nicht, was er sagen sollte. Schweigend verstauten sie ihre Schläger und steuerten auf den Umkleideraum zu.

»Hast du jemals von einer Organisation namens CASE gehört?«, fragte Thomas. »Ich glaube, sie hat irgendwie mit dem Justizministerium zu tun.«

Andrew nickte. »Die *Coalition Against Sexual Exploitation*. Diese Leute kämpfen gegen Menschenhandel und sexuelle Gewalt in den Entwicklungsländern. Der Typ, der die Organisation gegründet hat, war ein hohes Tier in der Bürgerrechtsabteilung des Justizministeriums. Warum?«

»Sie waren auf Claytons Liste gemeinnütziger Organisationen verzeichnet.«

Andrew zog eine Augenbraue hoch. »Denkst du über ein Praktikumsjahr nach?«

Thomas zuckte mit den Schultern. »Überrascht dich das?«

Andrew öffnete die Tür zum Umkleideraum. »Wenn ich ehrlich sein soll, ja.«

Thomas konnte das nachvollziehen. Noch vor einer Woche hätte er an CASE kaum einen Gedanken verschwendet. Der Menschenhandel war eine globale Tragödie, spielte aber genau wie Kinderarbeit und die AIDS-Epidemie keine wirkliche Rolle in seiner Welt. Seit dem Vorfall in Fayetteville war das anders. Durch Abby Davis hatte er einen persönlichen Bezug zu dem Thema entwickelt.

Thomas ließ sich auf einer der Bänke nieder. »Mir ist gestern etwas passiert«, erklärte er, »ich bin Zeuge einer Entführung geworden.«

Andrew, der gerade seine Schuhe aufschnüren wollte, hielt abrupt inne und starrte Thomas an. »Das ist jetzt ein Witz, oder?«

Thomas schüttelte den Kopf. »Das Opfer war ein elfjähriges Mädchen.«

Er erzählte seinem Freund von dem Vorfall und erwähnte dabei auch das Gespräch, das er am Vorabend mit seinem Vater geführt hatte.

Andrew schwieg einen Moment. »Dein Dad könnte recht haben, wenn er dabei an Menschenhandel denkt. Natürlich kann man da nur raten, aber wenn du mich fragst, besteht durchaus die Möglichkeit, dass man sie verkaufen wird.«

»Der Detective in Fayetteville hat erwähnt, dass sich in solchen Fällen eventuell das FBI einschaltet«, bemerkte Thomas.

Andrew kniff die Augen zusammen. »Möglich.«

»Wäre dein Büro da auch beteiligt?«

Andrew war anzusehen, dass er sich ein wenig unbehaglich fühlte. »Vielleicht. Wir beschäftigen uns seit einiger Zeit mit einer Reihe von Ringen im Südosten.« Er schwieg einen Moment. »Das ist übrigens vertraulich.«

Thomas nickte. Er hatte Verständnis für die Bedenken seines Freundes. »Du brauchst mir keine Einzelheiten zu verraten. Tu mir nur einen Gefallen: Solltest du auf sie stoßen, dann lass es mich wissen.«

Andrew nickte. »Klar. Aber ich würde mir an deiner Stelle keine großen Hoffnungen machen. In dem Bereich, in dem ich arbeite, erlebe ich nicht viele Happy Ends.«

Nachdem Thomas sich auf dem Parkplatz des Tenniszentrums von Andrew verabschiedet hatte, fuhr er zurück nach Georgetown. Beim Einparken fiel ihm auf, dass sein Haus hell erleuchtet war. Offensichtlich war er so überstürzt aufgebrochen, dass er ganz vergessen hatte, das Licht auszuschalten. Der Schnee fiel inzwischen in großen Flocken.

Er verriegelte den Wagen und ging die gepflasterten Stufen zum Haus hinauf. Er bemerkte sie erst, als sie neben ihm stand und ihm die Hand auf den Arm legte.

»Hallo«, sagte Tera.

Er war derart überrascht, dass er eine ganze Weile brauchte, bis er die Fassung wiedergefunden hatte. Sie trug hohe schwarze Lederstiefel, einen schicken, schwarz-weiß karierten Mantel, der ihr bis zu den Knien reichte, und einen purpurroten Schal. An ihren Ohrläppchen funkelten Diamantohrringe. Eine so modebewusste Frau wie sie war ihm vorher noch nie untergekommen.

»Was machst du hier?«, fragte er schließlich.

»Ich habe ein paarmal bei dir angerufen, aber du warst nicht zu erreichen. Ich wollte dich sehen«, sagte sie bedächtig, ohne ihn dabei aus den Augen zu lassen. »Ich hatte einfach Sehnsucht nach dir.« Sie griff nach seiner Hand.

Für einen Moment stand Thomas ganz steif da, dann erinnerte er sich an seine guten Manieren. »Komm doch auf ein Glas Wein herein.«

Sie traten in die Diele, wo Tera Mantel und Schal ablegte. Darunter trug sie einen roten Rollkragenpullover, einen grauen Rock, dunkle Strümpfe und als Schmuck eine Kette aus großen Perlen.

Neugierig spazierte sie in die Küche und blickte sich um. Sie war noch nie bei ihm gewesen.

»Ich mag diese alten Sandsteinhäuser sehr«, erklärte sie. »Ihr habt es euch hier wirklich schön gemacht.«

Thomas trat an den Schrank, in dem er seinen Wein aufbewahrte, und wählte eine Flasche Burgunder aus. Während er den Korkenzieher aus der Schublade holte und die Flasche öffnete, führte er im Stillen einen heftigen Kampf mit sich. Ob er wollte oder nicht, er fühlte sich zu ihr hingezogen.

Nachdem er zwei Gläser eingeschenkt und ihr eines davon gereicht hatte, ließen sie sich in einer Nische neben dem Wohnzimmerfenster nieder und beobachteten die tanzenden Schneeflocken.

»Du wirkst so still«, bemerkte sie. »Geht es dir nicht gut?«

Er nahm einen Schluck von dem vollmundigen Wein und genoss seine wohltuende Wirkung. »Geht so.«

»Es tut mir leid, dass du bei der Berufung nicht mit von der Partie bist.«

Er überlegte, ob er ihr von dem Gespräch mit Junger erzählen solle, entschied sich aber dagegen. »Die Sozii tun doch sowieso, was sie wollen. *C'est la vie*«, meinte er achselzuckend.

Sie musterte ihn mit einem seltsamen Ausdruck in den Augen. »Irgendetwas ist passiert. Ich sehe es dir an.«

Irgendetwas ist stark untertrieben, ging ihm durch den Kopf.

»Alles im grünen Bereich«, entgegnete er. In diesem Moment konnte er ihr nicht die Wahrheit sagen.

»Möchtest du darüber reden?«

»Eigentlich nicht.«

Offenbar hatte er ihr damit einen ziemlichen Dämpfer verpasst. Schweigend nippte sie an ihrem Wein.

»Warum machst du das überhaupt?«, fragte sie dann.

»Was?«

»Warum sitzt du hier mit mir?«

Die Antwort lag auf der Hand: Sie hatte vor seiner Haustür gestanden. Aber er spürte, dass hinter ihrer Frage mehr steckte.

»Keine Ahnung«, antwortete er. »Ich fühle mich einfach wohl in deiner Gesellschaft.«

In ihren Augen blitzte es. Ob vor Melancholie oder Zorn, konnte er nicht sagen.

»Möchtest du, dass ich gehe?«

Da war sie, die entscheidende Frage, auf die er keine eindeutige Antwort hatte. Ja, er wollte, dass sie ging. Nein, er wollte nicht, dass sie ging. Er wollte sein Leben zurück, aber das war unmöglich. Er wollte frei sein von den Gefühlen, die ihn in diesem Haus nicht losließen. Er wollte die Wärme von Haut auf Haut fühlen und spüren, wie sich das Einende der Liebe in Leidenschaft verwandelte. Doch das Gesicht, das er in Gedanken vor sich sah, war nicht das von Tera. Er sah Priya vor sich, wie sie früher gewesen war. Das Mädchen, das im Vorlesungssaal von Cambridge sein Herz erobert hatte, während ihr Vater, der Professor, über Quantenphysik sprach. Die Frau, mit der er ein Kind gezeugt hatte.

Tera stellte ihr Glas auf einem Beistelltisch ab und rückte näher an ihn heran. Schließlich setzte sie sich auf seinen Schoß, sodass ihr Gesicht nur noch Zentimeter von seinem entfernt war.

»Ich möchte nicht gehen«, flüsterte sie.

Dann küsste sie ihn, und er widersetzte sich nicht. Schlagartig vergaß er Jungers Ultimatum. Er vergaß auch die Geister seiner Frau und seines Kindes. Sein Kopf war auf einmal ganz leer, und sein Herz vor Verlangen und Verzweiflung wie betäubt. Nur sein Körper funktionierte noch.

Für diesen Moment aber war sein Körper genug.

Er lag wach in der Dunkelheit, während Tera neben ihm schlief. Über ihnen drehte der Deckenventilator seine trägen Runden, ohne dabei wirklich die Luft zu bewegen. Thomas konnte sich dunkel daran erinnern, dass er versehentlich gegen den Schalter gestoßen war, als Tera ihn ins Schlafzimmer geschoben hatte. An alles andere erinnerte er sich noch ausgesprochen lebhaft, wollte aber nicht darüber nachdenken. Schlagartig war sein schlechtes Gewissen zurück.

Leise schlüpfte er aus dem Bett, zog sich ein Sweatshirt und Shorts an und ging nach unten. In der Küche und im Wohnzimmer brannten immer noch die Lampen. Er schaltete eine nach der anderen aus, bis nur noch eine Straßenlaterne ihr fahles Licht auf das glänzende Parkett warf. Es hatte zu schneien aufgehört, aber der Boden war weiß. Thomas schätzte, dass mehr als fünf Zentimeter gefallen waren. Er warf einen Blick auf die Uhr. Es war bereits nach Mitternacht.

Er blieb noch einen Moment reglos stehen und lauschte den Geräuschen der Straße. Dann ging er zu der Tür, die in den Keller führte, und stieg die Stufen hinunter. Wo die Schachtel war, wusste er genau, denn er hatte sie selbst dort versteckt, nachdem seine Frau gegangen war. Er kehrte damit ins Wohnzimmer zurück und ließ sich in dem Sessel neben dem Fenster nieder. Er stellte sich die Schachtel auf die Knie und nahm den Deckel ab. Die Fotos waren völlig durcheinander. Seine Absicht war gewesen, die Erinnerungen auszulöschen, nicht, sie zu ordnen und zu hüten.

Das erste Bild zeigte Priya in ihrem Hochzeitskleid. Sie stand in einem Garten neben einer Bank, umgeben von Blumen. An ihrer entspannten Haltung konnte man sehen, dass sie sich wohlfühlte. Das hatte er an ihr immer sehr anziehend gefunden. Ihre Augen waren braun, und der

Olivton ihrer Haut bildete einen schönen Kontrast zum Weiß ihres Kleides. Ihr lächelnder Blick war auf etwas gerichtet, das sich ein Stück von ihr entfernt befand. Er erinnerte sich daran, dass in der Nähe Kinder auf dem Rasen gespielt hatten. Schon damals war sie ganz vernarrt in Kinder gewesen.

Sie hatten auf der River Farm geheiratet, einem weitläufigen Anwesen am Potomac, südlich von Alexandria gelegen. Die Zeremonie war die Art interkulturelles Spektakel gewesen, das niemanden außer Braut und Bräutigam so richtig befriedigte. Nach den traditionellen christlichen Riten hatten sie ihr Ehegelübde mit den *Saptapadi* – den Sieben Schritten – um eine zeremonielle Flamme herum vollendet. Priya hatte auf Hindi den Segen gesprochen und sich damit ihrem neuen Leben überantwortet. Sie hatte Thomas geheiratet, obwohl ihr Vater große Bedenken hegte. Inzwischen fragte sich Thomas, ob ihre Entscheidung sie beide irgendwie mit einem Fluch belegt hatte.

Er legte das Foto beiseite und nahm das nächste aus der Schachtel. Plötzlich kehrte die Trauer mit voller Wucht zurück. Die Aufnahme zeigte Priya im Rock Creek Park, mit einer drei Monate alten Mohini auf dem Arm. Das kleine Mädchen und seine Mutter lächelten sich an. Es war sowohl Priyas als auch Thomas' Lieblingsfoto von der Kleinen gewesen. Damals hatte ihre weiche Haut die roten Flecken der ersten zwei Monate bereits verloren. Ihre braunen Augen waren geöffnet, und sie sprühte vor Leben.

Inzwischen liefen Thomas die Tränen übers Gesicht, doch er wischte sie nicht weg. Er musste wieder an den schrecklichen Morgen im September denken, als sie sie gefunden hatten – an Priyas schrillen Schrei und daran, wie er die Treppe hinaufgestürmt war und Mohinis Körper fast gewaltsam aus den Armen ihrer Mutter befreien musste. Er erinnerte sich noch genau daran, wie eisig kalt sich das Gesicht der Kleinen angefühlt hatte und was für eine heftige Angst er empfunden hatte, als sie nicht auf seine Wiederbelebungsversuche reagierte. Noch immer konnte er hören, wie draußen mit heulender Sirene der Krankenwagen vorfuhr. Noch immer hatte er den Geruch nach Desinfektionsmitteln in der Nase, der in der Notaufnahme in der Luft hing. Er spürte auch noch seine Wut über die sterile Effizienz der Ärzte, die auf der Suche nach einer Erklärung, die sie niemals finden würden, an Mohinis winzigem Körper herumstocherten und -tasteten. Im Bericht des Gerichtsmediziners hatte dann SIDS gestanden – *Sudden Infant Death Syndrome*, auch plötzlicher Kindstod genannt. Mohini war im Schlaf gestorben. Ursache unbekannt.

Der diensthabende Arzt hatte ihnen gestattet, fünfzehn Minuten bei ihrem Baby zu bleiben, ehe er den kleinen Leichnam in die Pathologie schickte. Nachdem er sie in dem kahlen Raum allein gelassen hatte, nahm Priya das kleine Mädchen in den Arm und sang ihr auf Hindi etwas vor. Zu hören, wie seine Frau über dem Leichnam ihrer gemeinsamen Tochter im Flüsterton vor sich hin sang, ließ Thomas seinen Verlust nur noch schmerzhafter empfinden. Schließlich legte Priya Mohini auf ein weißes Tuch und küsste sie ein letztes Mal. Dann wandte sie sich ab und ging, ohne sich noch einmal umzublicken.

Thomas schloss die Schachtel mit den Fotos wieder. Nach einer Weile ging er die Treppe in den ersten Stock hinauf und öffnete die Tür zu Mohinis Zimmer. An der Wand stand das leere Kinderbett, über dem ein buntes Mobile reglos Wache hielt. Alles war noch genauso wie damals, als sie sie am Abend vor ihrem Tod schlafen gelegt hatten.

Er ging zu dem Bett hinüber und rieb über den hölzernen Rahmen. Er hatte es selbst gebaut. Dabei war es ihm nicht um das Geld gegangen, das er dadurch sparte, sondern um Priyas Meinung von ihm. Er wollte ihr beweisen, dass er dazu in der Lage war – und dass er es machen *wollte* und seine vielen Überstunden in der Kanzlei nicht bedeuteten, dass er sich nicht für das Baby interessierte. Er wusste noch genau, wie sie ihn angelächelt hatte, als er fertig war. An diesem Abend hatten sie das erste Mal seit Wochen wieder miteinander geschlafen. Ihr dicker Bauch störte dabei, aber sie schafften es trotzdem irgendwie. Thomas hatte es als reinigend empfunden, als einen Akt der Befreiung. Wie anders es doch mit Tera war. Jedes Mal, wenn er sie anfasste, kam es ihm vor, als würde sich die Schlinge um seinen Hals enger ziehen.

Er sank vor dem Kinderbett auf die Knie und legte die Stirn gegen die Holzlatten. In dieser flehenden Haltung sang er den Refrain von »You Are My Sunshine«, wie er ihn für Mohini an jedem Abend ihres Lebens gesungen hatte. Während er sang, begriff er, dass das Lied in Wirklichkeit ein Gebet war, eine Bitte an den Gott der Kinder, er möge ihnen Sicherheit und Frieden schenken. In Mohinis Fall war diese Bitte nicht erhört worden. Wieder traten ihm Tränen in die Augen. Flüsternd brachte er zum Ausdruck, was er seitdem unablässig empfand.

»Es tut mir leid, meine liebe Kleine. Es tut mir leid, dass ich nicht rechtzeitig gekommen bin. Ich wusste es doch nicht.«

Er verließ Mohinis Zimmer wieder und betrat sein Büro, wo er seinen Laptop hochfuhr. Er musste an die beiden Möglichkeiten denken, die Junger ihm zur Wahl gestellt hatte. Als Erstes suchte er im Internet nach einer Insel auf den Bahamas, über die er in einer Zeitschrift etwas gelesen hatte. Die Fotos sahen sehr vielversprechend aus: palmengesäumte Strände und funkelndes Wasser, das über weißen

Sand schwappte. Er stellte sich vor, wie er mit einer Piña Colada in der Hand den Sonnenuntergang bewunderte. Dann versuchte er sich den Rest vorzustellen. Er wäre dort allein. Er konnte nicht den ganzen Tag lesen. Bestimmt würde ihm das Ferienleben bald langweilig werden. Sosehr es ihm auch widerstrebte, sich das einzugestehen, aber Junger hatte recht. Durch einen Urlaub würde er noch tiefer in seinem schwarzen Loch versinken. Er brauchte einen Grund, um morgens aufzustehen.

Als er das Fenster wieder schloss, sah er, dass er zwei neue Mails in seinem Postfach hatte. Die erste war von seiner Mutter. Sie hatte die Nachricht ein paar Stunden zuvor abgeschickt:

Thomas, mir ist heute ein Gedanke durch den Kopf gegangen: Du hast gesagt, Priya kehre nicht zurück, dabei aber nicht von Scheidung gesprochen. Falls das nur ein Versehen war, dann ignoriere diese Nachricht. Falls nicht, dann überleg dir Folgendes: Was, wenn du ihr nach Indien folgen würdest? Was, wenn du eurer Ehe eine letzte Chance gäbst? Ich weiß, das klingt verrückt. Vielleicht weist sie dich zurück. Vielleicht kommst du unverrichteter Dinge wieder nach Hause. Aber dann könntest du wenigstens den Schlussstrich ziehen, den ich aus deinen Worten nicht herausgehört habe. Danach hast du immer noch genug Zeit, dich deiner Karriere zu widmen. Liebe ist etwas viel Selteneres und Kostbareres. Dein Vater würde mir da vermutlich nicht zustimmen, aber das spielt keine Rolle.
Es war schön, dich gestern gesehen zu haben.

Thomas war erstaunt. Es war ihm nie in den Sinn gekommen, Priya zu folgen, und nun, da er es in Betracht zog, sah er nur die mögliche Katastrophe, in der das alles enden könnte. Zugegeben, Priya hatte nicht von Scheidung gesprochen, aber ihr Abgang war ihm so wohlüberlegt erschienen, so kalt und ohne jedes Gefühl, dass er ihre Absicht nie infrage gestellt hatte. Gerade dieses Gefühl von Endgültigkeit hatte ihn ja in Teras Arme getrieben. Womit er gleich beim nächsten Problem war. Selbst wenn Priya unter Umständen die Tür für eine Versöhnung offen gelassen hatte, konnte er nicht rückgängig machen, was er seit ihrer Abreise getan hatte. Er war ihr untreu geworden. Tera schlief gerade in ihrem gemeinsamen Bett.

Er schloss die Nachricht seiner Mutter und öffnete die nächste. Sie war von Andrew Porter.

Hallo, Kumpel, ich muss sagen, dass es mir immer noch stinkt, wie du mich vom Platz gefegt hast, aber ich habe es verdient. Obwohl ich immer schon vorher weiß, dass ich verlieren werde, kann ich es einfach nicht lassen. Hör zu, ich hoffe, es macht dir nichts aus, aber ich habe eine Freundin von mir angerufen, die bei CASE arbeitet (als stellvertretende Aktionsleiterin), und sie gefragt, ob sie zufällig gerade eine freie Praktikantenstelle für einen Juristen haben. Du errätst nie, was sie gesagt hat. In ihrem Büro in Mumbai ist gerade etwas frei geworden. Verrückt, oder? Keine Ahnung, ob das für dich infrage kommt, weil doch Priya dort ist, aber ich habe mir gedacht, ich reiche die Info einfach mal an dich weiter. Sag Bescheid, falls du Näheres wissen möchtest.

Thomas lehnte sich zurück und starrte auf den Nachthimmel hinaus, der aufgrund der Luftverschmutzung wie eine leuchtende Kuppel über der Stadt hing. *Bombay!* Was für ein absurder Gedanke. Claytons gemeinnütziges Programm war breit gefächert, entsprechende Organisationen gab es auf der ganzen Welt. Europa, Südamerika, China, Afrika – er hatte unendlich viele Möglichkeiten. Und selbst wenn er für CASE arbeiten wollte, konnte er zwischen vierzehn Ländern wählen. Vielleicht musste er ein bisschen warten, aber früher oder später tat sich bestimmt etwas auf. *Bombay!* Das war der letzte Ort auf der Welt, an dem er Frieden suchen sollte.

Er ließ den Laptop offen und wanderte eine Weile durchs Haus. Erst wühlte er im Kühlschrank herum, wobei er gar nichts Bestimmtes suchte, dann ordnete er seinen Weinschrank neu nach Regionen. Schließlich schaltete er den Fernseher ein und sah sich ein paar Minuten lang einen John-Wayne-Film an. Nach einer Weile ließ er sich wieder auf den Sessel neben dem Fenster fallen und griff erneut nach der Schachtel mit den Erinnerungen.

Er blätterte die Fotos durch, bis er ziemlich weit unten das gesuchte fand. Er hatte es so zugeschnitten, dass es in seine Brieftasche passte. Die Aufnahme zeigte Priya am Eingang zum Fellows Garden. Während seines Sommers in Cambridge hatten sie sich dort viele Male getroffen, und zwar immer heimlich, damit ihr Vater nichts mitbekam. Priya lächelte ihm über die Jahre hinweg zu. Ihre Augen funkelten vor Schalk und Freude. Die Liebe hatte sie beide überrascht. Es war eine so bedeutende Liebe gewesen. Bestand für sie beide überhaupt die Chance, sie wiederzufinden?

Irgendwann in den frühen Morgenstunden ergab Thomas sich schließlich in sein Schicksal. Statt weiter nervös auf und ab zu tigern, steuerte er langsam auf die Treppe zu – getrieben von einer Zielstrebigkeit, die er selbst noch kaum verstand. An den Computer zurückgekehrt, versandte er zwei Mails.

An Andrew schrieb er: *Vereinbare einen Termin für mich. Ich kann jederzeit.*

Und an Max Junger: *Ich habe beschlossen, Ihren Rat zu befolgen. Ich erwäge, nach Indien zu gehen, um für CASE zu arbeiten. Ich hoffe, Mark Blake und Wharton sind zufrieden.*

Kurz darauf betrat er das Schlafzimmer und betrachtete Tera, die auf Priyas Seite des Bettes schlief. Sie lag mit dem Rücken zu ihm, und ihr Haar hing ihr ins Gesicht. Das war das letzte Mal, entschied er. Sie konnte nichts dafür, ganz im Gegenteil, sie war sehr lieb zu ihm gewesen. Aber die ganze Scharade währte nun schon zu lange. Er würde es ihr am Morgen sagen. Sie würde wütend sein, aber bald darüber hinwegkommen. Er war bereit, einen neuen Weg einzuschlagen. In Indien. Im Kampf gegen die moderne Sklaverei. Vielleicht würde er dort auch seine Frau wiedersehen.

Wie um alles in der Welt sollte er das nur seinem Vater erklären?

5

Dunkelheit, schwarz und trügerisch,
ist über mich gekommen. O Morgendämmerung,
verbanne sie wie eine Schuld.

RIGVEDA

Mumbai – Indien

In den ersten Tagen in Suchirs Bordell bekamen die beiden Schwestern nur selten Besuch. Sumeera sah hin und wieder nach ihnen und brachte ihnen ihr Essen. Obwohl Ahalya ihr nur Hassgefühle entgegenbringen wollte, fiel es ihr doch schwer, denn Sumeera sprach freundlich mit ihnen und behandelte sie, als wären sie ihre Töchter.

Eines Morgens brachte sie einen Arzt mit, der die Mädchen untersuchen sollte. Anfangs weigerte sich Ahalya, aber Sumeera behauptete, die Untersuchung sei reine Routine, alle jungen Frauen in Bombay müssten sich ihr unterziehen. Ahalya dachte an Suchir und gab schließlich ihr Einverständnis, um seinen Zorn nicht herauszufordern. Als Sita sah, dass ihre Schwester kapitulierte, folgte sie schnell ihrem Beispiel, obwohl ihr deutlich anzumerken war, wie peinlich und schmerzhaft sie die Untersuchung fand.

Nachdem die Mädchen das Stochern und Tasten über sich hatten ergehen lassen, sprach Sumeera leise mit dem Arzt.

»Ihr seid beide gesund«, erklärte sie anschließend, wobei sie zufrieden die Hände verschränkte, »und da wir wollen, dass das so bleibt, habt ihr in Zukunft einmal pro Monat einen Termin bei dem Arzt. Seid nett zu ihm.«

Wenn Sumeera nicht da war, suchten die Schwestern das Dachzimmer immer wieder nach einer Fluchtmöglichkeit ab. Es war mehr oder weniger quadratisch, etwa vier Meter auf drei Meter fünfzig. Fenster hatte es keine, nur zwei kleine Luken zum Lüften. Die einzige Tür war von außen abgesperrt. Dahinter befand sich das Treppenhaus, dessen einziger Ausgang die verborgene Tür hinter dem Bücherregal war. Ahalya zweifelte nicht daran, dass sich die Geheimtür nur von der anderen Seite öffnen ließ.

Nachdem sie wieder einmal vergeblich gesucht hatten, sank Ahalya neben ihrer Schwester zu Boden und streichelte ihr übers Haar.

»Es muss einen Weg nach draußen geben«, meinte sie.

»Aber wo könnten wir hin?«, flüsterte Sita. »Wir sind doch fremd in Bombay.«

Darauf wusste Ahalya auch keine Antwort. Jede Nacht lag sie wach und lauschte den Geräuschen, die zu ihnen nach oben drangen. Die schlimmen Dinge, die sie sich ausmalte, raubten ihr den Schlaf. Ständig musste sie an die Mädchen und ihre Besucher denken. Sie war zwar noch Jungfrau, aber keineswegs naiv. Ihr war klar, wie Sex funktionierte. Sie wusste, was Männer von Frauen wollten. Trotzdem begriff sie nicht, wieso ein Mann den Wunsch haben sollte, eine Prostituierte – eine *Beshya* – für Sex zu bezahlen.

Während die Tage dahinkrochen, fragte sich Ahalya allmählich, ob Suchir sie jemals holen würde. Mittlerweile war Freitag, seit ihrer Ankunft waren drei Tage vergangen, doch man hatte noch keinen Mann zu ihnen hinaufgebracht. Ahalya konnte sich das nur damit erklären, dass der Bordellbesitzer etwas Besonderes mit ihnen vorhatte. Die Vorstellung machte ihr Angst. Manchmal, wenn sie durch die Bodendielen Suchirs Stimme hörte, wurde ihr schwarz vor Augen. Dann half nur noch, sich flach auf den Rücken zu legen, bis das Schwindelgefühl vorüberging. Sita machte sich ihretwegen große Sorgen, doch Ahalya behauptete, die Hitze sei schuld, während insgeheim die Angst an ihrem Herzen nagte.

Schließlich passierte es, als Ahalya am allerwenigsten damit rechnete: mitten in der Silvesternacht, nachdem sie bereits in einen unruhigen Schlaf gefallen war. Draußen auf den Straßen war der Lärm der Feiernden zu hören, und das von unten heraufdringende Gestöhne wollte einfach kein Ende nehmen. Der Türknauf drehte sich ohne jedes Geräusch, doch die Angeln quietschten und rissen Ahalya aus dem Schlaf. Plötzlich ging das Licht an, und Sumeera stand mit einem Leinensack am Fußende des Bettes.

»Wacht auf, Kinder«, sagte sie nervös, »Zeit zum Ankleiden.«

Obwohl Ahalyas Herz wild zu pochen begann, verkniff sie sich jede Frage. Sie konnte sich noch gut daran erinnern, wie ihre Wange gebrannt hatte, nachdem ihr der junge Mann am Morgen ihrer Ankunft ins Gesicht geschlagen hatte. Sumeera reichte Ahalya einen schönen, in Purpurrot und Gold gehaltenen Churidar und befahl ihr, ihn anzuziehen. Sita gab sie einen Sari in den Farben von Pfauenfedern. Als Nächstes folgten Armreifen, dann Fußkettchen. Sumeera bürstete den Mädchen das Haar und schmückte es mit Kränzen. Nachdem sie bei beiden auch noch ein leichtes Make-up aufgetragen und ihre Augen mit feinem Eyeliner betont hatte, trat sie einen Schritt zurück und betrachtete sie prüfend.

Suchir, der gerade im Türrahmen aufgetaucht war, stieß ein anerkennendes Grunzen aus.

»Kommt«, sagte er, »Shankar wartet bereits.«

Die Schwestern stiegen hinter Suchir und Sumeera die Treppe hinunter und traten auf den engen Gang, wo sich an die zwanzig Mädchen drängten. Etliche lehnten an der Wand, andere saßen vor offen stehenden Zimmertüren auf dem Boden. Ein paar kicherten, als die Schwestern auftauchten, der Rest aber starrte sie nur neugierig an. Zu Ahalyas Überraschung sahen die meisten der *Beshyas* eher durchschnittlich aus. Höchstens zwei oder drei gingen als hübsch durch, und nur eine einzige war wirklich schön.

Im Vorbeigehen schnappte Ahalya ein paar geflüsterte Worte auf.

»Fünfzigtausend«, schätzte ein hochgewachsenes Mädchen.

»Mehr«, entgegnete ihre Nachbarin.

Suchir brachte sie mit einem strafenden Blick zum Schweigen. Nachdem er Sita die Anweisung gegeben hatte, neben der Tür zu warten, führte er Sumeera und Ahalya in den Eingangsbereich des Bordells. Auf einer der Couchs gegenüber dem Spiegel saß ein gut vierzigjähriger Mann mit schwarzem Lockenkopf und einer goldenen Uhr am Handgelenk. Während Suchir ans Fenster trat und die Jalousien herunterließ, musterte der Fremde Ahalya unverhohlen. Sumeera nahm in der Zwischenzeit auf der anderen Couch Platz und neigte den Kopf.

Suchir betätigte einen Schalter, woraufhin eine Reihe von versenkten, über dem Spiegel angebrachten Strahlern den Raum in helles Licht tauchten. In sanftem Ton wies er Ahalya an, sich unter die gleißenden Lampen zu stellen und den Mann anzusehen. Ahalya gehorchte für einen kurzen Moment, senkte dann jedoch rasch den Blick.

»Shankar, mein Freund«, verkündete der Bordellbesitzer, »ich habe heute Abend etwas besonders Exquisites für dich. Zwei Mädchen – beide noch originalverpackt. Das hier ist die ältere von beiden.«

Shankar murmelte anerkennend. Dann erhob er sich und ging zu Ahalya hinüber. Er bewunderte ihre Haut, berührte ihr Haar und strich mit dem Handrücken über ihre linke Brust.

»*Ravas*«, sagte er mit einem Seufzer, »wunderbar. Mehr brauche ich gar nicht zu sehen. Spar mir das zweite Mädchen für einen anderen Tag auf. Wie viel soll diese hier denn kosten? Ohne Kondom.«

»Kondome sind Vorschrift«, erwiderte Suchir. »Du kennst die Vorschriften.«

Shankar zuckte mit den Schultern. »Vorschriften interessieren mich nicht. Wie viel willst du haben?«

Suchir schien zu zögern, gab dann aber rasch nach. »Für ein solches Mädchen sechzigtausend, und nur dieses eine Mal.«

»Du verhandelst hart, Suchir«, stellte Shankar fest. »Ich habe nur fünfzigtausend dabei.«

»Du kannst ja noch etwas abheben«, gab Suchir zurück. »Das Mädchen ist jede Rupie wert.«

Shankar trat einen Schritt zurück. »Also gut, sechzigtausend. Ich zahle dir den Rest hinterher.« Mit diesen Worten reichte er Suchir ein Päckchen Tausendrupienscheine.

Suchir wandte sich an Sumeera. »Bring sie nach oben«, befahl er, »und lass das andere Mädchen auf der Treppe warten. Auf diese Weise lernt die Kleine gleich etwas.«

Während die Männer verhandelten, stand Ahalya wie gelähmt daneben. Im harten Licht der Strahler, die etwas von einer Bühnenbeleuchtung hatten, geriet sie vor Panik fast außer sich. Das Herz hämmerte ihr in der Brust, und ein kalter Schauder lief ihr über den Rücken. In ihrer Vorstellung war Shankar kein Mann, sondern ein Geist, ein Wesen aus der Unterwelt – ein Ghul, der gar nicht in der Lage war, sie zu entjungfern. Gleichzeitig war ihr klar, dass sie sich mit dieser albernen Illusion nur selbst narrte. Er war ein Mann wie jeder andere.

Als sie Suchirs Anweisung bezüglich Sita hörte, blickte sie entsetzt auf, brachte jedoch kein Wort heraus. Mit dem letzten Rest von innerem Widerstand hatte sich auch ihre Angst verflüchtigt. Sie würde Shankar gestatten, sie zu nehmen, damit Sita lernte, sich zu fügen. Denn wie Ahalya inzwischen wusste, bedeutete Widerstand Schmerz, und Schmerz machte das Elend ihrer Existenz nur noch schlimmer. Ab dieser Nacht wäre sie eine *Awara*, eine Gefallene.

»Sag, bist du bereit?«, fragte Sumeera sie.

Ahalya nickte. Sie ließ sich von Shankar an der Hand nehmen und auf den Gang hinausführen, brachte es allerdings nicht fertig, Sita dabei anzusehen. Während Shankar sie die Treppe hinaufzog, dachte sie an ihren Vater. Er hatte ihr immer gesagt, wie stark sie sei und wie viele Begabungen sie besitze, dass sie nach den Sternen greifen und alles werden könne, was sie wollte. Eine schöne Illusion, die nun ein jähes Ende gefunden hatte. Während Sumeera die Kissen aufschüttelte und eine Kerze anzündete, wanderten Ahalyas Gedanken zu ihrer Mutter. Mit ihrer sanften, würdevollen Art war Ambini ihren Töchtern ein Vorbild gewesen. Nun aber waren ihre Eltern tot, übrig geblieben war nur *jooth ki duniya*, eine Welt aus Lügen.

Sumeera ließ sie mit Shankar allein und schloss die Tür. Zitternd fixierte Ahalya einen Punkt auf dem Boden. Sie schaffte es einfach nicht, den Mann anzusehen, der sie gekauft hatte. Er trat auf sie zu und hob ihr Kinn, bis sie nicht mehr anders konnte, als ihm in die Augen zu sehen. Während er sich die Hose aufknöpfte, lächelte er sie an.

»Heute ist deine Hochzeitsnacht«, erklärte er, ehe er sie aufs Bett stieß.

Sita, die mit anhören musste, wie ihrer Schwester Gewalt angetan wurde, saß weinend draußen im dunklen Treppenhaus. Mit ihren fünfzehn Jahren wusste sie noch wenig über fleischliche Begierde, begriff aber durchaus, was Vergewaltigung bedeutete. Als Shankars lustvolles Stöhnen schließlich ein Ende hatte, hörte sie, wie ihre Schwester zu weinen begann. Einen Moment später tauchte Shankar in der Tür auf und schob sich an Sita vorbei. Sein Blick wirkte glasig, seine Kleidung unordentlich. Er sagte kein Wort, sondern verschwand einfach.

Sita schlich ins Zimmer. Ihre Schwester lag in einem Durcheinander aus zerknitterter Bettwäsche auf der Matratze, ihr Churidar als Häufchen auf dem Boden. Die Flamme der Kerze warf Schatten an die Wände. Ahalya hielt die Augen geschlossen, ihre Stirn fühlte sich heiß an. Sita drückte ihr einen Kuss auf die Wange und kniete sich neben das Bett. Bald erschien Sumeera und führte Ahalya hinüber zur Kommode, wo sie sie wusch und ihr ein locker fallendes Nachthemd überzog. Dann brachte sie sie zurück zum Bett.

Sumeera sprach beruhigend auf Ahalya ein. »Was du gerade erlebt hast, ist hart. Da ist es nur natürlich, dass du dich schämst. Beim ersten Mal geht das allen so. Aber du wirst überleben. Im Lauf der Zeit wirst du dich damit abfinden.«

Mit diesen Worten ließ sie die Mädchen allein.

Sita kroch ins Bett und nahm Ahalya in den Arm. Bisher war ihre Schwester immer ihre Festung gewesen, ihre Beschützerin. Selbst in den einsamsten Nächten in St. Mary's war es Ahalya stets gelungen, sie zu trösten. Nun war es an Sita, zu trösten und zu beschützen. Leise stimmte sie eine Melodie an, die ihre Mutter ihnen immer vorgesungen hatte. Sie kannte das Lied auswendig und sang es mit der Inbrunst eines Gebets.

Als Ahalya am Neujahrstag erwachte, fühlte sie sich wie ein Vogel mit gebrochenen Flügeln. Mit Sita sprach sie nur das Nötigste, ihr Frühstück nahm sie schweigend zu sich. Auch Sumeeras Besuche nahm sie wortlos zur Kenntnis. Während draußen auf der Straße die Händler ihre Waren anpriesen und die *Beshyas* unten ihre Hausarbeiten erledigten, lag sie den ganzen Tag auf dem Bett und starrte ins Leere. Hin und wieder drehte sie sich um, setzte sich aber nur ganz selten auf.

Ihre Umgebung nahm sie nur noch vage wahr. Einzig und allein Sita galt weiter ihre Aufmerksamkeit. Ahalya war erstaunt, wie ruhig ihre jüngere Schwester die Situation hinnahm. Binnen weniger Tage schien sie um Jahre gereift zu sein. Immer wieder befeuchtete sie ein Tuch und legte es Ahalya auf die Stirn. Um ihre Schwester aufzuheitern, sang sie Lieder, die Ambini und Jaya ihnen beigebracht hatten, und zitierte Verse aus Ahalyas Lieblingsgedichten. Als sie schließlich ein Gedicht von Sarojini Naidu aufsagte, begann Ahalya die Worte leise mitzusprechen:

»Hier im Wald, o mein Herz, lass uns verbrennen die
Träume, die toten,
Einen Scheiterhaufen lass uns errichten mit flinker Hand,
Aus dürren weißen Blüten und dem Herbstlaub, dem roten,
Hier in des Mittags flammenden Feuerfackeln lass sie uns
setzen in Brand.«

Den Rest der Woche verbrachten sie mehr oder weniger in Einsamkeit. Suchir ließ sie in Ruhe. Nur Sumeera erschien gelegentlich, um Ahalya an den Stellen, wo sie von der Begegnung mit Shankar aufgeschürft war, mit Heilsalbe zu behandeln. Dabei bläute sie Ahalya immer wieder ein, sie müsse akzeptieren, was mit ihr passiert sei, denn es gebe keinen anderen Ausweg aus der Finsternis der Scham. Mit jedem neuen Sonnenaufgang kehrte etwas mehr Leben in Ahalya zurück, doch aus ihren Augen sprach weiterhin tiefster Kummer.

Anfang der darauffolgenden Woche kam Suchir erneut, um Ahalya zu holen. Vorher brachte ihr Sumeera wieder denselben, in Rot und Gold gehaltenen Churidar, forderte Sita aber nicht auf, sich ebenfalls anzukleiden. Ahalya schloss die Augen und tat mechanisch, wie ihr geheißen. Erneut drängten sich die *Beshyas* entlang der Wand, um sie anzustarren, waren dabei aber nicht so leise wie beim ersten Mal. Als Ahalya an ihnen vorbeiging, gaben wieder zwei von ihnen Schätzungen bezüglich des Preises ab, den Suchir für sie verlangen würde.

»Zwanzigtausend«, meinte die eine.

»Zehn«, hielt die andere dagegen. »Sie ist schließlich nicht mehr originalverpackt. Der *Dhoor* wird kein Blut sehen.«

Ahalya versuchte, ihre Worte zu ignorieren, und hielt den Blick starr auf den Boden gerichtet. Sie wartete an der Tür, bis Suchir sie holte, um sie erneut wie eine Zirkusattraktion unter den grellen Lampen zu präsentieren. Neben Sumeera saßen zwei Kunden auf den Kissen. Einer war mittleren Alters, der andere ein Junge in Ahalyas Alter. Der Mann sprach aufgeregt auf den Jungen ein. Ahalya entnahm seinen Worten, dass die beiden Vater und Sohn waren. Der Junge hatte Geburtstag. Ahalya war sein Geschenk.

Zögernd stand der Junge auf und näherte sich ihr. Als er sich hilfesuchend nach seinem Vater umblickte, spornte der ihn an, woraufhin der Junge mit den Fingerspitzen über Ahalyas Lippen strich und die Hand dann zu ihrer Brust hinuntergleiten ließ. Schaudernd fragte sich Ahalya, was der Junge wohl mit ihr machen würde.

Der Mann verhandelte mit Suchir über den Preis, bis die beiden sich schließlich auf fünfzehntausend Rupien einigten, woraufhin der Junge Ahalya an der Hand nahm und Suchir den Gang entlang zum ersten Sexraum folgte. Ein übergewichtiges älteres Mädchen trat beiseite und funkelte sie böse an. Der Raum war so klein, dass darin gerade mal ein Bett, ein Waschbecken und eine Toilette Platz hatten.

Nachdem Suchir die Tür geschlossen hatte, blieb der Junge steif vor ihr stehen. Offenbar wusste er nicht recht, wie er jetzt weitermachen sollte. Ahalya sah in seinen Augen eine Mischung aus ehrfürchtiger Bewunderung und Nervosität. Er trat näher und küsste sie auf den Mund. Da sie sich nicht wehrte, steigerte sich seine Erregung. Sie ließ sich aufs Bett sinken und ergab sich seinen Wünschen. Er war nicht so grob wie Shankar, tat ihr aber dennoch weh.

Hinterher blieb sie noch einen Moment auf der dünnen Matratze liegen und sah blicklos zur Decke hinauf. Sie fühlte sich zutiefst beschmutzt. Benommen stand sie auf, um sich am Waschbecken zu waschen. Als sie sich anschließend auf der Toilette niederließ, wurde ihr die brutale Wahrheit noch einmal mit voller Wucht bewusst: Eine *Beshya* konnte vom Leben nicht mehr erwarten als Luft zum Atmen, ein wenig zu essen und zu trinken, ein Dach über dem Kopf und die Zuneigung von ihresgleichen. Um in einer solchen Welt zu überleben, würde sie ihr Herz von ihrem Körper abspalten müssen. Eine andere Wahl blieb ihr nicht. Sie dachte an Sita, die oben im Dachzimmer auf sie wartete – ängstlich und angeschlagen, aber nach anderthalb Wochen in Suchirs Bordell seltsamerweise immer noch unberührt. Sita brauchte sie als Bollwerk gegen die Schrecken, die sie erwarteten.

Sie durfte nicht verzweifeln.

6

Die Schlacht von Bombay ist die Schlacht des Individuums gegen die Menge.

SUKETU MEHTA

Irgendwo über Südasien

Als Thomas aufwachte, hatte er keine Ahnung, wie spät es war. Beim Blick auf seine Armbanduhr begriff er, dass sie immer noch Washingtoner Zeit anzeigte. In der Boeing 777 war es dunkel, und die meisten Passagiere der Business Class schliefen. Er musste eigentlich auf die Toilette, aber der Fluggast neben ihm hatte seinen Sitz ganz ausgezogen und schlief tief und fest, sodass der Weg zum Mittelgang versperrt war.

Thomas schob die Jalousie hoch. Die untergehende Sonne ließ schneebedeckte Berge in Ocker- und Hennatönen leuchten. Afghanistan, dachte er. Aus gut zehntausend Metern Höhe betrachtet, erinnerte ihn das vom Krieg zerrissene Land an Colorado. Seine Schönheit war überwältigend, streng und gelassen zugleich.

Zum hundertsten Mal fragte sich Thomas, warum er das eigentlich tat. Die naheliegendste Antwort – dass er durch seine Schuldgefühle und die äußeren Umstände in diese Richtung gelenkt worden war – traf nicht zu. Wäre dem so gewesen, hätte er nämlich genauso gut in einem Flugzeug nach Bora Bora, Amsterdam oder Schanghai sitzen können. Tatsächlich aber befand er sich nur noch zwei Stunden von

Bombay entfernt, und seine Aktentasche war vollgestopft mit allem, was er an Regierungsberichten, wissenschaftlichen Studien und Zeitungsausschnitten über die weltweite Krisensituation im Bereich Zwangsprostitution in die Finger bekommen hatte.

Seine Abreise war in Windeseile über die Bühne gegangen. Zaudern entsprach nicht seinem Naturell. Am Anfang stand ein Mittagessen mit Ashley Taliaferro, der Leiterin der Auslandseinsätze von CASE, eingeschoben zwischen die Besprechungen, die sie auf dem Capitol Hill mit Unterstützern aus dem Kongress vereinbart hatte. Als Nächstes stellte er einen Antrag auf ein Visum, der dank Max Junger im Eiltempo bearbeitet wurde. Dann unternahm er einen Ausflug ins Einkaufszentrum, um die nötige Reiseausrüstung zu erstehen. Er frischte seine Impfungen auf. Er sorgte dafür, dass das Clayton-Stipendium zur Deckung seiner Ausgaben möglichst schnell auf seinem Konto landete. Nebenbei wechselte er diverse Mails mit Dinesh, seinem ehemaligen Zimmergenossen aus Yale, dessen wiederholte Einladung, ihn doch endlich mal in Bombay zu besuchen, er nun annahm. Außerdem las er, und zwar unaufhörlich – in der Metro, beim Anstehen an der Kasse und auch zu Hause, wenn er nicht gerade am Computer saß und im Internet recherchierte.

Er betrat damit eine ebenso befremdliche wie beunruhigende Welt, eine Art unterirdisches Reich, bewohnt von Zuhältern und Menschenhändlern, korrupten Beamten, unermüdlich kämpfenden Anwälten und einem scheinbar endlosen Vorrat an Frauen und Kindern, die gefangen, brutal misshandelt und dann in Sklaven verwandelt wurden. Thomas fragte sich, wie Andrew Porter damit klarkam – mit den Gesichtern, Namen und Geschichten, die ebenso vielfältig waren wie die menschliche Grausamkeit.

Nun würde er selbst ebenfalls in diese Welt eintauchen. Von den vielen für den Handel mit Menschen bekannten Städten war Bombay eine der schlimmsten.

»Du wirst *was* tun?«, hatte seine Mutter gefragt, als Thomas zwischen zwei Terminen endlich Zeit fand, sie anzurufen. »Aber das ist gefährlich, Thomas. Dir könnte etwas passieren. Ich habe gesagt, du sollst Priya nachreisen, nicht, dich mit der Unterwelt anlegen.«

An dem Punkt hatte ihr sein Vater das Telefon aus der Hand genommen und gefragt, worum es bei dem ganzen Gerede denn überhaupt gehe. Er hörte nur so lange zu, bis er von Max Jungers Ultimatum erfuhr. »Warum hast du mich nicht angerufen, Thomas?«, fragte er. »Ich hätte die Sache schon geregelt.«

»Bei Clayton brauchten sie einfach einen Sündenbock, Dad«, erklärte Thomas und fühlte sich dabei wieder wie der halbwüchsige Junge, der er in den Augen seines Vaters immer geblieben war. »Die Wharton-Leute verlangten nach einem Opferlamm, und Mark Blake hatte keine Lust, sich selbst auf den Altar zu legen.«

»Mark Blake ist ein egomanischer Idiot«, erwiderte der Richter wütend. »Der Kerl kann sich doch nicht mal aus einer Papiertüte herausargumentieren.« Er schimpfte noch eine Weile weiter und beruhigte sich dann langsam. »Habe ich deine Mutter da richtig verstanden? Du gehst nach Indien, um für CASE zu arbeiten?«

»Ja, das stimmt.«

Sein Vater schwieg einen langen Augenblick. »Wenn du zurückkommst, wirst du eine Menge aufzuholen haben.«

»Ich weiß«, antwortete Thomas. In solchen Dingen hatte der Richter immer recht.

Thomas wandte seine Aufmerksamkeit wieder der Gegenwart zu. Gerade kam eine Flugbegleiterin den Gang entlang. Als sie bemerkte, dass er wach war, fragte sie ihn im Flüsterton, ob er vor der Ankunft noch etwas essen wolle. Er schüttelte den Kopf, bat sie aber um eine Flasche Wasser.

Dann richtete er den Blick wieder aus dem Fenster. Obwohl es über dem zerklüfteten Land inzwischen dunkel geworden war, leuchteten die Wolkenkrönchen der Berge immer noch rötlich. Erneut sann er über die Frage nach, auf die es keine Antwort gab: Warum?

Tera war die Erste gewesen, die diese Frage laut aussprach. Am Morgen nach ihrem Überraschungsbesuch war er mit pochenden Kopfschmerzen und heftigen Schuldgefühlen auf der Wohnzimmercouch erwacht. Nach einer heißen Dusche fand er Tera in der Küche vor. Als sie anbot, Frühstück für ihn zu machen, blickte er sie nur mit großen Augen an. Sie hatte vorher noch nie bei ihm übernachtet. Trotzdem schwang sie auf einmal in seiner Küche den Schneebesen, und neben dem Herd stand ein Karton Eier.

»Ich gehe für eine Weile weg«, erklärte er.

»Was?« Sie hatte abrupt zu rühren aufgehört und blinzelte ihn überrascht an. »Wohin?«

»Das weiß ich noch nicht so genau.« Er log sie lieber an, um weitere Fragen zu vermeiden.

Sie wirkte sehr betroffen. »Und was ist mit Clayton?«

»Ich nehme unbezahlten Urlaub.«

»Für wie lange?«

»Eine Weile, schätze ich mal.«

»Habe ich irgendetwas falsch gemacht?«, fragte sie, während sie den Schneebesen auf die Arbeitsfläche legte.

»Nein, natürlich nicht«, gab er zurück. Erst dann wurde ihm klar, wie grob er klang. »Hör zu, ich weiß, das kommt überraschend, aber es hat wirklich nichts mit dir zu tun. Es tut mir leid.«

Da sprach sie die entscheidende Frage aus, die auch ihm ein Rätsel war: »Warum machst du das?«

Er zog alle möglichen Antworten in Betracht, entschied sich dann aber für die einfachste: »Ich weiß es nicht.«

Schweigend sah sie ihn an. Aus ihren blauen Augen sprachen Verwirrung und Schmerz. Dann sammelte sie rasch ihre Sachen zusammen und verließ ohne ein weiteres Wort das Haus.

»Meine Damen und Herren«, verkündete die Stimme aus dem Lautsprecher, »wir setzen zum Landeanflug auf Mumbai an. Bitte achten Sie darauf, dass sich Ihre Rückenlehne in senkrechter Position befindet und Ihr Klapptisch …«

Die Stimme sprach weiter, aber Thomas hörte nicht mehr zu. Den Blick aus dem Fenster gerichtet, sah er die riesige Metropole aus dem Nichts auftauchen wie eine funkelnde Sternenexplosion. Der Anblick erinnerte ihn an Los Angeles, aber damit endete die Ähnlichkeit auch schon. In Bombay lebten dreimal so viele Menschen auf einem Drittel der Fläche.

Als das Flugzeug schließlich zur Landung auf dem Chhatrapati-Shivaji-Flughafen ansetzte, waren Thomas' Nerven zum Zerreißen gespannt. Im Lauf der Jahre hatte Priya ihm viel über indisches Denken und Empfinden erzählt und – wenn auch ohne großen Erfolg – ein wenig Hindi beizubringen versucht, doch diese Lehrstunden hatten auf westlichem Boden stattgefunden. Die Stadt jenseits des Rollfeldes war das echte Indien, eine fremde Welt, bestimmt von einem gänzlich anderen System kultureller Erwartungen. Zwar hatten Kolonialismus und Globalisierung Brücken über die Kluft geschlagen, aber der Unterschied zwischen Ost und West war immer noch enorm.

Sanft setzte die Maschine auf und rollte in Richtung Gate. Das echte Indien begrüßte Thomas, noch ehe er das Flugzeug verließ. Von seinem Fensterplatz sah er auf einen weitläufigen Stadtteil aus Slums, in denen lediglich ein Netzwerk aus nackten Glühbirnen für Licht sorgte, nach Art einer Weihnachtsbeleuchtung von Tür zu Tür gespannt. Auf den Straßen spielten Kinder, und auch im Schatten der Gebäude sah man menschliche Gestalten umherhuschen.

Nachdem er sein Gepäck abgeholt hatte, traf er Dinesh am Taxistand.

»Thomas!« Sein Freund umarmte ihn zur Begrüßung. »Willkommen in Bombay!« Aus seinem Englisch war ein leichter Akzent herauszuhören.

Dinesh schnappte sich Thomas' zweiten Koffer und lotste ihn durch eine dichte Menge aus Taxi-*Wallas* und Schilder schwingenden Hotelchauffeuren zu einem schwarzen Coupé, das auf einem ungeteerten Parkplatz stand.

»Ich hoffe, es macht dir nichts aus, dich da reinzuzwängen.«

»Kein Problem«, entgegnete Thomas, der gerade sein Gepäck in den Kofferraum stapelte und dann einstieg.

Die Nachtluft war kühl und trocken. Dinesh ließ die Fenster herunter. »Hier in Indien sind uns nur zwei Monate ohne Klimaanlage vergönnt«, erklärte er lachend. »Den Rest des Jahres schwitzen wir.«

Dinesh steuerte den Wagen aus dem Flughafen, hinein in die chronisch verstopften Straßen der Stadt. Minutenlang bewegten sie sich im Schneckentempo vorwärts, eingepfercht zwischen Fahrzeuge jeder Größenordnung. Vor lauter Abgasen bekamen sie kaum noch Luft. Schließlich wurde Dinesh die Sache zu dumm, und er tastete sich langsam in Richtung Mittelstreifen vor. Mit dem Fuß auf dem Gaspedal und der Hand auf der Hupe benutzte er die Gegenfahrbahn, um eine Auto-Rikscha zu umrunden, wobei er um ein Haar mit einem Bus zusammengestoßen wäre.

Geschockt über das Manöver, klammerte Thomas sich am Türgriff fest.

Dinesh lachte nur. »Du gewöhnst dich daran. In Amerika fährt man mit dem Lenkrad, in Indien mit der Hupe.«

Über eine Rampe bog er auf eine Schnellstraße ein, auf der der Verkehr freier dahinfloss. »Das ist der Western Express Highway«, rief er über den Wind hinweg. »Auf den Straßen ging es dermaßen verrückt zu, dass die Stadt irgendwann beschloss, die Schnellstraße eine Etage höher zu bauen.«

Zehn Minuten später bogen sie um eine Kurve und fuhren dann eine Straße entlang, die parallel zu einer breiten Bucht verlief. Der Geruch nach Urin und Salz traf Thomas wie ein Vorschlaghammer.

»Die Mahim Bay«, erklärte Dinesh. »Der Gestank ist auch so etwas, woran du dich gewöhnen wirst.«

»Ist das immer so?«, fragte Thomas, der kaum zu atmen wagte.

»Heute Abend ist es besonders schlimm. Morgen früh wird es wieder besser sein. Die Abwasser fließen hier ins Meer. Es ist nicht ratsam, irgendwo rund um Bombay schwimmen zu gehen.«

Die Schnellstraße beschrieb eine Hundertachtziggradkurve und endete als Sackgasse in einer schicken Wohngegend. Dinesh fuhr einen Hügel hinauf und bog über eine mit Steinen gepflasterte Rampe auf eine Straße ein, die von hohen Wohngebäuden und üppiger Vegetation gesäumt wurde.

»Das hier nennt sich Mount Mary«, informierte er Thomas. »Das Meer liegt nur einen Häuserblock in Richtung Westen.«

Dinesh bog abrupt in einen Parkplatz ein, über dem ein etwa zehnstöckiges, weiß verputztes Gebäude aufragte.

Das Tor wurde von zwei rauchenden Wachmännern flankiert.

Sie parkten in einer Garage und fuhren in einem alten Aufzug mit Ziehharmonikatür in den obersten Stock.

Dineshs Wohnung entpuppte sich als ein Wunderwerk modernen Stils. Die Armaturen bestanden aus glänzendem Messing, die Möbel aus Holz und Leder. Die Fliesenböden waren mit schönen Läufern bedeckt, die Wände mit Wandteppichen geschmückt. Das Beste an der Wohnung aber war die Aussicht. Durch die Fenster an der Westseite hatte man einen überwältigenden Blick auf das Arabische Meer, und durch eine Glastür gelangte man auf eine balkonartige Terrasse, die rund um die Wohnung herumführte.

Dinesh zeigte Thomas sein Schlafzimmer und lud ihn zu einem Bier auf der Terrasse ein. Sie ließen sich auf Holzliegestühlen nieder und blickten auf das im Mondlicht schimmernde Meer hinaus. Die Lichter entlang der Küste reichten weit nach Norden und endeten an einem Punkt, der ins Meer hineinzuragen schien.

»Juhu kommt gleich nach Santa Cruz West«, meinte Dinesh, dessen Blick dem seines Freundes gefolgt war. »Viele indische Berühmtheiten leben dort.« Er schwieg einen Moment. »Aber jetzt erzähl mal: Was führt dich nach Bombay? Erst höre ich von einer Freundin, dass Priya wieder da ist, und dann bekomme ich von dir die Nachricht, du bräuchtest für eine Weile eine Unterkunft.«

»Das ist eine lange Geschichte«, antwortete Thomas.

»Wie alle guten Geschichten.«

Thomas zögerte. Ihm war klar, dass er seinem Freund eine Erklärung schuldete, aber die Vorstellung, neugierige Fragen über seine Familie zu beantworten, machte ihn schlagartig müde.

»Priyas Großmutter hatte einen Schlaganfall«, begann er. »Deswegen wollte sie zu ihr.«

»Das wusste ich nicht«, antwortete Dinesh. »Vor ein paar Monaten habe ich ihren Bruder in Colaba getroffen. Da hat er nichts davon erwähnt.«

»Es ist noch nicht so lange her. Und es kam völlig unerwartet.«

Thomas erinnerte sich an den Tag, als Priya ihm die Neuigkeit mitteilte. Er erinnerte sich noch gut daran, wie erschöpft sie wirkte, als sie damals in der Küche stand und ihm vom Anruf ihres Bruders erzählte. Er selbst hatte zu dem Zeitpunkt gerade die ersten drei Tage des Wharton-Prozesses hinter sich und stand permanent unter Strom. Als sie ihm das One-way-Ticket der Air India zeigte, reagierte er ungehalten und beschuldigte sie, ihn im Stich zu lassen. Er erinnerte sich an die Wut, die plötzlich in ihren Augen gelodert hatte. »Wie kannst du das sagen?«, hatte sie gefragt. »Du bist doch derjenige, der mich im Stich gelassen hat.«

Dinesh nahm einen Schluck von seinem Bier. »Das erklärt, warum Priya hier ist. Aber was ist mit dir?«

Thomas holte tief Luft. »Ich brauchte mal eine Auszeit von der Arbeit. Die Kanzlei hat mir ein Sabbatjahr genehmigt.« Er sah, wie sein Freund die Augen zusammenkniff, und konnte sich genau vorstellen, was er in dem Moment dachte: Warum wohnst du dann bei mir? Er beschloss, die Lüge mit einem Bröselchen Wahrheit zu würzen. »Zwischen Priya und mir läuft es gerade nicht so gut. Deswegen habe ich mich mit dir in Verbindung gesetzt.«

Dinesh musterte ihn einen Moment eindringlich, ehe er achselzuckend antwortete: »Das tut mir leid. Du bist herzlich willkommen, so lange zu bleiben, wie du magst.« Dann wechselte er das Thema. »Du hast in deiner Mail eine Organisation namens CASE erwähnt. Von der habe ich bisher noch nie etwas gehört.«

Thomas, der angespannt die Luft angehalten hatte, atmete aus. »Es handelt sich dabei um eine Organisation, die unentgeltlichen Rechtsbeistand leistet. Sie kämpft speziell gegen Zwangsprostitution in den Entwicklungsländern.«

Dinesh trank seinen letzten Schluck Bier. »Da gibt es in Bombay bestimmt eine Menge zu tun.«

Sie plauderten noch eine Weile im entspannten Ton alter Freunde, erinnerten sich an ihre gemeinsamen Jahre in Yale, tauschten Geschichten über ehemalige Freundinnen aus und lachten über Streiche, die sie – insbesondere Dinesh – ihren Kommilitonen gespielt hatten. Dineshs Humor und unwiderstehliche gute Laune sorgten dafür, dass Thomas seiner Zeit in Bombay schließlich sogar mit einem gewissen Optimismus entgegenblickte. Selbst wenn nichts anderes dabei herauskam, würde er es zumindest genießen, wieder mit seinem Freund zusammenzuwohnen.

Nach einer Weile gähnte Dinesh und streckte sich ausgiebig. »Ich glaube, ich gehe ins Bett«, verkündete er, während er mit seiner leeren Bierflasche in der Hand aufstand. »Es ist schön, dich hier zu haben.«

Thomas erhob sich ebenfalls. »Wenn es dir nichts ausmacht, bleibe ich noch eine Weile hier draußen. Mein Körper meint immer noch, es ist Tag.«

Dinesh lachte. »Kein Problem. Wir sehen uns morgen früh.«

Thomas holte sein BlackBerry heraus und schickte seiner Mutter und Andrew Porter je eine Mail mit der Nachricht, dass er gut angekommen sei. Danach trat er ans Geländer und blickte in Richtung Norden, zum Strand von Juhu hinüber. Seine Gedanken wanderten zu Priya. Er fragte sich, ob sie schon schlief oder genau wie er irgendwo auf einer Terrasse stand und aufs Meer hinausblickte.

Während er die salzige Luft tief einatmete, versuchte er sich Priyas Kindheit vorzustellen. Dass sie aus sehr privilegierten Kreisen stammte, war ihm nie ganz real erschienen. Sie war in eine Familie von Immobilien-Magnaten hineingeboren worden, die ursprünglich aus Gujarat stammten und sich bereits in der Stadt niedergelassen hatten, als die Briten noch damit beschäftigt waren, dem Meer Land abzuringen. Priyas Großvater gehörte rund ein Viertel aller Wohnungen im südlichen Bombay und darüber hinaus diverse Immobilien auf der ganzen Welt.

Mit anderen Eltern wäre Priya vielleicht verwöhnt und hochnäsig geworden, aber ihr Vater zog ein asketisches Leben in Cambridge dem Luxus vor, der ihm eigentlich von Geburt wegen zugestanden hätte. Professor Patel hatte seine Familie nach England verpflanzt, als Priya noch ein Teenager war, sodass sie die prägenden Jahre ihrer Jugend auf dem altehrwürdigen Universitätscampus verbracht hatte.

In Cambridge hatte sie sich dann auch als Studentin der Kunstgeschichte eingeschrieben und dort ein Jahr vor ihrem Abschluss den Yale-Studenten Thomas kennengelernt, der als Austauschstudent ein Sommersemester in England verbrachte. Er konnte sich noch genau an die Vorlesung erinnern, die ihr Vater damals am King's College hielt, und an den Schirm, den sie dort liegen ließ. Ihre Zerstreutheit hatte ihm einen Grund geliefert, sich ihr vorzustellen, und aus diesen ersten Worten war ein längeres Gespräch in einem Café geworden, das ihrer beider Leben verändert hatte.

Er holte das Foto heraus, das er im Fellows Garden von ihr gemacht hatte. Bevor er zum Flughafen aufgebrochen war, hatte er es wieder in seine Brieftasche gesteckt. Er musste daran denken, wie sie ihn im Schatten der knorrigen alten Eiche geküsst hatte. Es war ein scheuer Kuss gewesen, befrachtet mit den Tabus ihrer Kultur und dem Gedanken an ihren Vater. Trotzdem hatte sie ihm damit deutlich zu verstehen gegeben, welche tiefen Gefühle sie für ihn hegte.

Er steckte das Foto wieder ein und trank seinen letzten Schluck Bier. »*Namaste, Bombay*«, sagte er, während er den Blick noch einmal über die Stadt schweifen ließ. Dann drehte er sich um und ging hinein.

Am nächsten Morgen weckte ihn der Alarm seines BlackBerry. Es war halb acht und der Himmel gelb vor Smog. Thomas prüfte seine Eingänge und fand zwei neue Nachrichten vor. Die eine war von Ashley Taliaferro von CASE, die ihn darüber informierte, dass es bei der Überprüfung seines persönlichen Hintergrunds keinerlei Beanstandungen gegeben habe und er sich bei Jeff Greer melden solle, dem Leiter der Außendienststelle in Mumbai. Die zweite Nachricht stammte von besagtem Greer, der ihn einlud, sich mit ihm um zehn im Café Leopold zu treffen.

Er traf Dinesh in der Küche an, wo sein Freund gerade eine Kanne Chai braute. Sie frühstückten auf der Terrasse mit Blick aufs Meer. Thomas erzählte Dinesh von seiner Verabredung mit Greer.

»Perfekt«, meinte sein Freund, »dann kannst du mit mir zur Bank fahren und dir von dort ein Taxi nehmen. Jeder Taxi-*Walla* weiß, wie man zum Leopold kommt.«

Um acht organisierte Dinesh für sie beide eine Auto-Rikscha, die sie zum Bahnhof Bandra bringen sollte. Das Gefährt sah aus wie ein gedrungener gelber Käfer auf Rädern. Der Motor klang wie eine Kettensäge. Als der Fahrer in einen Schwarm identisch aussehender Rikschas eintauchte, die alle die Hill Road entlangtuckerten, hätte Thomas sich am liebsten die Ohren zugehalten.

Die Fahrt zum Bahnhof entpuppte sich als eine Art Straßenschlacht mit lauter Beinahe-Zusammenstößen. Ihr Fahrer war entweder der kühnste Mann auf Erden oder ein absoluter Irrer. Mit fanatischer Hartnäckigkeit drückte er immer wieder auf die Hupe, als könnte der Lärm sie vor den Gefahren seiner Fahrweise schützen.

»Dieser Mann ist wahnsinnig!«, wandte Thomas sich an seinen Freund, wobei er laut schreien musste, um den Wind und den Motorenlärm zu übertönen.

Dinesh lachte. »Dann gilt das auch für alle anderen Rikscha-*Walla* in Bombay.«

Am Bahnhof kauften sie Fahrkarten erster Klasse und folgten einem steten Strom von Reisenden auf den Bahnsteig. Als der Zug einfuhr, war er derart mit Menschen vollgepackt, dass etliche Männer aus den Waggons hingen, als würden sie nur noch mit den Fingerspitzen Halt finden. Die wartende Menge ließ sich davon nicht abschrecken. Unbeeindruckt drängten die Leute dem Zug entgegen.

Dinesh packte Thomas und schob ihn vorwärts. »Weiter, weiter, weiter!«, rief er, doch seine Stimme wurde von dem allgemeinen Ansturm fast vollständig übertönt.

Thomas ging durch den Kopf, dass sie den Waggon vor ihnen nur durch ein Wunder erreichen würden. Im Abteil einen Platz zu finden, hielt er für völlig ausgeschlossen. Plötzlich aber war er drinnen, und im selben Moment setzte sich der Zug in Bewegung. Etliche Leute liefen den Bahnsteig entlang, und unglaublicherweise sprangen ein paar von ihnen noch auf.

Dinesh amüsierte sich über Thomas' Unbehagen. »Ich wette, du hast gedacht, in der ersten Klasse ginge es zivilisierter zu!«, rief er.

Thomas wollte eigentlich lachen, aber er war immer noch so verkrampft, dass er nur ein Grunzen herausbrachte.

»Der einzige Unterschied zwischen den Klassen besteht darin«, erklärte Dinesh, »dass die Leute sich in der zweiten Klasse auf Marathi beschimpfen, in der ersten dagegen auf Englisch.«

Der Zug rumpelte in Richtung Süden. Sein Ziel war Churchgate Station, die Endhaltestelle der Linie. Fünfzehn Minuten später fuhr er ins Herz des Geschäftszentrums von Bombay ein. Noch ehe der Zug richtig stand, wurden sie aus dem Waggon gedrängt und von der schnell dahinströmenden Menge den Bahnsteig entlanggeschoben. Thomas folgte Dinesh zum Ausgang. Als sie schließlich draußen an der Straße standen, holte er erst einmal tief Luft.

»Wie schaffst du das nur jeden Tag?«, fragte er.

Sein Freund zuckte mit den Schultern und wackelte dann ein paarmal mit dem Kopf hin und her. Thomas sollte bald begreifen, dass diese Geste bei einem Inder so ziemlich alles bedeuten konnte.

»In Bombay gilt nur eine einzige Regel«, erklärte Dinesh. »Du musst lernen, dich anzupassen.«

Dinesh arbeitete als Investmentberater für die Zentrale der Hongkong and Shanghai Banking Corporation. Vom Bahnhof bis zur Bank waren es nur ein paar Schritte zu Fuß. Nachdem er bei einem Straßenhändler einen Stadtplan für Thomas erstanden hatte, winkte er ein Taxi heran. Er sprach im Maschinengewehrtempo ein paar Worte Marathi und wandte sich dann grinsend an Thomas.

»Falls du verloren gehst, sag zu jedem, der dir unterkommt, dass du ins Leopold musst. Aber du wirst schon nicht verloren gehen.«

Thomas stieg ein, und das Taxi fädelte sich wieder in den Verkehr ein. Ein paar Minuten später setzte ihn der Taxi-*Walla* vor der roten Markise des Café Leopold ab. Thomas fischte ein paar einzelne Rupien aus der Tasche, warf einen Blick auf den Zähler und bezahlte das Fahrgeld.

Das angenehm luftige und geräumige Café war etwa zur Hälfte besetzt, allem Anschein nach hauptsächlich von Europäern. Thomas entschied sich für einen Platz nahe an der Straße. Jeff Greer erschien ein paar Minuten nach zehn. Er trug eine khakifarbene Hose, ein zerknittertes Oxford-Hemd, bei dem er die Ärmel hochgekrempelt hatte, und Lederschuhe, die dringend mal poliert gehört hätten. Aus seinen Bewegungen sprach keine Eile. Er wirkte weder durchtrainiert noch fett. Der Blick seiner braunen Augen war intelligent, sein Lächeln offen.

»Thomas Clarke?«, fragte er und streckte ihm die Hand hin. »Jeff Greer. Ich freue mich, Sie kennenzulernen.«

»Gleichfalls.«

Greer setzte sich und bestellte beim Kellner eine Tasse Kaffee.

»Was ist hier denn gut?«, erkundigte sich Thomas, während er die Getränkekarte studierte.

»So ziemlich alles. Aber wenn Sie kein Koffein brauchen, würde ich einen Lassi empfehlen.«

Dankbar für diesen Vorschlag gab Thomas seine Bestellung auf. Anschließend plauderten sie eine Weile. Thomas erfuhr, dass Greer fünfunddreißig und unverheiratet war, in Harvard Betriebswirtschaft studiert hatte und seit zwei Jahren in Bombay für CASE arbeitete. Da er ein guter Zuhörer und witziger Gesprächspartner war, wurde Thomas schnell mit ihm warm.

»Wie gefällt es Ihnen denn bis jetzt in Mumbai?«, fragte Greer.

»Auf mich wirkt es weniger wie eine Stadt, sondern mehr wie ein Abenteuerpark.«

Greer musste lachen. »Es dauert eine Weile, bis man sich daran gewöhnt.«

Der Kellner brachte ihre Getränke. Thomas nahm einen Schluck von seinem Lassi. Er schmeckte wie ein leichter Vanillepudding, dessen Aroma angenehm auf der Zunge haften blieb.

»Haben Sie das Dossier gelesen, das Ashley Ihnen gegeben hat?«, fragte Greer.

»Ja, sogar zweimal«, antwortete Thomas.

»Dann wissen Sie ja, worum es bei Ihrem Job geht.«

Thomas nickte. »Die Ermittler bekommen die ganze interessante Arbeit, und die Anwälte wälzen Papier.«

Greer lachte. »Das trifft es recht gut. Unsere Anwälte dürfen nicht vor Gericht erscheinen, können aber im Namen der Opfer Unterlagen zu der jeweiligen Rechtssache einreichen. Damit werden Sie die meiste Zeit verbringen – mit dem Studieren, Verfassen und Einreichen von Unterlagen.«

»Kommen wir denn je aus dem Büro heraus?«, fragte Thomas.

»Wie meinen Sie das?«

»Ich meine, bekommen wir jemals zu Gesicht, was die Ermittler zu Gesicht bekommen?«

Greer überlegte. »Wie sehen denn Ihre Pläne für den Rest des Vormittags aus?«

»Ich hatte gehofft, Sie hätten da ein paar Vorschläge.«

Greer lächelte. »Ich glaube, das lässt sich machen.«

Nachdem er die Rechnung bezahlt hatte, winkte Greer ein Taxi heran und sagte beim Einsteigen ein paar für Thomas unverständliche Worte auf Marathi zum Fahrer, woraufhin ihn dieser mit einem seltsamen Blick bedachte. Greer wiederholte sein Anliegen mit mehr Nachdruck. Kopfschüttelnd bog der Taxi-*Walla* in den Verkehr ein.

»Wo fahren wir hin?«, fragte Thomas.

»Ich werde dafür sorgen, dass Sie einen Blick auf das werfen können, weswegen Sie hier sind«, erwiderte Greer.

Sie verließen Colaba in nördlicher Richtung. Nachdem sie am riesigen Victoria-Bahnhof vorbeigefahren waren, bogen sie in die Mohammed Ali Road ein. Thomas rechnete damit, dass Greer ihn kurz über ihr Ziel aufklären würde, doch der Außenstellenleiter zog es vor, während der ganzen Fahrt zu schweigen. Da es im Taxi extrem heiß war, ließ Thomas in der Hoffnung auf eine kühle Brise sein Fenster herunter. Die Stadtluft war von Smog verpestet und roch nach verbranntem Gummi, aber der wohltuende Lufthauch machte den Gestank wieder wett.

Zwanzig Minuten später verließ ihr Taxi die Schnellstraße und bog nach Westen in eine belebte Geschäftsstraße ein. Der Fahrer redete in schnellem Marathi auf Greer ein, offenbar versuchte er ihn von etwas zu überzeugen, doch der brachte ihn mit erhobenen Händen und einer ruhigen, entschiedenen Antwort zum Schweigen. Dann reichte er dem Taxi-*Walla* einen Hundertrupienschein und erteilte ihm ein paar knappe Anweisungen. Ohne ein weiteres Wort steckte der Fahrer das Geld ein.

Sie bogen in eine Nebenstraße und von dort in immer schmalere Straßen. Plötzlich war die Erste-Welt-Stadt mit ihren belebten Gehsteigen und bunten Plakaten verschwunden, und stattdessen tat sich in einem Gewirr aus ungeteerten Straßen, baufälligen Gebäuden, Ochsengespannen, Kühen und Straßenkindern die Dritte Welt vor ihnen auf.

Greer sagte ein paar Worte zu ihrem Taxi-*Walla* und reichte ihm erneut Geld, woraufhin das Taxi sein Tempo verlangsamte und in eine ungeteerte Straße bog, in der sich heruntergekommene Häuser und mehrstöckige *Chawls* mit klapprigen Balkonen aneinanderreihten. Abgesehen von ein paar Radfahrern und Verkäufern mit Handkarren war dort so gut wie kein Verkehr. Die Fußgänger und Autos, die sich eben noch in den Straßen gedrängt hatten, schienen diese hier zu meiden, was die Gegend auf eine gespenstische Art verlassen wirken ließ.

»Nun befinden wir uns in Kamathipura«, erklärte Greer, »dem größten Rotlichtbezirk von Mumbai.«

Plötzlich betrachtete Thomas seine Umgebung mit ganz anderen Augen. Auf einmal waren die alten Männer, die sich im Schatten ausruhten, keine behäbigen Senioren mehr, sondern Bordellbesitzer. Bei den jungen Männern, die rauchend in den dunklen Hauseingängen herumhingen, handelte es sich nicht um Obdachlose, sondern um Zuhälter, und die Frauen, die in den Gängen und Küchen den Besen schwangen, waren keine Hausfrauen, sondern Puffmütter.

»Wo sind die Mädchen?«, fragte Thomas, dem auffiel, dass keine jungen Frauen zu sehen waren.

»Manche schlafen. Andere sind mit Hausarbeiten beschäftigt. Sie dürfen das Bordell nur in Begleitung einer *Gharwali* verlassen. So nennt man hier eine Puffmutter.«

Greer deutete auf die oberen Stockwerke der Gebäude, an denen sie vorbeikamen. »Die minderjährigen Mädchen sind dort oben, versteckt in irgendwelchen Dachzimmern. Sie sind praktisch unsichtbar. Ohne unsere Ermittler, die hier jeden Winkel kennen, würden wir sie niemals finden.«

Das Taxi beschleunigte, doch Greer tippte dem Fahrer auf die Schulter und reichte ihm weitere Rupien.

»Er ist nervös, weil wir Weiße sind«, erklärte Greer. »Die Taxi-*Wallas* bekommen von den Zuhältern *Baksheesh* – Trinkgeld –, damit sie Freier herfahren, und die Zuhälter wissen von CASE. Wenn ihn welche von denen mit uns sehen, schadet das seinem Geschäft.«

Als sie fast das Ende der Straße erreicht hatten, sah Thomas dort einen jungen Mann mit dunklen Augen, dessen Gesprächspartner, ein älterer, weißhaariger Mann, ihnen den Rücken zukehrte. Beim Anblick des Taxis und seiner Insassen wurden die Augen des jungen Mannes schmal. Er bedachte den *Walla* mit einem strengen Blick, der diesem sichtlich Angst einjagte.

Von einer Sekunde auf die andere verlor der Fahrer jegliches Interesse daran, die Besichtigungsfahrt fortzusetzen. Er berührte den Hamsa-Glücksbringer, der von seinem Rückspiegel baumelte, und begann nervös vor sich hin zu plappern. Greer versuchte vergeblich, ihn zu beruhigen. Der Mann verließ Kamathipura, so schnell er konnte, und setzte sie ein paar Häuserblocks weiter an einer Straßenecke ab.

»Wir finden bestimmt ein anderes Taxi«, meinte Greer, während sie zwischen den Straßenhändlern den Gehsteig entlanggingen.

Thomas fühlte sich äußerst unbehaglich. Sie beide waren die einzigen Weißen weit und breit. Drei bettelnde Kinder stellten sich Thomas in den Weg und bedeuteten ihm mit den Händen, dass sie Hunger hatten. Als Thomas nicht reagierte, packten sie ihn am Arm und versuchten, in seine Tasche zu greifen. Bei dem Versuch, sie abzuschütteln, wäre er beinahe über einen Blinden gefallen, der neben einem brennenden Müllhaufen saß.

Als Greer Thomas über die Schulter einen Blick zuwarf, bemerkte er dessen Notlage.

»Gehen Sie einfach weiter«, sagte er.

Schließlich winkte Greer ein anderes Taxi herbei und wies den Fahrer an, sie zum Hauptbahnhof von Mumbai zu bringen. Erleichtert ließ Thomas sich auf den Rücksitz sinken.

»Nun haben Sie gesehen, was die Ermittler sehen«, erklärte Greer. »Zumindest bei Tageslicht.«

»Man möchte gar nicht glauben, dass hinter diesen Mauern so viele Mädchen versteckt sind«, antwortete Thomas, der an die beiden Männer denken musste, die vermutlich Bordellbesitzer oder Zuhälter gewesen waren und dem Taxi-*Walla* solche Angst eingejagt hatten.

»Tausende«, erwiderte Greer, »und manche von ihnen sind gerade mal zwölf oder dreizehn.«

Am Bahnhof von Mumbai nahmen sie einen Zug in Richtung Norden. Mittags war das Gedränge nicht ganz so schlimm wie am Morgen. Thomas fand einen Platz dicht an der Tür, neben einem älteren Mann, und lehnte sich hinaus, um den Fahrtwind zu spüren. Der Zug fuhr landeinwärts, seine Ziele waren Parel und die zentralen Vorstädte. Nach einem Halt in Dadar streifte er den Randbereich von Dharavi – dem Stadtteil, der laut Greer der größte Slum von Bombay war – und durchquerte dann einen Mangrovensumpf, ehe er den Bahnhof Bandra erreichte.

Thomas folgte Greer eine Treppe hinauf und dann einen Fußgängerweg entlang, der oberhalb eines kleineren Slums verlief. Am Rand saßen Bettler mit flehendem Blick und streckten ihnen die offenen Hände entgegen. Manche von ihnen waren alt, andere jung. Zum Teil hatten sie Kinder dabei. Bei einigen handelte es sich um Invaliden, die ihre Krücken, verkrüppelten Gliedmaßen oder gar Amputationen zur Schau stellen. Obwohl Scharen von Pendlern an ihnen vorbeiströmten, schenkte ihnen niemand Beachtung. Thomas hatte Mitleid mit einem etwa zehnjährigen Mädchen, das ein Baby auf dem Arm trug, und drückte der Kleinen eine Fünfrupienmünze in die Hand. Dann folgte er Greer die Treppe auf die Straße hinunter.

Dort warteten die Fahrer mehrerer, im Pulk parkender Rikschas auf Kunden.

Ein junger Mann trat auf sie zu. »Wohin? Bandra? Juhu? Santa Cruz?«

»Pali Hill«, antwortete Greer.

Greer warf einen Blick zu Thomas hinüber. »Das Büro schließt zwar heute schon mittags, aber ich dachte mir, Sie könnten zumindest kurz vorbeischauen und die Kollegen kennenlernen.«

Mit diesen Worten stieg er in die Rikscha, und Thomas zwängte sich neben ihn. Der Fahrer ließ den Motor aufheulen und reihte sich in den Verkehrsstrom ein.

Eine Weile genossen sie schweigend den warmen Fahrtwind. Zwar brannte die Mittagssonne auf sie herunter, aber die Winterluft war trocken und die Temperatur noch angenehm. Der Himmel leuchtete inzwischen in einem klareren Blau. Der Smog hatte sich zumindest teilweise verzogen.

Eine Viertelstunde später tippte Greer dem Rikscha-Fahrer auf die Schulter und sagte: *»Bas. Bas.«*

Der Fahrer hielt am Straßenrand, und Greer bezahlte das Fahrgeld abzüglich einer Rupie. Das sei in Mumbai so üblich, eröffnete er Thomas ohne weitere Erklärung. Die Gegend, in der sie sich gerade befanden, lag nur ein paar Häuserblocks vom Einkaufsbezirk an der Linking Road entfernt und wurde teils als Wohngegend, teils gewerblich genutzt. Das Büro von CASE war in einem unauffälligen Gebäude untergebracht. Keinerlei Schild wies darauf hin, dass die Organisation hier ihre Räume hatte.

Greer führte Thomas eine Treppe zu einer ebenfalls unbeschilderten Tür hinauf, die mit einem Tastenkombinationsschloss versehen war. Hinter der Tür befand sich eine moderne, klimatisierte Büroetage. Greer erzählte Thomas, dass in Mumbai neunundzwanzig Leute für CASE arbeiteten. Etwa ein Drittel seien Kurzzeitpraktikanten aus den Vereinigten Staaten, Australien und Großbritannien. Zwei der Vollzeitkräfte kämen aus dem Westen, der Rest seien Inder aus dem ganzen Subkontinent. Thomas war sofort beeindruckt vom Engagement der CASE-Mitarbeiter. Selbst an Silvester sprühte das ganze Büro vor Aktivität.

Greer wollte Thomas den leitenden Angestellten vorstellen. Die juristische Leiterin, Samantha Penderhook, war eine zierliche, blonde Frau aus Chicago, die bereits auf den ersten Blick Intelligenz und Tüchtigkeit ausstrahlte. Nachdem sie Thomas die Hand geschüttelt hatte, forderte sie ihn auf, Platz zu nehmen.

»Bestimmt hat Ihnen Jeff recht deutlich geschildert, was wir hier tun«, begann sie, »aber ich will es noch deutlicher formulieren. Mumbai ist nicht Washington. Das hiesige Gerichtssystem ist rückständig bis zum Gehtnichtmehr und steckt voller Eigenarten, die Sie selbst dann noch in den Wahnsinn treiben werden, wenn Sie sich damit vertraut gemacht haben. Als Ausgleich bieten wir Ihnen zwei Highlights an: die Chance, das Leben von ein paar Mädchen zum Positiven zu verändern, und Sarahs selbst gemachten Chai.« Samantha hielt inne und blickte zur Tür. »Was für ein Timing!«

Eine junge Inderin betrat den Raum mit einem Tablett voller dampfender Tassen. Lächelnd verteilte sie den Chai.

Thomas wandte sich wieder Samantha zu. »Ich trinke sehr gern Chai, und mit dem Rest komme ich auch klar.«

Samantha bedachte ihn mit einem süffisanten Grinsen. »Wenn Sie das in zwei Monaten auch noch sagen können, dann weiß ich, dass Sie es ernst meinen.«

Der Nächste, den Jeff Thomas vorstellte, war Nigel McPhee, der Leiter der Außeneinsätze und ein redseliger Bär von einem Mann. Er stammte aus dem schottischen Lockerbie und war zunächst bei einem britischen Sondereinsatzkommando und dann beim MI-5 gewesen, bis er schließlich »erleuchtet wurde«, wie er es ausdrückte, und zu CASE ging.

»Mumbai ist weit weg von Lockerbie«, bemerkte Thomas.

»Es könnte genauso gut auf dem Mond liegen«, erwiderte McPhee. »Hier ist es die meiste Zeit des Jahres so angenehm wie in einem Sumpf voller Malaria-Mücken, aber ich bin schließlich nicht hergekommen, um Urlaub zu machen. Mumbai steckt voller böser Jungs – Schläger, Menschenhändler, Zuhälter, Gangster aller Art, Drogendealer. Ich mag die bösen Jungs. Bei denen weiß man wenigstens, woran man ist. Was man von der hiesigen Polizei nicht behaupten kann. Das ist so ziemlich die korrupteste und inkompetenteste Bande, die mir je untergekommen ist. Abgesehen von wenigen Ausnahmen. Für diese wenigen Jungs lege ich meine Hand ins Feuer.«

»Wäre es nicht besser, wenn dieses Büro irgendwo im Süden von Bombay läge?«, fragte Thomas. »Hier scheint es mir weit ab vom Schuss zu sein.«

»Ich war mit ihm in der M. R. Road«, erklärte Greer an McPhee gewandt.

McPhee lachte. »Mein lieber Junge, Kamathipura ist nur der Anfang. Es gibt Dichter, die diese ganze Stadt *Golpitha* nennen – das Bordellviertel.«

Thomas runzelte die Stirn. »Meine Frau stammt aus Malabar Hill. Sie hat mir die Situation nie als so schlimm geschildert.«

»Die Betuchten verschließen davor gern die Augen.« McPhee warf einen Blick auf seine Armbanduhr. »Tut mir leid, wenn ich Sie abwürge, aber ich muss noch einen Bericht fertigschreiben. Wenn Sie etwas brauchen, das Sie nachts wachhält, dürfen Sie jederzeit bei mir vorbeischauen. Meine Geschichten sind besser als Kaffee.«

Die letzte Person auf Greers Liste war Rachel Pandolkar, eine zierliche, etwa fünfunddreißigjährige Inderin mit zarten Gesichtszügen und großen Augen. Ihre Aufgabe war es, die Wiedereingliederung der Opfer ins normale Leben zu organisieren. Da sie gerade telefonierte, als Greer bei ihr klopfte, warteten sie vor ihrer Bürotür, bis sie fertig war.

»Schön, dich zu sehen, Jeff«, sagte sie, nachdem sie ihr Gespräch beendet hatte.

»Gleichfalls, Rachel. Das hier ist Thomas Clarke, unser neuer juristischer Praktikant.«

»Herzlich willkommen«, begrüßte sie ihn. »Was soll ich euch erzählen?«

»Gib ihm einen Überblick über die schwebenden Verfahren«, schlug Jeff vor.

Rachel faltete die Hände. »Wir betreuen im Moment fünfundzwanzig Mädchen. Zehn von ihnen sind in staatlichen Heimen untergebracht, für fünfzehn haben wir private Plätze gefunden. Bei allen Betroffenen handelt es sich um Minderjährige. Unsere Leute besuchen die Mädchen einmal pro Woche. Wir arbeiten eng mit dem Jugendamt zusammen, um sicherzustellen, dass sie eine anständige Ausbildung und eine gute medizinische und psychologische Betreuung bekommen. Und genug Aufmerksamkeit.«

»Ich möchte nicht zynisch klingen«, bemerkte Thomas, »aber es gibt in dieser Stadt Tausende von minderjährigen Prostituierten. Zwei Dutzend scheinen mir da nur ein Tropfen auf den heißen Stein zu sein.«

Rachels Augen blitzten. »Das ist richtig. Haben Sie eine bessere Idee?«

»So habe ich es nicht gemeint«, entgegnete Thomas. »Ich habe nur das Gefühl, das Problem ist gar nicht zu bewältigen.«

Rachel nickte. »Mutter Teresa ist mal gefragt worden, wie sie denn damit klarkomme, dass es auf der ganzen Welt so viel Armut gebe. Wissen Sie, was sie geantwortet hat? ›Man kümmert sich um das, was man vor Augen hat.‹ Dieses Prinzip lässt sich hier auch anwenden. Die Akademiker reden von Statistiken. Wir reden von persönlichen Schicksalen. Was gibt es Fesselnderes?«

Rachel ließ die Frage in der Luft hängen und warf einen Blick auf die Uhr auf ihrem Schreibtisch. »Es ist schon Mittag, Jeff. Wir sollten wohl besser Schluss machen.«

»Schon Mittag?«, rief Greer überrascht aus und erhob sich. »Ich habe die Zeit ganz vergessen.« Nachdem er sich bei Rachel bedankt hatte, führte er Thomas zurück in den Gemeinschaftsbereich.

»So sieht also unsere Arbeit aus«, sagte er. »Die Hochglanzbilder auf den Broschüren sind nur ein Bruchteil dessen, was wir machen.« Er musterte Thomas prüfend. »Ich weiß, welchen Vertrag Sie unterschrieben haben. Aber ich muss eines sicher wissen – dass Sie der Typ Mensch sind, auf den ich mich verlassen kann. Falls die Gefahr besteht, dass Sie es sich doch noch anders überlegen, dann tun Sie das am besten gleich.«

Thomas blickte sich um. Die Leute räumten anlässlich des bevorstehenden Feiertags gerade ihre Schreibtische auf. Er fühlte sich von dem, was CASE ihm zu bieten hatte, zugleich angezogen und abgestoßen. Sein neuer Arbeitsplatz sprühte geradezu vor Kameradschaftsgeist und Herausforderungen, bot aber keine von den Privilegien des Anwaltsberufs, an die er sich bereits gewöhnt hatte. Die meisten der Clayton-Anwälte, die er kannte, hätten sich unter irgendeinem Vorwand schnell wieder aus dem Staub gemacht. Aber nun war er schon einmal hier und hatte ein Jahr totzuschlagen. Für ihn gab es kein Zurück.

»Ich bin dabei«, sagte er so ernsthaft wie möglich. »Am Montag fange ich an.«

Greer nickte. »Willkommen im Team.«

7

Gespeist von Millionen,
lodern ewig die Feuer der Natur.
GERARD MANLEY HOPKINS

Mumbai – Indien

Für Ahalya und Sita war die Gefangenschaft im Dachzimmer von Suchirs Bordell ebenso von Langeweile wie von Angst geprägt. Ihre Tage verliefen so eintönig, dass ihnen die Angst beinahe so etwas wie Erleichterung verschaffte, weil sie mit dem Kontakt zu anderen Menschen einherging. Allerdings war diese Erleichterung nur von kurzer Dauer: Jedes Mal, wenn die Treppe knarrte und der Türknauf sich drehte, wechselten die Schwestern einen angstvollen Blick.

Während der langen Tagesstunden, wenn in den Zimmern unter ihnen die *Beshyas* schliefen, aßen, plauderten oder stritten, tat Ahalya alles in ihrer Macht Stehende, damit ihre Schwester die Hoffnung nicht verlor. Sie erzählte Sita von der Vergangenheit – Geschichten über ihre Eltern oder Geschichten über das alte Indien, niedergeschrieben von weisen Männern. Geschichten waren Ahalyas einzige Waffe gegen die Verzweiflung, die sie beide immer wieder zu überwältigen drohte. Die Melodie ihrer Worte zauberte die Schwestern fort aus *Golpitha*, zumindest so lange, bis die Treppe wieder knarrte und der Türknauf sich ein weiteres Mal drehte.

Sitas Lieblingsgeschichten spielten im Haus am Meer. Sie wurde nie müde zuzuhören, wenn ihre Schwester den strengen Tonfall nachahmte, mit der ihre Mutter sie beide korrigiert hatte, sooft sie Grammatikfehler machten, oder ihnen befohlen hatte, ihr Zimmer aufzuräumen oder beim Zubereiten des Abendessens zu helfen. Oder den Tonfall ihres Vaters, wenn er ihnen etwas über das Meer, die Gezeiten und die Küstenflora beibrachte oder ihnen aus dem Ramayana vorlas.

Jeden Morgen zeichnete Ahalya auf Sitas Drängen hin am Fußende des Bettes eines von Jayas Kolam-Mustern nach. Sie benutzte dazu Reiskörner, die sie am Vortag jeweils von ihrer Abendmahlzeit abzweigten. Jaya hatte Blumenmotive und schützende Hindu-Zaubersymbole bevorzugt, von denen jedes für sie eine ganz persönliche Bedeutung besaß. Sita mochte die Blumenmuster am liebsten. Es kostete Ahalya viel Mühe, sie aus den Reiskörnern zusammenzusetzen.

Jeden Abend brachte ihnen Sumeera eine aus Dal, Reis und Chutney bestehende Mahlzeit. Sie bemerkte die Kolam-Muster, machte es den Mädchen aber nie zum Vorwurf, dass sie ihr Essen verschwendeten, wie Suchir oder sein junger Stellvertreter – den die Mädchen inzwischen als Prasad kannten – es wahrscheinlich getan hätten. Stattdessen blieb sie oft eine Weile bei ihnen im Zimmer und erzählte ihnen ihrerseits eine Geschichte.

Nachdem Sumeera wieder gegangen war, aßen die Schwestern ihr Dal und ließen nur die Reiskörner übrig, die sie für das Kolam-Muster des nächsten Tages benötigten. Eine halbe Stunde später kehrte Sumeera dann zurück, um das Geschirr wieder abzuholen. Bis dahin war bereits die Dunkelheit über Kamathipura hereingebrochen. Kaum hatte sich Sumeera verabschiedet, trafen für gewöhnlich die ersten Bordellkunden ein.

In den Stunden zwischen dem Abendessen und dem Zubettgehen saßen die Schwestern einander auf dem Boden gegenüber, und Ahalya erzählte Sita Geschichten. Wenn Letztere schließlich schwere Augenlider bekam, begleitete Ahalya sie zum Waschbecken, und sie wuschen sich Hände und Gesicht. Danach legten sie sich ins Bett und schmiegten sich wie zwei Löffelchen aneinander, genau wie sie es zu Hause auch immer gemacht hatten. Trotz des Geräuschpegels im Bordell fiel Sita das Einschlafen offenbar nicht schwer, während Ahalya stets lange wach lag.

Tagsüber lenkte es sie ab, dass sie sich um Sitas Bedürfnisse kümmern musste, doch in der Nacht kehrte die Verzweiflung zurück, und ein Gefühl tiefer Scham breitete sich in ihr aus wie ein Krebsgeschwür. Während sie auf der dünnen Matratze lag, überfiel sie die Erinnerung an Shankar und den Geburtstagsjungen, und sie fragte sich, wie lange ihre Kraft wohl noch ausreichen würde. Obwohl sie stark war, würde auch bei ihr der Punkt kommen, an dem sie nicht mehr konnte. Eines Tages würde sie keine Geschichten mehr zu erzählen haben.

Irgendwann in der Nacht spürte sie plötzlich eine Berührung. Erschrocken riss sie die Augen auf und versuchte in der Dunkelheit etwas zu erkennen. Während sie zur Tür hinüberspähte, stellten sich ihre Augen allmählich auf das schwache Licht ein, das durch die Dachluken hereinfiel. Neben ihrem Bett stand eine Gestalt. Nur mit Mühe konnte sie einen Aufschrei unterdrücken. Sita, die von dem Eindringling nichts mitbekommen hatte, schlief immer noch friedlich neben ihr.

Die Umrisse der Gestalt veränderten sich, und Ahalya fühlte heißen Atem an ihrem Hals. Eine Männerstimme flüsterte ihr auf Hindi ins Ohr: »Tu, was ich dir sage! Und keinen Mucks!«

Der Mann griff nach ihrer Hand und zerrte sie aus dem Bett in Richtung Tür. Beinahe wäre sie dabei gestürzt, doch er fing sie auf. Leise führte er sie die Treppe hinunter. Vom Schlaf noch ganz benommen, bekam Ahalya kaum mit, dass das Gestöhne inzwischen aufgehört hatte und im *Adda* Stille herrschte. Selbst die Geräusche draußen auf den Straßen klangen gedämpft, als kämen sie aus weiter Ferne. Wie es schien, lag ganz Bombay in tiefem Schlaf.

Nachdem sie das Treppenhaus durch die Geheimtür verlassen hatten, zerrte der Mann sie in einen der Sexräume. Seine Haut war rau, sein Griff eisern. Ahalya stolperte gegen das Bett und stieß sich dabei die Zehen an, unterdrückte jedoch einen Aufschrei, da sie inzwischen vor Entsetzen wie gelähmt war.

Der Mann schubste sie auf die Matratze und schloss die Tür hinter ihnen. Für einen Moment kämpfte er mit seiner Kleidung, dann stürzte er sich auf Ahalya, um ihren Körper zunächst mit den Händen zu erforschen. Sie wand sich unter ihm und versuchte ihn wegzuschieben, doch er war zu stark und hielt sie fest. Als ihr ein leiser Schmerzensschrei entwich, hielt er ihr den Mund zu. Obwohl er selbst die gleichen Geräusche von sich gab wie alle anderen Männer, wusste Ahalya, dass er kein Kunde war. Von denen blieb keiner über Nacht, und es hatte auch keiner Zutritt zum Dachzimmer. Der Mann war klein und jung, es konnte sich also nicht um Suchir handeln.

Blieb nur noch Prasad.

Als er schließlich fertig war, ließ er sich schwer atmend neben sie sinken. Ahalya, die leise vor sich hin weinte, zog ihren Sari zurecht. Nach der für sie völlig unerwarteten und unerklärlichen Brutalität dieses Aktes fühlte sie sich vor Scham wie betäubt.

Da begann er zu sprechen, geflüsterte Worte über Hingabe und Liebe – Worte, die er von den Dichtern gestohlen hatte, auf seinen Lippen aber verwandelten sie sich in reines Gift. Ahalya hätte am liebsten nach ihm geschlagen und ihm die Fingernägel in die Augäpfel gebohrt, aber sie wusste, dass damit nichts gewonnen wäre. Sie und Sita blieben Suchir auf Gedeih und Verderb ausgeliefert.

Schließlich verstummte Prasad. Er wandte sich Ahalya zu und küsste sie auf die Wange. Dann nahm er sie an der Hand und führte sie zurück in ihr Dachzimmer. Prasad war verliebt in sie, daran bestand kein Zweifel, doch seine Gefühle waren durch das Leben im Bordell völlig verdorben und verzerrt worden. In *Golpitha* war Liebe Sex und Sex Vergewaltigung. Ahalya begriff, dass er für das, was er für sie empfand, keine andere Ausdrucksform kannte.

Als sie ans Fußende des Bettes trat, stellte sie beruhigt fest, dass ihre Schwester noch schlief. Ahalya wusste, dass Sitas Unschuld ein sehr zerbrechliches Gut war. Bisher hatte sie noch kein Mann geschändet, doch das war nur eine Frage der Zeit.

Prasad beugte sich dicht an ihr Ohr und flüsterte: »Das bleibt unser Geheimnis. Erzähl ja niemandem davon!«

Ahalyas Nicken galt mehr ihr selbst als ihrem Vergewaltiger. Während sie zurück unter die Decke kroch, beobachtete sie, wie Prasad leise aus dem Raum schlich und die Tür hinter sich zuzog. Sie lauschte den Geräuschen, die von der Straße hereindrangen. Inzwischen klangen sie wieder lauter. Ahalya hörte eine Rikscha hupen und einen Bus vorbeirumpeln. Die Stadt erwachte bereits. Bald würde der Morgen anbrechen.

Und mit ihm ein weiterer Tag.

In der nächsten Nacht holte Prasad sie erneut, und auch in der Nacht danach, während die übrigen *Beshyas* schliefen. Tagsüber hielt Ahalya sich an den Ablauf, den sie und Sita sich angewöhnt hatten. Sie blutete ein wenig, aber nicht allzu schlimm, sodass es ihr gelang, ihre Verletzungen vor ihrer Schwester zu verbergen. Innerlich aber fühlte sie sich ganz leer. Wenn sie Sita Geschichten erzählte, klang ihre Stimme oft ausdruckslos, und sie musste sich zwingen, hin und wieder zu lächeln. Auch beim Gestalten von Jayas Kolam-Mustern fehlte ihr jeglicher Antrieb. Selbst als Sita sie mit einem Scherz ihrer Mutter aufzuheitern versuchte, konnte sie nicht lachen.

Sumeera fiel wohl auf, wie traurig Ahalya wirkte, denn eines Abends, nachdem sie ihnen ihr Essen hingestellt hatte, ließ sie sich neben den Mädchen auf dem Boden nieder und erzählte ihnen von einer Religionsstunde, die sie als Kind von einem reisenden Brahmanen erteilt bekommen hatte und die im *Adda* zu ihrem Rettungsanker geworden war.

»Unser Feind heißt Sehnsucht«, erklärte sie ihnen. »Sehnsucht nach der Vergangenheit, nach der Zukunft, nach Liebe, nach einer Familie. Wonach auch immer. Eine *Beshya* muss sich von alledem verabschieden und ihr Karma annehmen. Ihr werdet hier nie glücklich werden, aber es ist auch nicht nötig, dass ihr traurig seid.«

Als Sita an diesem Abend einschlief, betrachtete Ahalya sie mit einer Spur von Neid. Ihre kleine Schwester wirkte so heiter wie die Engel in den Buntglasfenstern ihrer Klosterschule. Als könnte nichts ihren Frieden stören. Ahalya ließ sich auf ihr Kissen sinken und starrte zur Decke hinauf. Sie wusste genau, was die Nacht noch bringen würde, und dieses Wissen ließ sie nicht schlafen. Ihr war klar, dass er immer wieder kommen würde.

Während die Nacht allmählich in die frühen Morgenstunden überging, verstummten die Geräusche im Bordell nach und nach. Ahalya lag immer noch wach, den Blick auf die Tür gerichtet. Um die erwartete Zeit holte er sie ab. Außer ihnen beiden war im *Adda* niemand mehr wach. Er berührte sie am Arm, woraufhin sie sich ohne einen Laut erhob. Es hatte keinen Sinn, sich gegen ihn zu wehren. Jeder Widerstand war zwecklos.

In dem Raum erwartete sie ein Bett, das kaum breit genug für sie beide war. Ahalya tat, was er von ihr wollte. Es war beschämend und widerwärtig, doch wie sich herausstellte, hatte Sumeera recht. Der einzige Ausweg bestand in innerer Distanz.

Als Prasad schließlich genug hatte, rollte er sich von Ahalya herunter und begann zu reden. Zu ihrer Überraschung erzählte er von seiner Familie.

»Suchir ist mein Vater, hast du das gewusst? Er hat viele Kinder gezeugt, doch ich war sein Erstgeborener. Meine Mutter war eine *Beshya* und starb, als ich noch ein kleiner Junge war. Ich bin im *Adda* aufgewachsen.«

Prasad erzählte weiter, und Ahalya erfuhr, dass Suchir ihm an seinem dreizehnten Geburtstag zum ersten Mal Gelegenheit geboten hatte, seine Manneskraft unter Beweis zu stellen. Das betreffende Mädchen war zu dem Zeitpunkt eine der neuesten Errungenschaften des *Malik* gewesen. Sie hieß Manasi, und Prasad betrachtete sie als seine erste Liebe. Er hatte sie viele Male oben im Dachzimmer besucht. Sie war im *Adda* geblieben, bis sie neunzehn war. In dem Jahr hatte sich bei einer der regelmäßigen Untersuchungen herausgestellt, dass sie unter irgendeiner Geschlechtskrankheit litt.

»Ich weiß nicht mehr, was es war«, erklärte er, »aber auf keinen Fall HIV.«

Nachdem Sumeera Suchir die Neuigkeit mitgeteilt hatte, setzte er Manasi vor die Tür. Sie tauchte wochenlang immer wieder im *Adda* auf und bettelte um Essen, bis Suchir schließlich einen Polizisten bestach, damit er dafür sorgte, dass sie ins Gefängnis kam. Prasad hatte sie nie wiedergesehen.

Überrascht und angewidert hörte sich Ahalya Prasads Beichte an. Für sie war er ein Teufel in Menschengestalt. Sie empfand es daher als höchst beunruhigend, dass er so menschlich klingen konnte. Noch schlimmer – sogar weitaus schlimmer – fand sie, dass sie sogar einen Anflug von Mitleid verspürte, als er ihr erzählte, dass er nie etwas anderes als das Bordell kennengelernt hatte. Rasch schob sie diesen Gedanken von sich. Der Schmerz zwischen ihren Beinen erinnerte sie daran, dass seine Sünden unverzeihlich waren. Sie ließen sich nicht mit seiner Kindheit entschuldigen.

Sie ließen sich mit gar nichts entschuldigen.

Nachdem Prasad verstummt war, blieb er schweigend neben ihr liegen, ohne irgendwelche Anstalten zu machen, sie zurück in ihr Dachzimmer zu bringen. Stattdessen griff er nach ihrer Hand und drückte sie. Die Vertraulichkeit seiner Berührung verursachte ihr beinahe einen Brechreiz. Rasch schluckte sie die Galle in ihrer Kehle wieder hinunter, denn sie musste plötzlich an ihre Schwester denken. *Was, wenn Sita aufwacht und merkt, dass ich nicht da bin?* In dem Moment kam ihr eine Idee. Es war vielleicht riskant, ihn danach zu fragen, aber sie musste es wissen, und Prasad kannte die Antwort. Zum ersten Mal sprach sie ihn direkt an.

»Was hat Suchir mit meiner Schwester vor?«

»Sita ist wie du«, antwortete er, »sie ist etwas Besonderes. Aber Suchir wird sie bald zureiten.«

Ahalya konnte ihre Wut nur mit Mühe unterdrücken. »Wann?«

»Bald«, wiederholte er geheimnisvoll, ehe er sich erhob, um sie zurück in ihr Zimmer zu bringen.

Der nächste Tag war ein Sonntag, der einzige Tag der Woche, an dem *Golpitha* zu ruhen schien. Zusammen mit dem Frühstück brachte Sumeera ihnen eine Schachtel voller bunter Perlen und etliche lange Schnüre, und die Schwestern verbrachten den Tag damit, Ketten aufzufädeln. Trotz der Hitze wirkte Sita dabei verspielt, konzentriert und fast glücklich. Ahalya übte währenddessen die Kunst der inneren Distanz. Der Schmerz in ihrem Unterleib war inzwischen ein Teil ihres Lebens, genau wie die Wände um sie herum und der Boden unter ihren Füßen. Sie konnte über ihr Karma jammern oder den Schmerz als ein Zeichen dafür sehen, dass sie noch lebte. Es war alles eine Frage der inneren Einstellung.

Als es Zeit für ihre allabendliche Geschichte wurde, begann Ahalya mit einer Erzählung aus dem Mahabharata, dem großen Epos über Liebe und Krieg. Aber Sita unterbrach sie, weil sie lieber die Geschichte ihrer Namenspatronin hören wollte. Ahalya holte tief Luft. Die Erzählung war lang, und sie hatte die letzten drei Nächte wenig geschlafen.

»Willst du denn nicht hören, wie Arjuna seinen großen Sieg errang?«, fragte sie.

Sita schüttelte den Kopf. »Von dem hast du mir doch schon gestern Abend erzählt. Ich möchte alles über die Prinzessin von Mithila hören!«

Ahalya seufzte. Sie hatte der Begeisterung ihrer Schwester noch nie widerstehen können. »Sita von Mithila«, begann sie, »war eine Frau von großer Tugend. Doch trotz ihrer Güte beging sie einen Fehler. Ohne sich dessen bewusst zu sein, schenkte sie ihr Vertrauen Ravana, dem Herrn der Unterwelt, bis dieser sie schließlich mit Gewalt auf die Insel Lanka verschleppte, wo sie fern der Heimat ausharren musste und die ganze Zeit darauf wartete, von Rama und Hanuman gerettet zu werden.«

»Erzähl mir von Hanuman«, bat ihre Schwester mit großen, wissbegierigen Augen.

»Dem edlen Affen war bei seiner Geburt ein besonderer Segen zuteilgeworden«, fuhr Ahalya fort. »Er konnte jede Größe annehmen, die er wollte, von ganz riesig bis ganz winzig. Als er erfuhr, dass Ravana Sita durch die Lüfte nach Lanka getragen hatte, machte sich Hanuman so groß, dass er über das Meer schreiten konnte. Er trug Ramas Siegelring über das Wasser und gab ihn ihr …«

Ahalya verstummte mitten im Satz, weil draußen plötzlich die Treppe knarrte. Die Schwestern wandten sich um und starrten auf den Türknauf. Ahalya ging davon aus, dass es Sumeera war, die bei ihnen unter dem Dach irgendeine Haushaltspflicht zu erledigen hatte, doch statt ihrer erschien Suchir in der Tür. Von der Schwelle aus betrachtete er Sita, ohne ein Wort zu sagen. Obwohl sein faltiges Gesicht völlig ausdruckslos blieb, verursachte der abschätzende Ausdruck seiner Augen Ahalya eine Gänsehaut. Sie musste daran denken, was Prasad gesagt hatte. *Sita ist etwas Besonderes. Suchir wird sie bald zureiten.*

Schließlich sagte der Bordellbesitzer doch etwas. »Komm mit«, befahl er Sita.

In ihrer Verzweiflung stand Ahalya auf. Sie hoffte, ihn umstimmen zu können. »Nehmen Sie mich. Lassen Sie sie in Ruhe.«

Suchir wandte sich mit gerunzelter Stirn an Ahalya. »Du bleibst hier!«, fuhr er sie in barschem Ton an. Dann packte er Sita am Arm. Sita warf ihrer Schwester einen angstvollen Blick zu, ehe sie Suchir die Treppe hinunterfolgte.

Das Klicken, mit dem die Tür ins Schloss fiel, klang für Ahalya wie ein Schuss. Sie schlug die Hände vors Gesicht und brach in Tränen aus. Schlagartig bekam sie einen ganz heißen Kopf und hatte das Gefühl, als rückten die Wände um sie herum immer näher. Die Vorstellung, dass ihre Schwester gleich unter einem Mann liegen würde, der seine Lust an ihr befriedigte, machte ihre kläglichen Versuche, sich in der Kunst der inneren Distanz zu üben, schlagartig zunichte. Während sie kurz vor einem Zusammenbruch stand, fragte sie sich, woher sie die Kraft nehmen sollte, Sita hinterher zu trösten.

Suchir führte Sita an einer Gruppe plaudernder *Beshyas* vorbei und trat dann mit ihr hinaus in den Empfangsbereich des Bordells. Am Sonntag lief das Geschäft schlecht. Die Männer waren zu Hause bei ihren Familien und sahen sich im Fernsehen Fußball- oder Cricketspiele an oder schliefen mit ihren Ehefrauen.

Auf Suchirs Anweisung hin stellte sich Sita unter die gleißenden Deckenstrahler, wobei sie die Handflächen fest aneinanderpresste, um nicht so zu zittern. Auf der Couch saß ein Mann Mitte dreißig. Seine Kleidung wirkte teuer, und an seinem Handgelenk funkelte eine silberne Uhr. Obwohl er Sita unverhohlen musterte, erhob sich der Mann nicht von seinem Platz.

»Suchir sagt, du bist Vollwaise«, sprach er sie auf Hindi an. »Stimmt es, dass du keine Familie mehr hast?«

Sita nickte verwirrt.

»Ihm zufolge bist du außerdem gesund und nicht schwanger.«

Sie nickte erneut.

Als der Mann sich daraufhin an Suchir wandte, wechselten die beiden ein paar Worte in einer Sprache, die Sita nicht verstand. Schließlich nickte der Mann und schüttelte Suchir die Hand. Mit einem letzten Blick auf Sita verließ er das Bordell. Während des gesamten Wortwechsels hatte er keinerlei Versuch unternommen, sich ihr zu nähern.

Sita fühlte sich unendlich erleichtert, war zugleich aber auch beunruhigt. Sowohl das Verhalten das Mannes als auch das von Suchir stellte sie vor ein Rätsel. Sie musste an den Silvesterabend denken, als Shankar Ahalyas Jungfräulichkeit gekauft hatte. Sumeera hatte sie beide in die feinsten Saris gekleidet und sie mit Armreifen, Fußkettchen und Blumenkränzen geschmückt. Ihre schöne Aufmachung war ein Anreiz für den Käufer gewesen, ein Lockmittel, um an sein Geld zu kommen. Dieses Mal aber hatte Suchir sie mitgenommen, wie sie war.

Sita folgte Suchir über die feuchte Holztreppe hinauf ins Dachzimmer. Als sie in den Raum trat und ihre weinende Schwester sah, eilte sie sofort zu ihr und schlang die Arme um sie. Obwohl ihr selbst kein Leid geschehen war, brach sie ebenfalls in Tränen aus.

Nach einer Weile löste sich Sita von Ahalya und beantwortete deren unausgesprochene Frage. »Es ist nichts passiert«, flüsterte sie. »Da war ein Mann, aber er hat mich nicht angerührt.«

»Hat er etwas zu dir gesagt?«

»Er wollte wissen, ob ich wirklich keine Familie mehr habe und ob ich schwanger bin.«

»Und Suchir, was hat der gesagt?«

»Das konnte ich nicht verstehen. Sie haben nicht Hindi gesprochen.«

Plötzlich schlang Ahalya ihrerseits die Arme um Sita und zog sie fest an sich. »Rama hat auf dich aufgepasst, kleine Blume«, erklärte sie. »Er hat dich vor Schaden bewahrt.«

»Das war nicht Rama«, korrigierte Sita sie, »sondern *Baba.* Er hat versprochen, mich immer zu beschützen.«

Sita schloss die Augen und stellte sich das Gesicht ihres Vaters vor: das energische Kinn, das grau melierte, sich bereits lichtende Haar und die golden gesprenkelten Augen voller Weisheit und Güte. Er hatte ihr dieses Versprechen gegeben, als sie fünf Jahre alt war, und sie hatte nie an seinen Worten gezweifelt.

»Du hast recht«, pflichtete Ahalya ihr bei, während sie ihr übers Haar streichelte. »Es war *Baba.*«

8

Wenn du den Teufel noch nicht gesehen hast,
wirf einen Blick auf dich selbst.

DSCHALAL AD-DIN AR-RUMI

Mumbai – Indien

Thomas begriff bereits in den ersten Tagen bei CASE, dass die Arbeit für die Organisation Lichtjahre vom Klischee eines gemeinnützigen Jobs entfernt war – oder zumindest von dem, was er und seine Kollegen bei Clayton sich darunter vorgestellt hatten. Die Arbeitszeiten waren lang, die professionellen Maßstäbe hoch und die Fälle intellektuell anspruchsvoll. Hinzu kam, dass die Arbeit durchaus Gefahren mit sich brachte. CASE hatte in Bombay wenig Freunde, dafür aber zahlreiche mächtige Feinde. Etliche von den Festangestellten waren schon mal von einem Zuhälter oder Menschenhändler bedroht oder angepöbelt worden, einige sogar mehrfach.

In vielerlei Hinsicht unterschied sich das Leben in der Rechtsabteilung von CASE kaum vom Leben in den Schützengräben von Clayton. Allerdings endeten die Ähnlichkeiten dort, wo die eigentliche juristische Arbeit anfing. Die Besonderheiten des indischen Rechtssystems waren Thomas größtenteils fremd, und im juristischen Fachjargon Indiens wimmelte es nur so von seltsamen Phrasen und veralteter Terminologie, die noch aus den Tagen des Raj stammte. Thomas hatte immer einen Stift griffbereit und machte sich jede Menge Notizen, die ihn in der Regel aber mehr verwirrten als ihm weiterhalfen.

Einen großen Fortschritt in seiner Einarbeitung erzielte er, als Samantha Penderhook ihn bat, die Akten zu einem Prozess durchzusehen, die einer von den indischen CASE-Anwälten angelegt hatte. Bei dem Fall ging es um einen Zuhälter, der im Slum Jogeshwari ein Bordell betrieben hatte. Ein Freund von ihm verdiente sich seinen Lebensunterhalt mit dem Verkauf von Mädchen, die er aus ihren Heimatdörfern ganz im Norden Indiens lockte, indem er ihnen vorgaukelte, er werde ihnen in Bombay Stellen als Kellnerinnen und Kindermädchen verschaffen. Der Zuhälter hatte fünf Mädchen für sich arbeiten lassen, als die Polizei, unterstützt durch CASE, sein Geschäft dichtmachte. Alle fünf waren minderjährig, zwei von ihnen gerade mal dreizehn. Obwohl erdrückende Beweise gegen den Mann vorlagen, zog sich der Prozess mittlerweile seit vier Jahren hin, und der Zuhälter befand sich immer noch auf freiem Fuß.

Der Jogeshwari-Fall beleuchtete anschaulich die problematische Justiz von Bombay. Der Zuhälter hatte seine Vergehen der Polizei gegenüber gestanden, aber das Geständnis wurde als Beweismittel vor Gericht nicht anerkannt, weil die Polizei grundsätzlich als korrupt galt. Außerdem hatten die zuständigen Beamten in diesem Fall den ersten, gleich am Tatort aufgenommenen Bericht vermasselt. Dieser erste Bericht widersprach der Aussage des *Pancha* – des neutralen Zeugen, der zugegen sein musste – und lieferte dem Anwalt des Zuhälters eine Steilvorlage, um die Glaubwürdigkeit des ersten Polizeiberichts und der ermittelnden Beamten infrage zu stellen.

Darüber hinaus war der Prozess auch in jeder anderen Hinsicht ein Paradebeispiel für Ineffizienz. Zwar wurden die Opfer immerhin schon sechs Monate nach der Razzia vor Gericht zitiert, um ihre Aussagen zu machen, aber der Staatsanwalt musste mehr als zwei Jahre warten, bis er den Zuhälter ins Kreuzverhör nehmen konnte. Zu diesem Zeitpunkt konnten sich weder der Richter noch die Anwälte genau an das erinnern, was die Opfer gesagt hatten. Die einzigen Aufzeichnungen über die Aussagen der Opfer waren sogenannte »Ablagen« in Kurzschrift, die eine Schreibkraft des Richters auf ihrem alten Computer getippt hatte. Bedauerlicherweise widersprachen diese »Ablagen« bezüglich der Zeugenaussagen den Notizen, die sich der CASE-Anwalt während der Verhandlung gemacht hatte.

Außerdem war da noch das Problem der Sprachbarriere. Die Mädchen stammten aus der Gegend von Uttar Pradesh nahe der Grenze zu Nepal und sprachen eine Sprache, die Awadhi genannt wurde. CASE brauchte zwei Monate, um einen Awadhi-Dolmetscher aufzutreiben. Als die Mädchen schließlich vereidigt wurden, gab der Dolmetscher zu, schwerhörig zu sein. Obwohl er direkt neben den Mädchen stand, unterbrach er sie ständig mit der Bitte, ihre Worte zu wiederholen.

Der Jogeshwari-Fall war eine komplette Katastrophe. Nachdem Thomas die Unterlagen studiert hatte, ging er in Samanthas Büro. Obwohl sie gerade telefonierte, winkte sie ihn herein.

Sobald sie aufgelegt hatte, hielt er die Akte hoch. »Soll das ein Witz sein?«

Sie lächelte. »Ganz und gar nicht. Ich habe Ihnen ja schon gesagt, dass die juristische Arbeit in Mumbai Sie in den Wahnsinn treiben wird.«

Thomas machte seiner Empörung Luft: »Vor vier Jahren hat der betreffende Zuhälter diese Mädchen an seine Freunde im Slum verkauft, und heute argumentiert sein Anwalt, dass der Mann freigesprochen werden sollte, weil die Polizei nicht in der Lage war, in ihrem ersten Bericht auch nur einen einzigen verständlichen Satz zu formulieren, und der Dolmetscher die Aussage der Mädchen nicht hören konnte und das Geständnis des Zuhälters angeblich auf unzulässige Weise von der Polizei beeinflusst wurde, obwohl fünf Zeugen und zwei *Panchas* vor Ort waren, die bestätigen, dass der Kerl alles zugegeben hat. Was für eine Art Zirkus ziehen diese Leute da eigentlich ab?«

»Es ist in der Tat ein Zirkus«, räumte Samantha ein. »Genau deswegen erzielen wir ja so wenig Verurteilungen. Selbst wenn die Beweise absolut wasserdicht sind, macht sich entweder der Täter aus dem Staub oder die Opfer verweigern die Aussage oder der Anwalt veranstaltet irgendeine Mauschelei mit dem Richter und zögert den Prozess so lange hinaus, bis die Akten Schimmel ansetzen.«

»Wenn das ganze System am Ende ist, warum machen wir das alles dann überhaupt?«

Samantha deutete auf den Stuhl vor ihrem Schreibtisch. »Setzen Sie sich.«

Nachdem er ihrer Aufforderung nachgekommen war, fuhr sie fort: »Bestimmt haben Sie schon mal die alte Maxime von Edmund Burke gehört, wonach das Böse überall dort triumphiert, wo die Guten nichts dagegen unternehmen. Das ist ein schöner, abgedroschener Spruch von der Sorte, mit der Politiker im Wahlkampf gern um sich werfen oder Aktivisten ihre Autoaufkleber bedrucken. Trotzdem hatte Burke recht. Mumbai ist eine korrupte Hölle, weil die Leute ihren Hintern nicht hochbekamen und zuließen, dass es so schlimm wurde. Als CASE damals diese Zweigstelle eröffnete, prophezeiten uns alle, wir würden spätestens nach einem Jahr wieder schließen.«

Sie legte eine Pause ein und machte eine ausladende Handbewegung.

»Tja, wir sind immer noch hier und haben weiß Gott etwas bewirkt. Die Zuhälter fürchten uns. Polizeibeamte überlegen es sich mittlerweile zweimal, ob sie Bestechungsgelder annehmen oder nicht. Mädchen, die vorher in Käfige gesperrt waren und fünfzehnmal am Tag vergewaltigt wurden, erholen sich allmählich, nachdem wir gute Plätze für sie gefunden haben. Es ist nur ein kleiner Erfolg, aber immerhin ein Anfang. Die Frage, die Sie sich stellen müssen, lautet: Wollen Sie daran teilhaben?«

Sie lehnte sich vor und legte die Hände auf die Tischplatte. »Ich schätze mal, Jeff hat Ihnen seine übliche Rede darüber gehalten, dass Sie Ihr Praktikum bis zum Schluss durchziehen müssen. Das macht er bei jedem. Aber dies hier ist meine Abteilung. Wenn Sie einen Punkt erreichen, an dem Sie aussteigen wollen, kann ich mich also jederzeit mit der Zentrale in Verbindung setzen. Ich brauche Sie wohl nicht daran zu erinnern, dass Sie nicht bezahlt werden.«

Samantha hatte ihre letzte Bemerkung als Witz gemeint, aber Thomas verzog trotzdem das Gesicht. Sie konnte ja nicht wissen, dass er, wären da nicht dieser Waschlappen Mark Blake und die Drohung von Wharton Coal gewesen, längst schon wieder in Washington säße, wo er für seine Arbeit dreihundertfünfundzwanzig Dollar die Stunde berechnen könnte. Obwohl er das Engagement von CASE höchst lobenswert fand, hatte er sich nicht aus moralischen Gründen für dieses Praktikum gemeldet. Insofern unterschied er sich von den anderen Freiwilligen. Sosehr ihn die Welt des Menschenhandels auch anwiderte, wollte er doch Karriere machen, und sein erklärtes Ziel war eine Stelle als Richter. Er blieb hier nur deswegen bei der Stange, weil es der einzige Weg war, um hinterher von seiner Kanzlei wieder in Gnaden aufgenommen zu werden.

»Machen Sie sich meinetwegen keine Sorgen«, erklärte er, während er aufstand, »ich bin mit im Boot.«

»Das habe ich mir schon gedacht.« Samantha grinste. »Hier haben Sie Ihren Härtetest. Verschaffen Sie dem Jogeshwari-Fall neuen Auftrieb. Argumentieren Sie so fesselnd und zwingend, dass der Richter es gar nicht mehr erwarten kann, den Mistkerl ins Gefängnis an der Arthur Road zu schicken.«

Am Samstagabend lud Dinesh Thomas ein, mit ein paar von seinen Freunden in Bandra essen zu gehen. Besagte Freunde waren alle solo, lauter Schreibtischhengste, die in Großbritannien studiert hatten. Sie aßen auf der Veranda des Soul Fry, einem angesagten Szenetreff, wo traditionelle Küche mit modernem Flair serviert wurde.

Die Freunde von Dinesh zeigten nicht das geringste Interesse für Thomas' Arbeit bei CASE und fragten ihn während des Essens hauptsächlich über die amerikanischen Mädchen aus. Das Thema Priya mied Thomas ganz bewusst, weil er befürchtete, einer seiner Begleiter könnte die Familie kennen. Von sich aus aber fragte ihn keiner nach ihr, und Dinesh besaß genug Taktgefühl, sie ebenfalls nicht zu erwähnen.

Nach dem Essen stiegen die vier in zwei Rikschas und fuhren die zwanzig Minuten zu Dineshs Lieblingsclub, der sich White Orchid nannte. Der Club befand sich im zweiten Stock eines Geschäftsgebäudes, das außerdem eine Boutique und ein Reisebüro beherbergte.

Bereits im Lift hörte Thomas gedämpfte Bässe und blechern klingenden Gesang. Im Eingangsbereich trafen sie auf drei Türsteher in weißen Hemden und schwarzen Hosen.

Einer von Dineshs Freunden begrüßte einen Türsteher per Handschlag und flüsterte ihm etwas ins Ohr, woraufhin der Mann zustimmend nickte und die Gruppe durch eine separate Tür winkte.

Sobald Thomas das White Orchid betreten hatte, wurde ihm klar, dass die Hauptattraktion dort nicht darin bestand, sich zu betrinken und mit den anderen zu amüsieren. Der kreisförmig angelegte Club war rundherum von schicken Couchs und quadratischen Tischen gesäumt. Auf den Couchs lümmelten Männer aller Altersklassen und ließen sich ihre Getränke schmecken. In der Raummitte befand sich eine hölzerne Tanzfläche mit zwei vom Boden bis zur Decke reichenden Messingstangen. Zwischen den Stangen standen acht junge Frauen, die alle wie Prinzessinnen mit Gold und Juwelen behangen waren und elegante Saris und Salwar Kameez trugen. Im Gegensatz zu den Tänzerinnen in amerikanischen Strip-Clubs waren diese Mädchen vollständig bekleidet. Trotzdem hatte die Art, wie sie dort standen, die Männer ansahen und für sie tanzten, etwas eindeutig Sinnliches.

Die jungen Frauen wechselten sich auf der Bühnenmitte ab, wobei jeweils nur eine tanzte, während die anderen danebenstanden und den Blick durch den Raum schweifen ließen. Wenn einem Mann ein Mädchen gefiel, bot er ihr ein Trinkgeld an. Das Mädchen schlenderte zu dem Mann hinüber, nahm den Schein mit einem Lächeln entgegen und kehrte dann in die Reihe der Tänzerinnen zurück. Hin und wieder kam es auch vor, dass ein Mann gleich einen ganzen Packen von Rupienscheinen in die Hand nahm und einem Mädchen zuzwinkerte. Von dem großzügigeren Trinkgeld angelockt, tanzte das Mädchen dann nur für ihn allein. Zu keinem Zeitpunkt jedoch berührten sich das Mädchen und ihr Bewunderer.

Damit diese Regeln auch eingehalten wurden, standen mehrere muskelbepackte Kellner bereit und ließen den Blick immer wieder über die Schar der Gäste schweifen, um jeden Anflug von ungehörigem Benehmen im Keim zu ersticken. Obwohl die Kellner auch Bestellungen entgegennahmen und Getränke an die Tische brachten, war nicht zu übersehen, worin ihre Hauptaufgabe bestand. Thomas ließ sich neben Dinesh nieder und versuchte sich sein Unbehagen nicht anmerken zu lassen. Die Mädchen beäugten ihn. Wie bei den anderen Männern hielten sie Ausschau nach Anzeichen von Interesse oder Geldscheinen in seinen Händen. Thomas hatte keine große Wahl: Entweder er verließ den Club, was seinem Freund gegenüber unhöflich gewesen wäre, oder er harrte aus und sah dem Treiben genau wie alle anderen weiter zu.

Er warf einen Blick zu Dinesh hinüber. Aus der entspannten Miene seines Freundes sprach keine Spur von Verlegenheit. Er und seine Kumpel hatten sich sofort etwas zu trinken bestellt und mampften Erdnüsse auf Kosten des Hauses. Thomas winkte den Kellner heran und bestellte sich ein Kingfisher-Bier. Er wünschte, Dinesh hätte ihn vorgewarnt, was ihn hier erwartete. Allerdings wäre er dann vermutlich gar nicht mitgegangen.

Thomas sah zu, wie ein Mädchen in einem smaragdgrünen Salwar Kameez zu tanzen begann. Es handelte sich um eine ausgesprochen hübsche junge Frau mit tiefschwarzen Augen und einem Teint, der an die Farbe von Mandeln erinnerte. Sie schloss die Augen und tanzte mit einer so unverhohlenen Sinnlichkeit, dass Thomas spürte, wie sich bei ihm etwas zu regen begann. Sofort riss er sich am Riemen und wandte sich voller Schuldgefühl ab. Er zermarterte sich das Gehirn nach einem höflichen Vorwand zu gehen, doch ihm fiel nichts ein. Frustriert fragte er sich, wieso

Dinesh ihn dorthin mitgeschleppt hatte, und gleichzeitig war er wütend auf sich selbst.

Gegen Mitternacht stand einer von Dineshs Freunden abrupt auf. Den ganzen Abend über hatte er einer bestimmten Tänzerin immer wieder Fünfhundertrupienscheine zugesteckt. Nun sah er das Mädchen an und nickte dann einem in der Nähe stehenden Kellner zu. Nachdem er sich per Handschlag von Dinesh verabschiedet hatte, steuerte er auf den Ausgang zu. Das Mädchen verließ währenddessen die Tanzfläche und verschwand im hinteren Teil des Clubs.

»Wo will er hin?«, schrie Thomas Dinesh ins Ohr.

Sein Freund breitete die Hände aus, als wüsste er es nicht, aber Thomas ging plötzlich ein Licht auf. Er lehnte sich zurück und betrachtete Dinesh. Sein Freund war hin und weg von einem großen Mädchen mit langen Wimpern. Er hatte ihr im Lauf des Abends mindestens dreitausend Rupien gegeben, und sie hatte mehrmals für ihn getanzt. Im Moment stand sie wieder zwischen den anderen Tänzerinnen und wiegte sich zu einem Song, der Thomas irgendwie bekannt vorkam. Dinesh griff in seine Brieftasche, zog acht Fünfhundertrupienscheine heraus und hielt sie ihr hin wie ein Falkner, der seinen hochgeschätzten Vogel aus der Luft holen will.

Die Augen der jungen Frau leuchteten auf. Geschmeidig glitt sie quer durch den Raum auf ihn zu. Ihr Blick war unverwandt auf Dinesh gerichtet, während sie sich langsam zu bewegen begann: erst die Hände, dann die Arme, dann die Schultern. Mit der Zeit verlagerten sich die Bewegungen von ihren Extremitäten immer mehr ins Zentrum ihres Körpers, wo sie schließlich sehr intensiv wurden. Während Thomas das Schauspiel beobachtete, begriff er, was ihm bis dahin entgangen war: Vor seinen Augen vollzog sich ein Ritual, das so alt war wie die Zeit selbst.

Sein Freund wandte sich ihm zu. »Findest du allein nach Hause?«, rief er über die Musik und das Stimmengewirr hinweg.

Thomas sah ihm in die Augen und nickte.

»Wir sehen uns morgen früh«, erklärte Dinesh. Mit diesen Worten erhob er sich. Der Kellner führte ihn zur Tür, während die Tänzerin sich gleichzeitig in den hinteren Teil des Clubs zurückzog.

Thomas, der ihnen nachblickte, wusste genau, wie es weiterging. Dinesh und die junge Frau würden sich kurz darauf draußen auf der Straße treffen, ein Taxi herbeirufen und zu einem Hotel irgendwo in der Stadt fahren. In der Abgeschiedenheit ihres Zimmers würde Dinesh seiner Leidenschaft freien Lauf lassen. Hinterher würde sie sein Geld nehmen und verschwinden. Eine weitere Nacht, ein weiterer Freier. Mit dem Geld würde sie etwas zu essen für ihre Kinder kaufen oder sich in der Linking Road ein neues Outfit gönnen. Am nächsten Abend würde sie wieder tanzen.

Thomas trank sein Bier aus und legte dem Kellner hundert Rupien Trinkgeld hin. Nachdem er sich von Dineshs verbliebenen Freunden verabschiedet hatte, verließ er das White Orchid mit einem Gefühl von Selbstekel. Er fragte sich, was die Leute von CASE darüber denken würden, dass er ein solches Etablissement besuchte. Er fragte sich auch, wie Priya das wohl sähe oder ob es sie überhaupt interessieren würde.

Er winkte eine Rikscha heran und nannte dem Fahrer Dineshs Adresse. Während er das ohrenbetäubende Geknattere des Motors ausblendete, zog er erneut den Rat seiner Mutter in Betracht. Vergangene Woche war er zweimal knapp davor gewesen, Priyas Nummer zu wählen, hatte sich dann aber doch nicht getraut. Wie war es möglich, dass die Vorstellung, ihr von Angesicht zu Angesicht gegenüberzustehen, ihn so in Panik versetzte?

Um sich abzulenken, zog er sein BlackBerry heraus und sah nach, ob neue Mails eingegangen waren. An diesem Morgen hatte er seiner Mutter geschrieben, um ihre Befürchtungen zu zerstreuen – sie neigte seit jeher dazu, sich zu viele Sorgen zu machen – und seinem Vater zu versichern, dass eine Woche Indien nichts an seinen langfristigen Zielen geändert habe. Elena hatte auf seine Mail geantwortet:

Thomas, ich bin froh, dass mit dir alles in Ordnung ist. Dein Vater frönt einer neuen Leidenschaft. Seit du fort bist, informiert er sich rund um die Uhr über Zwangsprostitution und Menschenhandel. Gerade hat der Postbote ein Bücherpaket für ihn gebracht. Mir wäre ein angenehmeres Gesprächsthema am Esstisch lieber, aber ich darf mich nicht beklagen. Ich bin froh, dass er kein abgestumpfter Mann ist. Bitte melde dich regelmäßig und komm bald zurück nach Hause.

Ihre Worte entlockten Thomas ein Schmunzeln. Er ging die Liste seiner ungelesenen Posteingänge weiter durch. Zwischen etlichen Werbemails entdeckte er eine Nachricht von Andrew Porter.

Hallo, Thomas, ich dachte mir, dich interessiert vielleicht, dass sich die Polizei von Fayetteville wegen des von dir erwähnten Vorfalls bei uns gemeldet hat. Bis jetzt kann ich dir noch nichts Konkretes berichten, aber wir ermitteln in der Sache. Hier ist es gerade richtig scheußlich – jede Menge Schneeregen und Eis. Sei froh, dass du an einem warmen Ort bist. Ich beneide dich.

Thomas schrieb zurück:

Danke, dass du mich auf dem Laufenden hältst. Im Moment atme ich nur Abgase ein. Nicht gerade das Paradies, aber vermutlich besser als der Schneeregen.

Nachdem er die Nachricht abgeschickt hatte, ging er die Liste seiner Posteingänge weiter durch und stieß dabei auf ihren Namen. Er schloss die Augen und fragte sich, warum das Leben so kompliziert sein musste. Er hätte ihr geradeheraus sagen sollen, dass es vorbei war. Für einen Moment war er versucht, die Nachricht einfach zu löschen, aber dann siegte doch die Neugier. Tera hatte geschrieben:

Thomas, ich benehme mich wie eine Idiotin, aber ob ich es will oder nicht, du fehlst mir. Wo bist du? In der Kanzlei halten sich alle bedeckt. Man hat mir nur gesagt, du habest unbezahlten Urlaub genommen. Hier ist es kalt. Deine Wärme fehlt mir.

Er lehnte sich zurück, den Blick auf die Lichter der Stadt gerichtet. Sie war eine wunderbare, großzügige Frau. Er hatte ihr Hoffnungen gemacht und sie dann ohne jede Erklärung im Regen stehen lassen. Ja, sie benahm sich wie eine Idiotin. Aber er war ein noch größerer Idiot.

In Gedanken versunken, merkte er gar nicht, dass die Rikscha bereits vor Dineshs Wohnblock angehalten hatte. Der Fahrer drehte sich zu ihm um und deutete mit ärgerlicher Miene auf den Zähler. Rasch reichte Thomas ihm die Scheine.

In der Wohnung seines Freundes angekommen, schenkte er sich ein Glas Brandy ein und nahm es mit hinaus auf die Veranda, wo er ans Geländer trat und in tiefen Zügen die salzige Luft einatmete, während er gleichzeitig über sein Leben nachdachte.

Irgendwann hatte er das Thema satt und ging in sein Zimmer, um sich schlafen zu legen. Während er sich auszog, lauschte er den Geräuschen Bombays, die durchs offene Fenster hereindrangen. Erschöpft ließ er sich auf die Matratze sinken und schloss die Augen. Als der Schlaf endlich kam, empfand er ihn als Wohltat und Erleichterung.

Am Montag sprach Thomas gleich nach der morgendlichen Teamsitzung bei Nigel McPhee vor. Seit dem Abend im White Orchid brannte ihm etwas unter den Nägeln, und nachdem Dinesh am Sonntagnachmittag mit einem Lächeln zurückgekehrt war, aus dem keinerlei Bedenken sprachen, hatte sich das noch verstärkt. Nun, da das Wochenende vorüber war, brauchte Thomas endlich eine Antwort.

McPhee forderte ihn mit einer Handbewegung auf, Platz zu nehmen. »Was kann ich für Sie tun?«

Thomas kam gleich zur Sache. »Ein Freund hat mich am Samstag ins White Orchid mitgenommen.«

»Ah«, meinte McPhee. »Darauf waren Sie wohl nicht vorbereitet.«

Thomas schüttelte den Kopf.

»Wie gesagt, die ganze Stadt ist ein Bordell.«

»Was mich zu meiner Frage bringt. Das White Orchid ist mir zunächst gar nicht vorgekommen wie ein Bordell, und die Mädchen sahen für mich auch nicht aus wie Sexsklavinnen.«

McPhee betrachtete ihn nachdenklich. »Wie sieht denn eine solche Sklavin Ihrer Meinung nach aus?«

»Keine Ahnung, aber es hatte zumindest den Anschein, als würden sich die betreffenden Mädchen freiwillig dort aufhalten.«

»Der Schein kann trügen.«

»Demnach handelte es sich also doch um Opfer von Menschenhandel?«

»So einfach ist das nicht. Die meisten von ihnen wurden in das Milieu hineingeboren.«

»Wie meinen Sie das?«

»Es sind *Bedia*-Mädchen. Die Frauen ihrer Kaste arbeiten schon seit Jahrhunderten als Prostituierte. Ich schätze mal, Ihnen ist nicht entgangen, dass es sich durchweg um äußerst attraktive Frauen handelt?«

Thomas nickte.

»Welches Blut in ihren Adern fließt, weiß kein Mensch, aber sie haben alle die gleiche Geschichte. Ihre Eltern erziehen sie speziell dafür. Sie bringen sie her, sobald sie Teenager sind, und geben sie in einem Tanzclub ab. Diese Mädchen werden nicht auf dieselbe Weise versklavt wie die Mädchen in den Bordellen unten im Süden. Sie leben allein und verfügen über eigenes Geld. Trotzdem kann man auch nicht sagen, dass sie frei sind. Sie kennen einfach nichts anderes.«

»Sind sich die Clubgäste darüber im Klaren?« Thomas musste an Dinesh denken.

McPhee lachte. »Den Gästen ist das egal. Eine solche Tänzerin ist doch der Traum vieler Männer. Die Kerle reden sich ein, dass die Mädchen in sie verliebt sind. Dass sie sich keine Prostituierte kaufen, sondern einer Freundin ein Geldgeschenk machen.«

Thomas überlegte. Das war eine verdrehte Logik, erklärte aber Dineshs Verhalten.

»Wie steht CASE zu den Tanzclubs?«

McPhee schüttelte den Kopf. »Etablissements wie das White Orchid sind absolut tabu. Die Polizei kassiert Bestechungsgelder von den Clubbesitzern und argumentiert, die

Mädchen würden aus freien Stücken dort tanzen. Womit sie vielleicht sogar recht haben. Die einzigen Bars, die wir hochgehen lassen, sind die Bierkneipen in den Vorstädten, wo die Zuhälter die Mädchen einsperren.«

»Meine Frau«, meinte Thomas, »hat Bombay mal als die Stadt bezeichnet, in der die *Maya* regiert, die Göttin der Illusion. Langsam wird mir klar, was sie damit gemeint hat.«

McPhee nickte. »In dieser Stadt ist alles Illusion.«

Thomas bedankte sich bei ihm und kehrte an seinen Schreibtisch zurück, wo er sich seinen Laptop schnappte und damit in die CASE-Bibliothek marschierte, um jedes veröffentlichte Urteil nachzulesen, das er zum Thema Menschenhandel finden konnte. Dabei stieß er zumindest auf ein paar Zitate, die er für den Jogeshwari-Antrag verwenden konnte, auch wenn die Ausbeute insgesamt mager war.

Gegen Mittag kehrte er an seinen Platz in der juristischen Abteilung zurück, fest entschlossen, den Antrag neu zu strukturieren. Er legte auf seinem Laptop eine Liste der Hauptpunkte an und überlegte sich dann Überschriften und Unterüberschriften. Eine halbe Stunde später stand der logische Rahmen für die Argumentation. Er warf einen Blick auf die Uhr und überlegte sich, wie er die Mittagspause verbringen sollte.

Plötzlich hörte er in der Abteilung gegenüber, die für die Außeneinsätze zuständig war, aufgeregte Stimmen. Obwohl sich die drei Abteilungen – Außeneinsätze, Rechtsabteilung und Wiedereingliederung – einen großen gemeinsamen Bereich teilten, wurden die meisten Gespräche durch drei riesige Klimaanlagen übertönt, die von morgens bis abends vor sich hin ratterten und pfiffen.

Als er aufstand, sah er drei indische Außendienstmitarbeiter und einen Sachbearbeiter in Nigel McPhees Büro verschwinden.

»Was ist los?«, fragte er Eloise, die aus der Bronx stammte.

Eloise legte ein Exemplar des *All India Reporter* beiseite und spähte über eine Bürostellwand in die fast leere Außendienstabteilung hinüber. »Was gibt's, John?«

Der angesprochene Sachbearbeiter blickte von seinem Computer hoch. »Rasheed hat einen Tipp bekommen. Zwei minderjährige Mädchen in Kamathipura. Eine von ihnen noch ›originalverpackt‹, wie es die Zuhälter nennen. Nigel drängt auf einen schnellen Einsatz.«

Thomas' Herzschlag beschleunigte sich. »Wer darf zu so einer Razzia mit?«

Eloise lächelte. »Wenden Sie sich an Greer. Wahrscheinlich hat er nichts dagegen, wenn Sie sich anschließen.«

Bald kamen McPhee und sein Gefolge aus dessen Büro, und McPhee ging hinüber zu Samantha, um sich mit ihr zu beraten. Wenig später tauchte sie auf und informierte den juristischen Teil der Belegschaft.

»Rasheed war letzte Nacht unten an der M. R. Road. Er arbeitet dort mit einem Mädchen zusammen, von dem er schon einmal Informationen bekommen hat. Ihr zufolge hat der Zuhälter, der ihr Bordell betreibt, kurz vor Silvester zwei minderjährige Mädchen ins Haus gebracht. Wir organisieren für heute Nacht eine Razzia. Deepak spielt den angeblichen Kunden. Wie sich herausgestellt hat, kennt er den Bordellbesitzer.«

Im Anschluss an diese kurze Besprechung ging Thomas hinüber ins Büro von Greer, der jedoch gerade telefonierte.

»Aufregende Zeiten«, bemerkte Greer, nachdem er aufgelegt hatte. »Rasheed hört sich gerade auf der Straße um, ob jemand den Tipp bestätigen kann.«

»Hätten Sie etwas dagegen, wenn ich mitkomme?«, fragte Thomas.

Greer überlegte nur einen Moment. »Der Zeitpunkt ist genauso günstig wie jeder andere«, meinte er.

Nachdem sie in Windeseile alles Nötige vorbereitet hatten, riefen McPhee und Greer um fünf Uhr nachmittags das Außenteam zusammen, das an der Razzia teilnehmen sollte. Insgesamt waren sie zu sechst. Bei Deepak, Rasheed und Rohit handelte es sich um die Außendienstmitarbeiter, die mit den Räumlichkeiten des Bordells vertraut waren. Ravi arbeitete ebenfalls im Außendienst, fungierte aber auch oft als Fahrer des Land Rovers von CASE. Dev Ramachandra war der Sachbearbeiter, der die Aktion vor Ort leitete, und Anita Chopra als Fachfrau für Wiedereingliederung damit betraut, sich um die minderjährigen Mädchen zu kümmern.

McPhee bat Rasheed, sie alle auf den neuesten Stand zu bringen.

»Auf der Straße heißt es, Suchir habe den Kauf vor zwei Wochen getätigt«, begann Rasheed. »Niemand weiß, woher die Mädchen stammen, aber meinen Kontakten zufolge hat er mit der Älteren sechzigtausend Rupien verdient. Ob das andere Mädchen ebenfalls schon entjungfert wurde, konnte mir niemand sagen.«

McPhee wandte sich an Deepak. »Bitte erzähl uns etwas über die Örtlichkeiten.«

»Es handelt sich um ein typisches Bordell mit Empfangsbereich«, antwortete der Außendienstmitarbeiter. »Meines Wissens gibt es nur einen einzigen Eingang, und der befindet sich an der Vorderseite. Wobei mir inzwischen Gerüchte über einen zweiten Fluchtweg zu Ohren gekommen sind, aber falls tatsächlich ein solcher existiert, habe ich ihn nie zu Gesicht bekommen. Der Empfangsbereich liegt im zweiten Stock des Gebäudes. Dahinter befinden sich die Sexräume. Suchir hat an die fünfzehn Mädchen. Sein

Sohn, Prasad, fungiert als sein Stellvertreter. Ich weiß, dass es dort ein Dachzimmer gibt, kenne jedoch den Zugang nicht.«

»Mit welchem Maß an Gewalt müssen wir rechnen?«, fragte McPhee.

Rohit meldete sich zu Wort. »Soviel ich weiß, trägt Suchir nie eine Waffe, und seine Puffmutter ist eher sanftmütig, die leistet bestimmt keinen Widerstand. Der einzige unberechenbare Faktor ist Prasad. Er gilt als jähzornig.«

McPhee wandte sich an Greer. »Sorg dafür, dass die Polizei darüber Bescheid weiß.«

»Wird erledigt.« Greer machte sich eine Notiz. »Inwieweit können wir der Polizei von Nagpada vertrauen?«, fragte er Dev. »Unser letzter Einsatz dort unten liegt schon eine Weile zurück.«

»Inspektor Khan ist unbestechlich«, entgegnete Dev. »Der Rest seiner Mannschaft wird den Weg des geringsten Widerstandes gehen. Alle kassieren *Baksheesh* von den Zuhältern, haben aber Angst vor Khan und werden seinen Befehlen Folge leisten.«

»Wie misstrauisch ist Suchir?«, wollte Greer wissen. »Wird er nach einem Abhörgerät suchen?«

Deepak schüttelte den Kopf. »Bei ihm hat es noch nie eine Razzia gegeben. Angeblich zahlt er Schutzgeld an das Verbrechersyndikat von Chhotta Rajan. Er hält sich für unverwundbar.«

Bis sechs Uhr waren sie damit beschäftigt, die Aktion zu planen, dann gingen sie gemeinsam zum Abendessen. Um sieben kehrte das Team zurück und zwängte sich in zwei Wagen. Bis zum Polizeirevier von Nagpada würden sie etwa eine Dreiviertelstunde brauchen. Nigel, der zurückblieb, wünschte ihnen viel Glück.

Von unterwegs aus rief Greer Inspektor Khan an. Er erfuhr, dass Khan eine aus sechs Polizeibeamten, oder *Halvadars*, bestehende Mannschaft zusammengestellt hatte, die ihn bei der Razzia begleiten sollte. Um zu verhindern, dass einer seiner Männer Suchir vorab einen Tipp gab, hatte der Inspektor sie nicht über das Ziel des Einsatzes informiert. Das wollte er unterwegs nachholen. Khan hatte außerdem zwei *Panchas* aus einer anderen Nichtregierungsorganisation angefordert, die vor Ort zu ihnen stoßen sollten. Die Polizei würde mit drei Einsatzfahrzeugen und zwei Lieferwagen operieren. Falls sie auf zu viele Mädchen stießen, mussten sie notfalls eben öfter fahren.

»Alles läuft wie am Schnürchen«, sagte Greer zu Thomas, nachdem er das Gespräch beendet hatte. »Khan wird seinem Ruf voll und ganz gerecht.«

Die Fahrt von Khar nach Nagpada führte sie mitten durch das Herz und den Süden von Bombay – zunächst durch den Slum von Dharavi mit seinen brennenden Müllbergen und den endlosen Ketten nackter Glühbirnen, dann durch die mit Taxis verstopften Straßen von Dadar West und Lower Parel und schließlich hinein in die überfüllten Gassen von Nagpada.

Sie parkten einen Häuserblock vom Revier entfernt und gingen den Rest des Weges zu Fuß. Inspektor Khan hieß sie im Eingangsbereich willkommen und führte sie von dort in einen Raum, in dem dicht gedrängt Metallschreibtische und Regale standen. Er bat darum, einen Blick auf Deepaks Ausrüstung werfen zu dürfen, woraufhin dieser aus einem Rucksack eine winzige, als Hemdknopf getarnte Videokamera sowie das Abhörgerät hervorholte, das er sich auf den Bauch kleben würde. Mit einem zufriedenen Nicken zog Khan einen Umschlag aus seiner Tasche und reichte ihn Deepak.

»Zwanzigtausend Rupien«, erklärte er. »Ich habe mir die Seriennummern notiert.«

Deepak reichte den Umschlag an Greer weiter, der die Scheine zählte.

»Die *Panchas* werden bald eintreffen«, fuhr der Inspektor fort. »Meine Beamten wissen davon noch nichts. Ich werde die Tür zu diesem Raum abschließen. Um Viertel vor zehn brechen wir auf.«

Thomas sah zu, wie Rasheed Deepak dabei half, die Kamera und das Abhörgerät anzubringen.

Kurz nach neun trafen die *Panchas* ein. Es handelte sich um ein indisches Paar um die dreißig. Der Mann stellte sich in recht passablem Englisch als Kavi vor, die Frau als Mira. Rasheed instruierte die beiden mit ein paar schnellen Salven Hindi.

Schließlich sah Greer auf seine Armbanduhr. »Es ist an der Zeit«, erklärte er und warf einen Blick zur Tür, wo Khan schon bereitstand. Der Inspektor führte sie zurück in den Eingangsbereich und stellte sie seinen Männern vor. Die sechs Beamten waren mit hölzernen Keulen – sogenannten *Lathis* – bewaffnet. Zwei der Männer hatten zusätzlich veraltete Karabiner geschultert.

Der Inspektor erhob die Stimme, um die Deckenventilatoren zu übertönen. »Wir werden an der Bellasis Road warten, bis Deepak sich meldet. Vorher geht niemand rein. Ich fahre im ersten Wagen. Wenn jemand sich rührt, bevor ich den Befehl erteile, kassiere ich seine Marke. Ist das klar?«

Alle brummten oder murmelten irgendetwas vor sich hin. Die in Khaki gekleideten *Halvadars* wirkten nervös und zappelig. Zwei von ihnen bedachten Greer und Thomas mit Seitenblicken, aus denen kaum verhohlene Verachtung sprach.

Khan musterte noch einmal jeden seiner Männer einzeln. »Es spielt keine Rolle, woher ihr stammt oder was ihr von den *Beshyas* haltet. Stellt euch einfach vor, die Mädchen, die wir retten werden, wären eure eigenen Töchter, und macht euren Job. Noch Fragen?«

Niemand meldete sich zu Wort.

»Dann lasst uns aufbrechen«, sagte er.

9

Wir haben ans andere Ufer
dieser Dunkelheit übergesetzt; Morgenröte
breitet ihren Glanz aus wie ein Netz.
RIGVEDA

Mumbai – Indien

Es war zehn Uhr abends, als sich der Türknauf des Dachzimmers drehte. Dieses Mal erschien nur Sumeera, um Ahalya zu holen. Diese saß mit zerzaustem Haar und tränennassem Gesicht auf dem Bett. Sita war erst seit zwanzig Minuten weg, aber Ahalya kam es vor wie eine Ewigkeit.

Wie beim letzten Mal war Suchir ohne Vorwarnung aufgetaucht und hatte ihre Schwester mitgenommen. Für Ahalya war das keine große Überraschung gewesen. Sie hatte sich schon den ganzen Tag davor gefürchtet, weil sie wusste, dass die Stunde nahte.

»Komm«, sagte Sumeera und nahm Ahalya an der Hand, »du wirst für einen Kunden gebraucht. Da darfst du nicht so traurig dreinblicken.«

Also werde ich heute Abend auch verkauft, dachte sie. Die Vorstellung war so schrecklich, dass sie sich für einen Moment wie betäubt fühlte.

Rasch schlüpfte sie in die Kleidung, die Sumeera ihr gebracht hatte. Während sie der Frau die Treppe hinunterfolgte, stählte sie sich bereits gegen die Berührung durch die Hände eines Fremden. Eine der *Beshyas*, das älteste und am wenigsten attraktive Mädchen, stand auf dem Gang und beobachtete sie. Die meisten der Sexräume waren besetzt. Im Vorbeigehen betrachtete Ahalya jede Tür und lauschte, ob inmitten der Geräusche männlicher Lust Sitas Stimme zu hören war.

Der Mann, der im Eingangsbereich auf der Couch saß, war jung und trug einen Bart. Suchir stand gerade an der gegenüberliegenden Wand und schaltete die Deckenstrahler ein. Wie die beiden Male zuvor fühlte Ahalya sich von dem grellen Licht geblendet.

»Ein wahrer Leckerbissen«, stellte der Mann fest, während er sich erhob und auf sie zuging. »Suchir, auf dein Urteil ist wirklich immer Verlass.«

»Ich gebe sie dir für zehntausend.«

»So teuer, mein Freund? Wie viele Male war sie schon mit einem Mann zusammen?«

»Erst zweimal. Sie ist noch ganz frisch.«

Demnach hat Prasad sein Geheimnis also nicht verraten, dachte Ahalya grimmig. *Suchir hat keine Ahnung, dass sein Sohn mich seit fast einer Woche jede Nacht gehabt hat.*

Der Mann umrundete Ahalya und blieb dann vor ihr stehen. Sie wich seinem Blick aus.

»Ich nehme sie«, erklärte er schließlich. »Aber ich möchte mit ihr in den oberen Raum. Da ist es gemütlicher.«

»Natürlich«, willigte Suchir ein. Er warf Sumeera einen Blick zu, woraufhin diese rasch verschwand.

Der Mann reichte dem Bordellbesitzer einen Packen Rupienscheine und nahm Ahalya an der Hand. »Komm, meine Prinzessin«, flüsterte er.

Schaudernd folgte ihm Ahalya zurück durch den Gang, wo alle Türen bis auf eine geschlossen waren. Noch immer keine Spur von Sita.

Als sie das Dachzimmer betraten, zog Sumeera gerade das Laken glatt. Nachdem sie auch noch die Kissen aufgeschüttelt hatte, eilte sie an Suchirs Seite. Der Bordellbesitzer wünschte dem bärtigen Mann viel Vergnügen und schloss dann von außen die Tür.

Der Mann bedeutete Ahalya, sich aufs Bett zu begeben, und holte sein Handy heraus.

»Es dauert nur einen Moment«, erklärte er, während er einmal auf die Tastatur drückte. Er hielt sich das Telefon kurz ans Ohr und brach den Anruf gleich wieder ab. »Niemand zu Hause.«

Ahalya, die sich mittlerweile auf dem Bett niedergelassen hatte, starrte aufs Laken hinunter. Sie rechnete damit, dass der Mann sich die Hose aufknöpfen und dann erst einmal ihr Gesicht liebkosen würde, wie Shankar es getan hatte. Danach würde er sie bestimmt auffordern, sich auszuziehen. Doch der Mann machte keinerlei Anstalten in diese Richtung.

»Wie lautet dein Name?«, fragte er sie stattdessen mit sanfter Stimme.

Die Frage ging ihr durch und durch. Ihr Name. Das Geschenk ihres Vaters. Ihre Namenspatronin war ein Ausbund an weiblicher Schönheit gewesen, die keusche Ehefrau eines edlen Brahmanen, die dann aber vom Gott Indra verführt und von ihrem Ehemann wegen ihrer Treulosigkeit verflucht worden war.

»Ich bin Deepak«, fuhr der Mann fort, nachdem er von ihr keine Antwort bekommen hatte. »Ich werde dir nichts tun.«

Er saß ganz ruhig auf dem Bett und machte auch weiterhin keine Anstalten, sie anzufassen. Sie musterte ihn verständnislos.

Sekunden später brach unten ein Aufruhr los. Mehrere dumpfe Schläge waren zu vernehmen, begleitet von schrillem Kreischen und aufgeregten Männerstimmen. Ahalya hörte Sumeera in scharfem Ton Befehle erteilen. Unmittelbar danach polterte jemand die Treppe zum Dachzimmer herauf. Deepak eilte zur Tür und stemmte sich mit dem Rücken dagegen. Jemand drehte am Knauf herum und versuchte die Tür aufzuschieben. Als sie nicht nachgab, stieß ein Mann – für Ahalya klang er nach Prasad – einen lauten Fluch aus und warf sich mit seinem ganzen Gewicht gegen das Holz.

Deepak verzog das Gesicht, hielt aber stand.

Thomas, der neben Greer Stellung bezogen hatte, beobachtete von der anderen Straßenseite, wie die Beamten aus Nagpada vorrückten. Suchir ließ sich ohne Gegenwehr von Inspektor Khan Handschellen anlegen. Anschließend führte Khan drei Mitglieder seines Einsatzkommandos die Treppe zum Bordell hinauf. Nachdem sie Suchir in einen Streifenwagen gesperrt hatten, eilten die übrigen Polizisten zusammen mit den *Panchas* in das Bordell, um Namen und Aussagen aufzunehmen.

In der Zwischenzeit hielten Greer und Dev eine kurze Lagebesprechung mit ihren Außendienstleuten ab und beauftragten Rasheed und Rohit damit, auf den angrenzenden Straßen Ausschau zu halten, ob jemand versuchte, durch eine Hintertür zu entwischen. Die beiden trennten sich und verschwanden in der Menge.

Der Verkehr auf der M. R. Road war mittlerweile zum Erliegen gekommen, weil sämtliche Taxi-*Wallas* und Passanten versuchten, einen Blick auf das Geschehen zu erhaschen. Etliche Zuhälter und Bordellbesitzer sahen aus sicherer Entfernung zu, um sich ein Urteil darüber zu bilden, ob diese Razzia auch für sie eine ernsthafte Bedrohung darstellte. Unter den Zuschauern wurde allmählich unzufriedenes Gemurmel laut. Viele bedachten Thomas und

Greer mit argwöhnischen Blicken, zum Teil sogar mit unverhohlener Feindseligkeit. Kampflustig begann die Menge in ihre Richtung zu drängen.

Dev sah zu Greer hinüber. »Wir sollten von der Straße verschwinden, bevor das Ganze richtig übel wird.«

Greer nickte und gab Thomas ein Zeichen, ihnen zu folgen. Anita bildete die Nachhut.

Als die CASE-Mitarbeiter das Bordell betraten, drängten sich im Eingangsbereich bereits zahlreiche Menschen – Polizisten, Frauen, Kunden, *Panchas*. Auch Prasad, der lautstark schimpfte und fluchte, hatte sich inzwischen dort eingefunden. Als er die Amerikaner entdeckte, richtete er seinen ganzen Zorn auf sie. Wütend schob er sich durch die Menge und baute sich vor Greer auf. Seine Kleidung roch nach Zigaretten und billigem Rasierwasser.

»Bhenchod!«, stieß er hervor. Ein Schwall Betelsaft landete auf Greers Hemd.

Greer trat einen Schritt zurück, während einer der Polizeibeamten Prasad Handschellen anlegte und ihn zwang, sich in einer Ecke des Raumes auf einen Stuhl zu setzen.

Kopfschüttelnd starrte Thomas den jungen Zuhälter an.

»Was ist?«, fragte Greer, dem Thomas' Reaktion nicht entgangen war.

»Ich habe den Kerl schon mal gesehen. Er stand auf der Straße, als wir vor ein paar Tagen hier vorbeigefahren sind.«

»Sie haben recht«, entgegnete Greer. »Interessanter Zufall.«

Sie folgten Dev, der durch den Empfangsbereich auf die Sexräume zusteuerte. Dev wandte sich an Khan, der gerade die Aussage einer jungen *Beshya* aufnahm, die sich in einen Zimmereingang duckte.

»Haben Sie Deepak gesehen?«, fragte Dev.

Khan schüttelte den Kopf. »Er ist wahrscheinlich irgendwo oben, aber ich hatte noch keine Zeit, nach dem Geheimgang zu suchen.«

»Dürfen wir?«, fragte Dev.

»Fühlen Sie sich wie zu Hause.« Mit diesen Worten drehte Khan sich wieder zu dem verängstigten Mädchen um.

»Ich hole einen von den *Panchas*«, erklärte Greer. An Thomas gewandt, fügte er hinzu: »Das ist jetzt die entscheidende Phase. Wenn wir uns nicht streng an die Vorschriften halten, fängt Suchir morgen mit uns zu handeln an.«

Sobald Greer mit Mira zurückgekehrt war, eilte Dev den Gang entlang und öffnete dort eine Tür nach der anderen. Die Räume dahinter sahen alle gleich aus. Nichts deutete darauf hin, dass man durch einen von ihnen in eine versteckte Kammer gelangte. Am Ende des Ganges angekommen, nahm er das Bücherregal in Augenschein. Er zerrte daran, doch es bewegte sich nicht von der Stelle. Greer umrundete ihn, um die rechte Seite des Regals abzutasten. Ohne Erfolg. Dev versuchte es auf der linken Seite und stieß dabei auf eine Vertiefung im Holz. Als er mit den Fingern dagegendrückte, löste sich eine Verriegelung.

»Bingo!«, rief er.

Während Dev das Bücherregal nach außen aufschwingen ließ, gesellte sich Khan zu ihnen. Gemeinsam spähten sie in die Dunkelheit des dahinterliegenden Treppenhauses. In einiger Entfernung hörten sie eine gedämpfte Männerstimme. Entschlossen stieg Dev die Treppe hinauf, dicht gefolgt von Mira, Greer und Thomas.

Oben klopfte Dev an die Tür des Dachzimmers. »Deepak?«, fragte er.

Drinnen trat Deepak einen Schritt zurück und wandte sich an Ahalya, die immer noch reglos auf dem Bett saß.

»Meine Freunde sind da«, erklärte er. »Bald bist du frei.«

Verständnislos starrte Ahalya die Fremden an, die plötzlich – teils in Uniform, teils in Zivil – ins Dachzimmer strömten. Eine Inderin trat neben sie und stellte sich als Anita vor. Nachdem die Frau auf dem Bett Platz genommen hatte, versprach sie Ahalya, nicht mehr von ihrer Seite zu weichen, bis sie endgültig in Sicherheit war. Einer der Polizisten steuerte auf Deepak zu und wechselte ein paar Worte mit ihm, die Ahalya nicht verstand. Deepak schüttelte den Kopf, woraufhin sich der Beamte Ahalya zuwandte und sie in der gleichen, für sie unverständlichen Sprache anredete. Als er ihren ratlosen Blick bemerkte, wechselte er zu Hindi über.

»Ich bin Inspektor Khan von der Polizeiinspektion Nagpada«, erklärte er. »Wir haben Informationen erhalten, denen zufolge sich in diesem Bordell zwei minderjährige Mädchen aufhalten sollen, nicht nur eines. Wo ist das andere Mädchen?«

Ahalya sah Khan in die Augen. Sie ging davon aus, dass irgendein Missverständnis vorlag.

»Meine Schwester Sita«, antwortete sie. »Sie ist unten.«

Khan trat an die Tür und bellte einen Befehl hinaus. Ein paar Sekunden später tauchte ein weiterer Polizist auf. Nach einem kurzen Wortwechsel mit Khan wandte der sich wieder an Ahalya.

»Unten sind fünfzehn Mädchen, aber keines von ihnen heißt Sita.«

Ahalyas Hände begannen zu zittern. Fassungslos starrte sie Khan an. Es dauerte einen Moment, bis die Bedeutung seiner Worte zu ihr durchdrang. Sie erhob sich vom Bett und verließ das Dachzimmer. Khan war so überrascht, dass er keinen Versuch unternahm, sie aufzuhalten. Unten begann Ahalya, die inzwischen leeren Sexräume nach irgendeiner Spur von Sita abzusuchen.

Als sie schließlich den Empfangsbereich erreichte, schob sie sich in die Menge, während sie nach ihrer Schwester Ausschau hielt. Die *Beshyas* hatten sich auf der anderen Seite des Raumes in einer Ecke versammelt, doch Sita war nicht unter ihnen. Ahalya kämpfte sich bis zu Sumeera vor, die das hektische Treiben mit müden Augen beobachtete.

»Wo ist Sita?«, fragte Ahalya. »Was habt ihr mit ihr gemacht?«

Sumeera ließ für einen Moment den Blick durch den Raum schweifen und sah dann wieder Ahalya an. »Sie ist weg«, antwortete sie lapidar.

Ahalya schüttelte den Kopf, als versuchte sie sich gegen die Wahrheit zu wehren. »Nein, du irrst dich! Suchir hat sie erst vor einer Stunde abgeholt. Er wollte sie zu einem Kunden bringen.«

Sumeera senkte nur wortlos den Kopf.

Ein unbeschreibliches Entsetzen ergriff von Ahalya Besitz. Sie fiel auf die Knie und begann sich wie in Trance vor und zurück zu wiegen. Tränen liefen ihr über die Wangen und sammelten sich an ihrem Kinn. Verzweifelt klammerte sie sich an Sumeeras Sari.

»Wo ist sie hin?«, flehte sie schluchzend, bekam von der *Gharwali* jedoch keine Antwort. »Wie konntest du das zulassen?«, weinte sie. »Hast du denn gar keine Seele?«

Sanft löste Sumeera die Finger des Mädchens aus dem Stoff ihres Sari. Dann kniete sie sich neben Ahalya und sah ihr direkt in die Augen.

»So ist das nun mal in *Golpitha*«, sagte sie leise.

Zweiter Teil

10

In der Dunkelheit der Nacht leben jene,
für die allein die äußere Welt real ist.

ISHA-UPANISHAD

Mumbai – Indien

Vierzig Minuten vor der Razzia hatte Suchir Sita in den Empfangsbereich des Bordells geführt, wo er einen Mann begrüßte, der dort auf der Couch saß. Sita erkannte den Mann sofort. Es war derselbe wie am Vorabend, nur dass er diesmal eine Sporttasche neben sich stehen hatte. Der Mann erhob sich, griff nach der Tasche und nickte Suchir zu.

»Einen *Lakh* jetzt«, erklärte er, »und den Rest, nachdem das Mädchen seinen Job gemacht hat, wie üblich.« Nach einer kurzen Pause fügte er hinzu: »Du kannst es nachzählen, wenn du willst.«

»Nicht nötig. Du genießt mein volles Vertrauen, Navin.«

Mit einem erneuten Nicken griff Navin nach Sitas Hand. »Zeit zu gehen, Sita«, sagte er auf Hindi zu ihr. Dabei sprach er ihren Namen so vertraulich aus, als wäre er ihr Cousin.

Sita sah ihn einen Moment fassungslos an und entzog ihm dann ihre Hand. »Ich kann meine Schwester nicht verlassen«, erwiderte sie panisch. »Bitte trennen Sie mich nicht von ihr!«

Navin wechselte einen raschen Blick mit Suchir, ehe er sich wieder Sita zuwandte. »Vielleicht nehme ich nächstes Mal deine Schwester, aber heute bist du an der Reihe. Wenn du dich fügst, wirst du ein leichtes Leben haben. Keinen Zuhälter, keinen Sex mit fremden Männern. Aber wenn du dich widersetzt, wirst du es bereuen.«

Er nahm sie wieder an der Hand und zog sie die Treppe hinunter, hinaus auf die staubige, in Dunkelheit gehüllte Straße. Am Randstein wartete ein schwarzer Geländewagen. Navin öffnete die hintere Tür und bedeutete Sita einzusteigen, doch sie schüttelte den Kopf. Aus ihrem Blick sprach blanke Panik. Seufzend packte er sie an den Schultern und schob sie hinein.

Am Steuer saß ein großer, beleibter Mann, der ihr jedoch keinerlei Beachtung schenkte. Navin ließ sich neben dem Mann auf den Beifahrersitz sinken und wies ihn an: »Nach Navi Mumbai. George hat gesagt, um zehn. Sieh zu, dass wir nicht zu spät kommen.«

Mit einem zustimmenden Grunzen gab der Fahrer Gas. Eine ganze Weile ging es in schnellem Tempo dahin, bis sie schließlich auf einer langen Brücke eine Bucht überquerten und dann in einen anderen Teil der riesigen Großstadt hineinfuhren. An irgendeiner Straßenecke, eingebettet in ein Gewirr aus schmalen Gassen, hielt der Fahrer an. Navin griff nach seiner Sporttasche und stieg aus. Durchs Fenster sah Sita, dass im Schatten der Gebäude ein schlaksiger Schwarzer stand, der ein mit Stoff umwickeltes Päckchen in der Hand hielt. Navin ging zu dem Mann hinüber und sprach kurz mit ihm. Dann reichte er ihm die Sporttasche, nahm im Austausch das Päckchen entgegen und kehrte damit in den Wagen zurück.

Er warf einen Blick nach hinten zu Sita, die still vor sich hin weinte. »Warum heulst du?«, fragte er verärgert.

Sita schloss die Augen, weil sie nicht wagte, ihn anzusehen. Ihr wurde immer banger zumute. Wer war dieser Mann? Warum hatte er sie von Ahalya weggebracht?

»Bitte lassen Sie mich zurück zu meiner Schwester!«, flehte sie. »Bitte!«

Navin schüttelte den Kopf und murmelte einen leisen Fluch. »Bring mich nach Hause«, wandte er sich an den Fahrer. Mit einem erneuten Grunzen fädelte der beleibte Mann wieder in den Verkehr ein.

Sita verschränkte fest die Arme vor der Brust, um in ihrer Verzweiflung nicht laut loszuschluchzen. Sie starrte zu den Lichtern der Stadt hinaus, die verschwommen an ihr vorüberflogen. Das Päckchen auf Navins Schoß versuchte sie zunächst zu ignorieren, aber als er es dann auspackte, siegte bei ihr doch die Neugier. Unter dem Stoff kam ein Plastikbeutel zum Vorschein, der ein braunes Pulver enthielt. Navin öffnete den Verschluss des Beutels und hielt prüfend die Nase hinein.

»George muss in einem früheren Leben mal Brahmane gewesen sein«, verkündete er begeistert. »Sein Stoff ist wie der *Soma*-Saft der Götter.«

Drogen, schoss Sita durch den Kopf. Wieder packte sie die Angst.

Sie fuhren über die lange Brücke zurück ins Zentrum von Bombay. Nachdem sie den Flughafen hinter sich gelassen hatten, bogen sie in eine ungeteerte Straße ein, die zu einem Wohnkomplex führte. Dort parkte der Fahrer den Geländewagen, und Navin ließ Sita aussteigen. Sie folgte ihm ohne ein Wort. Das Pulver ging ihr nicht aus dem Kopf.

Sie fuhren mit einem Aufzug ins oberste Stockwerk des Gebäudes, wo ihnen der Fahrer die Tür zu einer bescheidenen Wohnung aufschloss. Sita folgte Navin in ein kleines Schlafzimmer, dessen Einrichtung sich auf ein eisernes Bettgestell mit einer Matratze beschränkte. Erschöpft setzte Sita sich auf das Bett, den Blick reglos auf die Wand gerichtet. Als Navin sie fragte, ob sie aufs Klo müsse, gab sie ihm keine Antwort, woraufhin er erneut den Kopf schüttelte. Sichtlich verärgert verließ er den Raum und sperrte hinter sich ab.

Eine Weile versuchte Sita noch, die Fassung zu wahren, um sich nicht von Furcht und Sorge überwältigen zu lassen, aber dieses Mal war der Druck zu groß. Sie sank in sich zusammen und begann zu schluchzen. Ihre Eltern waren tot, Ahalya war weg, und nun saß sie hier in einer Wohnung in Bombay, ganz allein mit einem fremden Mann, der mit Drogen handelte.

Navin schloss Sitas Zimmer nur auf, um ihr etwas zu essen zu bringen oder sie austreten zu lassen. Auch bei diesen Gelegenheiten sprach sie nie ein Wort mit ihm. Ansonsten saß sie ohnehin nur die ganze Zeit auf dem Bett und sah mit leerem Blick aus dem Fenster. Die Monotonie ihres neuen Lebens war kaum zu ertragen.

Nachdem das drei Tage lang so gegangen war, trug Navin einen Stuhl in Sitas Zimmer und platzierte ihn ihr gegenüber. Er hatte ein paar große Weintrauben und eine Schale mit Kokosöl dabei.

»Morgen Abend verreisen wir«, begann Navin. »Du musst alles genau so machen, wie ich es dir sage. Wenn du auf mich hörst, bringe ich dich an einen besseren Ort. Gehorchst du aber nicht, könnte es dich das Leben kosten.«

Es dauerte eine Weile, bis sie begriff, was er da gerade gesagt hatte. Die langen Stunden ihrer Gefangenschaft hatten sie irgendwie abstumpfen lassen. Während sie wie hypnotisiert die Trauben anstarrte, hallten seine Worte in ihr nach. Schlagartig verwandelte sich die Dumpfheit in Angst. *Verreisen?*, dachte sie. *Wieso könnte mich das das Leben kosten?* Erst jetzt sah sie ihn richtig an und registrierte seine wütende Miene.

»Vergiss deine Schwester!«, erklärte er gereizt. »Sie ist jetzt eine *Beshya*. Du bist keine mehr. Hör also auf, hier mit dieser Trauermiene herumzusitzen.«

Wieder sah sie auf die Trauben. »Wohin verreisen wir denn?«, flüsterte sie.

Navin beruhigte sich wieder. »Das erfährst du noch früh genug.« Er überlegte einen Moment. »Hast du schon mal eine Weintraube im Ganzen hinuntergeschluckt?«

Sita riss die Augen auf und schüttelte den Kopf.

»Dann musst du es üben. In vierundzwanzig Stunden musst du es können. Ich werde Kokosöl als Gleitmittel verwenden, dann geht es leichter.«

Sie sah zu, wie er eine Weintraube in das Kokosöl tunkte, bis ihre Haut rundherum glänzte. Dann hielt er sie Sita hin, die jedoch keine Anstalten machte, die Frucht entgegenzunehmen.

»Warum muss ich das tun?«, fragte sie, während sie angstvoll auf die Traube blickte.

Als hätte er ihre Frage nicht gehört, griff er nach ihrer Hand, bog ihr die Finger auseinander, die sie vor Anspannung zur Faust geballt hatte, und legte die Frucht auf ihre Handfläche. »Anfangs wirst du das Gefühl haben zu ersticken, aber du musst den Würgereiz überwinden. Nur dann schaffst du es, sie als Ganzes zu schlucken. Es ist alles eine Sache des Willens.«

Sita befühlte vorsichtig die Traube in ihrer Hand. Sie musste an Ahalya denken und fragte sich, wie ihre Schwester wohl auf diese Herausforderung reagieren würde. Ahalya würde sicherlich Stärke beweisen. Sie würde tun, was getan werden musste, und dadurch überleben. Entschlossen schob sich Sita die ölige Frucht in den Mund.

»Nein, nein, nicht so!«, schritt Navin ein. »Du musst den Kopf in den Nacken legen. Auf diese Weise wird deine Kehle weiter.«

Sita tat, wie ihr geheißen, und ließ die Traube langsam tiefer gleiten. Beim ersten Versuch musste sie so heftig würgen, dass ihr davon der ganze Hals brannte. Navin wartete, bis sie sich wieder gefangen hatte, ehe er eine weitere Traube in das Kokosöl tunkte.

»Du lernst es schon noch«, versuchte er ihr Mut zu machen. »Die anderen haben es schließlich auch gelernt.«

Mit zitternden Fingern unternahm Sita einen zweiten Versuch und hätte es beinahe geschafft, bevor ihr Körper erneut dem Würgereflex nachgab und sich mehrmals heftig aufbäumte. In ihrer Not glitt sie vom Bett und würgte auf allen vieren vor sich hin.

»Ich kann das nicht!«, stöhnte sie.

»Doch, du kannst es.«

Sie versuchte es erneut. Dieses Mal gelang es ihr tatsächlich, den Würgereiz zu unterdrücken, und die Traube rutschte langsam ihren Schlund hinunter. Während Sita nach Luft rang und für einen Moment die Augen schloss, empfand sie eine Mischung aus Erleichterung und Entsetzen.

»Gut gemacht«, lobte Navin sie. »Du hast es schnell gelernt. Wir üben es so lange, bis es dir in Fleisch und Blut übergegangen ist.«

In Sitas Magen begann es zu rumoren, und ihr Hals schmerzte von der Anstrengung, aber sie lernte, was Navin von ihr verlangte, ohne noch einmal nach seinen Beweggründen zu fragen. Sie hatte begriffen, dass sie nun sein Eigentum war und er mit ihr machen konnte, was er wollte.

Als Navin Sita am nächsten Tag ihr Mittagessen brachte, erklärte er ihr, das sei ihre letzte Mahlzeit für mehr als vierundzwanzig Stunden. »Keine Angst«, fügte er hinzu, »ich sorge schon dafür, dass du etwas Gutes zu essen bekommst, wenn wir erst einmal im Restaurant meines Onkels sind.«

An diesem Abend – etwa zwei Stunden, nachdem die Sonne untergegangen war – ließ er sie duschen und gab ihr einen modischen blauen Churidar und Sandalen. Als sie sich angezogen hatte, setzte er sie vor einen Spiegel und reichte ihr ein kleines Täschchen mit Schminksachen.

»Du musst dich anmalen wie eine Filmschauspielerin«, instruierte er sie. »Ich möchte, dass du aussiehst wie achtzehn. Bekommst du das hin?«

Sita überlegte einen Moment und nickte dann. Sorgfältig trug sie Make-up, Rouge, Kajal und Wimperntusche auf, bis ihr Gesicht aussah wie das einer jungen Frau.

Zufrieden betrachtete Navin ihr Spiegelbild.

»Das hast du sehr gut gemacht«, lobte er sie. »Jetzt komm mit.«

Sie folgte Navin ins Wohnzimmer. Im Fernsehen lief gerade ein Cricketmatch zwischen Indien und England. Als Navin Sita aufforderte, sich auf die Couch zu setzen, tat sie, wie ihr geheißen. Er setzte sich neben sie. Auf dem Couchtisch war allerlei Zeug angeordnet: drei Schachteln Kondome, der Beutel mit dem braunen Pulver, das Navin auf der Straße gekauft hatte, eine Schere, ein kleiner Löffel, ein Krug Kokosöl, eine Rolle mit einer dünnen Schnur, ein Haargummi.

Mit wachsendem Unbehagen sah Sita zu, wie Navin ein Kondom nahm und gut sieben Zentimeter davon abschnitt. Nachdem er den oberen Teil weggeworfen hatte, griff er nach dem kleinen Löffel, nahm damit eine Portion von dem Pulver aus dem Beutel und füllte es vorsichtig in den verbliebenen Teil des Kondoms. Als es halb voll war, drückte er es mit den Fingern zusammen und fixierte das offene

Ende knapp über der Stelle, wo die Ausbuchtung begann, provisorisch mit dem Haargummi. Dann schnitt er zwei Stücke von der Schnur ab und band mit dem einen das Kondom zwischen der Ausbuchtung und dem Haargummi fest zu. Anschließend entfernte er den Gummi, stülpte das offene Ende zurück über den abgeschnürten Teil des Kondoms und band es auf der anderen Seite mit dem zweiten Stück Schnur zu. Nachdem er es fest verknotet hatte, schnitt er den überstehenden Latex mit der Schere ab und legte das Kondompäckchen auf den Tisch. Es war mehr oder weniger kugelförmig, ungefähr zweieinhalb Zentimeter lang und knapp zwei Zentimeter breit. Navin griff nach einem weiteren Kondom und wiederholte die ganze Prozedur, bis am Ende dreißig Kügelchen auf dem Tisch lagen und sich nur noch ein Hauch von Pulver im Beutel befand.

Er ging hinaus und kehrte mit einem Glas Wasser und einer runden Pille zurück. Die Tablette, erklärte er, sei ein Anti-Laxativum, das Sitas Verdauung verlangsamen werde. Er befahl ihr, sie zu nehmen und das ganze Wasser zu trinken. Dann griff er nach der ersten Kugel und tunkte sie in das Kokosöl.

»Du wirst sie alle schlucken.« Er deutete auf die Kügelchen. »Keine Sorge, dein Magen ist groß genug.«

Die Vorstellung, die Drogen in ihrem Körper zu haben, ließ Sita schaudern. Sie rang nach Luft. »Ist das *Khas-Khas?*« Sie musste an die Mohnfelder in Afghanistan denken.

»Nein, kein Opium«, entgegnete er. »Heroin. Das beste in ganz Indien.«

Sitas Hände begannen zu zittern. »Was, wenn sie in meinem Magen platzen?«

Navin antwortete mit brutaler Ehrlichkeit. »Wenn ein Kondom platzt, könntest du an einer Überdosis sterben. Um das zu vermeiden, musst du dich möglichst stillhalten und darfst nichts essen oder trinken, bis wir unser Ziel erreicht haben. Bewege dich auf keinen Fall ruckartig und spanne deinen Bauch nicht an. Wenn du dich genau an meine Anweisungen hältst, wird dir nichts passieren.«

Sita bekam vor Angst kaum Luft. Während sie auf die mit Heroin gefüllten, ordentlich aufgereihten Kondome starrte, musste sie an Ahalya denken, die irgendwo in der Stadt in Suchirs Bordell eingesperrt war. In dem Moment traf Sita ihre Entscheidung. Sie wollte diesen Albtraum überleben. Ahalya würde auf sie warten. Selbst wenn es Jahre dauern sollte, würde Sita sie wiederfinden.

Navin reichte ihr das erste Kügelchen, und sie schluckte es mühsam hinunter. Es tat ihr im Hals weh, doch sie unterdrückte den Würgereiz. Sie schluckte ein Kondom nach dem anderen, bis auch das letzte verschwunden war. Ihr Magen fühlte sich an wie aus Blei – als hätte sie bei einem Festmahl geschlemmt und gegen jede Vernunft mehrmals nachgefasst.

Die Wanduhr zeigte elf. Navin tätigte mit dem Handy einen kurzen Anruf und griff dann nach Sitas Hand.

»Zeit aufzubrechen«, sagte er. »Alles Weitere erkläre ich dir unterwegs.«

Navins Fahrer erwartete sie in der Garage. Sita ging langsam, weil sie spürte, wie sich die Päckchen in ihrem Magen bei jedem Schritt bewegten. Sie versuchte, nicht daran zu denken, was passieren würde, wenn eines der Kondome platzte. Mit einem stummen Stoßgebet an Lakshmi stieg sie in den Geländewagen.

Auf der Fahrt zum Flughafen wandte sich Navin zu ihr um. »Bis jetzt hast du dich wacker geschlagen«, lobte er sie. »Ich bin sehr zufrieden mit dir. Der nächste Schritt ist der schwierigste. Um zwei Uhr geht unser Flug nach Paris.

Und dabei gilt es vier Hindernisse zu überwinden: das Einchecken, die Sicherheitskontrollen, das Personal im Flugzeug und den französischen Zoll. Das Einchecken und die Sicherheitskontrollen sind ein Kinderspiel, da die Röntgengeräte nur unser Gepäck durchleuchten. Die Stewardessen lassen dich in Ruhe, solange sie glauben, dass du schläfst. Der französische Zoll allerdings könnte ein Problem werden.«

Navin zog eine Mappe mit Dokumenten heraus. Er zeigte Sita eine gefälschte Heiratsurkunde und Pässe. »Du bist Sundari Rai. Du bist achtzehn Jahre alt. Wir haben hier in Bombay geheiratet. Ich bin in der Versicherungsbranche. Wir fliegen nach Paris, um dort unsere Flitterwochen zu verbringen. Der Rest deines Lebens bleibt, wie er war. Fragen nach deiner Familie beantwortest du wahrheitsgetreu. Falls sich jemand dazu äußert, wie langsam du dich bewegst, dann behaupte, du seist schwanger. Entscheidend ist, immer daran zu denken, dass diese Leute keinen Grund haben, uns zu verdächtigen. Unsere Dokumente sind erstklassige Fälschungen. Wir sehen nicht aus wie Kriminelle, also sind wir auch keine.«

Sita starrte Navin an. Sie musste all diese Informationen erst einmal verarbeiten. Paris. Welten entfernt von Bombay und Tausende von Kilometern entfernt von Ahalya. Ihr Herz verkrampfte sich vor Angst. Wie würde es mit ihr weitergehen, wenn die Drogen ihren Körper wieder verlassen hatten? Sie überlegte, ob sie sich am Flughafen an einen Polizisten wenden sollte, verwarf den Gedanken aber sofort. Wer sollte ihre Geschichte glauben?

Als der Fahrer am Flughafen hielt, erteilte Navin ihr letzte Anweisungen.

»Denk daran, dass du erst wieder etwas trinken darfst, wenn ich es dir sage. Falls deine Magensäure angeregt wird, besteht die Gefahr, dass die Kondome reißen. Und komm ja nicht auf die Idee, dich an die Polizei zu wenden. Sonst behaupte ich den Behörden gegenüber, du seist meine Komplizin. Eines kannst du mir glauben: Die Gefängnisse von Bombay willst du ganz bestimmt nicht von innen sehen.«

»Ich habe verstanden«, antwortete Sita lediglich.

»Gut. Dann lass uns gehen.«

Obwohl es schon nach Mitternacht war, herrschte am Flughafen rege Betriebsamkeit. Navin reichte Sita eine schwarze Lederhandtasche und griff nach seinem eigenen Rollkoffer. Als sie sich kurz darauf am Schalter der Air France anstellten, warteten vor ihnen bereits ein Dutzend Leute, aber die Schlange wurde rasch kürzer. Am Schalter saß eine hübsche junge Inderin. Sie lächelte Sita an und checkte sie ein, ohne misstrauisch zu werden.

Auch durch die Sicherheitskontrollen kamen sie ohne Probleme. Navin führte Sita zu ihrem Gate. Jenseits der Glasscheibe sah sie ein weißes Flugzeug mit der rot-weiß-blauen Aufschrift der Air France. Navin setzte sich und steckte die Nase in eine Zeitschrift. Sita hatte Schwierigkeiten, eine erträgliche Sitzposition zu finden, und stand zwischendrin immer wieder auf.

Als ihr Flug aufgerufen wurde, folgte sie Navin durch den Gang zur Maschine. Ihre Plätze befanden sich in der letzten Reihe. Navin überließ Sita den Fensterplatz und bat eine Stewardess um ein Kissen und eine Decke. Seine Frau sei schwanger, erklärte er, und schrecklich müde.

Dankbar nahm Sita Kissen und Decke entgegen. Navin hatte zumindest teilweise die Wahrheit gesagt. Sie war wirklich furchtbar müde. Es war schließlich schon halb ein Uhr nachts. Nachdem sie ihr Kissen neben der Fensterjalousie zurechtgerückt hatte, lehnte sie den Kopf dagegen und schloss die Augen.

Sie öffnete sie nur noch einmal ganz kurz, als sich das Flugzeug über dem Strand von Juhu und dem schwarzen Arabischen Meer in die Lüfte erhob. Von Navin wusste sie, dass der Flug nach Paris gut neun Stunden dauerte. Sie hatte vor, ihn komplett zu verschlafen.

II

O du Herr des Lebens, sende meinen Wurzeln Regen.
GERARD MANLEY HOPKINS

Mumbai – Indien

Als Anita in den Raum zurückkehrte, blickte Ahalya nur kurz hoch. Zusammen mit den anderen *Beshyas* aus Suchirs Bordell befand sie sich inzwischen auf dem Polizeirevier von Nagpada. Ein Polizist hielt in dem Raum Wache. Die CASE-Mitarbeiterin setzte sich neben Ahalya und griff nach ihrer Hand, doch das Mädchen reagierte nicht auf die Berührung, sondern starrte weiter zu Boden. Noch immer hallten Sumeeras Worte in ihr nach: *Sie ist weg ... So ist das nun mal in Golpitha.*

Als Anita ihr sagte, sie dürfte sich gerne an sie lehnen, ließ sie den Kopf auf ihre Schulter sinken, konnte aber nicht einschlafen. Irgendwann tauchte ein weiterer Polizist auf und führte Ahalya ins Büro von Inspektor Khan. Anita begleitete sie. Das laute, hektische Treiben auf dem Revier nahm Ahalya nur verschwommen wahr. Aus dem Augenwinkel registrierte sie Prasad. Obwohl sie spürte, dass er sie anstarrte, ignorierte sie ihn einfach.

Khan forderte sie auf, gegenüber seinem Schreibtisch Platz zu nehmen, und begann ihr Fragen zu stellen. Ahalya versuchte sich auf die Worte des Inspektors zu konzentrieren, gab aber trotzdem ziemlich wirre Antworten. Einmal musste sich der Inspektor sogar wiederholen. Er wurde allmählich ungeduldig. Schließlich mischte sich Anita ein, indem sie erneut nach der Hand ihres Schützlings griff. Dieses Mal half die körperliche Berührung Ahalya, sich wieder zu fangen.

Sie schüttelte benommen den Kopf. »Bitte entschuldigen Sie. Wie war noch mal die Frage?«

Die Befragung dauerte dreißig Minuten. Khan wollte alles ganz genau wissen und riss bei seinem mühsamen Versuch, die Geschichte ihres Missbrauchs zusammenzustückeln, kaum verheilte Wunden wieder auf. Nachdem er ihre Aussage fertig aufgenommen hatte, ging er mit ihr noch einmal Zeile für Zeile durch, um sicherzustellen, dass jedes Detail stimmte. Schließlich setzte er seinen Namen darunter und schickte nach der weiblichen *Pancha*.

Ahalya folgte Anita hinaus in den Raum vor Khans Büro, wo sie erneut nebeneinander Platz nahmen. Auf der anderen Seite des Raumes saß Suchir. Er trug Handschellen und wurde von einem gelangweilt wirkenden *Halvadar* bewacht. Bei Suchirs Anblick musste Ahalya plötzlich wieder an den Morgen denken, an dem er sie und ihre Schwester für sechzigtausend Rupien von Amar gekauft hatte. Während sie ihn nun quer durch den Raum betrachtete, schwor sie sich etwas: Sie würde dafür sorgen, dass der Gerechtigkeit Genüge getan wurde. Selbst, wenn es Jahre dauern und sie ihre letzte Kraft kosten sollte, würde sie nicht ruhen, bis er hinter Gittern saß. Sie würde es für Sita tun, und auch für sich selbst.

Der Rest der Nacht verging ohne besondere Vorkommnisse. Ahalya döste unruhig vor sich hin. Sooft sie einschlief, quälten sie Albträume. Das Tosen der Flutwellen vermischte sich mit dem Rattern des Chennai Express und Shankars widerwärtigem, lustvollem Gestöhne.

Am Morgen wurde sie in die Obhut eines staatlichen Waisenhauses übergeben. Die Leiterin nahm sie mit unbeteiligter Miene in Empfang. Sie zeigte Ahalya den großen Saal, in dem die Mädchen schliefen, wies ihr eine Pritsche zu und informierte sie über die Essenszeiten. Dann ließ sie sie allein.

Ahalya blickte durch das mit Gitterstäben versehene Fenster nach draußen und fragte sich, wie lange sie wohl diese neue Form von Gefangenschaft ertragen musste. Anita hatte ihr versichert, CASE werde einen guten Platz für sie finden, aber Ahalya hatte keine Ahnung, was damit gemeint war und ob sich ihre Lebensumstände dadurch verbessern würden. Sie wünschte sich einzig und allein, wieder mit Sita vereint zu sein.

Nach drei Tagen kehrte Anita mit guten Neuigkeiten zurück: Das Jugendamt hatte Ahalyas Verlegung in einen Ashram zugestimmt, der in Andheri vom Orden der Barmherzigen Schwestern betrieben wurde. Anita brachte sie in einer Rikscha hin.

Während der Fahrt fragte Ahalya sie nach Sita. Anita erzählte ihr die Geschichte, die Inspektor Khan an Jeff Greer weitergegeben hatte. Demnach hatte Suchir im Verhör den Namen des Mannes preisgegeben, der Sita gekauft hatte – angeblich ein gewisser Navin. Allerdings hatte der Bordellbesitzer keine Ahnung, wohin dieser Mann Sita gebracht hatte. Suchir ging davon aus, dass Navin zurückkehren würde, um ihm einen noch ausstehenden Betrag zu zahlen, aber das konnte ein, zwei Monate dauern. In der Zwischenzeit würde Khan die Augen offen halten.

Als sie den Ashram erreichten, nahm Schwester Ruth, die Leiterin, sie am Tor in Empfang. Sie war eine korpulente Frau mit einem Mondgesicht und trug eine Nonnentracht. Als Ahalya auf ihre fröhliche Begrüßung nicht reagierte, wirkte sie keineswegs gekränkt.

Ahalya folgte ihr auf das Grundstück der Barmherzigen Schwestern. Der Ashram befand sich in einer weitläufigen Anlage mit Gärten, verschlungenen Pfaden und gepflegten Gebäuden. Der Weg, auf dem sie gingen, schlängelte sich zwischen hohen Bäumen hindurch. Immer wieder kamen sie an Gebäuden vorbei, die den Pfad auf beiden Seiten säumten. Schwester Ruth erklärte Ahalya mit einer derartigen Begeisterung die Räumlichkeiten, dass Ahalya gar nicht anders konnte, als ihr aufmerksam zuzuhören.

Die Schwestern betrieben eine Tagesschule, ein Waisenhaus und eine Adoptionszentrale für Säuglinge, außerdem das Erholungsheim für Mädchen, die aus der Prostitution befreit worden waren. Die Mädchen aus dem Erholungsheim besuchten den Schulunterricht und beteiligten sich an den anfallenden Arbeiten. Von allen wurde erwartet, dass sie die zehnte Klasse abschlossen. Überdurchschnittlich gute Schülerinnen durften auch noch die elfte und zwölfte Klasse absolvieren. Von Zeit zu Zeit bekam eine besonders vielversprechende Schülerin ein Stipendium für die Universität von Mumbai. Die Schwestern verfolgten bei jedem geretteten Mädchen zwei Ziele: Heilung an Leib und Seele und Wiedereingliederung in die Gesellschaft. Es handle sich dabei um ein sehr ehrgeiziges Projekt, räumte Schwester Ruth ein, aber der Ashram könne eine glänzende Erfolgsrate vorweisen. Nur etwa ein Viertel der Mädchen, die das Programm absolvierten, landete wieder in der Prostitution.

Das Erholungsheim, auf das Ahalya zusammen mit Anita und Schwester Ruth zusteuerte, stand auf einem von Bäumen beschatteten Hügel. Ein leichter Nordwestwind linderte die Hitze des frühen Nachmittags. Rund um das Heim wucherten große Bougainvillea-Büsche. Als Ahalya schließlich vor der Treppe stand, die zu dem weiß verputzten Gebäude hinaufführte, fiel ihr auf, dass die Geräusche der Stadt nicht mehr zu hören waren. Weder das Hupen der Taxis und Rikschas noch das Geschrei der Händler drang an ihr Ohr. Statt Straßenlärm und Stimmengewirr hörte sie Kinderlachen und das Rauschen des Windes, der sich in den dicht belaubten Ästen eines Banyanbaumes fing.

Ahalya stieg die Stufen hinauf und erreichte eine Art Laubengang, der von einem Spalier überdacht und zu beiden Seiten von Blumen gesäumt war. Sie sah Veilchen, Primeln, Federbüsche und Ringelblumen, die in dem lehmigen Boden alle prächtig gediehen.

»Jedes Mädchen darf sich eine Pflanze aussuchen und sich dann selbst um sie kümmern«, erklärte Schwester Ruth. »Was für eine hättest du denn gern, Ahalya?«

»Blauen Lotus«, antwortete sie. Vor ihrem geistigen Auge sah sie die von allen bewunderten Blüten der *Kamala*, die ihre Mutter in einem Teich neben dem Haus der Familie gepflanzt hatte. Es waren Sitas Blumen gewesen. Als kleines Kind hatte ihre Schwester fest daran geglaubt, dass sie Zauberkraft besaßen.

Schwester Ruth sah Anita an. »In der Nähe des Waisenhauses liegt ein Teich«, erklärte sie. »Ich glaube, da würde eine Lotuspflanze gut gedeihen.«

Schlagartig fühlte sich Ahalya ein wenig besser. Sie sah erst Schwester Ruth und dann Anita an. »Sie würden mich wirklich einen Lotus pflanzen lassen?«, fragte sie erstaunt. Die Samen des blauen Lotus waren selten und entsprechend teuer, und selbst unter idealen Bedingungen ließen sie sich nur schwer zum Keimen bringen. »Ich habe einen Topf, der dafür genau richtig wäre«, antwortete Schwester Ruth. »Was meinen Sie, Anita?«

Anita griff nach Ahalyas Hand. »Gib mir ein paar Tage. Ich versuche, Samen aufzutreiben.«

12

Das Herz wird brechen, aber gebrochen weiterleben.
Lord Byron

Paris – Frankreich

Sita wachte erst wieder auf, als die Maschine am Charles-de-Gaulle-Flughafen landete. Sie hatte vor lauter Durst einen ganz trockenen Mund, wusste aber, dass sie nichts trinken durfte, bis Navin es ihr erlaubte. Sie lenkte sich ab, indem sie aus dem Fenster sah. In Paris war es halb acht Uhr morgens und der Winterhimmel noch dunkel.

Das Flugzeug rollte in Richtung Gate. Navin holte seinen Koffer aus dem Gepäckfach über ihren Köpfen und reichte Sita einen Daunenmantel. »Draußen ist es kalt. Zieh das an.«

Sita erhob sich langsam. Während sie in den Mantel schlüpfte, versuchte sie das Rumoren der Kügelchen in ihrem Bauch einfach zu ignorieren. Das Kleidungsstück passte nicht recht über ihren Churidar, aber sie war dankbar für seine Wärme.

»Wir sind fast da«, sagte er. »Höchstens noch zwei Stunden.«

Sie folgte Navin entlang der Gangway, die zum Terminal führte. Zusammen mit den anderen Reisenden wurden sie durch mehrere Gänge zu einer Reihe von gläsernen Kabinen geschleust. In jeder dieser Kabinen saß ein Zollbeamter.

Rasch ging Sita im Geiste die Details ihrer neuen Identität noch einmal durch. *Ich bin Sundari Rai. Navin verkauft Versicherungen. Wir verbringen in Paris unsere Flitterwochen. Verhalte dich nicht wie eine Kriminelle, denn du bist keine.*

Der Zollbeamte musterte sie müde. Mit einem flüchtigen Blick auf das Foto in Sitas Pass stempelte er ihr Visum ab und legte es zur Seite. Dann schlug er Navins Pass auf. Sofort huschte ein seltsamer Ausdruck über sein Gesicht. Er hob den Ausweis ins Licht und besah sich das Foto. Als er Navin daraufhin eindringlich musterte, war jede Spur von Schläfrigkeit aus seinen Augen gewichen. Er betätigte ein paar Tasten seines Computers. Stirnrunzelnd griff er nach einem Funkgerät und bellte einen knappen Befehl hinein. Binnen weniger Sekunden steuerten zwei Sicherheitsbeamte auf sie zu, den Blick auf Navin gerichtet.

Der Herr vom Zoll trat aus seiner Kabine. »Sie müssen mitkommen«, erklärte er, »wir haben ein paar Fragen an Sie.«

»Was denn für Fragen?«, wollte Navin wissen. »Wo liegt das Problem?« Da der Beamte nicht reagierte, fügte er hinzu: »Ich bin französischer Staatsbürger. Sie dürfen mich nicht ohne Grund festhalten.«

Der Beamte schüttelte unbeeindruckt den Kopf. »Lassen Sie uns in Ruhe darüber reden. Bestimmt können wir alle ... Unklarheiten schnell aus dem Weg räumen, meinen Sie nicht auch?«

»Das ist unerhört!«, schimpfte Navin, doch sein Protest prallte an der ausdruckslosen Miene seines Gegenübers ab.

Sita, die neben Navin stand, spürte ein Stechen in ihrem aufgeblähten Bauch. Krampfhaft bemühte sie sich, nicht vor Schmerz das Gesicht zu verziehen. Während sie den Beamten vom Zoll ansah, fragte sie sich für einen Moment, ob er Bescheid wusste. Die Vorstellung, beim Schmuggeln von Heroin erwischt zu werden, machte ihr große Angst.

Die Sicherheitsbeamten führten sie aus dem Kontrollbereich zu einer auf den ersten Blick kaum sichtbaren Tür an der gegenüberliegenden Wand. Navin griff nach Sitas Hand, als wollte er sie beruhigen, doch der Druck, den er dabei ausübte, machte ihr seine Nachricht unmissverständlich klar. Sitas Herz raste. Die Last in ihrem Bauch fühlte sich an wie Blei, und sie verspürte das dringende Bedürfnis, sich zu erleichtern. Sie hatte keine Ahnung, wie lange sie es noch zurückhalten konnte.

Durch die Tür gelangten sie auf einen Gang mit mehreren Überwachungskameras. Der Zollbeamte führte sie das kurze Stück bis zur nächsten Tür und forderte Sita mit einer Handbewegung auf hineinzugehen. Als sie Navin daraufhin einen fragenden Blick zuwarf, bekam sie es erst recht mit der Angst zu tun. Statt Nervosität sah sie in seinen Augen nur eine finstere Drohung.

Gefolgt von einem der Sicherheitsbeamten betrat sie den kahlen Raum, dessen Einrichtung sich auf einen Tisch und zwei Stühle beschränkte. Der Beamte zog einen davon für sie heraus. Am liebsten hätte sie den Mann gefragt, was denn überhaupt los sei, doch sie wusste, dass ihre Stimme sie verraten würde. Er bezog neben der Tür Stellung und sah ins Leere. Es war offensichtlich, dass er auf jemanden wartete.

Die folgenden Minuten erschienen Sita wie eine Ewigkeit. Ihre Gedanken purzelten wild durcheinander. Für einen Moment fragte sie sich, wie es in einem französischen Gefängnis wohl zuging, und sah sich hinter Eisenstäben sitzen, umgeben von Schwerverbrecherinnen. Dann verschränkte sie die Hände, richtete den Blick auf die Tischplatte und versuchte, möglichst ruhig und gleichmäßig zu atmen.

Endlich ging die Tür auf, und eine Frau erschien. Ihrer Uniform nach zu urteilen handelte es sich um eine Zollbeamtin. Sie war sehr dünn und trug ihr blondes Haar kurz geschnitten. Nachdem sie dem Sicherheitsbeamten einen raschen Blick zugeworfen hatte, verschwand dieser ohne ein Wort. Die Frau nahm Platz und legte Sitas Pass und einen Notizblock vor sich auf den Tisch. Sie musterte Sita kühl und drehte dabei ihren Stift zwischen den Fingern.

»Sie heißen Sundari Rai?« Aus ihrem klaren Englisch war nur ein ganz leichter französischer Akzent herauszuhören.

Sita nickte schüchtern, während sie gleichzeitig versuchte, sich gegen ihren eigenen rasenden Herzschlag zu stählen.

»Sie sehen nicht aus wie achtzehn.«

Für den Bruchteil einer Sekunde war Sita versucht, ihr einfach die Wahrheit zu sagen und dem Karma seinen Lauf zu lassen. Vielleicht würde sie mit einer milderen Strafe davonkommen, wenn sie ein Geständnis ablegte. Vielleicht glaubte ihr der Richter ja, dass sie das alles nur getan hatte, weil Navin sie dazu gezwungen hatte. Dann aber war der Moment vorüber, und die Angst kehrte zurück. Im Falle einer Abschiebung würde man sie in die Hände der Polizei von Bombay übergeben. Aller Wahrscheinlichkeit nach würde sie nach indischem Recht wegen Drogenschmuggels verurteilt werden. Sie musste an Navins Worte denken. *Eines kannst du mir glauben: Die Gefängnisse von Bombay willst du ganz bestimmt nicht von innen sehen.*

»Ich bin aber achtzehn«, erklärte sie und bemühte sich dabei, mit dem Selbstbewusstsein eines älteren Mädchens zu sprechen. »Ich war schon immer klein für mein Alter.«

Die Frau klopfte mit dem Stift auf ihrem Notizblock herum. »Ihre Familie, wo kommt die her?«

»Aus Chennai«, antwortete Sita.

»Wo genau liegt das?«

»Am Golf von Bengalen, im Südosten Indiens. Früher hieß es Madras.«

Die Frau notierte sich etwas. »Der Mann, mit dem Sie reisen, wer ist das?«

»Mein Ehemann.« Sita verschränkte die Hände im Schoß, damit sie nicht so zitterten.

Die Beamtin wirkte perplex. »Für eine verheiratete Frau sind Sie aber noch sehr jung.«

Sita überlegte krampfhaft, wie Navin wohl reagieren würde, wenn man ihn auf diese Tatsache ansprach. »Die Ehe wurde von unseren Eltern arrangiert«, erklärte sie schließlich.

Die Frau überlegte einen Moment und wechselte dann das Thema. »Waren Sie schon mal in Pakistan?«

Die Frage überraschte Sita. »Nein.«

Die Beamtin musterte sie plötzlich sehr eindringlich. »Hat Ihnen Ihr Mann je von seinen häufigen Reisen nach Lahore erzählt?«

Sita kniff die Augen zusammen und schüttelte langsam den Kopf. Sie hatte keine Ahnung, worauf die Frau hinauswollte.

»Hat er Ihnen gegenüber jemals seine Verbindungen zu Lashkar-e-Taiba erwähnt?«

Wieder schüttelte Sita den Kopf. Ihr Vater hatte mit ihnen über Lashkar-e-Taiba gesprochen. Es handelte sich dabei um eine radikal-islamistische Organisation, die für zahlreiche Terroranschläge in Indien verantwortlich war. Falls die Frau recht hatte, war Navin viel gefährlicher, als er nach außen hin wirkte.

»Nein«, entgegnete Sita. »Ich weiß nur, dass mein Mann in der Versicherungsbranche tätig ist.«

Die Beamtin blickte auf ihren Notizblock hinunter. »Sie wollen in Paris Urlaub machen?«

Sita wollte gerade nicken, als sie wieder einen stechenden Schmerz im Bauch spürte. Gegen ihren Willen verzog sie das Gesicht. Die durch Blähungen verursachte Schmerzwelle ebbte nur langsam ab.

Die Frau bemerkte ihr Unbehagen. »Geht es Ihnen nicht gut?«, fragte sie und beugte sich dabei besorgt vor.

Schlagartig bekam Sita einen derart heißen Kopf, dass sie für einen Moment keinen klaren Gedanken mehr fassen konnte. Bisher war es ihr gelungen, sich nicht in Widersprüche zu verstricken, doch die rumorende Masse in ihrem Dickdarm entwickelte zunehmend ein Eigenleben.

»Es ist nur ...«, begann sie, während sie krampfhaft versuchte, sich an die fehlenden Teile ihrer Geschichte zu erinnern. Was hatte Navin noch mal gesagt? Worauf sollte sie sich in einem solchen Fall hinausreden? Da fiel es ihr wieder ein. »Ich bin im dritten Monat schwanger. Mir ist schon die ganze Zeit ein wenig übel.«

Die Beamtin lehnte sich zurück und betrachtete sie. Auf einmal wirkte ihre Miene nicht mehr ganz so streng. In dem Moment klopfte es an der Tür.

»Ich bin gleich wieder da«, erklärte die Frau und verließ den Raum. Als sie zurückkam, hatte sie einen völlig anderen Gesichtsausdruck. Statt der argwöhnischen Miene einer Ermittlerin trug sie nun ein entschuldigendes Lächeln zur Schau.

»Es handelt sich um ein Missverständnis. Ihr Gatte hat eine gewisse Ähnlichkeit mit einem Mann, nach dem wir fahnden, doch wie sich nun herausstellt, liegt eine Verwechslung vor. Sie können jetzt gehen.«

Sita fühlte sich unendlich erleichtert. Sie stand viel zu schnell auf und verzog vor Schmerz das Gesicht.

»Warten Sie, ich helfe Ihnen!« Die Frau eilte herbei, um sie zu stützen. »Ich kenne das Gefühl. Ich habe selbst zwei Kinder.«

Die Beamtin geleitete sie bis zum Ende des Ganges, wo Navin bereits auf sie wartete. Nachdem er Sita lächelnd begrüßt hatte, wandte er sich mit einem Ausdruck tiefster Verärgerung an die Beamtin.

»Wenn meiner Frau oder meinem Kind etwas passiert wäre …« Die Taktik funktionierte. Auf einmal wirkte die Frau tatsächlich ein wenig nervös.

»Wir bedauern es aufrichtig, wenn wir Ihnen Unannehmlichkeiten bereitet haben«, entschuldigte sie sich, während sie die Tür zum Kontrollbereich öffnete und ihnen ihre Pässe zurückgab. »Ich wünsche Ihnen einen angenehmen Aufenthalt in Paris.«

Wortlos griff Navin nach Sitas Hand und steuerte mit ihr auf die Rampe zu, die zu den Gepäckausgabebändern führte. Er sagte erst wieder etwas, als sie die Schalterhalle betraten.

»Es war sehr klug von dir, ihnen nichts zu verraten«, erklärte er. »Sie hätten dir ohnehin kein Wort geglaubt.«

Blinzelnd wandte Sita den Blick ab. In ihr wütete ein Durcheinander aus widersprüchlichen Gefühlen. Zwar war sie den Fängen des französischen Zolls entkommen, aber in ihrem Gedärm steckten immer noch die Kügelchen mit dem Heroin, und mit jeder Minute, die verging, quälten sie schlimmere Schmerzen.

»Wir fahren mit dem Taxi in die Stadt«, verkündete Navin. »Das geht schneller als mit der Metro.«

Sita folgte Navin aus dem Terminal zum Taxistand. Der Pariser Winter raubte ihr den Atem. Schaudernd hüllte sie sich noch fester in ihren Mantel. Navin winkte ein Taxi heran und erteilte dem Fahrer auf Französisch Anweisungen. Sita verstand nur die letzten beiden Worte: Passage Brady. Der Fahrer nickte und gab Gas.

Mit schmerzverzerrtem Gesicht hielt Sita sich den Bauch. Um sich abzulenken, richtete sie den Blick aus dem Fenster und sah der Stadt Paris entgegen – die sich zunächst als Netzwerk aus grauweißen Vorstädten präsentierte, dann als ein Flickwerk aus Industriegeländen und Güterbahnhöfen, und schließlich als eine Stadt mit breiten Boulevards und eleganten Gebäuden.

Der Taxifahrer ließ sie vor dem Eingang einer Fußgängerpassage aussteigen und knöpfte Navin zwei Zwanzigeuroscheine ab. Navin führte Sita durch einen Torbogen zu einem aus zwei schweren Türflügeln bestehenden, blau gestrichenen Tor. Dort zückte er sein Handy und sprach auf Hindi mit einem Mann, den er Onkel-*ji* nannte.

»Wir sind da. Ja, ich habe sie dabei.« Mit einem Grunzen beendete er das Gespräch.

Eine Minute später schwang das Tor weit auf, und ein kleiner Mann mit Glatzenansatz und runden Augen nahm sie in Empfang. Nachdem er Navin die Hand geschüttelt und ihn mit einem Lächeln willkommen geheißen hatte, wandte er sich Sita zu.

»Für unsere Zwecke wird sie es schon tun«, erklärte er, nachdem er sie ausgiebig gemustert hatte. Dann forderte er die beiden mit einer Handbewegung auf, ihm zu folgen.

Hinter dem Tor erstreckte sich ein Innenhof mit mehreren Wohnungseingängen. Der Mann führte Navin und Sita in eine dunkle Diele.

»Ihr könnt das Bad am Ende des Ganges benutzen«, sagte er. »Ich bin wieder im Restaurant.«

Navin steuerte auf die entsprechende Tür zu. Gefolgt von Sita, betrat er das Badezimmer und schaltete die Deckenbeleuchtung an, die aus einer nackten Glühbirne bestand. Der Raum war mit einer alten Porzellantoilette, einem schmuddeligen Waschbecken und einer fleckigen Badewanne ausgestattet.

»Wie geht es dir?«, fragte er.

»Ich habe schrecklichen Durst«, antwortete Sita, deren Mund sich inzwischen völlig ausgedörrt anfühlte.

»Setz dich einen Moment auf den Klodeckel. Ich hole dir ein Glas Wasser.«

Sie ließ sich nieder und atmete tief durch. Navin kehrte mit einem großen, fast bis zum Rand mit Wasser gefüllten Becher zurück. Gierig nahm Sita ihn entgegen und kippte das Wasser hinunter. Als sie Navin daraufhin mit einem bittenden Ausdruck in den Augen ansah, füllte er den Becher noch einmal mit Leitungswasser, doch ehe er ihn ihr zum zweiten Mal reichte, drückte er ihr eine runde Pille in die Hand.

»Das ist ein Abführmittel«, erklärte er. »Es wird dir helfen, die Päckchen wieder loszuwerden. Andernfalls könnte es ein, zwei Tage dauern, bis das letzte Kondom deinen Körper verlässt.«

Sie schluckte die Tablette und trank dann das Wasser bis zum letzten Tropfen aus. Währenddessen drehte Navin den Hahn über der Badewanne auf. Das warme Wasser bildete sofort kleine Dampfschwaden.

»Du nimmst jetzt ein ausgiebiges heißes Bad, damit sich dein Darm entspannt. Sobald die Drogen kommen, kannst du sie von der Wasseroberfläche fischen. Leg sie vorsichtig ins Waschbecken. Wenn die Kondome jetzt noch reißen, machst du mir damit keine Freude.«

Mit diesen Worten verließ er den Raum und zog die Tür hinter sich zu.

Sita graute vor dem, was sie nun tun musste. Sie ließ die Wanne bis zum Rand volllaufen, dann zog sie sich aus und ließ sich in das heiße Wasser gleiten. Erleichtert stellte sie fest, dass ihre Bauchschmerzen sofort ein wenig nachließen. Sie schloss die Augen und stellte sich Ahalya vor – so, wie sie gewesen war, bevor der Tsunami kam und der ganze Wahnsinn seinen Anfang nahm. Sie versuchte sich daran zu erinnern, wie die Stimme ihrer Schwester klang, wenn sie sang und Gedichte aufsagte. Würde sie Ahalya jemals wiedersehen?

Was hatten Navin und sein Onkel mit ihr vor?

Es dauerte nicht lange, bis die ersten Kügelchen zum Vorschein kamen. Sita verzichtete bewusst darauf, sie durch Pressen schneller herauszubefördern, weil sie befürchtete, dass dann womöglich welche platzen könnten. Sobald sie an der Wasseroberfläche auftauchten, spülte sie die Exkremente ab und legte die Kügelchen dann vorsichtig ins Waschbecken. Es war ein widerwärtiger und extrem unangenehmer Prozess, aber sie machte beharrlich weiter, bis ihre Haut zu schrumpeln begann wie die einer Dörrpflaume und auch das dreißigste Kügelchen im Becken lag. Die Latexhüllen und Navins Knoten hatten gehalten. Sie stieß einen tiefen Seufzer der Erleichterung aus und spürte richtig, wie die Spannung in ihrem Körper langsam nachließ.

Schnell zog sie den Stöpsel. Nachdem das ganze schmutzige Wasser abgelaufen war, drehte sie den Hahn auf und spülte sowohl die Wanne als auch sich selbst gründlich ab. Dann ließ sie so viel frisches Wasser nachlaufen, dass ihr Körper vollständig bedeckt war. Sie blieb noch eine ganze Weile in dem wärmenden Bad liegen und versuchte sich zu entspannen.

Als schließlich jemand an die Tür klopfte, machte ihr Herz vor Schreck einen Satz. Ängstlich beäugte sie den Knauf, weil sie befürchtete, Navin könnte hereinkommen.

»Sita«, fragte er durch die Tür, »wie viele Kondome sind gekommen?«

»Alle«, antwortete sie.

»Perfekt. Hast du sie ins Waschbecken gelegt?«

»Ja.«

»Vor der Tür steht ein Teller für dich. Zieh dich an und beeil dich mit dem Essen. Ich möchte dich Tante-*ji* vorstellen.«

Fünf Minuten später verließ Sita das Badezimmer, bekleidet mit ihrem Churidar. Sie schnappte sich den Teller mit dem Essen – Huhn, Reis und Chutney – und schlang es hungrig hinunter. Bald tauchte Navin wieder auf und lotste sie durch den Wohnbereich zu einer Tür, die sie vorher gar nicht bemerkt hatte. Durch diese Tür gelangte man auf einen Gang, der in eine vollgestopfte Küche führte. Dort standen eine matronenhaft wirkende Inderin in einem Sari und ein etwa zehnjähriger Junge, der Jeans und ein Hemd im Westernstil trug. Die Frau war gerade dabei, den Jungen in einer Sprache auszuschimpfen, die Sita nicht verstand.

Als sie Navin entdeckte, schaltete sie auf Hindi um.

»Wie war es in Bombay?«, fragte sie.

»Heiß, überfüllt und voller Slums«, antwortete er. »Jedes Mal, wenn ich dorthin zurückkehre, mag ich es noch weniger.«

»Sag so etwas nicht«, ermahnte sie ihn. »Es wird immer deine Heimat bleiben.«

Navin plauderte kurz mit der Frau. Der Junge, der Navin keinerlei Beachtung schenkte, betrachtete währenddessen Sita mit den unschuldigen Augen eines Kindes. Sie erwiderte seinen Blick und empfand dabei einen Anflug von Wehmut, weil er einem Jungen aus der Klosterschule ähnelte, der immer ganz vernarrt in sie gewesen war. Diese schöne

Erinnerung verflüchtigte sich jedoch so schnell, wie sie ihr in den Sinn gekommen war.

»Kann sie kochen?«, wollte die Frau gerade von Navin wissen.

Navin sah Sita fragend an, doch sie schüttelte den Kopf.

»Ein Mädchen, das nicht kochen kann!«, ereiferte sich die Frau in barschem Ton. »Wozu taugt sie denn dann?«

»Sie kann das Restaurant putzen«, mischte sich Navins Onkel ein, der gerade durch eine Tür auf der anderen Seite des Raumes trat. »Navin hat uns einen großen Gefallen getan.«

Die Frau, die ihren Mann mit gerunzelter Stirn betrachtete, schüttelte entschieden den Kopf. »Sie wird uns kein Glück bringen. Der Priester sagt, dass ein schlechtes Vorzeichen in den Sternen steht.«

»Hör auf zu jammern, du närrisches Weib«, meine Navins Onkel, »und sieh lieber zu, dass du an die Arbeit kommst.« Er wandte sich an Navin und übergab ihm einen Umschlag. »Hier, fünftausend Euro.«

»Fünftausend!«, rief die Frau entsetzt. »Was für eine Verschwendung!«

Navins Onkel bedachte seine Frau mit einem wütenden Blick, woraufhin sie sich schimpfend abwandte.

Sita starrte auf den Umschlag. Ein Gefühl von Verzweiflung machte sich in ihr breit. Gerade war ein weiteres Geschäft abgewickelt worden.

Die Frau reichte Sita einen Wischmopp. »Benutz das Spülbecken«, zischte sie. »Fang mit der Küche an, und putz dann das Restaurant. Du musst dir deinen Lebensunterhalt schon verdienen.«

Sita hatte noch nie einen Mopp geschwungen. Im Haushalt der Ghais war immer Jaya fürs Putzen zuständig gewesen, und in St. Mary's hatten sich Sitas häusliche Pflichten auf Gartenarbeit und Wäschewaschen beschränkt. Sie nahm den Mopp und ließ umständlich ein wenig Wasser darüberlaufen.

»Du dummes Ding!«, fauchte die Frau. »Füll das Becken, tauch den Mopp ein, wring ihn aus und wisch dann damit. Wo um alles in der Welt hat Navin bloß ein so beschränktes Mädchen wie dich aufgetrieben?«

Obwohl die Beleidigungen nur so auf sie einprasselten, weinte Sita nicht, sondern befolgte die Anweisungen der Frau und stählte sich gegen den Schmerz. Sie wusste instinktiv, dass es nur noch mehr Beschimpfungen hageln würde, wenn sie jetzt Schwäche zeigte.

Sie verbrachte den Nachmittag damit, Böden zu wischen und dicke, fettige Schmutzschichten von etlichen Küchenarbeitsflächen zu scheuern. Die Frau war eine grausame Zuchtmeisterin, das Mädchen konnte ihr nichts recht machen. Sita polierte den Herd auf Hochglanz, bis ihre Finger ganz taub waren. An den hervorstehenden Kanten brach sie sich die Nägel ab, und die Lappen, die sie immer wieder in kochend heißes Wasser tauchen musste, verbrühten ihr die Hände. Als abends um sechs schließlich das Restaurant aufmachte, war sie todmüde und völlig ausgehungert. Die Frau verbannte Sita in die Wohnung, wo sie ihr Schaufel und Besen in die Hand drückte.

»Ich möchte auf dem Boden kein Stäubchen mehr finden, sonst bekommst du nichts zu essen«, verkündete sie.

Die Frau stand währenddessen im Restaurant am Herd, unterstützt von einem indischen Küchenmädchen. Sie servierten einer Handvoll ihrer Nachbarn Tandoori-Gerichte. Für einen Freitagabend war wenig los, und dass nur ein paar Tische besetzt waren, machte die Frau noch wütender. Als Navins Onkel das Restaurant schließlich schloss, holte sie Sita aus der Wohnung und drückte ihr erneut den Mopp in die Hand.

»Ich möchte, dass der Boden glänzt.« Sie deutete auf die Theke, wo ein Teller mit Reis und Chutney bereitstand. »Wenn du fertig bist, darfst du essen.«

Nachdem Sita bis Mitternacht gewischt hatte, ließ sie sich völlig erschöpft mit ihrem Essen in eine Ecke sinken. Sie verspeiste die magere Portion, war jedoch immer noch hungrig, als sie den Teller zurück auf die Theke stellte. Sie überlegte, ob sie sich auf einer der Bänke im Restaurant schlafen legen sollte, befürchtete jedoch, von der Frau eine Tracht Prügel zu bekommen, wenn sie sie dort entdeckte. Mutlos kehrte sie in ihre Ecke zurück.

Sie war gerade am Eindösen, als auf der anderen Seite der Küche der Junge auftauchte. Er zögerte eine ganze Weile, ehe er näher kam.

»Wie heißt du?«, fragte er auf Hindi.

»Sita.«

»Ich bin Shyam«, sagte er, während er vor ihr in die Hocke ging. »Können wir Freunde werden?«

Sie zuckte nur mit den Schultern, aber er ließ sich davon nicht beirren. »Ich bin zehn. Wie alt bist du?«

Sita, die kaum noch die Augen offen halten konnte, gab ihm keine Antwort.

»Ich habe dir ein Geschenk mitgebracht«, fuhr der Junge fort. Er zog ein kleines Figürchen aus der Hosentasche und drückte es ihr in die Hand. »Das ist Hanuman. Er wird dir Gesellschaft leisten.«

Plötzlich wandte er den Kopf und blickte angstvoll zur Tür. Irgendwo im Haus schrie seine Mutter seinen Namen. »Ich muss gehen«, erklärte er.

Er stand auf und schaltete die Lichter aus. Ein paar Sekunden später hörte Sita die Tür ins Schloss fallen.

In der Dunkelheit strich sie mit den Fingerspitzen über die kleine Figur. Sie spürte Hanumans hohe Krone und sein Zepter. Als sie ihn schließlich an die Brust drückte, hörte sie im Geiste wieder die Stimme von Ahalya, die ihr an dem Abend, als Navin zum ersten Mal aufgetaucht war, die Geschichte von dem edlen Affen erzählt hatte. Während sie dieser Erinnerung nachhing, schlang sie die Arme fest um sich und versuchte einzuschlafen.

Bald begann sie zu frösteln. Die Küche war schlecht beheizt und kühlte daher schnell aus, sobald der Herd aus war. Sita kämpfte sich wieder hoch, um nach etwas zu suchen, womit sie sich zudecken konnte. Ein paar Meter weiter stand ein Schrank, in dem sie einen Sack mit schmutzigen Tischdecken entdeckte. Sie breitete eine davon aus, ließ sich unter Fächern voller Putzmittel auf dem Schrankboden nieder, zog ein zweites Tischtuch über sich und vergrub die Füße in dem leichten Stoff. Obwohl sie immer noch fror, war die Temperatur nun zumindest erträglich.

Sie legte den Kopf auf den Sack und klemmte sich Hanuman unters Kinn, als Schutz vor den eisigen Tentakeln der Einsamkeit und der Angst.

Endlich schlief sie ein.

13

Die Seele, heißt es, steckt in den Knochen,
damit menschliche Liebe möglich ist.

THIRUVALLUVAR

Mumbai – Indien

Thomas tätigte den Anruf am Tag nach der Razzia. Die Rettungsaktion hatte ihn tief berührt, und er fand keine Ausrede mehr für sein Zögern. Entweder er setzte sich jetzt mit ihr in Verbindung, oder er ließ sie endgültig los. Sein Herzschlag beschleunigte sich, als er das Telefon läuten hörte. Ihr Anrufbeantworter sprang an.

»Hallo, hier ist Priya. Hinterlassen Sie mir Ihre Nummer, dann rufe ich Sie umgehend zurück. Ciao.«

Thomas suchte nach den richtigen Worten und sprach nach dem Pfeifton. »Priya, ich bin in Bombay. Mir ist klar, dass das sehr überraschend für dich kommt, aber ich würde dich gern sehen. Bitte ruf mich zurück.« Er hinterließ seine neue Handynummer und legte auf.

Mittlerweile war es zwei Uhr nachmittags, und er schlenderte in Bandra die Linking Road entlang. Nach der langen Nacht hatte Jeff Greer ihm den Tag freigegeben. Thomas hatte sich in Dineshs Wohnung einen faulen Vormittag gegönnt und ein bisschen gelesen und ferngesehen. Nach dem Mittagessen beschloss er, die Vorstadt zu erkunden.

Er wandte sich Richtung Norden und spazierte langsam die Einkaufsmeile entlang. Die Läden waren so vielfältig wie in einem amerikanischen Einkaufszentrum, und auf den Gehsteigen herrschte rege Betriebsamkeit. Verkäufer machten ihm aus ihren Ständen heraus Angebote: »Sir, Sir, wir haben hier Jeans, genau Ihre Größe!« Straßenhändler bedrängten ihn forsch, indem sie ihm Packungen mit Unterhemden, Bhel-Puri-Snacks und farbenfrohe Weltkarten hinhielten.

»Nein, nein«, versuchte er sie zu verscheuchen.

»Aber, Sir, das sind die *schönsten* Landkarten«, erklärte einer von ihnen.

Thomas ging weiter, der Straßenhändler aber ließ sich nicht abschütteln. »Sie sehen aus wie ein Filmstar. Wo haben Sie mitgespielt?«

Nun musste Thomas lachen. »Ich habe noch nie in einem Film mitgespielt, und ich möchte auch keine Landkarte, vielen Dank.«

Endlich gab der Händler auf.

Eine Weile sah sich Thomas die Schaufenster an, dann probierte er in einem exklusiven Herrengeschäft ein Paar Schuhe. Die ganze Zeit wartete er darauf, dass sein BlackBerry klingeln würde.

Knapp eine Stunde später vibrierte es endlich. Er holte das Telefon heraus und sah, dass er eine Mail bekommen hatte. Sie kam von Priya. Nachdem er sich in eine ruhige Nische neben einem Taschenladen zurückgezogen hatte, holte er tief Luft und öffnete die Nachricht.

Thomas, das ist wirklich ein Schock für mich. Ich weiß gar nicht, was ich denken soll, kann aber auch nicht einfach ignorieren, dass du hier bist. Am Malabar Hill gibt es einen Park. Nimm den Zug nach Churchgate und bitte dann einen Taxi-Walla, dich zu den Hängenden Gärten zu fahren. Treffen wir uns um 16:30 Uhr am Aussichtspunkt.

Sofort rief sich Thomas ein Taxi und instruierte den Fahrer, ihn zum Bahnhof von Bandra zu bringen. Gemäß Priyas Anweisungen nahm er den Schnellzug nach Churchgate und anschließend ein Taxi zum Malabar Hill. Er fühlte sich völlig verkrampft, und er hatte keine Ahnung, was er ihr sagen sollte. Fast kam es ihm vor, als wären sie gar nicht verheiratet, sondern wieder in Cambridge – ein Junge und ein Mädchen aus verschiedenen Welten, die vorsichtig erforschten, inwiefern diese Welten zusammenpassten. Doch das stimmte nicht. Sie hatten eine gemeinsame Vergangenheit, Jahre voller Vertrautheit, Glück und Tragik. Nichts davon ließ sich auslöschen, aber das wollte er auch gar nicht. Er wollte … was eigentlich? Neu anfangen? Sie zurück nach Washington locken? Das Herz ihres Vaters gewinnen? Es war alles so kompliziert und verwirrend.

Das Taxi fuhr am weitläufigen Chowpatty Beach vorbei und dann in den noblen Stadtteil Malabar Hill. Das steile Gelände und die hoch aufragenden Wohnkomplexe erinnerten Thomas an San Francisco. Der Fahrer bog nach rechts ab und folgte den Serpentinen einer Straße, die sich den höchsten der Hügel hinaufschlängelte. Schon bald wichen die Gebäude einer grünen Parklandschaft mit üppiger Vegetation.

Der Taxifahrer setzte Thomas direkt am Eingang zu den Hängenden Gärten ab. Thomas stieg die Treppe hinauf und ließ den Blick über die gepflegte Fläche schweifen: Schattenspendende Bäume säumten die Wiesen, und überall erfreuten Blumen und schön getrimmte Büsche das Auge des Betrachters.

Ein Junge steuerte auf ihn zu. Er verkaufte Fächer, die aus Pfauenfedern gearbeitet waren. »Möchten Sie einen, Sir?«

Thomas schüttelte den Kopf.

»Schöne Fächer, Sir, vielleicht für Ihre Frau oder Freundin? Nur fünfzig Rupien das Stück, Sir.«

»Ich möchte keinen Fächer, aber ich gebe dir trotzdem fünfzig Rupien, wenn du mir sagst, wie ich zum Aussichtspunkt komme.«

Der Junge deutete in die Richtung, aus der Thomas gerade kam. »Überqueren Sie die Straße und gehen Sie in den Park auf der anderen Seite. Der Aussichtspunkt liegt in diese Richtung.«

Thomas zog seine Brieftasche heraus und reichte dem Jungen das versprochene Geld.

»Hier ist Ihr Fächer, Sir.« Der Junge drückte ihm einen in die Hand. »Wegbeschreibungen kosten nichts.« Lächelnd marschierte er davon.

Thomas wusste erst gar nicht recht, wie er den Fächer halten sollte, doch dann musste er plötzlich lachen. Als er die Straße überquerte, sah er durch die Bäume bereits die blaue Wasserfläche der Back Bay schimmern. Er folgte einem Pfad, der sich zwischen Steingärten dahinschlängelte, und entdeckte ein Stück weiter vorn den Aussichtspunkt. Dort standen ein paar Bänke, auf denen zum Teil auch Leute saßen, doch Priya war nicht unter ihnen. Er warf einen Blick auf seine Armbanduhr und bemerkte, dass er zehn Minuten zu früh dran war. Seine Frau würde sich vermutlich verspäten. Mit der Pünktlichkeit hatte sie es noch nie so genau genommen.

Thomas ging bis ganz vorn ans Geländer und blickte über die Bucht zum Marine Drive und Nariman Point hinüber. Seine Gedanken schweiften ab zu Suchirs Bordell. Es erschien ihm kaum vorstellbar, dass der Rotlichtbezirk mit seinem ganzen Schmutz und Elend nur wenige Kilometer von Malabar Hill entfernt lag.

Kurz darauf trat Priya an das Geländer. »Thomas«, sagte sie nur.

Als er sich ihr zuwandte, brachte er vor lauter Nervosität kein Wort heraus.

Priya rettete ihn, indem sie von sich aus das Schweigen brach. »Wie ich sehe, hat der Fächer-*Walla* dich gefunden.«

Thomas blickte auf das billige Ding in seinen Händen hinunter, das sich plötzlich als Rettungsanker entpuppte. »Er war ziemlich hartnäckig«, erklärt er schließlich. Der Druck in seinem Kopf ließ schon ein bisschen nach.

»Du bist also wirklich hier. Nicht zu fassen«, sagte sie sehr leise.

»Ich bin hier«, antwortete er nur.

»Bist du gekommen, um mich zu sehen?« Sie hatte noch nie viel Zeit mit Smalltalk vergeudet.

»Nein«, gestand er. »Ich arbeite hier für eine gemeinnützige Organisation.«

Priya starrte ihn überrascht an. »Du hast Clayton verlassen?«

Thomas nickte.

»Das verstehe ich nicht«, meinte sie kopfschüttelnd.

Als zwischen ihnen erneut peinliches Schweigen entstand, sagte er etwas, das nur halb der Wahrheit entsprach: »Ich brauchte einen Tapetenwechsel. So wie es war, konnte es einfach nicht weitergehen.«

Sichtlich perplex schüttelte Priya wieder den Kopf. »Vier Jahre lang bewegst du dich keinen Zentimeter von der Stelle, und jetzt wagst du plötzlich den großen Sprung? Was ist mit deinem Traum, Sozius zu werden? Du warst doch regelrecht besessen von der Idee, eines Tages als Richter in die Fußstapfen deines Vaters zu treten, oder etwa nicht?«

Krampfhaft zermarterte er sich das Gehirn nach einer Ausrede, die diesem Verhör ein Ende setzen würde. Priya war ein Naturtalent, wenn es darum ging, jemanden ins Kreuzverhör zu nehmen. In mancherlei Hinsicht war sie darin sogar besser als er.

»Es wird dich freuen zu hören, dass wir den Wharton-Fall verloren haben«, erklärte er. »Das Urteil belief sich auf neunhundert Millionen Dollar und ein paar Zerquetschte.«

Priya blinzelte, ließ sich aber nur für eine Sekunde aus dem Konzept bringen. »Das freut mich in der Tat. Aber es geht jetzt nicht um Wharton, sondern um dich. Du hast meine Frage nicht beantwortet.«

»Menschen können sich ändern«, sagte er. »Das weißt du so gut wie ich.«

Priya musterte ihn eindringlich. »Wieso klingt das für mich nach einer Ausflucht?«

Er fühlte sich in die Ecke gedrängt und hob abwehrend die Hände. »Was willst du von mir hören? Dass es mir leidtut, weil ich Ziele hatte? Das wusstest du schon, als du mich geheiratet hast. Aber ich entschuldige mich für die Fehler, die ich gemacht habe. Ich war nicht für dich da, als du mich gebraucht hast.«

Priya bemerkte, dass er zumindest ansatzweise so etwas wie Reue zeigte. Ihre Miene hellte sich etwas auf.

»Wie hat es denn dein Vater aufgenommen?«, fragte sie.

Thomas schluckte. »Er konnte es nicht verstehen.«

»Aber er hat es akzeptiert?«

»Was blieb ihm denn anderes übrig? Es war nicht seine Entscheidung. Du hast deinen Vater mal auf ganz ähnliche Weise vor vollendete Tatsachen gestellt, wenn du dich erinnerst.«

Sie überlegte einen Moment. »Für welche gemeinnützige Organisation hast du dich entschieden?«

Er versuchte sich seine Erleichterung nicht anmerken zu lassen. »Ich arbeite bei CASE, für eine Verbesserung der Zustände in den Rotlichtbezirken.« Er lieferte ihr eine Zusammenfassung seiner Arbeit, wobei er besonders die Aspekte herausstrich, die sie am meisten beeindrucken würden. Das war nicht ganz uneigennützig von ihm, aber er hatte nun mal keinen anderen Trumpf im Ärmel.

»Eine ehrenwerte Aufgabe«, räumte sie ein, »das muss man dir lassen.« Dann ging sie wieder zum Angriff über. »Und Tera, was hat die dazu gesagt?«

Thomas bemühte sich, ruhig weiterzuatmen. Er hatte gehofft, sie würde Tera nicht zur Sprache bringen. Wie dumm von ihm. Er heuchelte ein wenig Entrüstung und beschloss, mit einer weiteren Halbwahrheit aufzuwarten.

»Also wirklich«, sagte er, »lass Tera aus dem Spiel. Ich habe dir schon gesagt, dass damals nichts passiert ist. Ich brauchte einfach jemanden zum Reden. Falls ich irgendwelche Grenzen überschritten habe, dann nur deswegen, weil ich einen Freund brauchte.«

»Und ich war dafür nicht gut genug?«

»Das hatten wir doch schon. Wir waren beide nicht in der Verfassung, uns gegenseitig zu helfen. Im Grunde hätten wir einen Therapeuten gebraucht. Worauf uns auch mindestens fünf Leute hingewiesen haben. Aber wir waren zu starrsinnig, also lief es am Ende darauf hinaus, dass du dich bei deiner Mutter ausgesprochen hast und ich mich bei Tera.«

Mit zitternden Händen umklammerte Priya das Geländer. Sie sah aufs Meer hinaus und atmete tief durch. Offenbar musste sie über seine Worte erst einmal nachdenken.

»Mal angenommen, ich akzeptiere das«, meinte sie schließlich. »Angenommen, ich glaube dir, dass du dich geändert hast. Wie kommst du auf die Idee, dass deswegen auch die Dinge zwischen uns plötzlich anders liegen?«

»Ich bin hier, oder etwa nicht? Das muss doch etwas bedeuten.« Ihm war klar, dass er sich damit nur aus der Affäre zu ziehen versuchte, aber ihm fielen keine cleveren Antworten mehr ein.

»Ich gehe nicht zurück in die Vereinigten Staaten«, verkündete sie ruhig, »zumindest nicht so bald. Ich möchte, dass du das weißt.«

»In Ordnung.«

»Mehr hast du dazu nicht zu sagen?«

Er zuckte lediglich mit den Schultern.

»Du wirkst nicht überrascht.«

»Das Einzige, was mich überrascht, ist die Tatsache, dass du jetzt hier vor mir stehst«, erwiderte Thomas.

Priya schwieg eine Weile. Der Wind wehte eine Strähne ihres tiefschwarzen Haars hoch. Am liebsten hätte er die Hand ausgestreckt und ihr Gesicht berührt, aber er hielt sich zurück. Als sie schließlich wieder das Wort ergriff, lenkte sie das Gespräch in eine andere Richtung.

»Mein Großvater ist oft mit mir hierher zu diesem Aussichtspunkt gekommen, als ich noch ein kleines Mädchen war. Er hat mir die Skyline der Stadt gezeigt und auf alle Gebäude gedeutet, die ihm gehörten. Mein Vater konnte das nicht ausstehen. Er wollte das, was mein Großvater besaß, nie haben. Seine Liebe galt einzig und allein dem geistigen Leben. Als ich alt genug war, habe ich mich auf die Seite meines Vaters geschlagen.«

Thomas wartete. Er spürte, dass sie noch mehr zu sagen hatte.

»Du wirst nie verstehen, wie schwer es für mich war, zu tun, was ich getan habe: meine Familie zu verlassen, mich den Wünschen meines Vaters zu widersetzen und mich auf die andere Seite des Ozeans zu begeben, um dich zu heiraten. Es ist mir selbst erst so richtig klar geworden, als ich nach Bombay zurückkehrte. Ich bin mir nicht sicher, ob mein Vater mir jemals verzeihen wird.«

Während er ihr zuhörte, bewunderte Thomas die Klarheit ihrer Gedanken und ihren ruhigen Ton. Als er sie das letzte Mal gesehen hatte, war sie ein Wrack gewesen – ruhelos, zerrissen und gelegentlich sogar von Wahnvorstellungen gequält. Durch den Aufenthalt in Indien schien sie ihr inneres Gleichgewicht wiedergefunden zu haben, auch wenn Thomas unter der Oberfläche immer noch großen Kummer spürte.

»Wie geht es deiner Großmutter?«, fragte er, erleichtert, sich wieder auf sichererem Boden zu bewegen.

»Sie genießt die beste Pflege, die man für Geld haben kann, aber sie ist schon sehr alt. Mein Vater kämpft mit Schuldgefühlen, weil er mit uns nach England gegangen ist. Dadurch haben wir so viel Zeit verloren.«

»Ich schätze mal, der Herr Professor hält nicht viel von mir, oder?«

Priya schüttelte den Kopf. »Er spricht nicht über dich. Ich weiß nicht, wie er mittlerweile über dich denkt.«

»Ich werde nie ein Inder werden«, erklärte er, »daran lässt sich nun mal nichts ändern.«

»Das macht nichts. Seine Meinung ist seine Sache, meine ist meine.«

»Wäre es ihm lieber, du würdest dich von mir scheiden lassen?«

Priyas plötzlich sehr steife Haltung verriet Thomas, dass er sie mit dieser Frage getroffen hatte. »Wenn eine Frau einen Mann heiratet, dann bedeutet das im Hinduismus, dass sie ihn für sieben Lebenszeiten heiratet«, erklärte sie. »Mein Vater mag in vielerlei Hinsicht ein eher weltlicher

Mann sein, aber was das betrifft, ist er fromm. Ich bezweifle, dass er mir jemals zur Scheidung raten würde.«

»Vielleicht, weil wir seiner Meinung nach nie richtig verheiratet waren?«

»Möglich. Aber wir haben den Saptapadi-Ritus vollzogen und uns das Eheversprechen gegeben. Das kann er nicht einfach ignorieren, selbst wenn die Zeremonie nicht traditionell oder vollständig war.«

»War sie für dich denn vollständig?«

Wieder ließ sich Priya mit ihrer Antwort einen Moment Zeit. Thomas hielt den Atem an und hätte sich am liebsten geohrfeigt, weil er schon nach so kurzer Zeit so viel auf eine Karte setzte. Das war zwischen ihnen immer schon so gewesen. Für Priya war es ein Leichtes, ihn aus der Reserve zu locken, und er sagte dann immer Dinge, die er hinterher bereute.

»Ja«, antwortete sie schließlich. »Das stand für mich immer außer Zweifel.«

Thomas stieß hörbar die Luft aus. »Und was bedeutet das für uns?«

»Dass wir uns in einer schwierigen Situation befinden.«

Er rechnete damit, dass sie noch etwas konkreter werden würde, doch sie ließ es so stehen. »Kann ich dich wiedersehen?«, fragte er.

Sie wandte sich ihm zu. Ihre Blicke trafen sich. »Darüber muss ich erst nachdenken.«

Thomans nickte. Auf mehr hätte er ohnehin nicht zu hoffen gewagt. »Darf ich dich wenigstens zurück zur Straße begleiten?«

»Natürlich«, antwortete sie mit dem Anflug eines Lächelns.

Sie wandten sich vom Meer ab und spazierten schweigend durch Licht und Schatten des Parks. Dabei musste

Thomas an die vielen Male denken, die sie beide in Cambridge unter Eichen und Weiden den Cam entlangspaziert waren, und später dann durch die Wälder von Virginia.

Als sie die Straße erreichten, winkte Thomas je ein Taxi für Priya und sich heran.

»Es hat gutgetan, dich zu sehen«, sagte er.

Obwohl sie nichts darauf antwortete, wurde ihr Lächeln ein wenig offener.

»Du denkst darüber nach?«, fragte er, als sie in das wartende Taxi stieg.

»Ich denke darüber nach.«

Als das Taxi davonfuhr, hob er einmal winkend die Hand in der Hoffnung, sie möge sich umblicken. Was sie aber nicht tat. Erst, nachdem das Fahrzeug um eine Kurve verschwunden war, wandte er sich seinem eigenen wartenden Taxi-*Walla* zu.

»Churchgate Station«, sagte er.

Am Mittwochmorgen begrüßte Jeff Greer Thomas und die übrige CASE-Belegschaft mit der Neuigkeit, Suchirs Anwalt habe seine Beziehungen spielen lassen und bei Gericht kurzfristig einen Anhörungstermin für elf Uhr bekommen, weil er für seinen Mandanten die Freilassung auf Kaution beantragen wollte. Der Anwalt verfügte über Verbindungen zum Rajan-Syndikat und beherrschte die Kunst, das Rechtssystem zu seinen Gunsten auszulegen, mittlerweile perfekt. Wenn er eine Anhörung für seinen Mandanten wollte, dann bekam er eine.

»Die Staatsanwältin hat Adrian gesagt, dass sie sich gegen eine Kaution aussprechen wird«, berichtete Greer, »aber sie macht sich keine großen Hoffnungen. Aller Wahrscheinlichkeit nach sind Suchir und seine Leute in Kürze wieder auf freiem Fuß.«

»Werden sie dann aus der Stadt verschwinden?«, fragte Thomas.

»Das bezweifle ich«, antwortete Nigel McPhee. »Sie kennen nichts anderes als das Sexgeschäft. Die Mädchen werden mit geringen Geldstrafen davonkommen, sodass sie das Bordell in null Komma nichts wieder aufmachen können.«

»Obwohl sie bis vor ein paar Tagen Minderjährige zur Prostitution gezwungen haben?«

McPhee lachte. »Kaum zu glauben, oder?«

Nach der Besprechung wandte sich Thomas an Samantha Penderhook, die Leiterin der Rechtsabteilung von CASE, und fragte sie, ob er seinen Kollegen Adrian Miller zu der Kautionsanhörung begleiten dürfe.

Samantha zögerte. »Von mir aus gern. Es ist nur so, dass ein weißes Gesicht in einem Gerichtssaal in Mumbai leicht für Aufregung sorgen kann. Diese Leute sind sehr empfindlich, wenn sie das Gefühl haben, dass sich Ausländer in ihre Angelegenheiten einmischen.«

»Und wenn ich mich in die letzte Reihe setze? Ich werde so wenig auffallen wie eine Fliege an der Wand.«

Samantha trommelte mit den Fingern auf ihrem Schreibtisch herum. »Meinetwegen. Aber tun Sie genau, was Adrian Ihnen sagt. Und falls der Anwalt der Gegenseite versucht, deswegen eine Diskussion anzuzetteln, dann seien Sie bitte so gut und verschwinden sofort aus dem Gerichtssaal.«

Thomas bedankte sich bei ihr und machte sich auf die Suche nach Adrian. Obwohl der junge Anwalt von Samanthas Entscheidung nicht gerade begeistert war, nickte er.

»Sind Sie so weit?«, fragte er. »In zehn Minuten müssen wir aufbrechen.«

»Ich bin bereit«, antwortete Thomas.

Da Thomas genau wissen wollte, wie es in einem Gerichtssaal in Bombay zuging, überschüttete er seinen Kollegen auf der Hinfahrt mit Fragen. Er erfuhr von Adrian, dass die mit der Kautionsanhörung betraute Staatsanwältin eine der besten der Stadt sei, ihre Kompetenz für den Ausgang der Sache aber keine Rolle spiele. Das Gefängnis in der Arthur Road sei mehr als überfüllt, weshalb einige der Prozessrichter dazu neigten, Fälle von Menschenhandel nicht allzu ernst zu nehmen. Sollte der Verteidiger ein gutes Argument für die Freilassung auf Kaution parat haben, würde der Richter vermutlich zustimmen.

»Wird Suchir versuchen, den Richter zu bestechen?«

Adrian zuckte mit den Schultern. »Das halte ich für eher unwahrscheinlich. Die Richter sind nicht so korrupt wie die Polizei. Aber die Verbrechersyndikate haben in dieser Stadt große Macht. Vielleicht sind gar keine Bestechungsgelder nötig, um die Entscheidung des Gerichts zu beeinflussen.«

Vom Bahnhof aus machten sie sich auf den Weg zum Gericht. Obwohl es im vornehmen neogotischen Stil der Raj-Zeit erbaut war, handelte es sich bei dem Gebäude um ein Paradebeispiel städtischer Vernachlässigung. Die Ausstattung war karg, und die Wände und Treppenhäuser wirkten extrem schmuddelig. Nachdem Adrian und Thomas die Treppe in den zweiten Stock hinaufgegangen waren, warf Adrian einen Blick auf den Sitzungsplan neben dem Eingang zum Gerichtssaal und nickte.

»Setzen Sie sich ganz nach hinten«, instruierte er Thomas, »und machen Sie sich möglichst unsichtbar. Der Verteidiger weiß, dass CASE in die Razzia involviert war. Er wird jedes weiße Gesicht automatisch mit uns in Verbindung bringen.«

Gemeinsam betraten sie den Gerichtssaal, und Thomas fand einen Platz in der hintersten Ecke. Vorn gab es eine erhöhte Bank für den Richter und seinen Schriftführer und ihnen gegenüber einen langen Tisch, wo die Mitglieder der Anwaltschaft warteten, bis sie an der Reihe waren. Eine Frau mittleren Alters, die einen schwarz-weißen Sari trug – Thomas vermutete, dass es sich um die Staatsanwältin handelte –, saß am linken Ende des Tisches, nicht weit von einer Gruppe von Polizeibeamten entfernt. Adrian ließ sich neben ihr nieder.

Wie das übrige Gebäude hatte auch der Gerichtssaal seine besten Tage bereits hinter sich. Die Holzvertäfelung wirkte zerschrammt und verblasst, die Wandfarbe trist und abgenutzt. Die Spitzbogenfenster waren mit Gittern versehen, damit sich keine Vögel in den Saal verirrten. Acht auf Höchstgeschwindigkeit laufende Deckenventilatoren sorgten für starken Zug und unaufhörliches lautes Gesurre.

Der Richter war ein grauhaariger Mann mit ausdrucksloser Miene und einer Lesebrille auf der Nase. Er sah aus, als wäre er entweder chronisch gelangweilt oder kurz vor dem Einschlafen. Ein übergewichtiger Anwalt befragte gerade einen Zeugen. Thomas zweifelte, ob der Richter bei dem dumpfen Getöse der Ventilatoren überhaupt etwas von der Aussage mitbekam.

Als Anwalt und Zeuge ihren Wortwechsel schließlich beendet hatten, entließ der Richter den Anwalt mit einem leichten Fingerschnippen und wandte sich dem nächsten wartenden Anwalt zu. Nach zwei weiteren Fällen blickte sich Adrian nach Thomas um und nickte ihm zu. Gemeinsam mit der Staatsanwältin stand er auf, während der Verteidiger seinen Platz am Podium einnahm.

Die Staatsanwältin plädierte mit leidenschaftlichen Worten an den Richter, dem Antrag auf Freilassung gegen Kaution im Fall von Suchir, Sumeera und Prasad nicht zuzustimmen. Sie erklärte dem Gericht, dass es sich bei Ahalya um eine Minderjährige handle und auch drei von den bereits volljährigen Mädchen des Bordells um Betreuung durch das Jugendamt gebeten hätten. Adrian flüsterte der Staatsanwältin eine Reihe zusätzlicher Punkte zu, die sie anschließend dem Richter übermittelte.

Nachdem sie ihr Plädoyer abgeschlossen hatte, wandte sich der Richter an den Verteidiger, einen kleinen Mann mit einem dichten schwarzen Haarschopf. Er sprach eine ganze Weile über den unfairen Ablauf der Razzia, bei der auch »imperialistische Interessen der Vereinigten Staaten« eine Rolle gespielt hätten, und kritisierte außerdem die Unfähigkeit der Polizei von Nagpada. In diesem Zusammenhang wies er darauf hin, dass man bei keinem der Mädchen das Alter überprüft habe und es lediglich auf Hörensagen beruhe, dass Ahalya noch unter achtzehn sei. Außerdem behauptete er, Suchirs Geständnis bezüglich Sitas Verschwinden sei dem Bordellbesitzer unter Zwang abgenötigt worden. Der Verteidiger wusste sich auszudrücken und spann ein derart dichtes Netz aus Zweifeln und unterschwelligen Anschuldigungen, dass der Richter der Staatsanwältin schon nach kurzer Zeit böse Blicke zuwarf.

Thomas machte sich keine falschen Hoffnungen. Ihm war sofort klar, dass Suchir freikommen würde.

Tatsächlich setzte der Richter für Suchir eine Kaution in Höhe von zehntausend Rupien fest. Im Fall von Sumeera und Prasad beschränkte er sich auf je fünftausend Rupien.

Kopfschüttelnd gab Adrian Thomas ein Zeichen, ihm hinaus auf den überfüllten Gang zu folgen, wo sie sich nebeneinander an ein offenes Fenster stellten.

»Die werden das Geld noch heute Nachmittag bezahlen«, meinte Adrian mit missmutiger Miene. »Dieser Richter ist ein widerwärtiger Kerl. Er hört der Staatsanwaltschaft grundsätzlich nicht zu.«

»Wie geht es denn nun weiter?«, fragte Thomas.

»Wir werden auf einen möglichst frühen Prozesstermin drängen und unser Bestes geben, damit Ahalyas Zeugenaussage als Beweismittel zugelassen wird.«

»Wie viel Zeit wird bis dahin vergehen?«

Adrian zuckte mit den Schultern. »Bei diesem Verteidiger womöglich Monate.«

Am Samstagmorgen nahmen Thomas und Dinesh ihr Frühstück auf der Terrasse ein, mit Blick auf den graublauen Ozean. Nach dem Treffen mit Priya hatte Thomas seinem Freund die Wahrheit über Mohinis Tod und Priyas Abreise nach Bombay erzählt. Dinesh hatte mit der für ihn typischen Ruhe zugehört und Thomas anschließend in den Arm genommen. Von einer Entschuldigung wollte er nichts hören.

»Jetzt wird mir klar, warum du den ganzen Herbst über nicht auf meine Mails reagiert hast«, bemerkte er trocken.

»Ich war ziemlich neben der Spur«, erwiderte Thomas, und damit ließen sie die Sache auf sich beruhen.

Thomas nahm sich aus der Obstschale auf dem Tisch eine Weintraube und kaute gedankenverloren darauf herum, während er sich fragte, wann Priya sich wohl melden würde. Dreieinhalb Tage waren vergangen, ohne dass er etwas von ihr gehört hatte, und er machte sich langsam Sorgen. Seine Einschätzung ihrer Situation war richtig gewesen: Sie hatten sich derart verheddert, dass sie aus ihrem Schlamassel nicht mehr so einfach herauskamen. Die Vergangenheit war nicht zu ändern, der damit verbundene Schmerz unauslöschbar. Außerdem wünschte sich Priya, dass ihr Vater ihr verzieh. Ein ziemliches Problem waren seine Lügen. Obwohl er weder die Absicht hatte, länger als ein Jahr in Indien zu bleiben, noch seinen Traum vom Richterposten aufgeben wollte, hatte er Priya gegenüber einen anderen

Eindruck erweckt. Und dann war da noch die Sache mit Tera.

»Was hast du denn heute vor?«, fragte Dinesh.

»Ich werde wohl ein bisschen lesen«, antwortete Thomas. »Ansonsten weiß ich es noch nicht.«

Dinesh musterte ihn. »Du hast noch nichts von ihr gehört.«

Thomas schüttelte den Kopf.

»Nur Mut! Sie hat gesagt, sie denkt darüber nach. Bestimmt ist sie sehr beschäftigt.«

Thomas wollte gerade etwas antworten, als er sein BlackBerry läuten hörte. Es lag drinnen auf der Küchentheke. Rasch stand er auf und holte es. Als er ihre Nummer auf dem Display sah, wurde ihm schlagartig warm.

»Es ist Priya«, sagte er, woraufhin Dinesh den Daumen hochreckte.

Thomas ging ran. »Hallo?«

»Thomas.« Sie ließ seinen Namen für ein paar Sekunden in der Luft hängen. Die nächsten Worte reihte sie für ihre Verhältnisse ungewöhnlich schnell aneinander. »Ich habe wie versprochen nachgedacht und würde dich gern wiedersehen.«

Ein Lächeln breitete sich auf seinem Gesicht aus. In all den Jahren, die er sie nun schon kannte, war sie immer nur dann nervös gewesen, wenn etwas Wichtiges anstand.

»Gut«, sagte er. »Woran hast du denn gedacht?«

Sie atmete hörbar ein. »Morgen heiratet meine Großcousine. Heute Nachmittag findet beim Haus meines Großvaters das *Mendhi ki rasam* statt. Da müsste mein Vater eigentlich in Festtagslaune sein. Außerdem werden viele Leute da sein, sodass er gezwungen sein wird, freundlich zu dir zu sein.«

»Hältst du das wirklich für eine gute Idee?«, fragte er skeptisch. Dass sie ihn sehen wollte, erfüllte ihn mit freudiger Erregung, aber bei der Vorstellung, ihrem Vater im Rahmen eines Großfamilientreffens gegenüberzutreten, wurde ihm angst und bange.

»Hast du es dir anders überlegt?«

»Nein, nein, es ist nur … egal. Sag mir, wie ich da hinkomme.«

»Treffen wir uns doch um halb sechs am Eingang zum Priyadarshini Park. Die Taxi-*Wallas* in Churchgate kennen den Weg.«

»Was soll ich anziehen?«

»Hast du einen Anzug im Gepäck?«

»Ja, aber nur einen.«

»Einer reicht. Und, Thomas …«

»Ja?«

»Vergiss deinen Sinn für Humor nicht. Du wirst ihn brauchen.«

Fünf Minuten vor der vereinbarten Zeit traf er am Priyadarshini Park ein. Die Sonne stand schon tief, und der Himmel leuchtete rot. Als er Priya anrief, ging sie gleich beim ersten Läuten ran. Erneut klang sie nervös.

»Bleib, wo du bist«, sagte sie. »Ich finde dich schon.«

Er hielt vom Straßenrand aus nach ihr Ausschau. Eine Minute später stieg sie aus einer Rikscha und steuerte auf ihn zu. Sie trug einen Salwar Kameez, der die Farbe des tropischen Meeres hatte.

Das geschmackvolle Kleid war weit ausgeschnitten und schmeichelte ihrer mandelfarbenen Haut. Sie war nur sehr dezent geschminkt, mehr hatte sie auch nicht nötig.

Knapp zwei Meter von ihm entfernt blieb sie stehen und lächelte scheu wie ein Schulmädchen. Genauso hatte sie ihn angesehen, als sie sich damals im Fellows Garden zum ersten Mal trafen.

»Gefällt dir mein Outfit?«, fragte sie. »Im Westen kann ich so etwas nicht tragen.«

»Pech für uns«, stellte er fest.

»Du siehst gut aus.«

»In einem Anzug fühle ich mich immer wie ein Langweiler.«

Sie lachte auf. »Dann wirst du dich bestimmt wohlfühlen. In meiner Familie gibt es davon eine ganze Menge.«

»Ich habe etwas für dich«, erklärte Thomas und holte den Gedichtband heraus, den seine Mutter ihm mitgegeben hatte. »Meine Mom hat dir das zu Weihnachten geschenkt.«

Überrascht nahm Priya das Buch entgegen und bewunderte es gebührend. »Woher weiß sie, wie gerne ich Naidu lese?«

»Das hat sie wohl erraten.«

»Bitte richte ihr meinen herzlichen Dank aus.« Sie drückte das Buch an sich. »Das ist ein wunderbares Geschenk.« Sie zögerte einen Moment. »Hast du …?«

Er nickte. »Ja, ich habe es ihnen gesagt.«

»Das tut mir leid. Es hat ihnen bestimmt wehgetan.«

Thomas zuckte mit den Schultern. »Sie sind erwachsen.«

Priya wandte den Blick ab. Einen Augenblick später hatte sie sich wieder gefangen.

»Also, wo um alles in der Welt findet denn nun diese Party statt?«, fragte er.

Sie führte ihn zu der Rikscha und erteilte dem Fahrer Anweisungen. Nach kurzer Fahrt erreichten sie ein von Platanen flankiertes Holztor. Zwei uniformierte Wachleute führten sie auf das Gelände. Jenseits des Tores lag ein Garten von atemberaubender Schönheit. Vor dem weichen Licht der Abenddämmerung hoben sich die Silhouetten der Bäume ab. In der Mitte des Gartens gab es eine runde Rasenfläche mit einem von Kerzen beleuchteten Pavillon, in dessen Mitte eine junge Frau saß – die Braut. Sie trug einen gelben Sari und ein dazu passendes Tuch um den Kopf. Eine ältere Frau, die eine Tube Hennapaste in der Hand hielt, war gerade damit beschäftigt, die Hände und Füße der Braut mit *Mendhi*-Mustern zu bemalen. Seitlich von ihnen spielte ein Quartett Hindustani-Musik.

Nachdem sie durch das Tor getreten waren, blieb Thomas einen Moment stehen. In der Ferne sah er das große Haus, eingebettet in einen Akazienhain. Das Dach war mit Terrakottaziegeln gedeckt. Die Fenster standen offen, damit der Abendwind hineinwehen konnte. Neben dem Haus befand sich eine Terrasse, auf der sich die Gäste tummelten.

»Als Kinder nannten wir es immer Vrindavan«, erklärte Priya. Es war eine Anspielung auf den Zauberwald, in dem Krishna aufgewachsen war.

Thomas nickte. »Es fällt mir schwer, mir vorzustellen, dass du in dieser Welt groß geworden bist.«

»Jetzt weißt du, warum wir weggegangen sind. Mein Vater hätte sich hier niemals einen eigenen Namen machen können.«

»Gehören alle diese Leute zu eurer Familie?«

»Nein. Es sind auch Freunde da. Aber keine Angst, ich werde dich nicht jedem Einzelnen von ihnen vorstellen.«

Thomas lächelte. »Kein Problem, solange ich zu allen Jungs Rohan und zu allen Mädchen Pooja sagen darf.«

Priya musste schon wieder lachen. »Benimm dich heute Abend lieber anständig. Vom ersten Eindruck hängt alles ab.«

Er betrachtete sie nachdenklich. »Es ist schon eine Weile her, dass wir das letzte Mal miteinander geflirtet haben.«

Sie wandte den Blick ab und wurde ganz still.

»Tut mir leid.« Er befürchtete, zu weit gegangen zu sein.

»Nein«, entgegnete sie, »entschuldige dich nicht.«

Da er ihr Unbehagen spürte, wechselte er rasch das Thema. »Ist dein Bruder auch da?«

Sie stieß ein kleines Lachen aus. Sofort lockerte sich die Stimmung zwischen ihnen wieder. »Abishek steht zwar auf der Gästeliste, aber ich bezweifle, dass du ihn zu Gesicht bekommen wirst. Bestimmt hat er irgendeine abgeschiedene Ecke für ein romantisches Schäferstündchen mit seiner neuen Freundin gefunden. Die beiden sind seit mindestens einem Monat unzertrennlich. Wir fragen uns schon alle, wann der Reiz des Neuen nachlassen wird.«

»Und dein Vater?«

Sie deutete auf die Terrasse. »Er hält dort oben mit den Intellektuellen Hof.«

»Unter anderen Umständen würde ich mich zu ihm gesellen.«

Sie holte tief Luft und bemühte sich, optimistisch zu klingen. »Bestimmt wirst du dich gern mit ihm unterhalten, wenn er erst einmal mit dir warm geworden ist. Ihr habt viel gemeinsam.«

»Zu viel, schätze ich.«

Sie gab ihm darauf keine Antwort. »Komm mit, meine Mutter möchte dich sehen.«

»Moment mal«, sagte er. »Du hast ihr von mir erzählt?«

»Als ich am Mittwoch nach Hause gekommen bin, hat sie mich gefragt, wo ich war. Und ich konnte sie nicht anlügen.«

»Und?«

»Sie hatte nie etwas gegen dich, Thomas. Sie möchte nur, dass ich glücklich bin.«

»Dann muss ich also nur deinen Vater überzeugen.«

Sie schüttelte den Kopf und sah ihm in die Augen. »Nein. Du musst nur mich überzeugen.«

Er zögerte. »Warum sind wir dann hier?«

Als er den Schmerz in ihren Augen sah, wusste er, dass er einen Fehler gemacht hatte. Er hob entschuldigend beide Hände und setzte zu einer Bemerkung an, doch sie kam ihm zuvor.

»Diese Menschen sind ein Teil von mir. Zwischen uns beiden kann sich nur etwas ändern, wenn wir sie von Anfang an mit einbeziehen.«

»Da hast du natürlich recht. Ich habe das nicht so gemeint, wie es rübergekommen ist.«

Sie musterte ihn derart eindringlich, dass er sich schon fragte, ob sie ihn gleich zurück zum Tor begleiten würde. Dann lächelte sie wieder, und der kritische Moment war vorüber.

Thomas folgte ihr auf einem gewundenen Pfad durch den Garten. Sie betraten die Rasenfläche und steuerten auf den Pavillon zu, wo Surekha Patel auf einem Kissen saß und mit ihren Nachbarn plauderte. Sie trug einen violetten Sari und hatte ihr Haar zu einem eleganten Knoten hochgesteckt. Als sie Priya und Thomas kommen sah, entschuldigte sie sich.

»Priya, meine Liebe«, sagte sie mit starkem Akzent auf Englisch, während sie nach der Hand ihrer Tochter griff und mit ihr zu einem Tamarindenbaum am Rand der Rasenfläche spazierte, »ist die Musik nicht wunderschön?«

»Das ist sie, Mama«, antwortete Priya ein wenig verhalten, »und Lila auch.«

»Sie gibt eine sehr schöne Braut ab.« Mit unergründlicher Miene wandte Surekha sich an Thomas. »Willkommen in Bombay. Wie finden Sie die Stadt?«

»In jeder Hinsicht faszinierend.« Er versuchte, sich seine Nervosität nicht anmerken zu lassen.

»Das ist vermutlich als Kompliment gedacht.« Surekha sah ihre Tochter an und dann wieder ihn. »Ich nehme es Ihnen nicht übel, dass Sie mir Priya weggenommen haben. Es war ihre Entscheidung, und ich habe immer versucht, sie zu verstehen. Trotzdem freuen wir uns, sie wieder bei uns zu haben.«

Thomas ging in die Offensive, wobei er sich gleichzeitig sehr mutig und sehr feige fühlte. »Das kann ich gut verstehen, Mrs. Patel. Vor sechs Jahren bin ich nach England gereist, um bei Ihrem Mann um Priyas Hand anzuhalten. Obwohl er sehr liebenswürdig war, verweigerte er mir seinen Segen. Ich hätte ihn dazu bringen sollen, ihn mir doch noch zu geben.«

»Das wäre Ihnen aber nicht gelungen«, entgegnete Surekha. »Sie waren nicht das, was er sich für seine Tochter wünschte. Sie hätten ihn damals auf keinen Fall umstimmen können.«

»Und jetzt?«

Sie wandte den Blick ab. »Seine Mutter liegt im Sterben. Vielleicht sieht er es inzwischen anders.«

»Wenn er mir eine Chance gibt, werde ich mir seinen Respekt verdienen.«

Surekha nickte. »Ein sehr lobenswertes Ziel, aber Ihnen muss klar sein, was Sie sich da vornehmen. Er war immer ein Idealist. Als Priya noch ein Mädchen war, hat er mal zu mir gesagt, ihr zukünftiger Ehemann müsse einen Charakter wie Rama haben. Im Hinduismus ist Rama ein Mann ohne jede Schuld.«

»Ja«, antwortete Thomas, »aber selbst Rama hat Sitas Treue grundlos infrage gestellt.«

»Das stimmt.« Surekha wirkte beeindruckt. »Priya hat mir schon erzählt, dass Sie unsere Geschichten kennen.«

»Nicht so gut, wie ich sie gern kennen würde.«

»Es ist zumindest ein Anfang.« Surekha wandte sich wieder in seine Richtung. »Kommen Sie, ich bringe Sie zu ihm.«

Während sie auf die Terrasse zusteuerten, wechselte Thomas einen Blick mit Priya. Sie stiegen die Stufen zur Veranda hinauf und wandten sich zu einer Gruppe von Männern unterschiedlichen Alters. Ein paar von den Älteren trugen traditionelle *Sherwanis* – lange bestickte Mäntel mit dazu passenden Hosen –, der Rest westliche Anzüge. Surya stand in der Mitte. Sein vornehmes, von silbrigem Haar umrahmtes Gesicht leuchtete im Licht der Kerzen. Alle Anwesenden lauschten gebannt seinen Worten.

Surekha blieb am Rand stehen und wartete, bis ihr Mann sie schließlich bemerkte.

»Entschuldigt mich, meine Freunde«, sagte er und trat aus dem Kreis.

Er sah Priya an. Als sein Blick auf Thomas fiel, erstarrte er. Wortlos trat er an das steinerne Geländer und sah einen Moment zu dem *Mendhi*-Zelt hinüber, wo Lila sich gerade verschönern ließ. Dann wandte er sich wieder um.

»Surya«, begann Surekha, »deine Tochter hat einen Gast.«

»Ich kann mich an ihn erinnern«, erwiderte Surya.

Surekha runzelte die Stirn. »Versuche, freundlich zu sein, mein Lieber. Sie haben ein Gelübde abgelegt.«

»Bei dem wir beide nicht zugegen waren«, gab er zurück.

Thomas versuchte, sich von Suryas Wut nicht aus der Fassung bringen zu lassen. Priya wirkte dagegen weitaus weniger ruhig. Ihre Augen füllten sich mit Tränen.

»Warum sind Sie nach Bombay gekommen?«, fragte Surya.

Eine ganze Flut von Gedanken schoss Thomas durch den Kopf, aber nur eine einzige Antwort schien ihm passend. »Ihre Tochter trägt meinen Ring.«

»Gegen meinen ausdrücklichen Wunsch«, erwiderte Surya gereizt.

»Sie hat mir ihre Hand gegeben.« Thomas spürte, wie ihm unter seinem Hemdkragen heiß wurde.

»Ihre Moralvorstellungen verwirren mich«, gab ihm der Professor zur Antwort. »Erst missbrauchen Sie mein Vertrauen und reißen meine Tochter aus ihrer Familie heraus, und hinterher versuchen Sie es zu rechtfertigen. So ist das im Westen. Die Jungen haben keinen Respekt vor den Älteren.«

»Ich habe versucht, der Familie Respekt zu zollen«, entgegnete Thomas. »Ich habe Sie um Erlaubnis gebeten. Aber Sie haben sie mir verweigert. Was hätte ich tun sollen?«

Surya funkelte ihn an, und er ballte die Fäuste. »Was für eine kindische Frage! Sie hätten in Ihr Leben nach Amerika zurückkehren und meine Tochter in Ruhe lassen sollen.«

»Baba«, flüsterte Priya. »*Bitte*. Lass es gut sein.«

Surya drehte sich zu seiner Tochter um. Als er den Schmerz in ihren Augen sah, entspannten sich seine Fäuste. Er wandte sich wieder Thomas zu, auf der Suche nach einem Ziel für seinen Zorn.

»Sie können sich doch gar nicht vorstellen, was es für mich und Surekha bedeutet, dass Priya keine richtige Hochzeit hatte. Sie können sich nicht vorstellen, wie es für uns war, als sie ein Kind bekam und wir keine Möglichkeit hatten, ihre neugeborene Tochter auf den Arm zu nehmen.« Surya versagte die Stimme. »Oder sie noch einmal zu halten, bevor sie starb.«

Zum ersten Mal konnte Thomas Suryas Schmerz wirklich nachempfinden. Widerstreitende Gedanken kamen ihm in den Sinn. Zuerst dachte er: *Es ist seine eigene Schuld, dass er nicht da war.* Dann aber sagte er sich: *Er versucht nur, mit dem Schmerz fertigzuwerden.* Thomas verzichtete auf eine Antwort.

Wieder wandte der Professor sich um und lehnte sich gegen das Geländer, wobei er dieses Mal die Arme verschränkte. »Sind Sie hier, um Priya wieder mit nach Amerika zu nehmen?«

Thomas schüttelte den Kopf. »Ich bin nach Bombay gekommen, um hier zu arbeiten.«

Surya sah ihn unverwandt an. »Und was genau tun Sie hier?«

»Ich arbeite für eine gemeinnützige Organisation, die versucht, etwas gegen die Zustände in den Rotlichtbezirken zu unternehmen.«

»Ah«, rief er aus, »schon wieder einer aus dem Westen, der sich einbildet, er könnte alles in Ordnung bringen, was in Indien im Argen liegt. Mein Freund, Sie sind weder der Erste noch der Letzte, der glaubt, die Bürde des weißen Mannes tragen zu müssen.«

Inzwischen kochte Thomas innerlich. Mit dem Vorwurf, ihnen Priya weggenommen zu haben, konnte er umgehen, aber dass er nun auch noch als Rassist hingestellt wurde, war einfach zu viel. Er überlegte, ob er einfach gehen sollte, war sich jedoch im Klaren darüber, dass das einer Kapitulation gleichkäme.

»Was hier im Argen liegt, liegt überall auf der Welt im Argen«, konterte er.

Surya musterte Thomas wortlos. Sein Blick war schwer zu deuten. »Haben Sie denn das Gefühl, mit der Arbeit, die Sie da machen, etwas zu bewirken?«

»In der Nacht von Montag auf Dienstag haben wir der Polizei von Nagpada dabei geholfen, ein Bordell hochzunehmen.«

Surya schüttelte den Kopf. »Bordelle wird es immer geben.«

So schnell ließ sich Thomas nicht aus dem Konzept bringen. »Wir haben eine Minderjährige gerettet.«

Surya schwieg einen Moment. »Schön für euch.« Sein Blick wanderte hinüber zu den Männern, die er allein gelassen hatte. »Ihr müsst entschuldigen, aber meine Freunde warten auf mich.« Er küsste seine Tochter auf die Stirn. Dem Blick seiner Frau wich er bewusst aus.

Thomas sah dem Professor einen Moment nach, ehe er sich Priya zuwandte. Mühsam versuchte er seinen Zorn im Zaum zu halten. Priya starrte zu Boden. Surekha strich ihr über die Wange und bedachte Thomas mit einem Blick, der so viel heißen sollte wie: Ich habe ja gleich gesagt, dass das nicht einfach wird. Dann zog sie sich zurück, um sich wieder ihren anderen Gästen zu widmen.

»Ich sollte wohl besser gehen«, meinte Thomas, als sie allein waren.

Priya nickte, ohne ihn dabei anzusehen. »Das Ganze war ein Fehler«, murmelte sie.

Ihre Worte trafen ihn, doch er hielt sich zurück. »Bis bald.« Mit diesen Worten verließ er die Terrasse und eilte zurück über die Rasenfläche. Schnellen Schrittes durchquerte er den Garten und trat hinaus auf die Straße. Nach fünf Minuten kam ein Taxi, und er stieg ein.

»Bringen Sie mich zur Churchgate Station«, sagte er.

In dem Moment sah er sie zwischen den Wachmännern am Tor stehen. Er erwiderte ihren Blick, bis das Taxi losfuhr und sie außer Sichtweite verschwand. Wäre sie eher gekommen, hätte er sich noch richtig von ihr verabschiedet.

Im Grunde aber versöhnte ihn allein schon der entschuldigende Ausdruck in ihren Augen.

14

Der Himmel ist wolkenverhangen, und es regnet ohne Unterlass. Ich weiß nicht, was sich da in mir regt – ich weiß nicht, was es bedeutet.

RABINDRANATH TAGORE

Paris – Frankreich

Für Sita war Paris ein erstickender Kerker, der nichts als harte Arbeit für sie bereithielt. Die Wände ihrer Welt wurden immer enger, bis außerhalb des Restaurants und der angrenzenden Wohnung nichts mehr existierte. Sie rackerte unaufhörlich vor sich hin, ohne dass man ihr eine Pause gönnte. Navins Tante, die darauf bestand, dass Sita sie respektvoll Tante-*ji* nannte, rief ihr ständig ins Gedächtnis, wie tief sie bei ihnen in der Schuld stand, und zeigte keinerlei Mitgefühl, wenn sich bei dem Mädchen Anzeichen von Erschöpfung bemerkbar machten. Unerbittlich erteilte sie ihre Befehle: »Wisch die Küche!« – »Feg den Staub zusammen!« – »Schrubb den Boden!« – »Scheuer den Herd!« – »Putz das Bad!« Sita konnte ihr nichts recht machen, und schnell genug war sie auch nie.

Jede Nacht schlief sie auf dem Boden des Küchenschranks zwischen benutzten Tischdecken. Aus ihr unerfindlichen Gründen schien es die Wärme, die das Restaurant und die Wohnung heizte, nie bis in die Küche zu schaffen, sodass Sita immer fror. Hin und wieder überlegte sie, ob sie davonlaufen sollte, aber tagsüber ließ man sie nie allein, und nachts schloss Tante-*ji* beide Küchentüren ab. Den Schlüssel, den sie dazu benutzte, trug sie an einer Kette um den Hals.

Eines Nachts wurde es im Schrank so kalt, dass Sita nicht mehr einschlafen konnte. Mit jeder Stunde schauderte sie heftiger. Am Ende musste sie die Zähne fest aufeinanderbeißen, damit sie nicht die ganze Zeit klapperten. In ihrer Not küsste sie die kleine Hanuman-Statue und betete – eingehüllt in Tischdecken – um Wärme, doch am frühen Morgen wurde es so schlimm, dass sie ihre Zehen nicht mehr spürte. Widerwillig schälte sie sich aus ihrem Kokon, um sich im Spülbecken warmes Wasser über die Füße laufen zu lassen.

Nachdem es in der Küche finster war wie auf dem Grund eines Brunnens, stolperte sie über den Mopp, den sie gegen den Kühlschrank gelehnt hatte, woraufhin dieser klappernd zu Boden fiel. Sita blieb wie angewurzelt stehen und lauschte, ob im Haus Schritte zu hören waren. Tante-*ji* hatte sie bisher erst ein einziges Mal geschlagen – als Sita im Badezimmer einen Kübel voller Putzmittel verschüttete –, ihr aber schon bei etlichen Gelegenheiten Prügel angedroht. Als sie nun ein Knarren hörte, begann ihr Herz zu rasen, doch das Geräusch kam von oben.

Vorsichtig kletterte sie auf die Küchentheke und stellte die Füße ins Spülbecken. Sie tastete nach dem Wasserhahn und drehte ihn langsam immer weiter auf, bis schließlich ein gleichmäßiger, wärmender Strahl kam. Das Geräusch, mit dem das Wasser durch die Leitungen rauschte, ließ sie zusammenzucken. Bestimmt würde gleich Tante-*ji* auftauchen, um sie zu bestrafen.

Sie stellte die Füße ins Wasser und massierte sich die Zehen, um die Blutzirkulation wieder in Gang zu bringen. Noch immer trug sie den Churidar, den Navin in Bombay für sie gekauft hatte. Ihre Unterwäsche war seit ihrer Abreise aus Indien nicht mehr gewaschen worden. Navins Onkel gestattete ihr, die Toilette des Restaurants zu benutzen, allerdings nur am frühen Morgen und am späten Abend. Als sie einmal die Kühnheit besaß zu fragen, ob sie ein Bad nehmen dürfe, lachte Tante-*ji* nur grausam und fauchte auf Hindi: »Du bist den Preis für das Wasser nicht wert!«

Nachdem sie sich im Spülbecken Füße und Hände gewärmt hatte, verließ Sita ihren Platz auf der Küchentheke und kehrte in die Dunkelheit des Schranks zurück, wo sie erst eine Stunde vor Sonnenaufgang einschlief und sich nicht mehr rührte, bis jemand mit dem Stiel des umgefallenen Mopps auf sie einstocherte. Als sie daraufhin blinzelnd die Augen öffnete, erblickte sie über sich die wütende Tante-*ji*. Sitas Kopf war wie in Watte gepackt, und ihre Haut fühlte sich fiebrig an.

»Was fällt dir ein?«, schrie Tante-*ji*. »Wir benutzen diese Tischtücher für unsere Gäste! Wie kannst du es wagen, darin zu schlafen!«

»Aber mir ist nachts immer so kalt«, flüsterte Sita.

Tante-*ji* starrte sie wütend an. »Du undankbares Ding! Obwohl du von uns Essen und ein Dach über dem Kopf bekommst, beschwerst du dich.« Sie begann zu schnuppern. »Was ist denn das für ein Gestank?« Als sie sich weiter zu Sita hinabbeugte, rümpfte sie die Nase. »Du riechst ja wie ein ungewaschenes Schwein! Komm mit!«

Sita folgte ihr in die Wärme der Wohnung. Ihr Körper fühlte sich seltsam kribbelig an, ganz anders als sonst. Ihre Gelenke schmerzten, und ihr Hals war rau wie Schleifpapier. Sie spürte, dass sie krank wurde. Tante-*ji* riss die Tür zum Badezimmer auf und deutete auf die Wanne.

»Zieh dich aus!«

Sita gehorchte, ohne nachzudenken. Tante-*ji* schnappte sich ihren Churidar und rollte ihn zu einem kleinen Häufchen zusammen.

»Wasch dich! Du hast zehn Minuten, mehr nicht. Mal sehen, ob ich diesen dreckigen Fetzen wieder sauber bekomme.«

Sita stieg in die Wanne und schrubbte ihre Haut, bis sie fast wund war. Als sie schließlich mit den Fingern durch ihr verfilztes Haar fuhr, brach sie in Tränen aus. Wie ein heißer Lavastrom flossen sie ihre Wangen hinunter. Sie hatte Bombay mit dem Vorsatz verlassen, so stark zu werden wie ihre Schwester, hatte dabei aber nicht mit so viel Einsamkeit und solch schlimmen Entbehrungen gerechnet. Als ihre zehn Minuten um waren, versuchte sie sich wieder zu fangen, aber die Tränen wollten einfach nicht versiegen.

Tante-*ji* kam ins Bad gestürmt und warf ein Handtuch und einen ausgewaschenen lila Sari auf den Boden.

»Trockne dich ab und zieh dich an! Du hast schließlich noch etwas zu tun!«

Aus Gründen, die Sita nicht verstand, gestattete Tante-*ji* ihr, sich ungestört auf den Tag vorzubereiten. Sita musste dabei ständig niesen und spürte, wie sich ihre Krankheit immer mehr aufbaute. Als sie nicht länger warten konnte, verließ sie das Badezimmer und ging hinüber ins Restaurant, wo sie der Junge, Shyam, bereits mit Schaufel und Besen in der Küche erwartete. Er sah sie an und lächelte scheu.

»Meine Mutter musste zum Markt«, erklärte er. »Ich soll dir das hier geben.«

Sita sah ihn überrascht an. Sie wusste nicht recht, ob sie nun Schaufel und Besen nehmen und damit das Restaurant fegen sollte. Das gehörte zu ihren morgendlichen Pflichten, aber bisher hatte Tante-*ji* sie dabei immer persönlich überwacht.

Shyam dagegen stellte die Putzsachen gleich wieder auf dem Boden ab. »Magst du Cricket?«, fragte er, während er eine Handvoll eselohriger Sportkarten aus der Tasche zog. Voller Begeisterung hielt er sie Sita hin. »Ich habe Ricky Ponting und Sandeep Patil, aber Sachin Tendulkar fehlt mir noch. Kennst du Sachin Tendulkar?«

Sie nickte.

»Hier.« Er hielt ihr die Karten hin. »Du darfst sie dir ansehen.«

Sie nahm ihm die Karten aus der Hand. Abgesehen von einer Hochglanzkarte mit dem Konterfei von Ricky Ponting waren sie eher schlicht gestaltet – nur ein Foto vom Gesicht des Spielers, umrahmt von einem weißen Rand.

»Sie sind sehr schön.« Sie brachte sogar ein Lächeln zustande, als sie ihm die Karten zurückgab.

Shyam strahlte vor Stolz. »Wenn ich Sachin Tendulkar bekomme, zeige ich ihn dir.«

Kurz darauf hörten sie die Restauranttür bimmeln. Shyam stopfte die Karten zurück in seine Tasche, und Sita griff schnell nach Schaufel und Besen. Als sie das Restaurant betrat, kam ihr dort Tante-*ji* mit einer Papiertüte vom Markt entgegen. Das warme Gefühl, das Sita angesichts von Shyams Freundlichkeit empfunden hatte, sollte nicht lange anhalten. Die Frau bedachte sie mit einem bösen Blick und wollte wissen, wieso der Boden noch nicht gefegt sei.

»Du nutzloses Geschöpf!«, ereiferte sie sich. »Ich lasse dich baden, und du dankst es mir mit Faulheit. An die Arbeit!«

Die Stunden harter Arbeit raubten ihr die letzte verbliebene Kraft. Sita versuchte, den ständigen Niesreiz zu unterdrücken, sich möglichst aufrecht zu halten und ihre Krankheit still zu erdulden, ohne dass jemand etwas davon merkte. Aber ihr Körper ließ sie im Stich: Irgendwann nach Mittag wurde sie ohnmächtig. Sie konnte sich nicht daran erinnern, wer sie gefunden hatte, doch als sie wieder aufwachte, lag sie in der Wohnung auf der Couch und hatte ein Kissen unter dem Kopf. Ein indisches Mädchen saß neben ihr und reichte ihr ein Glas Wasser.

»Hier«, sagte sie auf Hindi, »du musst etwas trinken.«

Sita griff nach dem Glas und stürzte das Wasser gierig hinunter. Sie hatte das Gefühl, auf einer Wolke zu schweben.

»Ich bin Varuni«, stellte das Mädchen sich vor. »Ich arbeite im Restaurant.«

»Ich bin Sita.« Erneut lief ein Schauder durch ihren Körper.

Varuni breitete eine Wolldecke über sie. »Und woher kommst du?«

»Aus Chennai.« Sita versucht sich aufzusetzen.

»Halt, immer mit der Ruhe. Du gehst heute nirgendwo mehr hin.«

Sita verzog das Gesicht und ließ sich zurück aufs Kissen sinken. Ein Schauder nach dem anderen jagte durch ihren Körper, doch ihre Haut fühlte sich heiß an.

»Du musst dich ausruhen«, sagte Varuni. »Onkel hat gesagt, ich soll mich um dich kümmern.«

Sita schloss die Augen und schlief wieder ein.

Als sie aufwachte, war das Fenster zum Hof dunkel und Varuni verschwunden. Neben der Couch stand ein Glas Wasser auf dem Boden. Durstig trank Sita es aus und lauschte dann dem geschäftigen Treiben jenseits der Wand, wo sich die Küche befand.

Sie dachte an Varuni. Das Mädchen hatte offenbar nichts damit zu tun, dass man sie, Sita, hier gefangen hielt. Was für eine Geschichte Tante-*ji* sich wohl ausgedacht hatte, um ihre Anwesenheit im Haushalt zu erklären? Sita fragte sich, ob es in dieser Stadt des endlosen Winters noch andere Mädchen wie sie gab – Mädchen, die gegen ihren Willen festgehalten und gezwungen wurden zu arbeiten, bis sie vor Erschöpfung oder Krankheit zusammenbrachen. Navin hatte erwähnt, dass es vor ihr schon andere gegeben habe. Was war aus ihnen geworden? Und was hatte er mit den Drogen gemacht, die sie aus Bombay hertransportiert hatte?

Nach einer Weile verfiel sie in eine Art Delirium, aus dem sie nur einmal kurz hochschreckte, als die Familie das Restaurant abschloss und sich für die Nacht zurückzog. Tante-*ji* würdigte sie keines Blickes, und Shyam blieb in sicherer Entfernung. Zu Sitas Überraschung war es Onkel-*ji*, der ihr Wasserglas wieder füllte und sie fragte, ob sie Hunger habe. Als sie den Kopf schüttelte, breitete er eine weitere Decke über sie.

»Schlaf gut«, sagte er. »Wenn du dich wieder erholt hast, werden wir besser auf deine Gesundheit achtgeben.«

Nachdem Sita ihr Fieber überstanden hatte, wurde der Winter noch grimmiger. Onkel-*ji* hielt sein Versprechen, indem er ihr Arbeitspensum kürzte und ihr gestattete, in der Wohnung auf der Couch zu schlafen. Tagsüber musste sie weiterhin einen grausamen Zeitplan einhalten, aber zumindest durfte sie nun jeweils vor dem Frühstück ein zehnminütiges Bad nehmen und sich an den Resten aus dem Restaurant sattessen. Onkel-*ji* befahl seiner Frau, Sita zwei Saris zu kaufen, woraufhin ihr Tante-*ji* – wenn auch widerwillig – gestattete, sie bei der Familienwäsche mitzuwaschen.

Immer wenn Tante-*ji* morgens zum Markt ging, besuchte Shyam Sita in der Küche und zeigte ihr seine Besitztümer. Einmal brachte er eine kleine Videospielkonsole mit und weihte sie in Tetris ein. Ein anderes Mal hatte er eine Bollywood-Zeitschrift mit einem großen Bild von Amitabh Bachchan dabei und ließ sich des Langen und Breiten über den berühmten Schauspieler aus.

Am nächsten Tag schenkte er Sita eine gelbe Ringelblume. Spontan ließ Sita sich neben ihm nieder und erzählte ihm von den Gärten ihrer Familie an der Koromandelküste und von Jayas *Kolam*-Mustern. Shyam lauschte aufmerksam und stellte ihr dann eine Frage, die sie bestürzte.

»Wenn du so ein schönes Zuhause in Indien hattest, warum bist du dann hier?«

Sie betrachtete ihn einen langen Moment, bis ihr klar wurde, dass er von ihrer schlimmen Situation keine Ahnung hatte.

»Was glaubst du denn?«, fragte sie zurück.

»Meine Mutter hat gesagt, du hättest Arbeit gebraucht, weil du keine Familie mehr hast.«

Sie rang nach Luft und faltete die Hände. »Das mit meiner Familie stimmt«, räumte sie ein. Dabei war ihre Stimme kaum mehr als ein Flüstern. »Nur meine Schwester lebt noch.«

»Wo ist sie?«, fragte Shyam.

Sita stellte sich Ahalya in Suchirs Bordell vor. »In Bombay«, sagte sie nur.

Shyam blinzelte. »Ich bin in Bombay geboren«, erklärte er freudig. Dann wurde sein Blick traurig. »Ich mag Paris nicht. Mir fehlt Indien.«

Sie unterhielten sich eine Viertelstunde, bis sie schließlich die Türklingel und Tante-*jis* Schritte hörten. Rasch sprang

Sita auf und versteckte die Blume in ihrem Sari, während Shyam in Richtung Wohnung verschwand. Sita ging zu Tante-*ji* ins Restaurant und ertrug ihr Geschimpfe mit neuer Gelassenheit.

Obwohl Shyam noch ein Kind war, empfand sie seine Freundschaft als einzigen Lichtblick in ihrem Leben.

15

Wie ein Mensch im Leben handelt, so wird er.
BRIHADARANYAKA-UPANISHAD

Mumbai – Indien

CASE veranlasste, dass Samenkörner des blauen Lotus an die Barmherzigen Schwestern geliefert wurden. Als sie eintrafen, gab Schwester Ruth Ahalya einen Tontopf, den sie zur Aussaat verwenden konnte. Bei diesem Lotus handelte es sich um eine sehr empfindliche Pflanze. Niemand konnte garantieren, dass sie auch tatsächlich gedeihen würde, aber Ahalya war fest entschlossen, es zu versuchen. Sie wollte etwas haben, das sie Sita schenken konnte, wenn sie einander wiederfanden – etwas, das den Geist ihrer Familie lebendig halten würde. Sie pflanzte die Lotussamen vorsichtig in mineralreiche Erde, füllte den Topf anschließend mit Wasser und stellte ihn in den Teich, der nicht weit vom Eingangstor entfernt angelegt war.

Das Leben im Heim war straff organisiert, sodass jede Stunde des Tages mit irgendeiner Beschäftigung ausgefüllt war. Ahalya lernte diesen strengen Terminplan schnell zu schätzen. Wie sie feststellte, war Heilung nur möglich, wenn man in Bewegung blieb und sinnvolle Ziele verfolgte, die einem das Gefühl gaben, dass das Leben trotz allem noch lebenswert war.

Sie besuchte die zwölfte Klasse der Tagesschule, doch der Unterricht entsprach bei Weitem nicht den hohen Maßstäben ihrer früheren Klosterschule St. Mary's in Chennai. Schwester Ruth wurde bald klar, dass Ahalya eine anspruchsvollere geistige Beschäftigung brauchte. Nachdem sie Anita darauf angesprochen hatte, organisierten die Leute von CASE eine Privatlehrerin, die mit Ahalya einen seminarähnlichen, zweimal wöchentlich stattfindenden Unterricht auf Universitätsniveau beginnen sollte. Ahalya hatte schon immer gern gelernt, und der vertraute Rhythmus aus Lesen, Diskutieren und Wiedergeben verlieh ihrem Geist frischen Schwung und ihrer Zukunft einen neuen Sinn.

Zusätzlich hatte sie jede Woche einen Termin mit Anita. Dabei besprachen die beiden alles Mögliche, aber als Erstes fragte Ahalya immer nach Sita. Anita versicherte ihr jedes Mal, dass CASE bei der Suche nach Sita eng mit der Polizei zusammenarbeite. Anita erzählte ihr auch, dass Inspektor Khan Kontakt mit dem CBI aufgenommen hatte, dem *Central Bureau of Investigation*, das auch über eine Zweigstelle in Bombay verfügte und nun ebenfalls wegen Sitas Verschwinden ermittelte. Für ein, zwei Tage fühlte sich Ahalya etwas hoffnungsvoller, doch als sie nichts Konkretes hörte, trübte sich ihre Stimmung schon bald wieder.

Was war nur mit ihrer Schwester geschehen?

Eines Morgens, als erneut einer von Anitas wöchentlichen Besuchen bei Ahalya anstand, fragte Thomas die Leiterin der Abteilung für Wiedereingliederung, Rachel Pandolkar, ob er Anita begleiten dürfe. Rachel erteilte ihre Zustimmung unter der Bedingung, dass er Ahalya keine Fragen zu Suchirs Bordell stellte. Diese Bedingung akzeptierte Thomas ohne Zögern.

Drei Wochen nach der Razzia teilte er sich mit Anita eine Rikscha nach Andheri. Von Khar aus dauerte die Fahrt knapp eine Stunde. Kurz vor vier Uhr nachmittags kamen sie an. Das Tor zum Ashram war nicht abgeschlossen. Anita führte Thomas zu dem von rosa Akazien umgebenen Fischteich.

»Nach allem, was die Mädchen durchgemacht haben, muss ihnen dieser Ort wie das Paradies vorkommen«, meinte Thomas, während er sich anerkennend umblickte.

»Wenn Sie sich da mal nicht täuschen«, entgegnete Anita. »Die meisten von ihnen wollen einfach nur nach Hause. Erst letzte Woche hat eine versucht auszubüchsen.«

»Tatsächlich?«

»Die Schwestern haben sie erwischt und wieder hergebracht. Sie stammt aus Haryana, einer Region im Norden, und wurde von ihrem eigenen Onkel verkauft, vermutlich mit dem Einverständnis der Eltern. Wir bezweifeln also ganz stark, dass sie zu Hause sicher ist, und das Jugendamt teilt diese Zweifel. Wobei es ziemlich schwer sein dürfte, dem Mädchen das begreiflich zu machen.«

Am Teich blieb Anita stehen und bedeutete Thomas, sich auf einer steinernen Bank niederzulassen.

»Ahalya verbringt an diesem Teich nahezu ihre ganze Freizeit.«

»Warum?«

Anita deutete auf einen Tontopf, der unter der Wasseroberfläche kaum zu sehen war. »Sie hat in dem Topf Lotussamen gepflanzt. Der Lotus ist die am meisten geschätzte Pflanze Indiens. Ahalya möchte sie ihrer Schwester schenken.«

»Sie hofft immer noch, dass wir Sita finden?«

»Natürlich. Würden Sie das an ihrer Stelle nicht?«

Thomas überlegte einen Moment. »Das war jetzt wohl eine ziemlich zynische Frage von mir.«

»Zynismus ist der Fluch des Westens. Hier in Indien haben wir den Glauben noch nicht verloren.« Anita wandte sich mit einem herzlichen Lächeln um. »Da ist sie ja!«

Mit einem Arm voller Bücher steuerte Ahalya auf den Teich zu. Sie sah zunächst Anita an, doch dann richtete sie ihre Aufmerksamkeit voll und ganz auf Thomas. Auch nachdem sie Platz genommen hatte, fixierte sie ihn weiterhin mit einem derart eindringlichen Blick, dass Thomas sich langsam unwohl fühlte. Verlegen sah er auf den Teich und hoffte, Anita möge eingreifen.

Doch es war Ahalya, die als Erste das Schweigen brach: »Haben Sie herausgefunden, wohin sie Sita gebracht haben?«

»Da gibt es immer noch nichts Neues«, antwortete Anita. »Die Polizei tut, was sie kann.«

Als Ahalya sich daraufhin an Thomas wandte, sah er die Traurigkeit in ihren Augen. »Sie waren bei der Razzia dabei«, bemerkte sie leise. »Wie heißen Sie?«

»Thomas.«

»Sind Sie Engländer?«

»Amerikaner.«

Sie überlegte einen Moment. »Warum sind Sie in Indien?«

»Ich bin Anwalt. Außerdem stammt meine Frau aus Bombay.«

»Sie arbeiten hier als Anwalt?« Ahalya wirkte verwirrt.

»Gewissermaßen. Ich mache ein Praktikum bei CASE.«

»Und Ihre Frau ist Inderin?«

Er nickte.

»Haben Sie Kinder?«

Die Frage kam für Thomas völlig überraschend und löste bei ihm eine Flut von Gefühlen aus.

»Nein«, antwortete er nach einer Pause.

»Warum nicht? Mögen Sie keine Kinder?«

Thomas war auf die direkte Art des Mädchens nicht vorbereitet. Ihm fiel keine passende Antwort ein.

»Das ist nicht der Grund«, sagte er schließlich. »Wir hatten ein Kind, eine kleine Tochter, aber sie ist gestorben.«

Ahalya zupfte an ihren Schulbüchern herum. »Das tut mir leid«, sagte sie leise. Da fiel ihr plötzlich etwas ein. »Kennen Sie jemanden beim amerikanischen FBI?«

»Nein«, antwortete er lächelnd, »aber ich habe einen Freund im Justizministerium. Warum?«

»Vielleicht könnte der mithelfen, meine Schwester zu finden.«

Er schüttelte den Kopf. »Das kann ich mir nicht vorstellen. Unser Justizministerium hat in Indien keinerlei Befugnis.«

»Aber Amerika und Indien sind doch befreundet«, erwiderte sie. »Das hat mein Vater immer gesagt.«

»Das stimmt. Trotzdem sucht die amerikanische Regierung nicht nach Mädchen, die in Indien verschwinden, es sei denn, sie landen in den Vereinigten Staaten.«

Plötzlich kam ihm ein Gedanke. Amerika gehörte zu den Mitgliedstaaten von Interpol. Bei seinen Recherchen über Menschenhandel war er auf einen Artikel gestoßen, in dem erwähnt wurde, dass Interpol über eine Datenbank mit Fotos von Kindern verfügte, die weltweit vermisst wurden: *Interpol's Child Abuse Image Database*, kurz ICAID.

»Hast du ein Foto von Sita?«, fragte er.

Ahalyas Augen leuchteten auf. »Warten Sie einen Moment!« Mit diesen Worten ließ sie ihre Bücher ins Gras fallen und eilte in Richtung Erholungsheim davon.

»Ich wette, Sie waren nicht darauf vorbereitet, verhört zu werden«, meinte Anita grinsend.

»Nein, aber ihre Fragen waren durchaus berechtigt. Ich wirke an diesem Ort wie ein Fremdkörper.«

Anita blieb keine Zeit für eine Antwort. Ahalya war bereits zurück, drückte Thomas ein leicht lädiertes, zehn mal fünfzehn Zentimeter großes Foto in die Hand und trat dann einen Schritt zurück, um seine Reaktion zu beobachten.

Thomas traute seinen Augen kaum. Es handelte sich um ein Familienfoto. Ahalya war im Vordergrund deutlich zu erkennen.

»Ist das deine Schwester?« Er deutete auf das jüngere Mädchen neben Ahalya.

»Ja, das ist Sita.«

»Woher hast du denn plötzlich dieses Foto?«, fragte Anita erstaunt.

»Ich habe es aus unserem Haus gerettet, nachdem die Wellen kamen«, antwortete Ahalya.

»Du hast es die ganze Zeit mit dir herumgetragen?« Auch Thomas klang überrascht.

»Versteckt in meiner Kleidung«, antwortete Ahalya lapidar.

Thomas betrachtete das Foto. Aus dem Gesicht von Ahalyas Vater sprach eine sympathische Mischung aus Freundlichkeit und Intelligenz, und ihre Mutter war eine hübsche Frau mit braunen, sanften Augen. Dass die beiden sich sehr zugetan waren, merkte man an der Art, wie sie sich aneinanderlehnten und ihre Töchter zu sich ins Zentrum des Bildes zogen. Die Schwestern hielten sich an den Händen und sahen aus, als hätten sie kurz vorher gelacht.

»Kann ich das mitnehmen?«, fragte Thomas.

»Aber nur, wenn Sie mir versprechen, dass ich es wiederbekomme.«

»Natürlich.«

»Wird es Ihnen helfen, Sita zu finden?«

Thomas sah Ahalya einen Moment nachdenklich an. »Ich werde das Foto meinem Freund in Washington mailen. Es gibt eine Internationale Datenbank für vermisste Kinder. Ich werde ihn bitten, das Foto mit Sitas Namen in diese Datenbank aufzunehmen.«

»Wirklich?«, fragte Ahalya ungläubig.

»Das ist ja wohl das Mindeste, was ich tun kann.«

Wieder musterte Ahalya ihn. Dann tat sie etwas, womit Thomas nie gerechnet hätte: Sie nahm ihr Armband ab, das aus lauter feinen Fäden in den Farben des Regenbogens gewoben war, und kniete sich damit vor Thomas hin.

»Das hat Sita für mich gemacht«, erklärte sie, während sie es ihm ums Handgelenk band. »Bitte geben Sie es ihr, wenn Sie sie finden.«

Thomas war völlig perplex. Am liebsten hätte er die Verantwortung, die mit dem Armband einherging, weit von sich gewiesen. Mädchen, die in der Unterwelt verloren gingen, wurden so gut wie nie gefunden, und wenn doch, hatten sie in der Regel zu großen Schaden davongetragen, um noch ein normales Leben führen zu können. Doch das Band befand sich bereits an seinem Handgelenk. Er hatte es nicht gewollt, sah nun aber keine Möglichkeit mehr, sich aus der Affäre zu ziehen.

»Ich werde mein Möglichstes tun«, erklärte er, »aber ich kann dir nichts versprechen.«

»Versprechen Sie mir nur, dass Sie es versuchen werden«, antwortete Ahalya.

Er holte tief Luft. »Ich werde es versuchen.«

Zum ersten Mal an diesem Nachmittag lächelte Ahalya.

Nach der Arbeit ließ sich Thomas von einer Rikscha zurück zur Wohnung von Dinesh bringen, der noch nicht zu

Hause war. Er setzte sich mit seinem Laptop an den Küchentisch und holte eine kleine Digitalkamera aus seinem Koffer. Dann legte er Ahalyas Foto auf den Tisch, machte eine Aufnahme davon und lud die Datei auf seinen Computer. Mit einem Fotobearbeitungsprogramm schnitt er das Bild zu, bis der Ausschnitt nur noch Sita zeigte. Anschließend schrieb er eine Mail an Andrew Porter und hängte das zugeschnittene Foto an. Nachdem er die Nachricht abgeschickt hatte, fühlte er sich sehr erleichtert. Nun waren die Profis an der Reihe, mehr konnte er nicht tun.

Bei der Gelegenheit schaute er auch gleich noch in seinen Posteingang, weil er hoffte, dass Priya endlich auf eine der drei Mails geantwortet hatte, die er ihr seit dem Debakel bei der *Mendhi*-Zeremonie ihrer Cousine geschickt hatte. Das Ganze war nun schon zwei Wochen her, und er hatte seitdem nichts von ihr gehört. Wenn er an jenen Abend dachte, empfand er immer noch eine Mischung aus Wut und Hilflosigkeit. Der Professor hatte ihn auf eine höchst ungerechte Art abserviert.

Als er nun die Liste mit den Eingängen durchsah, konnte er Priyas Namen wieder nicht entdecken. Rasch überflog er ein paar Nachrichten von Freunden aus Washington. Er war so plötzlich verschwunden, dass einige Leute sich langsam Sorgen machten. Um sie zu beruhigen, schrieb er ihnen ein paar flüchtig hingeworfene Zeilen, verriet dabei aber nichts über seinen Aufenthaltsort. Irgendwann würde er ihnen genauer Bericht erstatten, aber jetzt war nicht der richtige Zeitpunkt dafür.

Er wollte seinen Computer gerade wieder herunterfahren, als ganz oben auf der Liste eine neue Nachricht auftauchte. Er traute seinen Augen kaum. Diese Frau gab einfach nicht auf. Er klickte die Nachricht an. Tera hatte geschrieben:

Thomas, nun ist schon über ein Monat vergangen, und in der Firma hat niemand etwas von dir gehört. Ich mache mir allmählich Sorgen. Dabei sage ich mir die ganze Zeit, dass ich endlich einen Schlussstrich ziehen und dich in die Schublade mit all den anderen Mistkerlen stecken sollte, die mal schnell mit einer Frau ins Bett springen und ihr dann den Laufpass geben. Aber so bist du nicht. Irgendetwas ist passiert. Bitte lass mich nicht so im Unklaren.

Er trat auf die Terrasse hinaus und blickte in Richtung Norden, hinüber zum Juhu Beach. Wie kam es, dass die Frau, die er begehrte, in ihren widersprüchlichen Gefühlen gefangen war, während diejenige, die er zurückgewiesen hatte, ihn nicht loslassen wollte? Es war nicht seine Absicht gewesen, Tera auszunutzen. Er hatte sie nicht verführt. Wenn überhaupt, war es andersherum gewesen. Er überlegte, ob er ihr eine barsche Antwort schicken sollte, entschied sich aber dagegen. Er hatte nicht das geringste Bedürfnis, die Verbindung zwischen ihnen neu aufleben zu lassen.

Stattdessen nahm er die Sache mit Priya jetzt selbst in die Hand. Er wählte ihre Handynummer. Eigentlich wusste er gar nicht so genau, was er da gerade machte, aber es fühlte sich besser an, als zu warten, bis sie von selbst herausfand, dass ihr Vater nicht vorhatte, seine Meinung zu ändern. Während er dem Läuten lauschte, rechnete er mehr oder weniger damit, dass gleich die Mailbox anspringen würde, doch dann hörte er plötzlich ihre Stimme.

»Thomas?«

Nach dem Geräuschpegel im Hintergrund zu urteilen, befand sie sich irgendwo in der Öffentlichkeit.

Er holte tief Luft. »Priya, es tut mir leid, wenn ich lästig bin, aber ich konnte nicht mehr warten.«

»Ich habe deine Nachrichten bekommen«, antwortete sie zögernd. »Eigentlich wollte ich dich längst anrufen.«

»Kann ich dich sehen?«

»Jetzt gleich?«

»Egal. Jetzt oder später.«

Sie überlegte einen Moment. »In Pali Hill gibt es ein Lokal namens Toto's. Ich würde vorschlagen, wir treffen uns da, heute Abend um neun. Dinesh kann dir sagen, wie du hinkommst.« Im Hintergrund hörte er Stimmen.

»Ich muss los«, erklärte sie. »Um neun im Toto's.«

»Ich werde da sein«, antwortete er, aber sie hatte schon aufgelegt.

Um fünf nach neun saß Thomas im Toto's an der Bar und schlürfte ein Bier. Das Lokal war irgendwie schräg. Obwohl es im Herzen des protzigsten Vororts von Bombay lag, kam man sich dort vor wie in einer Kneipe in Boston. Die Einrichtung fiel unter die Rubrik städtisch-nostalgisch: Dicke Stahlketten und Autoteile schmückten die Wände, und von der Decke hing die Karosserie eines VW-Käfers. Die Tische waren alle schon besetzt gewesen, als er gekommen war, und zwar fast durchweg von jungen Indern in westlicher Kleidung.

Priya traf ein paar Minuten nach ihm ein. Sie trug Jeans, Ballerinas und ein auf Figur geschnittenes Oxford-Hemd.

»Erinnert dich das an zu Hause?«, fragte sie, nachdem sie sich zur Bar vorgekämpft und neben Thomas gesetzt hatte. Obwohl sie sich um einen entspannten Gesichtsausdruck bemühte, verriet ihm ihr leicht gehetzter Blick, dass sie sich unwohl fühlte.

»Und wie!«, antwortete Thomas. »Die spielen hier sogar Bon Jovi.«

Priya rang sich zu einem Lächeln durch. »Was du an Rockmusik so faszinierend findest, habe ich nie verstanden.«

»Das Gleiche könnte ich über die Sitar sagen. Wer will schon dreiundzwanzig Saiten spielen?«

Lachend gab sie dem Barmann ein Zeichen, ihr ein Bier zu bringen.

»Wie geht es deiner Großmutter?«, fragte Thomas, um ein Gespräch in Gang zu bringen.

Priya zuckte mit den Schultern. »Sie schlägt sich tapfer, auch wenn die Ärzte meinen, dass es jeden Tag vorbei sein kann.«

»Das tut mir leid.«

Für einen Moment schwiegen sie beide verlegen. Thomas spürte, dass sie etwas sagen wollte, aber nicht wusste, wie sie es in Worte fassen sollte. Der Barmann stellte eine Flasche Kingfisher vor sie hin, und sie nahm einen Schluck.

»Wie geht es deinem Vater?«, kam er ihr zuvor.

Sie seufzte. »Interessiert dich das wirklich?«

Er nahm ebenfalls einen Schluck von seinem Bier. »*Du* interessierst mich. Ob er mich interessiert, weiß ich noch nicht so genau.«

»Wenigstens bist du ehrlich.«

Er zuckte mit den Schultern. »Alles andere wäre in diesem Fall doch völlig sinnlos.«

»Es geht ihm nicht besonders«, beantwortete sie seine Frage. »Du hast ihn aufgeregt.«

»*Ich* habe ihn aufgeregt? Ich glaube eher, er hat sich selbst aufgeregt. Das Leben ist nicht so gelaufen, wie er es sich vorgestellt hat, und nun braucht er einen Sündenbock.«

Sie schüttelte den Kopf. »Du verstehst ihn falsch. Er hat durchaus das Recht, sich wegen der Entscheidungen, die ich fälle, Gedanken zu machen.«

»Gibt ihm das auch das Recht, über dein Leben zu bestimmen?«

Priyas Augen blitzten auf. Sie schob sich demonstrativ ein Stück von ihm weg. »Wie kannst du das sagen? Schließlich habe ich mich für *dich* entschieden, falls du dich erinnerst. Und zwar gegen seinen ausdrücklichen Wunsch. Ich habe vier Jahre meines Lebens für dich aufgegeben.«

Ihre Worte trafen ihn sehr. Er atmete tief durch. »So siehst du das also?«, fragte er dann leise. »Mich zu heiraten war für dich ein Opfer?«

Ihre Augen glänzten plötzlich feucht. »Es war die schwierigste Entscheidung meines Lebens.«

»Aber bereust du sie? Falls ja, dann gehe ich jetzt auf der Stelle!«

Priya wandte den Blick ab und nahm einen weiteren Schluck von ihrem Bier.

»Was ist das?«, fragte sie plötzlich und deutete auf sein Handgelenk.

Er sah, dass der Rand von Ahalyas Armband unter seiner Hemdmanschette hervorlugte. »Du hast meine Frage noch nicht beantwortet«, stellte er fest.

Sie sah ihn herausfordernd an. »Ich beantworte die deine nur, wenn du vorher meine beantwortest.«

Er zeigte ihr das Armband. »Das Mädchen, das wir aus dem Bordell gerettet haben, hat es mir geschenkt.«

»Erzähl mir davon«, sagte sie, plötzlich neugierig.

Er versuchte sich kurz zu fassen, doch damit gab Priya sich nicht zufrieden, also erzählte er ihr die Geschichte mit sämtlichen Einzelheiten über die Razzia, Ahalyas Konfrontation mit Sumeera in der Bordell-Lobby, seinen Besuch im Ashram, das Foto von Sita und die Übergabe des Armbands.

Als er fertig war, sah sie ihn mit ernstem Blick an. »Weißt du eigentlich, was das bedeutet?«

»Was?«, fragte er leicht entnervt. »Ich habe ihr versprochen, dass ich das Foto an Andrew Porter vom Justizministerium schicke, und das habe ich heute Abend getan. Mehr kann ich nicht machen. Ich wüsste gar nicht, wo ich da anfangen sollte.«

»Du hast also noch nie etwas von einem *Rakhi*-Armband gehört?«

»O nein! Ist das irgendwas Gruseliges?«

»Könntest du deine Witzeleien bitte mal lassen? Es geht hier um etwas sehr Ernstes!«

»Tut mir leid.« Er hob entschuldigend die Hände. »Eine schlechte Angewohnheit von mir.«

»Es handelt sich dabei um eine indische Tradition, die Tausende Jahre zurückreicht«, sagte sie. »Eine Frau schenkt einem Mann ein Armband für sein Handgelenk. Das Armband bedeutet, dass der Mann ab diesem Zeitpunkt ihr Bruder ist. Als solcher hat er die Pflicht, sie stets zu verteidigen.«

»Das ist jetzt ein Witz, oder?«

»Ganz und gar nicht«, entgegnete Priya, die sein Unbehagen genoss. »Der Legende nach hat die Frau von Alexander dem Großen ihrem Ehemann mit einem solchen *Rakhi*-Armband das Leben gerettet. Sie verschenkte eines an König Porus, während Alexander im Punjab seine Fehlschläge erlitt. Porus hätte die Gelegenheit gehabt, Alexander auf dem Schlachtfeld zu töten, aber aufgrund des Versprechens, das mit dem Geschenk einherging, verschonte er ihn.«

Thomas berührte das bunte Band. »Und was soll ich jetzt deiner Meinung nach tun? Ich bin doch nicht James Bond, sondern nur ein kleiner Anwalt, der für eine gemeinnützige Organisation arbeitet. Wenn schon die Polizei und das CBI sie nicht finden können, wie stehen da wohl meine Chancen?«

»Eher schlecht«, räumte Priya ein.

»Ich würde sagen, sie gehen gegen null.«

»Sei nicht so pessimistisch. Vielleicht landest du ja einen Glückstreffer.«

»Solche Glückstreffer gibt's nur im Kino, nicht im wahren Leben.«

Priya sah ihn an und wurde wieder ernst. »In meinem Leben hat es einen gegeben.«

Ihm dämmerte, dass sie damit seine Frage beantwortet hatte. »Heißt das, ich darf dich wiedersehen?«, fragte er.

Sie lächelte. »Heißt das, du wirst das Versprechen, das du Ahalya gegeben hast, ernst nehmen?«

»Ein Tauschgeschäft. Damit kann ich leben.«

Sie hob ihr Bier. »Einen Trinkspruch.«

»Worauf?«

»Auf die Wunder im wahren Leben.«

Thomas stieß mit ihr an. »Auf die Wunder im wahren Leben. Möge Sita Ghai wie durch ein Wunder wieder auftauchen.«

16

Nichts ist gefährlicher als die Illusion.
Ralph Waldo Emerson

Paris – Frankreich

Eines Abends Ende Januar war Sita in der Küche gerade damit beschäftigt, Ordnung in den Schrank mit den Putzsachen zu bringen, als ein gut gekleidetes Paar das Lokal betrat. An dem Abend war nicht viel los gewesen, im Gastraum saßen nur einige wenige Gäste. Durch einen Türspalt sah Sita, wie Onkel-*ji* das Paar begrüßte und die beiden an einen Ecktisch führte. Der Mann war untersetzt, hatte ein kantiges, zerfurchtes Gesicht und trug sein Haar kurz geschoren. Seine Begleiterin war eine attraktive, hellhäutige Blondine. Sita dachte sich nicht viel dabei und kehrte an ihre Arbeit zurück.

Einige Zeit später, als die meisten Gäste bereits gegangen waren, schaltete Tante-*ji* den Herd aus und stellte einen Teller mit Resten auf die Theke.

»Wisch den Boden und putz den Herd, dann kannst du essen«, sagte sie, ehe sie in Richtung Wohnung verschwand.

Sita füllte einen Kübel mit Seifenwasser und begann zu wischen. Als sie den Eingang zum Restaurant erreichte, sah sie Onkel-*ji* mit dem Paar in der Ecke reden. Rasch zog Sita den Kopf ein in der Hoffnung, dass er sie nicht gesehen hatte.

Einen Moment später kam Varuni in die Küche und nahm eine halb volle Flasche Wodka aus dem Regal. Sita wollte sie wegen des nassen Bodens warnen, doch es war zu spät. Varuni rutschte aus.

Sita eilte ihr zu Hilfe. »Das tut mir so leid!«, flüsterte sie.

Als Varuni aufstehen wollte, verzog sie vor Schmerz das Gesicht und rieb sich den Knöchel. »Bring das hinaus zu Onkel.« Sie reichte Sita die Flasche. »Der Gast möchte nachgeschenkt bekommen.«

Sita schüttelte den Kopf. »Tante-*ji* hat gesagt, ich darf mich im Restaurant nicht blicken lassen.«

Varuni lächelte sie beruhigend an. »Sie ist nicht da. Dir passiert schon nichts.«

Sita griff nach der Flasche und ging zögernd hinaus in den Gastraum. Onkel-*ji* und der Mann mit dem kantigen Gesicht unterhielten sich auf Französisch. Der Restaurantbesitzer runzelte bei ihrem Anblick die Stirn. Rasch nahm er ihr die Flasche ab und bedeutete ihr mit einer Handbewegung zu verschwinden. Der Mann mit dem kantigen Gesicht sah sie an, ohne eine Miene zu verziehen, während die Frau an ihrer Halskette herumspielte.

Sita wollte gerade gehen, als der Mann sich auf Französisch an sie wandte. Da sie ihn nur verständnislos anstarrte, versuchte er es auf Englisch. »Wie heißt du?«

Sie war auf die Frage nicht vorbereitet gewesen. »Sita«, sagte sie zögernd.

»Du bist neu hier.«

Sie sah Onkel-*ji* an, weil sie nicht wusste, was sie sagen sollte.

Der Restaurantbesitzer schaltete sich dazwischen. »Sie kommt aus Indien. Sie hilft im Restaurant aus.«

Der Mann schien einen Moment nachzudenken. Dann wandte er sich wieder Onkel-*ji* zu und hob das Glas. Sita trat verlegen den Rückzug in die Küche an, wo Varuni immer noch auf dem Boden saß und sich den Fuß massierte.

»Siehst du, war doch gar nicht so schwer«, meinte sie.

»Was sind das für Leute?«, fragte Sita.

»Russen, glaube ich. Onkel nennt den Mann Wasily.«

Sita warf einen Blick auf die Uhr und stellte fest, dass es bereits nach elf war. »Warum sind sie noch hier?«

»Onkel und Wasily unterhalten sich manchmal. Ich weiß nicht, worum es dabei geht.«

Varuni stand auf und belastete vorsichtig ihren Knöchel. »Ich muss die Tische fertig abräumen«, sagte sie, während sie in Richtung Gastraum humpelte. An der Tür blieb sie einen Moment stehen und lauschte mit schräg geneigtem Kopf. Irritiert kniff sie die Augen zusammen und sah Sita an.

»Was ist?«

»Ich glaube, sie sprechen über dich«, antwortete Varuni.

»Was sagen sie?«

Varuni lauschte erneut. »Es geht um irgendein Arrangement.« Sie schüttelte den Kopf. »Keine Ahnung.«

In dieser Nacht schlief Sita sehr unruhig. Sie hätte so gern gewusst, was Onkel-*ji* und dieser Wasily über sie geredet hatten, aber Varuni war nach Hause gegangen, bevor sie noch einmal mit ihr sprechen konnte. Am nächsten Morgen weckte Onkel-*ji* sie früh auf und befahl ihr, sich anzukleiden. Er deutete auf einen Mantel, der ordentlich gefaltet über einem Stuhl hing. Es war der Mantel, den Navin ihr bei ihrer Ankunft in Paris gegeben hatte.

»Zieh den an«, sagte er, »und warte vorn im Lokal auf mich.«

Sie tat, wie ihr geheißen, und setzte sich im Restaurant an einen der Tische in Fensternähe. Sie wurde immer nervöser. Onkel-*ji* stand neben der Tür und spähte in die Passage hinaus. Gegen halb acht erschien ein junger Mann, den Onkel-*ji* auf Französisch begrüßte. Der Mann, der mit Jeans und Lederjacke bekleidet war, gab sich sehr selbstbewusst.

Nachdem er Onkel-*ji* zugenickt hatte, sah er Sita mit ausdrucksloser Miene an.

»*Viens!*«, sagte er im Befehlston und hielt ihr die Tür auf.

Sita kannte das Wort nicht, wusste aber, was der Mann wollte. Hilfesuchend sah sie Onkel-*ji* an und begann zu zittern.

»Geh«, sagte Onkel-*ji* auf Hindi. »Dmitri hat Arbeit für dich. Er bringt dich später zurück.«

Zögernd folgte sie Dmitri. Er führte sie die gepflasterte Gasse entlang, hinaus auf den Boulevard. Am Himmel hingen graue Wolken, und die Luft war beißend kalt. Sita war seit knapp einem Monat nicht mehr draußen gewesen, doch nun hatte sie zu große Angst, um es genießen zu können.

Am Randstein wartete ein schwarzer Mercedes, bei dem die Warnblinkanlage lief. Dmitri hielt Sita die hintere Tür auf und ließ sie auf dem Rücksitz des luxuriös ausgestatteten Wagens Platz nehmen. Dann setzte er sich ans Steuer und gab Gas. Ein, zwei Minuten später hielten sie vor einem schweren, aus zwei Flügeln bestehenden Tor. Sie befanden sich in einer schmalen, schattigen Gasse, in der sich die Häuser dicht aneinanderdrängten.

Dmitri stieg aus und tippte einen Zahlencode in eine neben dem Tor angebrachte Tastatur, woraufhin die Flügel aufschwangen. Durch das bogenförmige Tor gelangten sie auf einen gepflasterten Hof, wo vor einer steinernen Haustreppe bereits ein Audi-Coupé und ein weißer VW-Bus parkten. Nachdem Dmitri den Wagen abgestellt hatte, führte er Sita die Treppe hinauf.

Sie sah zu, wie er einen weiteren Zahlencode in die Tastatur neben der roten Tür eingab. Das Schloss sprang auf, und sie betraten eine große Diele, in der etliche goldgerahmte Bilder hingen. Links befand sich ein Raum, der mit flauschigen Teppichen und Antiquitäten ausgestattet war, rechts ein Esszimmer mit einem auf Hochglanz polierten Holztisch und Stühlen mit hohen Rückenlehnen.

Eine Frau kam die Treppe herunter. Sita erkannte sie als die Blondine wieder, die sie im Restaurant gesehen hatte. Dmitri sprach mit ihr in einer hart klingenden Sprache, die Sita nicht verstand. Die Frau sah Sita an, ohne zu lächeln, und forderte sie mit einer Handbewegung auf, ihr zu folgen. Sie gingen die Treppe hinauf und traten in eine holzvertäfelte Bibliothek, wo die Frau ihr ein Staubtuch in die Hand drückte.

»Ich bin Tatiana«, stellte sie sich vor, ehe sie in gebrochenem Englisch hinzufügte: »Du putzen Bücherregale.«

Sita gehorchte. Es war eine große Bibliothek mit vielen Regalen. Alle Bücher waren mit einer dicken Staubschicht überzogen und sahen aus, als hätte sie schon seit Jahren niemand mehr angefasst. Sita nahm jeden einzelnen Band aus seinem Regalfach und staubte sanft Ränder und Rücken ab. Die Bibliothek erinnerte sie an ihren Vater. Er hatte sich in ihrem Haus am Meer ein Arbeitszimmer eingerichtet gehabt und seine Büchersammlung mit liebevoller Sorgfalt gepflegt. Nach dem Abendessen hatte er sich meistens an seinen Schreibtisch zurückgezogen und sich im Licht einer Lampe irgendeiner Monografie gewidmet. Sita hatte ihn oft gefragt, was er gerade lese, nur um zu sehen, wie seine Augen aufleuchteten. Obwohl seine Antworten immer sehr weitschweifig ausgefallen waren, hatte sie dabei fast jedes Mal etwas gelernt.

Für das Abstauben brauchte sie etliche Stunden. Mittags brachte ihr Tatiana ein Sandwich. Bei der Gelegenheit betrachtete sie die Regalfächer, die Sita bereits gesäubert hatte, und lächelte dünn.

»Gut«, sagte sie. »Weiter so.«

Sita hatte gerade das letzte Buch abgestaubt, als Tatiana erneut auftauchte. »Fertig?«, fragte sie, und Sita nickte. »Gut. Dmitri bringen dich jetzt nach Hause.«

Sie folgte Tatiana nach unten in die Diele. Dmitri und Wasily saßen im Wohnzimmer und unterhielten sich. Neben Dmitri saß ein blondes Mädchen in Hotpants und einem rückenfreien Oberteil, den Blick auf den Boden gerichtet. Als Tatiana Dmitri etwas zurief, hob das Mädchen den Kopf und sah zu Sita herüber, wobei sich ihre Augen merklich weiteten. Ihr Blick erschütterte Sita zutiefst.

Das Mädchen hatte Angst.

Sita wandte sich ab und folgte Dmitri nach draußen. Was auch immer dem Mädchen passiert war, ging sie nichts an. Für Tatiana zu arbeiten war viel angenehmer, als ständig das Geschimpfe von Tante-*ji* ertragen zu müssen. Soweit es sie betraf, war die neue Arbeitsstelle eine Verbesserung.

Endlich war Lakshmi ihr wieder wohlgesinnt.

Auch am nächsten und übernächsten Tag wurde Sita von Dmitri in die Wohnung gebracht. Jeden Morgen nahm Tatiana sie in der Diele in Empfang und wies ihr eine Aufgabe zu. Sita staubte die Möbel im Wohnzimmer ab und polierte anschließend den Esszimmertisch und die Stühle. Sie putzte die Bäder und brachte den Wäscheschrank im ersten Stock in Ordnung. Sie arbeitete acht Stunden, mit einer fünfzehnminütigen Mittagspause. Tatiana war Perfektionistin, aber Sitas gründliche Arbeitsweise wurde ihren Ansprüchen durchaus gerecht.

An ihrem vierten Tag im Haus kam es ohne jede Erklärung zu einer Änderung in Sitas morgendlichem Arbeitsablauf. Nachdem Dmitri den Wagen abgestellt hatte, führte er sie zurück über den Hof in Richtung Straße. Unter der überdachten Durchfahrt blieb er vor einer Glastür stehen, die Sita bisher nie aufgefallen war, und tippte einen Zahlencode in die neben der Tür angebrachte Tastatur. Sie hörte ein Schloss aufspringen und folgte ihm in ein modrig riechendes Treppenhaus, aus dem eine Wendeltreppe nach oben führte.

Dmitri bedachte sie mit einem strengen Blick. »Du redest mit niemandem über das, was du siehst«, erklärte er in überraschend flüssigem Englisch. »Tu, was ich dir sage, und behalte den Rest für dich. Wenn nicht, hat das für dich schlimme Konsequenzen. Kapiert?«

Sita bekam kaum Luft. Sie musste an das blonde Mädchen denken, das am ersten Tag auf der Couch gesessen hatte, und fragte sich, ob sie nun am eigenen Leib erfahren würde, was dem Mädchen solche Angst gemacht hatte.

Sie nickte und folgte Dmitri nach oben. Sie erreichten einen Treppenabsatz mit zwei Türen. Dmitri öffnete die rechte, und Sita trat hinter ihm auf einen Gang, der nur von einer einzelnen nackten Glühbirne beleuchtet wurde. Nachdem Dmitri einen Schlüsselbund aus der Tasche gezogen hatte, ging er den Gang entlang und sperrte sechs Türen auf. Dabei bellte er ein paar Worte in seiner seltsamen Sprache und holte dann aus einem Schrank am Ende des Ganges einen Korb.

Nacheinander kamen sechs junge Frauen aus den Zimmern. Sie trugen T-Shirts und Gymnastikhosen. Die Letzte erkannte Sita als die junge Frau wieder, die sie auf der Couch gesehen hatte. Sie musste an die Sexräume in Suchirs Bordell denken. Obwohl sie keine Ahnung hatte, was Dmitri mit den Mädchen anstellte, verrieten ihr die Schlösser an den Türen, dass sie sich nicht freiwillig hier aufhielten.

Dmitri reichte ihr den Korb und sagte auf Englisch: »Zieh die Betten ab und sammle auch die schmutzige Kleidung ein.«

Sita betrat das erste Zimmer. Es war ein kleiner, schwach beleuchteter Raum, der nur einem schmalen Bett und einer Kommode Platz bot. An der gegenüberliegenden Wand befand sich ein Fenster, dessen Jalousie jedoch zugezogen und an den Rändern mit Heftklammern am Rahmen befestigt war. Sita zog das Bett ab und sammelte ein Häufchen Spitzendessous auf, die in der Ecke auf dem Boden lagen. Ebenso verfuhr sie auch in den anderen Räumen. In allen war die Einrichtung spärlich und trist, das Fenster verschlossen und die gleiche unsichtbare Bedrohung spürbar.

Die Mädchen verschwanden nacheinander im Bad und kehrten dann auf den Gang zurück, während Sita weiter ihre Arbeit machte. Nachdem sie das letzte Bett abgezogen hatte, reichte sie Dmitri den Korb. Dabei brachte sie es nicht fertig, die Mädchen anzusehen, deren einsame Gefangenschaft sie an Ahalya erinnerte. Dmitri sagte ein paar für Sita unverständliche Worte, woraufhin die Mädchen in ihre Zimmer zurückkehrten. Keines von ihnen hatte während der vergangenen Viertelstunde auch nur einen Mucks von sich gegeben.

Dmitri sperrte die Türen wieder ab und führte Sita zurück in Wasilys Wohnung, wo Tatiana sie in der Diele in Empfang nahm. Sie führte Sita hinunter in den Waschkeller, erklärte ihr dort die Bedienung der Waschmaschine und ließ sie dann allein. Während Sita Bettwäsche und Kleidung auseinandersortierte, versuchte sie, nicht an das zu denken, was sie gesehen hatte. Sie wollte diese Leute nicht hassen, konnte aber auch nicht vergessen, dass keine zwanzig Meter entfernt sechs Mädchen in einem provisorischen Gefängnis eingesperrt waren. Verdiente Dmitri sich sein Geld womöglich als Zuhälter, genau wie Suchir?

Kurz vor drei hörte Sita auf der Kellertreppe schwere Schritte. Da die Tür zum Waschraum nicht ganz geschlossen war, konnte sie durch den Spalt ein Stück des Ganges sehen. Sie spähte genau in dem Moment hinaus, als Dmitri in Sicht kam. Eine Sekunde später erhaschte sie einen kurzen Blick auf blondes Haar und das Profil einer jungen Frau. Sita war fast sicher, dass es sich um das Mädchen handelte, das sie auf der Couch gesehen hatte.

Dmitri zerrte das Mädchen den Gang entlang. Eine Tür wurde geöffnet und gleich wieder zugeknallt. Nach einer kurzen Pause hörte Sita eine weibliche Stimme. Die einzelnen Worten waren kaum zu verstehen und klangen wie von einem seltsamen Echo verzerrt. Anfangs war Sita der Meinung, das Geräusch durch die Wand hindurch zu hören, doch dann begriff sie, dass es aus einem Luftschacht knapp unterhalb der Raumdecke drang.

Sie hörte ein Klatschen, als würde jemand auf nackte Haut schlagen, gefolgt von einem Schmerzensschrei. Ängstlich lauschte sie den Geräuschen eines Handgemenges. Eine Männerstimme erteilte barsche Befehle. Ein paar Sekunden später schrie die junge Frau erneut auf, und der Mann begann zu stöhnen. Sita umklammerte den Kissenbezug, den sie gerade hatte falten wollen, und hielt den Atem an. Ihr war klar, was sie da hörte. Der Gedanke an das, was sich in dem Raum am Ende des Ganges abspielte, erzürnte und entsetzte sie.

Nachdem Dmitri fertig war, kehrte er nach oben zurück. Sita empfand großes Mitleid mit dem Mädchen, das sie durch den Lüftungsschacht wimmern hören konnte. Sie rang mit ihrem Gewissen. Einerseits war sie diesem Dmitri, der offensichtlich keine Skrupel kannte, ebenfalls auf Gedeih und Verderb ausgeliefert. Andererseits hatte ihr Vater ihr beigebracht, dass es unmenschlich war, nicht zu helfen, wenn jemand Qualen litt. Sie musste daran denken, wie es Ahalya nach der Sache mit Shankar gegangen war, und zögerte nicht länger.

Vorsichtig öffnete sie die Tür des Waschraums. Ein Blick auf die Wanduhr sagte ihr, dass ihr keine zwanzig Minuten blieben, bis Tatiana sie holen würde. Rasch schlich sie bis ans Ende des Ganges, drehte vorsichtig den Türknauf und schob sich hinein.

Die junge Frau hatte sich auf dem Bett zusammengerollt und die Decke fest um ihren Körper geschlungen. Am Fußende lag ein Häufchen Kleidung und Unterwäsche von der Sorte, wie Sita sie gerade gewaschen hatte. Außerdem registrierte Sita drei Stative mit Videokameras und eine ganze Reihe von Lampen, die alle auf das Bett ausgerichtet waren. Verwirrt starrte sie auf die bizarre Szenerie. Dann begriff sie.

Mit ziemlicher Sicherheit hatten die Kameras die Vergewaltigung aufgezeichnet.

Mit einem flauen Gefühl im Magen ging sie neben dem Bett in die Knie. Als sie das Mädchen an der Schulter berührte, drehte es sich stöhnend auf die andere Seite. Sita umrundete das Bett und kniete sich erneut hin. Vorsichtig griff sie nach der Hand des Mädchens, das darauf die Augen aufschlug und sich in eine sitzende Position hievte.

»Sprichst du Englisch?«, fragte Sita, die befürchtete, dass ihr Gegenüber sie nicht verstehen würde.

»Ein bisschen«, antwortete das Mädchen mit starkem Akzent. »Wer bist du?«

»Ich heiße Sita.« Sie bemühte sich, langsam zu sprechen. »Ich arbeite hier im Haushalt.«

Dem Mädchen liefen inzwischen Tränen übers Gesicht. »Ich bin Natalia. Woher kommst du?«

»Aus Indien.«

»Ich aus Ukraine.«

»Warum bist du nach Frankreich gekommen?«

»Wegen Arbeit. Bewerben bei Agentur. Männer nehmen Pass und bringen hierher.«

Sita ging durch den Kopf, wie unterschiedlich ihre Wege verlaufen waren und wie erschreckend ähnlich ihre Situation gleichzeitig war. Als sie oben den Holzboden knarren hörte, bekam sie es mit der Angst zu tun.

»Ich muss gehen«, flüsterte sie gehetzt. »Ich werde für dich beten.«

Natalia sah Sita mit einem zaghaften Lächeln an. »Danke«, sagte sie leise.

17

Die Hoffnung mag schwinden,
aber sterben kann sie nicht.
Percy Bysshe Shelley

Mumbai – Indien

Wochen vergingen, doch die Polizei fand keine Spur von Sita oder Navin. Andrew Porter antwortete auf Thomas' E-Mail und versprach ihm, Sitas Foto an Interpol weiterzuleiten. Allerdings fügte er hinzu, die Datenbank ICAID bringe nur etwas, wenn ein vermisstes Mädchen im Internet auftauche oder zufällig in einem der Interpol-Mitgliedstaaten von der Polizei aufgegriffen werde. Andernfalls seien die Chancen, sie zu finden, sehr gering.

Andrew schloss mit einer guten Nachricht:

Übrigens hat die Polizei von Fayetteville Fortschritte im Fall von Abby Davis gemacht. Wir wissen inzwischen, dass sie sich noch in der Stadt befindet, und tun unser Bestes, um ihren genauen Aufenthaltsort aufzuspüren. Bedauerlicherweise sieht es so aus, als hätte dein Vater recht gehabt mit seiner Vermutung, es könnte ein Fall von Menschenhandel vorliegen. Ich halte dich auf dem Laufenden.

Während Thomas mit einem Bier in der Hand auf Dineshs Balkon saß, musste er an Abbys Mutter denken und fragte sich, wie sie wohl mit der zermürbenden Warterei zurechtkam. Rückblickend überlegte er, inwieweit seine derzeitige Situation wohl durch ihre zufällige Begegnung beeinflusst worden war. Hätte er sich überhaupt für CASE interessiert, wenn Abby nicht gewesen wäre? Hätte er auch ohne dieses Erlebnis mit Andrew gesprochen und von der freien Praktikantenstelle in Bombay erfahren? Wäre er trotzdem nach Indien gekommen, um den Versuch zu unternehmen, sich mit Priya zu versöhnen?

Im Büro tat sich während dieser Wochen eine ganze Menge. CASE führte zwei weitere Razzien durch und rettete insgesamt vierzehn minderjährige Mädchen. Die zweite Razzia, die einer Bierkneipe in einer Vorstadt im Nordosten galt, wäre beinahe an einer undichten Stelle gescheitert, die zweifellos in den Reihen der Polizei zu suchen war. Ein Außendienstmitarbeiter, der gerade vor Ort war, bekam zufällig mit, wie die Mädchen eine Stunde vor dem Einsatz verlegt wurden, woraufhin Greer in letzter Minute eine Änderung des Durchsuchungsbeschlusses beantragte, sodass er auch für den neuen Aufenthaltsort der Mädchen galt.

Thomas war beeindruckt von der für ihn neuen Vorgehensweise bei dem Coup. Die CASE-Einsatzleute hatten mit den Zuhältern Verbindung aufgenommen und eine private Sexparty für drei Männer vereinbart. Ihr Angebot, für noch minderjährige Mädchen einen Aufpreis zu zahlen, hatte die Zuhälter dazu bewogen, ihre jüngsten Mädchen aufzubieten. Die Polizei verhaftete die Straftäter in einem *Chawl* neben der Kneipe und übergab zehn minderjährige Mädchen in die Obhut des Jugendamtes. Diese Rettungsaktion stellte den bisher spektakulärsten Einsatz des CASE-Büros in Bombay dar und schlug Wellen bis in die Zentrale in Washington.

Thomas verbrachte seine Tage damit, Fälle vorzubereiten, die im Frühling zur Verhandlung kommen sollten. Nebenbei feilte er weiter an seinem Jogeshwari-Antrag. Der Richter hatte den Fall auf Bitten der Verteidigung erneut vertagt, worüber Thomas gleichzeitig entrüstet und froh war. Einerseits bedeutete es, dass der Richter auf der Seite des Zuhälters stand, aber andererseits verschaffte es ihm, Thomas, ein wenig mehr Zeit, um weiter an seiner juristischen Argumentation zu feilen. Als er den Antrag schließlich bei Samantha einreichte, war sie voll des Lobes.

»Das ist das Beste, was ich hier seit fünf Jahren zu sehen bekommen habe«, verkündete sie. »Da hast du dich aber mächtig ins Zeug gelegt.« Inzwischen waren sie alle zum Du übergegangen.

»Ich weiß, dass es nicht gut ist, sich mit einem Fall zu identifizieren«, erklärte er, »aber diesen Mistkerl würde ich wirklich gern am Boden sehen.«

Samantha funkelte ihn an. »Wer weiß, vielleicht wird dir dein Wunsch ja erfüllt.«

Zu den Barmherzigen Schwestern fuhr Thomas nicht mehr. Er schob es darauf, dass er zu viel zu tun hatte, aber in Wirklichkeit wusste er einfach nicht, was er Ahalya sagen sollte. Anita berichtete ihm, dass das Mädchen bei jedem ihrer Besuche ausdrücklich nach ihm fragte.

»Sie hat dich ins Herz geschlossen«, sagte Anita eines Nachmittags zu ihm.

»Sie kennt mich doch kaum«, entgegnete er.

»Sie kennt dich gut genug. Außerdem gibt es hier in der Gegend nicht allzu viele Typen mit Beziehungen ins amerikanische Justizministerium.«

Er seufzte. »Ich nehme an, du hast ihr gesagt, dass ich Sitas Foto weitergeleitet habe.«

Anita nickte. »Ja.«

»Was erwartet sie noch von mir?«

»Keine Ahnung. Du bist derjenige, der versprochen hat, es zu versuchen.«

Zwei Abende in der Woche verbrachte er mit Priya. Oft traf sie sich mit ihm, wenn er mit seinen Kollegen von CASE im Sheesha zu Abend aß, einem iranischen Restaurant in der Linking Road, das eine schöne Dachterrasse hatte, oder im Out of the Blue, einem gehobenen Restaurant in Pali Hill. Thomas wunderte es gar nicht, dass sie besonders seine im Ausland lebenden Landsleute ins Herz schloss. Deren wohlmeinende Umtriebigkeit und staunender Blick auf die Welt bildeten einen erfrischenden Kontrast zu der lähmenden Mischung aus Zynismus und Lebensüberdruss, an der so viele seiner Freunde zu Hause litten.

Während der Februar ins Land zog, wurde es von Tag zu Tag heißer. Gegen seinen Willen musste Thomas oft an Ahalya und das *Rakhi*-Armband denken. Jeff Greer stimmte zu, dass er sich mit dem CBI in Verbindung setzte, doch jedes Mal, wenn Thomas dort anrief, bekam er eine entmutigende Auskunft. Einmal stellte der mit dem Fall betraute Beamte Thomas sogar zu seinem Vorgesetzten durch, der ihm versicherte, dass sie einfach nicht mehr machen könnten.

Im Anschluss an das Gespräch betrachtete Thomas das Band an seinem Handgelenk. Es gab viele Momente, in denen er sich wünschte, er könnte es zurückgeben, weil er das Gefühl hatte, der damit einhergehenden Verantwortung nicht gewachsen zu sein. Trotzdem hatte er Ahalya ein Versprechen gegeben und mit Priya eine Vereinbarung getroffen.

Er musste es versuchen.

Der Durchbruch kam, als schon niemand mehr damit rechnete. In der dritten Februarwoche saß Thomas gerade im CASE-Büro und aß zusammen mit Nigel McPhee und ein paar von seinen amerikanischen Kollegen eine Kleinigkeit zu Mittag, als plötzlich Nigels Handy klingelte. Er fischte das Telefon aus seiner Tasche und warf einen Blick auf das Display, ehe er ranging.

»Ja?« Er hörte ein paar Sekunden lang zu und riss dann überrascht die Augen auf. »Heute Abend? Ich informiere Greer.«

»Was ist los?«, fragte Thomas, nachdem Nigel das Gespräch beendet hatte. Ohne ihm eine Antwort zu geben, stürmte der Einsatzleiter in Jeffs Büro. Thomas legte rasch sein Essen weg und folgte ihm.

Jeff blickte von dem Bericht auf, den er gerade las.

»Navin ist wieder in Mumbai«, verkündete Nigel. »Rohit hat gerade angerufen. Er hat einen Tipp bekommen.«

»Hat er die Information schon überprüft?«, fragte Jeff mit ernster Miene.

Nigel schüttelte den Kopf. »Nein, aber der betreffende Zuhälter ist eine verlässliche Quelle. Er hat die Information direkt von Sumeera.«

»Navin ist ein geläufiger Name. Woher will der Informant wissen, dass es sich um unseren Mann handelt?«

»Dieser Navin hat eine Vorliebe für minderjährige Mädchen.«

»Das reicht nicht«, wandte Jeff ein. »Bevor wir etwas unternehmen, müssen wir ganz sicher sein.«

Nigel lächelte. »Navin geht es nicht um Sex. Er nimmt die Mädchen mit.«

Jeff wirkte schon nicht mehr so skeptisch. »Weiß man auch, wohin?«

»Der Zuhälter hat gemeint, nach Europa.«

Jeff griff nach dem Telefon. »Schick deine Jungs vor Ort. Ich rufe beim CBI an.«

Nigel nickte und verließ das Büro, doch Thomas blieb, wo er war. »Ich will dabei sein«, erklärte er.

Greer wirkte ein wenig ratlos. »Wir wissen doch gar nicht, was für ein Typ dieser Navin ist. Da kann ich für deine Sicherheit nicht garantieren.«

Thomas berührte das *Rakhi*-Armband. In der Hitze hatte es zu jucken begonnen, und der Ausschlag, den er davon bekam, erinnerte ihn ständig an sein Versprechen.

»Das ist mir egal«, entgegnete er. »Ich möchte dabei sein, wenn ihr ihn euch schnappt.«

Jeff überlegte einen langen Moment. »Meinetwegen, du kannst mitkommen. Aber tu mir den Gefallen und halte dich ja im Hintergrund!«

Thomas blieb in Jeffs Nähe, während CASE die Razzia vorbereitete. Gemäß Jeffs Anweisung schickte Nigel alle seine Außendienstmitarbeiter nach Kamathipura, wo sie die Leute vor Ort ausquetschen sollten. In der Zwischenzeit nahm der Einsatzleiter Kontakt mit dem CBI auf, weil dieses die offizielle Leitung übernehmen sollte. Der CBI-Chef stimmte erst zu, nachdem Jeff ihm versichert hatte, Nigels Mannschaft werde schnellstmöglich in Erfahrung bringen, ob die Information stimmte.

Zwei Stunden später aber konnten die Außendienstmitarbeiter immer noch nicht mit neuen Informationen aufwarten. Sie hatten sich an die üblichen Leute gewandt – die *Beshyas*, Puffmütter und Zuhälter, die als ihre inoffiziellen Informanten fungierten –, doch niemand hatte etwas von Navin gehört. Nigel tigerte nervös auf und ab, führte etliche Handy-Gespräche und klang dabei zunehmend kurz angebunden. Greer blickte immer wieder auf die Uhr und ballte nervös die Fäuste, während die Minuten verstrichen. Thomas hatte ihn noch nie so angespannt erlebt.

Am Spätnachmittag informierte Jeff den CBI-Einsatzleiter darüber, dass der Hinweis nach wie vor unbestätigt sei. An Jeffs Miene konnte Thomas sehen, dass das Gespräch nicht gut lief. Eine Weile redete er in beruhigendem Ton auf den CBI-Chef ein und schreckte bei seinem Versuch, ihn zu beschwatzen, selbst vor Schmeicheleien nicht zurück. Als das alles nichts half, bat er ihn schließlich inständig, die Aktion nicht abzublasen. Am Ende erfüllte der Mann ihm seine Bitte, reduzierte seine Mannschaft aber um ein Drittel und schimpfte, sie würden nur ihre Zeit vergeuden.

Um sechs standen die CASE-Einsatzleute vor Ort bereit. Thomas fuhr mit Jeff zum Polizeirevier von Nagpada, wo sie sich mit dem CBI-Team und Inspektor Khan trafen. Jeff erklärte Thomas, dass zwar das CBI die offizielle Leitung innehabe, Kamathipura aber in den Zuständigkeitsbereich des Inspektors falle. Der CBI-Chef wolle Khan dabeihaben, um spätere Streitigkeiten über die Zuständigkeit zu vermeiden.

Bei Einbruch der Dunkelheit fuhren die CBI-Leute mit drei zivilen Fahrzeugen in die M.R. Road. Khan folgte in einem eigenen Wagen mit Jeff und Thomas. Um zu verhindern, dass Khan von den Zuhältern, die auf der Straße unterwegs waren, erkannt wurde, trug er ebenfalls Zivil. Die beiden Amerikaner hatten Baseballkappen auf, die sie sich tief ins unrasierte Gesicht zogen.

»Mal angenommen, wir erwischen ihn«, meldete Thomas sich unterwegs zu Wort, »wer nimmt denn dann diesen Navin in Gewahrsam?«

»Wir«, antwortete der Inspektor.

»Nicht das CBI?«

Khan schüttelte den Kopf. »Das CBI hat nicht den Mumm, die Drecksarbeit zu übernehmen. Wir bekommen schon heraus, was er mit dem Mädchen gemacht hat.«

»Und wenn er nicht redet?«

Khan lächelte säuerlich. »Wir haben da so unsere Methoden, Mr. Clarke.«

Der Inspektor bog in die M.R. Road ein und fuhr in Sichtweite von Suchirs Bordell an den Bordstein. Es war Dienstag, und auf den Straßen wimmelte es nur so von Männern, die nach der Arbeit Lust auf eine »schnelle Nummer« hatten, bevor sie sich nach Hause begaben. Als Thomas den Blick die Straße entlangschweifen ließ, entdeckte er Rohit und zwei andere CASE-Einsatzleute, die den Eingang des Bordells im Auge behielten. Suchir stand neben der Tür und rauchte Haschisch in einem Chillum.

Kurz nach sieben trat einer von den Außendienstmitarbeitern auf Suchir zu, um sich von ihm Feuer geben zu lassen. Sie plauderten eine Weile, ehe der CASE-Mann weiterschlenderte. Wenige Augenblicke später klingelte Jeffs Handy. Er lauschte einen Moment.

»Suchir hat gesagt, er erwarte im Lauf der nächsten Stunde einen guten Kunden«, informierte Jeff Khan, nachdem er aufgelegt hatte.

Der Inspektor griff nach seinem Funkgerät und gab die Information ans CBI weiter.

In dem Wagen, der über keine Klimaanlage verfügte, krochen die Minuten im Schneckentempo dahin. Die feuchte Luft, die durch die halb offenen Fenster hereindrang, stank nach Müll und Zigarettenrauch. Trauben von Männern schoben sich die Straße entlang. Viele von ihnen wehrten die Zuhälter ab, die sie mit ihren Angeboten belästigten. Bordellbesitzer wie Suchir standen untätig herum und beobachteten die Geschäftsverhandlungen, ohne sich daran zu beteiligen. Thomas hielt den Kopf gesenkt, bekam aus dem Augenwinkel aber dennoch alles mit.

Um zehn nach acht hielt ein Taxi vor dem Bordell.

Aus dem Funkgerät drang eine Stimme. »Wir haben einen Verdächtigen. Mitte dreißig, dunkles Haar, modisch gekleidet.«

Thomas beobachtete, wie ein Mann in einem rosa Hemd aus dem Taxi stieg und auf der Straße Suchir begrüßte. Der Mann reichte Suchir eine Sporttasche, die der *Malik* sofort öffnete. Thomas spannte plötzlich alle Muskeln an. Er war sicher, dass es sich um besagten Navin handelte.

Das Funkgerät knisterte erneut. »An alle Einheiten, es geht los!«

Sofort steuerten von allen Seiten Einsatzleute auf das Bordell zu. Suchir flüchtete samt der Sporttasche die Treppe hinauf. Gleichzeitig versuchte der Mann im rosa Hemd, in eine Seitengasse zu entkommen. Rohit trat aus einer Tür und stellte sich ihm in den Weg, doch der Mann rammte den Außendienstmitarbeiter mit der Schulter. Rohit versuchte den Mann am Hemd festzuhalten, verlor aber das Gleichgewicht und landete hart auf dem Boden. Während er sich wieder hochrappelte, sprintete der Mann bereits in das Gewirr aus Gassen hinein.

In diesem Moment machte es in Thomas' Kopf *klick*. Ohne weiter nachzudenken, riss er die Wagentür auf und sprang auf die Straße hinaus. Er achtete nicht auf die Rufe von Jeff und Khan, sondern stürmte in die Richtung, in die der Mann verschwunden war. Der andere hatte zehn Sekunden Vorsprung, aber Thomas war schnell.

Er rannte die Gasse entlang und musste dabei immer wieder Karren, Passanten und Wäscheleinen ausweichen, die so dicht beieinanderhingen, dass man den Himmel kaum noch sehen konnte. Rundherum starrten ihn alle Leute an, doch er schenkte ihnen keine Beachtung.

Thomas hatte das Gefühl, als stünde die Zeit still. Während er weiterrannte, hielt er nach seiner Zielperson Ausschau. Plötzlich hörte er etwas krachen und stieß Sekunden später auf einen umgekippten Händlerwagen. Er übersprang ihn, ohne sein Tempo zu drosseln, und zog den Kopf ein, um gleich darauf unter einer Wäscheleine hindurchzutauchen, an der eine Reihe von Saris zum Trocknen aufgehängt waren. Als er anschließend um eine Kurve bog, entdeckte er den Mann etwa fünfzehn Schritte vor sich. Er war schnell unterwegs, schien aber sein rechtes Bein stärker zu belasten als das linke. Thomas legte noch einen Zahn zu, ohne auf die Zuhälter und Bordellbesitzer zu achten, die ihm aus der Dunkelheit böse Blicke zuwarfen.

Der Mann wechselte die Richtung und lief in ein Bordell. Thomas zögerte nur einen Moment, ehe er ihm folgte. Als der Mann durch eine Tür am Ende eines Ganges verschwand, rannte Thomas hinterher. Er stürmte durch die Tür, sprintete eine Treppe hinauf und gelangte in einen weiteren von Mädchen gesäumten Gang. Lachend warfen sie ihm Kusshände zu und streckten die Arme nach ihm aus, doch er schüttelte sie ab und konzentrierte sich darauf, den Abstand zwischen dem Mann und sich zu verringern. Der zweite Gang führte zu einem dritten und vierten. Überall waren Mädchen und Sexräume. Der vierte Gang mündete schließlich in einen größeren Raum voller Matratzen, zwischen denen als Raumteiler Laken von der Decke hingen. Einige der Betten waren besetzt. Thomas hörte erschrockenes Kreischen und einen wütenden Schrei. Er sah, wie ein Mädchen und dessen Kunde rasch ihre Blöße bedeckten. Der flüchtende Mann sprang über ihr Bett und steuerte auf eine Tür auf der anderen Seite des Raumes zu.

Thomas folgte ihm durch ein weiteres Labyrinth aus Gängen und dann mehrere Treppen hinunter. Ein kühlerer Luftzug schlug ihm entgegen. Schließlich sah er am Ende des Tunnels eine Tür. Ein Bordellbesitzer stellte sich ihm in den Weg, aber Thomas schubste ihn einfach zur Seite und stürmte auf die Straße hinaus.

Der Mann hatte nur noch ein paar Schritte Vorsprung. Inzwischen war deutlich zu sehen, dass er hinkte.

»*Navin!*«, rief Thomas. Der Mann wandte den Kopf.

Thomas steckte seine ganze verbleibende Kraft in die nächsten paar Schritte. Als Navin in Reichweite kam, setzte er zum Sprung an und warf sich auf ihn. Sie gingen beide zu Boden und rollten zwischen ein paar Zuhältern herum, die gerade zusammen einen Joint rauchten. Navin versuchte sich aus der Umklammerung seines Gegners zu befreien, doch Thomas ließ nicht los, sondern schlang die Arme nur noch fester um Navins Körpermitte. Ein Adrenalinstoß schoss durch seinen Körper, und er verspürte plötzlich eine unglaubliche Wut.

»Was hast du mit ihr gemacht, du Mistkerl? Wohin hast du sie gebracht?«

Statt seine Frage zu beantworten, rammte ihm Navin den Ellbogen gegen den Kopf. Kurz wurde Thomas schwarz vor Augen, doch der Moment ging gleich vorüber. Als er seinen Griff wieder verstärkte, hörte er ein Stück entfernt laute Rufe und gleich darauf Schritte. Rohit erreichte sie als Erster. Der Außendienstmann zerrte Navin hoch und stieß ihn gegen eine Wand, woraufhin ein CBI-Beamter herbeieilte und ihm Handschellen anlegte.

Ein anderer CBI-Beamter half Thomas auf die Beine. »Alles in Ordnung?«, fragte er.

Thomas nickte, obwohl er kaum noch Luft bekam und sich fühlte, als hätte er am ganzen Körper Blutergüsse. Während er sich den Staub aus dem Gesicht wischte und zusah, wie die CBI-Leute Navin abführten, trat Rohit mit leicht beschämter Miene auf ihn zu, um ihm zu gratulieren.

Thomas grinste. »Es war ein gutes Gefühl, das mal wieder zu machen.«

Rohit runzelte die Stirn. »Mal wieder?«

»Während meiner Highschoolzeit war ich Cornerback in der Jugendnationalmannschaft.«

Als Rohit ihn daraufhin fragend ansah, schüttelte Thomas nur den Kopf. »Egal, vergiss es.«

Die CBI-Mannschaft führte Navin in die M. R. Road und sperrte ihn in einen ihrer Einsatzwagen. Nach einem kleinen Revierkampf mit Inspektor Khan gab der CBI-Chef den Befehl, Navin zum Polizeirevier von Nagpada zu bringen. Jeff Greer schickte währenddessen die Außendienstleute von CASE nach Hause. Er und Thomas fuhren mit Inspektor Khan aufs Revier.

Unterwegs wandte sich Jeff an Thomas. »Hör mal, ich verstehe ja, warum du das gemacht hast, aber ist dir eigentlich klar, wie gefährlich das war? In diesem Gewirr von Gassen ist überhaupt keine Polizei präsent.«

Thomas zuckte nur mit den Schultern. »Gegen den Ausgang des Ganzen hast du ja wohl nichts einzuwenden.«

»Nein, natürlich nicht«, antwortete Jeff. »Aber wenn dir etwas passiert wäre, hätte mich das den Kopf gekostet.«

Thomas sparte sich eine Antwort darauf. »Was ist mit Suchir passiert?«, fragte er stattdessen.

»Der ist uns entwischt«, sagte Jeff. »Sie sind alle entwischt: Sumeera, Prasad, die Freier, die Mädchen. Allem Anschein nach gab es oben einen Fluchtweg aufs Dach. Als die Jungs vom CBI die Tür entdeckten, war die ganze Bande längst weg.«

»Glaubst du, dass er sich dieses Mal absetzen wird?«

»Das hängt davon ab, wie belastend Navins Aussage für ihn ist. Wahrscheinlich wird er sich eine Weile bedeckt halten. Dass er es langfristig sein lässt, bezweifle ich allerdings. Es ist zu leicht verdientes Geld.«

»Wie stehen die Chancen, dass es zu einem Prozess gegen ihn kommt?«, fragte Thomas. »Ich habe seinen Anwalt erlebt. Der Richter fraß ihm förmlich aus der Hand.«

Jeff sah ihn an. »Ahalya bekommt auf jeden Fall Gelegenheit, vor Gericht auszusagen. Dafür werden wir schon sorgen.«

Als der ganze Tross schließlich im Revier eintraf, führte Inspektor Khan Navin in ein Hinterzimmer. Jeff und Thomas nahmen im Büro des Inspektors Platz und warteten. Nach einer halben Stunde hörte Thomas den ersten Schrei. Erschrocken umklammerte er die Armlehne seines Stuhls. Einen Moment später folgte bereits der zweite Schrei. Danach waren sie in regelmäßigen Abständen zu hören. Thomas verzog den Mund. Was er da hörte, machte ihm zu schaffen.

Er sah zu Jeff hinüber. »Wie lange soll das so weitergehen?«

Jeff wackelte mit dem Kopf hin und her. »Bis Khan zufrieden ist.«

»Hast du damit kein Problem?«

»Meine Meinung spielt keine Rolle. Wir sind hier in Mumbai. Die Polizei macht, was sie will.«

Thomas dachte über seine Worte nach. »Wird Navin reden?«

Jeff nickte. »Reden wird er. Die Frage ist nur, ob Khan es schafft, die Wahrheit aus ihm herauszubekommen.«

In einem Raum am Ende des Ganges stand Khan vor Navin und rang nach Atem. Er hatte den Gefangenen mit Handschellen an einen Metallstuhl gekettet und ihn geschlagen, bis die ersten Rippen des Menschenhändlers brachen. Zwischen seinen Schlägen hatte er ihm immer wieder Fragen gestellt. Navin jedoch erwies sich als überraschend zäh. Er nannte Khan zwar seinen Namen und gab auch zu, Sita gekauft zu haben, behauptete jedoch, er habe sie an einen anderen Zuhälter weiterverkauft. Khan fragte ihn, wo der besagte Mann zu finden sei, woraufhin Navin antwortete, in Kalina. Khan erwiderte, dass er ihm nicht glaube.

»Sag mir, wo du sie hingebracht hast!«, schrie er und ließ demonstrativ die Fingerknöchel knacken.

Navin erwiderte seinen Blick voller Trotz.

»Du kannst das Ganze gern in die Länge ziehen«, erklärte Khan, während er Navins Finger an einen Dynamo anschloss, der mit einer Handkurbel betrieben werden konnte. »Oder du sagst mir die Wahrheit. Wie wirst du dich entscheiden?«

Navin schrie laut auf, als der erste Stromschlag kam, blieb aber bei seiner Geschichte.

Khan fragte ihn nach Europa. »Magst du *Sambhoga* mit europäischen Frauen?«

Navin nickte. Mit undeutlicher Aussprache fügte er hinzu: »Warum auch nicht? Magst du *Sambhoga* mit deiner Frau?«

Die Bemerkung provozierte Khans Zorn. Er schloss die Stromkabel an Navins Genitalien an und betätigte die Kurbel. Navin stieß ein lautes Kreischen aus und begann zu sabbern. Allem Anschein nach brach er allmählich zusammen.

»Sag mir, wohin du das Mädchen gebracht hast!«, verlangte der Inspektor. »Ich weiß, dass du sie aus Bombay weggebracht hast.«

Navins Kopf rollte ein paarmal vor und zurück, ehe er fast unmerklich nickte.

»Gut«, sagte Khan. »Ist sie noch in Indien?«

Navin sah Khan an und spuckte ihm einen Klumpen Speichel entgegen. Wieder betätigte Khan die Kurbel, und Navin schrie. »Nein, nein, nein!« In seiner Verzweiflung verfiel er in eine Art Singsang. »Nicht in Indien.«

»Wohin hast du sie gebracht? Nach Großbritannien? Deutschland? Wohin?«

»Frankreich«, flüsterte Navin schließlich.

Khan holte tief Luft. »Warum ausgerechnet nach Frankreich?«

Navin saß schweigend da, und Khan wartete. Nach einer Weile wurde er ungeduldig und griff wieder nach dem Dynamo. Die Aussicht auf weitere Qualen löste Navin die Zunge.

»Ich habe einen Onkel in Paris.«

Khan legte den Dynamo zurück auf den Boden. »Ist dein Onkel ein *Malik* wie Suchir?«

Navin schüttelte den Kopf. »Das Mädchen ist nicht wegen Sex dort. Sie arbeitet in seinem Restaurant.«

In dem Moment klopfte es an der Tür. Khan drehte sich gereizt um. Er hatte strenge Anweisung gegeben, nicht gestört zu werden.

»Was ist?«, bellte er.

Die Tür ging auf, und der stellvertretende Polizeichef kam herein. Er sah erst Khan und dann Navin an.

»Inspektor Khan«, erklärte er, »dieser Mann wurde zu Unrecht verhaftet.«

Khan traute seinen Ohren nicht. »Der Verdächtige hat bereits gestanden, dass er in einem Bordell ein minderjähriges Mädchen gekauft und anschließend nach Frankreich gebracht hat. Er hat sowohl gegen indisches als auch gegen internationales Recht verstoßen. Wieso sollte er also zu Unrecht verhaftet worden sein?«

»Inspektor, ich erteile Ihnen hiermit den Befehl, ihn freizulassen«, sagte der stellvertretende Polizeichef.

Khan starrte seinen Boss zornfunkelnd an. Zögernd holte er den Schlüssel für Navins Handschellen heraus. Ihm blieb keine andere Wahl. Wenn er nicht gehorchte, verlor er seinen Job, und seine Familie saß auf der Straße.

Sobald Navin frei war, rappelte er sich hoch und spuckte dem Inspektor ins Gesicht.

»Muth mar, bhenchod«, stieß er leise hervor. »Ihr werdet das Mädchen nie finden.«

Khan kehrte in sein Büro zurück. »Wir haben ein Problem«, verkündete er, während er den Blick zwischen Jeff und Thomas hin und her wandern ließ. »Der stellvertretende Polizeichef hat Navin freigelassen.«

»Was soll das heißen, er hat ihn freigelassen?«, hakte Greer nach.

»Das, was ich gerade gesagt habe. Navin ist weg.«

Thomas starrte ihn fassungslos an. »Wie konnten Sie das nur zulassen?«

Khan runzelte die Stirn. »Sie verstehen das nicht. Ich hatte keine andere Wahl.«

»Diese ganze Stadt ist ein einziger Zirkus«, stellte Thomas wütend fest, ehe er sich erhob und auf die Tür zusteuerte. »Wir müssen etwas dagegen unternehmen.«

Khan versperrte ihm den Weg. »Wollen Sie ins Gefängnis?«, fragte er. »Denn der stellvertretende Polizeichef wird Sie einsperren und den Schlüssel in die Mahim Bay werfen. Sie werden den Kampf gegen die Korruption nie gewinnen. Wir können das Mädchen nur finden, wenn wir mit der französischen Polizei sprechen.«

Thomas atmete tief durch, um sich zu beruhigen. »Navin hat Sita nach Frankreich gebracht?«

»Sie arbeitet im Restaurant seines Onkels in Paris.«

Thomas schüttelte den Kopf. »Ausgerechnet in Paris.«

»Was ist daran so bemerkenswert?«, wollte Jeff wissen.

»Ich kenne Paris sehr gut. Ich habe ein Semester an der Sorbonne studiert.«

»Und?« Jeff blickte ihm fest in die Augen. »Du hast doch wohl nicht vor, ihr hinterherzureisen und auf eigene Faust nach ihr zu suchen. Die französische Polizei verfügt über viel bessere Möglichkeiten, sie aufzuspüren.«

»Natürlich«, räumte Thomas ein. Es war eine völlig verrückte Idee, aber aus irgendeinem Grund wollte sie ihm nicht mehr aus dem Kopf.

»Ich setze mich morgen mit dem CBI in Verbindung«, versprach Khan. »Sie werden uns bestimmt bei unseren Gesprächen mit den Franzosen unterstützen.«

Thomas begleitete Jeff ins feuchtwarme nächtliche Bombay hinaus. Jeff winkte ihnen ein Taxi heran und wies den Fahrer an, sie zum Hauptbahnhof von Mumbai zu bringen.

Unterwegs sagte Thomas kein Wort. Der einfachste Weg – das Ganze den Behörden zu überlassen – war auch der vernünftigste. Was ihm im Moment am wichtigsten war – Priya –, befand sich in Bombay. Womöglich würde sie ihn sogar zu einer Reise nach Paris ermutigen. Aber nicht nur ihre Meinung zählte. Obwohl sie beide hartnäckig versucht hatten, ihren Vater zu ignorieren, hatte er trotzdem noch großen Einfluss auf sie. Ohne seinen Segen würde Priya Indien nicht mehr verlassen.

Er und Greer erstanden Fahrkarten nach Bandra und gingen zum Bahnsteig hinunter. Als die Bummelbahn nach zehn Minuten endlich angezuckelt kam, stiegen sie in einen

Waggon der zweiten Klasse. Thomas stellte sich neben die Tür und starrte in die Nacht hinaus. In gemächlichem Tempo machte der Zug sich auf den Weg in die Vorstädte.

Während sie einen Kilometer nach dem anderen zurücklegten, traf Thomas seine Entscheidung. Vielleicht lag es am Rhythmus der Räder, an der salzigen Luft, die über seine Haut strich, oder der fremdartigen Melodie der Worte, die all die unbekannten Menschen um ihn herum von sich gaben. Vielleicht lag es auch an seiner Euphorie darüber, dass sie Navin doch noch gefunden hatten, als kaum mehr Hoffnung bestand. Wie auch immer, sobald seine Entscheidung gefallen war, erschien sie ihm so unabänderlich, als hätte nicht er sich für diesen Weg entschieden, sondern der Weg sich für ihn.

Er würde nach Paris reisen. Das war er Ahalya schuldig.

Und sich selbst auch.

18

Wo ist die erloschene Lampe,
welche die Nacht zum Tage machte?

HAFIZ

Paris – Frankreich

Sita putzte weiterhin Wasilys Wohnung. Jeden zweiten Tag sammelte sie auf Dmitris Geheiß hin die schmutzige Bettwäsche und Unterwäsche aus den Zimmern der nebenan untergebrachten Mädchen ein, die währenddessen jedes Mal auf dem Gang herumstanden. Sita fand in den Räumen keinerlei Spuren von Männerbesuchen – weder Kondome noch Zigaretten noch Toilettenartikel. Das Einzige, was die Mädchen selbst zu besitzen schienen, waren Spitzendessous und ein paar Taschenbücher.

Eines Morgens führte Tatiana sie in den zweiten Stock der Wohnung und forderte sie auf, einen Raum abzustauben, der mit einer Menge Computer-Ausrüstung und anderem Zeug vollgestopft war.

»Wasily weggefahren«, erklärte sie in ihrem gebrochenen Englisch. »Sieh dir Dreck an.«

Sie hob ein Glas mit abgestandenem Bier hoch, das achtlos auf einem Aktenschrank abgestellt worden war, und rümpfte beim Anblick einer Zigarettenschachtel und eines halb vollen Aschenbechers die Nase.

»Widerlich«, sagte sie. Mit verschwörerischer Miene wandte sie sich an Sita. »Wasily nicht erzählen, dass du hier.

Er nicht mögen.« Sie zuckte mit den Schultern. »Aber Zimmer brauchen putzen.«

Tatiana ließ sie mit einem Lappen und einem Staubwedel zurück und ging wieder hinunter in den ersten Stock. Obwohl Sita sich mit Computern ein wenig auskannte, wirkte Wasilys stattliche Sammlung an Elektronik wesentlich moderner als alles, was sie bisher zu sehen bekommen hatte. Auf einem Schreibtisch in der Mitte des Raumes standen zwei Flachbildschirme auf Standby. Außerdem befanden sich auf dem Tisch eine Tastatur, eine Maus und eine Art kleine weiße Platte mit einem dazugehörigen Plastikstift.

Der Raum roch nach Rauch und Alkohol. Sie begann damit, Rahmen und Sims eines kleinen runden Fensters abzustauben – des einzigen Fensters im Raum. Dann nahm sie sich den Schreibtisch und die Bildschirme vor. Als sie über die Tastatur fuhr, drückte sie versehentlich eine Taste, woraufhin beide Bildschirme gleichzeitig zum Leben erwachten. Unwillkürlich trat sie einen Schritt zurück. Die Bilder, die auf den Monitoren zu sehen waren, zeigten einen maskierten Mann und eine Frau beim Sex.

Sita, der schlagartig das Blut in die Wangen geschossen war, drehte sich schnell weg. Während sie den Monitoren nun den Rücken zuwandte, versuchte sie sich abzulenken, indem sie anfing, mit ihrem Lappen die Griffe des Aktenschranks auf Hochglanz zu polieren. Die rhythmischen Bewegungen beruhigten sie. Nach einer Weile warf sie einen vorsichtigen Blick über die Schulter und stellte fest, dass die Bildschirme wieder schwarz waren. Sie betrachtete sie einen Moment nachdenklich. Wo waren die Bilder hergekommen? Und wer war der Mann mit der Maske?

Als sie sich schließlich der untersten Schublade des Aktenschranks zuwandte, stellte sie fest, dass sie nicht richtig geschlossen war. Ihr erster Impuls war, sie ganz zuzuschieben und weiterzuputzen, doch plötzlich packte sie eine schreckliche Neugier. Vielleicht würde ihr der Inhalt des Aktenschranks ja etwas über die Bilder oder die Mädchen auf der anderen Seite des Hofes verraten?

Mit pochendem Herzen zog sie die Schublade heraus. Sie enthielt lauter Aktenmappen, die in einer ihr fremden Sprache von Hand beschriftet waren. Sita nahm die vorderste Mappe heraus und fand darin ein Dutzend Fotos. Auf jedem der Bilder war ein hellhäutiges Mädchen zu sehen, das nur mit Unterwäsche bekleidet in einem leeren Raum stand. Die Wände waren kahl und so alt, dass sie schon bröckelten. Die Mädchen sahen mit glasigen Augen in die Kamera. Sonst war im Raum niemand zu sehen, aber der Winkel, aus dem die Aufnahmen gemacht worden waren, wirkte jeweils identisch. Darüber hinaus befand sich in der Mappe ein mit seltsamen Buchstaben bedrucktes Blatt Papier. Sita fragte sich, ob es sich bei den Worten um Namen handelte.

Nachdem sie die Mappe wieder an ihrem Platz verstaut hatte, sah sie noch rasch die Ordner dahinter durch, die ebenfalls Fotos und je eine Liste enthielten, die sie nicht entziffern konnte. Als sie das Fach schließlich ganz herauszog, fand sie hinter den Aktenmappen einen Stapel Pornomagazine. Angewidert schloss sie die Schublade und hob ihren Lappen vom Boden auf.

Als Tatiana bald darauf erschien und ihr etwas anderes auftrug, war sie so erleichtert, dass sie die Frau am liebsten umarmt hätte. Den Rest des Tages widmete sie sich allen möglichen kleineren Aufgaben und versuchte dabei zu vergessen, was sie gesehen hatte.

Als Sita an diesem Abend im Restaurant eintraf, erfuhr sie von Onkel-*ji*, dass Varuni gekündigt hatte und sie statt ihrer das Essen servieren müsse. Gehorsam schlüpfte Sita in den Sari, den ihr Tante-*ji* brachte, und half bei den Vorbereitungen, indem sie die Tische abwischte. Danach versuchte sie sich die Speisekarte einzuprägen. Sie war auf Hindi geschrieben und sowohl ins Französische als auch ins Englische übersetzt.

Tante-*ji* wuselte währenddessen hektisch herum, verteilte die Tischtücher und deckte ein. Sita wurde von ihr mit der Aufgabe betraut, an jedem Tisch eine Kerze anzuzünden. Vor lauter Eile blieb Tante-*ji* kaum Zeit für Kritik. Zum ersten Mal seit Sitas Eintreffen behandelte sie das Mädchen mit einem Mindestmaß an Respekt.

Gegen sieben begannen die ersten Gäste einzutrudeln. Onkel-*ji* begrüßte sie, und Sita führte sie an ihre Plätze. Wenn es sich um Inder handelte, sprach sie Hindi, mit allen anderen redete sie Englisch. Onkel-*ji* stand immer in der Nähe bereit, um einzugreifen, falls jemand nur Französisch verstand. Beim Servieren versuchte sie Varuni nachzuahmen, wirkte dabei aber ein wenig linkisch. Man merkte, dass sie noch keine Erfahrung hatte. Wenn sie sich gar nicht mehr anders zu helfen wusste, lächelte sie einfach und empfahl das Hühnchen Tikka masala.

Obwohl nicht viel Betrieb herrschte, sorgten die Stammgäste dafür, dass Sita beschäftigt blieb. Was ihr an Erfahrung fehlte, machte sie durch ihre Intelligenz wett. Seit jeher stolz auf ihr gutes Gedächtnis, nahm sie die Bestellungen auf und servierte den Gästen ihre Gerichte, ohne einen Notizblick zu Hilfe zu nehmen.

»Die neue Kellnerin ist recht angenehm«, sagte einer der Stammgäste zu Onkel-*ji*. »Wo hast du sie aufgetrieben?«

»Sie kommt aus Bombay und ist die Tochter meines Cousins«, erklärte er. »Wir sind sehr froh, sie hier zu haben.«

Sita wusste nicht recht, ob das Lob ernst gemeint oder geheuchelt war, wertete es aber als positives Zeichen. Vielleicht würde Onkel-*ji* ihr ja weiterhin erlauben, zu bedienen. Das war immer noch besser, als mit einer Zahnbürste sämtliche Badezimmerfliesen zu schrubben.

Die letzten beiden Gäste – ein älteres indisches Paar – gingen ein paar Minuten, bevor das Restaurant schloss. Nachdem Sita den Tisch abgewischt hatte, holte sie einen Besen aus dem Schrank und fegte den Boden. Ein paar Minuten später bekam Onkel-*ji* einen Anruf auf seinem Handy, nach dem er sichtlich aufgeregt wirkte. Nervös ging er vor der Tür des Lokals auf und ab, bis draußen eine dunkle Gestalt auftauchte.

Der Restaurantbesitzer führte den Mann hinein und begrüßte ihn per Handschlag. Als Sita ihn von hinten betrachtete, regte sich in ihrem Kopf etwas. Obwohl er ihr den Rücken zuwandte, kamen ihr sein Haar und seine Jacke irgendwie bekannt vor. Während sie weiter den Boden fegte, beobachtete sie den Mann aus dem Augenwinkel. Schließlich drehte er sich um.

Der Fremde war Navin.

Beim Anblick seines Gesichts blinzelte sie erstaunt. Rote Striemen zogen sich über seine Wange, und er hatte ein blaues Auge.

Er betrachtete sie, ohne eine Miene zu verziehen. »Sie hat sich wohl recht gut gemacht«, stellte er fest.

»Ja«, antwortete Onkel-*ji*, während er Navin an den Ecktisch neben dem Fenster winkte. Er sah Sita an. »Bring unserem Gast eine Flasche Brandy und ein Glas.«

Als sie Navin den Brandy und das Glas hinstellte, bemerkte sie, dass Onkel-*jis* Hände zitterten. Der Restaurantbesitzer schenkte ihr kaum Beachtung. Rasch entfernte sie sich wieder. Während sie weiter den Boden fegte, versuchte sie möglichst viel vom Gespräch der Männer mitzubekommen.

Obwohl Navin sehr leise redete, schnappte sie zwei Worte auf: »verhaftet« und »Polizei«.

Onkel-*ji* antwortete mit lauterer Stimme: »Du hast ihnen doch nichts verraten, oder?«

Navins Antwort war nicht zu verstehen, die Reaktion von Onkel-*ji* dafür umso deutlicher.

»Was soll das heißen?«

Navin gab ihm keine Antwort. Stattdessen beäugte er Sita und neigte den Kopf leicht in ihre Richtung. Rasch wandte sie sich ab und tat, als würde sie sich ganz und gar auf ihre Arbeit konzentrieren. Für einen Moment herrschte im Raum Schweigen, dann blaffte Onkel-*ji* sie an: »Warte in der Küche!«

Eilig machte sie sich davon. Alle möglichen Fragen schwirrten ihr durch den Kopf. Suchte die Polizei nach ihr? Hatte Navin ihnen gesagt, wo sie war? Im Durchgang zur Küche blieb sie stehen und lauschte angestrengt, hörte aber nur noch Gemurmel, bis Onkel-*ji* plötzlich die Stimme erhob.

»Du musst uns helfen!«, rief er. »Du hast sie schließlich angeschleppt!«

Navin runzelte die Stirn. Mit einem Blick in ihre Richtung stand er abrupt auf und verließ das Restaurant. Durchs Fenster beobachtete sie, wie er in der Dunkelheit verschwand.

Dann wandte sie sich zu Onkel-*ji* um, der immer noch am Tisch saß, allerdings mit dem Rücken zu ihr. Sie fragte sich, was er nun tun würde. Im Moment murmelte er leise vor sich hin. Die Flasche mit dem Brandy stand ungeöffnet vor ihm. Er griff nach dem Glas. Nachdem er einen langen Moment hineingestarrt hatte, erhob er sich und kam schnellen Schrittes auf sie zu. Aus seinen weit aufgerissenen Augen sprach Panik.

»Du musst jetzt mit mir kommen!« Mit diesen Worten packte er sie am Arm.

Er führte sie durch die Küche in die Wohnung. Tante-*ji* bedachte ihn mit einem seltsamen Blick, schenkte Sita aber weiter keine Beachtung. Er führte sie zu einem Schrank im Schlafzimmer und schaltete das Licht an. Der Schrank war mit Kleidung vollgestopft.

»Du musst dich da drin verstecken«, erklärte er.

»Warum?«

»Keine Fragen!« Er schob sie in den Schrank.

Als er die Tür schloss, ließ Sita sich auf einen Haufen Schuhe sinken und kämpfte gegen eine Mischung aus Platzangst und Panik an. Selbst nachdem ihre Augen sich an die Dunkelheit gewöhnt hatten, konnte sie am unteren Rand der Tür lediglich einen schwachen Hauch von Grau erkennen. Sie zwang sich, tief durchzuatmen, und tastete nach dem kleinen Hanuman-Figürchen, das sie zwischen den Falten ihres Sari versteckt hatte.

Nach einer Weile hatte sie in dem ganzen Durcheinander ein wenig Platz für sich geschaffen und lehnte nun den Kopf gegen etwas, das sich anfühlte wie eine Wollmütze. Das war nun schon der zweite Schrank, den sie seit ihrer Ankunft in Paris bewohnte.

Aber wenigstens war es in diesem hier warm.

Als am nächsten Morgen die Schranktür geöffnet wurde, riss Sita erschrocken die Augen auf. Sie starb fast vor Hunger und musste dringend auf die Toilette. Das grelle Licht im Schlafzimmer blendete sie. Blinzelnd blickte sie zu Onkel-*ji* hoch – in der Hoffnung, dass er sie erst mal ins Bad lassen und ihr dann einen Teller mit Essen in die Hand drücken würde. Stattdessen forderte er sie mit einer Handbewegung auf, ihm zu folgen.

Sie erhob sich aus dem Berg aus Schuhen und ging mit ihm zum Eingang der Wohnung, wo Dmitri bereits auf sie wartete. Sita seufzte erleichtert. Sie musste also nicht den ganzen Tag im Schrank verbringen. Mittags würde sie von Tatiana etwas Gutes zu essen bekommen, und abends würde sie zurückkehren und im Restaurant das Essen servieren. Trotz Navins Besuch und Onkel-*jis* Aufgeregtheit würde sich nichts ändern. Nachdem sie in ihren Mantel geschlüpft war, folgte sie Dmitri über den Hof und durch die Passage Brady zu dem schwarzen Mercedes. Tatiana nahm sie in der Diele ihrer Wohnung in Empfang und wies sie an, die Räume im ersten Stock zu putzen.

Um vier Uhr nachmittags hatte Sita sich bis ins Schlafzimmer von Wasily und Tatiana vorgearbeitet und staubte dort ein Bücherregal ab. Dabei blickte sie immer wieder zur Tür, weil sie damit rechnete, dass Tatiana jeden Moment auftauchen und sie holen würde, aber wider Erwarten ließ sich die Frau nicht blicken. Aus vier wurde halb fünf und dann fünf. Als Tatiana schließlich doch auftauchte, führte sie Sita in die Küche, wo eines von Dmitris Mädchen in Jeans und Schürze vor dem Herd stand. Sie rührte in einem Eintopf herum und behielt gleichzeitig eine Kasserolle mit Würstchen im Auge.

»Das Ivanna«, sagte Tatiana zu Sita. »Du ihr heute Abend helfen.«

Vor Verwirrung und Angst begannen Sitas Gedanken zu rasen. Vor Tatiana fürchtete sie sich nicht, aber sie hatte schreckliche Angst vor Dmitri und Wasily. Die Wohnung barg fürchterliche Geheimnisse, die das Tageslicht gnädig zu verhüllen schien. Wenn die Nacht hereinbrach, wollte sie dort nicht mehr sein.

Da Ivanna kaum Englisch sprach, versuchte sie es mit Deuten und Gestikulieren. Sita half ihr, so gut sie konnte.

Der Eintopf unterschied sich sehr von indischem Essen. Ivanna deutete darauf und sagte: »*Borschtsch.*«

Irgendwann nach sechs servierte Ivanna das Abendessen für Wasily, Tatiana und Dmitri im Esszimmer und anschließend für sich und Sita in der Küche. Voller Heißhunger schlang Sita ihre Portion hinunter. Hinterher half sie Ivanna dabei, den Tisch im Esszimmer abzuräumen und die Küche zu putzen.

Als um sieben Dmitri bei ihnen auftauchte, verspannte sich Ivanna sichtlich. Wortlos legte sie ihr Küchenhandtuch weg und folgte ihm. Sita hörte auf dem Gang ihre Schritte. Dann ging eine Tür auf und wieder zu. Das Geräusch klang leiser als der dumpfe Ton, mit dem die Haustür immer ins Schloss fiel. Sitas Herz raste. Sie fragte sich, ob Dmitri mit Ivanna in den Kellerraum hinuntergegangen war.

Eine Minute später kam Tatiana und führte Sita hinauf in eines der Schlafzimmer im ersten Stock, die sie an dem Tag geputzt hatte.

»Du bleiben heute Nacht hier«, erklärte Tatiana, ehe sie ihr das Bad zeigte. »Morgen früh ich dich wieder holen. *Bonne nuit*. Schöne Träume.«

Sie zog die Tür hinter sich zu. Sita hörte ein Schloss einrasten. In dem Zimmer gab es ein riesiges Bett, zwei Lesestühle und ein breites Fenster mit Blick auf den Hof. Verglichen mit Suchirs Dachzimmer und Onkel-*jis* Schrank kam es ihr vor wie ein Palast.

Sie trat ans Fenster und blickte auf den weißen Lieferwagen und den silberfarbenen Audi hinunter. Der schwarze Mercedes fehlte. Als sie den Blick daraufhin über die Regalfächer schweifen ließ, entdeckte sie einen Roman in englischer Sprache. Sie machte es sich in einem der Sessel gemütlich und verbrachte den Abend mit Lesen. Hin und wieder hörte sie draußen jemanden reden, aber die Stimmen klangen gedämpft und weit entfernt.

Irgendwann nach zehn drangen von draußen aus dem Hof Geräusche zu ihr hoch. Sita trat in den Schatten des Fensters und beobachtete, wie Dmitri Natalia, Ivanna und die anderen Mädchen zu dem weißen Bus führte. Alle trugen aufreizende Miniröcke, hochhackige Schuhe und knappe Oberteile, die tiefe Einblicke gewährten. Obwohl es noch Winter war, hatte nur Natalia einen Mantel an. Keine von ihnen sagte etwas, und sie sahen einander auch nicht an.

Als Dmitri ihnen die hinteren Türen des Kleinbusses aufhielt, kletterten alle bis auf Natalia hinein. Dmitri forderte Natalia mit einer Handbewegung auf, in den Audi zu steigen, und wechselte noch ein paar Worte mit einer Person im Bus, woraufhin dieser sich in Bewegung setzte und durch den Torbogen verschwand. Nachdem er noch ein kurzes Gespräch auf seinem Handy geführt hatte, schwang sich Dmitri ans Steuer des Audi, wendete den Wagen in rasantem Tempo und fuhr aus dem Hof.

Sita gab ihren Beobachtungsposten am Fenster auf und machte sich fürs Bett fertig, indem sie ein luxuriöses Vollbad nahm. Das Kissen und die Decke, in die sie sich anschließend kuschelte, waren weicher als alles, woran sie sich erinnerte. Trotzdem konnte sie ein Gefühl von Angst nicht abschütteln. Wasilys Familie haftete irgendetwas Teuflisches an, das spürte sie.

Wohin hatte Dmitri die Mädchen gebracht?

Am folgenden Morgen holte Tatiana Sita zum Frühstück ab. Bevor sie ihr Zimmer verließ, warf Sita einen raschen Blick aus dem Fenster und stellte fest, dass der Kleinbus und der Audi wieder da waren. Der nächtliche Ausflug der Mädchen stellte sie vor immer größere Rätsel, denn in der Küche stieß sie auf Ivanna, die dort das Frühstück vorbereitete. Das Mädchen sah nicht anders aus als am Vorabend. Während Sita ihr beim Servieren half, betrachtete sie Ivanna immer wieder aufmerksam, konnte bei ihr aber keine Anzeichen besonderen Kummers feststellen. Zwar wirkte der Blick des Mädchens seltsam leer, doch bei der Arbeit unterlief ihr nicht der kleinste Fehler.

Die nächsten Tage verbrachte Sita auf ähnliche Weise, indem sie ihre Pflichten als Hausmädchen erfüllte, die Bettwäsche und Dessous der Mädchen wusch und Ivanna in der Küche half. Jeden Abend um zehn verließ der Kleinbus den Hof und kehrte vor dem Morgengrauen zurück. An Sitas zweitem Abend – einem Sonntag – begleiteten Ivanna und ein anderes Mädchen Dmitri im Audi. Während Sita das nächtliche Schauspiel von ihrem Fenster aus beobachtete, versuchte sie nicht daran zu denken, wohin die Mädchen wohl gebracht wurden und wozu man sie dort zwang.

Am Mittwoch nach dem Frühstück wurde Sita ins Wohnzimmer gerufen, wo Wasily bereits auf sie wartete. Bald darauf kamen Onkel-*ji* und Tante-*ji* mit Dmitri herein. Das indische Paar nahm Platz, ohne Sita anzusehen. Sie starrte die beiden verwirrt an.

»Hier sind die Dokumente.« Mit diesen Worten nahm Wasily eine Mappe vom Couchtisch und schlug sie auf.

Wie Sita sehen konnte, befanden sich in der Mappe Pässe und Flugtickets. Ihr Herz tat einen Satz. Hatten Onkel-*ji* und Tante-*ji* beschlossen, Frankreich zu verlassen? Was hatten sie dann mit ihr vor?

»Wie viel kostet uns das?«, fragte Onkel-*ji* in leisem Ton.

Wasily schüttelte den Kopf. »Das habe ich euch doch schon gesagt: Es kostet euch nichts. Wir helfen euch, und ihr helft uns. Ein fairer Tauschhandel.«

»Und wenn wir dort ankommen?«

Wasily zuckte mit den Schultern. »Das ist dann eure Sache.«

»Merci beaucoup«, sagte Onkel-*ji*. »Ihr habt uns damit einen großen Gefallen getan.«

Als er daraufhin einen Blick zu Sita hinüberwarf, sah sie den schuldbewussten Ausdruck in seinen Augen. Erschrocken rang sie nach Luft. Plötzlich war sie sicher, dass dieses Treffen etwas mit ihr zu tun hatte.

Nachdem Wasily Onkel-*ji* die Dokumente überreicht hatte, gaben sich die beiden Männer die Hand.

»Bedanken könnt ihr euch morgen«, meinte Wasily. »Aber haltet bis dahin die Augen offen.«

Dritter Teil

19

Das Herz hat seine Gründe,
die der Verstand nicht kennt.
Blaise Pascal

Mumbai – Indien

Thomas saß am Chhatrapati Shivaji International Airport in der Wartehalle der Air France und nippte an einem Glas Rotwein. Es war ein Mittwoch und kurz nach Mitternacht – eine Woche, nachdem der stellvertretende Polizeichef Navin hatte laufen lassen. Thomas' Flug ging erst in anderthalb Stunden. Er überlegte, ob er ein wenig Zeitung lesen sollte, wusste aber, dass er sich nicht auf die Artikel konzentrieren konnte. Deswegen schloss er stattdessen lieber die Augen und versuchte ruhig durchzuatmen, während er sich alles noch einmal durch den Kopf gehen ließ.

Es war eine ereignisreiche Woche gewesen. Als er am Tag nach der Razzia mit Jeff Greer sprach, rechnete er fest damit, dass der Einsatzleiter ihn für verrückt erklären und darüber belehren würde, dass er bei CASE Wichtigeres zu tun habe, als sich auf der Suche nach Sita in Paris herumzutreiben. Aber Jeff hatte ihn überrascht. Wie es schien, steckte hinter seiner abgeklärten Fassade ein Idealist. Er zierte sich Thomas gegenüber deswegen so lange, weil er herausfinden wollte, ob er es ernst meinte. Schließlich erteilte er ihm seinen Segen und verlangte lediglich, dass Thomas mit ihm Kontakt hielt.

Ganz anders war es mit Priya gelaufen. Nach dem Gespräch mit Jeff hatte Thomas in der Annahme, dass sie ohnehin nicht rangehen würde, ihre Handynummer gewählt. Es war Donnerstag, und sie war gerade im Hospiz in Breach Candy bei ihrer Großmutter. Als sie bereits nach dem ersten Läuten ranging, wusste er sofort, dass etwas nicht stimmte. Ihr Ton bestätigte es ihm.

»Thomas«, erklärte sie, »meine Großmutter ist gerade gestorben.«

Er stockte kurz, bevor er etwas erwiderte. »Das tut mir so leid.«

Es dauerte eine Weile, bis sie weitersprechen konnte. »Vor zwei Tagen hat sie noch mit mir geplaudert. Die Schwestern haben gesagt, dass sie in der Nacht das Bewusstsein verloren hat. Als ich kam, konnte sie schon nicht mehr sprechen. Sie hat mich angesehen, als wollte sie mir etwas sagen, konnte aber nicht. Ich habe ihre Hand gehalten, als sie gestorben ist.«

Priya brach in Tränen aus.

Thomas verließ das Büro und stieg in eine Rikscha. »Weiß deine Familie schon Bescheid?«

»Ich wollte gerade meinen Vater anrufen.«

Er sprach lauter, um das Hämmern des Zweizylindermotors zu übertönen. »Ich werde etwa eine Stunde brauchen, bis ich bei dir bin.«

»Fahr zum Haus meines Großvaters. Dort wird sie hingebracht und für die Bestattung vorbereitet.«

Nach achtzig nervenaufreibenden Minuten stieg er in Malabar Hill völlig benommen aus seiner Rikscha. Er bezahlte den Fahrer und betrat das Grundstück. Im Garten war die Luft kühl und von Jasminduft und Vogelgesang erfüllt. Thomas blieb einen Moment stehen und ließ den Blick über das Anwesen schweifen. Auf der gepflasterten Zufahrt parkten drei Wagen, darunter auch Priyas Cabrio.

Er wappnete sich für die unvermeidliche Konfrontation mit Surya. Seit der *Mendhi*-Zeremonie hatte er nicht mehr mit dem Professor gesprochen. Er hatte keine Ahnung, ob Priya ihrem Vater von ihren zahlreichen Treffen erzählt hatte. Das Ganze fühlte sich an wie ein Déjà-vu-Erlebnis. Als hätten er und Priya sich wieder heimlich im Fellows Garden herumgetrieben – mit dem Unterschied, dass sie inzwischen verheiratet waren.

Auf der Veranda war niemand zu sehen, aber hinter den Fenstern bewegte sich etwas. In der Hoffnung, dass Priya ihm öffnen würde, klopfte er zaghaft an die Haustür. Doch so viel Glück war ihm nicht beschieden.

Der Professor stand in der Tür und runzelte bei seinem Anblick sofort die Stirn. »Priya ist bei ihrer Großmutter«, erklärte er.

»Sie hat mich gebeten zu kommen«, entgegnete Thomas.

Als Surya ihm keine Antwort gab, befürchtete er schon, der Mann würde ihn zwingen, draußen zu warten. Da tauchte Surekha auf, um zu vermitteln.

»Thomas«, sagte sie, während sie ihren Mann mit einem strafenden Blick bedachte, »Priya kommt sofort. Warum wartest du nicht so lange im Wohnzimmer?« Sie war inzwischen zum Du übergegangen.

Surya funkelte ihn zwar weiter finster an, trat aber immerhin beiseite. Thomas ließ sich auf einer Couch nieder und lauschte dem Klang entfernter Frauenstimmen, die sich auf Hindi unterhielten. Nach ein paar Minuten tauchte Priya auf und winkte ihn auf die Terrasse hinaus.

»Wie geht es dir?«, fragte Thomas.

»Ich weiß nicht so recht«, antwortete Priya. In ihren rot geränderten Augen schwammen Tränen. »Ich habe nicht damit gerechnet, dass es so schnell gehen würde.«

»Was kann ich tun?«

»Nichts«, erwiderte sie kopfschüttelnd.

»Wie geht es nun weiter?«

»Ihr Leichnam wird geschmückt und aufgebahrt. Morgen können dann alle zur Totenwache kommen, um ihr die letzte Ehre zu erweisen, und anschließend wird sie am Meer eingeäschert, im Priyadarshini Park. Danach werden mein Vater und seine Brüder mit ihrer Asche nach Varanasi fliegen. Wir anderen werden hier um sie trauern.«

Thomas holte tief Luft. »Es tut mir leid. Ich weiß, dass du sie sehr geliebt hast.«

»Als Kind habe ich sie sehr geliebt. Als Erwachsene kannte ich sie kaum.«

»Woran größtenteils ich schuld bin.«

Priya blickte über die Rasenfläche zum Brunnen hinüber. »Wir sind beide schuld. Aber Schuldzuweisungen bringen jetzt nichts mehr. Wir haben nur noch die Zukunft.«

Thomas atmete tief ein und stieß die Luft wieder aus. »Ich frage mich schon die ganze Zeit, wie das funktionieren soll.«

Priya schüttelte den Kopf. »Mit Grübeln wirst du das Problem nicht lösen.«

»Was soll ich denn sonst tun?«

Priya sah ihn an. »Warum stellen Männer ständig diese Frage? Du sollst gar nichts *tun*, sondern einfach nur du selbst sein. Gemeinsam finden wir schon eine Lösung.«

»Warum sprechen Frauen ständig in Rätseln?«

»Weil die Liebe ein Rätsel ist«, antwortete sie, »wie überhaupt das ganze Leben.«

Die bald darauf stattfindenden hinduistischen Bestattungsriten waren sehr aufwendig, und zur öffentlichen Totenwache trafen fast fünfhundert Menschen ein. Die Familie schmückte die Verstorbene mit Blumen und bahrte sie so auf, dass ihre Füße in Richtung Süden wiesen, zur Heimstatt der Toten.

Am Abend des zweiten Tages trugen Surya und seine Brüder die Bahre zu einem Leichenwagen und fuhren ihre Mutter in den Priyadarshini Park, wo ein Scheiterhaufen errichtet und ihr Leichnam eingeäschert wurde. Begleitet vom Meeresrauschen sang eine Gruppe von Brahmanen Mantras, während die Trauernden der Verstorbenen die letzte Ehre erwiesen.

Nach der Einäscherung zerstreute sich die Menge, und die Familie kehrte in ihr Haus zurück. Während Priya sich um ihren Großvater kümmerte, hielt sich Thomas etwas abseits und fragte sich, wann er wohl Gelegenheit haben würde, mit ihr über Paris zu sprechen. Er hatte ein schlechtes Gewissen, weil er so viel an Sita dachte, aber je mehr Stunden verstrichen, umso mehr wuchs seine Zuversicht, dass er sie finden konnte, aber auch seine Angst, dass die Zeit gegen ihn arbeitete.

Drei Tage nach dem Tod der Großmutter nahm er Priya schließlich beiseite und führte sie auf die Terrasse hinaus. Die Dämmerung brach bereits herein.

»Du wirkst irgendwie angespannt«, stellte sie fest. »Ist etwas passiert?«

Thomas erzählte ihr von der Festnahme und anschließenden Freilassung Navins.

Priya war entsetzt. »Der Polizeichef ist ein Freund der Familie! Er und seine Frau waren bei der Totenwache. Wenn einer seiner Stellvertreter mit den Kriminellen zusammenarbeitet, sollte er das erfahren.«

»Ich bin mir nicht sicher, ob das helfen würde«, entgegnete er. »Außerdem gilt meine Sorge nicht so sehr dem stellvertretenden Polizeichef.«

»Du machst dir Sorgen um Sita.«

Er nickte.

Sie betrachtete ihn nachdenklich. »Hast du eine Ahnung, warum Navin sie nach Frankreich gebracht hat?«

»Sein Onkel betreibt in Paris ein Restaurant. Sie arbeitet für ihn.«

»Kümmern sich die Franzosen um die Sache?«

»Die Leute vom CBI halten sich uns gegenüber bedeckt. Was das Vorgehen der Franzosen betrifft, können wir nur Mutmaßungen anstellen.«

Sie musterte ihn eindringlich. »Das ist doch noch nicht alles. Du hast noch mehr auf dem Herzen.«

»Die CIA sollte dich unter Vertrag nehmen. Du bist besser als jeder Lügendetektor.«

Sie lächelte. »Ich kann nur *deine* Gedanken lesen.«

»Ich muss nach Frankreich«, erklärt er. »Ich glaube, ich kann Sita finden.«

Überrascht starrte sie ihn an. Ihre dunklen Augen funkelten im Licht der Fackel, die auf der Terrasse brannte. »Du meinst das ernst, oder?«

»Ja.«

»Mein Vater wird dafür kein Verständnis haben.«

»Natürlich nicht.«

»Wie schade. Ausgerechnet jetzt, wo er gerade anfängt, dich zu mögen.«

Thomas riss ungläubig die Augen auf. »Wie bitte?«

»Seine genauen Worten lauteten: ›Du hast dir da einen ganz Cleveren ausgesucht‹.«

»Na, so was! Allerdings ist Respekt nicht automatisch ein Zeichen von Zuneigung.«

»Aber auch nicht von Abneigung.«

Er musste lachen. »Vermutlich bin eher ich derjenige, der sich da eine ganz Clevere ausgesucht hat.«

Sie griff nach seinem Arm. »Flieg nach Paris«, sagte sie, »um meinen Vater kümmere ich mich schon.«

Wieder warf Thomas einen Blick auf seine Armbanduhr. Ihm blieben noch dreißig Minuten, bis sein Flug aufgerufen wurde. Er holte sein BlackBerry heraus und rief Andrew Porter im Justizministerium an. Andrew ging gleich nach dem ersten Läuten ran. Der Zeitunterschied betrug zehneinhalb Stunden, was bedeutete, dass in Washington gerade früher Nachmittag war.

Thomas brachte seinen Freund in knappen Worten auf den neuesten Stand und fragte ihn, ob er in französischen Regierungskreisen jemanden kenne, der ihm helfen könne.

»Unsere Beziehungen zu den Franzosen sind immer ein bisschen heikel«, erklärte Andrew, »aber eine Freundin von mir arbeitet im Pariser FBI-Büro. Die Mitarbeiter kennen alle diplomatischen Kniffe und genießen den Respekt der französischen Regierung. Wenn du willst, rufe ich Julia Moore an.«

»Wie gut seid ihr denn befreundet?«, fragte Thomas. »Was ich vorhabe, entspricht nicht ganz dem Amtsweg.«

»Julia und ich haben zusammen in Columbia studiert. Ich schätze sie sehr. All die anderen vom FBI würden dir nicht mal die Uhrzeit sagen. Aber Julia tut mir bestimmt einen Gefallen. Außerdem dürfte der Fall sie persönlich interessieren. Ihre Schwester wurde entführt, als sie noch ein Kind war.«

»Einverstanden«, meinte Thomas, »ruf sie an.«

»Gut. Warte zwanzig Minuten und wähle dann folgende Nummer.«

Andrew nannte ihm eine achtstellige Nummer mit einer Pariser Vorwahl. Thomas schrieb sie sich auf die Handfläche. Nachdem er aufgelegt hatte, blätterte er durch eine

Ausgabe der *Times of India*, behielt dabei aber die Uhr im Auge.

Nach zwanzig Minuten rief er an. Julia Moore meldete sich sofort.

Nachdem Thomas sich vorgestellt und sein Anliegen vorgebracht hatte, sagte sie: »Ich werde tun, was ich kann, um zu helfen. Wo fangen wir an?«

»Als Erstes würde ich gern wissen, ob die französische Polizei von der CBI-Stelle in Bombay informiert wurde.«

»Wir haben hier in Paris Kontakte zur BRP, der Einheit zur Bekämpfung der Zuhälterei. Ich rufe gleich morgen früh an. Wie gut kennen Sie sich in Paris aus?«

»Ich habe ein Semester dort studiert. Warum?«

»Vermutlich wollen Sie ein bisschen auf eigene Faust ermitteln. Da ist es besser, wenn man sich auskennt.« Sie hielt kurz inne. »Wann landet Ihre Maschine?«

»Um halb acht Uhr morgens.«

»Fahren Sie mit dem RER der Linie B bis Châtelet-Les Halles. Ich erwarte Sie um neun vor der Église Saint-Eustache.«

»Wie erkenne ich Sie?«

»Ich trage einen roten Mantel.«

Thomas' Maschine flog pünktlich ab, und er verschlief einen Großteil des Fluges. Nach der Ankunft am Flughafen Charles de Gaulle passierte er zügig die Kontrollen und folgte dann den Hinweisschildern zum RER-Bahnhof. Obwohl seine letzte Reise nach Paris fast zehn Jahre zurücklag, kam ihm vieles noch sehr vertraut vor.

Die Fahrt in die Stadt weckte in ihm zahlreiche Erinnerungen. Er rief sich den Espresso-Duft in dem kleinen Café im fünften Arrondissement ins Gedächtnis, wo er so oft gefrühstückt hatte, und die Stille, die in dem großen Vorlesungssaal an der Sorbonne geherrscht hatte, und auch den Beaux-Arts-Leseraum in der Bibliothèque Sainte-Geneviève, wo er immer zum Lernen hinging, wenn es zu kalt wurde, um sich in die Gärten von Pont Neuf zu setzen und mit Blick auf die Seine zu lesen.

Rasch näherte sich der Zug dem Stadtzentrum. An der Haltestelle Châtelet-Les Halles stieg Thomas aus und folgte den Hinweisschildern bis zum Forum Les Halles, einem protzigen, im ersten Arrondissement gelegenen Einkaufszentrum. Er ging an einem großen Kinokomplex vorbei und stieg eine lange Treppe hinauf, ehe er oben in der Rue Rambuteau herauskam.

Es war ein schöner, aber kalter Tag. Obwohl sich der Winter noch nicht ganz vertreiben ließ, hatte die Sonne schon wieder beträchtlich an Leuchtkraft gewonnen und verhieß den nahenden Frühling. Die Église Saint-Eustache, eine der vielen alten gotischen Kirchen von Paris, beherrschte hier das Stadtbild. Er ging durch den Park, während er nach Julia Ausschau hielt. Die Hände tief in die Taschen ihres schicken roten Mantels geschoben, stand sie vor dem Touristeneingang. Sie war eine groß gewachsene, attraktive Frau mit schulterlangem kastanienbraunem Haar. Sie begrüßten sich kurz, bevor Julia auf das Thema seines Besuchs zu sprechen kam.

»Ich habe mit unserem Kontaktmann bei der Pariser Polizei gesprochen. Er hatte noch nichts von Navin oder Sita gehört, wird sich aber darum kümmern. Ich habe ihm ihr Bild aus der Interpol-Datenbank geschickt und rechne damit, heute Nachmittag von ihm zu hören.«

»Und wie sehen Ihre Pläne für den Vormittag aus?«, erkundigte sich Thomas.

»Es gibt da einen Mann, den Sie unbedingt kennenlernen sollten«, antwortete sie, »Jean-Pierre Léon. Er weiß alles, was es in dieser Stadt über das Thema Menschenhandel zu wissen gibt. Außerdem ist er einer der interessantesten Gesprächspartner, die mir in Paris begegnet sind. Sie werden es nicht bereuen.«

Julia lotste ihn in eine Gasse an der Rue Mondétour. Vor einer unscheinbaren Tür unter einer grünen Markise blieben sie stehen. Julia drückte einen Klingelknopf, neben dem ein Schild mit der Aufschrift »Le Projet de Justice« angebracht war. Mit einem Summen sprang die Tür auf. Julia führte Thomas zwei Treppen hinauf, bis sie schließlich zu einem fensterlosen Empfangsbereich kamen. Als Julia die dort sitzende Dame auf Französisch begrüßte, winkte diese sie lächelnd durch.

»Man scheint Sie hier zu kennen.«

»Eigentlich nicht«, gab Julia zurück, »ich habe nur vorher angerufen.«

Jean-Pierre Léon empfing sie in einem Büro, das derart mit Büchern vollgestopft war, dass man die Möbel kaum noch sah. Thomas fand den Mann auf den ersten Blick sympathisch. Der Franzose war Mitte vierzig und sehr schlank. Er trug ein leicht geckenhaft wirkendes Sportsakko mit einer wollenen Krawatte und hatte eine Pfeife im Mundwinkel hängen.

Er erhob sich, um sie zu begrüßen, und forderte sie dann mit einer Handbewegung auf, Platz zu nehmen. Mit fragendem Blick betrachtete Thomas einen Stuhl, auf dem sich ein Stapel Bücher türmte.

»Setzen Sie sich, setzen Sie sich!«, sagte Léon mit leichtem Akzent auf Englisch und fuchtelte dabei mit den Armen durch die Luft. »Legen Sie die Bücher einfach zur Seite, ich finde sie später schon wieder.«

Thomas zwängte sich zwischen die Bücher und überließ es Julia, das Gespräch zu eröffnen.

Léon war jedoch schon in groben Zügen informiert und nahm die Zügel selbst in die Hand.

»Julia sagt, Sie sind nach Paris gekommen, um nach einem Mädchen zu suchen. Einem indischen Mädchen.«

Thomas nickte.

»In Paris gibt es nicht viele Inder.«

»Ich kann mich an eine indische Enklave im zehnten Arrondissement erinnern.«

»Das Zehnte ist ein globales Dorf, in dem fast alle Länder vertreten sind. Aber Sie haben recht. Rund um die Rue du Faubourg-Saint-Denis gibt es ein paar Inder.«

»Meinen Sie, ich sollte dort nach ihr Ausschau halten?«

Léon kratzte sich nachdenklich am Kinn. »Vielleicht.« Er warf einen Blick zu Julia hinüber. »Aber Paris ist eine große Stadt. Sie könnte überall sein.«

»Oder nirgendwo«, fügte Thomas hinzu. »Sie wurde Anfang Januar verkauft.«

Léon schüttelte den Kopf. »Wenn sie hergekommen ist, um in einem Restaurant zu arbeiten, wüsste ich nicht, wieso sie nicht mehr da sein sollte. Gutes Personal ist schwer zu ersetzen.«

»Wie finde ich sie am ehesten?«

Léon zuckte mit den Schultern. »Julia sagte, der Menschenhändler – Navin, nicht wahr? – habe hier Familienangehörige, einen Onkel. Falls er legal hier ist, kann ihn die Polizei vielleicht aufspüren. Sollte er seine Papiere aber auf dem Schwarzmarkt erstanden haben, finden sie ihn nie. Ihnen ist sicher bekannt, dass Frankreich ein gewisses Problem mit illegalen Einwanderern hat.«

»Wir haben in den Vereinigten Staaten dasselbe Problem«, erklärte Thomas höflich. Insgeheim war er mit Léons ausweichender Antwort nicht zufrieden. »Julia hat mir auf dem

Weg hierher erzählt, dass Sie in Paris der Experte für Menschenhandel sind«, fuhr er fort. »Stimmt das?«

Léon hob abwehrend die Hände. »Es gibt Leute, die das behaupten. Aber es gibt auch noch andere, die sich in dem Bereich auskennen.«

»Sie reichen mir vollkommen. Also, ich sehe die Sache folgendermaßen: Sita hat sich während der vergangenen zwei Monate in der Stadt aufgehalten, und wie Sie ganz richtig sagen, könnte sie immer noch hier sein. Auf jeden Fall muss sie eine Spur hinterlassen haben. Von Ihnen hätte ich gern einen ersten Anhaltspunkt. Sagen Sie mir, wohin ich gehen und mit wem ich sprechen soll. Wenn Sita irgendwo da draußen ist, muss es doch einen Weg geben, sie zu finden.«

Nachdem der Franzose einen Moment lang überlegt hatte, stellte er Thomas eine Frage: »Sind Sie gläubig, Mr. Clarke?«

Thomas zog die Augenbrauen hoch. »Nicht besonders.«

»Schade. Sonst hätte ich Ihnen nämlich geraten zu beten.«

Thomas wartete auf eine weitere Erklärung. Allmählich wurde das Schweigen peinlich.

»So lautet also Ihre Antwort?«, fragte er frustriert.

Seufzend verzog der Franzose das Gesicht. »Verzeihen Sie. Julia wird Ihnen bestätigen, dass ich eine tief verwurzelte Abneigung dagegen habe, Ratschläge zu erteilen. Das ist so eine Macke von mir. Wahrscheinlich habe ich einfach Angst davor, etwas Falsches zu sagen. Verfügen Sie über ein Foto des Mädchens?«

Thomas nickte und zeigte Léon die Aufnahme von Sita.

Der Franzose schürzte die Lippen. »Das müsste seinen Zweck erfüllen. Mir fällt dazu eigentlich nur eins ein: Wenn ich mir in den Kopf gesetzt hätte, sie zu finden, würde ich mit dem Foto auf die Straße gehen. Ich würde im zehnten Arrondissement anfangen und mich von dort bis ins achtzehnte vorarbeiten. Ich würde Frauen und Kinder fragen, und zwar vor allem solche, die aus dem südasiatischen Raum stammen. Trotzdem wäre ich realistisch. Letztendlich müsste ein Wunder geschehen, damit Sie sie finden.«

Als Thomas einen fragenden Blick zu Julia hinüberwarf, nickte sie. »Jean-Pierres Idee ist so gut wie jede andere.«

»Hin und wieder sind wir Gelehrten durchaus zu etwas zu gebrauchen.« Mit diesen Worten erhob sich Léon und reichte Thomas seine Visitenkarte. »Ich wünsche Ihnen alles Glück. Sollten Sie das Mädchen tatsächlich finden, dann lassen Sie es mich bitte wissen.«

»Das mache ich«, versprach Thomas, bevor er Julia hinaus auf die Straße folgte. Während sie zurück in Richtung Forum Les Halles gingen, warf er einen Blick auf die Uhr. Es war fast schon elf.

»Ich habe ganz vergessen zu fragen, wo Sie wohnen«, stellte Julia fest.

»In einem Hotel neben dem Jardin du Luxembourg.«

»Ihre alte Ecke«, meinte Julia lächelnd.

»Ich habe mir gedacht, ein bisschen Nostalgie könnte nicht schaden.«

»Vielleicht möchten Sie erst mal einchecken? Ich rufe Sie später an, wenn ich etwas höre. Falls Sie Lust haben, können Sie sich heute Nachmittag ja schon einmal ein bisschen umhören. Vielleicht kann ich Sie morgen dabei unterstützen.«

Gemeinsam kämpften sie sich durch das Labyrinth des Einkaufszentrums. Vor dem Durchgang zur Metro blieb Julia stehen und legte Thomas eine Hand auf den Arm.

»Ich finde das, was Sie da tun, sehr edel«, bemerkte sie. »Andrew hat Ihnen sicher von meiner Schwester erzählt.«

Thomas nickte.

»Wir wissen nach wie vor nicht, ob sie tot ist oder womöglich an irgendeinem schrecklichen Ort ihr Leben fristet.« Sie bedachte ihn mit einem beschwörenden Blick. »Ich weiß, dass Ihre Chancen sehr gering sind. Versprechen Sie mir trotzdem, dass Sie alles in Ihrer Macht Stehende tun werden, um dieses Mädchen zu finden.«

»Sita hat auch eine Schwester«, erklärte er und zeigte ihr das *Rakhi*-Armband. »Sie hat mir genau dasselbe Versprechen abgenommen.«

Das Boutique Hotel, das er sich ausgesucht hatte, lag etwas versteckt in einer kleinen Sackgasse, die von der Rue Gay Lussac abzweigte. Nachdem Thomas eingecheckt und geduscht hatte, verließ er das Hotel wieder und erstand in einem nahe gelegenen Buchladen einen Stadtplan, den er anschließend in einem Café gegenüber dem Osteingang des Jardin du Luxembourg studierte, während er dort einen Espresso trank. Langsam erinnerte er sich wieder daran, wie Paris aufgebaut war, und er entwickelte einen Schlachtplan.

Als er schließlich zur Metrostation zurückkehrte, nahm er den Zug nach Châtelet-Les Halles und fuhr von dort aus weiter mit der Linie Nr. 4, mit der man ins zehnte und achtzehnte Arrondissement gelangte.

An der Haltestelle Château d'Eau stieg er aus und tauchte am Boulevard de Strasbourg wieder aus dem Untergrund auf. Nach einem Blick in seinen Stadtplan wanderte er in Richtung Gare du Nord. An einer Bushaltestelle blieb er stehen und fischte Sitas Bild aus seiner Manteltasche. Nachdenklich ließ er den Blick die Straße entlangschweifen, an der sich Läden und Wohnungen aneinanderreihten. Die Luft erwärmte sich allmählich, sodass eine Menge Fußgänger unterwegs waren. Thomas schwenkte nach links in den Boulevard de Magenta ein und marschierte bis zur nördlichsten Ecke der Rue du Faubourg-Saint-Denis, wo er zielstrebig auf einen Laden zusteuerte, über dessen Tür ein Schild mit einer südasiatischen Aufschrift prangte. Der Besitzer stand draußen auf dem Gehsteig und unterhielt sich mit einem Kunden. Mit Sitas Foto in der Hand wartete Thomas, bis der Mann Zeit für ihn hatte.

Als der Ladenbesitzer ihn schließlich fragend ansah, begrüßte Thomas ihn mit einem Nicken. »*Bonjour, Monsieur.*«

»*Bonjour*«, antwortete der Mann, ohne zu lächeln.

»Ich habe eine Freundin, die hier in der Gegend wohnt«, begann Thomas eine Geschichte zu spinnen, von der er hoffte, dass sie plausibel klang. »Ich möchte sie überraschen. Hier habe ich ein altes Bild von ihr. Ich habe mich gefragt, ob Sie sie vielleicht schon mal gesehen haben.«

Er hielt dem Mann das Familienfoto hin und deutete auf Sita.

»Nein«, antwortete der Mann mit einer abwehrenden Handbewegung, »nicht hier.« Damit wandte er sich ab und kehrte in seinen Laden zurück.

Thomas schlenderte jetzt in Richtung Süden. Eine junge Afrikanerin mit einem Kinderwagen lächelte ihn an.

»*Excusez-moi*«, sagte er, während er auf sie zutrat. »Entschuldigen Sie vielmals die Störung, aber ich suche nach einer alten Freundin. Sie wohnt irgendwo hier in der Gegend.«

Die Frau schüttelte den Kopf, ohne sich das Foto in seiner Hand richtig angesehen zu haben. »*Non, je suis désolée*«, antwortete sie und ging weiter.

Thomas stellte dieselbe Frage drei weiteren Frauen und zwei Männern unterschiedlichen Alters, die alle behaupteten, das Mädchen noch nie gesehen zu haben, und offenbar auch kein Interesse an weiteren Fragen hatten.

Thomas beschloss, seine Strategie zu ändern. Er begann sich nach indischen Restaurants umzublicken, in der Hoffnung, eines zu finden, in dem er auch gleich zu Mittag essen konnte. Schließlich entdeckte er ein Tandoori-Lokal, das nur einen Häuserblock entfernt lag. Die rote Markise des Restaurants war in Französisch und Hindi beschriftet, doch als er an die Tür trat, stellte er fest, dass es dort nur Abendessen gab.

Er setzte seinen Weg entlang der Rue du Faubourg-Saint-Denis in Richtung Süden fort. Mittlerweile war es drei Uhr nachmittags, und ihm knurrte schon der Magen. Erst jetzt wurde ihm bewusst, dass er seit der kleinen Mahlzeit, die ihnen gegen Ende des Fluges serviert worden war, nichts mehr zu sich genommen hatte. Er legte einen Zwischenstopp in einem Café ein und bestellte sich ein Sandwich. Nachdem er sich damit an einem Platz am Fenster niedergelassen hatte, beobachtete er die Passanten, die draußen auf dem Gehsteig vorbeiströmten. Dabei blickte er irgendwann auch auf die andere Straßenseite hinüber und entdeckte dort eine kleine Fußgängerpassage, die nach Osten in Richtung Boulevard de Strasbourg führte. Unter der Arkade lugte etwas hervor, das wie ein indisches Restaurant aussah.

Er verließ das Café und steuerte auf die Passage zu. Zu seiner Überraschung entpuppte sich das Ganze als eine indisch-pakistanische Oase, die von südasiatischen Restaurants dominiert wurde. Das erste Restaurant, das ihm unterkam, war geschlossen. Im Gastraum brannte kein Licht, und die Stühle waren auf die Tische hochgekippt. Thomas wollte sich gerade abwenden, als er im hinteren Teil des Lokals ein Licht aufflammen sah. Einen Moment später tauchte eine beleibte Inderin mit einem Handbesen und einer Mülltüte auf. Sie trug einen violetten Sari, der mit blauen Lotusblüten verziert war. Geschäftig wuselte sie zwischen den Tischen herum, fegte den Staub auf und rückte hier und dort etwas gerade.

Thomas klopfte gegen die Fensterscheibe. Mit säuerlicher Miene starrte sie zu ihm hinaus und sagte kopfschüttelnd etwas, das er nicht hören konnte. Als er Sitas Bild an die Fensterscheibe presste, kam sie näher. Inzwischen wirkte sie richtig verärgert. Sie sprach jetzt auch so laut, dass sie durchs Fenster gut zu verstehen war.

»*Le restaurant est fermé*«, erklärte sie. Dabei schwang sie den Besen, als wollte sie ihren Worten dadurch Nachdruck verleihen. »*Fermé!*«, wiederholte sie. Dann fuhr sie fort, den Boden zu fegen.

Thomas wandte sich ab und steuerte auf einen Inder zu, der sich gerade um eine Reihe von Pflanzen kümmerte, die neben dem Eingang zu einem anderen Restaurant wuchsen.

Als er dem Mann das Foto zeigte, reagierte der mit jenem strahlenden Lächeln, auf das man bei den Indern in Bombay ständig traf. »Woher kennen Sie denn das Mädchen?«, fragte er Thomas.

»Sie ist eine Freundin von der Universität«, improvisierte Thomas rasch.

»Der Universität von Paris?«, hakte der Mann nach. »Studieren Sie dort?«

»Ich habe an der Sorbonne studiert.« Wieder hielt er das Foto hoch. »Vielleicht haben Sie sie hier irgendwo gesehen? Bitte denken Sie nach. Es ist sehr wichtig.«

Der Mann schüttelte den Kopf. »Ich habe dieses Mädchen nicht gesehen. Aber ich habe einen Freund, der sie kennen könnte. Wollen Sie mir folgen, Sir?«

Der Mann lotste Thomas an den Arkaden entlang. »Wohin gehen wir?«

»Es ist nicht weit, Sir«, antwortete der Mann.

Sie verließen die Passage und überquerten den Boulevard de Strasbourg. Auf dem Gehsteig blieb der Mann stehen und deutete auf eine zweite, glasüberdachte Passage.

»Zu meinem Freund geht es in diese Richtung«, informierte ihn der Mann. »Er kommt ständig in mein Restaurant.« Er streckte Thomas die Hand hin. »Ich bin Ajit.«

Thomas schüttelte die ihm dargebotene Hand. »Thomas Clarke.«

Ajit führte Thomas in die zweite Passage hinein. Sie betraten ein Geschäft, das für handgewobene Teppiche warb. Zum Teil handelte es sich um Perserteppiche, zum Teil stammten sie aus Afghanistan. Ajit ging in den hinteren Teil des Ladens und spähte durch eine halb offen stehende Tür in einen Lagerraum, wo er jemanden sehr laut auf Hindi begrüßte.

»Er hört schlecht«, erklärte der Mann, »aber er kommt gleich.«

»Wer ist er?«, fragte Thomas.

»Er heißt Prabodhan. Er lebt schon sehr lange hier.«

Kurz darauf erschien ein älterer Mann mit einem Taschenrechner in der Hand. Sein Haar war grau-weiß meliert, und er trug eine Brille mit dicken Gläsern. Nachdem er Ajit sehr freundlich begrüßt hatte, bedachte er Thomas mit einem Blick, der ebenso offen wie fragend wirkte.

»Prabodhan«, wandte Ajit sich an den Mann und fuhr auf Französisch fort, damit Thomas es verstand: »Mr. Thomas sucht nach einem Mädchen.«

Der Teppichhändler neigte den Kopf leicht zur Seite und blinzelte. Nachdem er nichts sagte, holte Thomas Ahalyas Foto heraus und reichte es ihm.

»So sieht sie aus.« Er deutete auf Sita. »Auch wenn sie mittlerweile schon älter ist.«

Der Teppichhändler ignorierte das Foto und konzentrierte sich stattdessen auf Thomas.

»Wie Sie sehen können«, sagte er zu ihm, »bin ich Händler. Ich verkaufe Teppiche. Wie kommen Sie darauf, dass ich dieses Mädchen kennen könnte?« Trotz seines leisen Tons sprach aus seinen Worten eine unmissverständliche Autorität.

»Sie kennen sich von der Sorbonne«, erklärte Ajit, bevor Thomas etwas antworten konnte. »Mr. Thomas hat sie schon eine ganze Weile nicht mehr gesehen.«

»Haben Sie denn kein Telefon?«, konterte der Teppichhändler. »Oder Internet? Ein Mann, der eine Ausbildung an der Sorbonne genossen hat, müsste doch in der Lage sein, eine alte Freundin aufzuspüren.«

»Irgendwann ist der Kontakt zwischen uns abgerissen«, erwiderte Thomas. »Ich weiß nur, dass sie noch in Paris lebt.«

Der Teppichhändler dachte über Thomas' Worte nach. Dann schien er seinem Herzen einen Ruck zu geben, denn auf einmal hielt er sich das Foto dicht vors Gesicht und kniff hinter seinen dicken Brillengläsern die Augen zusammen. Er blinzelte ein paarmal und sah dann wieder Thomas an, inzwischen eher neugierig als skeptisch.

»Was, wenn sie Sie gar nicht sehen möchte?«

»Heißt das, Sie wissen, wo sie ist?«, fragte Thomas hoffnungsvoll.

Der Teppichhändler musterte ihn einen Moment eindringlich, ehe er nickte. »Ich habe ein Mädchen gesehen, das so aussieht.«

»Ist sie in der Nähe?«, platzte Thomas heraus und versuchte, seinen Enthusiasmus zu zügeln.

Nach einem weiteren Blick auf das Foto wackelte der Teppichhändler mit dem Kopf, wechselte mit Ajit noch ein paar Worte auf Hindi und verschwand dann wieder nach hinten in seinen Lagerraum.

Ajit verkündete: »Prabodhan sagt, dass dieses Mädchen im achtzehnten Arrondissement arbeitet. Er bittet Sie, ihn nicht zu erwähnen.«

»Natürlich nicht«, beruhigte ihn Thomas. »Wie komme ich denn da hin?«

Ajit schenkte ihm ein strahlendes Lächeln. »Ich bringe Sie hin, Mr. Thomas.«

Thomas folgte Ajit bis zur Metro-Station Château d'Eau, wo sie den Zug Richtung Norden nahmen. An der Haltestelle Barbès-Rochechouart stiegen sie wieder aus. Zielstrebig lotste Ajit seinen Schützling durch die wuselnde Menschenmenge. Als sie den Bahnhof schließlich verließen, marschierte Ajit in östlicher Richtung den Boulevard de la Chapelle entlang, bog dann nach links in eine schmale Kopfsteinpflastergasse ein und steuerte auf die Glasfassade eines indischen Restaurants zu. Das Lokal hatte geschlossen, aber Thomas sah einen dunkelhäutigen Mann an einem der Tische sitzen.

Ajit bat Thomas um das Foto und klopfte ans Fenster. Sichtlich verärgert über die Störung, drehte der Mann sich um. Er stand auf und kam zur Tür.

»Bonjour«, begrüßte ihn Ajit und kam allen Fragen seines Gegenübers zuvor, indem er dem Mann sofort das Foto zeigte, woraufhin die beiden eine angeregte Unterhaltung auf Hindi führten. Schließlich aber schüttelte der Mann den Kopf und zog die Tür wieder zu.

»Was hat er gesagt?«, erkundigte sich Thomas.

»Viele Fragen wollte er nicht beantworten«, informierte ihn Ajit. »Er war nicht sehr freundlich.«

»Hat er etwas über das Foto gesagt?«

»Er hat gesagt, dass das Mädchen mal hier gearbeitet hat, jetzt aber nicht mehr da ist.«

Thomas atmete scharf ein, weil er sicher war, schon ganz nahe an Sita dran zu sein. Nachdem er sich das Restaurant genau eingeprägt hatte, machte er sich auf den Rückweg in Richtung Boulevard de la Chapelle. Ajit folgte ihm wortlos. An der Ecke befand sich ein Souvenirladen, in dem sich gerade keine Kunden befanden. Thomas ging hinein und wandte sich an die Kassiererin – eine junge Frau mit stacheligem Haar und einer Spinnentätowierung am Hals. Er zeigte ihr ebenfalls das Foto und deutete auf das Restaurant ein Stück die Gasse hinunter, wobei er ihr auf Französisch die Situation erklärte.

Die Kassiererin schüttelte gelangweilt den Kopf. »Das ist nicht das Mädchen.«

Thomas fühlte sich schlagartig ernüchtert. »Woher wollen Sie das wissen?«

»Ich weiß es einfach.«

»Ein Mann hat mir erzählt, er habe sie dort gesehen«, gab Thomas zu bedenken. »Er war sich ziemlich sicher.«

Die Kassiererin stützte die Hände auf die Ladentheke und beugte sich zu ihm vor. »Es ist mir völlig egal, wer Ihnen das eingeredet hat. Es ist nicht das Mädchen.« Sie legte eine kurze Pause ein, in der sich ihre Gesichtszüge ein wenig entspannten. »Hören Sie, ich bin Künstlerin, ich zeichne ständig die Leute im Park. Dieses Mädchen«, sagte sie und deutete auf das Foto, »hat eine hellere Haut als das Mädchen, das im Restaurant arbeitet. Außerdem hat das Mädchen im Restaurant eine Kinnspalte, eine breitere Stirn und ein Muttermal neben der Nase. Ich habe erst kürzlich dort gegessen. Das Essen war fürchterlich, aber an sie kann ich mich noch gut erinnern.«

Die Kassierin machte Thomas' ganze Hoffnung zunichte. »Der Mann im Restaurant behauptet, sie arbeite nicht mehr dort«, informierte er sie. »Er wollte auch gar nicht über sie reden. Können Sie sich das erklären?«

Die Kassiererin lachte höhnisch. »Oh, und ob sie noch dort arbeitet. Ich habe sie erst heute Morgen gesehen. Vermutlich ist sie illegal hier, genau wie die Hälfte aller Einwanderer in dieser Stadt.«

Niedergeschlagen verließ Thomas den Souvenirladen. Der Hinweis des Teppichhändlers hatte so vielversprechend geklungen. Da fielen ihm plötzlich die dicken Brillengläser des Mannes wieder ein. Er hat nicht sie gesehen, ging ihm durch den Kopf, sondern eine völlig verzerrte Version von ihr.

An der Ecke blieb er stehen und sah Ajit an. »Ich danke Ihnen vielmals für Ihre Hilfe.«

Ajit sah, wie deprimiert er war, und versuchte ihn aufzuheitern. »Mögen Sie die indische Küche, Mr. Thomas?«

»Ja«, antwortete Thomas, um einen liebenswürdigen Ton bemüht.

»Meine Frau macht das beste Tandoori-Huhn in ganz Frankreich. Wenn Sie in mein Restaurant kommen, frage ich sie, ob sie Ihre Freundin gesehen hat.«

»Ich überlege es mir«, entgegnete Thomas, der nicht die Absicht hatte, dieser Einladung nachzukommen. Um dem Gespräch ein Ende zu setzen, streckte er seinem Begleiter die Hand hin, die Ajit daraufhin mit niedergeschlagener Miene schüttelte.

»Kommen Sie in mein Restaurant«, wiederholte Ajit. »Ich verspreche Ihnen, dass Sie es nicht bereuen werden.«

Thomas fuhr mit der Metro zurück ins fünfte Arrondissement und spazierte dann entlang der breiten Promenade des

Boulevard Saint-Michel in Richtung Süden. Als er durch das Osttor des Jardin du Luxembourg trat, ging über den Bäumen im Südwesten gerade die Sonne unter. Er schlenderte über den Platz auf den Palais du Luxembourg zu und ließ sich in der Nähe des Brunnens auf einer Bank nieder. Falls Julias Kontaktmann bei der BRP nicht mit irgendeiner neuen Information aufwarten konnte, gingen ihm allmählich die Optionen aus. Natürlich konnte er sich noch wochenlang umhören, indem er weitere Viertel der Stadt durchstreifte und jeden Pariser belästigte, der ihm über den Weg lief, doch vermutlich würde dabei nicht das Geringste herauskommen. Seine Chancen auf Erfolg standen extrem schlecht. Als die Abendröte langsam verblasste, verließ er den Park durch ein Seitentor und steuerte auf sein Hotel zu. In dem Moment begann sein BlackBerry in der Tasche zu vibrieren.

»Hallo, Julia«, meldete er sich nach einem raschen Blick auf die angezeigte Nummer.

»Bitte entschuldigen Sie, dass ich mich erst jetzt melde«, sagte sie. »Unser Freund von der BRP hat gerade mit dem Gesandten in der französischen Botschaft in Mumbai gesprochen. Der Gesandte hat versprochen, sich morgen mit dem CBI in Verbindung zu setzen.«

»Die Mühlen der Justiz mahlen langsam«, kommentierte Thomas.

»Ja, offensichtlich. Hatten Sie heute Nachmittag mehr Glück?«

»Ganz und gar nicht«, erwiderte er und berichtete ihr in knappen Worten, wie er Ajit kennengelernt hatte und hinter dem falschen Hinweis des Teppichhändlers hergejagt war.

Julia seufzte. »Ich muss die ganze Zeit daran denken, was für eine Schande es doch ist, dass die Polizei von Bombay diesen Navin hat laufen lassen. Wenn wir den Namen seines Onkels hätten, könnte ich mit unserem Computer wahre Wunder wirken.«

»Daran zweifle ich nicht«, antwortete Thomas.

Nach einer kurzen Pause fragte sie: »Haben Sie schon Pläne für den Abend? Ich kenne da ein ganz fantastisches marokkanisches Lokal auf der Île Saint-Louis.«

Thomas wollte gerade zusagen, als ihm eine Idee kam. Der Rat von Jean-Pierre Léon fiel ihm wieder ein. *Ich würde Frauen und Kinder fragen, vor allem solche, die aus dem südasiatischen Raum stammen.* Und er musste an Ajits Einladung denken. *Meine Frau macht das beste Tandoori-Huhn in ganz Frankreich – Ich frage sie, ob sie Ihre Freundin gesehen hat.* Er wusste, dass es ein Schuss ins Blaue war, fand das aber immer noch besser, als darauf zu warten, dass die BRP einen Hinweis lieferte, der vielleicht nie kommen würde.

»Ich würde da sehr gern hingehen«, antwortete Thomas, »aber im Moment steht mir der Sinn mehr nach indischem Essen.«

»Heißt das, Sie haben eine konkrete Idee?«

»Sagen wir lieber, ich fische ziemlich im Trüben. Machen Sie sich bloß keine allzu großen Hoffnungen.«

»Wie auch immer, ich richte mich in diesem Fall ganz nach Ihnen. Sagen Sie mir, wo und wann wir uns treffen sollen.«

Thomas lächelte. »Um acht an der Porte Saint-Denis. Von dort aus können wir zu Fuß hingehen.«

20

Weiche dem Unheil nicht,
doch geh ihm mutiger entgegen!
VERGIL

Paris – Frankreich

Nachdem Onkel-*ji* und Tante-*ji* mit ihren Reisedokumenten die Wohnung verlassen hatten, kehrte Tatiana ins Wohnzimmer zurück. »Komm«, wandte sie sich an Sita, »Arbeit für dich.«

Sita folgte ihr nach oben in die Bibliothek, wo Tatiana ihr den Staublappen in die Hand drückte und sie erneut zwei Stunden Bücher abstauben ließ. In Gedanken war sie noch bei dem morgendlichen Treffen. Nichts davon ergab einen Sinn. Als Navin sie an Onkel-*ji* verkauft hatte, war sie davon ausgegangen, für lange Zeit, vielleicht sogar Jahre in dem Lokal zu arbeiten. Dann aber war Navin wieder aufgetaucht, und alles hatte sich mit einem Schlag verändert. Onkel-*ji* hatte sie im Schrank versteckt und dann an Wasily und Tatiana übergeben, und nun hatte Wasily für sie irgendwelche Reisevorbereitungen getroffen. Sie wünschte, sie hätte sich die Flugtickets genauer angesehen.

Mittags brachte Tatiana ihr ein Baguette-Sandwich. Nachdem Sita es gegessen hatte, führte Tatiana sie hinauf in Wasilys Büro im zweiten Stock der Wohnung. Sita hatte das Büro im Lauf der vergangenen zwei Wochen zweimal geputzt und dabei jedes Mal eine Gänsehaut bekommen.

»Schnell putzen«, wies Tatiana sie an. »Er kommen heim in einer Stunde.«

Als Sita allein war, holte sie ihr Staubtuch heraus und nahm sich als Erstes den Schreibtisch vor. Dabei starrte sie einen Moment argwöhnisch auf die beiden Flachbildschirme, weil sie befürchtete, bereits eine leichte Erschütterung könnte sie wieder zum Leben erwecken. Als Nächstes staubte sie das runde Fenster ab, dann den Aktenschrank. Nachdem sie mit beidem schnell fertig war, blickte sie sich suchend nach irgendetwas anderem um, das sie noch putzen konnte. Dabei bemerkte sie, dass die Tür des Schrankes, der im hinteren Teil des Büros stand, nicht ganz geschlossen war. Durch den Türspalt konnte sie einen Stapel Kartons erkennen. Sie zögerte einen Moment, doch dann siegte die Neugier.

Sie öffnete die Tür und betrachtete die Kartons. Es waren mindestens zwölf Stück, und wie sich herausstellte, steckten sie alle voller Bankunterlagen. Vorsichtig zog sie das oberste Blatt heraus. Es handelte sich um den Kontoauszug einer Schweizer Bank. Wasilys Name tauchte auf dem Dokument nirgendwo auf. Der Text auf dem Auszug war französisch, aber die Zahlen bedurften keiner Übersetzung: Das Guthaben auf dem Konto belief sich auf über fünf Millionen Euro. Sita holte tief Luft. Vor ihrem geistigen Auge sah sie Natalia und Ivanna und die anderen Mädchen. Was auch immer Wasily und Dmitri trieben, ihr Geschäft hatte sie sehr reich gemacht.

Sita legte den Kontoauszug genau dorthin zurück, wo er gewesen war, und wollte gerade die Schranktür schließen, als sie aus dem Augenwinkel einen kleinen Haken registrierte, der neben dem Türpfosten angebracht war. An dem Haken hing ein Ring mit drei Schlüsseln. Sita hielt im Raum nach einem Schloss Ausschau, zu dem diese Schlüssel passten, konnte aber keines entdecken. Die Büroausstattung beschränkte sich auf die Computeranlage, den Schreibtisch und den Aktenschrank.

Im Geiste ging sie die Einteilung des Hauses durch. Die Haustür ließ sich nur mit einer Zahlenkombination öffnen. Nachdem sie jeden Tag zweimal danebengestanden hatte, wenn Dmitri den sechsstelligen Code eingab, kannte sie ihn inzwischen auswendig. Das Tor zur Straße war ebenfalls mit einer Zahlenkombination gesichert. Der Code lautete anders als an der Haustür, aber Sita kannte ihn auch. Anfangs hatte sie mit dem Gedanken gespielt, die Codes zur Flucht zu nutzen, aber je länger sie darüber nachdachte, umso weniger konnte sie der Idee abgewinnen. Um wirklich unentdeckt zu entwischen, wäre pures Glück vonnöten, und im Fall ihres Scheiterns würde sie bestimmt sehr hart bestraft.

Als Nächstes ging sie die Innentüren durch. Die Tür zu dem Kellerraum, in dem sie Natalia vorgefunden hatte, war mit einem Riegel versehen, der vom Gang aus per Hand vorgeschoben werden konnte. An der Tür zum Waschkeller gab es kein Schloss. Dagegen war ihre Schlafzimmertür sehr wohl mit einem Schloss versehen, auch wenn sie sich jetzt eingestehen musste, dass sie daran in den letzten Tagen kaum einen Gedanken verschwendet hatte. Ihr plötzlicher und unerklärlicher Umzug aus dem Restaurant in Wasilys Wohnung hatte sie verwirrt, und die nächtlichen Ausflüge, die Dmitri mit den Mädchen unternahm, hatten ihre Verwirrung in Angst verwandelt.

Sita schloss die Augen und versuchte sich im Zusammenhang mit ihrer Schlafzimmertür so viele Details vorzustellen, wie sie nur konnte. Tatiana sperrte die Tür abends immer von außen ab. Sita glaubte sich daran zu erinnern, jedes Mal, nachdem Tatiana ihr eine gute Nacht gewünscht hatte, ein schleifendes Geräusch zu hören, das durchaus von einem Schlüssel stammen konnte. Trotzdem würde ihr ein Schlüsselloch an der Außenseite nichts nützen, wenn es innen kein entsprechendes Pendant gab. Sie zermarterte sich das Gehirn, doch der Bereich rund um den Türknauf blieb verschwommen.

Sie warf noch einmal einen Blick auf die Schlüssel und traf ihre Entscheidung. Genau in dem Moment, als sie nach dem Schlüsselring griff, hörte sie Tatiana die Treppe heraufkommen. Es gelang ihr gerade noch, die Schlüssel in ihrem Sari zu verstecken und die Schranktür wieder wie vorher anzulehnen. Als Tatiana schließlich den Raum betrat, wischte Sita wieder am Schreibtisch herum. Obwohl sich die Schlüssel kalt gegen ihre Haut drückten, empfand sie das Gefühl als irgendwie tröstlich. Was auch immer Wasily und Onkel-*ji* für morgen mit ihr geplant hatten, ihr blieb zumindest noch eine weitere Nacht in der Wohnung.

Und mit der Nacht eröffneten sich Möglichkeiten.

Später half Sita Ivanna wieder, das Abendessen vorzubereiten. Sobald das Geschirr aufgeräumt und die Küche sauber war, brachte Tatiana Sita auf ihr Zimmer und wünschte ihr eine gute Nacht. Danach zog sie die Tür hinter sich zu und schloss von außen ab. Sita hielt den Atem an und starrte auf den Türknauf.

Da war ein Schlüsselloch!

Sie wartete, bis Tatianas Schritte auf dem Gang verklungen waren, ehe sie die Schlüssel aus den Falten ihres Saris hervorholte. Sie presste das Ohr gegen die Tür und lauschte mehrere Minuten lang, ob irgendetwas zu hören war.

Draußen herrschte völlige Stille, und so nahm sie den ersten Schlüssel und schob ihn ins Schloss. Er ließ sich nicht drehen. Sie probierte den zweiten aus, doch auch der stieß auf Widerstand. Ihr Herzschlag beschleunigte sich. Als sie schließlich nach dem dritten Schlüssel griff und ihn im Schloss herumdrehte, betete sie, er möge passen.

Leise glitt der Schlüssel aus der vertikalen in die horizontale Position, und sie hörte das Schloss aufspringen. Kaum zu fassen, wie leicht das ging. Vorsichtig sperrte sie die Tür wieder ab. Sie wusste jetzt, dass sie aus ihrem Zimmer entkommen konnte, und wenn sie das konnte, würde es ihr auch gelingen, mithilfe der Codes aus der Wohnung zu fliehen.

Sie ließ sich auf dem Bett nieder und überdachte jeden ihrer Schritte ganz genau. Als sie schließlich zufrieden war, nahm sie ein langes Bad in der Wanne und schlüpfte dann wieder in ihren Sari. Sie wünschte, sie hätte festere Schuhe. Noch immer trug sie die Sandalen, die Navin ihr in Bombay gegeben hatte. Als sie nun ein paar Schubladen durchstöberte, stieß sie auf einen alten Pulli und ein Paar Wollsocken. Sie schlüpfte in die Socken und zog die Sandalen darüber. Dadurch saßen die Schuhe recht eng, aber es würde schon gehen.

Um zehn bezog sie erneut neben ihrem Fenster Stellung und beobachtete, wie Dmitri die Mädchen über den Hof zu den Fahrzeugen scheuchte. Dieses Mal stieg wieder nur Natalia zu Dmitri in den schwarzen Mercedes. Die anderen kletterten in den hinteren Teil des Kleinbusses. Erst fuhr der Bus aus dem Hof, dann folgte der Mercedes. Sita wusste nicht, wie lange sie weg sein würden, ging aber davon aus, dass keinesfalls vor drei Uhr morgens mit ihrer Rückkehr zu rechnen war. Ihr blieb also genug Zeit, um sich davonzumachen.

Sie ließ sich auf dem Sessel neben dem Fenster nieder, deckte sich gut zu, um nicht auszukühlen, und griff nach dem Roman, den sie angefangen hatte. Sie las darin bis nach Mitternacht. Dann stand sie auf und lauschte an der Tür. Eine halbe Stunde vorher hatte sie auf dem Gang noch Schritte gehört. Mittlerweile war Stille eingekehrt. Das war ein gutes Zeichen, doch die Gefahr, entdeckt zu werden, war immer noch groß. Sie beschloss, noch ein, zwei Stunden zu warten.

Zu ihrem Roman zurückgekehrt, merkte sie, dass sie schwere Augenlider bekam, kämpfte jedoch gegen den Schlaf an. Ihre Gedanken begannen abzudriften: Sie sah Ahalya am Strand tanzen. Sie schüttelte den Kopf und richtete ihre ganze Aufmerksamkeit auf das Bücherregal gegenüber.

Ahalya ist nicht da, sagte sie sich. *Bleib wach!*

Schon bald aber ging es wieder los. Ahalya holte sie in St. Mary's vom Unterricht ab. Und Naresh fragte Ambini nach ihren Noten. Sie hörte ein paar Straßenhunde bellen und die Wellen an den Strand klatschen … und Ahalya schwamm ein Stück, um dann zusammen mit ihr in die Tiefe hinunterzutauchen … wo das Blau des Meeres immer dunkler wurde … bis es irgendwann ganz grau aussah … und dann schwarz.

Erschrocken fuhr sie aus dem Schlaf. Sie sah zur Wanduhr hinüber, und blanke Panik erfasste sie. Es war bereits nach drei Uhr morgens. Sie konnte nicht fassen, dass sie eingeschlafen war. Als sie nun einen Blick aus dem Fenster warf, stellte sie zu ihrer großen Erleichterung fest, dass der Hof noch leer war. Rasch schlich sie zur Tür und presste das Ohr dagegen. Es war nichts zu hören. Vorsichtig drehte sie den Schlüssel um, öffnete die Tür und trat auf den Gang hinaus. Abgesehen von der schwachen Nachtlampe in der Diele lag die ganze Wohnung in Dunkelheit. Auf Zehenspitzen schlich sie den Gang entlang. Sie hielt sich am Geländer fest und trat so leicht, wie sie nur konnte, auf die oberste Stufe. Unter ihrem Gewicht gab die Holztreppe etwas nach, knarrte aber nicht. Sita arbeitete sich Stufe für Stufe vor, bis sie am Ende den Dielenboden unter den Füßen spürte. Der nächste Anflug von Angst folgte, als sie an die aktivierte Alarmanlage dachte. Würde das System piepen, wenn sie den Code eingab? Sie konnte sich nicht daran erinnern, ein solches Piepen gehört zu haben, wenn Dmitri die Anlage bediente.

Sita schlich hinüber zum Dielenschrank und zog den wärmsten Mantel an, den sie finden konnte. Er war aus schwarzer Wolle und hatte zusätzlich zu einem Fellkragen auch noch eine Kapuze. Rasch knöpfte sie den Mantel zu und trat die letzten zwei Schritte auf die Tastatur des Codeschlosses zu. Bedrohlich leuchtete ihr das rote Licht entgegen. Nachdem Sita einmal tief Luft geholt hatte, gab sie den sechsstelligen Code ein und betete zu Lakshmi, dass sie damit keinen Alarm auslösen würde.

Das Licht schaltete ohne Piepton auf Grün um, und die Verriegelung löste sich. Sita drehte den Knauf und trat vor die Tür. Die Eiseskälte der Winterluft raubte ihr den Atem. Es schneite sogar leicht. Aus der Ferne wehten ganz gedämpft die Geräusche der Stadt herüber. Leise schlich sie durch den ruhig und dunkel daliegenden Hof hinüber zu den Türen unter dem Torbogen. Sie tippte den zweiten Code ein, hörte auch hier, wie die Verriegelung sich löste, schob daraufhin einen der Flügel auf und glitt hinaus in die Nacht.

Sie blickte in beide Richtungen, entschied sich dann aber für links. Ihr Ziel war es, ein Hotel mit einem Nachtportier zu finden, der sich bereit erklären würde, die Polizei zu verständigen. Obwohl sie keine Ahnung hatte, ob sie den französischen Behörden trauen konnte, blieb ihr gar keine andere Wahl.

Mit schnellen Schritten eilte sie die Straße hinunter, und bald traf sie auf den ersten größeren Boulevard. Den Blick in die Ferne gerichtet, hielt Sita nach einem Hotel Ausschau, doch die Straße war hauptsächlich von Läden gesäumt, die nachts alle geschlossen waren. Ein paar Taxis fuhren an ihr vorbei, dann herrschte wieder Stille.

Sie steckte die Hände tief in die Manteltaschen und eilte den Boulevard entlang. Dabei kam sie zwar an zwei Hotels vorüber, doch die Eingänge waren verschlossen, und drinnen konnte sie niemanden entdecken. Die Kälte hüllte sie ein und stach ihr wie Nadeln in die Wangen.

Allmählich überkam sie Verzweiflung. Die Sonne würde erst in ein paar Stunden aufgehen, und schon jetzt fühlte sie sich völlig durchgefroren. Den schwarzen Mercedes, der ihr aus der anderen Richtung entgegenkam, nahm sie zunächst gar nicht richtig wahr. Plötzlich aber dämmerte es ihr. Im selben Moment, als sie den Kopf wandte, stieg der Fahrer auf die Bremse. Sie begann zu rennen. Der schwere Mantel behinderte sie in ihrer Bewegungsfreiheit, und mit ihren rutschigen Sandalen fand sie auf dem Boden kaum Halt. Der Mercedes wendete und raste wieder die Straße entlang. Sie hörte den Wagen an sich vorbeifahren und erneut scharf abbremsen. Dmitri sprang heraus.

Sie entdeckten den Lieferwagen der Bäckerei gleichzeitig. Langsam fuhr er auf sie zu. Keine zehn Meter von ihr entfernt war Dmitri wie angewurzelt stehen geblieben und starrte zu ihr herüber. Sita blieb ebenfalls stehen und versuchte den Fahrer des Lieferwagens durch wildes Winken auf sich aufmerksam zu machen.

»Hilfe!«, rief sie auf Englisch. »Bitte helfen Sie mir!«

Der Wagen bremste ab. Im Licht einer nicht weit entfernten Straßenlampe sah sie den fragenden Blick des kräftig gebauten Fahrers, der ein rundes Gesicht und lockiges Haar hatte.

»Hilfe!«, rief sie erneut. In dem Moment kam der Wagen zum Stehen, und sie rannte zu ihm hinüber. Der Fahrer griff über den leeren Beifahrersitz und ließ das Fenster herunter. *»Je peux vous aider?«,* fragte er misstrauisch.

»Ich spreche kein Französisch!«, keuchte sie atemlos.

Durch die Fenster des Lieferwagens konnte sie zu dem schwarzen Mercedes hinübersehen, aber Dmitri war nicht in Sicht. »Bitte!«, flehte sie. »Bitte lassen Sie mich einsteigen!«

»Français! Français!«, sagte der Fahrer, der allmählich ungeduldig wurde.

»Non français!«, rief sie. »Bitte! Rufen Sie die Polizei!«

Der Fahrer sah sie erschrocken an. *»La police?«,* fragte er und blickte sich um. *»Non. Je ne veux pas de problèmes«,* erklärte er, ehe er sein Fenster rasch wieder schloss, aufs Gaspedal trat und davonfuhr. Verzweifelt blickte Sita dem Lieferwagen einen Moment nach. Dann drehte sie sich um und rannte los. Schon nach wenigen Metern aber hatte Dmitri sie eingeholt und hob sie einfach hoch. Sie schlug und trat nach ihm, doch er hielt sie fest umklammert. Nachdem er sie auf den Rücksitz des Mercedes verfrachtet hatte, setzte er sich wieder ans Steuer und stieg aufs Gaspedal. Schluchzend vergrub Sita das Gesicht in den Händen. Beinahe hätte sie es geschafft! Wenn sie doch nur nicht eingeschlafen wäre! Oder wenn sie eine andere Straße genommen hätte! Warum war sie nicht gleich um Mitternacht aufgebrochen? Sie weinte vor sich hin, bis der Wagen vor der Wohnung hielt. Dmitri sprang aus dem Wagen und tippte den Code ein, woraufhin die beiden Flügel des Tores weit aufschwangen und er den Mercedes auf den Hof fuhr.

Als der Wagen erneut zum Stehen kam, blickte Sita hoch. Erst jetzt bemerkte sie, dass sie nicht allein war. Neben ihr saß Natalia. Ihr Gesicht sah schrecklich aus. Ihre Schminke war völlig verschmiert, ihr Haar zerzaust, und ihre blauen Augen waren stark gerötet, als hätte sie geweint.

Sie streckte die Hand aus und wischte Sita sanft die Tränen aus dem Gesicht. Für einen Moment trafen sich ihre Blicke in gegenseitigem Mitgefühl. Dann war der Moment vorüber, denn Dmitri riss die Tür auf und zerrte Sita an den Haaren aus dem Wagen.

21

Die menschliche Natur ist aus Glauben gemacht.
Ein Mensch ist wie das, was er glaubt.

BHAGAVAD GITA

Paris – Frankreich

Ein paar Minuten vor acht traf Thomas am großen Torbogen der Porte Saint-Denis ein. Abends sahen die Straßen des zehnten Arrondissements ganz anders aus. Obwohl das Licht der Straßenlaternen die städtische Szenerie in ein warmes Licht tauchte, erinnerten ihn die Schatten an all die Dinge, die im Verborgenen blieben.

Julia erschien pünktlich und begrüßte ihn mit einem Küsschen auf beide Wangen. Thomas führte sie die Rue du Faubourg-Saint-Denis entlang und deutete auf den Eingang der Passage. In dem Moment fiel ihm über dem schmiedeeisernen Tor ein Schild auf, das ihm am Nachmittag entgangen war. Passage Brady, lautete die Aufschrift.

»Waren Sie hier schon mal?«

Sie schüttelte den Kopf. »Ins Zehnte hat es mich noch nicht so oft verschlagen.«

Obwohl Montag war, herrschte in der Passage reger Betrieb, und alle dort untergebrachten Restaurants waren schön beleuchtet. Die einzige Ausnahme bildete das erste Lokal – das, in dem die füllige Inderin am Putzen gewesen war. Mittlerweile war ein Vorhang vor die Fenster gezogen, und in der Tür hing ein Schild mit der Aufschrift:

»Fermé jusqu'à nouvel ordre.« Bis auf Weiteres geschlossen.

Thomas sah Ajit im Eingang seines Lokals stehen. Als der seinerseits Thomas entdeckte, begann er übers ganze Gesicht zu strahlen und begrüßte ihn überschwänglich. Julia überschüttete er mit Komplimenten. Dann führte er die beiden zu einem von Kerzen beleuchteten Fenstertisch und pries die schöne Aussicht. Zum Schluss reichte er ihnen die Speisekarten und versprach, sie an diesem Abend mit dem besten Essen von Paris zu verwöhnen.

»Auf den haben Sie offenbar großen Eindruck gemacht«, stellte Julia lachend fest, als Ajit davonflitzte, um einen anderen Gast zu begrüßen.

Nachdem sie gewählt hatten, bestellten sie bei einer jungen indischen Kellnerin, die gleich darauf mit zwei Gläsern Rotwein an ihren Tisch zurückkehrte.

»Erzählen Sie von Washington«, forderte Julia ihn auf, bevor sie ihren Wein kostete. »Ich bin in Reston aufgewachsen, aber seit dem College nicht mehr dort gewesen«, fügte sie hinzu. »Meine Eltern leben inzwischen in Boston.«

Thomas verbrachte die nächsten zwanzig Minuten damit, sie mit Geschichten über Skandale und politischen Amtsmissbrauch aus dem Klatschteil der *Washington Post* zu erheitern. Einmal fragte sie ihn nach seiner Familie, doch er lenkte ihre Aufmerksamkeit geschickt in eine andere Richtung. Priya erwähnte er nicht, und Julia besaß genug Taktgefühl, um nicht nachzubohren. Während sie Thomas' Erzählungen lauschte und dabei gelegentlich einen Schluck Wein trank, schien sie sich in ihrer Haut recht wohlzufühlen.

Als schließlich ihre Bestellungen eintrafen, widmeten sie sich eine Weile ganz dem Essen. Dann erzählte Julia ihm von ihren Jahren in Columbia, wobei sie auch ein paar lustige Anekdoten über Andrew Porter und das Jurastudium in Cornell zum Besten gab. Sie entpuppte sich als recht gesellig und witzig, und die Zeit verging wie im Flug.

Da sie beide noch etwas zu trinken hatten, blieben sie bis etwa halb elf sitzen. Nachdem die meisten anderen Gäste mittlerweile schon gegangen waren, kam Ajit zu ihnen an den Tisch und fragte, ob er ihnen die Rechnung bringen dürfe. Thomas war voll des Lobes, denn das Essen war recht gut gewesen. Dann holte er Sitas Foto heraus.

Ajit nahm es mit einem Nicken entgegen. »Ich bin gleich wieder da.«

Er ging zu einer stattlichen Frau hinüber, die auf der anderen Seite des Raumes gerade damit beschäftigt war, Quittungen zu sortieren. Nachdem die beiden kurz miteinander gesprochen hatten, zeigte er ihr das Foto. Mit enttäuschter Miene kehrte Ajit zurück und reichte Thomas das Foto.

»Es tut mir leid«, sagte er. »Meine Frau kennt deine Freundin nicht.«

»Und die Kellnerin?«, fragte Thomas. »Vielleicht weiß die etwas?«

»Das könnte natürlich sein.« Er rief das Mädchen herbei.

In der Annahme, dass sie zahlen wollten, brachte die Kellnerin ihnen die Rechnung. Thomas reichte Ajit seine Kreditkarte.

»Hätten Sie etwas dagegen, wenn ich allein mit ihr spreche?«

Ajit bedachte ihn mit einem sonderbaren Blick, ehe er wortlos mit Thomas' Karte abzog. Aus irgendeinem Grund, den Thomas selbst nicht so ganz verstand, hatte er beschlossen, im Fall der Kellnerin auf die Geschichte, die er den anderen Leuten aufgetischt hatte, zu verzichten.

»Ich habe eine Freundin in Bombay«, erklärte er und sah der jungen Frau dabei direkt in die Augen. »Sie sucht nach ihrer vermissten Schwester. Womöglich ist Ihnen das Mädchen ja mal über den Weg gelaufen?«

Er hielt das Foto hoch. Für einen Moment wirkte die Kellnerin seltsam beunruhigt, fing sich aber schnell wieder. Sie ging zu Ajit an die Kasse hinüber. Nach einem kurzen Wortwechsel reichte er ihr eine schwarze Mappe mit Thomas' Rechnung. Als sie damit an ihren Tisch zurückkehrte, schrieb sie etwas auf die Rückseite der Rechnung.

»Wenn ich Sie wäre«, sagte sie, »würde ich bei der Auskunft anrufen.«

Thomas nickte ihr zu und erhob sich. Nachdem er sich bei Ajit noch einmal für das Essen bedankt hatte, verließ er mit Julia das Restaurant. Als sie den Boulevard de Strasbourg erreichten, holte er die Rechnung heraus. Auf deren Rückseite hatte das Mädchen in krakeligem Französisch geschrieben: »Kommen Sie morgen früh um neun noch einmal her.«

Thomas lief es kalt über den Rücken. Seine Intuition hatte ihn nicht getrogen. Dieses Mädchen wusste etwas. Er reichte die Rechnung Julia, die erstaunt die Augen aufriss.

»Kann ich mitkommen?«, fragte sie.

Thomas grinste. »Vermutlich wird Ihre Anwesenheit sie sogar beruhigen. Ich habe meistens die gegenteilige Wirkung.«

Julia musste lachen. »Ihr Juristen habt eben so eine Ausstrahlung. Bei Andrew war das immer genauso.«

Strammen Schrittes marschierten sie in Richtung Metro, um möglichst schnell der Kälte zu entkommen. Nachdem sie durch das Drehkreuz gegangen waren, küsste Julia ihn auf die Wange.

»Möchten Sie, dass ich Ihnen während der Fahrt noch Gesellschaft leiste?«, fragte er.

Wieder musste sie lachen. »Das ist sehr lieb von Ihnen, aber ich wette, Sie haben keinen schwarzen Gürtel in Judo.«

»Da muss ich Ihnen leider recht geben.«

»*À demain.*« Während sie davoneilte, fragte sich Thomas, wie es sein konnte, dass eine solche Frau solo war.

Am Donnerstagmorgen trafen sie sich am Fuß des großen Torbogens unter einem blaugrauen Himmel. Die Luft war kalt und der Boden mit einer feinen Schneeschicht bedeckt. Julia begrüßte Thomas mit einem kleinen Lächeln und steuerte dann an seiner Seite auf die Passage Brady zu.

Die Kellnerin stand neben dem schmiedeeisernen Tor auf dem Gehsteig. Als sie die beiden entdeckte, wandte sie sich wortlos um und schlenderte entlang der Rue du Faubourg-Saint-Denis in Richtung Norden. Thomas und Julia wechselten einen vielsagenden Blick, ehe sie dem Mädchen folgten, dabei aber darauf achteten, immer genügend Sicherheitsabstand zu ihr zu lassen.

Die Kellnerin wandte sich nach rechts in die Rue du Château d'Eau und ging an ein paar Häuserblocks vorbei, ehe sie schließlich in eine Seitenstraße einbog. Neben einer kleinen Gasse blieb sie stehen und klappte ihren Mantelkragen hoch, während sie wartete, bis die beiden sie eingeholt hatten. Als sie dann mit leiser Stimme zu sprechen begann, war ihr Blick auf Julia gerichtet.

»Ich bin Varuni. Das Mädchen, nach dem Sie suchen, heißt Sita. Sie hat bis vor ein paar Tagen in dem Restaurant in der Passage Brady gearbeitet, in dem ich auch angestellt war. Die Besitzer haben mir gegenüber behauptet, sie sei eine Verwandte, aber das habe ich ihnen nie geglaubt. Tagsüber hat sie auch für ein paar Russen gearbeitet. Ihre Wohnung liegt dort drüben.« Sie deutete auf ein aus zwei Flügeln bestehendes Tor. »Der Mann heißt Wasily. Den Namen der Frau kenne ich nicht.«

»Wissen Sie, wo Sita hin ist?«, fragte Julia in sanftem Ton.

»Darüber haben sie mit mir nicht gesprochen. Den einen Tag war sie noch da, und plötzlich war sie weg.«

»Wissen Sie, was sie für diese Russen gemacht hat?«, fragte Thomas.

Varuni sah ihn ängstlich an. »Ich weiß nur das, was ich gesagt habe.«

Julia berührte beschwichtigend Varunis Arm. »Schon gut. Es ist sehr mutig von Ihnen, dass Sie uns helfen.«

Das Mädchen sah Julia an. »Ich hatte Sita sehr gern. Ich hoffe, ihr ist nichts passiert.« Sie schwieg einen Moment, ehe sie hinzufügte: »Bitte sagen Sie niemandem, dass ich Sie hierhergebracht habe. Ich komme sonst in Schwierigkeiten.«

»Keine Sorge«, beruhigte Julia sie, »wir werden Ihr Geheimnis niemandem verraten.«

Varuni nickte ihnen noch einmal zu und verschwand dann um die Ecke.

Thomas trat an das Tor und entdeckte das Codeschloss. Ein Griff war nicht vorhanden, und die Türen gaben auch nicht nach, als er sich dagegenlehnte. Julia holte währenddessen ihr Handy heraus und rief in ihrem Büro an. Sie gab die Adresse der Wohnung durch und bat um Informationen über die Bewohner. Nachdem sie Antwort erhalten hatte, beendete sie das Gespräch. »Wasily und Tatiana Petrowitsch«, sagte sie. »Ukrainer. Mögliche Verbindung zum organisierten Verbrechen in Osteuropa. Nichts, was sich beweisen ließe. Wir wissen, dass die BRP schon eine Weile ein Auge auf sie hat, auch wenn wir den Grund nicht kennen. Unser Fall ist es nicht, und an ihren Informationen lassen sie uns nur teilhaben, wenn es gar nicht anders geht.«

Sie wechselten auf die andere Straßenseite hinüber.

»Was machen wir denn jetzt?«

»Ich werde Varunis Geschichte an die BRP weiterleiten und einen Durchsuchungsbeschluss beantragen.«

»Werden Sie denn einen bekommen?«

Julia zuckte mit den Schultern. »Vielleicht. Sollte es sich bei diesen Leuten allerdings um besonders hoch gehandelte Zielpersonen handeln, müssen wir uns unter Umständen hinten anstellen.«

Thomas wollte gerade etwas antworten, als die Flügeltüren zum Petrowitsch-Grundstück langsam aufschwangen. Wenige Augenblicke später schob sich ein schwarzer Mercedes aus dem Hof. Am Steuer saß ein blonder junger Mann und neben ihm auf dem Beifahrersitz eine dunkelhäutige Frau mittleren Alters, die lebhaft gestikulierte. Obwohl Thomas sie nicht allzu gut sehen konnte, kam sie ihm seltsam bekannt vor. Der blonde Fahrer musterte Thomas und Julia einen Moment eindringlich, ehe er Gas gab. Die hinteren Fenster waren dunkel getönt, sodass man nicht sehen konnte, wer auf dem Rücksitz saß.

Der Zusammenhang dämmerte ihm bereits, als sich der Wagen der nächsten Kreuzung näherte. Thomas rannte los. Julia rief ihm etwas nach, doch ihm blieb keine Zeit für Erklärungen. Die Frau auf dem Beifahrersitz trug keine westliche Kleidung, sondern einen indischen Sari. Die Frau, die das Restaurant in der Passage Brady geputzt hatte – das mittlerweile geschlossene Restaurant –, hatte einen Sari getragen. Als der Mercedes an ihm vorbeigefahren war, hatte er etwas Violettes und Blaues aufblitzen sehen. Es war dieselbe Frau. Anders konnte es gar nicht sein.

Thomas war nur gut fünfzehn Meter von dem Mercedes entfernt, als der Wagen um die Ecke verschwand. Er rannte, so schnell er konnte, aber gegen den Mercedes hatte er einfach keine Chance. Als er die Kreuzung erreichte und die

Rue du Château d'Eau hinunterspähte, war von dem Wagen schon nichts mehr zu sehen.

Den Blick gen Himmel gewandt, rang er nach Luft. Als Julia ihn einholte, keuchte er immer noch vor sich hin.

»Was um alles in der Welt sollte denn das?«

»Die Frau auf dem Beifahrersitz ...«, erklärte er schwer atmend, »... die hatte ich schon mal gesehen.«

»Wo denn?«

»Gestern Nachmittag, als ich Sitas Bild herumzeigte. Sie hat eines der Restaurants in der Passage Brady geputzt. Gestern Abend war das Lokal bereits geschlossen.«

»Konnten Sie sich das Nummernschild merken?«

Er schüttelte den Kopf. »Es ging alles viel zu schnell.«

»Ich besorge Ihnen den Durchsuchungsbeschluss.« Sie zückte bereits ihr Handy. »Diesmal lassen wir der BRP nicht den Vortritt.«

22

Die Zeit, die meine Reise dauert,
ist lang, und der Weg weit.
Rabindranath Tagore

Paris – Frankreich

Wenige Minuten zuvor hatte Sita frierend und voller Angst neben dem schwarzen Mercedes im Hof gestanden und zugesehen, wie Dmitri sich hinters Steuer schwang und den Wagen anließ. Während der Motor mit leisem Brummen zum Leben erwachte, setzte Shyam sich hinten in die Mitte, Onkel-*ji* stieg von der anderen Seite zu, und Tante-*ji* hievte sich neben Dmitri auf den Beifahrersitz. Sita stieg als Letzte ein. Sie holte tief Luft und musste dabei an die Flugtickets denken. Mittlerweile ging sie davon aus, dass diese Tickets nicht nur für Onkel-*ji*, Tante-*ji* und Shyam bestimmt waren. Eines davon war für sie selbst.

Nachdem sie neben Shyam Platz genommen hatte, richtete sie den Blick aus dem Fenster und versuchte die pochende Platzwunde an ihrem Kopf zu ignorieren. Sie konnte sich noch genau an jeden einzelnen Schritt erinnern, den sie in der Nacht zuvor über den Hof getan hatte. Natalia war vorausgegangen und hatte sich immer wieder ängstlich über die Schulter umgeblickt. Dmitri hatte sie, Sita, an den Haaren in die Wohnung gezerrt, in der die Mädchen gefangen gehalten wurden, die Treppe hochgeschleift und in Natalias Zimmer mit voller Wucht gegen die Wand geschleudert, während Natalia ihn anflehte, Gnade walten zu lassen. Sita sah wieder Dmitris Gesicht vor sich, nur wenige Zentimeter von dem ihren entfernt. Sein heißer Atem hatte nach Alkohol gestunken, als er ihr die Worte zuflüsterte, die sie niemals vergessen würde.

»Ich weiß, dass du im Kellerraum warst. Würdest du hierbleiben, dann würde ich dir schon zeigen, was für Spaß man dort haben kann. Aber Wasily hat mit Dietrich eine Abmachung getroffen, bei der noch viel mehr für uns herausspringt.«

Natalia verschwand zusammen mit Dmitri und kehrte wenige Minuten später in T-Shirt und Boxershorts zurück. Sie stillte die Blutung an Sitas Kopf mit Papiertüchern, die sie aus einer Schachtel auf der Kommode zog, und wollte ihr anschließend das Bett überlassen, doch Sita schüttelte den Kopf. Nachdem sie sich ganz am Rand niedergelassen hatte, blieb genug Platz für das ukrainische Mädchen. Natalia legte sich neben Sita und nahm sie fest in den Arm.

»Es tut mir leid«, sagte sie. »Dmitri ist schrecklicher Mann.«

Als Dmitri Sita am Morgen holen kam, warf er ihr einen braunen Wollmantel aufs Bett.

»Von Tatiana«, erklärte er voller Abscheu. »Wenn es nach mir ginge, müsstest du frieren.« Dann brachte er sie nach unten zum Wagen.

Durch die getönten Scheiben des Mercedes beobachtete Sita, wie die beiden Flügel des Tors aufschwangen. Als Dmitri aus dem Hof auf die Straße bog, fiel ihr ein junges Paar auf, das vom gegenüberliegenden Gehsteig zu ihnen herüberstarrte. Der Mann war groß und dunkelhaarig, und die Frau trug einen purpurroten Mantel. Während der Wagen langsam beschleunigte, wandte Sita sich um und beobachtete die beiden durch die Heckscheibe. Irgendetwas an dem Mann fesselte sie. Obwohl sie sicher war, dass er sie durch das dunkle Glas nicht erkennen konnte, kam es ihr vor, als sähe er ihr direkt in die Augen.

Auf einmal begann der Mann zu rennen. Gebannt sah Sita aus dem Fenster. Abrupt beschleunigte der Wagen, Dmitri hatte den Mann offenbar ebenfalls bemerkt. Sie erreichten das Ende der Straße und bogen mit vollem Schwung um die Ecke. Sita wurde gegen die Tür geschleudert, und sie verlor den Mann aus den Augen.

Als sie sich erneut umwandte, war nichts mehr von ihm zu sehen.

Einen Moment später warf Sita einen Blick in den Rückspiegel und ertappte Dmitri dabei, wie er sie mit finsterer Miene musterte. Dann zückte er sein Handy, rief jemanden an und sprach ein paar für Sita unverständliche Worte ins Telefon. Navins Besuch im Restaurant fiel ihr wieder ein, und ein freudiger Gedanke durchzuckte sie: Hatte der Mann womöglich nach ihr Ausschau gehalten? Sie durchforschte ihr Gedächtnis nach seinem Gesicht, konnte sich aber nicht daran erinnern, ihm schon einmal begegnet zu sein.

Auf dem Beifahrersitz plapperte Tante-*ji* die ganze Zeit davon, wie *elegant* und *weltgewandt* Dmitris Familie doch sei, während Onkel-*ji* hinter ihr gedankenverloren aus dem Fenster starrte, ohne etwas von der Verfolgung mitzubekommen, die so schnell begonnen und wieder geendet hatte. Als Sita daraufhin zu Shyam hinübersah, stellte sie fest, dass er sie unverwandt anstarrte. In seinen Augen lag ein Ausdruck, der so viel bedeutete wie: *Ich habe es auch gesehen.*

Sita lehnte sich zurück, schloss die Augen und versuchte die nagende Angst zu verdrängen, die mittlerweile ihre ständige Begleiterin war. Nach der missglückten Flucht letzte Nacht fühlte sie sich sehr erschöpft.

Er dauerte daher nicht lange, und sie schlief ein.

Onkel-*jis* Stimme ließ sie hochschrecken. Gleichzeitig spürte sie, wie Shyam ihren Arm schüttelte.

»Aufwachen, Sita!«, sagte Onkel-*ji*.

Als sie die Augen aufschlug, stellte sie fest, dass sie sich schon in den Außenbezirken von Paris befanden. Laut einem Hinweisschild, an dem sie gerade vorbeifuhren, war der Flughafen nur noch zwei Kilometer entfernt. Sita richtete ihre Aufmerksamkeit wieder auf Onkel-*ji*.

»Wir fliegen nach New York«, erklärte er gerade und machte dabei einen sehr nervösen Eindruck. »Bis wir in Amerika sind, musst du so tun, als wärst du unsere Tochter. Es ist sehr wichtig, dass du dich an unsere Anweisungen hältst. Wenn du das nicht machst, wird es schlimme Folgen für dich haben.«

Er reichte ihr einen Pass. Das Foto war dasselbe wie in dem Pass, den Navin für sie gekauft hatte, aber ihr Name lautete nun Sundari Raman, und dem Dokument zufolge besaß sie die französische Staatsbürgerschaft.

»Wir machen Urlaub«, fuhr Onkel-*ji* fort. »Du darfst nicht mit Fremden reden. Sprich nur mit uns, und zwar auf Hindi. Alles andere übernehmen wir.«

Ihr Reiseziel stürzte Sita in noch größere Verzweiflung. Bei ihrer Reise von Asien nach Europa war sie der festen Überzeugung gewesen, eines Tages eine Möglichkeit zu finden, nach Bombay und zu ihrer Schwester zurückzukehren. Vielleicht war das ein Wunschtraum gewesen, aber zumindest war er ihr nicht wie pure Fantasterei vorgekommen. Nun würde sie von Europa nach Nordamerika fliegen. Die Vereinigten Staaten und Indien befanden sich auf einander gegenüberliegenden Seiten der Erdkugel, viele Tausende Kilometer voneinander entfernt. Wie sollte sie es da jemals nach Hause zurückschaffen?

Heiße Tränen liefen ihr über die Wangen. Während Sita sie wegwischte, zermarterte sie sich das Gehirn bereits nach einem Ausweg, sah jedoch keine Chance. Wie sich gezeigt hatte, waren Wasily und Dmitri sowohl mächtig als auch skrupellos. Sie bestimmten über das Schicksal von sechs jungen Frauen und hatten innerhalb weniger Tage eine ganze Reihe von Pässen beschafft. Falls sie ein weiteres Mal ihren Zorn herausforderte, drohte ihr bestimmt wesentlich Schlimmeres als eine Platzwunde am Kopf.

Am Terminal 2A des Charles-de-Gaulle-Flughafens setzte Dmitri sie ab. Nachdem er ihnen ihr Gepäck auf den Gehsteig gestellt hatte, wandte er sich an Sita.

»Du hast uns große Schwierigkeiten eingebrockt«, erklärte er leise. »Von nun an musst du tun, was man dir sagt. Ansonsten werden dir unsere Partner in New York sehr wehtun. Ist das klar?«

Sie nickte.

»Gut«, sagte er und berührte dabei ihr Haar, um seinen drohenden Worten Nachdruck zu verleihen. Dann stieg er in den Mercedes und brauste davon.

Nachdem Tante-*ji* Sita den schwersten Koffer in die Hand gedrückt hatte, folgten sie Onkel-*ji* ins Flughafengebäude, wo sie am Ticketschalter eincheckten und dann auf die Sicherheitskontrolle zusteuerten. Obwohl die französischen Beamten ihr Vierergrüppchen genau in Augenschein nahmen, versuchte Sita nicht, mit ihnen zu sprechen.

Sie kamen ohne Probleme durch die Kontrolle und ließen sich im Wartebereich nieder. Gegen Mittag wurde ihr Flug aufgerufen. Während Onkel-*ji* der Frau am Boarding-Schalter ihre Pässe und Tickets reichte, tätschelte Tante-*ji*

Sita scheinheilig den Kopf. Die Frau lächelte Shyam und Sita zu.

»*Bon voyage*«, sagte sie, als sie Onkel-*ji* die Abrisse zurückgab.

Ihre Plätze lagen im mittleren Teil der großen Maschine. Tante-*ji* war darüber alles andere als begeistert und beklagte sich außerdem über die schmalen Sitze. Onkel-*ji* verdrehte die Augen, sagte aber nichts dazu, sondern unterhielt sich leise mit Shyam. Sita sah aus dem Fenster und ignorierte die anderen. Sie beobachtete ein Flugzeug, das in einiger Entfernung abhob, und versuchte sich gleichzeitig das Gesicht ihrer Schwester in allen Einzelheiten vorzustellen. Ihre großen Augen mit den dichten Wimpern. Die Grübchen an den Wangen und die vollen Lippen. Die mandelfarbene Haut und das schimmernde Haar. Sie liebte einfach alles an ihrer Schwester und würde jede Einzelheit bis in alle Ewigkeit vermissen.

Während das Flugzeug sich vom Gate entfernte und in Richtung Startbahn rollte, legte Sita gegenüber Lakshmi und sich selbst ein Gelübde ab. Sie würde ihre Schwester nicht vergessen. Sie würde sich immer daran erinnern, was für ein Mensch sie war, und auch ihre Heimat Indien so im Gedächtnis behalten, wie sie es gekannt hatten, bis die Katastrophe über sie kam. Die Welt konnte ihnen ihre Freiheit nehmen. Sie konnte ihnen ihre Unschuld rauben. Sie konnte Naturgewalten, die ihre Vorstellungskraft überstiegen, über sie und ihre Familie hereinbrechen lassen. Ihre Erinnerungen aber konnte sie ihnen nicht nehmen. Diese Macht hatte nur die Zeit, und ihr würde Sita sich mit aller Kraft widersetzen.

Die Vergangenheit war alles, was sie noch hatte.

Am Spätnachmittag setzte die Maschine aus Paris zum Landeanflug auf den Newark Liberty International Airport an. Abgesehen von einer Verschnaufpause, bedingt durch ein dreistündiges Nickerchen, hatte Tante-*ji* die ganze Zeit mit Jammern verbracht. Ständig rutschte sie auf ihrem Sitz herum, verlagerte das Gewicht mal nach hinten, mal nach vorn und stieß dabei immer wieder mit den Ellbogen gegen Onkel-*ji* und Sita. Die in der Nähe sitzenden Reisenden durchbohrten sie mit bösen Blicken, aber keiner besaß den Nerv, ihr zu sagen, sie solle endlich den Mund halten – mit Ausnahme von Onkel-*ji*, aber selbst seine Bitten trafen auf taube Ohren. Tante-*ji* schien fest entschlossen, ihr Leid mit allen zu teilen, die in Hörweite waren. Als das Flugzeug schließlich landete, stießen zehn Reihen Reisende einen Seufzer der Erleichterung aus.

Tante-*jis* Tirade ging weiter, während sie auf die Zollkontrolle zusteuerten. Beim Anblick der amerikanischen Zollbeamten musste Sita an Dmitris Worte denken. Auch wenn er sich nun auf der anderen Seite des Atlantiks befand, hatte er Partner in New York. Sie konnte nicht riskieren, sich mit ihrer Geschichte an die Polizei zu wenden.

An der Zollkontrolle mussten sie fast zwanzig Minuten warten, ehe man sie einer Kabine zuwies, die von einem hispano-amerikanischen Zollbeamten besetzt war. Der Mann inspizierte ihre Pässe und nahm mit dem US-VISIT-System ihre Fingerabdrücke und Fotos auf. Dann befragte er Onkel-*ji* ausführlich über den Zweck ihrer Reise. Alles, was Onkel-*ji* ihm sagte, entsprach mehr oder weniger der Wahrheit. Außerdem erzählte er seine Geschichte voller Selbstvertrauen, wenn auch in gebrochenem Englisch.

Anschließend wandte der Beamte sich an Tante-*ji* und fragte sie nach ihrem Wohnort in Frankreich, ihrem Geburtsort und nach Shyam und Sita, die er Sundari nannte. Tante-*ji* antwortete ihm derart unterwürfig, dass der Beamte sie argwöhnisch zu mustern begann, woraufhin sich

Tante-*ji*, die seine Bedenken spürte, zu Sita umdrehte und ihr den Kopf tätschelte.

»Sag dem Herrn, wie sehr du dich auf New York freust«, forderte sie das Mädchen auf.

Sita stand da wie erstarrt, während sie fieberhaft nach einer passenden Antwort suchte. Schließlich sprach sie die erste Lüge aus, die ihr in den Sinn kam: »In Frankreich reden alle von New York. Ich wollte es schon immer mal sehen.«

»Wie kommt es, dass du so gut Englisch sprichst?«, fragte der Beamte mit zusammengekniffenen Augen.

Diesmal bereitete ihr die Antwort keine Probleme. »Wir lernen es in der Schule.«

Ihre Erklärung schien den Beamten zufriedenzustellen, denn er richtete den Blick wieder auf ihre Pässe. Onkel-*ji* stand währenddessen nur steif da, Shyam an seiner Seite, und Tante-*ji* war zur Abwechslung mal so klug, den Mund zu halten. Endlich stempelte der Beamte ihre Pässe ab und winkte sie durch.

»Willkommen in Amerika«, sagte er, ehe er sich dem nächsten in der Warteschlange zuwandte.

Nachdem sie ihr Gepäck abgeholt hatten, ließen sie sich auf einer Bank nieder. Gleich daneben befand sich eine Reihe von Telefonen, von denen aus die Reisenden in verschiedenen Hotels der Stadt anrufen konnten. Weder Onkel-*ji* noch Tante-*ji* erklärten Sita, worauf sie warteten. Nur Shyam schien die angespannte Atmosphäre nicht wahrzunehmen. Er stand auf und gab ein paar Tanzschritte aus einem Bollywood-Film zum Besten, zweifellos, um sich damit vor Sita zu produzieren.

»Hast du *Kabhi Khushi Kabhie Gham* gesehen?«, fragte er sie. »Da spielen Amitabh Bachchan und Shah Rukh Khan mit.«

»*Cupa rahō!*«, ermahnte Onkel-*ji* den Jungen in strengem Ton, Ruhe zu geben. »Wir sind hier nicht in Indien, sondern in Amerika, also veranstalte nicht so ein Theater.«

»Entschuldigung, *Baba.*« Shyam wirkte gekränkt. »Ich wollte doch nur Sita aufheitern.«

»Sita braucht keine Aufheiterung, und wir brauchen ebenfalls keine Tanzvorführungen von dir. Setz dich hin.«

Mit hängendem Kopf ließ sich Shyam neben Sita nieder. Als Onkel-*ji* sich abwandte, strich sie dem Jungen verstohlen über die Hand.

»Denk dir nichts«, flüsterte sie ganz leise, »mir hat es gefallen.«

Shyams Miene hellte sich auf. Nach einem Moment des Zögerns traute er sich sogar, ihre Geste zu erwidern.

Zehn Minuten später trat ein Slawe mittleren Alters, der Wasily erstaunlich ähnlich sah, durch die gläsernen Schiebetüren in die Halle. Er blickte sich um, bis er ihr kleines Grüppchen entdeckte, und steuerte dann auf sie zu. Dabei starrte er die ganze Zeit Sita an.

»Folgt mir«, befahl er schroff und wandte sich sofort wieder der Tür zu, ohne irgendwelche Anstalten zu machen, ihnen mit ihrem Gepäck zu helfen.

Angeführt von Wasilys Doppelgänger verließen sie das Flughafengebäude und strebten quer über eine Fahrbahn auf einen weißen Lieferwagen zu. Nachdem sie alle vier hinten eingestiegen waren, nahm Wasilys Doppelgänger auf dem Beifahrersitz Platz. Der Fahrer war ein großer, beleibter Mann mit einem kalten Ausdruck in den Augen. Sobald alle Türen geschlossen waren, fädelte er mit dem Lieferwagen in den Verkehr ein und nahm die nächste Auffahrt auf die mautpflichtige Schnellstraße.

Nach einer Weile fuhren sie durch einen langen Tunnel und kamen im Schatten von Wolkenkratzern wieder heraus. Erstaunt betrachtete Sita den Betondschungel der Metropole New York. In Bombay herrschte mehr Gedränge, aber New York war eine in den Himmel gebaute Stadt.

Der Fahrer kämpfte sich durch den stockenden Verkehr, bis sie ein schäbig aussehendes Hotel erreichten, das Taj hieß. Als Wasilys Doppelgänger schließlich die Schiebetür des Lieferwagens öffnete, kletterten Onkel-*ji* und Tante-*ji* heraus und nahmen ihr Gepäck in Empfang. Sita wollte hinter Shyam aussteigen, aber der Slawe stellte sich ihr in den Weg.

»Du kommst mit uns«, verkündete er.

Sita erstarrte und blickte voller Angst zu Onkel-*ji* hinüber, der jedoch krampfhaft einen Punkt auf dem Gehsteig fixierte. Da wusste sie plötzlich Bescheid: Ein weiterer Tauschhandel war getätigt worden. Chennai, Bombay, Paris, New York. Würde das jemals enden?

Wasilys Doppelgänger packte sie am Arm und schob sie zurück in den Wagen.

»Wohin bringen Sie mich?«, wandte Sita sich an ihn.

»Keine Fragen«, bellte er, »oder ich überlasse dich Igor!«

Der Fahrer – Igor – bedachte sie mit einem hinterhältigen Lächeln. »Alexi immer sagen Wahrheit.« Seine kehlige Stimme klang fast wie ein Knurren.

Wasilys Doppelgänger – Alexi – sprach kurz mit Onkel-*ji*, woraufhin der Restaurantbesitzer ihm einen Pass reichte. Shyam, der Sita mit weit aufgerissenen Augen anstarrte, begann zu protestieren.

»Warum kommt sie nicht mit uns?«, fragte er laut. Er griff nach der Hand seines Vaters. »Bitte, *Baba*, lass sie nicht allein weiterfahren!«

Onkel-*ji* wirkte beschämt, gab seinem Sohn jedoch keine Antwort.

Nachdem Alexi wieder auf der Beifahrerseite eingestiegen war, gab Igor Gas. Sita sah durch die Heckscheibe zu Shyam hinaus. Der Junge winkte und rief ihr etwas nach, doch sie konnte seine Worte nicht mehr hören. Sita ließ ihn nicht aus den Augen, bis sein kleiner Körper, der gemessen an den Hochhäusern der Stadt ohnehin schon winzig wirkte, in der Ferne kaum noch zu erkennen war.

Die Tiefe ihres Kummers überraschte sie selbst. Sie griff in ihren Sari und strich mit dem Daumen über Hanuman. Verzweifelt versuchte sie zu beten. Sie wollte weiterhin fest daran glauben, dass der Affe nicht nur ein Stück Keramik war, sondern dass der echte Hanuman irgendwo dort draußen nach ihr suchte.

Schließlich wandte sie den Blick nach vorn und atmete tief durch, während Igor den Lieferwagen zurück durch den stockenden Tunnelverkehr manövrierte. Die Spätwintersonne versank gerade in einer tief hängenden Wolkendecke, und das schwächer werdende Licht warf einen Hauch von Blässe über die städtische Landschaft.

Sie fuhren bis nach Newark hinein, wo sie kurz nach dem Flughafen die Schnellstraße verließen. Igor bog ein paarmal ab und dann in den Parkplatz eines Einkaufszentrums. Das Einzige, was dort ins Auge stach, war ein neonbeleuchtetes Gebäude in der hinteren Ecke, gleich neben einem Motel. Der Eingang des Gebäudes war in Flamingo-Rosa gehalten, und auf dem Schild über der Tür stand »Platinum VIP«.

Nachdem Igor den Lieferwagen vor einem Seiteneingang geparkt hatte, befahl Alexi Sita auszusteigen. Fest in Tatianas Mantel gehüllt, folgte sie ihm in das Gebäude, einen schwach beleuchteten Gang entlang. Die abblätternden Wände waren mit Bildern aus Pornomagazinen dekoriert.

Alexi öffnete die Tür zu einem kleinen Zimmer. Es war mit einem Bett, einem Waschbecken, einer Toilette und einem Fernseher ausgestattet. Als er das Licht anschaltete, flammte in der Ecke eine grelle goldfarbene Lampe auf. Der Raum hatte kein Fenster und wirkte heruntergekommen.

»Du bleibst hier drin.« Mit diesen Worten ließ er sie allein und sperrte die Tür hinter sich ab.

Sita saß stundenlang auf dem Bett. Sie nahm das Zimmer genau in Augenschein und entwarf imaginäre Fluchtpläne, die alle außergewöhnlich viel Glück auf ihrer Seite und abgrundtiefe Dummheit aufseiten ihrer Gefangenenwärter voraussetzten. Als sie dessen müde wurde, lenkte sie sich mit Gedankenspielen ab. Hin und wieder waren draußen auf dem Gang Schritte und gedämpfte Stimmen zu hören.

Mit der Zeit wurden die Schritte häufiger. Sita hörte weibliche Stimmen in einer fremden Sprache sprechen. Obwohl die Satzmelodie sie an die Sprechweise von Dmitri erinnerte, konnte sie nicht mit Sicherheit sagen, ob es sich um Russisch handelte. Ein Mann begrüßte die Mädchen und bellte einen Befehl. Eines der Mädchen antwortete in flehendem Ton. Den Geräuschen nach zu urteilen kam es daraufhin zu Handgreiflichkeiten. Etwas krachte gegen die Tür, und das Mädchen kreischte auf. Der Mann brüllte. Wieder krachte etwas gegen die Tür. Dann klang es, als würden Fingernägel über Holz kratzen. Sita zog die Knie bis unters Kinn, und ihr Herz schlug plötzlich schneller.

Die Tür flog auf, und eine junge blonde Frau stolperte herein. Sie trug einen kurzen, engen Rock und ein knappes Oberteil. Igor, der ihr in den Raum folgte, warf Sita einen bösen Blick zu. Sofort sprang sie vom Bett und kauerte sich in die Ecke hinter dem Fernseher. Das blonde Mädchen sah sie einen Moment an, ehe es sich mit angstvoll aufgerissenen Augen wieder Igor zuwandte.

Igor bellte einen weiteren Befehl, doch das Mädchen schüttelte den Kopf. Da wurde Igor ungeduldig und warf die Widerspenstige einfach aufs Bett. Als er daraufhin seinen Hosengürtel löste, begann das Mädchen zu weinen. Sita drehte den Kopf weg, kniff die Augen fest zusammen und flüsterte ein Mantra, das sie als Kind gelernt hatte. Zuzusehen, wie das Mädchen Qualen litt, war mehr, als sie ertragen konnte.

Nach ein paar Minuten erhob sich Igor schwer atmend vom Bett, zog seine Hose wieder hoch und verließ den Raum ohne ein Wort. Das Mädchen blieb auf der dünnen Matratze liegen. Sita öffnete die Augen und betrachtete die reglose Gestalt. Sie befürchtete schon, dass Igor sie bewusstlos geschlagen hatte, doch plötzlich begann die junge Frau sich zu regen, setzte sich auf und brachte mit ausdrucksloser Miene ihre verrutschte Kleidung wieder in Ordnung. Als Igor kurz darauf zurückkehrte, folgte sie ihm nach draußen, ohne auch nur einen Blick in Sitas Richtung zu werfen.

Später setzte Musik ein, die stundenlang nicht mehr aufhörte. Durch die Wände spürte Sita die wummernden Bässe, die immer mehr an ihren Nerven zerrten. Erschöpft vom Jetlag und ihrer Angst, legte sie sich aufs Bett, aber die Musik ließ sie selbst dann nicht schlafen, als sie sich die Ohren zuhielt und den Kopf in der schmutzigen Bettwäsche vergrub.

Irgendwann verstummte die Musik, und Sita hörte schlurfende Geräusche auf dem Gang. Die Tür ging erneut auf, und wieder erschien Igor, mit einem anderen Mädchen im Schlepptau. Dieses Mädchen protestierte nicht, als Igor sie gegen die Wand schob, sondern tat, was er von ihr wollte, ohne dabei einen Mucks von sich zu geben. Sita verschloss

Augen und Ohren vor dem ganzen Horror, so gut sie konnte. Warum hatte man sie an diesen grässlichen Ort gebracht? Was wollten diese Leute von ihr? Versuchte Igor ihr eine Lektion zu erteilen, indem er direkt vor ihrer Nase ein Mädchen nach dem anderen vergewaltigte?

Nach einer Weile ging Igor wieder, und das Mädchen gleich mit. Sita schloss die Augen und unternahm einen weiteren Versuch zu schlafen. Das Geräusch des sich drehenden Türknaufs ließ sie hochschrecken. Erneut stand Igor vor der Tür, dieses Mal allein. Für einen Moment ließ er den Blick den Gang auf und ab schweifen, dann betrat er den Raum und zog die Tür hinter sich zu. Als er sich Sita zuwandte, verzog er den Mund zu einem höhnischen Grinsen. Sita wich vor Angst in die hinterste Ecke zurück und schlang die Arme fest um ihre angezogenen Beine, die Knie vor der Brust.

Igor kam langsam auf sie zu. Als er schließlich vor ihr in die Knie ging, löste er gleichzeitig seinen Gürtel.

»Alexi sagen, ich dich nicht anfassen. Dietrich kommen.« Igor öffnete seinen Reißverschluss und griff in seine Hose. »Alexi nicht merken, wenn du mich anfassen.«

Unfähig, sich anzusehen, was er ihr zeigen wollte, kniff Sita fest die Augen zusammen. Ihre Zähne begannen zu klappern. Sie spürte, wie er ihren Kopf zwischen die Hände nahm und Anstalten machte, sie zu sich hinzuziehen. Er roch nach Schweiß und billigem Alkohol.

»Mund auf!«, zischte er.

»Bitte«, wimmerte sie, während sie gleichzeitig gegen einen starken Brechreiz ankämpfte, »bitte tun Sie das nicht!«

»Mund auf!«, befahl er erneut und verstärkte dabei den Griff um ihren Kopf.

Plötzlich flog die Tür auf. Als Sita hochblickte, sah sie Alexi mit zornrotem Gesicht in den Raum stürmen. Igor fuhr herum. Hektisch versuchte er, seine Blöße zu bedecken. Noch ehe Igor die Hände wieder frei hatte, rammte Alexi ihm die Faust gegen das Kinn. Sita hörte ein Knacken, das klang, als bräche ein Ast, woraufhin Igor vor Schmerz aufheulte. Erstaunt sah sie zu, wie Alexi Igor an den Schultern packte, ein Stück hochhob und dann gegen die Wand schleuderte. Mit verdutzter Miene und blutender Lippe ging Igor zu Boden. Instinktiv fasste er sich mit beiden Händen ans Kinn.

Alexi ließ die Fingerknöchel knacken und verzog leicht das Gesicht, während er für einen Moment seine Hand betrachtete. Dann drehte er sich nach Sita um und fragte sie in ruhigem Ton, als wäre dieser Gewaltakt für ihn gar nicht der Rede wert: »Hat er dich angerührt?«

Sie schüttelte den Kopf. »Er hat mir nicht wehgetan.«

»Das habe ich dich nicht gefragt.«

»Er hat meinen Kopf angefasst«, antwortete sie, »sonst nichts.«

Alexi warf einen Blick zu Igor hinüber, der sich gerade mühsam hochrappelte. Für einen Moment musste Igor sich am Türrahmen festhalten, und Sita sah, dass sein Kinn schlaff herunterhing. Ohne sie einen Blickes zu würdigen, humpelte er hinaus.

»Er wird dich nicht mehr anrühren, das verspreche ich dir«, erklärte Alexi.

Nachdem Alexi gegangen war, lehnte Sita den Kopf an die Wand. Sie versuchte Trost in Alexis Versprechen zu finden, konnte aber weder Igors Geruch noch seine Bemerkung über besagten Dietrich vergessen. Das verhieß bestimmt nichts Gutes. Der Schlaf lockte sie, spielte mit ihr, kam letztendlich aber doch nicht. In den vergangenen Stunden war sie mit so viel Grausamkeit konfrontiert worden, dass sie weder die Bilder noch die Geräusche vergessen konnte.

23

Ihr habt nichts, weil ihr nicht bittet.
BUCH DES JAKOBUS

Paris – Frankreich

Nach dem Vorfall mit dem schwarzen Mercedes begleitete Thomas Julia zur Place de la Concorde. Im Eingangsbereich der amerikanischen Botschaft verabschiedete er sich von ihr. Sie versprach, ihn anzurufen, sobald sie etwas von der BRP hörte.

Thomas verließ die Botschaft mit einem sonderbaren Gefühl der Überdrehtheit. Ihm war gelungen, was laut Léon an ein Wunder grenzte: Er hatte einen Anhaltspunkt gefunden, der sich als richtige Spur entpuppt hatte. Er hatte die Frau, vermutlich Navins Tante, im Wagen gesehen. Zwar wusste er nicht, wohin sie verschwunden war, aber die Wohnung der Petrowitschs konnte nicht leer sein. Irgendwo hinter den beiden großen Torflügeln verbargen sich weitere Hinweise – irgendetwas, das ihn zu Sita führen konnte. Aber die Spur musste ja erst von den Polizeibürokraten bearbeitet und überprüft werden. Es war zum Aus-der-Haut-Fahren.

Er ging in Richtung Süden über den weitläufigen Place de la Concorde. Vielleicht würde ihm ein bisschen Bewegung helfen, seinen Ärger wieder loszuwerden. Er überquerte die Seine und marschierte entlang der Rive Gauche in Richtung Westen. Die Wolken rissen auf, und der Fluss funkelte im Sonnenlicht.

Thomas behielt sein schnelles Tempo bei, bis er den Eiffelturm erreichte. Dort umrundete er die Menge der Touristen, die sich am Fuß des riesigen Wahrzeichens drängten, und ging in südwestlicher Richtung den breiten Parc du Champs de Mars entlang. Schließlich ließ er sich auf einer Bank nieder und beobachtete eine Weile die Vögel, denen der böige Wind sichtlich Spaß bereitete.

Nach ein paar Minuten holte er sein BlackBerry heraus, um Priya anzurufen. In Bombay war gerade Spätnachmittag. Sie ging schon nach dem zweiten Läuten ran und klang müde, aber auch froh, von ihm zu hören.

»Wie ist es in Paris?«, fragte sie.

»Magnifique«, antwortete er. »Wie ist es in Bombay?«

»Jeden Tag heißer. Wie verläuft deine Suche?«

Er berichtete in knappen Worten über die Ereignisse der vergangenen zwei Tage.

Priya war beeindruckt. »Du hast in der kurzen Zeit viel mehr erreicht, als ich erwartet hatte.«

»Zwei Schritte vor, einen zurück. Wie geht es deinem Vater?«

Priya holte kurz Luft. »Er ist immer noch in Varanasi.«

»Grüße ihn von mir, wenn du ihn siehst.«

»Das mache ich.« Priya schwieg einen Moment. »Ich bin stolz auf dich, Thomas.« Ihr Lob gab ihm unvermuteten Auftrieb. »Ich habe es ernst gemeint, als ich gesagt habe, dass du Sita nach Hause bringen sollst.«

Nach ihrem Gespräch erhob Thomas sich von seiner Bank und ging in Richtung Militärakademie weiter. Er wanderte eine Weile durch die idyllischen Straßen des siebten und sechsten Arrondissements, ehe er sich schließlich in einem Café ein Sandwich bestellte. Immer wieder warf er einen

Blick auf sein BlackBerry, weil er hoffte, dass Julia inzwischen vielleicht eine Mail oder SMS geschickt hatte, aber sein Posteingang blieb leer.

Nach dem kleinen Mittagsimbiss ging er in östlicher Richtung durch den Jardin du Luxembourg und dann den Hügel zum Panthéon hinauf. Kurz darauf machte er kehrt und schlenderte über den gepflasterten Platz auf die Église Saint-Étienne-du-Mont zu. Als er vor der alten gotischen Kirche einen Moment stehen blieb, hallten erneut Jean-Pierre Léons Worte in ihm nach: *Sind Sie gläubig, Mr. Clarke?* Aus irgendeinem Grund ließ ihm die Frage des Franzosen keine Ruhe. Von sich aus wäre er nie auf die Idee gekommen, bei seiner Suche nach Sita um himmlischen Beistand zu bitten. Nun aber ging ihm der Gedanke nicht mehr aus dem Kopf.

Ein älteres Paar trat aus der Kirche, und Thomas erhaschte einen Blick ins Innere, ehe sich die Tür wieder schloss. Es war eine sehr große Kirche mit zahlreichen Deckengiebeln, Gewölbebögen, reich verzierten Säulen und aufwendig gearbeiteten Fenstern. Aus einer Laune heraus beschloss er, sie sich anzusehen.

Der Straßenlärm verstummte, sobald die Kirchentür hinter ihm zufiel. Drinnen herrschte völlige Stille. Langsam wanderte er durch den großen Bogengang am Rand des Kirchenschiffs. Durch die hoch oben gelegenen Fenster strömte Sonnenlicht, und im Schatten der Heiligenfiguren flackerten Votivkerzen. Neben dem Kerzenständer verkündete ein Schild, dass sie pro Stück zwei Euro kosteten. Er warf eine Münze in den Behälter, griff nach einer Kerze und entzündete den Docht an einer der bereits brennenden.

Nachdem er sie ganz unten auf den großen Ständer gestellt hatte, trat er neben einen Betstuhl am Rand des Kirchenschiffs. Dort bekreuzigte er sich, wie er es als Junge immer getan hatte, und kniete sich dann mit gesenktem Kopf und geschlossenen Augen auf den Steinboden, die Hände unter dem Kinn gefaltet.

Zuerst wollte er um Glück beten, doch das erschien ihm irgendwie gotteslästerlich, deswegen betete er schließlich um Gnade. Nachdem er sein Gebet zu Ende gesprochen hatte, schlug er die Augen wieder auf. Die Kirche sah noch genauso aus wie vorher, und dasselbe galt sicher auch für den Rest der Welt. Trotzdem empfand er zum ersten Mal seit Mohinis Tod ein gewisses Maß an Frieden.

Er trat aus der Kirche auf den Place Sainte-Geneviève hinaus. Julia hatte sich immer noch nicht gemeldet. Um sich die Zeit zu vertreiben, stöberte er eine Weile durch ein Antiquariat, ehe er in sein Hotel zurückkehrte. Am liebsten hätte er seinerseits angerufen und nach dem neuesten Stand gefragt, doch ihm war klar, dass er Julia nicht auf die Nerven gehen durfte.

Um kurz vor sechs meldete sie sich schließlich.

»Hallo, Thomas«, sagte sie, »bitte entschuldigen Sie, dass ich so lange nichts habe hören lassen. Vor lauter Besprechungen bin ich einfach nicht dazu gekommen. Ich habe Ihren Durchsuchungsbeschluss.«

»Wie haben Sie denn das geschafft?«, fragte Thomas verblüfft.

»Mit viel Überredungskunst und ein bisschen Glück. Uns war ja bekannt, dass die BRP bereits ein Auge auf die Petrowitschs hatte, aber wir wussten nicht, warum. Wie sich nun herausstellt, betreiben diese Leute seit Längerem einen Begleitservice und eine Porno-Website mit Mädchen aus Osteuropa. Die BRP will sie schon seit einem Jahr festnageln, aber bisher reichten die Beweise nicht aus. Bis jetzt. Eines von den Mädchen hat geredet. Seit einer Woche bereiten die Leute von der BRP den Zugriff vor. Mein Hinweis bezüglich Sita lieferte ihnen noch einen Grund mehr. Sie gehen morgen früh rein.«

Vor Überraschung verschlug es Thomas für einen Moment die Sprache. »Wie stehen die Chancen, dass ich da mit kann?«, fragte er schließlich.

Julia lachte. »Gehen Sie mal von null aus. Die lassen uns bei solchen Einsätzen nie in die Nähe, und selbst wenn sie in diesem Fall eine Ausnahme machen würden – was sie nicht tun werden –, dürften Sie auf keinen Fall mit rein. Uns wird nichts anderes übrig bleiben, als an der Seitenlinie zu warten.«

»Rufen die Sie an, wenn es vorbei ist?«

»Mein Kontaktmann hat mir versprochen, sich zu melden. Keine Ahnung, wann das sein wird. Halten Sie sich auf jeden Fall bereit.«

Die Nacht verging quälend langsam. Als der Morgen graute, gab Thomas schließlich jeden Gedanken an Schlaf auf und begab sich stattdessen in ein Café an der nächsten Straßenecke, wo er einen doppelten Espresso trank und nebenbei eine Ausgabe von *Le Monde* durchblätterte. Um sieben rief Julia an. Sie klang atemlos.

»Die Razzia lief nach Plan«, stieß sie hervor. »Die BRP hat sechs ukrainische Frauen aus der Wohnung gerettet. Von den Petrowitschs fehlte allerdings jede Spur.«

»Wie ist das möglich?«, fragte Thomas. »Wir haben doch erst gestern einen von ihnen …« Er sprach den Satz nicht zu Ende, weil ihm ein Gedanke kam. »Wir haben sie gewarnt, nicht wahr? Ich habe sie gewarnt, als ich hinter dem Wagen hergerannt bin.«

»Keine Ahnung.«

»Und Sita?«

»Auch von ihr keine Spur. Es tut mir leid.«

»Was ist mit den Mädchen? Wenn Sita in der Wohnung gearbeitet hat, muss doch eine von ihnen sie gesehen haben.«

»Das stimmt, aber …«

»Was?«

»Ich fürchte, ich habe alles in meiner Macht Stehende getan. An die Mädchen komme ich nicht ran, die sind absolut tabu. In diesem Punkt sind die Vorschriften unglaublich streng, vor allem, weil sich die Petrowitschs noch auf freiem Fuß befinden. Bestimmt hat man die Mädchen bereits in Sicherheit gebracht, vermutlich an irgendeinen geheimen Rückzugsort. Ich weiß nicht, wo sie sind, und die BRP wird es mir auch kaum verraten, es sei denn, ich kann ihnen einen sehr guten Grund dafür nennen.« Nach einer kurzen Pause fügte sie hinzu: »Die Aussage einer indischen Kellnerin wird da nichts nützen.«

»Verstehe«, sagte Thomas.

Zwischen ihnen herrschte einen Moment unbehagliches Schweigen.

»Ach, verdammt«, stieß Julia schließlich aus, »ich habe ja gewusst, dass es so ausgehen würde. Hören Sie, ich würde wirklich gern noch mehr für Sie tun, aber das ist einfach zu viel verlangt. Wenn ich in diesem Punkt meine Befugnisse überschreite, verderbe ich es mir womöglich mit allen – den Franzosen, der Gesandtschaft, dem Botschafter.«

»Tut mir leid.«

Sie überlegte einen Moment und stieß dann einen lauten Seufzer aus. »Geben Sie mir ein bisschen Zeit.« Nach einer kurzen Pause fügte sie hinzu: »Rufen Sie mich nicht an. Ich melde mich bei Ihnen.«

»Vielen Dank«, sagte er.

»Üben Sie sich in Geduld, ja?«

»Geduld ist mein zweiter Vorname.«

Sie lachte trocken. »Irgendwie habe ich da so meine Zweifel.«

Julia hatte recht. Warten war für Thomas seit jeher eine Strafe. Priya hatte es immer als eine Art genetischen Defekt bezeichnet. So kam es, dass er die nächsten drei Tage als reine Folter empfand. Wie ein Geist wanderte er durch Paris, stieg hin und wieder aufs Geratewohl in einen Zug, erkundete die Außenberzirke jenseits des Boulevard Périphérique, beobachtete vom Pont Neuf aus die Boote auf der Seine und trieb sich nach Mitternacht am Place Pigalle herum, um sich die Parade der Männer anzusehen, die dort nach der passenden Frau suchten, um ihre Fantasien Fleisch werden zu lassen.

Am Abend des dritten Tages saß er in seinem Hotelzimmer auf einem viel zu hart gepolsterten Stuhl am Fenster, nippte an einem Glas Cognac und beobachtete, wie allmählich die nächtlichen Lichter von Paris aufflammten, als endlich der Anruf kam. Für einen Moment starrte er erschrocken auf das Telefon, dessen heiß ersehntes Läuten in seinem Kopf seltsam widerhallte. Dann riss er das Handy vom Bett.

»Julia?«

»Treffpunkt morgen früh um halb sieben am Gare Montparnasse«, verkündete sie.

»Mit wem haben Sie gesprochen?«

»Morgen um halb sieben. Seien Sie pünktlich.«

Ohne ein weiteres Wort legte sie auf.

24

Du hast mir die Freunde und Gefährten entfremdet,
mein Vertrauter ist nur noch die Finsternis.

PSALM 88,19

Elizabeth – New Jersey

Irgendwann nach dem Vorfall mit Igor – Sita hatte keine Ahnung, wie viel Uhr es war – brachte Alexi ihr eine Schale Suppe, die nach nichts schmeckte, und dazu eine Schachtel Kräcker. Dabei sprach der Mann nicht mit ihr, sondern stellte das Essen einfach am Kopfende des Bettes ab. Dann zog er eine kleine Digitalkamera aus der Hosentasche und gab Sita ein Zeichen aufzustehen. Zögernd tat sie, wie ihr geheißen. Nachdem er zwei Aufnahmen von ihr gemacht hatte, ging er wieder. Sita konzentrierte sich aufs Essen und versuchte, nicht über den Grund für die Fotos nachzudenken.

Den Rest des Tages verbrachte sie, ohne mit jemandem zu sprechen. Irgendwann schaltete sie den Fernseher an. Der Apparat erwachte zwar knisternd zum Leben, doch auf dem Bildschirm war nur Geflimmer zu sehen. Als Sita daraufhin die Tür des Schränkchens hinter dem Fernseher öffnete, fand sie dort einen ramponierten Videorecorder und einen Stapel Pornofilme. Angewidert wich sie in die hinterste Ecke des Raumes zurück und ließ sich dort nieder. Obwohl der Fernseher unangenehm vor sich hin knisterte und den Raum in ein gespenstisches Licht tauchte, brachte sie es lange nicht fertig, ihn auszuschalten.

Wie am Vorabend tauchten irgendwann die Mädchen auf und unterhielten sich in der Sprache, die Sita nicht verstand. Mit angehaltenem Atem wartete sie darauf, dass Igor erneut eine von ihnen in den Raum zerren würde, aber die Tür blieb verschlossen. Irgendwann setzte die Musik ein. Sita ging davon aus, dass das Gedröhne auch diese Nacht endlos andauern würde. Sie legte sich aufs Bett und schloss die Augen, konnte aber wieder nicht schlafen.

Als die Musik schließlich doch aufhörte, kroch Sita vom Bett in die Ecke. Auf dem Gang hörte sie Schritte. Die Tür schwang auf. Igor und ein Mann, den sie noch nicht kannte, zerrten ein Mädchen in den Raum. Das Mädchen widersetzte sich und wand sich hin und her, um ihnen zu entkommen, aber die beiden Männer stießen sie aufs Bett und hoben ihren Rock hoch. Sita schlug die Hände über den Kopf und betete, bis die Schreie des Mädchens in Schluchzen übergingen. Nachdem die Männer abgezogen waren, sank das Mädchen auf die Knie, den Körper gegen das Bett gelehnt.

Als Sita daraufhin ihr Gesicht betrachtete, wurde sie von Mitleid überwältigt. Obwohl sie wusste, dass Igor irgendwann zurückkehren würde, vertraute sie auf Alexis Schutz, auch wenn ihr das selbst irgendwie falsch vorkam. Sie rutschte über den Boden auf das Mädchen zu, bis ihre Knie sich fast berührten.

Zutiefst beschämt sah das Mädchen sie an. »Was willst du?«, flüsterte sie.

Ohne die Frage zu beantworten, griff Sita nach ihrer Hand. Das Mädchen versteifte sich, schob sie aber nicht weg. Sita blieb lange so sitzen und versuchte dem Mädchen durch ihre Berührung Trost zu spenden. Dabei musste sie an ihre Mutter denken. Wie oft hatte Ambini neben ihrem Bett gesessen und ihre Hand gehalten, als sie noch ein kleines Mädchen war. Nun konnte sie diese Geste der Güte an einen anderen Menschen weitergeben, auch wenn es inmitten solcher Dunkelheit geschah.

Nach einer Weile zog sie ihre Hand zurück und wischte dem Mädchen eine Träne von der Wange.

»Ich heiße Sita«, sagte sie.

Das Mädchen sah sie an. »Ich heiße Olga«, antwortete sie im Flüsterton. Verlegen blickte Olga auf ihre Hände hinunter. »Hast du gesehen, was sie getan haben?«

Sita schüttelte den Kopf. »Ich habe nicht hingeschaut.«

Etwas in Olga brach sich Bahn, sie begann zu schluchzen. »Meine Familie lebt in Nowgorod«, erklärte sie in recht gutem Englisch. »Ich habe in Leningrad studiert, musste das Studium aber abbrechen, als mein Papa krank wurde. Er brauchte Geld für Medikamente. Da lernte ich einen Mann kennen. Er erzählte mir von einem Freund in New York. Er sagte, ich könnte gut als Kindermädchen arbeiten. Ich könnte Geld für Papa und alle anderen verdienen. Er war ein Lügner.«

»Erzähl mir von deiner Familie«, sagte Sita und griff erneut nach Olgas Hand.

Olga kam ihrer Aufforderung bereitwillig nach. Die Erinnerungen schienen ihr Kraft zu geben. Als Igor ein paar Minuten später zurückkam, um sie zu holen, hatte sich ihre Scham in Entschlossenheit verwandelt. Sie folgte ihm zwar gehorsam, blickte sich aber über die Schulter noch einmal um und nickte Sita kurz zu, ehe Igor die Tür hinter ihnen schloss.

Da sie in Gedanken noch bei Olgas Geschichte war, hatte Sita anfangs gar nicht richtig wahrgenommen, dass der Riegel nicht eingerastet war. Dann aber dämmerte es ihr langsam. Perplex starrte sie auf den Türknauf, während sie gleichzeitig angestrengt lauschte, bis die Geräusche im

Haus langsam verstummten. Sie holte Hanuman aus ihrer Manteltasche und steckte ihn wieder zwischen die Falten ihres Sari. Schließlich ging sie zur Tür hinüber.

Der Knauf ließ sich mühelos drehen.

Obwohl ihr Herz sofort schneller schlug, unternahm sie zunächst keinen Versuch, die Tür zu öffnen. Stattdessen berührte sie den Schorf auf ihrer Kopfhaut und rief sich Dmitris Warnung ins Gedächtnis. Wenn sie noch einmal die Flucht wagte, konnte sie es sich nicht leisten zu scheitern. Unentschlossen überlegte sie hin und her, bis sie plötzlich daran denken musste, wie Igor vor ihr gestanden und ihr befohlen hatte, den Mund aufzumachen.

Sie griff nach dem Knauf und öffnete die Tür. Der Gang lag leer und dunkel vor ihr. Nur ein rotes »Exit«-Zeichen über einer Tür am Ende des Ganges spendete ein wenig Licht. Als sie einen Blick in die andere Richtung warf, entdeckte sie dort einen Durchgang, vor dem eine Art Vorhang hing. Sita wusste die Uhrzeit nicht, nahm aber an, dass früher Morgen war. Im Club herrschte Stille.

Als Erstes versuchte sie ihr Glück an der Tür mit dem »Exit«-Schild, doch sie war abgeschlossen. Sita machte kehrt und steuerte auf den Vorhang am anderen Ende zu. Wie sich herausstellte, bestand er aus einer Vielzahl von Perlenschnüren. Dahinter lag ein Raum mit ein paar Schminkspiegeln, Hockern, Sofas und einem Ständer voller aufreizender Kleidung. Ein weiteres »Exit«-Schild spendete schwaches Licht.

Sita betrat den Raum und blickte sich um. Es gab dort zwei weitere Ausgänge – einen offenen Durchgang, vor dem ebenfalls ein Perlenvorhang hing, und eine nicht weiter gekennzeichnete Tür. Zögernd trat Sita in den Durchgang und ließ den Blick über eine Bühne und eine Reihe von Tischen schweifen, beleuchtet von »Exit«-Schildern und einer schwachen Lampe über der Bar. Die Bühne sah aus wie ein Laufsteg und wurde von mehreren runden Plattformen unterbrochen, die jeweils mit einer Tanzstange versehen waren. Der kürzeste Weg zu den Ausgängen führte über die Bühne, doch dieser Gedanke machte Sita Angst.

Sie kehrte in die Garderobe zurück und steuerte auf die Tür zu. Der Knauf ließ sich problemlos drehen. Durch eine Lounge voller Sofas gelangte sie auf die Tanzfläche des Clubs. Nachdem sie am ersten Ausgang vergeblich ihr Glück versucht hatte, ging sie zum zweiten hinüber, doch auch der war abgeschlossen. Verzweifelt blickte sie sich nach einem anderen Fluchtweg um, konnte aber keinen entdecken.

Einen Moment lang blieb sie ratlos stehen. Da knurrte plötzlich ihr Magen, und ihr wurde bewusst, wie hungrig sie war. In den letzten dreißig Stunden hatte sie nur eine Schale Suppe und eine halbe Schachtel Kräcker zu sich genommen. Sie ging zur Bar hinüber und durchsuchte die Schränke nach etwas Essbarem. Als sie schließlich auf eine Sammlung von Blechbüchsen mit Nüssen und Süßigkeiten stieß, aß sie je eine Handvoll von beidem und stellte die Büchsen dann wieder genau so hin, wie sie sie vorgefunden hatte.

Gleich neben der Theke stand ein kleiner Kühlschrank. Sita öffnete ihn und blinzelte einen Moment, geblendet von dem grellen Licht. Er enthielt etliche Bierflaschen und einen Plastikkrug mit Wasser. Sie nahm den Krug heraus und leerte ihn etwa bis zur Hälfte. Danach fühlte sie sich ein wenig erfrischt. Ihr Blick fiel auf die Leuchtziffern einer Wanduhr. Es war neun Uhr morgens.

Während sie sich wieder in Richtung Lounge wandte und überlegte, ob sie in ihr Zimmer zurückgehen sollte, kam ihr plötzlich ein Gedanke. Aufmerksam betrachtete sie die erhöhte Bühne. Sie war mit einer Metallfassade verkleidet, die bis zum Boden reichte. Sita ging um die Bühne herum und nahm die Verkleidung genauer in Augenschein. Auf der anderen Seite fand sie, wonach sie Ausschau hielt – den Griff einer Zugangstür. Die Tür ließ sich leicht öffnen. Dahinter lag Dunkelheit.

Sita holte tief Luft und dachte über ihre Idee nach. Der Gedanke daran machte ihr Angst, aber sie sah keine andere Möglichkeit.

Sie schlich noch einmal in ihr Zimmer, um ihren Mantel zu holen, und kehrte dann in den Club zurück, wo sie vor der Zugangstür zu dem Hohlraum unter der Bühne in die Knie ging und in die Dunkelheit hineinkroch. Sofort knallte sie mit dem Kopf gegen etwas Hartes und stieß einen leisen Schmerzensschrei aus. Nachdem sie die pochende Stelle einen Moment massiert hatte, zog sie die Tür hinter sich zu, die zum Glück weder mit einem Schloss noch mit einem Riegel versehen war. Eine Gummilippe hielt sie an Ort und Stelle.

Mit eingezogenem Kopf und ausgestreckter Hand tastete sie sich an der Innenseite der Verkleidung entlang, bis sie die erste der runden Plattformen erreichte. Dahinter konnte sie sich verstecken. Wenn Igor oder Alexi merkten, dass ihr Zimmer leer war, durchsuchten sie bestimmt den ganzen Club. Dort, wo sie sich jetzt befand, würde sie nicht zu sehen sein, wenn jemand durch die Zugangstür in den Hohlraum hineinleuchtete.

Sie faltete ihren Mantel zu einem Kissen und bettete ihren Kopf darauf. Zum ersten Mal, seit sie amerikanischen Boden betreten hatte, schlief sie schnell ein.

Laute Stimmen ließen Sita hochschrecken. Nicht weit von ihr entfernt wurde ein heftiger Streit ausgetragen. Sie erkannte Alexis Stimme und die undeutliche Sprechweise von Igor, der fast nicht zu verstehen war. Nach kurzer Zeit begann Alexi zu schreien. Sita hörte ein klatschendes Geräusch, das wie eine Ohrfeige klang, und dann lautes Gepolter, als wäre ein Tisch umgefallen. Im Eifer des Gefechts krachte auch etwas Großes, Schweres – vermutlich ein Körper – nicht weit von Sitas Versteck entfernt gegen die Bühne. Der Kampf währte bereits ein paar Minuten, als er abrupt durch das Klingeln von Alexis Handy unterbrochen wurde.

Die Kämpfenden verschwanden außer Hörweite. Es dauerte eine ganze Weile, bis sie wieder auftauchten. Sita hörte Schritte näher kommen, gefolgt von undefinierbarem Klappern und Kratzen.

Sie suchten nach ihr.

Ihr Herz schlug immer schneller, bis es sich schließlich anfühlte, als würde es ihr aus dem Hals springen. Sie hörte Gläser klirren und die Kühlschranktür aufgehen. Igor stieß einen Schrei aus, als hätte er etwas entdeckt. Sie schnappte nach Luft. Der Wasserkrug war nur noch halb voll. Sie bemühte sich, ruhig zu atmen. Was bewies das schon?

Schritte näherten sich. Igor sagte etwas. Sita zuckte vor Schreck zusammen, weil seine Stimme so nah klang, als stünde er neben ihr. Sie legte die Handflächen in Gebetshaltung aneinander und sandte lautlos ein Stoßgebet nach dem anderen an Lakshmi.

Plötzlich knarrte die Zugangstür. Sita hielt den Atem an. Einen Moment später erhellte ein Lichtstrahl die Dunkelheit. Angespannt zählte Sita die Sekunden. Das Licht schwenkte unter der Bühne hin und her, drang aber nicht bis hinter die Basis der Plattform. Sita fragte sich, ob ihre Verfolger wohl in den Hohlraum hineinkriechen würden, doch auf einmal ging das Licht wieder aus, und die Tür fiel zu. Erleichtert atmete Sita aus.

Später ging die Musik an, und über Sitas Kopf ächzte die Bühne unter den Schritten der Tänzerinnen. Sie zählte vier Mädchen. Eines bezog auf Sitas Plattform Stellung.

Bald ging es in dem Club zu wie in einem Bienenstock. Die Musik dröhnte, die Bühne bebte und hallte, und gleich daneben schrien und johlten die Männer. Langsam kroch Sita durch den Hohlraum. Als sie die Zugangstür erreichte, ließ sie sich für einen Moment auf die Fersen sinken und versuchte sich die Räumlichkeiten des Clubs ins Gedächtnis zu rufen. Der nächste Ausgang war etwa sieben Meter entfernt. Seitlich von der Bühne verlief ein Gang, der bis zu der Tür führte. Die eigentliche Frage war, ob die Tür bewacht sein würde. Falls ja, wären ihre Fluchtpläne von vornherein zum Scheitern verurteilt. Eines aber machte ihr Hoffnung: Bei der Tür handelte es sich um einen Notausgang.

Sie wartete, bis die erste Gruppe von Tänzerinnen in die Garderobe zurückkehrte und die zweite auftauchte, um ihre Plätze einzunehmen. Nachdem Sita für einen Moment Hanuman herausgenommen und ihm einen Kuss auf die Stirn gedrückt hatte, verstaute sie ihn in ihrer Manteltasche. Dann holte sie so tief Luft wie noch nie in ihrem Leben und öffnete die Zugangstür einen Spalt weit.

Sie sah etliche Männer im Profil. Auf ihren Gesichtern spiegelte sich das Licht der Bühnenscheinwerfer. Alle wirkten ganz hingerissen von der Show. Durch die Beine der Gäste spähte Sita zum Ausgang hinüber, sah aber nicht weit genug, um feststellen zu können, ob die Tür bewacht wurde oder nicht. Sie musste das Risiko einfach eingehen.

Vorsichtig schob sie die Tür weiter auf. Niemand beachtete sie. Den Blick auf die Tür gerichtet, kroch sie heraus. Ihr Herz tat einen Satz: Der Ausgang war unbewacht. Von dem Tisch, der ihr am nächsten war, starrte ein Mann zu ihr herüber. Ohne ihm Beachtung zu schenken, steuerte sie rasch auf den Ausgang zu. Niemand stellte sich ihr in den Weg. Als sie die Tür erreichte, drückte sie voller Hoffnung die Klinke herunter. Die Tür ging auf.

Sie rannte quer über den Parkplatz auf das nahe gelegene Motel zu. Sie riss die Tür zur Motellobby auf und blickte sich hektisch um. Der Empfang war unbesetzt, doch aus einem Hinterraum drang der Lärm eines Fernsehers. Über der Empfangstheke stand eine Schild mit der Aufschrift: »Bei Bedarf bitte klingeln«.

Sita drückte auf die Klingel, bis eine blasse Frau mit unreiner Haut und einem Bürstenhaarschnitt auftauchte. Missmutig wandte sie sich an Sita.

»Was willst du?«

»Bitte helfen Sie mir!«, stieß Sita atemlos hervor. »Die Männer im Sexclub halten mich gegen meinen Willen gefangen. Bitte rufen Sie die Polizei!«

Die Frau bedachte sie mit einem seltsamen Blick. »Du behauptest, eine Gefangene oder so was in der Art zu sein?«

»Bitte helfen Sie mir! Bestimmt suchen sie mich schon!«

»Komm mit ins Hinterzimmer«, sagte die Frau, während sie Sita weiter eindringlich musterte. »Ich rufe die Bullen.«

Nachdem die Frau Sita ins Hinterzimmer geführt hatte, verschwand sie wieder, um das Telefonat zu tätigen. Sita hörte die Tür hinter ihr ins Schloss fallen. Sie warf einen Blick auf den Bildschirm. Offenbar sah sich die Frau gerade eine Sendung über Außerirdische an. Überall lagen leere Verpackungen von Süßigkeiten, Pizzaschachteln und Chipstüten herum.

Abwartend blieb sie in der Mitte des Raumes stehen. Sie wusste nicht, was sie von der Polizei zu erwarten hatte, war aber bereit, jedem zu vertrauen, der sie davor bewahren würde, erneut Alexi, Igor oder dem ominösen Dietrich in die Hände zu fallen.

Schließlich ging die Tür auf, und die Frau kam herein, gefolgt von Alexi. Bei seinem Anblick erstarrte Sita vor Entsetzen.

Alexi bedeutete der Frau mit einer Handbewegung, sie allein zu lassen, woraufhin die Frau nur nickte und die Tür schloss.

Sita stand wie angewurzelt da, während Alexi auf sie zutrat. Mit gespieltem Bedauern schüttelte er den Kopf. »Ich bin enttäuscht von dir, Sita«, erklärte er. »Ich dachte, du hättest die Lektion gelernt, die Dmitri dir erteilt hat.« Er trat hinter sie und legte ihr eine Hand auf die Schulter. »Jetzt wirst du begreifen, was für Folgen Ungehorsam hat.«

Plötzlich spürte sie einen scharfen Schmerz im Nacken. Sie rang nach Luft, und ihr wurde gleichzeitig schwindelig und schwarz vor Augen. Bewusstlos sank sie zu Boden.

25

Die Welt ist ein Spiegel von
unendlicher Schönheit, doch niemand sieht es.
THOMAS TRAHERNE

Paris – Frankreich

Am ersten März fuhr Thomas morgens um Viertel nach sechs mit einem Taxi von seinem Hotel zum Gare Montparnasse, um sich dort gemäß Julias Anweisungen mit ihr zu treffen. Der Taxifahrer setzte ihn neben der gläsernen Bahnhofshalle ab. Als Thomas das Gebäude betrat, sah er Julia bereits mit einem Diplomatenkoffer neben einem Fahrkartenautomaten stehen. In dem bernsteinfarbenen Licht wirkte ihr roter Mantel fast magentafarben. Sie begrüßte ihn mit einem Blick, der ihre Nervosität verriet, und reichte ihm eine Fahrkarte. Thomas warf einen Blick auf das Ziel: Quimper.

»Ein geheimer Rückzugsort in der Bretagne«, stellte er fest. »Darauf wäre ich nie gekommen.«

»Das ist nur die erste einer ganzen Reihe von Überraschungen«, gab sie zurück. »Ich muss völlig verrückt sein, dass ich Ihnen helfe.«

»Warum tun Sie es dann?« Er sah sie fragend an.

»Keine Ahnung.« Plötzlich lächelte sie. »Ich schätze, Sie haben mich mit Ihrer Hartnäckigkeit überzeugt. Haben Sie Hunger?«

»Ich bin am Verhungern.«

»Ich habe uns ein paar Croissants besorgt.«

Sie gingen durch die Eingangshalle zu den Zügen. Sechs TGV-Züge standen auf parallel angeordneten Gleisen zur Abfahrt bereit. Julia und Thomas ließen sich auf einer Bank nieder und aßen ihre Croissants, während sich der Bahnhof langsam mit Reisenden füllte.

Kurz vor sieben stiegen sie ein und suchten sich ihr Abteil. Wenige Minuten später glitt der Zug aus dem Bahnhof, und schon kurze Zeit darauf ließen sie das Stadtgebiet hinter sich.

Julia holte gerade ihren Laptop aus ihrer Aktentasche, als ihr plötzlich etwas einfiel.

»Ach ja, ich wollte Ihnen schon die ganze Zeit sagen, dass unser Mann bei der BRP endlich etwas von der Botschaft in Mumbai gehört hat. Wie es scheint, hat das CBI versucht, sich mit der französischen Polizei in Verbindung zu setzen, ist dabei aber wohl an irgendwelchen bürokratischen Hürden gescheitert. Laut den Kollegen aus der Botschaft passiert so etwas ständig. Mittlerweile aber hat das CBI die Informationen weitergegeben, die dieser Navin ausgespuckt hat, und die französische Polizei versucht gerade, seinen Onkel aufzuspüren. Außerdem wird wegen Navins eigenen Aktivitäten ermittelt. Die Polizei geht davon aus, dass er unter falschem Namen in Frankreich lebt.«

»Ich finde es immer wieder erstaunlich, wie solche Kriminellen es schaffen, für die Behörden völlig unsichtbar zu bleiben«, bemerkte Thomas. »Die Schattenwelt ist offenbar genauso weitläufig wie die reale.«

»Die beiden Welten unterscheiden sich nur hinsichtlich der Spielregeln«, bestätigte Julia, »ansonsten ist alles gleich.« Sie klappte ihren Laptop auf. »Stört es Sie, wenn ich ein bisschen arbeite? Ich habe meinem Chef versprochen, dass er bis morgen früh einen Bericht über die Petrowitschs auf dem Schreibtisch hat.«

»Weiß er über unser Vorhaben Bescheid?«

Julia lächelte verschwörerisch. »Ich habe ihm erzählt, dass die BRP uns an den Ermittlungen beteiligen will. Was sogar der Wahrheit entspricht. Die Petrowitschs haben das Land vermutlich schon verlassen, und unser Netzwerk ist besser als das der BRP. Im Gegenzug habe ich unseren Mann bei der BRP davon überzeugt, dass wir Zugang zu den Mädchen brauchen.«

»Was ist mit den Leuten in der Bretagne?«

»Ich habe ihnen von Sita erzählt. Sie sind bereit, uns zu helfen – und zwar diskret, das haben sie mir versprochen.«

Thomas stieß einen anerkennenden Pfiff aus. »Ich bin beeindruckt. Sie haben etwas gut bei mir.«

»Das kann man wohl sagen!«, gab Julia zurück. »Aber jetzt muss ich ein bisschen arbeiten.«

»Tun Sie sich keinen Zwang an«, antwortete er, während er seinen eigenen Laptop aus seinem Rucksack holte.

Am Vorabend hatte er sich von der Website des Le Projet de Justice ein paar Artikel über Menschenhandel in Osteuropa heruntergeladen. Er wollte zumindest ansatzweise über die Erfahrungen der Petrowitsch-Mädchen informiert sein, wenn er in ihrem Rückzugsort ankam. Die Fälle, über die in der Tagespresse und den Fachzeitschriften berichtet wurde, erfüllten ihn mit Entsetzen. Allem Anschein nach wurden unzählige junge Frauen aus den ehemaligen Ostblockländern ausgebeutet. Viele von ihnen wurden ins Sexgeschäft verkauft. Das Phänomen war so gründlich dokumentiert, dass man diesen Frauen sogar schon einen Namen verpasst hatte: »die Nataschas«. Sie stammten aus Moldawien, der Ukraine, Weißrussland, Rumänien,

Bulgarien, Litauen und Russland. Für die Kunden aber waren sie alle einfach Russinnen.

Nach einer Stunde deprimierender Lektüre begab sich Thomas ins Bordcafé, wo er sich einen Espresso und ein Sandwich bestellte. An seinen Platz zurückgekehrt, starrte er eine Weile auf die vorbeiziehende Landschaft hinaus, ehe er auf seinem Laptop schließlich ein neues Dokument öffnete, um für Priya ein paar Reiseeindrücke festzuhalten.

Nach ihrer Ankunft in Quimper mieteten sie am Bahnhof einen Wagen und fuhren in westlicher Richtung in die Bretagne hinein. Julia tätigte auf ihrem Handy einen Anruf und bestätigte ihren Termin auf Französisch.

»Alles in Ordnung?«, fragte Thomas.

»Ja«, antwortete sie, »Vater Gérard ist sehr nett. Er freut sich schon, uns kennenzulernen.«

»Vater? Hat das Versteck der Frauen mit der Kirche zu tun?«

»Das können Sie gleich selbst herausfinden.«

Zwanzig Minuten später bog Julia auf einen von Steinmauern und alten Bäumen flankierten Kiesweg ein. Der Weg schlängelte sich durch Weideland, das von Wald gesäumt war, und endete schließlich vor einem schmiedeeisernen Tor, an dem ein Wachmann ihre Ausweise kontrollierte, ehe er sie durchwinkte. Sie schwenkten in eine kreisförmig angelegte Zufahrt ein und hielten vor einem vornehmen französischen Château, das aussah, als stammte es aus dem zwölften Jahrhundert, und von gepflegten Gärten eingerahmt wurde.

»Sind wir hier richtig?«, fragte Thomas erstaunt. »Das ist ja ein Herrenhaus!«

»In der Tat. Vater Gérard soll Ihnen die Geschichte selbst erzählen.«

Als sie ausstiegen, wurden sie auf dem Hof von einem Mann im Priestergewand willkommen geheißen. Sein Haar begann sich bereits zu lichten, und er trug eine Brille, die seinem Gesicht etwas Eulenhaftes verlieh. Zur Begrüßung schüttelte er beiden die Hand. Sein Englisch war überraschend gut.

»*Bonjour*, willkommen«, sagte er in herzlichem Ton. »Ich freue mich sehr, Sie kennenzulernen.«

»Vielen Dank, dass Sie sich bereit erklärt haben, uns zu empfangen«, antwortete Julia.

Der Priester wandte sich an Thomas. »Dieser Ort ist geheim. Sind wir uns da einig? Ihre Begleiterin hier verfügt über die nötigen Genehmigungen. Für Sie gilt das nicht. Sie müssen mir versprechen, dass Sie mit keinem Menschen darüber reden.«

»Sie haben mein Wort«, sagte Thomas.

Der Priester nickte. »In dem Fall folgen Sie mir bitte in diese Richtung.«

Vater Gérard führte sie in einen Empfangsbereich, der mit dunklen, rustikalen Möbeln eingerichtet war, und dann durch eine Hintertür hinaus in einen Garten. Die Luft war wärmer als in Paris und duftete nach frischem Gras. Auf einem Fußweg gelangten sie zu einer Wiese mit einem steinernen, von Bänken flankierten Brunnen in der Mitte. Dort saßen drei junge Frauen in ein ruhiges Gespräch vertieft. Eine von ihnen trug die Tracht einer Nonne.

»Dieses Château war das Geschenk eines innerlich zerrissenen Mannes, der am Ende seines Lebens doch noch Frieden fand«, erklärte der Priester. »Er hinterließ es der Diözese von Quimper, die dafür keine Verwendung hatte. Der Bischof besaß jedoch genug gesunden Menschenverstand, es nicht sofort zum Verkauf anzubieten, sondern erst einmal nachzufragen, ob einer anderen Diözese ein christlicher Verwendungszweck dafür einfiel. Das war 1999. Ich arbeitete damals in Marseille für eine gemeinnützige Organisation, die sich um junge, zur Prostitution gezwungene Frauen kümmerte. Obwohl die Regierung unserer Sache wohlwollend gegenüberstand, waren die geltenden Gesetze nicht sehr hilfreich. Viele der geretteten Frauen wurden erneut verschleppt und ausgebeutet. Ich hatte die Idee, einen geheimen Rückzugsort für solche Frauen einzurichten, aber wir verfügten nicht über das nötige Geld, um eine entsprechende Immobilie zu kaufen. Da hörten wir von dem Château. Der Bischof hieß uns mit offenen Armen willkommen. Das Ergebnis ist unser *Sanctuaire d'Espoir*, die ›Zuflucht der Hoffnung‹.«

Sie wanderten einen Pfad entlang, der zu einem eingezäunten Feld führte. Nicht weit von ihnen entfernt kauten zwei Pferde auf Grasbüscheln herum. Ein leichter Westwind wehte vom Meer herüber.

»Wie entscheidet die Regierung, wer hierherdarf?«, erkundigte sich Thomas.

»Die Polizei schickt uns diejenigen, die sich in Gefahr befinden. Für gewöhnlich handelt es sich um Frauen, die vom organisierten Verbrechen festgehalten wurden oder in der Gewalt von Menschenhändlern waren, die sich noch auf freiem Fuß befinden. Wir behalten sie hier, bis ihr Fall vor Gericht verhandelt wird oder sie nach Hause zurückkehren. Mittlerweile sind die Gesetze besser. Wenn die Frauen mit den Behörden zusammenarbeiten, besteht auch die Möglichkeit, ihnen Asyl oder eine dauerhafte Aufenthaltsgenehmigung zu gewähren.«

»Wie kommen denn die neuen Mädchen zurecht?«, fragte Julia.

Vater Gérard schwieg einen Moment. »Alle haben tiefe Wunden davongetragen, aber manche dieser jungen Frauen sind stärker als andere. Eine von ihnen ist besonders stark. Ich glaube, sie war auch diejenige, die die Polizei über den Fall informiert hat.«

Thomas betrachtete den Priester. »Wann kann ich mit ihnen sprechen?«

Der Priester erwiderte seinen Blick. »Das ist eine schwierige Frage. Die meisten Fachleute würden sagen, dass es verrückt von mir ist, Sie in einer so frühen Phase mit ihnen reden zu lassen. Man kann sich gar nicht vorstellen, was diese Mädchen durchgemacht haben. Aber Ihnen geht es darum, ein Leben zu retten, und das hat Vorrang. Ich werde alles Nötige veranlassen.«

Der Priester führte sie zurück ins Château, wo er sie in einem riesigen Wohnzimmer Platz nehmen ließ, das mit Antiquitäten und herrschaftlichen Familienporträts ausgestattet war. Ein paar Minuten später kehrte er mit einer der schönsten jungen Frauen zurück, die Thomas je gesehen hatte. Sie war so hochgewachsen wie ein Laufstegmodel und bewegte sich mit einer Anmut, die sich nicht einstudieren ließ. Trotzdem sprach aus ihren klaren blauen Augen nur Kummer. Als sie Thomas ansah, wandte er den Blick ab, weil er ihre offensichtliche Verletzlichkeit und ihren eindringlichen Blick nur schwer ertragen konnte.

Sie nahm ihnen gegenüber auf einer brokatbezogenen Couch Platz und sah den Priester an, als würde sie auf ein Stichwort von ihm warten. Vater Gérard ging sehr behutsam mit ihr um, wobei er besonders darauf achtete, ihr nie zu nahe zu kommen und sie auf keinen Fall zu berühren. Er redete langsames Englisch mit ihr und bemühte sich um eine deutliche Aussprache.

»Natalia, ich möchte dir Thomas Clarke und Julia Moore vorstellen.«

Das Mädchen nickte.

»Thomas kommt aus den Vereinigten Staaten, und Julia arbeitet in Paris für die amerikanische Botschaft.«

Die Verbindung nach Amerika schien die junge Frau zu verwirren. Ihr fragender Blick blieb auf den Priester gerichtet, als erwartete sie von ihm weitere Erklärungen.

»Thomas würde dir gern ein paar Fragen stellen, falls dir das recht ist.«

Natalia schüttelte den Kopf. »Mein Englisch nicht so gut«, gab sie leise zu bedenken. Sie sprach tatsächlich mit starkem Akzent. »Ich versuchen zu verstehen, aber ich nicht wissen. Du sprechen langsam?«

»Natürlich«, versicherte ihr Thomas. Er holte das Foto heraus, das Ahalya ihm gegeben hatte, und hielt es ihr hin. »Haben Sie dieses Mädchen schon einmal gesehen?« Er deutete auf Sita.

Natalia griff nach dem Foto und betrachtete es lange Zeit. Sie begann zu weinen. Mit einem Ausdruck von Zärtlichkeit sah sie Thomas an.

»Ja.«

Thomas schnappte nach Luft. »Können Sie mir sagen, wo?«

Natalia starrte zu Boden. »Da war ein ... Raum«, begann sie. »Er uns dort hinbringen für Vergewaltigung. Eines Tages er mich lassen allein, und dieses Mädchen kommen. Sie sagen ...« Mitten im Satz brach Natalia ab und begann wieder zu weinen. »Sie sagen, sie beten für mich. Ich sie erst halten für Engel, aber sie war Sita. Sie machen Hausarbeit.« Natalia schwieg einen Moment. »Später ich sie sehen wieder. Sie versuchen wegzulaufen, aber sie nicht ... schaffen Flucht. Nächsten Tag sie weg.«

»Wissen Sie, wohin man sie gebracht hat?« Thomas versuchte, sich seine Aufgewühltheit nicht anmerken zu lassen.

Natalia schüttelte den Kopf.

»Glauben Sie, eines der anderen Mädchen hat ebenfalls mit ihr gesprochen?«

Sie zuckte mit den Schultern. »Vielleicht. Ich für dich fragen.«

Mit diesen Worten sprang sie auf und eilte aus dem Raum. Wenige Minuten später kam sie in Begleitung einer anderen jungen Frau mit slawischen Zügen zurück. Der Priester erhob sich, und Thomas und Julia folgten seinem Beispiel.

»Das ist Ivanna«, erklärte Natalia. »Sie nicht sprechen Englisch, aber sie etwas wissen.«

Natalia fragte Ivanna etwas auf Ukrainisch, woraufhin Ivanna nickte und in leisem Ton antwortete.

»Sie sagen, sie kochen«, informierte Natalia sie. »Sita helfen in Küche.«

Erneut wechselten die beiden Frauen ein paar für die anderen unverständliche Worte.

»Sie sagen, indisches Paar kommen in Haus letzte Woche. Sie sprechen über Reise nach Amerika.«

Einerseits fühlte Thomas sich durch Ivannas Enthüllung bestätigt, andererseits aber auch entmutigt. Navins Onkel hatte Sita aus Frankreich fortgeschafft, und die Petrowitschs hatten etwas damit zu tun. Aber Amerika? Bestimmt gingen von Paris aus täglich mindestens fünfzig Flüge in alle möglichen amerikanischen Städte. Die einzige wirkliche Hürde, die man bei der Einreise überwinden musste, war die Grenzkontrolle am Flughafen. Hatte man die Zollbeamten erst einmal hinter sich gelassen, konnte man ohne große Mühe spurlos verschwinden.

»Haben sie gesagt, in welchen Teil der Vereinigten Staaten sie reisen wollten?«, fragte er.

Natalia übersetzte die Frage, aber Ivanna schüttelte den Kopf.

»Ich sprechen mit allen Mädchen«, sagte Natalia. »Nur Ivanna hat Information.«

»Danke«, antwortete Thomas. »Das ist ja schon einmal etwas.«

Natalia musterte ihn eindringlich. »Du finden Mädchen?«

»Ich tue mein Bestes«, erwiderte er.

Sie griff nach seiner Hand. »Dann wir sind Freunde«, erklärte sie. »Auf Wiedersehen.« Mit diesen Worten drehte sie sich um und verschwand in Richtung Eingangshalle.

Thomas' Haut kribbelte von ihrer Berührung. Wie viele Menschen hatten nun schon das Unmögliche von ihm verlangt? Ahalya. Priya. Julia. Und nun auch noch Natalia. Glaubten sie wirklich daran, dass er es schaffen konnte? Oder lag es nur daran, dass er als Einziger verrückt genug war, es zu versuchen? Was auch immer ihre Beweggründe sein mochten, er wusste inzwischen, dass die Aufgabe seine Fähigkeiten weit überstieg. Schon seine Reise nach Paris war im Grunde ein aussichtsloses Unterfangen gewesen, aber in Amerika erwartete ihn ein riesiges schwarzes Loch. Um Sita von dort zurückzuholen, brauchte er mehr als seine Intuition und die Hilfe von Freunden.

Dafür brauchte es ein Wunder.

26

Durch deinen ausgedehnten Handel warst du erfüllt von Gewalttat, in Sünde bist du gefallen.

Das Buch Ezechiel

Elizabeth – New Jersey

Nach Sitas Fluchtversuch achtete Alexi persönlich darauf, dass sie immer in ihrem Zimmer eingesperrt blieb. Wenn der Club schloss, sah er jedes Mal nach ihr und sicherte die Tür, wenn er ging. Am späten Vormittag kam er wieder und brachte ihr ein paar Bissen zu essen. Dabei sprach er nie mit ihr, und sie wandte den Blick ab.

Im Lauf der Zeit verdüsterte sich Sitas Stimmung immer mehr. Sie hörte mit ihren Gedicht- und Wortspielen auf, malte sich nicht mehr aus, wie es wäre, Ahalya an ihrer Seite zu haben, und stellte auch all die anderen Träumereien ein. Stattdessen starrte sie den Großteil des Tages an die Wand und sann über die unerklärliche Natur ihres Karmas nach.

Eines Abends kam Alexi sie holen, bevor der Club aufmachte. Plötzlich stand er im Türrahmen und sagte nur ein einziges Wort: »Komm!«

Sita stand auf und folgte ihm hinaus auf den Gang. Er führte sie durch die Garderobe – die nun hell erleuchtet, aber leer war – und von dort in den dahinterliegenden Loungebereich. Ein blonder, mit einer eleganten Hose und einem dunklen Blazer bekleideter Mann saß auf einem Clubsessel und sah sich ein Pferderennen an, das gerade im Fernsehen lief. Er nickte Alexi zu und bedeutete dann Sita, sich vor ihn hinzustellen. Ihr fiel auf, dass er sich um eine deutliche Aussprache bemühte, aber dennoch einen leichten Akzent hatte.

»Sie ist schön«, erklärte er, während er Sita mit seinen stechend blauen Augen von Kopf bis Fuß musterte, »und sehr jung. Kompliment an deinen Bruder, er hat da wirklich einen guten Kauf getätigt.«

»Wasily hat schon gewusst, dass sie dir gefallen würde«, gab Alexi zurück.

Der Mann umrundete Sita und strich dabei mit den Fingerspitzen über ihren Nacken. Anschließend blieb er vor ihr stehen und lächelte schmallippig. »Ihre Hautfarbe ist dunkel genug, um exotisch zu wirken, aber doch nicht *zu* dunkel. Das hat eine sehr verführerische Wirkung. Sie wird einen hohen Preis erzielen.«

Sita drehte sich der Magen um, und gleichzeitig bekam sie weiche Knie. Diese Männer sprachen über sie wie über ein Tier auf dem Viehmarkt.

»Ich zahle dir zwanzigtausend für sie«, verkündete der Mann.

Alexi gab sich spröde. »Sie ist vierzig wert. Für weniger gebe ich sie nicht her.«

Während sie über den Preis verhandelten, schloss Sita die Augen. Ein weiteres Geschäft stand kurz vor dem Abschluss. Der Fremde war das nächste Glied in der Kette ihres Schicksals.

Man einigte sich auf dreißigtausend Dollar. Der blonde Mann bezahlte mit einem Umschlag voller Bargeld und verschwand dann durch die Tür, die in den Club führte.

Die beiden folgenden Nächte verliefen relativ ruhig. Obwohl Sita ein paarmal mitbekam, wie Igor draußen auf dem Gang die Mädchen anknurrte, hielt er sich von dem Raum fern. Ihre Isolation wurde nur durch Alexis kurze Besuche unterbrochen. Allmählich fragte sie sich, ob sie bei dem Handel in der Lounge etwas missverstanden hatte. Vielleicht hatte der blonde Mann Alexi ja für ihren ursprünglichen Kauf bezahlt. Doch das erklärte weder ihre Anwesenheit im Club noch Alexis heftige Reaktion auf Igors Annäherungsversuche. Igor hatte gesagt, Alexi spare sie für Dietrich auf. Wer um alles in der Welt war dieser Dietrich?

Eine vorläufige Antwort auf ihre Frage bekam sie am Dienstag in Gestalt eines Schwarzen mit einer dunklen Sonnenbrille und einer dicken Goldkette um den Hals.

»Dieses Baby hier soll nach Harrisburg?«, fragte er, als Alexi ihm die Tür zu Sitas Zimmer aufhielt.

»Genau«, antwortete Alexi. »Die anderen bringst du nach Philadelphia.«

»Ja, zur Techniker-Tagung. Manuel hat mir schon Bescheid gesagt.« Er warf einen verdrossenen Blick zu Sita hinüber. »Bereit, Baby?«

Sita wandte sich mit fragender Miene an Alexi.

»Du begleitest jetzt Darnell«, teilte er ihr mit.

»Genau«, bestätigte der Mann namens Darnell, »und ich habe weder die Zeit noch den Nerv für hochnäsige Kühe.« Er schlug seinen Mantel auseinander und zeigte ihr den Griff einer Pistole. »Wenn du nicht parierst, mache ich dich kalt. Verstanden?«

Sita nickte zitternd. Nachdem sie in ihren Mantel geschlüpft war, packte Darnell sie am Arm und führte sie hinaus auf den Parkplatz, wo in einem Kleinbus bereits drei Mädchen aus dem Club saßen. Auf dem Beifahrersitz thronte ein drahtiger Latino, der die Nase tief in einer Zeitschrift vergraben hatte und Sita keinerlei Beachtung schenkte.

Sita nahm auf der vorderen Sitzbank Platz und blickte durchs Fenster in Richtung Straße. Es war fast schon Mittag und viel Verkehr. Niemand bemerkte den unauffälligen Kleinbus oder seine menschliche Fracht. Ein Streifenwagen fuhr vorbei, doch er verschwand genau wie alle anderen Wagen schnell wieder außer Sichtweite.

Darnell sprang auf den Fahrersitz und steuerte den Wagen aus dem Parkplatz. Die Straßen der Stadt waren verstopft, doch als sie auf die Schnellstraße einbogen, ließ der Verkehr schnell nach. Sie fuhren anderthalb Stunden ohne Pause dahin. Sita bekam Durst und musste allmählich auch auf die Toilette, traute sich aber nichts zu sagen. Die hinter ihr sitzenden Mädchen gaben ebenfalls kein Wort von sich, und Sita drehte sich kein einziges Mal nach ihnen um.

Schließlich fuhr Darnell über eine Brücke nach Philadelphia hinein. Vor dem Marriott Hotel in der Broad Street hielt er an und führte ein Telefonat auf seinem Handy. Kurz darauf trat ein Weißer in einem Nadelstreifenanzug aus der Hotellobby und steuerte auf sie zu. Er begrüßte Darnell und warf dann einen anerkennenden Blick auf die drei Mädchen, die Darnells lateinamerikanischer Begleiter gerade aus dem Wagen scheuchte.

Währenddessen überreichte der Weiße Darnell einen Umschlag. »Das ist die Anzahlung. Den Rest bekommst du, wenn du sie wieder abholst.«

Darnell grunzte zustimmend. »Lass die Luder fleißig arbeiten.«

Der Weiße lächelte schmallippig. »Und wie die arbeiten werden! Wir haben schon zweiunddreißig Kunden auf der Liste stehen. Dabei hat die Tagung noch nicht mal angefangen.«

»Das höre ich gern.«

Während der Weiße die Mädchen ins Hotel führte, kehrte der Latino auf den Beifahrersitz zurück. Darnell wendete den Wagen und fädelte wieder in den Verkehr ein. Nach einem kurzen Zwischenstopp an einer Tankstelle, wo Sita die Toilette aufsuchen durfte, ging es sofort weiter. Sie fuhren den ganzen Nachmittag durch und hielten nur an, um zu tanken und sich an einem McDonald's Drive-in etwas zu essen zu bestellen. Obwohl Sita einen Bärenhunger hatte, bekam sie den Hamburger, den Darnell ihr reichte, kaum hinunter. Das fettige Fleisch und die salzig-süße Gewürzmischung waren ein Schock für ihren Gaumen.

Eine halbe Stunde vor Sonnenuntergang erreichten sie Harrisburg. Auf Höhe einer Fernfahrerraststätte, die zur Hälfte von Sattelschleppern zugeparkt war, fuhr Darnell von der Autobahn ab und bog in den Parkplatz eines Motels ein.

»Unsere Kleine hier weiß gar nicht, wie gut sie es hat«, murmelte Darnell zu Manuel hinüber. »Wenn es nach mir ginge, würde ich sie zu einer Kneipenschlampe abrichten. Ich würde sie *Respekt* lehren.«

»Deswegen fährst du auch nur den Lieferwagen«, meinte Manuel lachend.

»Halt verdammt noch mal das Maul!«, blaffte Darnell zurück.

Nachdem sie den Lieferwagen an der Hinterseite des Motels abgestellt hatten, schloss Manuel die Tür eines Gästezimmers auf. Darnell zerrte Sita aus dem Wagen in das Zimmer, wo er sie grob aufs Bett warf. Schnell richtete sie sich auf und zog voller Angst ein Kissen vor ihren Körper. Sie befürchtete, dass die Männer nun vorhatten, sie zu vergewaltigen. Darnell grinste einen Moment anzüglich und brach dann in lautes Gelächter aus.

»Sieh dir das an, Manuel«, sagte er. »Sie hat Angst!«

Manuel schaltete den Fernseher ein, ohne Darnell Beachtung zu schenken, woraufhin dieser – immer noch lachend – nach einer Zeitschrift griff und sich damit im Bad einschloss.

Nach Einbruch der Dunkelheit holte ihnen Darnell bei Burger King ein Abendessen, das Sita widerwillig hinunterwürgte. Gegen zehn bekam Manuel einen Anruf auf seinem Handy. Mit einem Grunzen trat er ans Fenster und spähte durch einen Spalt zwischen den Vorhängen.

»Da sind sie ja schon«, verkündete er, während er die Vorhänge zur Seite zog. Neben einer Reihe von Müllcontainern parkte ein Lieferwagen. Sita sah sieben junge Mädchen aus dem Wagen steigen und auf die mittlerweile brechend volle Fernfahrerraststätte zusteuern. Sämtliche Mädchen sahen aus, als wären sie noch minderjährig.

»Kneipenschlampen auf Beutefang«, bemerkte Darnell kalt. »Was meinst du, wie viel sie heute Nacht machen werden?«

Manuel überlegte einen Moment. »Zweitausend, vielleicht auch mehr. Der Schuppen ist voll.«

Darnell lachte in sich hinein. »Die Trucker brauchen sich heute Nacht nicht einsam zu fühlen.«

Sita betrachtete mittlerweile die Fäden der ausgewaschenen Bettdecke, auf der sie saß. Das Leid der Mädchen brach ihr das Herz – oder das, was davon noch übrig war. Erneut fragte sie sich, was diese Männer wohl mit ihr vorhatten. Was rechtfertigte einen Kaufpreis von dreißigtausend Dollar?

Um Mitternacht bekam Manuel einen weiteren Anruf auf seinem Handy. Nachdem er kurz zugehört hatte, warf er einen Blick zu Darnell hinüber. »Sie sind bereit zur Abfahrt.«

Darnell schaltete den Fernseher aus und packte Sita grob am Arm. »Zeit aufzubrechen.«

Manuel hielt ihnen die Tür auf. Keine zehn Meter von ihnen entfernt parkte der Lieferwagen mit laufendem Motor hinter einer Reihe anderer Wagen. Neben der Heckklappe stand eine dicke Frau mit verschränkten Armen. Darnell schob Sita zwischen zwei Autos hindurch und übergab sie an die Frau, die sie ihrerseits zu einem Mann hinüberschob, der sich gerade hinten aus dem Lieferwagen lehnte. Der Mann packte Sita am Mantel und hob sie auf die Ladefläche. Nachdem ihre Augen sich an die Dunkelheit gewöhnt hatten, wurde ihr klar, dass sie dort nicht allein war. Rund um sie herum saßen die Mädchen, die Darnell so abfällig als Kneipenschlampen bezeichnet hatte.

Der Mann zog die Heckklappe zu und verriegelte sie. Für einen Moment konnte Sita in dem schwachen Licht, das von draußen hereinfiel, sein Gesicht erkennen. Er war unrasiert und hatte eine Zigarette im Mundwinkel hängen.

Im Lieferwagen selbst war es stockfinster. Keines der Mädchen sagte etwas, aber eine von ihnen weinte. Mit einem Ruck setzte der Wagen sich in Bewegung. Sita kauerte sich zusammen und schloss die Augen. Ihre Gedanken wirbelten wirr durcheinander, und ihr Atem ging schnell und flach.

Nach etwa zwanzig Minuten hielten sie an. Der Wagen wurde ein Stück zurückgesetzt, dann erstarb der Motor. Sita lauschte in die Stille hinein. In einiger Entfernung bellte ein Hund. Ganz in der Nähe fuhr ein Wagen vorbei. Die Mädchen blieben in der Dunkelheit sitzen, bis der Mann mit der Zigarette die Heckklappe aufschob. Sie standen vor einer Art Garage. Die Mädchen rappelten sich hoch und kletterten aus dem Lieferwagen. Der Mann forderte Sita mit einer Handbewegung auf, sich ihnen anzuschließen.

Sie folgte einer jungen Schwarzen mit schmalen Hüften und einem Leoparden-Rock durch die Garage und dann eine Treppe hinunter in einen Kellerraum, der von einer einzelnen nackten Glühbirne beleuchtet wurde. Dort warteten die Mädchen dicht aneinandergedrängt, den Blick auf den Boden gerichtet, bis schließlich die fette Frau die Treppe herunterschnaufte und einen Waffenschrank zur Seite schob, hinter dem eine versteckte Tür zum Vorschein kam. Die Frau zog einen Schließriegel zurück. Als die Tür aufschwang, konnte Sita sehen, dass der dahinterliegende Raum mit Decken ausgelegt war. Die Mädchen gingen hinein, ohne zu protestieren, woraufhin die Frau die Tür hinter ihnen wieder verriegelte.

Sofort brach unter den Mädchen ein Gerangel aus. Sita hob die Arme schützend über den Kopf und wich in eine Ecke zurück, wo sie sich an der Wand nach unten gleiten ließ, bis ihre Knie ihr Kinn berührten.

»Geh von mir runter!«, schrie eines der Mädchen.

»Das ist mein Platz, du blöde Kuh!«, fauchte eine andere zurück.

Eine energische Stimme meldete sich zu Wort. »Cassie, Latisha, haltet gefälligst die Klappe! Und hört verdammt noch mal mit eurem ewigen Gezanke auf!«

Endlich verstummten die Mädchen.

»Was, zum Teufel, ist mit euch bloß los?«, fragte die energische Stimme. »Hier ist es auch ohne euer Gekeife schlimm genug.«

»Immer nimmt sie mir meinen Platz weg!«, beschwerte sich eines der Mädchen.

»Und du legst dich immer auf mich drauf!«, konterte die andere.

»Ich ertrage das hier einfach nicht mehr«, meldete sich eine vierte mit gepresster Stimme zu Wort.

Die energische Stimme antwortete. »Du kannst ja weglaufen, wenn du willst. Aber du riskierst deine Haut. Nach meinem letzten Versuch haben sie Zigaretten auf mir ausgedrückt.«

Sita schloss die Augen, weil sie plötzlich gegen einen starken Würgereiz ankämpfen musste. Der Raum stank nach Schweiß und getrocknetem Urin. Sie griff in ihre Manteltasche, nahm Hanuman in die Hand und begann zu weinen. Verzweifelt versuchte sie, sich die Bilder und Geräusche der Koromandelküste ins Gedächtnis zu rufen, doch die schönen Erinnerungen entglitten ihr immer wieder. Stattdessen sah sie Suchir, Navin, Dmitri, Igor und die imaginären Gesichter der Lastwagenfahrer, die gegen Bezahlung Sex mit den Mädchen gehabt hatten.

Erschöpft lehnte sie den Kopf gegen eine Wand und massierte ihre Arme, um sich ein wenig aufzuwärmen. Ihr ganzer Körper fühlte sich verkrampft an, und sie hatte keine Ahnung, wie sie in dieser unbequemen Position schlafen sollte. Nach einer Weile drehte sich das Mädchen neben ihr um, und der Zipfel einer Decke fiel auf Sitas Hand. Langsam zog sie sich den Rand der Decke über die Knie und fror gleich nicht mehr ganz so schlimm. Als ihre Nachbarin sich erneut bewegte, kam ihr Arm auf Sitas Bein zu liegen.

Mit einem tiefen Atemzug schloss Sita die Augen.

Sie würde die Nacht schon irgendwie überstehen.

27

Die Wahrheit ist selten rein und niemals einfach.
Oscar Wilde

Paris – Frankreich

Thomas und Julia lösten Fahrkarten für den TGV, der am Spätnachmittag zurück nach Paris gehen sollte. Thomas entdeckte in Quimper ein Internetcafé und buchte für den nächsten Morgen einen Flug nach Bombay. Vom Bahnhof aus sandte er zwei E-Mails ab, die erste an Andrew Porter, um ihn darüber zu informieren, dass Sita in die USA verkauft worden war, und die zweite an Jeff Greer, dem er versprach, am Montag wieder im Büro zu erscheinen. Danach rief er Priya an und gab ihr seine Ankunftszeit durch. Als schließlich ihr Zug aufgerufen wurde und er in den TGV stieg, versuchte er jeden Gedanken an sein Scheitern zu verdrängen.

Auf Julias Einladung hin verbrachte er die Nacht in ihrer kleinen Wohnung im fünfzehnten Arrondissement. Sie bot ihm ihr Sofa an, auf dem er sich jedoch schlaflos hin und her wälzte, weil er einfach nicht abschalten konnte. Ihm war klar, dass die Zeit gegen ihn arbeitete: Mit jeder Minute, die verging, entfernte sich Sita weiter von ihm. Er überlegte, ob er nicht besser in eine Maschine nach Washington steigen und sich mit Andrew Porter treffen sollte, wusste jedoch, dass er sich das im Grunde sparen konnte. Zum einen verfügte er über keinen zuverlässigen Hinweis, zum anderen hätte er dort nur sehr beschränkten Zugang zu Informationen aus dem Justizministerium.

Irgendwann nach Mitternacht stand er auf und tigerte nervös im Zimmer auf und ab. Er hatte das Gefühl, in der Falle zu sitzen, und gleichzeitig quälte ihn eine unbestimmte Angst. Um sich abzulenken, ging er in die Küche hinüber und öffnete den Kühlschrank, merkte jedoch beim Anblick der Lebensmittel, dass er überhaupt keinen Hunger hatte. Wieder im Wohnzimmer, blickte er auf die Lichter von Paris hinaus. Unter normalen Umständen hätte der Anblick ihn berührt, doch in dieser Nacht war er so von Sorgen erfüllt, dass er dafür gar kein Auge hatte.

Wo bist du, Sita Ghai?, dachte er. *Wo haben sie dich nun wieder hingebracht?*

Plötzlich spürte er eine Hand auf der Schulter und wandte sich um. Vor ihm stand Julia, nur mit Hemdchen und Slip bekleidet. Obwohl ihr Gesicht im Schatten lag, sah er, dass aus ihren Augen tiefes Mitgefühl sprach. Sie griff nach seiner Hand und drückte sie fest.

»Ist mit dir alles in Ordnung?«, fragte sie leise.

»Es ist mir schon mal besser gegangen«, antwortete er.

Sie lehnte sich an ihn und legte den Kopf an seine Brust. »Ich weiß, wie du dich fühlst«, flüsterte sie, während sie gleichzeitig die Arme um ihn schlang. »Mir ist es genauso gegangen, als ich damals meine Schwester verloren habe.«

Thomas stand stocksteif da, erstarrt in einem Zustand der Unentschlossenheit. Er musste an Priya denken, die ihn in Bombay erwartete, Tausende von Kilometern entfernt. Er dachte an Cambridge und Charlottesville und Georgetown, an all die Jahre, die sie gemeinsam verbracht hatten. Aber er hatte der entwaffnenden Macht von Julias Wärme nicht genug entgegenzusetzen. Seine Gegenwehr erlahmte, bis sein Verstand und sein Herz schließlich verschmolzen, in Brand gesetzt durch einen einzigen Wunsch – ihre Umarmung zu erwidern. Er schlang die Arme um sie und vergrub das Gesicht in ihrem duftenden Haar.

Nachdem sie einander ein paar Sekunden lang festgehalten hatten, blickte Julia fragend zu ihm hoch. Er wusste, was für ein Moment das war – der Punkt, ab dem es kein Zurück mehr gab. Obwohl in seinem Kopf plötzlich Alarmglocken schrillten, machte er keine Anstalten, sich aus der Umarmung zu lösen. Als Julia die Lippen auf die seinen presste, zog er den Kopf nicht zurück, und er sträubte sich auch nicht, als sie ihn daraufhin den Gang entlang zu ihrem Schlafzimmer führte. Für einen Moment ging ihm durch den Kopf, dass es sich mit Tera genauso abgespielt hatte. Aber das war ihm jetzt egal. Er wollte das. Er brauchte es.

Als sie das Schlafzimmer betraten, drehte Julia sich zu ihm um. Sie nahm ihn an beiden Händen und zog ihn zu sich heran, um ihn erneut zu küssen. In dem Moment sah er die Kerze auf der Kommode und den schweren Spiegel dahinter. Schlagartig brach die Erinnerung über ihn herein. Kerzenlicht vor reflektierendem Glas. Eine Flamme, die die Dunkelheit vertrieb. Priya auf dem Bett, die Arme erwartungsvoll nach ihm ausgestreckt. Ihre lustvolle Hingabe, der beglückende Höhepunkt. Die Nacht, in der Mohini gezeugt wurde.

Abrupt ließ er Julias Hände los.

»Ich kann das nicht«, flüsterte er.

Julia trat einen Schritt zurück und verschränkte die Arme vor der Brust. »Warum nicht?«

Er holte tief Luft. »Ich bin verheiratet. Meine Frau ist in Bombay.«

Julia setzte sich aufs Bett und schlang die Arme um die Knie. Thomas rührte sich nicht von der Stelle. Er war ihr gegenüber nicht fair gewesen. Er hatte zugelassen, dass sich zwischen ihnen Gefühle entwickelten, obwohl jeder Narr hätte sehen können, auf was das hinauslief. Und nun, da sie ihre Gefühle offen zeigte, wies er sie zurück.

Schließlich brach Julia das Schweigen. »Wie heißt sie?«

»Priya.«

»Sie ist Inderin?«

»Ja. Aber sie hat den Großteil ihres Lebens im Westen verbracht.«

Das musste Julia erst einmal verdauen. »Liebst du sie?«, fragte sie dann.

Thomas brachte plötzlich kein Wort mehr heraus, sondern konnte nur nicken.

Julia wandte den Blick ab. Sie wirkte verlegen.

»Es tut mir leid«, sagte Thomas. »Ich hätte es dir sagen sollen.«

Langsam erhob Julia sich vom Bett.

»Ja«, bestätigte sie, »du hättest es mir sagen sollen. Allerdings bin ich mir nicht sicher, ob es einen Unterschied gemacht hätte.« Sie küsste ihn leicht auf die Wange. »Es wäre schön gewesen«, flüsterte sie.

Er schloss die Augen und stählte sich gegen den plötzlich fast übermächtigen Drang, alles andere zu vergessen und sie doch wieder in seine Arme zu reißen.

»Gute Nacht, Julia«, stammelte er, ehe er den Gang entlangflüchtete.

Auf die Couch zurückgekehrt, steckte er den Kopf unter sein Kissen, hörte aber immer noch das gedämpfte Ticken der Uhr. Wieder versuchte er zu schlafen, doch die Erinnerung an ihre Umarmung ließ ihn nicht los. Aus Minuten wurden Stunden. Als endlich der Morgen graute, empfand Thomas das regelrecht als Befreiung.

Er duschte rasch und packte seine Sachen, während Julia Kaffee machte und frische Croissants für ihn holte. Beim Frühstück sprachen sie über belanglose Themen. Als sie fertig waren, begleitete sie ihn die drei Straßen bis zur Metro-Station. Vor den Drehkreuzen blieben sie stehen und sahen sich an. Einen Moment später brach Julia den Bann, indem sie ihn umarmte.

»Das mit Sita tut mir leid«, sagte sie.

»Wir haben getan, was wir konnten. Jemand anderer hätte es auch nicht besser machen können.«

Sie warf ihm einen aufmunternden Blick zu. »Vielleicht hat Andrew ja mehr Glück.«

»Wer weiß.« Er schwieg einen Moment, ehe er hinzufügte: »Pass gut auf dich auf, Julia.«

Sie lächelte auf die für sie typische, lässige Art. »Sieh zu, dass du nach Hause kommst, Thomas.«

Er nickte, erstaunt über ihre Worte. Dann wandte er sich um und eilte davon.

Er fuhr mit einem RER-Zug zum Flughafen Charles de Gaulle und stieg pünktlich in die Air-France-Maschine, die an diesem Vormittag in Richtung Bombay abflog. Da er sich nach seiner schlaflosen Nacht ziemlich erschöpft fühlte, zog er die Jalousie herunter und versuchte zu schlafen, was ihm jedoch wieder nicht gelang.

Als er es schließlich leid wurde, holte er Ahalyas Foto heraus. Wohl zum hundertsten Mal lächelte Sita ihm von dem Bild entgegen – ein Kind, das bereits ein wenig mit dem Erwachsenwerden kokettierte. Sie war all das, was er sich für Mohini erträumt hatte. Der Gedanke erschien ihm wie eine Erleuchtung. War es das, was ihn nach Frankreich getrieben hatte? Hörte er den Schatten seiner verlorenen Tochter von einem Leben flüstern, das noch gerettet werden konnte?

Eine halbe Stunde vor Mitternacht landete die Maschine in Bombay. Über der dunklen Stadt hing eine schwere Wolke aus Smog und Feuchtigkeit. Selbst mitten in der Nacht war die Luft nur wenige Grade kühler als tagsüber. Er hatte sich mit Priya am Gepäckausgabeband verabredet, wo sie ihn mit einer Umarmung überraschte.

»Schön, dass du wieder da bist«, begrüßte sie ihn. Ihre Augen glänzten. »Du hast mir gefehlt.«

»Wirklich?« Der Trost, den er in ihrer Gegenwart empfand, überraschte ihn selbst.

Sie nickte und griff nach seiner Hand. »Ich habe etwas für dich.« Sie fasste in ihre Tasche und holte zwei Flugtickets heraus.

»Goa«, stellte er erfreut fest.

»Wir fliegen übers Wochenende weg. Ich muss mal raus aus dieser Stadt.«

Sie sah ihn derart erwartungsvoll an, dass er sich ein Grinsen nicht verkneifen konnte.

»Eine ausgezeichnete Idee.« Er empfand plötzlich eine große Zärtlichkeit für sie. »Du siehst sehr schön aus«, bemerkte er.

Priya blinzelte überrascht, weil er so abrupt das Thema gewechselt hatte. Dann musste auch sie grinsen. »Lass uns von hier verschwinden.« Mit diesen Worten zog sie ihn in Richtung Ausgang.

Sie verbrachten die Nacht in Dineshs Wohnung in Bandra. Der junge Banker war auf Geschäftsreise, sodass Thomas in seinem Zimmer schlafen konnte. Nach ihrer herzlichen Umarmung am Flughafen hoffte Thomas, dass Priya ihm Gesellschaft leisten würde, aber so viel Glück war ihm nicht vergönnt. Nach einer erneuten Umarmung zog sie sich mit einem scheuen Lächeln ins Gästezimmer zurück.

Auch in dieser Nacht schlief er schlecht. Gegen drei Uhr morgens erwachte er mit der unsinnigen Angst, dass Mohini im Nebenzimmer lag und gerade erstickte. Voller Panik blickte er sich um. Es dauerte einen Moment, bis ihm klar wurde, wo er sich befand. Danach konnte er nicht mehr einschlafen. Er dachte an den Jogeshwari-Fall. Die Rettung Ahalyas. Die Suche nach Sita. Priya, die nebenan friedlich schlief. Die Verheißung von Goa. Wie war es möglich, dass er auf diesem Planeten dreißig Jahre verbracht und zwei akademische Abschlüsse erworben hatte, um am Ende mit mehr Fragen als Antworten dazustehen?

Am Morgen traf er Priya im Nachthemd auf der Terrasse an, eine dampfende Tasse Chai in der Hand. Trotz der frühen Stunde brannte die Sonne bereits vom Himmel, aber die kühle Brise, die vom Meer herüberwehte, brachte ein wenig Linderung.

»Du siehst müde aus«, stellte sie fest, während sie sich auf einem der Liegestühle niederließ.

»Ich habe nicht viel Schlaf gefunden«, gestand er und rieb sich die Augen.

»Wegen Sita?«

Thomas zog es vor, es bei dieser Erklärung zu belassen, und nickte bloß.

»Dinesh hat eine schöne Wohnung«, bemerkte Priya.

»Ja, er kann ziemlich stolz auf sich sein.«

»Er scheint sich in Bombay heimisch zu fühlen.« Ihre Stimme klang eine Spur wehmütig.

»Ist das bei dir denn nicht so?«

»Das hängt von meiner Tagesform ab.«

»Würdest du gern für immer hier leben?«, fragte er nach, um herauszufinden, in welche Richtung ihre Pläne gingen.

»Ich weiß nicht so recht. Du?«

Er zuckte mit den Schultern, weil er sie nicht anlügen wollte. »Ich weiß es auch nicht.«

Gähnend stand sie auf. »Komm«, sagte sie und strich dabei mit den Fingerspitzen leicht über seine Hand, »wir müssen uns fertig machen.«

»Ich habe vor unserer Abreise noch etwas zu erledigen«, erklärte er.

Erstaunt sah sie ihn an. »Wir fliegen doch schon mittags.«

»Es liegt auf dem Weg. Ich muss nur noch schnell einen Anruf tätigen.«

Im Schulhaus des Ashrams saß Ahalya an ihrem Pult und starrte ins Leere. Es war halb neun Uhr morgens, und ihre Lehrerin – Schwester Elizabeth – erklärte gerade die Sinus- und Cosinus-Funktionen, sehr zum Leidwesen der anderen Mädchen. Im Gegensatz zu ihnen beherrschte Ahalya den Stoff bereits. Sie hatte sich die Grundlagen der Trigonometrie bereits ein Jahr zuvor in St. Mary's angeeignet. Die Privatlehrerin, die CASE für sie organisiert hatte, forderte sie zwar mit einem anspruchsvolleren Unterricht, kam jedoch nur am Montag und Mittwoch. An allen anderen Tagen bestanden die Ordensschwestern darauf, dass Ahalya zusammen mit den übrigen Mädchen die zwölfte Klasse besuchte.

Wie üblich hing sie währenddessen ihren Gedanken an die Vergangenheit nach. Sie rief sich alle möglichen Einzelheiten genauestens ins Gedächtnis und konzentrierte sich auf Gesichter und persönliche Eigenarten, bis sie die Bewohner ihrer erinnerten Welt fast wieder leibhaftig vor sich sah. Sie versetzte diese Menschen in ihrer Vorstellung in die Zukunft, die sie eigentlich hätten haben sollen, und stellte sich ihre Mutter mit altem, faltigem Gesicht vor oder malte sich aus, was für eine Freude ihr Vater gehabt hätte, wenn es ihm vergönnt gewesen wäre, sie, Ahalya, eines Tages als glückliche Braut zu erleben. Am liebsten aber stellte sie sich vor, wie Sita wohl als erwachsene Frau aussähe. Dabei ließ sie ihrer Fantasie freien Lauf und verlor jedes Zeitgefühl. Mittlerweile klinkte Ahalya sich so oft aus dem Unterricht aus, dass die Schwestern im Ashram sie deswegen bereits rügten.

»Ahalya«, wandte sich Schwester Elizabeth nun mit zusammengekniffenen Augen an sie, »wie lautet denn der Sinus von neunzig Grad?«

»Eins«, antwortete Ahalya wie aus der Pistole geschossen.

»Und der Cosinus von hundertachtzig Grad?«

»Minus eins.« Vor ihrem geistigen Auge hatte sie die Kurvenfunktionen sofort parat.

Mit einem leisen Seufzen wandte sich Schwester Elizabeth wieder der Tafel zu.

Um Viertel vor neun stand plötzlich Schwester Ruth in der Tür. Die Schülerinnen, die sich fragten, was wohl der Grund für das unerwartete Auftauchen ihrer Direktorin war, starrten sie perplex an.

»Ahalya«, sagte Schwester Ruth, »bitte komm mit mir.«

Verwirrt stand Ahalya auf und folgte Schwester Ruth, die mit ihr das Schulhaus verließ und sie den Pfad zum Eingang des Ashrams entlangführte, ohne dabei auch nur ein einziges Wort zu sprechen. Mit jedem Schritt wuchs Ahalyas Verwirrung. Diese plötzliche Wortkargheit sah Schwester Ruth gar nicht ähnlich.

Als sie den Teich erreichten, in dem Ahalya ihren Lotus gepflanzt hatte, blieb Schwester Ruth stehen und deutete auf die Bank.

»Warte hier«, sagte sie. »Du hast Besuch.«

»Wer ist es?«, fragte Ahalya, die zugleich freudige Erregung und Angst empfand. Anita von CASE kam immer am

Dienstag, nicht am Donnerstag. Demnach handelte es sich um einen besonderen Besucher.

Schwester Ruth gab ihr keine Antwort. Stattdessen drehte sie sich um und verschwand in Richtung Eingangstor. Während Ahalya sich auf der Bank niederließ, versuchte sie das ständige Gefühl von Übelkeit zu ignorieren, das sie schon seit Wochen quälte. Nachdenklich betrachtete sie ihre Lotuspflanze. Der Tontopf war unter der Wasseroberfläche deutlich zu sehen. Über ihm hatten sich zwei Blätter gebildet, aber für eine Blüte war es noch viel zu früh im Jahr. Ahalya beugte sich hinunter und berührte die Wasseroberfläche. In dem Topf steckte Leben. Der Lotus würde blühen. Er musste allein schon deswegen blühen, weil Sitas Geist in ihm wohnte.

Wachse!, beschwor sie im Stillen die Pflanze. *Du bist der Grund, warum ich morgens aufstehe.*

Mit ungewohnt ernster Miene nahm Schwester Ruth Thomas vor dem Tor des Ashrams in Empfang.

»Jeff Greer hat telefonisch Ihren Besuch angekündigt.« Sie warf einen Blick zu Priya hinüber, die im Taxi sitzen geblieben war.

»Haben Sie Neuigkeiten für Ahalya?«

Thomas nickte.

»Geht es um Sita?«

»Ja«, gestand er.

»Falls es sich um etwas Schlimmes handelt, sollte Ahalya es nicht hören. Ihr Zustand ist nicht sehr stabil.«

»Es sind teils gute, teils schlechte Nachrichten.« Er zupfte an dem *Rakhi*-Band herum, das er am Handgelenk trug. »Ich bin ihr die Wahrheit schuldig. Ich glaube, sie würde gern hören, was ich ihr zu sagen habe.«

Die Nonne überlegte einen Moment und nickte dann. »Sie hat einen starken Willen. Sie spricht von nichts anderem als von ihrer Schwester. Das heißt, wenn sie überhaupt spricht.«

»Ich brauche nur fünf Minuten«, erklärte er.

Die Nonne öffnete das Tor. »Sie ist am Teich.«

Als sie näher kamen, hob das Mädchen, das bis dahin ins Wasser gesehen hatte, erwartungsvoll den Kopf. Bei Thomas' Anblick weiteten sich ihre Augen. Sie stand auf und ging ihm entgegen.

»Sie sind zurückgekehrt«, stellte sie fest. »Demnach haben Sie Neuigkeiten über Sita.«

Als er ihr daraufhin in die Augen sah, spürte Thomas das ganze Ausmaß ihres Verlusts. »Vielleicht sollten wir uns setzen«, sagte er und deutete auf die Bank.

Ahalya verschränkte die Arme. »Sie ist nicht mit Ihnen gekommen.«

»Nein.«

Thomas ließ sich auf der Bank nieder und ließ den Blick über die Bäume schweifen. Irgendwo in den Ästen über seinem Kopf zwitscherte ein Vogel.

»Der Mann, der sie Suchir abgekauft hat, ist mit ihr nach Frankreich gereist«, begann er. »Dort hat sie die vergangenen zwei Monate in einem Restaurant gearbeitet. Die Polizei von Bombay hat den Mann erwischt, dann aber nicht schnell genug gehandelt. Vor ein paar Tagen wurde Sita in die Vereinigten Staaten gebracht. Niemand weiß, wohin oder warum.«

Ahalya begann zu schluchzen. Thomas holte tief Luft. Er fragte sich, ob Schwester Ruth mit ihren Bedenken womöglich recht gehabt hatte. Vielleicht hätte er doch nicht herkommen sollen.

Während er Ahalyas zaghaft austreibende Lotuspflanze betrachtete, überlegte er krampfhaft, wie er das Mädchen wieder aufmuntern könnte.

»Ich habe dein Foto an meinen Freund im Justizministerium geschickt«, erklärte er schließlich. »Ich habe ihm gesagt, dass Sita in den USA ist. Ich bin mir sicher, dass er das FBI verständigen wird. Es werden jede Menge Leute nach ihr Ausschau halten.«

Ahalya starrte erneut aufs Wasser, gewann aber langsam ihre Fassung zurück. Schließlich wandte sie sich wieder Thomas zu.

»Ich habe eine Nachricht für Ihren Freund«, flüsterte sie.

Thomas nickte. »Ich werde sie an ihn weiterleiten.«

Ahalya legte eine Hand auf ihren Bauch. »Richten Sie ihm aus, dass inzwischen zwei auf Sita warten.«

Mit diesen Worten erhob sie sich und eilte den Weg zum Schulhaus hinauf.

Mit fragendem Blick drehte Thomas sich nach Schwester Ruth um.

Die Nonne kam ihm zuvor. »Sie ist ein tapferes Mädchen. Die meisten anderen hätten es Ihnen nicht gesagt.«

»Was denn?«

»Sie ist schwanger.«

Er schnappte nach Luft. »Von einem Mann aus dem Bordell?«

Die Nonne nickte. »Das kommt sehr häufig vor. Wir hatten allerdings gehofft, sie hätte Glück gehabt, weil sie noch nicht lange dort war.«

Für einen Moment drehte sich ihm alles. »Sie will das Baby behalten?«

Schwester Ruth sah ihn entrüstet an. »Es ist ein Leben«, entgegnete sie in ziemlich barschem Ton. Dann fügte sie etwas freundlicher hinzu: »Dieses Kind ist im Moment das Einzige, was Ahalya das Gefühl gibt, doch noch so etwas wie eine Familie zu haben.«

Thomas sah Ahalya zwischen den Bäumen verschwinden. In ihrem blassgrünen Churidar und den leichten Sandalen wirkte sie wie jede andere Inderin in ihrem Alter. Sie war eine hübsche, kluge und gebildete junge Frau. Vor dem Tsunami hatte eine strahlende Zukunft auf sie gewartet – das College, die Universität, zumindest jedoch eine vorteilhafte Heirat. Inzwischen aber war sie schwanger von einem Mann, der sie vergewaltigt hatte. Mochten ihr ursprünglich auch alle Möglichkeiten offengestanden haben, so lag ihre ehemals so strahlende Zukunft nun in Trümmern.

»Glauben Sie, man wird Sita finden?«, fragte die Nonne.

»Möglich ist es«, antwortete er, »aber eher unwahrscheinlich.«

Schwester Ruth bekreuzigte sich. »Manchmal verstehe ich die Wege Gottes einfach nicht.«

»Dann sind wir ja schon zu zweit.«

Zum Glück dauerte der Flug nach Goa nicht lang. Priya hatte in Agonda, weit südlich der Touristenmassen von Nord-Goa, ein ruhiges Zimmer für sie gebucht. Thomas erzählte ihr kaum etwas über seine Begegnung mit Ahalya, und ausnahmsweise legte sie auch gar keine Neugierde an den Tag. Da er sie schon lange nicht mehr so fröhlich erlebt hatte, wollte er ihr auf keinen Fall die Laune verderben.

Die Taxifahrt nach Agonda Beach nahm den Großteil des Nachmittags in Anspruch. Thomas ließ das Fenster herunter. Die vorbeiziehende Landschaft, die Bungalows und Eukalyptushaine lenkten ihn ab. Schlagartig fühlte sich die Last, die auf ihm lag, nicht mehr ganz so schwer an. Er schaffte es, nicht mehr an Ahalyas Baby, die Suche nach Sita und das Armband an seinem Handgelenk zu denken. Ganz zu schweigen von den Lügen, die er seiner Frau in

Bezug auf Tera und die Kanzlei aufgetischt hatte. Sein einziger Trost war die Tatsache, dass er sich in Paris beherrscht hatte. Er war im Schlafzimmer einer schönen Frau gelandet und hatte der Versuchung dennoch widerstanden.

Kurz nach vier Uhr nachmittags bog das Taxi in eine ungeteerte, von Läden und Strandhütten gesäumte Straße ein. Ganz am Ende der Reihe setzte der Fahrer sie ab. Wie sich herausstellte, war ihre Unterkunft genau so, wie im Katalog angepriesen: sauber, einfach und nah am Meer.

Der Besitzer, ein sympathischer weißhaariger Mann in einem wild gemusterten Hawaiihemd, begrüßte sie in fließendem Englisch. »Sind Sie auf Hochzeitsreise?«, erkundigte er sich interessiert.

»Ja«, antwortete Priya zu Thomas' Überraschung, »unserer zweiten.«

»Auf einen guten Neuanfang!« Mit diesen Worten überreichte ihnen der Mann die Schlüssel.

Hand in Hand gingen sie zu ihrem Bungalow und verstauten ihre Sachen in einem Schrank am Fußende des Bettes. Priya verschwand im Bad, um sich umzuziehen, und tauchte in einem weißen Leinenhemd und einem Sarong mit Blumenmuster wieder auf. Thomas trug mittlerweile Surfshorts, bequeme Sandalen und ein T-Shirt. Nachdem Priya ihn einen Moment von Kopf bis Fuß gemustert hatte, ging sie zu ihm hinüber, schlang die Arme um seine Brust und kuschelte sich an ihn. Er umarmte sie mit einer Leidenschaft, die ihm selbst erst bewusst machte, wie sehr sie ihm gefehlt hatte.

Nach einer Weile löste sie sich wieder von ihm und sagte: »Lass uns einen Spaziergang am Strand machen.«

Im Schatten von Palmen marschierten sie einen zerfurchten Weg entlang, der über einen steilen Hang und ein paar Dünen zum Meer führte. Priya und Thomas zogen ihre Sandalen aus und gingen barfuß bis ganz vor ans Wasser. Beide genossen das herrliche Gefühl, den tiefen, warmen Sand unter den Fußsohlen zu spüren. Die tropische Sonne hing inzwischen knapp über dem Horizont und sprenkelte das Wasser golden.

Priya nahm Thomas an der Hand und steuerte mit ihm auf ein paar Felsen zu. Auf den größten kletterte Priya hinauf, Thomas folgte ihr. Nebeneinander ließen sie sich auf einer flachen Stelle des Felsens nieder und betrachteten den Sonnenuntergang. Thomas legte Priya den Arm um die Schulter, und sie lehnte sich an ihn.

»Warum muss das Leben eigentlich so schwierig sein?«, fragte sie.

»Das Leben ist, wie es ist«, entgegnete er. »Aber das, was wir beide versucht haben, ist eben nicht einfach.«

»Mir tut so vieles leid«, sagte sie leise.

»Schh!« Er legte ihr einen Finger an die Lippen.

»Nein, das muss jetzt mal ausgesprochen werden.« Sie seufzte. »Ich habe dich verletzt, dir das Leben zur Hölle gemacht. Ich wusste einfach nicht, wie ich mit meinem Schmerz umgehen sollte. Irgendwann dachte ich dann, es würde leichter werden, wenn ich nach Indien zurückkehrte, aber dem war nicht so. Ich höre immer noch jeden Morgen ihre Stimme. Ich sehe ihr kleines Gesicht vor mir und spüre ihr weiches Haar. Ich weiß noch genau, was ich empfand, als ich sie nach der Geburt in die Arme schloss.«

Ihre Worte trafen ihn mit schmerzlicher Wucht. Ihm wurde klar, wie sehr er Priya immer noch liebte. Er hatte nie aufgehört, sie zu lieben. Nicht einmal, als ihr Kind gestorben war. Nicht einmal, nachdem sie diesen grausamen Blick bekommen und ihn ständig mit ihrer scharfen Zunge verletzt hatte. Er würde sie jederzeit wieder heiraten. Sie war das Beste, was ihm im Leben passiert war.

»Ich weiß nicht, ob der Schmerz je nachlassen wird«, sagte er. »Sie ist einfach ein Teil von uns.«

Priya dachte über seine Worte nach. »Hast du Albträume?«

Er nickte. »Ich wache schweißgebadet auf und höre sie weinen. Zu Hause war es noch schlimmer. Ich hatte das Gefühl, mit Geistern zusammenzuleben.«

Sie sahen zu, wie die Sonne ins Meer eintauchte und den Himmel mit einem rosigen Hauch überzog.

»Es heißt, man könnte noch einmal ganz von vorn anfangen.« Sie griff nach seiner Hand und ließ ihre Finger über seine Handfläche gleiten. »Ich bin mir da nicht so sicher.«

»Wenn wir es nicht versuchen, werden wir es nie wissen.«

Sie blieben auf dem Felsen sitzen, bis am Himmel die ersten Sterne funkelten.

»Hast du Hunger?«, fragte sie.

»Nur, wenn du auch Hunger hast«, flüsterte er und wandte sich ihr zu, um den Jasmin- und Fliederduft ihres Parfums einzuatmen. Er weckte in ihm alte schöne Erinnerungen.

Als Priya ihm daraufhin tief in die Augen sah und gleichzeitig die Lippen leicht öffnete, küsste er sie – erst zögernd und dann immer begieriger, während er sie gleichzeitig in seine Arme zog.

»Warum vergessen wir das mit dem Abendessen nicht einfach?«, murmelte sie.

Er nahm ihr Gesicht zwischen seine Hände. »Das ist der beste Vorschlag, den ich seit Langem gehört habe.«

Die Landschaft von Goa ließ die Welt für Priya und Thomas in neuem Glanz erstrahlen. Nie war das Meer blauer, der Sand weicher und die Sonne strahlender als in jenen drei Tagen. Sie verbrachten fast ebenso viel Zeit in ihrem Bungalow wie draußen. Priya schien nie genug zu bekommen von Thomas' Berührungen, und ihm bereitete es keine Schwierigkeiten, ihre Wünsche zu erfüllen. Jedes Mal, wenn er seine Frau an sich zog, kam es ihm vor, als würden sie einen weiteren Knoten im verworrenen Knäuel ihrer Gefühle lösen.

Am Morgen des zweiten Tages mieteten sie in einem Laden in Agonda ein Moped. Priya ließ sich darauf nieder, als ritte sie im Damensattel, und schlang die Arme locker um Thomas' Taille. Nachdem sie in Bombay mit einem Bruder aufgewachsen war, der Motorräder liebte, fühlte sie sich auf solch einem fahrbaren Untersatz mit zwei Rädern pudelwohl. Sie fuhren auf der von Furchen durchzogenen Küstenstraße nach Norden, in Richtung Cabo de Rama Fort. Die Luft war feucht und salzig, und der Himmel wölbte sich wie ein hoher Bogen zwischen grünen und blauen Horizonten.

Während sie den Schildern in Richtung Margao folgten, schlängelte sich ihr Weg zwischen Reisfeldern und Palmenhainen hindurch. Schließlich erreichten sie ein trockenes, bereits oberhalb der Baumgrenze liegendes Hochplateau. Im Westen erstreckte sich die blaue Weite des Meeres. Das Fort war vierzehn Kilometer von Agonda entfernt, doch mit ihrem Zweitakter legten sie die Strecke schnell zurück. Am Ende der Straße stießen sie auf die Ruinen jahrhundertealter Zinnen, die zu verschiedenen Zeiten von hinduistischen und portugiesischen Herrschern und den Mogulen besetzt gewesen waren.

Sie stellten ihr Moped ab und erklommen die bröckelnden Gemäuer, bis sie schließlich zu einer verlassenen Geschützstellung mit Blick auf eine Bucht gelangten. Vor dort fiel das Land Hunderte von Metern ab und endete unten in einer Felsküste aus schwarzem Basalt. Wellen krachten gegen die Felsen und ließen weiße Gischt hochspritzen. Lange Zeit standen Priya und Thomas dort an der Brüstung und genossen die herrliche Aussicht.

»An Orten wie diesen ist es schwer vorstellbar, dass die Welt auch so hässlich sein kann«, bemerkte Thomas.

»So wie hier war sie eigentlich gedacht«, entgegnete Priya. »An all dem Hässlichen sind wir Menschen selbst schuld.«

Gegen fünf fuhren sie entlang der Küstenstraße wieder in Richtung Süden. Ihr Ziel war nun Palolem, ein Ort am Meer, der etwa vier Kilometer von Agonda entfernt lag. Den Zugang zum Strand säumten Läden und Händler, die lautstark ihre Waren anpriesen. Die beiden parkten ihr Moped am Ende der Straße und steuerten auf eine Ansammlung von Fischerbooten zu, die sich im Sand aneinanderreihten.

Der Strand von Palolem war breiter als der in Agonda und auch wesentlich voller. Inder, die auf Goa lebten, flanierten mit langen Ärmeln und Saris bekleidet am Strand entlang, umringt von ihren Kindern, während Urlauber aus Europa, Australien und Amerika in Badekleidung herumliefen und in den Strandbars zu lauter Musik tanzten. Obwohl der Gegensatz nicht krasser hätte sein können, schien niemand davon Notiz zu nehmen oder sich daran zu stören.

Priya und Thomas ließen sich auf der Terrasse einer Cocktailbar nieder und bestellten Piña Coladas. Die Sonne sank langsam der Halbinsel entgegen, die die Bucht umschloss. Vorn am Strand schwang ein indischer Junge neben einem in den Sand gerammten Tor einen Cricketschläger. Landeinwärts gewandt, begann er wild zu winken und dabei immer wieder etwas zu rufen. Obwohl der Wind seine Worte verschluckte, versammelte sich rasch ein bunt gemischter

Haufen Jungs um das Tor. Sie sprachen kurz miteinander und strebten dann wieder auseinander, um ihre jeweiligen Positionen als Werfer, Schläger und Fänger einzunehmen.

Gebannt verfolgte Thomas das provisorische Cricketspiel. Nach einer Weile zog er einen Block aus seinem Rucksack und brachte eine kurze Schilderung der Szene zu Papier.

Als er Priya anschließend vorlas, was er geschrieben hatte, sagte sie: »Du solltest dich als Schriftsteller versuchen. Vergiss den ganzen juristischen Kram. Es gibt genügend Anwälte auf der Welt.«

Er nahm ihre Hand. In seinen Augen funkelte es herausfordernd. »Vielleicht nehme ich dich irgendwann sogar beim Wort.«

Während sie weiter auf den Strand hinausblickten, gingen dort bereits die ersten Lichter an.

»Es tut gut, mit dir hier zu sein, Thomas«, sagte sie nur.

Er wandte sich ihr zu. »Heißt das, ich mache Fortschritte?«

Ihre Augen blitzten. »Was denkst du denn?«

Als Thomas am Sonntagmorgen aufwachte, hörte er draußen die Vögel singen und eine leichte Meeresbrise durch die Palmwedel rascheln. Er drehte sich um. Nicht sonderlich überrascht stellte er fest, dass Priya nicht neben ihm lag. Zu Hause war sie auch oft sehr früh aufgestanden, um den Tag zu begrüßen. Thomas rieb sich die Schläfen. Am Vorabend waren sie lange draußen geblieben und hatten das fröhliche Treiben am Strand von Palolem genossen. Dabei hatte er sich wohl einen Drink zu viel genehmigt. Jedenfalls dröhnte ihm jetzt der Kopf.

Er lauschte einen Moment, hörte aber kein Wasserrauschen. Unter der Dusche stand Priya offenbar nicht. Wahrscheinlich machte sie gerade einen kleinen Morgenspaziergang. Er begab sich ins Bad und warf einen Blick in den

Spiegel. Nachdem er sich schon seit vier Tagen nicht mehr rasiert hatte, wuchsen sich seine Stoppeln allmählich zu einem richtigen Bart aus. Entschlossen seifte er sich das Gesicht ein. Am Nachmittag würde es zurück nach Bombay gehen. Er freute sich nicht gerade darauf, wieder in die Stadt zu kommen, aber man konnte nun mal nicht ewig Urlaub machen.

Nach dem Rasieren schlüpfte Thomas in eine Badehose und ein T-Shirt. Wenigstens konnten sie den Vormittag noch ausnutzen. Gerade wollte er in Richtung Strand aufbrechen, weil er davon ausging, Priya dort anzutreffen, als sein Blick auf sein BlackBerry fiel. Es lag auf dem Frühstückstisch, und darunter ein Blatt aus einem Notizblock. Als er die Nachricht überflog, weiteten sich seine Augen vor Schreck.

Wie konntest du nur?, hatte Priya mit ihrer krakeligen Handschrift geschrieben.

Thomas griff nach dem Telefon. Er tippte auf eine Taste, um das Display zum Leben zu erwecken. Sofort sah er, dass er eine E-Mail bekommen hatte. Schlagartig war ihm alles klar. Tera hatte geschrieben:

Thomas, ich weiß jetzt, warum du weggegangen bist. Ich hatte schon die ganze Zeit so eine Ahnung, aber keinen konkreten Beweis. Bis jetzt. Sie haben dir ein Ultimatum gestellt, nicht wahr? Sie brauchten einen Sündenbock. Mein Gott, ich kann es einfach nicht fassen, dass sie das gemacht haben. Aber es erklärt alles. Du fragst dich sicher, woher ich es weiß: Vor ein paar Tagen hat der Putztrupp Mark Blake in seinem Büro mit einer juristischen Hilfskraft erwischt. Die Kanzlei hat daraufhin seine Kündigung gefordert. Ich habe mich ein wenig umgehört und jemanden gefunden, der bereit war, mit mir über alles zu reden, was passiert ist. Du brauchst dich jetzt nicht mehr zu verstecken, Thomas. Bald ist Gras über die Sache gewachsen. Seit du nicht mehr da bist, ist mir klar geworden, wie sehr ich mir wünsche, wieder mit dir zusammen zu sein. Bitte hülle dich nicht länger in Schweigen. Wir beide verstehen einander.

Wütend schleuderte er das Telefon aufs Bett. Wie konnte Priya es wagen, seine E-Mails zu lesen? Wie konnte Tera es wagen, in seinen Privatangelegenheiten herumzuschnüffeln? Und wie konnte die Welt es wagen, ihm derart gründlich die Tour zu vermasseln? Seine Liebe zu Priya war schließlich echt. Zugegeben, er war aus anderen Gründen nach Indien gekommen, aber sein Wunsch nach Versöhnung war aufrichtig gewesen. Priya und er hatten sich in den letzten drei Tagen nichts vorgemacht. Herrgott noch mal, sie hatten über ihre gemeinsame Zukunft gesprochen! Tera war hinsichtlich ihrer Einschätzung der Lage ein schwerer Fehler unterlaufen, was man ihr unter den gegebenen Umständen wohl kaum verdenken konnte. Obwohl er durchaus versucht hatte, den Kontakt zu ihr abzubrechen.

Er griff wieder nach dem Telefon und stürmte damit zur Tür hinaus. In großen Schritten eilte er zum Strand, den er mehr oder weniger verwaist vorfand. Vom Meer blies ein steter, feuchter Wind herein, der auf den Wellen weiße Schaumkronen tanzen ließ. Er sah Priya ziemlich weit vorn am Wasser sitzen. Während er auf sie zustapfte, versuchte er sich die passenden Worte zurechtzulegen. Doch alles, was ihm einfiel, würde ihn entweder wie einen Trottel oder wie einen Rüpel dastehen lassen.

Sie bemerkte ihn, als er noch ein ganzes Stück von ihr entfernt war. Sofort sprang sie auf und lief in die entgegengesetzte Richtung davon. Sie war schnell, aber er war schneller. Nur wenige Schritte von den Felsen entfernt, auf denen sie sich zum ersten Mal wieder geküsst hatten, holte er sie ein.

»Lass mich in Ruhe!«, schrie sie und zog wütend ihren Arm weg, als er ihn berührte. »Wie konntest du nur, Thomas? Ich habe dir vertraut!«

Sie rannte wieder los.

»Nun bleib doch um Himmels willen stehen!«, rief er und stellte sich ihr in den Weg. »Lass uns darüber reden.«

»Da gibt es nichts mehr zu reden!«, entgegnete sie. »Du hast mich angelogen, was Tera betrifft, und auch, was die Kanzlei betrifft. So ziemlich alles, was du gesagt hast, war gelogen!«

»Dieses Wochenende war keine Lüge«, gab er in flehendem Ton zu bedenken.

»Dieses Wochenende war die größte Lüge von allen. Ich habe mit dir geschlafen. Ich habe angefangen, wieder an die Zukunft zu glauben. Und jetzt?« Sie schüttelte den Kopf. »Mein Vater hatte also all die Jahre recht.«

Bestürzt starrte er sie an. »Wie kannst du das nur sagen? Fellows Garden war keine Lüge. Unsere Heirat war auch keine Lüge. Und Mohini …«

»Nimm ihren Namen nicht in den Mund!«, schrie Priya mit Tränen in den Augen. »Nimm ihren Namen nicht in den Mund, du Mistkerl! *Ich* war diejenige, die ihr das Leben geschenkt hat. *Ich* war diejenige, die sich um sie gekümmert hat, während du für stolze fünfhundert Dollar die Stunde in diesem selbstverliebten Zirkus geschuftet hast, den du eine Anwaltskanzlei nennst. *Ich* war diejenige, die ihr beim Wachsen zugesehen hat, während du dich in Teras Schlafzimmer vergnügt hast!«

Er ballte die Fäuste. »Ich habe damals nicht mit ihr geschlafen, Priya. Ich habe dir die Wahrheit gesagt. Ich hatte nur niemanden zum Reden. Du warst ja überhaupt nicht mehr ansprechbar. Tera war für mich da, als ich jemanden zum Zuhören brauchte.«

Sie trat einen Schritt auf ihn zu und deutete mit dem Zeigefinger anklagend auf seine Brust. »Sieh mich an und sag mir, dass du nie mit Tera Atwood geschlafen hast.«

Der schuldbewusste Ausdruck in seinen Augen verriet ihn.

»Wusste ich es doch!«, wütete sie. »Ich wusste es schon die ganze Zeit. Deswegen habe ich deine E-Mails gelesen. Weil ich wusste, dass du mich anlügst.«

»Du hast meine E-Mails gelesen, weil du paranoid bist!«, machte er seinem eigenen Ärger Luft. »Ich habe erst mit ihr geschlafen, nachdem du mich verlassen hattest, um wieder heim in Daddys Arme zu eilen!«

Wutentbrannt stürzte sie sich auf ihn und schlug mit beiden Händen auf seinen Brustkorb ein. »Lass mich in Ruhe!«, stieß sie erneut hervor. »Lass mich endlich in Ruhe!«

Dann traten sie plötzlich beide einen Schritt zurück und sahen sich an.

»Das ist nur alles so schade«, sagte Thomas, der sich inzwischen wieder unter Kontrolle hatte, »weil ich dich nämlich wirklich liebe, Priya. Ich habe Fehler gemacht, aber ich bin mit guten Absichten hergekommen. Ich wollte nicht so weitermachen wie vorher. Tera hat mir diese E-Mail nur geschrieben, weil sie den Schlussstrich, den ich gezogen habe, nicht akzeptieren will. Ich kann sie nicht daran hindern, sich weiter Hoffnungen zu machen, und ich kann sie auch nicht wegzaubern, aber im Moment befindet sie sich auf der anderen Seite der Erde, und ich bin hier mit dir auf Goa. So glücklich wie dieses Wochenende war ich schon seit Jahren nicht mehr. Ich wünsche mir nichts sehnlicher als die Zukunft, über die wir gesprochen haben. Aber ich schätze mal, das ist für dich jetzt nicht mehr gut genug.«

Priya blickte aufs Meer hinaus. Thomas sah ihr an, dass seine Liebeserklärung durch ihren Panzer gedrungen war. Trotzdem war sie nicht bereit nachzugeben.

»Du bist so von dir eingenommen, Thomas Clarke!«, erklärte sie giftig. »Für dich ist eine Entschuldigung nicht mehr als ein Eingeständnis, dass du nicht ganz perfekt bist. Du widerst mich an!«

»Du willst also, dass ich aus Indien verschwinde?«, fragte er und breitete dabei die Arme aus.

Sie schüttelte traurig den Kopf. »Das ist mir egal. Ich weiß nur, dass ich dich nicht mehr sehen will.«

Er blieb vor ihr stehen, bis er ganz sicher war, dass sie ihre Meinung nicht ändern würde.

»Du hast gewonnen.« Mit diesen Worten drehte er sich um und ging zurück in Richtung Bungalow. Erst jetzt wurde ihm das Ausmaß dessen, was geschehen war, mit aller Macht bewusst.

»Du gewinnst immer«, flüsterte er so leise, dass nur er es hören konnte.

28

Kein Ruf von ihnen dringt zur Welt hinüber,
Gerechtigkeit missachtet sie und Gnade.
Sprich nicht von ihnen! Schau und geh vorüber!

DANTE

Harrisburg – Pennsylvania

Sita döste die ganze Nacht nur unruhig vor sich hin. Jedes Mal, wenn das Mädchen neben ihr die Füße bewegte, wachte sie auf. Sie wusste nicht, wie viele Stunden vergangen waren, bis die fette Frau die Tür ihres Kellerverlieses schließlich wieder öffnete – wenn auch nur, um ihnen eine Tüte mit Äpfeln und einen Krug Wasser hineinzureichen, ehe sie die Tür wieder schloss. Genau wie um die Schlafplätze rauften die Mädchen auch um das Essen. Obwohl Sita der Magen knurrte, wollte sie sich an diesem Gerangel nicht beteiligen. Stattdessen zog sie sich still in ihre Ecke zurück – in der Hoffnung, dass eines der Mädchen so viel Herz besaß, mit ihr zu teilen, was jedoch keines tat.

Wieder verging eine ganze Weile. Die Mädchen sprachen nur miteinander, wenn es sich nicht vermeiden ließ, und auch dann nur, um irgendwelche Klagen zu äußern. Sita hätte gern gefragt, ob sie wussten, wo sie sich befanden, traute sich aber nicht, das Wort zu ergreifen. Irgendwann kehrte die Frau zurück und gestattete ihnen, ein schmutziges, unter die Kellertreppe hineingebautes Bad zu benutzen. Die Spülung funktionierte nicht, und die Schüssel war fast schon voll. Sita hielt sich die Nase zu und verrichtete ihr Geschäft in der Hoffnung, die widerliche Mischung in der Schüssel dadurch nicht zum Überlaufen zu bringen.

Das Licht im Keller gab ihr Gelegenheit, sich ihre Leidensgefährtinnen ein wenig genauer anzusehen. Es handelte sich um vier schwarze und drei weiße Mädchen. Einige von ihnen waren recht hübsch, aber keine sah besonders gesund aus. Sita schätzte, dass die Jüngste – ein zerbrechlich wirkendes Kind mit blasser Haut und strähnigem rotem Haar – erst dreizehn war und die Älteste – die in der Nacht mit so energischer Stimme gesprochen hatte – höchstens achtzehn.

Nachdem das rothaarige Mädchen ebenfalls auf der Toilette gewesen war, kam der fette Mann die Treppe herunter, packte sie am Arm und trat mit ihr im Schlepptau den Rückweg nach oben an. Das Mädchen folgte ihm gehorsam, wenn auch mit hängendem Kopf. Währenddessen funkelte die Frau die übrigen Mädchen wütend an. Als eine von ihnen ihr Gewicht verlagerte und dabei ein wenig mit den Füßen scharrte, drehte sich die Frau zu ihr um und verpasste ihr eine Ohrfeige.

»Ich hab doch gar nichts gesagt!«, rief das Mädchen und hielt sich die Wange.

»Keine Widerrede, du Miststück!«, kreischte die Frau, während sie mit beiden Händen auf das Mädchen einschlug, bis ihr die Luft ausging. Heftig keuchend ließ sie sich auf der Treppe nieder und wartete auf die Rückkehr der Rothaarigen. Als sie schließlich die Treppe herunterkam, bewegte sie sich sehr langsam und starrte beschämt zu Boden. Nachdem sie sich in den hintersten Winkel des Kellerraums zurückgezogen hatte, schlug sie die Hände vors Gesicht.

»Rein mit euch, verdammt noch mal!«, schrie die Frau und scheuchte auch die restlichen Mädchen zurück in den

Raum. Sita ließ sich neben dem rothaarigen Mädchen nieder. Währenddessen schloss die Frau die Tür wieder ab, sodass sie erneut im Dunkeln saßen. Sita legte einen Arm um das Mädchen und drückte es an sich. Das Mädchen weinte eine ganze Weile vor sich hin.

Als es sich schließlich wieder beruhigt hatte, legte es eine Hand auf die von Sita und ließ sie dort.

Später ging die Tür ein weiteres Mal auf, und die Frau führte die Mädchen die Treppe hinauf. Oben am Treppenabsatz erwartete sie der fette Mann, und draußen am Lieferwagen der Kettenraucher. Die Mädchen kletterten in den Wagen. Sita hatte keine Ahnung, wie spät es war. Auf jeden Fall war es draußen bereits dunkel. Der fette Mann murmelte zum Kettenraucher irgendetwas darüber, dass sie die ganze Nacht durchfahren müssten. Während Sita den Blick über die Gesichter der anderen Mädchen schweifen ließ, fragte sie sich, ob sie ihr Ziel kannten.

Die Älteste sagte: »Auf ein Neues.«

Der Motor sprang an, und der Kettenraucher zog die Tür zu. Das rothaarige Mädchen saß neben Sita und hielt ihre Hand. Ermutigt durch diesen Freundschaftsbeweis, begann Sita ihr Fragen zu stellen. Dabei sprach sie nur so laut, dass ihre Nachbarin sie über das Motorengeräusch hinweg verstehen konnte.

Sie erfuhr, dass das Mädchen Elsie hieß, fünfzehn Jahre alt war – nicht dreizehn, wie Sita angenommen hatte – und aus einer Kleinstadt stammte, die in den Bergen westlich von Pittsburgh lag. Ihre Geschichte klang wie ein Albtraum: Ihr Stiefvater hatte sie jahrelang mit Wissen ihrer Mutter missbraucht. Als er anfing, auch ihre jüngere Schwester zu belästigen, drohte Elsie damit, zur Polizei zu gehen, woraufhin ihr Vater mit einem Messer vor ihrem Gesicht herumfuchtelte und sagte, er werde sie abstechen, wenn sie jemandem auch nur ein Wort darüber erzähle. Am nächsten Tag lief sie weg.

»Wo bist du hin?«, fragte Sita.

»Ich hab mir eine Busfahrkarte nach New York City besorgt«, antwortete Elsie. »Kennst du die Sendung *Top Model?*«

Sita schüttelte den Kopf.

»Jedenfalls suchten die immer nach Talenten. Ich dachte mir, ich könnte da mal mein Glück versuchen. Vielleicht nicht gleich, aber irgendwann später, wenn ich Freunde gefunden hätte, die mir dabei helfen würden.« Elsie brauchte einen Moment, ehe sie weitersprechen konnte, und drückte Sitas Hand. »Da bin ich an Rudy geraten ...«

Wie sich herausstellte, hatte besagter Rudy sie vor irgendeinem Laden in ein Gespräch verwickelt und ihr einen Modeljob in Aussicht gestellt. Sie war mit ihm in ein Lagerhaus gegangen, wo er sie vergewaltigt und dabei mit einer Videokamera gefilmt hatte. Hinterher erklärte er ihr, er werde das Video ihren Eltern schicken, wenn sie nicht tat, was er wollte. Rudy nahm sie mit in seine Wohnung, wo er sie noch etliche Male vergewaltigte. Als er schließlich genug von ihr hatte, verkaufte er sie an einen Mann, der mit ihr ein Stück weit fuhr und sie dann in einen Keller sperrte, in dem sich bereits drei andere Mädchen befanden. Spätabends kamen Männer in das Haus, um Sex mit ihnen zu haben.

Ein paar Wochen später wurden die Mädchen in ein anderes Bordell gebracht. Ab da schaffte man sie alle zwei Wochen an einen anderen Ort. Hin und wieder kamen neue Mädchen hinzu, und andere wurden ausgemustert. Manchmal zwang man sie auch, nackt für Fotos zu posieren und vor laufender Kamera Sex zu haben.

Schaudernd dachte Sita an Wasilys Büro. »Was haben sie denn mit den Aufnahmen gemacht?«

»Vermutlich ins Netz gestellt«, antwortete Elsie. »Mein Stiefvater hat sich dauernd solche Bilder angesehen, als ich noch klein war. Mir hat er sie auch gezeigt.«

Im Lauf des vergangenen Jahres war sie vom Netzwerk der Menschenhändler im ganzen östlichen Teil des Landes herumgereicht worden. Eine Pause war ihr nie vergönnt, nicht einmal, wenn sie krank war, und obwohl die Freier zwischen vierzig und hundertzwanzig Dollar für ihre Dienste zahlten, bekam sie von dem Geld nie etwas zu sehen. Es schien einen endlosen Nachschub an Freiern zu geben. Elsie gefiel ihnen, weil sie jung war und hübsche Augen hatte, zumindest sagten sie ihr das. In der Fernfahrerraststätte von Harrisburg war sie früher schon einmal zum Einsatz gekommen, auch wenn sie sich an das genaue Datum nicht erinnern konnte.

Sita fragte sie, wohin die beiden Männer sie denn diesmal brächten.

Elsie zuckte mit den Schultern. »Das weiß man vorher nie so genau.«

Sie fuhren stundenlang weiter und machten nur zum Tanken halt. Einmal hielten sie außerdem neben einer Wiese, damit die Mädchen pinkeln gehen konnten.

Elsie wollte nun auch Sitas Geschichte hören, woraufhin Sita ihr von dem Tsunami und ihrer ersten Reise von Indien nach Frankreich erzählte.

»Für eine Inderin sprichst du verdammt gut Englisch«, stellte Elsie fest.

»Wir lernen es in der Schule«, entgegnete Sita, »und zu Hause haben wir es auch geübt.«

»Warum sprecht ihr eigentlich nicht eure eigene Sprache?«

»Weil die ganze Welt Englisch spricht.«

Elsie nickte zustimmend. »Das liegt daran, dass Amerika das beste Land auf der Welt ist.«

Irgendwann spürte Sita, wie der Lieferwagen langsamer wurde und dann zum Stehen kam. Der Kettenraucher öffnete die Heckklappe. Der Himmel war grau und trüb. Sie befanden sich in einem heruntergekommenen Viertel, wo viele Gebäude leer standen. Auf der anderen Straßenseite sah Sita ein Schild mit der Aufschrift: »Vine City Market – Atlanta's Best«.

Der Kettenraucher gab den Mädchen ein Zeichen auszusteigen. Als Sita Anstalten machte, ihnen zu folgen, hielt er sie mit einer Handbewegung zurück und schüttelte gleichzeitig den Kopf.

Elsie sah sie an. »Bis bald mal wieder«, flüsterte sie.

Die beiden Männer fuhren mit Sita noch etwa eine Stunde weiter, ehe sie erneut anhielten. Sita hörte gedämpfte Gesprächsfetzen. Dann öffnete der Kettenraucher die Tür. Er stand auf einer von hohen Kiefern gesäumten Zufahrt. Neben ihm stand ein schwarz gekleideter Mann, den Sita nicht kannte. Der Mann hatte asiatische Gesichtszüge und dunkle Augen. Er nickte Sita flüchtig zu.

»Raus mit dir!«, sagte der Kettenraucher. »Von nun an ist Li für dich zuständig.«

Er half ihr aus dem Lieferwagen und übergab sie an den Asiaten. Der Mann, der Li hieß, führte sie die Zufahrt zu einem vornehm aussehenden Haus entlang. Rundherum waren weitläufige Rasenflächen und Blumengärten angelegt. Von irgendwo drang gedämpfter Verkehrslärm herüber, aber da das Grundstück von Bäumen umgeben war, konnte Sita nicht sehen, was sich außerhalb befand.

Sita folgte Li in den Eingangsbereich, wo ihnen eine dünne blonde Frau mittleren Alters entgegenkam. Sie musterte Sita von Kopf bis Fuß.

»So, so«, sagte sie, wobei sie die Vokale stark in die Länge zog. »Dietrich hat schon gesagt, dass er mir ein kleines braunes Mädchen bringen würde. Wir sind immer gern bereit, uns für kulturelle Vielfalt einzusetzen. Verrate mir doch, wie du heißt, Süße.«

»Sita Ghai«, antwortete sie, während sie versuchte, ihre zitternden Hände unter Kontrolle zu bekommen. Wieder war der Name Dietrich gefallen, und das machte ihr Angst. Sofort stellte sie eine Verbindung her, die ihr einen kalten Schauder über den Rücken jagte. Der blonde Mann im Sexclub hatte ebenfalls eine Bemerkung über ihre Hautfarbe gemacht. *Sie ist schön,* hatte er gesagt. *Sie wird einen hohen Preis erzielen.* War der blonde Mann Dietrich?

Die Frau stellte sich vor sie hin und zupfte ihr eine Fluse von der Schulter. »Sita Ghai«, wiederholte sie. »Wie schön.« Ein harter Ausdruck trat in ihre Augen. »Bevor wir weitermachen, möchte ich erst mal eines klarstellen. Hörst du mir zu?«

Sita nickte.

»Gut.« Die Frau sah ihr in die Augen. »Du bist nicht mehr Sita Ghai. Für Mädchen mit einer Vergangenheit ist in diesem Haus kein Platz.« Sie warf einen Blick zu Li hinüber. »Bring sie weg.«

Sita stand da wie gelähmt. Obwohl Li ihr befahl, ihm zu folgen, rührte sie sich nicht von der Stelle. Er fluchte in einer Sprache, die sie nicht verstand, packte sie dann grob am Arm und zerrte sie durch ein Wohnzimmer voller Antiquitäten hinaus auf einen Gang, an dessen Wänden etliche Ölgemälde hingen, und schließlich über eine Treppe hinunter in einen Weinkeller, in dem Hunderte von Flaschen in hochmodernen Lagerschränken aufbewahrt wurden.

Li führte sie in den hintersten Teil des Kellers, öffnete einen der Schränke und drehte eine Flasche Burgunder um.

Ein Riegel klickte, ein Motor begann zu brummen, und plötzlich bewegte sich der Schrank weg von der Wand und schwang an verborgenen Scharnieren wie eine Tür zur Seite. Dahinter lag ein Gang mit mehreren Türen, die alle durch elektronische Nummernschlösser gesichert waren. Li steuerte auf eine Tür am Endes des Ganges zu und tippte einen fünfstelligen Code ein. Dann schob er die Tür auf und führte Sita in einen Raum, der aussah wie ein Fotostudio.

Nachdem sie sich auf Lis Geheiß hin in die Mitte des Raumes gestellt hatte, nahm er ihr den Mantel ab und warf ihn auf eine an der Wand stehende Couch. Anschließend trat er ein paar Schritte zurück und betrachtete sie eingehend, während er gleichzeitig leise vor sich hin murmelte. Das ging etwa eine Minute so. Dann hatte er seine Entscheidung wohl getroffen. Er begab sich zu einem großen begehbaren Schrank hinüber und stöberte durch Regale voller Kleidung, bis er nach einer Weile mit einem aufreizenden weißen Teil zum Vorschein kam, das wie ein Turnanzug geschnitten und mit Pailletten besetzt war. Er warf ihr das Ding vor die Füße.

»Anziehen!«, befahl er, ehe er den Raum verließ und die Tür hinter sich zuzog.

Sita betrachtete den Anzug, als wäre er verseucht. Sie brachte es einfach nicht fertig, ihn aufzuheben. Als Li zurückkehrte, starrte sie immer noch auf das Kleidungsstück hinunter. Der Asiate stieß ein paar Flüche aus. Dann zückte er ein Messer. Während er mit der Klinge vor ihr herumfuchtelte, drohte er ihr in sehr gebrochenem Englisch.

»Du anziehen, oder ich dir Kleider vom Leib schneiden! Ich in fünf Minuten zurück.«

Sita hob den Anzug auf, dann wickelte sie sich aus dem Sari, den Tante-*ji* ihr gegeben hatte, und legte ihn auf den

Boden. Da sie in den zwei Wochen, die sie ihn nun schon trug, nie Gelegenheit zu einem Bad gehabt hatte, roch er inzwischen streng nach Schweiß und Zigarettenrauch. Während sie mit mechanischen Bewegungen in den engen Anzug schlüpfte, versuchte sie zu ignorieren, wie unangenehm sich das Stretchmaterial auf ihrer Haut anfühlte.

Li kehrte mit dem blonden Mann aus dem Sexclub zurück. Wie bei ihrer ersten Begegnung trug er einen Blazer und eine elegante Hose. Auch dieses Mal lächelte er sie schmallippig an. Seine Augen hatten die Farbe von Eis. Inzwischen aber kannte sie seinen Namen. Es war, als könnte sie die Stimmen wieder ganz deutlich hören. Dmitri: *Wasily hat mit Dietrich eine Vereinbarung getroffen, bei der noch viel mehr für uns herausspringt.* Igor: *Alexi sagen, ich dich nicht anfassen. Dietrich kommen.*

Sie beobachtete, wie Dietrich sich auf der Couch niederließ. In seiner Gegenwart trat an die Stelle ihrer dumpfen Angst vor zukünftigen Schrecken die lähmende Taubheit tiefster Verzweiflung.

Als Li neben sie trat und mit den Fingern schnippte, erwachte sie aus ihrer Trance.

»Gut«, sagte er und nahm sie am Arm. »Komm.«

Er führte sie zu einem Bett, das mit violetter Seide bezogen war, und forderte sie auf, sich darauf niederzulassen. Dann schaltete er einen Scheinwerfer an, der Sita so blendete, dass sie kaum noch etwas sehen konnte. Als Li wieder hinter dem grellen Licht hervortrat, hielt er eine Digitalkamera in der Hand.

»Nicht lächeln«, sagte er. »Hersehen.«

Während Li im Raum herumtanzte und Aufnahmen von ihr machte, ließ Sita ihn nicht aus den Augen. Er forderte sie auf, in unterschiedlichen Haltungen zu posieren: erst mit dem Rücken gegen die Kissen gelehnt, die Knie in der Luft, dann lang ausgestreckt auf dem Bauch. Einmal drückte er ihr einen Teddybären in die Hand, den er kurz darauf durch einen Lutscher ersetzte. Insgesamt dauerten die Aufnahmen eine halbe Stunde.

Als Li endlich zufrieden war, schaltete er den grellen Scheinwerfer wieder aus und legte Sita ein Baumwoll-T-Shirt und eine Jogginghose aufs Bett.

»Anziehen!«, befahl er.

Er nahm eine Zeitschrift vom Couchtisch und tat, als würde er sie gar nicht mehr beachten. Dietrich dagegen erhob sich und kam auf sie zu.

»Zieh die Sachen an, Sita«, sagte er. »Du hast keinen Grund, dich zu schämen.«

Sie verharrte noch einen Moment völlig reglos, ehe sie gehorchte. Li blätterte weiter durch seine Zeitschrift, aber Dietrich beobachtete jede ihrer Bewegungen. Während sie sich vor ihm auszog, empfand sie ein so starkes Gefühl von Scham, dass sie es kaum ertragen konnte. Am liebsten hätte sie sich auf der Stelle in Luft aufgelöst und diese schreckliche Welt weit hinter sich gelassen.

Als sie es endlich hinter sich gebracht hatte, streckte Dietrich die Hand aus und hob ihr Kinn leicht an.

»Du wirst dich bestimmt gut machen«, erklärte er.

Nachdem er noch einen vielsagenden Blick mit Li gewechselt hatte, verließ er den Raum. Sita jedoch stand wieder da wie angewurzelt. Es kam ihr vor, als hätte er sie mit seinen Blicken vergewaltigt.

Li warf die Zeitschrift zurück auf den Couchtisch und winkte Sita mit einer kleinen Handbewegung zu sich. Sie folgte ihm zu einer der anderen Türen, die von dem Gang abzweigten. Li öffnete sie und schaltete das Licht an. Der Raum hatte keine Fenster und war zweckmäßig ausgestattet. Die Einrichtung beschränkte sich auf ein Bett, einen

Stapel Zeitschriften und einen Ständer mit einer Kombination aus Fernseher und Videorecorder.

»Badezimmer an Ende von Gang«, erklärte Li. »Benutzen, wenn Essen kommen. Filme und *Seinfeld* schauen.« Aus irgendeinem Grund fand er seine letzte Bemerkung lustig und lachte über seinen eigenen Scherz.

Nachdem er endlich gegangen war, setzte Sita sich aufs Bett. Während sie auf die Wand starrte, ließ sie die Fotoaufnahmen vor ihrem geistigen Augen noch einmal Revue passieren. Sie konnte sich an jedes einzelne Foto erinnern, das Li von ihr gemacht hatte, jede Haltung, die ihr Körper eingenommen hatte, jeden Schatten an der Wand. Obwohl weder Li noch Dietrich etwas Unanständiges von ihr verlangt hatten, war ihr klar, dass es einen Grund für diese Fotos gab. Schließlich hatte Dietrich auch nicht grundlos dreißigtausend Dollar für sie bezahlt. Alles an diesem schrecklichen Ort diente einem Zweck.

Während sie sich aufs Bett sinken ließ und die Augen schloss, musste sie an das kleine Figürchen in der Tasche ihres Mantels denken, der noch am Ende des Ganges im Fotostudio lag. Wie alles andere in ihrem Leben war ihr nun auch Hanuman genommen worden. Während ihre Atemzüge immer ruhiger wurden, glitt sie langsam in den Schlaf hinüber. Nach der unruhigen Nacht im Kellerverlies der fetten Frau und nach der langen Fahrt im Lieferwagen war sie so erschöpft, dass weder die unangenehme Erinnerung an die Fotoaufnahmen noch ihre Angst vor der Zukunft sie wach halten konnten.

Vierter Teil

29

Das Schwert der Gerechtigkeit hat keine Scheide.
ANTOINE DE RIVAROL

Goa – Indien

Eilig packte Thomas seine Taschen und verließ Agonda Beach. Priya sah er nicht mehr, aber damit hatte er auch gar nicht gerechnet – nicht nach dem, was sie gesagt hatte. Der Besitzer der Ferienanlage rief ihm ein Taxi zum Flughafen, und Thomas gab dem Fahrer ein saftiges Trinkgeld, damit er die Strecke in Rekordzeit zurücklegte. Der Mann betrachtete dieses Trinkgeld offenbar als Freibrief dafür, sämtliche Verkehrsregeln zu missachten, aber das war Thomas egal. Ihm war mittlerweile alles egal.

Gerade mal vierzig Minuten vor Abflug der Mittagsmaschine nach Bombay traf er am Flughafen ein. Nach dem Einchecken ließ er sich in der Wartehalle nieder und las noch einmal Teras E-Mail. In seiner Wut hätte er ihr am liebsten gehörig die Meinung gesagt. Aber das hätte nichts gebracht, der Schaden war bereits angerichtet.

Als er seine anderen Posteingänge durchsah, stieß er auf eine Nachricht seines Vaters. Der Richter überlegte es sich immer zweimal, ehe er von elektronischen Kommunikationsmitteln Gebrauch machte, und private E-Mails schrieb er nur, wenn er etwas sehr Wichtiges zu sagen hatte. Seine Nachricht lautete:

Thomas, ich habe gestern mit Max Junger gesprochen. Allem Anschein nach hat sich das Problem mit Mark Blake von selbst gelöst. Ich möchte an dieser Stelle nicht ins Detail gehen, aber Max hat sich bei den Sozii für dich eingesetzt. Du bist bei Clayton jederzeit wieder herzlich willkommen. Max bewundert dich, Thomas. Er hält dich für einen der besten jungen Prozessanwälte, die ihm je untergekommen sind. Ein hohes Lob aus seinem Mund. Wenn du dich weiterhin mit Leuten wie Max Junger gutstellst, wird dir der Weg auf die Richterbank viel leichter fallen, als du dachtest.

Thomas ließ sich in seinem Sitz zurücksinken. Ihm war klar, dass er eigentlich begeistert sein sollte, aber die Neuigkeiten seines Vaters stürzten ihn nur noch weiter in Verwirrung. Die Sozii hatten also endlich erkannt, wer wirklich dafür verantwortlich war, dass Wharton der Kanzlei mit einer Klage drohte. Aber von einer Entschuldigung hatte der Richter nichts erwähnt. Obwohl man ihn, Thomas, als Sündenbock missbraucht hatte, der für die Kanzlei den Kopf hinhalten musste, bot man ihm nun keine Wiedergutmachung an. Man lud ihn lediglich ein, in den Schoß der Familie zurückzukehren.

Er blickte durchs Fenster aufs Rollfeld hinaus. Wollte er allen Ernstes Sozius bei Clayton & Swift werden? Sein eigentliches Ziel war natürlich ein Richteramt, aber davon trennten ihn noch Jahre. Zwischen hier und dort lagen jede Menge Zwölf-Stunden-Arbeitstage, ebenfalls mit Arbeit vollgepackte Wochenenden, Cocktailpartys, auf denen endlos politisiert wurde, und der ständige Missbrauch durch Klienten wie die Kohlebaufirma Wharton, die mit Millionen von Dollars um sich warfen, als handelte es sich um Kleingeld, und dafür erwarteten, dass ihre Anwälte für sie wie Jesus übers Wasser wandelten. Thomas wusste das alles, weil er fast seine ganze Kindheit lang miterlebt hatte, wie sein Vater das alles ertragen musste. Letzterer würde bestimmt sagen, es sei das Opfer wert gewesen, aber Thomas war nicht sicher, ob seine Mutter das auch so sah, und von seinem Bruder wusste er mit Bestimmtheit, dass er dazu eine andere Meinung hatte. Wie viele von den wichtigen Dingen des Lebens hatte sein Vater in seinem Karrierestreben versäumt?

Schließlich wurde sein Flug aufgerufen, und Thomas stellte sich am Abflug-Gate an. Gerade wollte er sein BlackBerry ausschalten, als es in seinen Händen ein Signal von sich gab. Er sah, dass er eine neue Nachricht von Andrew Porter bekommen hatte:

Thomas, seit wann schaust du nicht mehr in deine E-Mails? Wir haben Sita aufgespürt. Sie ist in der Hölle. Wir wollen versuchen, sie da rauszuholen. Falls du mit von der Partie sein möchtest, musst du dich in ein Flugzeug nach Atlanta setzen, und zwar schnellstmöglich. Du kannst mich rund um die Uhr anrufen, auch mitten in der Nacht.

Thomas spürte, wie ihm das Adrenalin durch den Körper schoss. Konnte es wirklich sein, dass Sita nach dem Wunder von Paris und den niederschmetternden Neuigkeiten aus der Bretagne nun endlich in Reichweite war? Warum Atlanta? Was meinte Andrew mit seiner Aussage, sie sei in der Hölle?

So schnell seine Finger es auf den winzigen Tasten zuließen, verfasste er zwei Mails. Die an Andrew lautete: *Komme morgen früh. Genaue Flugdaten folgen heute Abend.* An Jeff Greer schrieb er: *Endlich ein Durchbruch. Brauche weitere Woche. Bleibe in Kontakt.* Nachdem er beide Nachrichten abgeschickt hatte, ging er an Bord der Boeing und wünschte sich, es wäre ein Überschallflugzeug.

Noch am selben Abend flog er mit einer Emirates-Maschine nach Dubai und stieg dort gegen Mitternacht in eine Delta-Verbindung nach Atlanta um. Im grauen Licht des frühen Morgens landete das riesige Flugzeug auf dem Hartsfield-Jackson Atlanta International Airport. Thomas kam schnell durch die Passkontrolle und holte am Ausgabeband sein Gepäck ab. Direkt vor dem Flughafengebäude erwartete ihn Andrew bereits am Steuer eines Regierungsfahrzeugs. Thomas warf seine Reisetasche in den Kofferraum und sprang auf den Beifahrersitz.

»Alles, was ich dir jetzt sage, ist streng vertraulich«, begann Andrew, nachdem er in den Verkehr eingefädelt hatte. »Ich musste eine Menge Hebel in Bewegung setzen, damit du mit von der Partie sein darfst. Meine Anfrage musste erst alle Befehlsinstanzen durchlaufen, bis hinauf zum stellvertretenden Justizminister. Wie es der Teufel so will, sind er und der stellvertretende FBI-Chef alte Kumpel. Außerdem hat er große Achtung vor deinem Dad.«

»Habe ich eigentlich schon mal erwähnt, was für ein toller Kerl du bist?«, fragte Thomas mit einem breiten Grinsen.

Andrew rollte mit den Augen. »Hast du jemals von ›mIRC‹ gehört?«

»Kommt mir irgendwie bekannt vor.«

»Es handelt sich dabei um ein Internet-Chat-Programm.«

»Als Abkürzung klingt es beängstigender.«

»Willst du weiter deine Witzchen reißen, oder willst du hören, was ich dir zu sagen habe?«

»Entschuldige.«

»Dieses mIRC ist nicht nur ein Chat-Service für Hobbygärtner. Es ist in einzelne Channels untergliedert, die Chaträumen ähneln, nur unter Umständen sehr viel schwerer zugänglich sind. Einige der Kanäle sind ganz exklusiv. Der Gastgeber bestimmt, wer auf die Party eingeladen wird. Seit der Erfindung von mIRC halten die Jungs von der Cyber-Abteilung des FBI dort nach Kinderpornografie Ausschau. Es ist der neue Wilde Westen – keinerlei Regeln, absolute Privatsphäre und das ganze Internet frei verfügbar für die betreffenden Leute. Die gesamte Unterwelt hat sich auf diese Weise vernetzt. Konsumenten von Kinderpornografie sind ja eigentlich Einzelgänger. Vor den Zeiten des Internets waren sie im Alleingang unterwegs. Jetzt schließen sie sich zusammen.«

»Klingt ja höchst erfreulich«, meinte Thomas. »Ein weltweiter Zusammenschluss von Perversen.«

»Das trifft es ziemlich gut. Allerdings gibt es im FBI-Büro in Washington einen Typen namens DeFoe. Der Mann ist verdammt clever – er hat bei den Green Berets gedient und weiß alles über Computer. Seit Jahren ist er damit beschäftigt, im Web Kinderpornografie aufzuspüren. Kein Mensch weiß, wie er das aushält, aber die Psychologen geben ihm immer wieder grünes Licht. Jedenfalls ist er ein mIRC-Guru. Der Kerl scheint nie zu schlafen. Lange Zeit hat er versucht, einen Channel namens XanaduFuk zu knacken.«

»Zweifellos sind dessen Benutzer höchst ehrenwerte, rechtschaffene Bürger«, meinte Thomas.

»Lauter mustergültige Pfadfinder«, gab Andrew zurück. »Die Kerle, mit denen DeFoe gechattet hat, erwähnten den Channel, sagten ihm aber nicht, wie man reinkommt. Das Ganze ist wie ein Geheimbund. Man bittet nicht um eine Einladung. Der Gastgeber lädt einen von sich aus ein. Wie durch ein Wunder hat DeFoe vor etwa einem Monat eine Nachricht vom Gastgeber bekommen. Dessen Codename lautet Spartacus.«

»Sehr originell«, bemerkte Thomas.

»Wie du gleich erfahren wirst, setzt der Mann seine Kreativität in anderen Bereichen ein. DeFoe fing an, rund um die Uhr auf XanaduFuk zu chatten. Er kam ziemlich schnell dahinter, dass die Benutzer Sextouristen sind, weil sie sich über Orte wie Thailand, Kambodscha und Moldawien unterhielten. Kinder erwähnten sie dabei allerdings nie. Stattdessen tauschten sie sich über teure Weine aus. Da DeFoe sich nichts aus Alkohol macht, musste er erst mal losziehen und sich ein Buch über Wein kaufen. Als er anfing, sich in seinen Chats darüber auszulassen, eröffnete sich ihm eine ganz neue Welt. Es ist wirklich erstaunlich, was Menschen zugeben, wenn sie glauben, anonym zu sein.«

»Sind sie das denn nicht?«

»Irgendwie schon, aber doch nicht so ganz«, antwortete Andrew, während er die Fahrspur wechselte, um einen langen, sehr langsam fahrenden Sattelschlepper zu überholen. »Aber zum besten Teil komme ich gleich. Nach etwa einer Woche bekam DeFoe mit, wie sich jemand darüber ausließ, in den Vereinigten Staaten einen bestimmten italienischen Wein zu trinken. Schließlich fragte er bei Spartacus an, wo er denn eine Flasche davon kaufen könne. An dem Punkt wurde das Ganze haarig. Der Kerl lud DeFoe zu einem persönlichen Chat ein. Ganz privat, ohne Mitleser. Der Typ nutzte die Gelegenheit, um DeFoe eine Frage zu stellen, deren Zweck es war, die Weicheier von den harten Jungs zu trennen. Er fragte DeFoe, was für ein Gefühl es denn sei, eine blutjunge Muschi zu kosten.«

»Lieber Himmel!«, meinte Thomas.

»Du sagst es. Doch nachdem dieser DeFoe ein Profi ist, gab er genau die richtige Antwort. Sie gefiel Spartacus so gut, dass er DeFoe ein Geschenk schickte: einen Link zu einer Website. Als DeFoe dem Link folgte, stieß er auf eine

Porno-Site, die auf osteuropäische Mädchen spezialisiert ist. Auf der Site gab es eine Möglichkeit, Geld einzuzahlen, und ein Feld für ein Passwort. Als er das Passwort ausprobierte, das Spartacus ihm gegeben hatte, ging es ab in den Kaninchenbau. Der Ort, auf den er gestoßen ist, nennt sich Kandyland.«

»Worum handelt es sich dabei?«

»Um einen Platz, an dem hübsche Kinder an Perverse verkauft werden.«

Thomas schloss für einen Moment die Augen. »Du meinst, auf Dauer verkauft?«

»Nein, ich hätte mich genauer ausdrücken sollen. Sie werden vermietet.«

Thomas schlug die Augen wieder auf. »Und wie passt Sita da ins Bild?«

»Das erkläre ich dir gleich, aber vorher musst du noch eine andere Seite der Geschichte hören. Das Justizministerium sucht schon seit fast zwei Jahren nach Kandyland. Wir haben in dieser Zeit einen Ring nach dem anderen auffliegen lassen. Wie sich dabei herausstellte, hat jeder Zuhälter schon mal von diesem Kandyland gehört, aber keiner weiß, wo es sich befindet. Seit rund einem Jahr tragen wir Beweise gegen das größte Menschenhandelsnetzwerk an der Ostküste zusammen. Es ist erstaunlich, was diese Kerle alles beliefern: Fernfahrerraststätten, Striplokale, Begleitservices und geheime Bordelle von Maine bis Miami Beach.«

Porter legte eine kurze Pause ein, weil er sich zwischen etlichen Lieferwagen hindurchschlängeln musste.

»Vor sechs Monaten«, fuhr er schließlich fort, »bekamen wir von einer unserer Quellen den Hinweis, dass ein Mann namens Dietrich Klein in das Ganze verstrickt sei. Unsere Techniker haben ein bisschen gezaubert, sodass wir am

Ende tatsächlich auf ihn gestoßen sind. Geboren in Ostdeutschland, vermutlich ehemaliger Stasioffizier, nach dem Fall der Mauer in die USA ausgewandert und mittlerweile mit einer Highschool-Schönheit verheiratet, die sich auf exotischen Tanz verlegt hat. Ausgerechnet. Die beiden leben in einem noblen Vorort nördlich von hier. Er war eine Weile im Investment- und Immobiliengeschäft tätig und nennt sich jetzt ›Erfolgsberater‹, was auch immer das heißen mag. Zumindest ist er viel auf Reisen. Die meisten Leute preisen ihn in den höchsten Tönen. Seine Steuern zahlt er auch recht brav. Zwar ist das von ihm angegebene Einkommen niedriger, als man erwarten könnte, aber nicht allzu niedrig.«

»Man muss die New Economy einfach lieben.«

Andrew lachte. »Heutzutage gibt es nur noch Berater. Jedenfalls konnten wir diesem Klein nichts nachweisen. Wir dachten, unsere Quelle hätte sich da etwas ausgedacht, doch nachdem unser Mann darauf beharrte, dass seine Information stimme, beschloss das FBI, Kleins Handygespräche zu überwachen. Es dauerte eine Weile, bis wir Erfolg hatten, weil der Typ extrem gerissen ist. Am Ende aber schafften wir es doch, die Puzzleteile zusammenzusetzen, und kamen ihm auf die Schliche. Er ruft regelmäßig fünf dubiose Festnetznummern in fünf größeren Städten an der Ostküste an – Newark, Harrisburg, Baltimore, Memphis und Atlanta. Wir verfolgten die Spuren und überprüften die Leute, zu denen die Nummern gehören. Wie sich herausstellte, haben sie alle mit dem Sexgeschäft zu tun.«

»Wie passt Kandyland da ins Bild?«

»Darauf wollte ich gerade zu sprechen kommen. Vor etwa einen Monat besuchte DeFoe zum ersten Mal die betreffende Site. Geizhälse, die nur hundert Dollar im Monat zahlen, kriegen bloß Fotos zu sehen: vorpubertäre Mädchen, die Sachen machen, die du dir lieber gar nicht erst vorstellst. Diejenigen Perversen, die bereit sind, mehr Kohle herauszurücken, erhalten Zutritt zu einem anderen Teil der Site. Sie werden eingeladen, sich persönlich an dem Spaß zu beteiligen. Für tausend Dollar die Stunde bietet man ihnen ein Foto-Shooting mit einem Mädchen. Für eine Summe irgendwo zwischen zwanzig- und vierzigtausend bekommen sie ein Kind ganz für sich allein. Ein paar der Mädchen werden als Jungfrauen angepriesen. Sie erzielen die höchsten Preise.«

»Was für ein Horror.«

»Du sagst es.«

»Wo fahren wir überhaupt hin?«, fragte Thomas. Kurz zuvor waren sie auf die Route 19 North eingebogen, in Richtung Roswell und Alpharetta.

»Das erfährst du noch früh genug. Lass mich erst mal meine Geschichte zu Ende erzählen.«

»Bitte. Es klingt, als kämst du langsam auf den Punkt.«

»DeFoe hat ein paar von den Bildern an das NCMEC, das nationale Zentrum für vermisste und ausgebeutete Kinder, geschickt und einen anderen Agenten dazu gebracht, sie mit der Datenbank von Interpol gegenzuchecken. Dabei ergaben sich ein paar eindeutige Treffer. In der Zwischenzeit tat DeFoe, was nur DeFoe kann: In weniger als vierundzwanzig Stunden gelang es ihm, die Kandyland-Site bis zu einem Computer in der Tschechischen Republik zurückzuverfolgen.«

»Die ostdeutsche Verbindung.«

»Vielleicht. Der Computer gehört einer Universität in Prag und ist mit einem Trojaner infiziert. Dieser Trojaner ermöglicht es einem Hacker, den infizierten Computer zu kapern, sodass er aus der Ferne über diesen Computer Daten übertragen oder sogar Programme ablaufen lassen kann. Der gekaperte Computer bewahrt den Hacker vor der Entdeckung. Man könnte es mit einem digitalen Identitätsschutzschild vergleichen.«

»Verstehe.«

»Deswegen forderte DeFoe Unterstützung vor Ort an, woraufhin sich das FBI mit der tschechischen Kriminalpolizei in Verbindung setzte. Die Tschechen bekamen von der Universität Zugang zu dem Computer, und das FBI entsandte ein Cyber Action Team nach Prag. Die Cyber-Jungs leiteten ihre Erkenntnisse an DeFoe weiter, der den Web-Verkehr daraufhin zu einem Internet-Service-Provider in North Carolina zurückverfolgen konnte. In der Hoffnung, einen Link zum Home Server von Kandyland zu finden, flog DeFoe nach North Carolina hinunter, doch wie sich dort herausstellte, bietet dieser spezielle Service Provider seinen Kunden ein Maximum an Privatsphäre – anonymen Zugang zum Internet, ohne digitalen Fußabdruck.«

»Ist das denn überhaupt legal?«

»Wir sprechen hier vom Wilden Westen, vergiss das nicht. Die Leute, die die Gesetze festlegen, hinken Lichtjahre hinter dem technisch Machbaren her. Erst als der Staatsanwalt seine Muskeln spielen ließ, bekam DeFoe Zugang zu den Großrechnern des Service Providers. Nach zwei Wochen war er in der Lage, eine Reihe von Computern zu isolieren, die Daten nach Prag schickten. Dabei wurden auch Hunderte von Computern identifiziert, die Daten aus Prag *empfingen.*«

»Du meinst, die Perversen?«, fragte Thomas.

Andrew nickte. »Genau. Der Staatsanwalt musste erst einen Durchsuchungsbeschluss organisieren, aber als er den hatte, stieß er auf die Hauptader: Die sendenden Computer sind unter einem Konto registriert, das einer von Dietrich Kleins Scheinfirmen gehört. DeFoe war der Zusammenhang nicht gleich klar. Er musste die Information erst durch alle Abteilungen schicken. Als wir sie zu sehen bekamen, wussten wir, dass dieser Teil des Kandyland-Rätsels gelöst war.«

Thomas überlegte einen Moment und entdeckte eine Lücke in Andrews Geschichte. »Dass Klein die Finger im Spiel hat, besagt noch nichts über den Aufenthaltsort der Mädchen.«

»Stimmt«, räumte Porter ein. »Es besagt nur, dass er einen der größten Menschenhandelsringe in der Geschichte der Vereinigten Staaten betreibt.« Andrew legte eine kurze Pause ein. »Doch nun zum Ende der Geschichte. Der Schlüssel ist Sita. Am Mittwochabend kehrte DeFoe nach Washington zurück. Am Donnerstagmorgen loggte er sich in die Kandyland-Site ein. Dabei fiel ihm auf, dass im Premium-Bereich der Site eine neue Bildergalerie hinzugekommen war. Das Mädchen sah indisch aus. Er schickte ein paar der Fotos an die NCMEC-Leute. Sie reagierten sofort und informierten ihn über eine Meldung, die mein Büro auf deine Nachricht hin als Rundmail verschickt hatte. Ich musste mir erst die Erlaubnis besorgen, diesen Weg zu gehen, aber wir verfügen über eine umfangreiche Verteilerliste – so eine Art elektronische Version des früheren ›Rundschreibens an alle Ämter‹. So ziemlich jeder, der sich in den Vereinigten Staaten mit dem Problem der Ausbeutung von Kindern beschäftigt, hatte Anweisung, nach Sita Ausschau zu halten.«

Thomas schüttelte verwundert den Kopf. »Mir war gar nicht klar, dass du über solche Mittel verfügst.«

Andrew wischte die Bemerkung mit einer Handbewegung beiseite. »Die Leute von NCMEC informierten mein Büro über DeFoes Entdeckung, woraufhin ich mich sofort persönlich mit dem Mann in Verbindung setzte und ihm deine Geschichte erzählte. Binnen kürzester Zeit hat er einen

Plan ausgeheckt, wie wir Sita da rausholen können. Wir haben uns damit an ein hohes Tier beim FBI gewandt, und unser Kontaktmann unterbreitete den Plan dem stellvertretenden Leiter. Der gab sich zunächst zurückhaltend. Er wollte den Kleins nicht auf den Pelz rücken, bevor wir den ganzen Ring auffliegen lassen konnten. Wir brauchten drei Tage, um alles dafür Notwendige in die Wege zu leiten, machten es aber möglich. Die ganze Sache steigt heute Abend. Das FBI arbeitet mit der Polizei in acht verschiedenen Städten zusammen. Für die Aktion hier in Atlanta steht uns ein SWAT-Einsatzteam zur Verfügung.«

»Wie sieht der Plan aus?«, fragte Thomas.

»Ganz einfach. DeFoe hat sich als Freier ausgegeben und Sita für den Abend gemietet. Er hat richtig viel Geld auf ein Offshore-Konto überwiesen und wurde daraufhin vom Kandyland-Webmaster per Mail zu einer Fernfahrerraststätte nördlich von Atlanta bestellt. Heute Abend um elf soll er allein dort erscheinen. In der E-Mail stand, er werde von dort aus an sein Ziel gebracht.«

Thomas staunte über die glücklichen Zufälle in der Kette von Ereignissen, die Andrew ihm gerade geschildert hatte. »Nach allem, was wir unternommen haben, um Sita zu finden, lief es am Ende also auf ein Foto und ein Telefonat hinaus.«

Nachdem Andrew die Ausfahrt North Point Mall genommen hatte, bog er in einen riesigen, fast leeren Parkplatz ein, wo er ganz hinten neben einem Monstrum von Wagen parkte, das sich als mobile Kommandozentrale des FBI entpuppte.

Kaum waren sie ausgestiegen, schwang auch schon die Tür der Kommandozentrale auf. Ein hochgewachsener Schwarzer hieß sie mit einem Lächeln willkommen.

»Agent Pritchett«, stellte sich der Mann vor, während er ihnen die Hand reichte und seine beiden Besucher dann ins klimatisierte Innere des Fahrzeugs bat. »Ich bin Special Agent und der Einsatzleiter hier vor Ort.«

»Freut mich, Sie kennenzulernen«, antwortete Thomas, während er sich umblickte.

Die Kommandozentrale war mit einem halben Dutzend Beamter besetzt und mit einem schwindelerregenden Arsenal an Elektronik, Laptops und Flachbildschirmen ausgestattet. Obwohl alle Anwesenden extrem beschäftigt wirkten, nahmen sich doch die meisten Zeit, die Neuankömmlinge mit einem Nicken oder Winken zu begrüßen.

»Hier sind wir zu Hause, wenn wir nicht zu Hause sind«, scherzte Pritchett. Er deutete auf einen Mann, der gleich neben der Tür saß. »Darf ich vorstellen? Special Agent DeFoe, das Gehirn hinter unserem Einsatz.«

Mit seinen klaren Gesichtszügen und seinem markanten guten Aussehen wirkte DeFoe auf Thomas viel mehr wie ein ehemaliger Soldat als wie der Computer-Spezialist, der er inzwischen war. Er erhob sich und begrüßte Thomas mit einem festen Händedruck.

»Andrew hat mir von Ihrer Arbeit in Indien und Frankreich erzählt. Ich bin beeindruckt.«

»Das beruht auf Gegenseitigkeit«, erwiderte Thomas.

Pritchett bot ihnen Kaffee an und deutete auf eine Gruppe freier Stühle.

»Bitte nehmen Sie Platz«, sagte er. »In diesem Geschäft ist entweder große Hektik oder aber Warten angesagt.«

»Werden Sie selbst reingehen?«, wandte Thomas sich an DeFoe, nachdem er und Andrew sich niedergelassen hatten.

»Anders würde ich es gar nicht wollen«, antwortete DeFoe mit einem angedeuteten Lächeln. »Ich habe mittlerweile kaum noch Gelegenheit für Außeneinsätze.«

»Wie stehen Ihre Chancen auf Erfolg?«

DeFoe verzog keine Miene. »Es gibt natürlich nie eine Garantie, aber ich bin zuversichtlich, dass ich alle lebend da herausbekommen werde, einschließlich der Verdächtigen. Die Jungs vom Einsatzkommando sind die Besten der Besten.«

Thomas warf einen Blick zu Pritchett hinüber. »Sie glauben zu wissen, wo die Mädchen sich aufhalten?«

»Wir sind zu neunzig Prozent sicher«, antwortete er. »Klein lebt mit seiner Frau nicht weit von hier entfernt. Er hat ein Haupthaus und ein Gästehaus. Wir überwachen ihn ja bereits seit geraumer Zeit und haben von Anfang an genau darüber Buch geführt, was sich auf dem Grundstück tut. Dabei ist uns aufgefallen, dass vor allem am späten Abend und in den frühen Morgenstunden Fahrzeuge vor dem Gästehaus eintreffen und wieder abfahren. Als wir ihn dann mit Kandyland in Verbindung brachten, ergab das alles plötzlich einen Sinn.«

»Wäre das nicht sehr dreist von diesem Kerl?«, fragte Thomas erstaunt. »Wenn ich einen Kindersexring betreiben würde, wäre mir sehr daran gelegen, ihn so weit wie möglich von mir fernzuhalten.«

»Im Grunde ist es durchaus sinnvoll, es so zu handhaben, wie er es tut. Wenn man mit einer solchen Ware handelt, überlässt man sie nicht irgendwelchen Angestellten.«

»Verstehe. Erzählen Sie mir mehr von diesem Kerl. Wie wird ein Mensch Sklavenhändler?«

»Er sieht das nicht so. Für ihn ist das alles nur ein Geschäft.«

»Schon möglich. Aber ich will auf Folgendes hinaus: Selbst wenn ich mir in den Kopf gesetzt hätte, menschliche Wesen zu kaufen und wieder zu verkaufen, wüsste ich nicht, wo ich anfangen sollte.«

»Die einfache Antwort lautet, dass ihm das mehr oder weniger zugefallen ist. Um die Zusammenhänge verstehen zu können, braucht man ein wenig Einblick in die Geopolitik nach dem Kalten Krieg. Als die Sowjetunion zusammenbrach, zerbröckelte nicht nur die Regierung. Das ganze kommunistische System fiel auseinander. Die Menschen waren arbeitslos, gelangweilt und verzweifelt. In dieser Situation wurde jeder zum Unternehmer. Die Leute, die vorher die Kontrolle über die natürlichen Ressourcen Russlands hatten, machten ihren Einfluss erneut geltend und wurden zu Oligarchen der neuen Weltordnung. Die Leute, die einst den KGB und die Geheimdienste des Ostblocks leiteten, steckten ihre Kenntnisse und Kontakte in eine neue Mafia, die größer, gefährlicher und effektiver wurde als alles, was Sizilien je hervorgebracht hat. Falls wir richtigliegen, war Klein ein hohes Tier im ostdeutschen Geheimdienst. Als es dem Ende zuging, hat er sich hierher in die Vereinigten Staaten abgesetzt. Seine Intelligenz und seine Kontakte sind ihm dabei eine große Hilfe gewesen.«

»Aber nach allem, was ich von Andrew weiß, betreibt er einen amerikanischen Ring und keinen osteuropäischen. Wir sind hier doch nicht in Hamburg oder Mailand.«

»Ein berechtigter Einwand, mit dem Sie trotzdem falschliegen. Zufällig sind etwa die Hälfte der Mädchen, die für seine Zuhälter arbeiten, aus Osteuropa importiert. In den Ländern, aus denen sie kommen, sind seine Kontakte ebenso hilfreich wie in den Ländern, durch die er sie transportiert. Darüber hinaus ist das Können eines Agenten genauso international einsetzbar wie sein Geld. Er kann in so ziemlich jedem Land der Erde arbeiten. Seine Leute stören sich nicht an seinem Akzent oder seiner Hautfarbe. Sie arbeiten für ihn, weil er sie bezahlt.«

»Erklären Sie mir noch eines. Wie schleust er seine Mädchen ins Land? Wenn ich das richtig verstanden habe, sind die Grenzkontrollen seit dem elften September doch extrem streng.«

»Das stimmt, aber die Kriminellen finden immer neue Wege, das System zu knacken. Solange wir Visa an Besucher ausstellen, werden Menschenhändler das für ihre Zwecke ausnutzen. Solange unsere Grenzen offen sind, werden die Schleuser weiterhin in Mexiko und Kanada ihre Geschäfte abziehen. In den USA herrscht eine extrem hohe Nachfrage nach billigem käuflichem Sex. Langfristig gesehen, setzen sich erfahrungsgemäß die Kräfte des Marktes durch. Die Menschenhändler werden immer neue Wege finden, um der Nachfrage gerecht zu werden.«

»Das klingt, als wäre der Krieg nicht zu gewinnen.«

»Ich wollte Sie nicht entmutigen. Der Krieg ist durchaus zu gewinnen. Aber nicht, indem wir möglichst viele Menschenhändler hinter Gitter bringen. Der Menschenhandel wird erst ein Ende haben, wenn Männer aufhören, Frauen und Kinder zu kaufen. Bis das passiert, können wir nur versuchen, eine Schlacht nach der anderen zu gewinnen.«

Pritchett erwies sich als sehr entgegenkommend. Er zeigte Thomas und Andrew Satellitenaufnahmen vom Anwesen der Kleins und spielte ihnen eine Computeranimation des Gästehauses vor, die die Techniker auf der Basis von Bauplänen und ein bisschen Kreativität zusammengebastelt hatten. Zusätzlich gab er Thomas Unterlagen über die Ausrüstung, die das SWAT-Einsatzkommando bei der Razzia benutzen würde.

Obwohl das FBI über keine Informationen hinsichtlich der Verteidigungsmöglichkeiten der Kleins verfügte, hatte man beschlossen, die Aktion wie eine Geiselbefreiung zu handhaben, und auch Vorkehrungen für den schlimmsten Fall getroffen: einen organisierten Gegenangriff mit automatischen Waffen sowie Kindern, die als Schutzschilde benutzt wurden. Man hatte einen Helikopter angefordert, der den ersten Schwung der Einsatzkräfte auf dem Grundstück absetzen sollte. Der zweite Schwung würde mit gepanzerten Fahrzeugen den Weg durch die Tore nehmen. Pritchett räumte ein, dass der Einsatz so vieler Fahrzeuge vermutlich übertrieben war, aber da Kinder im Spiel waren, wollte er kein Risiko eingehen.

Um sechs verließ DeFoe die Kommandozentrale, um sich zu einer Einsatzbesprechung mit dem Leiter des SWAT-Teams zu begeben. Thomas schüttelte ihm die Hand und wünschte ihm Glück.

»Ich wollte, ich könnte mitkommen«, sagte er und brachte DeFoe damit zum Lächeln.

»Das wollen Sie nicht. Diese Leute können sehr unangenehm werden, und ich werde keine Waffe tragen.«

Pritchett räusperte sich. Sein Blick wanderte zwischen Andrew und Thomas hin und her. »In Anbetracht der einzigartigen Umstände, die bei den Ermittlungen in diesem Fall aufgetreten sind, werde ich Ihnen und Mr. Clarke die Sondererlaubnis erteilen, den Tatort zu besichtigen, sobald das Grundstück gesichert ist. Sie haben es verdient, diese Mädchen persönlich zu begrüßen.«

»Ist das Ihr Ernst?«

Pritchett nickte. »Kann ich mich darauf verlassen, dass Sie über all das Stillschweigen bewahren werden?«

Thomas nickte.

»Davon bin ich ausgegangen«, antwortete der leitende Special Agent.

30

Der Fürst der Finsternis ist ein Edelmann.
William Shakespeare

Atlanta – Georgia

Über das Anwesen der Kleins brach die Nacht herein. Sowohl im Hauptgebäude als auch im Gästehaus gingen die Lichter an, das Grundstück jedoch lag im Dunkeln. Sita saß auf ihrem Bett und starrte die Wand an, während im Hintergrund eine *Seinfeld*-Wiederholung lief. Seit ihrer Ankunft im Haus waren fast vier Tage vergangen, und seit den Fotoaufnahmen hatte sie fast jede Minute allein in ihrem Zimmer verbracht – von den kurzen Unterbrechungen, wenn sie das Bad oder die Toilette aufsuchen durfte, einmal abgesehen. Sita hatte Dietrich nicht wieder zu Gesicht bekommen. Li war derjenige, der sich um sie kümmerte.

Einmal erwachte sie plötzlich schweißgebadet mitten in der Nacht und bekam kaum noch Luft. Am nächsten Morgen begann sie zu hyperventilieren, als sie draußen auf dem Gang Schritte hörte. Während die Stunden und Tage vergingen, wurde sie zunehmend von Halluzinationen heimgesucht. Dann rasten ihre Gedanken, und ihr Herz schlug schneller, weil sie sich einbildete, irgendwelche Geräusche zu hören. Zum ersten Mal dachte sie ernsthaft an Selbstmord, aber der Gedanke an den Tod machte ihr nur noch mehr Angst.

Als Li sie am Montagabend schließlich holte, war sie bereit, jede Art von Hölle willkommen zu heißen, die Dietrich und die blonde Frau für sie vorgesehen hatten, wenn sie dadurch nur der Beklemmung ihrer einsamen Gefangenschaft entkam. Li führte sie durch den Weinkeller ins Erdgeschoss und dann eine Treppe hinauf in einen Gang, von dem mehrere Türen abgingen. Er öffnete gleich die erste und scheuchte Sita hinein.

Der Raum war mit lauter dunklen Möbeln eingerichtet und sanft beleuchtet. In der Mitte stand ein Himmelbett, an der Seite eine Couch mit einem Stuhl. Die Bar bot eine reiche Auswahl an alkoholischen Getränken, und vor einem Fenster, bei dem die Vorhänge zugezogen waren, ragte ein Standspiegel auf. Mitten im Raum wartete die blonde Frau. Sie ging auf Sita zu und begann in gedämpftem Ton auf sie einzureden.

»Heute Nacht wirst du hier einen Mann treffen. Er wird wollen, dass du bestimmte Dinge für ihn tust. Du wirst ihm keine Fragen stellen und dich nicht widersetzen. Vergiss deine Vergangenheit. Heute Nacht wirst du eine Kurtisane. Komm, lass mich dir etwas zeigen.«

Sie nahm Sita bei der Hand und führte sie zu einer Glastür. Dahinter befand sich ein begehbarer Schrank. Die Frau drückte auf einen Lichtschalter.

»Das ist dein Schrank«, erklärte sie. »Vielleicht bittet dich der Mann, etwas anzuziehen, das ihm besonders gefällt. Du wirst ihm gehorchen. Du wirst dich nicht widersetzen.«

Die Frau führte sie in ein Badezimmer mit einer breiten Spiegelwand. »Vielleicht fordert dich der Mann auf, mit ihm zu baden. Du wirst tun, was er dir sagt. Du wirst dich nicht widersetzen.«

Sie kehrten in den Hauptraum zurück, wo ihr die Frau zum Abschied noch ein paar Worte mit auf den Weg gab.

»Das hier ist dein neues Leben. Dietrich hat sehr viel Geld für dich bezahlt. Du wirst den Männern, die wir dir bringen, Freude bereiten. Wenn nicht, wirst du große Schmerzen leiden. Das letzte Mädchen, das sich widersetzt hat, liegt draußen im Garten begraben. Kapiert?«

Sita nickte.

»Gut. Nun wird Li dafür sorgen, dass du dich wäschst und anständig anziehst.«

Die Frau verließ den Raum, woraufhin der Asiate mit einem der elegantesten Saris zurückkehrte, den Sita je gesehen hatte. Nachdem er den Sari und ein Paar funkelnde goldene Sandalen auf den kleinen Tisch vor der Couch gelegt hatte, zog er Sita ins Bad.

»Seife für Haar hier«, verkündete er und deutete dabei auf eine Flasche Shampoo, die auf dem Badewannenrand stand. »Seife für Haut hier. Alles waschen. Ich in zehn Minute zurück.«

Li hielt Wort. Kaum hatte Sita sich gebadet und in ein Handtuch gewickelt, als er bereits mit einer umfangreichen Sammlung von Schminksachen zurückkehrte. Er frisierte ihr das Haar und schminkte sie mit der Kunstfertigkeit eines Kosmetikers. Als er fertig war, befahl er ihr, den Sari und die Sandalen anzuziehen, und verließ den Raum wieder. Als Sita sich in den grün und weiß gemusterten Stoff hüllte, musste sie an den Sari denken, den Sumeera Ahalya an dem Abend gegeben hatte, als Shankar kam.

Nach ein paar Minuten kehrte der Asiate mit einem Beutel voller Schmuck zurück. Er schmückte ihre Handgelenke und Fußknöchel mit Reifen und legte ihr eine goldene Halskette mit einem Smaragdanhänger um. Schließlich befestigte er noch eine rote Hibiskusblüte in ihrem Haar. Dann trat er einen Schritt zurück und betrachtete sie zufrieden.

»Du fertig«, erklärte er. »Ich bald zurück.«

Mit diesen Worten machte er auf dem Absatz kehrt, verschwand hinaus auf den Gang und sperrte die Tür hinter sich ab.

Sita ließ sich auf der Bettkante nieder. Nun war sie am Ende ihres Weges angelangt. Obwohl sie so vieles überstanden hatte, konnte sie ihrem Karma nicht entkommen.

Hast du dich auch so gefühlt, Ahalya?, ging ihr durch den Kopf. *Ist das die Verzweiflung, die ich in deinen Augen gesehen habe?* Sie begann zu weinen. Die Tränen brannten auf ihren Wangen.

Wenn ich doch nur deine Stimme wieder hören könnte.

Um halb elf verließ Agent DeFoe in einem unauffälligen Mietwagen das regierungseigene Lagerhaus, in dem das SWAT-Team untergebracht gewesen war. Er vermisste das vertraute Gefühl, seine Neun-Millimeter-Glock im Hosenbund zu spüren, wusste jedoch, dass man ihn an der Tür auf Waffen abtasten würde. Seine Ausrüstung beschränkte sich auf ein winziges Aufnahmegerät sowie einen in seiner Armbanduhr versteckten GPS-Transponder.

Um Viertel vor elf erreichte er LeRoy's Pit Stop. Die Fernfahrerraststätte befand sich nur wenige Sekunden von der I-85-Ausfahrt entfernt, und im angeschlossenen Restaurant wimmelte es noch von späten Essensgästen. DeFoe drückte einen Knopf an seiner Armbanduhr, um Aufnahmegerät und Transponder zu aktivieren, ehe er das Restaurant betrat und nach der Toilette fragte. Eine Kellnerin deutete auf eine Ecke im hinteren Teil.

Als DeFoe daraufhin den Blick durch den Raum schweifen ließ, bemerkte er einen dünnen Mann mit Schnauzbart, der allein an einem Tisch an der Wand saß. Der Mann trank ein Bier, behielt aber dabei die Tür im Auge. Ihre Blicke trafen sich einen Moment, dann senkte der Mann den Kopf und sah auf eine vor ihm liegende Zeitung hinunter. DeFoe war sofort klar, dass es sich bei dem Kerl um einen Späher handelte. Er war vor Ort, um sich zu vergewissern, dass DeFoe tatsächlich allein gekommen war.

DeFoe ging auf die Toilette. Während er sich die Hände wusch, tauchte der Späher auf und benutzte ein Urinal ganz in seiner Nähe. Eine Minute vor elf verließ DeFoe das Restaurant. Sobald er auf den Parkplatz trat, klingelte sein Handy. Eine Frauenstimme meldete sich. DeFoe steuerte auf einen überquellenden Müllcontainer zu, der sich hinter dem Restaurant befand, und lauschte dabei aufmerksam den Anweisungen der Frau.

»Mr. Simeon«, sprach sie ihn mit seinem Decknamen an, »in zwei Minuten werden Sie von einer Limousine abgeholt. Sie fahren nur eine kurze Strecke. Unsere gemeinsame Freundin freut sich schon auf Sie.«

»Und ich mich auf sie«, antwortete DeFoe. »Wie bezahle ich den noch ausstehenden Betrag?«

»Sobald Sie sich die Ware angesehen haben, können Sie unseren Computer benutzen, um den Betrag auf das Konto zu überweisen, auf das auch die Anzahlung ging.«

»Perfekt.«

Nachdem die Frau das Gespräch beendet hatte, tauchte wie aufs Stichwort die Limousine auf. DeFoe stieg hinten ein und ließ sich auf das luxuriöse Leder sinken. Die Fahrt dauerte keine Viertelstunde.

Als die Limousine schließlich hielt, wurde sofort die Wagentür geöffnet und DeFoe von einem gut gekleideten Asiaten begrüßt, der vor dem Eingang eines eleganten Landhauses stand. Da DeFoe etliche Aufnahmen gesehen hatte, die im Rahmen der polizeilichen Überwachung von dem Gebäude gemacht worden waren, wusste er sofort, dass es sich um das Gästehaus der Kleins handelte.

»Ich bin Li«, stellte sich der Asiate vor. Nachdem er DeFoe auf Waffen abgetastet hatte, winkte er ihn zur Tür. »Hier entlang.«

Li führte DeFoe in den Eingangsbereich und bat ihn, dort zu warten. Wenige Augenblicke später tauchte eine blonde Frau mittleren Alters auf. Sie trug einen Seidenhosenanzug und dazu eine Perlenkette. Ihr Haar hatte sie zu einem Pferdeschwanz zurückgebunden. Sie strahlte Kompetenz und Autorität aus.

»Mr. Simeon, ich freue mich, Sie kennenzulernen.« Erstaunt über ihren liebenswürdigen Ton, griff DeFoe nach der Hand, die sie ihm hinhielt.

»Gleichfalls«, anwortete er.

»Ich hoffe, Sie hatten eine angenehme Fahrt. Wir scheuen für unsere Gäste keine Kosten.«

»Ja, vielen Dank.«

»Bitte«, sagte sie, während sie ihn ins Wohnzimmer führte, »machen Sie es sich bequem.«

Während die Frau nach oben verschwand, blieb DeFoe neben einem antiken Schaukelstuhl stehen.

Nach kurzer Zeit kehrte sie lächelnd zurück, ließ sich neben DeFoe nieder und blickte erwartungsvoll in Richtung Treppenabsatz.

Einen Moment später tauchte dort eine junge Frau auf und kam anmutigen Schrittes herunter ins Wohnzimmer. In ihrem mit Lotusblüten bedruckten Sari und den goldenen, mit glitzernden Steinen besetzten Sandalen sah sie aus wie eine indische Prinzessin. Ihre Halskette und die Reifen an ihren Hand- und Fußgelenken funkelten im Licht, und der Stoff ihres Sari schimmerte, wenn sie sich bewegte.

Überrascht starrte DeFoe sie an. Sie hatte wenig Ähnlichkeit mit dem Kind, das auf der Website von Kandyland abgebildet gewesen war. Wären da nicht ihre zarten Gesichtszüge gewesen, hätte er sie womöglich gar nicht wiedererkannt.

Er sah, wie Sita rot wurde, als ihre Blicke sich trafen. Sie senkte den Kopf und starrte auf den Boden. Gemäß seiner Rolle trat DeFoe auf sie zu und berührte sie an der Wange und am Schlüsselbein. Dann beugte er sich über sie und roch an ihrem Haar.

»Exquisit«, sagte er an die Frau gewandt. »Ein Juwel, wie man es nur selten findet.«

»Es freut mich, wenn sie Ihnen gefällt. Dann können wir uns jetzt ja den Finanzen zuwenden.«

Li erschien mit einem Laptop, den er auf dem Couchtisch abstellte. DeFoe ließ sich auf der Couch nieder und loggte sich in ein Bankkonto ein, das er am Vortag mit Regierungsgeldern eröffnet hatte. Er tippte den Betrag ein und brachte den Transfer zum Abschluss.

»Ausgezeichnet«, sagte die Frau. »Li wird Sie nun in Ihre Suite begleiten. Am Ende Ihres Besuches holt er Sie wieder ab. Um fünf Uhr morgens müssen Sie aufbrechen.«

»Verstehe«, antwortete DeFoe, während er gleichzeitig versuchte, seiner Rolle gerecht zu werden, indem er Sita möglichst unverhohlen beäugte.

Während Sita zusah, wie der fremde Mann Daten in den Computer eingab, kam sie sich vor, als wäre sie plötzlich eine ganz andere Person geworden. Das Mädchen, das sie einmal gewesen war – das Mädchen, das das glitzernde Meer und den warmen Sonnenschein so geliebt hatte –, war in den Schatten getreten und von einer anderen Person abgelöst worden, einer jungen Frau ohne Vergangenheit oder Zukunft. Diese neue Person hatte Angst, war aber dennoch in der Lage, ihr Karma zu akzeptieren. Ohne ihrem wild pochenden Herzen Beachtung zu schenken, versuchte sie sich vorzustellen, was für ein Mensch dieser Mann war. *Ist er verheiratet?*, fragte sie sich. *Hat er Kinder? Wie weit ist er an diesem Abend gereist? Warum hat er ausgerechnet mich ausgesucht?*

Als der Mann am Computer fertig war, geleitete Li sie nach oben in den Gang mit den vielen Türen. Er führte sie in die erste Suite, die Sita bereits kannte. Nachdem der Asiate sich zurückgezogen und die Tür hinter sich geschlossen hatte, trat Sita in die Mitte des Raumes und wandte sich dem Fremden zu. Die Anweisungen der blonden Frau fielen ihr wieder ein. Obwohl ihre Unterlippe zu zittern begann, versuchte sie nach Kräften, sich ihre Angst nicht anmerken zu lassen. Was auch immer der Mann mit ihr vorhatte, er würde es in die Tat umsetzen. Es gab für sie nun keinen Ausweg mehr.

Der Mann nahm sie am Handgelenk, führte sie zum Bett und forderte sie auf, sich zu setzen. Dann begann er sein Hemd aufzuknöpfen. Während Sita sich gegen die Kissen lehnte und ihn beobachtete, breitete sich ein Gefühl von Taubheit in ihr aus. Sie sah ihn fest auf seinen mittleren Hemdknopf drücken, ehe er sich weiter in Richtung Gürtel vorarbeitete, hatte jedoch keine Ahnung, warum er das tat.

Unwillkürlich begann sie zu zittern.

Nachdem der Mann sein Hemd abgestreift hatte, ließ er sich vor ihr auf dem Bett nieder und strich ihr mit den Fingerspitzen übers Haar und über die Lippen. Sita bemühte sich krampfhaft, den Angstschauder zu unterdrücken, den seine Berührung in ihr auslöste.

»Woher kommst du?«, fragte er sie.

Die Frage erschütterte sie zutiefst. Sie blickte auf die Bettdecke hinunter. *Das spielt keine Rolle,* dachte sie. *All das gibt es nicht mehr.*

Nachdem sie ihm keine Antwort gab, beugte der Mann sich vor und tat, als wollte er sie auf den Hals küssen. Dabei flüsterte er ihr ganz leise ins Ohr: »Ich heiße DeFoe und bin hier, um dich hier rauszuholen. Es wird gleich eine Razzia stattfinden. Spiel weiter deine Rolle. Im Moment befinden wir uns in großer Gefahr, aber bald ist alles überstanden.«

Sita erfasste den Sinn seiner Worte erst gar nicht, und als sie es schließlich doch tat, wusste sie nicht, was sie davon halten sollte. Plötzlich hörte sie in der Ferne einen Hubschrauber. Für einen Moment schwankte sie noch hin und her, erfüllt von der Verzweiflung, die ihr mittlerweile so vertraut war. Seit dem Hereinbrechen der Wellen hatte ihr die Welt nichts als Kummer gebracht. Gerade hatte sie sich damit abgefunden, in Zukunft das Leben einer *Beshya* zu führen. Wieso sollte sich ihr Schicksal nun plötzlich wieder wenden?

Der Hubschrauberlärm wurde lauter.

Sita musterte den Fremden, und in seinen Augen sah sie, dass er die Wahrheit sagte. Er war nicht gekommen, um sie zu vergewaltigen. Er war hier, um sie zu retten.

Im Bruchteil einer Sekunde beschloss sie, ihm zu glauben.

Wenige Augenblicke später wurden draußen auf dem Gang Schreie laut. Die Tür flog auf, und Li stürmte mit einer Pistole in der Hand herein.

»Was, zum Teufel, geht hier vor?«, fragte DeFoe in ärgerlichem Ton, während er gleichzeitig versuchte, Sita mit seinem Körper abzuschirmen.

»Du jetzt mitkommen!«, befahl der Asiate.

»Und was ist mit dem Mädchen?«, wollte DeFoe wissen. »Schließlich habe ich ein Vermögen für sie bezahlt.«

»Keine Zeit zum Reden!« Der Asiate fuchtelte mit der Waffe vor ihm herum.

»Dann will ich aber mein Geld zurück!«, knurrte DeFoe, während er sich erhob.

»Nix Geld zurück!«, rief Li, der nun mit der Pistole auf ihn zielte. »Polizei!«

DeFoe stieß einen lauten Fluch aus und machte einen Satz in Richtung Tür, als hätte er Angst vor der Polizei. Sobald er in Reichweite war, schlug er Li die Waffe aus der Hand und verpasste dem Asiaten einen heftigen Tritt in den Unterleib, woraufhin Li stöhnend auf die Knie sank. Rasch hob DeFoe die Pistole auf und rammte den Griff gegen Lis Schläfe. Der Asiate ging bewusstlos zu Boden. Die Waffe fest umklammert, bewegte sich DeFoe auf die Tür zu.

Plötzlich tauchte wie aus dem Nichts eine Hand vor ihm auf – eine Hand mit einer Waffe. DeFoe hörte den Schuss und spürte die Wucht der Kugel. Er erstarrte mitten in der Bewegung. Schmerz breitete sich in seiner Brust aus. Als die Waffe ein weiteres Mal abgefeuert wurde, schwankte er einen Moment und ging dann zu Boden.

Dietrich Klein kam in den Raum. Obwohl Schweißperlen auf seiner Stirn glänzten, wirkte er, als hätte er alles unter Kontrolle. Vor DeFoes Augen begann alles zu verschwimmen. Während er Sita ansah, versuchte er sich krampfhaft daran zu erinnern, wo die Pistole von Li abgeblieben war. Er beobachtete, wie Klein die Tür schloss, den Riegel vorschob und seine Waffe dann auf Sita richtete. DeFoe wollte etwas sagen, aber sein Mund gehorchte ihm nicht.

»Bleib, wo du bist«, hörte er Klein sagen, »und gib keinen Mucks von dir.«

Das Letzte, was DeFoe sah, bevor er die Augen schloss, war, wie Klein in die Tasche griff und sein Handy herausholte.

31

Ein Schuss, fliege schnell und weit,
o Pfeil, geschärft vom Gebet.

RIGVEDA

Atlanta – Georgia

In der mobilen Einsatzzentrale lauschte Thomas zusammen mit Andrew Porter und Agent Pritchett dem Funkverkehr, während das SWAT-Team das Gelände stürmte. Lediglich knappe Befehle waren zu hören. Das Team wusste, was es zu tun hatte.

Drei Minuten nach Beginn der Razzia meldete sich der Leiter der ausgeschwärmten Mannschaft, Special Agent John Trudeau.

»Schon irgendeine Spur von den Mädchen?«, fragte Pritchett.

»Noch nicht, Sir.« Obwohl Trudeaus Stimme durch das Rauschen des Funkgeräts leicht verzerrt klang, hörte man ihm seine Ratlosigkeit deutlich an. »Wir halten weiter nach ihnen Ausschau.«

Pritchett fluchte. »Was ist mit den beiden Kleins?«

»Keine Ahnung, Sir«, antwortete Trudeau. »Das Haus wirkt so still, dass es fast schon unheimlich ist.«

»Und DeFoe?«

»Moment.« Nach ein paar Augenblicken war Trudeau wieder in der Leitung. »Laut Striker war die Tür noch abgeschlossen, als er und Evans wie besprochen geklopft haben. DeFoe hat nicht reagiert.«

Pritchett schob sein Mikrofon beiseite und bellte nach vorn zum Fahrer: »Los, bring mich vor Ort, so schnell du kannst!«

Sekunden später erwachte das riesige Fahrzeug mit lautem Röhren zum Leben. Während der Fahrer Gas gab und auf die Parkplatzausfahrt zuraste, hielt Thomas sich gut fest.

Pritchett sprach wieder ins Funkgerät. »Sag Striker und Evans, sie sollen notfalls die Tür aufbrechen. DeFoe ist mit dem Mädchen da drin, das GPS bestätigt es.«

»Was, wenn die Kleins bei ihnen sind?«, fragte Trudeau.

Pritchetts Blick verfinsterte sich. »Warten Sie einen Moment.«

Auf einmal begann Pritchetts Handy zu klingeln. Entnervt riss er das Telefon an sein Ohr, doch seine Gereiztheit schlug sofort in Nervosität um.

»Ja, Sir«, sagte er ins Telefon. Er lauschte noch einen Moment, dann sperrte er vor Überraschung den Mund auf. »Heilige Mutter Gottes! In Ordnung, stellen Sie ihn durch.«

Pritchett schaltete den Lautsprecher ein. Als die Verbindung stand, meldete sich eine Männerstimme, der man noch einen Hauch von einem europäischen Akzent anhörte.

»Hier spricht Dietrich Klein«, erklärte er. »Sind Sie der verantwortliche Beamte?«

Pritchett holte tief Luft. »Ja, das bin ich. Agent Pritchett.«

»Sehr gut. Also, Pritchett, ich möchte, dass Sie mir jetzt ganz genau zuhören. Ihr Mann liegt hier mit zwei Kugeln in der Brust auf dem Boden. Ich habe eine Geisel – ein Mädchen –, und meine Frau hat weitere Mädchen in ihrer Gewalt. Wenn Sie nicht genau das tun, was ich Ihnen sage, werden sie alle sterben. Sind Sie bereit?«

Pritchetts Augen wurden schmal, und er hielt das Handy so fest umklammert, dass seine Knöchel weiß hervortraten.

»Ich bin bereit«, antwortete er.

»In Cartersville gibt es einen kleinen Flugplatz. Ich möchte in fünfundvierzig Minuten eine voll aufgetankte Gulfstream-Maschine auf dem Rollfeld haben, mit einem Zivilisten als Piloten. Sollte die betreffende Person bewaffnet sein, sterben die Mädchen. Hier in der Garage steht ein Fahrzeug, mit dem wir die Strecke zum Flughafen zurücklegen werden. Ihre Leute werden die Gegend absperren. Wenn ich irgendjemanden sehe, sterben die Mädchen. Bis das Flugzeug bereitsteht, habe ich kein Interesse an weiteren Gesprächen mit Ihnen oder sonst jemandem. Lassen Sie uns das Ganze so einfach wie möglich handhaben: Sobald wir in der Luft sind, bekommt der Pilot von mir genauere Anweisungen. Nach der Landung lasse ich die Mädchen im Flugzeug zurück. Alles klar?«

»Alles klar«, bellte Pritchett. »Sonst noch was?«

Aber die Leitung war bereits tot.

Sita sah zu, wie Dietrich Klein das Telefon ausschaltete. Inzwischen konnte sie ihr Zittern nicht mehr unterdrücken. Mit großen Augen starrte sie auf den Mann hinunter, der mit nacktem Oberkörper auf dem Boden lag – den Mann, der versprochen hatte, sie zu retten. Seit er zu Boden gegangen war, hatte er sich nicht mehr bewegt. Sie war sicher, dass er tot war.

Klein schob das Telefon zurück in seine Tasche, ließ sich auf der anderen Seite des Raumes auf einen Stuhl sinken und richtete die Waffe auf Sita.

»Du bist mein Gast«, erklärte er, »und ich bin dafür bekannt, dass ich meine Gäste gut behandle. Wenn du tust, was ich dir sage, wird dir nichts passieren.«

Sita starrte ihn unverwandt an, während sie gleichzeitig versuchte, ihr Zittern unter Kontrolle zu bekommen.

Klein lächelte. »Ja, ja, mir ist schon klar, dass du Angst hast, aber du musst das verstehen. Eigentlich bin ich nur Geschäftsmann. Ich mag gar keine Waffen.« Er hielt seine Pistole hoch und legte sie dann neben sich auf den Tisch.

»Du glaubst, dass ich ein Monster bin, nicht wahr? Dass ich keine Seele habe?«

Sita gab ihm keine Antwort, was Klein jedoch nicht zu stören schien.

Er stellte ihr eine weitere Frage. »Weißt du, warum du hier bist?«

Sie erwiderte seinen Blick. Sie hätte ihm gern eine Antwort gegeben und den Schrei herausgelassen, der sich schon in ihr aufbaute, seit Kanan mit seinem Wagen in die staubige Straße zu Chakos Wohnung eingebogen war und sie in die Sklaverei verkauft hatte. Aber sie blieb still. Sie hatte keine Stimme.

Klein beantwortete sich seine Frage selbst. »Du bist nicht hier, weil es mir Spaß macht, Sex zu verkaufen, sondern weil viele Männer gern Sex kaufen. Ich bin nur der Händler. Manche Geschäftsleute verkaufen Waren, andere Wissen. Ich verkaufe Fantasien. Letztlich ist das doch alles das Gleiche.«

Er warf einen Blick auf seine Uhr. »Viel Zeit bleibt ihnen nicht.« Er legte den Kopf schräg und lauschte, ob irgendwelche Geräusche zu hören waren, doch im Haus herrschte Stille.

»Warst du schon mal in Venezuela?«, wandte er sich erneut an Sita. »Es ist ein elendes Land, hat aber dennoch seine Vorzüge. Du wirst es bald mit eigenen Augen sehen.«

Zehn Minuten, nachdem Klein das Gespräch beendet hatte, traf die mobile Kommandozentrale auf dem Grundstück ein. Pritchett hatte sich in einen grimmigen Bären verwandelt und knurrte ununterbrochen in sein Funkgerät. Thomas verfolgte diese Verwandlung mit einem sehr unguten Gefühl, denn Pritchetts schlechte Laune konnte nur eines bedeuten: Dietrich Klein saß am längeren Hebel.

»Michaels!«, rief Pritchett zu einer Technikerin auf der anderen Seite des Fahrzeugs hinüber. »Wie weit sind wir denn mit dem Flugzeug?«

»Auf dem Hartsfield-Jackson-Flughafen steht eine Gulfstream IV«, antwortete sie. »Ein Firmenjet, der einer Biotech-Firma gehört. Wir versuchen gerade, den Besitzer zu erreichen.«

»Wie sieht es mit einem Piloten aus?«

»Steht bereit.«

»Wer ist der Mann? Können wir ihm trauen?«

»Es ist eine Sie«, stellte Michaels richtig. »Sie war früher Pilotin bei der Air Force und fliegt jetzt Charterflüge für Firmen. Sie war gerade im Hangar, als ich anrief.«

Pritchett nickte. »Schicken Sie die Polizei zum Flughafen. Wenn ich den Besitzer nicht in zwei Minuten an der Strippe habe, dann stellen Sie mich zum leitenden Beamten durch. Ich werde das Donnerwetter auf mich nehmen, das uns droht, wenn wir das Flugzeug einfach beschlagnahmen.«

Pritchett sprach wieder in sein Mikrofon. »Trudeau, wo ist Kowalski?«

»Geht gerade in Position«, antwortete Trudeau.

»Sag ihm, er soll sich beeilen«, drängte Pritchett. »Uns läuft die Zeit davon.«

Auf der anderen Seite des Klein-Grundstücks lauschte Special Agent Kowalski dem von Trudeau weitergeleiteten Befehl.

»Ein kleines Stück noch«, flüsterte er in sein Funkgerät. »Ich kann das Fenster schon sehen, habe aber noch nicht den richtigen Winkel.«

Zentimeter für Zentimeter tastete er sich auf dem Ast einer Eiche voran. Der Boden lag etwa acht Meter unter ihm – reichlich tief, wenn man fiel, vor allem mit einem Gewehr auf dem Rücken. Der Baum war der höchste auf dem Grundstück, mit freier Sicht auf die Fenster im oberen Stockwerk des Gästehauses, wenn auch sechzig Meter von dem Gebäude entfernt.

Kowalski brauchte vier Minuten, um die Stelle zu erreichen, die er von unten ausgespäht hatte. Etwa auf halber Strecke zwischen dem Baumstamm und dem Ende des Astes gab es eine Stelle, wo sich die äußeren Zweige vom Baum wegbogen, sodass ein zum Himmel offenes Loch entstanden war. Falls sich ihm überhaupt eine Gelegenheit zum Feuern bot, hatte er nur dann eine Chance zu treffen, wenn sich nichts in seiner Schusslinie befand.

Vorsichtig manövrierte er sich in eine sitzende Position. Nachdem er mit beiden Füßen festen Halt gefunden hatte, hob er sein Gewehr über den Kopf nach vorn und wählte einen Ast, der als Stütze für den Lauf geeignet war. Dann befestigte er ein Gewehr-Dreibein am Lauf und platzierte es auf dem betreffenden Ast. Nachdem er durchgeladen hatte, spähte er durch den Wärmebildsucher und schwenkte langsam den Gewehrkolben, bis der obere Teil des Gästehauses in seinem Sichtfeld auftauchte.

Er sah sie sofort.

Vier Wärmequellen.

Die erste wirkte sehr kompakt und schien über dem Boden zu schweben. *Vielleicht sitzt das Mädchen auf dem Bett,* mutmaßte er. Nummer zwei und drei lagen auf dem Boden, allerdings mit unterschiedlicher Wärmeintensität. Während eine normal wirkte, wurde die andere schwächer. Kowalski fluchte. DeFoe hatte es tatsächlich erwischt, genau wie Klein gesagt hatte. *Wer könnte der andere sein, der da flachliegt?*, fragte er sich. Die vierte Person schien auf einem Stuhl zu sitzen.

»Jetzt hab ich dich, du Mistkerl!«, sagte er laut. Den Rest fügte er in Gedanken hinzu: *Jetzt müssen wir dich nur noch ans Fenster locken.*

Das Funkgerät krächzte. »Kowalski ist in Position«, berichtete Trudeau. »Er hat sie im Visier. Aber Klein ist nicht in Fensternähe.«

Pritchett warf erneut einen Blick auf die Uhr. »Bis zum Ablauf des Ultimatums bleiben uns noch fünfundzwanzig Minuten. Das Flugzeug wird gerade betankt. Der Besitzer hat zugestimmt. Jetzt versuchen wir krampfhaft, den Luftraum zu räumen. Die Flugzeit von Flughafen zu Flughafen beträgt zehn Minuten.«

»Wie lange dauert es, bis die Maschine abflugbereit ist?«, fragte Trudeau, der schlecht zu verstehen war, weil das Funkgerät so rauschte.

»Die Pilotin sagt, sie benötigt noch zehn Minuten, um voll aufzutanken. Bis zum Rollfeld braucht sie dann noch einmal fünf Minuten.«

»Da bleibt uns ja überhaupt kein Spielraum mehr.«

»So ist es! Wer ist dem Fenster am nächsten?«

Ein paar Sekunden später kam Trudeaus Antwort. »Striker.«

»Sag Striker, er soll sich ein paar Kiesel suchen und seinen Hintern unter den Dachvorsprung schaffen.«

Im Haus vergingen die Minuten quälend langsam. Sita saß auf dem Bett, starrte auf das Blumenmuster der Bettwäsche und versuchte, die Tränen zu unterdrücken. Der Adrenalinschub von vorhin war inzwischen verebbt. Sie musste an all die Toten denken, die sie gesehen hatte. Ihre Eltern, ertränkt von den Wellen. Ihre Großmutter im Wohnzimmer.

In der Küche Jaya, die nicht schnell genug gewesen war, um dem Wasser zu entkommen. Und nun lag vor ihr auf dem Boden dieser Mann mit zwei Kugeln in der Brust. Die Welt ergab einfach keinen Sinn.

»Noch fünfzehn Minuten«, verkündete Klein, der sie dabei ansah und mit den Fingern über seine Waffe strich. »Glaubst du, sie werden es schaffen?«

Achselzuckend schlang Sita die Arme um sich. Dabei löste sich die Hibiskusblüte aus ihrem Haar und landete auf dem Bett. Der unerwartete Anblick der Blume bewirkte, dass sie die Tränen einfach nicht mehr zurückhalten konnte. Sie unternahm auch keinen Versuch, sie wegzuwischen, denn sie musste plötzlich an den Tag denken, an dem Ambini im Garten eine Hibiskusblüte gepflückt und sie Ahalya ins Haar gesteckt hatte. Das war am siebzehnten Geburtstag ihrer Schwester gewesen, und die Blume ein Symbol für die erblühende Weiblichkeit ihrer Schwester. »Viele Jungen werden sich um dich bemühen«, hatte Ambini erklärt, »aber du wirst nur einen einzigen Ehemann haben. Warte auf ihn. Dann wird der Tag kommen, an dem du Rot trägst und die *Saptapadi*-Schritte tanzt.« Ahalya hatte Ambini geglaubt. Sie hatten ihr beide geglaubt.

Pritchett warf einen Blick auf die Uhr und fluchte erneut. »In zehn Minuten läuft das Ultimatum ab«, wütete er, »und das Flugzeug ist immer noch nicht in der Luft! Warum, zum Teufel, dauert das so lang?«

Michaels antwortete: »Die Pilotin musste mit der Maschine einen Umweg zum Rollfeld nehmen, weil der direkte Weg von anderen Flugzeugen versperrt war.«

»Verdammter Mist!« Pritchett wandte sich über Funk an Trudeau. »Ist Striker in Position?«

»Ja. Er ist auf dem Weg zum Fenster.«

»Bei Kowalski alles klar?«

»Kowalski ist bereit.«

»Zeit für Plan B. Sag Striker, er soll gerade genug Lärm machen, um Kleins Interesse zu wecken. Und sag Kowalski, dass er jederzeit schießen kann. Und er soll ja nicht sein Ziel verfehlen.«

Sita blinzelte überrascht, als sie das seltsame Klappern zum ersten Mal hörte. Sie sah, wie Dietrich Klein sich zum Fenster umdrehte und seine Waffe anhob. Er wartete noch eine Weile, doch als das Geräusch zum dritten Mal zu hören war, stand er langsam auf.

Klein sah einen Moment zu Sita hinüber, die seinen Blick erwiderte. Er wirkte leicht irritiert, sein Selbstvertrauen war dennoch ungebrochen. Während er langsam den Raum durchquerte, achtete er genau darauf, wo er hintrat, und ließ das Fenster dabei keine Sekunde aus den Augen. Sita hörte das Geräusch ein viertes Mal. Es klang lauter als zuvor und nicht mehr so sehr wie ein Klappern, sondern mehr wie ein Schlag. Klein blieb einen Moment stehen und überlegte. Dann setzte er sich wieder in Bewegung. Die Waffe vor dem Körper, ging er langsam auf das Fenster zu.

Kowalski beobachtete durch den Wärmebildsucher, wie Klein sich von seinem Stuhl erhob und den Raum durchquerte. Der Weg vom Stuhl zum Fenster war schlecht einsehbar, sodass er erst schießen konnte, wenn Klein direkt vor der Scheibe stand. Kowalski prüfte den Wind und berechnete die Schusslinie neu. Dabei ergab sich nur eine minimale Abweichung zu vorher, aber bereits der geringste Fehler konnte entscheidend sein.

Plötzlich blieb Klein stehen. »Geh weiter«, flüsterte Kowalski frustriert. »*Nun geh schon weiter!*«

Wie aufs Stichwort setzte Klein sich wieder in Bewegung.

Kowalski legte den Finger fester um den Abzug. »Noch zwei Schritte …«

Er verstummte, den Blick fest auf Kleins Körper geheftet. Plötzlich stand er da, direkt vor der Scheibe, genau am Rand der Schusslinie, die Arme vor dem Körper, als hielte er eine Waffe. Auf die Brust zu zielen kam nicht infrage, die einzige Möglichkeit war ein Kopfschuss. Kowalski platzierte das Fadenkreuz direkt über dem heißesten Teil von Kleins Kopf.

Dann drückte er ab.

Sita fuhr erschrocken zusammen, als der Schuss abgefeuert wurde. Dietrich Klein sackte vor dem Fenster zu Boden, und unter seinem Kopf bildete sich eine Blutlache. Ein paar Augenblicke lang saß sie da wie gelähmt. Dann brach unten Lärm los. In das Stapfen von Stiefeln mischten sich laute Rufe. Als die schweren Schritte die Treppe erreichten, begann Sita sich vor und zurück zu wiegen, vor Angst fast von Sinnen.

Wenige Sekunden später flog die Tür auf, und zwei Männer stürmten in den Raum. Beide waren in Schwarz und Khaki gekleidet und schwangen Maschinenpistolen. Einer der Männer lief zu Dietrich Klein hinüber und fühlte seinen Puls, während der andere dem immer noch bewusstlosen Li Handschellen anlegte. Anschließend wandte sich der zweite Mann DeFoe zu, ging vor ihm in die Knie und schloss dem Toten die Augen.

»Gesichert!«, verkündete der erste Mann.

»Gesichert!«, wiederholte der zweite wie sein Echo.

Der erste Mann trat ans Bett und nahm seine Gesichtsmaske ab. »Du musst Sita sein«, sagte er.

Benommen starrte sie ihn an. Mit seinem Helm und seinem Kampfanzug sah er aus wie ein furchteinflößendes Monster, doch seine Stimme klang wie die eines normalen Mannes.

Zögernd begann sie wieder zu atmen. »Ja«, antwortete sie.

»Ist mit dir alles in Ordnung?«

Sie nickte.

»Ich bin Evans«, stellte der Agent sich vor, »und das hier ist Garcia. Kannst du aus eigener Kraft gehen?«

Sie schwang die Füße über die Bettkante und stand auf. »Ja, mit mir ist alles in Ordnung.«

Sie folgte den beiden auf den Gang hinaus. Mittlerweile wimmelte es im ganzen Gästehaus von schwarz gekleideten Männern mit Maschinenpistolen. Evan führte Sita hinunter ins Wohnzimmer, und Garcia bildete die Nachhut. Nachdem Evans Sita mit einer Handbewegung aufgefordert hatte, sich auf der Couch niederzulassen, sprachen er und Garcia mit einem anderen Mann. Sita bekam mit, worum es dabei ging.

»Wo sind die anderen Mädchen?«, fragte der dritte Mann.

Evans zuckte mit den Schultern. »Sie war allein.«

Sita erhob sich und berührte ihn am Arm. »Entschuldigen Sie«, sagte sie.

Die Männer wandten sich ihr zu.

»Sie haben die anderen Mädchen nicht gefunden, weil sie versteckt sind.«

»Wo?«, fragte Evans.

»Im Keller.«

Der dritte Mann meldete sich zu Wort. »Ich bin Agent Trudeau. Ich leite den Einsatz hier im Haus. Sag uns einfach alles, was du weißt, den Rest übernehmen dann wir.«

Sita schüttelte den Kopf. In ihrer neuen Freiheit fühlte sie sich fast schwerelos. »Es ist schwierig zu erklären. Ich muss es Ihnen zeigen.«

»Dann nichts wie los. Ich gehe voraus.«

Gemeinsam mit den schwarz gekleideten Männern betrat Sita den stockfinsteren Weinkeller. Agent Trudeau ging mit der Waffe im Anschlag voraus, und Evans folgte mit Garcia. Als Trudeau den Lichtschalter fand, sahen sie sich von lauter Weinflaschen umgeben, die im Licht glänzten, aber ansonsten war der Keller leer. Die Männer blieben stehen und lauschten, hörten jedoch nichts.

Sita ging auf die andere Seite des Raumes hinüber und öffnete die Tür eines bestimmten Lagerschranks, genau, wie sie es bei Li gesehen hatte. Dankbar für ihr gutes Gedächtnis, ließ sie den Blick über den Inhalt des Schranks schweifen. Sie wusste noch genau, dass Li sich an einer Flasche mit einem schwarzen und goldenen Etikett zu schaffen gemacht hatte. Sie fand die Flasche und drehte sie um. Der Motor sprang an, und der Durchgang zu den versteckten Räumen schwang auf.

Agent Trudeau bedeutete Sita zurückzutreten. Mit schussbereiten Waffen traten er und Evans auf den Gang. Die beiden Männer blieben einen Moment reglos stehen und lauschten, hörten jedoch nichts. Daraufhin klopften Trudeau und Evans an jede Tür und wiederholten: »FBI! Aufmachen!« Doch keine der Türen öffnete sich.

Garcia stand währenddessen die ganze Zeit neben Sita, um sie notfalls mit seinem Körper zu schützen. Zögernd tippte sie ihm an die Schulter.

»Ich habe gesehen, wie Li den Code für den Raum am Ende des Gangs eingegeben hat.«

»Wie lautet die Nummer?«

Sie schloss die Augen und versuchte sich daran zu erinnern. »Ich weiß nur die Reihenfolge der Tasten, die er gedrückt hat.«

Garcia winkte Trudeau heran und gab die Information an ihn weiter.

Trudeau wandte sich an Sita. »Würdest du den Code für uns eingeben?«

»Ja«, flüsterte sie und folgte ihm in Richtung Fotostudio.

Vor der Tür schloss sie die Augen, ließ im Geiste die schnelle Abfolge von fünf Tasten Revue passieren, die Li getippt hatte, und tippte diese Tasten dann ihrerseits, ohne einen Fehler zu machen. Sie hörte, wie sich der Riegel löste. Ehe sie es sich versah, hatte Evans sie bereits hochgehoben und zurück in den Weinkeller getragen. Einen Moment später hörte sie den durchdringenden Knall eines Schusses. Dann war alles still.

Garcia streckte den Kopf zu ihnen heraus. »Ihr beide solltet euch das mal ansehen.«

Sita griff nach Evans' Hand und ging mit ihm in Richtung Studio. Als sie den Raum betraten, sahen sie, dass dort die blonde Frau leblos auf dem Boden lag, eine Waffe in der Hand. Ein völlig verängstigtes, heftig zitterndes Mädchen mit kastanienbraunem Haar saß vor ihr auf dem Boden.

Fünf weitere Kinder, von denen das jüngste etwa zwölf und das älteste höchstens sechzehn war, lagen mit gefesselten Händen und Füßen und Klebeband über dem Mund auf dem Bett. Eines nach dem anderen setzte sich auf und starrte Sita mit großen, angstvollen Augen an. Für einen Moment stand sie reglos da, weil sie plötzlich wieder das Klicken von Lis Kamera hörte und erneut die Scham spürte, die sie empfunden hatte, als sie sich vor Dietrich Klein ausziehen musste. Dann aber schüttelte sie entschlossen den Kopf. Es war vorbei. Klein war tot.

Sie ging zum Bett hinüber und löste behutsam das Klebeband vom Mund des jüngsten Mädchens. Die Kleine verzog dabei ängstlich das Gesicht, aber Sita beruhigte sie mit einem Lächeln.

»Keine Angst«, sagte sie, »du bist jetzt in Sicherheit.«

Nachdem sie die Fesseln aller Mädchen gelöst hatten, brachten Trudeau und Garcia sie nach oben. Sita aber bat Evans, auf sie zu warten, weil sie noch ihren Mantel aus der Ecke des Kellerstudios holen wollte. Nachdem sie ihn über ihren Sari gezogen hatte, griff sie in die Innentasche und ließ die Finger für einen Moment über die kleine Hanuman-Figur gleiten. Während sie tief Luft holte, gelobte sie in ihrem Herzen, Shyam niemals zu vergessen. Dann folgte sie Evans in Richtung Treppe.

In dem Esszimmer, das sich gleich neben der Diele befand, nahm Evans Platz, um einem weiteren Mann Bericht zu erstatten, der dort bereits erwartungsvoll ein Klemmbrett schwang. Sie ließ sich neben ihm nieder, konnte sich aber kaum auf das konzentrieren, was er sagte, weil ihre Gedanken in eine ganz andere Richtung abschweiften. Sie sah ihren Vater vor ihrem Haus am Strand stehen und sie zu sich heranwinken, weil er wollte, dass sie sich mit ihm zusammen den Sonnenuntergang ansah. Sie sah sich in Richtung Strand laufen, wo ihre Eltern auf sie warteten. Ahalya suchte unten am Wasser nach Muschelschalen. Es war ein Tag wie jeder andere – ein guter Tag.

Sie erwachte erst wieder aus ihrem Tagtraum, als zwei Männer in Zivil das Haus betraten. Der eine war sehr groß und schlank, hatte dunkles Haar und freundliche Augen, der andere war etwas kleiner und muskulöser. Wie gebannt starrte Sita den großen Mann an, der ihr seltsam vertraut vorkam. Fieberhaft überlegte sie, wo sie ihn schon einmal gesehen hatte. Da fiel es ihr plötzlich wieder ein: auf der Straße vor Dmitris Wohnung in Paris. Er war derjenige, der hinter ihrem Wagen hergerannt war.

Auf einmal fügten sich alle Puzzleteile ineinander. Er hatte tatsächlich nach ihr gesucht! Aber woher wusste er überhaupt von ihr? Und wieso hatte er ihr helfen wollen? Sie war sicher, dass sie einander vor dem Zwischenfall in Paris noch nie begegnet waren. Sie ließ ihn nicht aus den Augen. Vielleicht würde sie ja noch Gelegenheit haben, mit ihm zu sprechen.

Thomas stand in der Diele und hielt in dem Gewusel aus FBI-Agenten nach Sita Ausschau.

»Was glaubst du, wo sie wohl ist?«, wandte er sich an Andrew.

»Wahrscheinlich bei den anderen Mädchen«, mutmaßte Andrew und steuerte auf das Wohnzimmer zu. »Mal sehen, ob ich Agent Trudeau irgendwo finden kann.«

Thomas wollte ihm gerade folgen, als er einen Blick nach links warf. An einem glänzenden Mahagonitisch saßen ein hünenhaft wirkender Mann aus dem SWAT-Team, ein FBI-Agent in Zivil und ein zart gebautes indisches Mädchen, das gekleidet war wie eine Prinzessin. Das Mädchen sah ihn mit ihren großen Augen an. Obwohl sie älter wirkte als auf dem Foto in seiner Tasche, wusste er dennoch sofort, dass er es mit Sita zu tun hatte.

Für einen Moment stand er einfach nur da, dann begann er an dem Armband an seinem Handgelenk herumzunesteln. Langsam ging er auf sie zu.

»Bist du Sita Ghai?«, fragte er sie.

»Ja«, antwortete sie.

Er löste das *Rakhi*-Band von seinem Handgelenk und legte es vor ihr auf den Tisch.

»Ich heiße Thomas Clarke. Deine Schwester hat mich gebeten, dir das hier zu geben.«

Er sah, wir ihr die Tränen in die Augen schossen. »Sie kennen Ahalya?«

Er nickte. Vor Aufregung fiel ihm das Atmen schwer. »Wir konnten sie aus Suchirs Bordell befreien. Sie wartet in einem Ashram in Bombay auf dich.«

Fasziniert beobachtete Thomas, wie in ihrem Gesicht plötzlich die Sonne aufging, während sie die Finger fest um das Armband schloss. Dann begann sie zu schluchzen. Es war, als würde sich die ganze Angst, Unsicherheit, Verzweiflung und schwindende Hoffnung der vergangenen zwei Monate in einer großen Tränenflut auflösen.

Thomas spürte eine Hand an der Schulter. Es war Andrew. »Es scheint, als hättest du sie gefunden«, meinte sein Freund.

Thomas atmete erleichtert auf und begann zu lächeln.

»Gut gemacht«, sagte Andrew.

Nachdem sich Sitas Gefühlsaufruhr ein wenig gelegt hatte, befestigte sie das Armband an ihrem Handgelenk. »Ich habe es Ahalya letztes Jahr zum Geburtstag geschenkt«, flüsterte sie. »Sie hat gesagt, sie würde es immer tragen.«

»Dann wirst du es ihr wohl zurückgeben müssen.«

Nachdem Sita kurz überlegt hatte, fasste sie in ihren Mantel und holte Hanuman heraus. Ehrfürchtig hielt sie ihn noch einen Moment in der Hand, ehe sie die kleine Figur auf den Tisch legte.

»Kennen Sie das Ramayana?«, fragte sie.

Thomas nickte, den Blick auf die kleine Statue gerichtet.

»Hanuman war ein Freund von Rama. Er hat Sita gefunden. Deswegen steht er nun Ihnen zu.«

Thomas griff nach der Statue. Er musste daran denken, was Surekha anlässlich der *Mendhi*-Zeremonie über Priyas Vater erzählt hatte. *Als Priya noch ein Mädchen war, hat er mal zu mir gesagt, ihr zukünftiger Ehemann müsse einen Charakter wie Rama haben. Im Hinduismus ist Rama ein Mann ohne jede Schuld.* Thomas wusste, dass er solch hohen Erwartungen niemals gerecht werden konnte. Aber Rama war gar nicht der wahre Held der Geschichte. Nicht er, sondern Hanuman hatte den Ozean überquert und die Prinzessin von Mithila gerettet.

»Vielen Dank«, sagte er. Sie konnte gar nicht wissen, was für eine Bedeutung dieses Geschenk für ihn hatte.

Sita ließ den Blick über die vielen FBI-Leute schweifen. »Werden sie mich gehen lassen?«

Agent Evans formulierte seine Antwort recht vorsichtig. »Das ist alles sehr kompliziert, aber wir werden alles in unserer Macht Stehende tun, damit du bald nach Hause kannst.«

Thomas warf einen Blick zu Andrew hinüber. »Am sechsundzwanzigsten ist Holi, der zweitwichtigste Feiertag Indiens. Besteht irgendeine Chance, dass du noch mal deine Beziehungen spielen lässt und uns rechtzeitig zwei Plätze in einem Flugzeug besorgst?«

Andrew musste lachen. »Ich habe in den letzten paar Tagen so oft meine Beziehungen spielen lassen, da kommt es auf einmal mehr auch nicht an. Ich werde dein Anliegen weiterleiten. Mal sehen, wie die hohen Tiere darauf reagieren. Viel wird auch von der indischen Regierung abhängen, in deren Obhut Sita ja am Ende übergeben wird.«

»Was passiert jetzt als Nächstes?«, fragte Sita, deren Blick zwischen Thomas und Evans hin und her wanderte.

»Du wirst erst einmal unserem Schutz unterstellt, und vermutlich musst du eine Menge Fragen über dich ergehen lassen«, antwortete Evans. »Wir brauchen deine Hilfe, damit wir möglichst viele Verbrecher hinter Gitter bringen.«

»Bleibst du bei mir?«, wandte Sita sich an Thomas. Ohne es zu merken, war sie zum Du übergegangen.

Thomas nickte. Er hielt immer noch den kleinen Hanuman in der Hand und genoss den süßen Rausch des Sieges. »Ich bleibe bei dir, bis ich dich nach Hause bringen kann.«

32

Ein Zeichen der Weisheit ist es,
die Wirklichkeit hinter jedem Schein zu sehen.

HIRUVALLUVAR

Atlanta – Georgia

Thomas saß in einem tristen Konferenzraum im FBI-Büro von Atlanta. Ihm gegenüber saßen zwei Agenten in Zivil und Andrew Porter, der für die Dauer der in Atlanta stattfindenden Ermittlungen als Verbindungsglied zum Justizministerium fungierte. Ihr Gespräch, das sich bereits über mehr als drei Tage hinzog, wurde von einem mitten auf dem Tisch thronenden digitalen Gerät aufgezeichnet.

»Mir ist bewusst, dass wir schon sehr lange reden«, erklärte Special Agent Alfonso Romero. »Ich glaube, wir sind so ziemlich durch.«

Als Romero erneut einen Blick in seine Aufzeichnungen warf, konnte Thomas nur mit Mühe seinen Ärger unterdrücken. Phasenweise war ihm die Befragung wie ein Verhör vorgekommen, und seine Geduld war längst erschöpft. Andererseits schuldete er es Andrew, dass er nun gute Miene zum bösen Spiel machte. Das war der Preis dafür, dass er an der Razzia hatte teilnehmen dürfen.

»Erklären Sie mir doch noch einmal, warum Sie nach Paris geflogen sind«, forderte Romero ihn auf. »Ihre Frau befand sich in Mumbai, Ihre Arbeitsstelle ebenfalls. Was hat Sie dazu bewogen, Mumbai zu verlassen und nach einem

Mädchen zu suchen, das zu dem Zeitpunkt längst weiß Gott wo hätte sein können?«

»Hatten wir das nicht schon?«

»Durchaus möglich, aber es bereitet mir immer noch Kopfzerbrechen.«

»Ich kann Ihnen dazu nur sagen, dass ich einfach getan habe, was ich für meine Pflicht hielt. Ich hatte Ahalya ein Versprechen gegeben und versuchte aufs Geratewohl mein Glück. Irgendwie hat es funktioniert.«

Kopfschüttelnd ging Romero ein weiteres Mal seine Notizen durch. Dann wechselte er einen Blick mit Special Agent Cynthia Douglas, einer Brünetten mit scharf geschnittenen Zügen, von der all die persönlichen Fragen gekommen waren, die Thomas lieber nicht beantwortet hätte. Douglas schüttelte den Kopf.

»Gut, dann wären wir erst einmal fertig«, erklärte Romero, »auch wenn wir im Verlauf der Ermittlungen bestimmt noch weitere Fragen an Sie haben. Sorgen Sie dafür, dass wir immer über Ihren Aufenthaltsort informiert sind, und geben Sie uns Bescheid, falls sich an Ihren Kontaktdaten etwas ändert.«

»Keine Sorge«, gab Thomas mit einem Anflug von Sarkasmus zurück, »ich halte Sie auf dem Laufenden.«

»Möchten Sie noch etwas loswerden?«, wandte sich Romero an Andrew.

Andrew nickte. »Ja, aber dabei handelt es sich um etwas Persönliches. Ich würde lieber unter vier Augen darüber sprechen.«

»Kein Problem«, meinte Romero und verließ mit Douglas den Raum.

Thomas schloss die Augen und massierte sich die Schläfen. »Ich dachte schon, er würde nie zu einem Ende kommen.«

Andrew lachte in sich hinein. »Seine Hartnäckigkeit war beeindruckend, wenn auch vielleicht ein wenig übertrieben.« Er beugte sich vor. »Ich habe zwei gute Neuigkeiten für dich, und eine schlechte. Was willst du zuerst hören?«

Thomas schlug die Augen wieder auf, um das Gesicht seines Freundes zu erforschen. Andrews Miene wirkte ernst.

»Erst die schlechte.« Thomas wappnete sich.

Andrew lehnte sich zurück. »Deputy Morgan aus Fayetteville hat sich vorhin bei mir gemeldet. Er und seine Leute haben gestern den Wohnwagenpark in der Nähe von Fort Bragg auf den Kopf gestellt. Sie rechneten eigentlich damit, dort auf acht Kinder zu stoßen, aber es fehlten drei. Eines davon war Abby.« Er schwieg einen Moment, ehe er weitersprach. »Sie haben sie heute Morgen gefunden.«

Thomas wusste bereits, was gleich kommen würde.

»Ihre Leiche lag in einem flachen Grab zwischen ein paar Bäumen, nicht weit von dem Trailer-Park entfernt«, fuhr Andrew fort. »Sie war noch nicht länger als eine Woche unter der Erde.«

Thomas, der vor Anspannung die Luft angehalten hatte, atmete wieder aus. »Warum tun Menschen so etwas?«

»Ich weiß es nicht. Abbys Geschichte war durch sämtliche Medien gegangen. Vielleicht hatten diese Leute herausgefunden, wie dicht wir ihnen schon auf den Fersen waren, oder das Mädchen wollte fliehen und sie hatten keine Lust, sich mit ihm herumzuschlagen. Solche Leute sind zu allem fähig.«

Beim Gedanken an die Mutter des Mädchens fühlte Thomas sich innerlich ganz leer. Die schlimmsten Befürchtungen dieser Frau hatten sich bewahrheitet: Sie war jetzt ganz allein auf der Welt.

»Was ist mit den beiden anderen fehlenden Mädchen?«, fragte er.

Andrew schüttelte den Kopf. »Die stammten beide aus Mexiko. Wir vermuten, dass sie wieder verkauft wurden.«

»Und so geht die Geschichte immer weiter«, bemerkte Thomas. »Es wird nie aufhören, oder?«

Andrew zuckte mit den Schultern. »Zumindest werden wir es nicht mehr erleben, fürchte ich.«

»Wie lauten die guten Nachrichten?«

Porters Miene hellte sich ein wenig auf. »Abgesehen von DeFoes Tod war der Einsatz gegen den Klein-Ring ein voller Erfolg. In acht Städten wurden einundsechzig Opfer gerettet, davon fünfunddreißig noch minderjährig. Vierzig Verbrecher sitzen hinter Gittern. Kandyland wurde dichtgemacht und ein Arsenal an Computern beschlagnahmt. Pädophile auf der ganzen Welt sitzen quasi vor uns auf dem Präsentierteller. Hinzu kommen zwanzig Millionen Dollar auf Offshore-Konten, die unsere Staatskasse aufbessern werden. Das Ganze wirft natürlich auch ein sehr gutes Licht auf die Behörden. In Washington sind alle ganz aus dem Häuschen.«

»Wie schön für sie«, meinte Thomas. Er wollte nicht schnodderig klingen, aber Abbys Tod setzte ihm sehr zu. Zum hundertsten Mal wünschte er sich, er wäre damals schneller gewesen und hätte den schwarzen Geländewagen eingeholt.

»Und die zweite gute Nachricht?«

Andrew, der merkte, in welcher Stimmung sein Freund war, breitete entschuldigend die Arme aus.

»Ich glaube, wir schaffen es, Sita vor dem Holi-Feiertag nach Hause zu schicken. Der stellvertretende Leiter des FBI hat Interesse an ihrem Fall bekundet, ebenso der indische Botschafter in Washington. Wir setzen gerade Himmel und Hölle in Bewegung, um die bürokratischen Hürden aus dem Weg zu räumen, und ich bin vorsichtig optimistisch, dass wir das hinbekommen.«

Thomas nickte. »Schlägt sie sich denn tapfer?«

Andrew grinste. »In den letzten drei Tagen musste das arme Mädchen als eine Art menschliche Billardkugel herhalten. Sie wurde die ganze Zeit zwischen ihrem sicheren Unterschlupf, dem Jugendgericht von Fulton County und einem Konferenzraum ein Stockwerk über uns hin und her gereicht, aber kein Mensch hat ein Wort der Klage von ihr gehört. Das FBI hat ihr eine Betreuerin zur Seite gestellt, die auf solche Fälle spezialisiert ist – Agent Dodd. Sie ist Jugendpsychologin und für ihre sanfte Art bekannt. Soweit ich gehört habe, verstehen sich die beiden recht gut. Eines muss ich dir sagen: Sita ist ein wahrer Schatz an Informationen. Wir haben aus ihr Einzelheiten herausbekommen, die etliche der Kandyland-Verschwörer hinter Gitter bringen werden.«

»Wann kann ich sie wiedersehen?«, fragte Thomas. Im Anschluss an die Razzia hatte man Sita in einem Einsatzwagen vom Anwesen der Kleins weggebracht, und aus Sicherheitsgründen hatte Agent Pritchett trotz Thomas' wiederholter Bitten nicht gestattet, dass er sie besuchte.

»Wahrscheinlich nicht vor eurem gemeinsamen Rückflug«, entgegnete Andrew. »Daran kann ich leider nichts ändern.«

»In diesem Fall hätte ich noch so einiges zu erledigen. Reißt Romero mir den Kopf ab, wenn ich für ein paar Tage aus der Stadt verschwinde?«

Andrew musste lachen. »Ich werde ihn nicht von der Leine lassen. Sieh nur zu, dass du spätestens am Dreiundzwanzigsten wieder da bist. Mit ein bisschen Glück kannst du am Vierundzwanzigsten zusammen mit Sita zurück nach Bombay fliegen.«

Thomas zog die Brauen hoch. »Womöglich auf Regierungskosten?«

Andrew nickte. »Unsere Steuerdollars im Einsatz für eine gute Sache.«

»Darf ich jetzt einen Anruf tätigen, nachdem du endlich mit mir fertig bist?«

Andrew erhob sich vom Tisch. »Redefreiheit ist ein in der Verfassung verankertes Grundrecht. Wie du davon Gebrauch machst, sobald du dieses Büro verlässt, liegt ganz bei dir.« Nach einer kurzen Pause fügte er hinzu: »Und jetzt tu dir selbst einen Gefallen und verschwinde von hier, bevor Romero all die Fragen einfallen, die er dir zu stellen vergessen hat.«

Um neun Uhr abends tippte Thomas auf seinem BlackBerry die internationale Vorwahl von Indien. In Bombay war es gerade halb acht Uhr morgens. Jeff Greer ging bereits nach dem zweiten Läuten ran. In knappen Worten berichtete Thomas über die Entwicklung der vergangenen Woche, die in Sitas Rettung gegipfelt hatte, und bat ihn dann um eine Information und einen Gefallen. Als Jeff Greer sich von dem freudigen Schock erholt hatte, begann er auf seinem Schreibtisch herumzustöbern, während Thomas ihm seine Idee unterbreitete.

»Hier ist sie ja«, verkündete Jeff schließlich, nachdem er ein paar Stapel mit Unterlagen hin und her geschoben hatte. Er gab Thomas die Nummer durch und versprach, alles Erforderliche in die Wege zu leiten.

»Ich kann immer noch nicht fassen, dass du es tatsächlich geschafft hast«, fügte er hinzu. »Ehrlich gesagt, hatte ich nicht die geringsten Chancen gesehen.«

Nach dem Gespräch mit Jeff tippte Thomas die Nummer von Andheri und ließ das Telefon endlos läuten. Als er gerade auflegen wollte, meldete sich eine verzerrte Stimme: »Hallo?« Trotz der schlechten Verbindung war er sich ziemlich sicher, dass es sich um die Stimme von Schwester Ruth handelte. Bemüht, langsam und deutlich zu sprechen, teilte er ihr die Neuigkeit mit. Als er fertig war, schwieg die Nonne so lange, dass er schon dachte, die Verbindung wäre zusammengebrochen. Dann hörte er plötzlich ein Murmeln – kaum mehr als ein leises Echo von Kontinent zu Kontinent –, das wie ein Gebet klang.

»Schwester Ruth?«, fragte Thomas. »Richten Sie Ahalya meine Nachricht aus?«

»Ja«, hörte er sie sagen. In der Leitung rauschte und knackte es, aber er konnte sich ihre Worte dennoch zusammenreimen. »Ich weiß gar nicht ... wie ich Ihnen ... danken soll.«

»Sagen Sie ihr, dass sie sich gedulden muss«, erklärte er. »Die ganze Prozedur kann noch eine Weile dauern.«

Mit diesen Worten legte Thomas auf und fuhr zum Flughafen.

Auf der anderen Seite der Nacht erwachte Ahalya in einem fiebrigen Zustand. Ihre Stirn war nass, ihr Nachthemd schweißgetränkt, und in ihrem Gedächtnis glühten noch ein paar Bruchstücke ihres Traumes nach. Benommen blickte sie sich in dem kleinen Schlafzimmer um, das sie sich mit drei anderen Mädchen teilte. Keine von ihnen rührte sich. Im Haus herrschte noch vollkommene Stille. Ahalyas Blick wanderte zum Fenster. Der graublaue Himmel ließ bereits den nahenden Morgen erahnen. Sie atmete langsam ein und aus, um ihr wild schlagendes Herz zu beruhigen. Die Vision hatte so schmerzhaft real gewirkt. Ahalya konnte gar nicht glauben, dass sie sich von einem Trugbild hatte narren lassen.

Sie schlich in den Gemeinschaftsbereich hinaus. Es war Samstag und so früh noch niemand unterwegs. Ahalya ging zwar davon aus, dass Schwester Ruth um diese Zeit nicht mehr schlief, aber da die Nonne anderswo übernachtete, tauchte sie für gewöhnlich nicht vor halb acht im Haus auf. Ahalya bewegte sich so leise wie möglich und wich allen Stolpermöglichkeiten aus. Rein theoretisch durfte sie das Haus nicht ohne Erlaubnis der Schwestern verlassen, aber die Regel wurde nur dann streng eingehalten, wenn bei einem Mädchen Fluchtgefahr bestand.

Sie lief die Haustreppe hinunter und steuerte auf das Wäldchen mit den hohen Bäumen zu. In den Ästen zirpten ein paar Zikaden, und gelegentlich ertönte der Ruf eines Vogels. Der Pfad vor ihr war menschenleer und noch in Schatten gehüllt.

Als sie sich dem Teich näherte, verlangsamte sie ihr Tempo und ließ ihren Traum im Geiste Revue passieren. Sita war dort am Teich gewesen. Sie hatte auf der Bank gesessen und irgendetwas im Wasser bewundert. Als sie Ahalya kommen sah, war sie freudestrahlend aufgesprungen und hatte ihre Schwester zur Eile angetrieben. Ahalya hatte ihre Hand genommen und mit ihr auf den Teich hinuntergeblickt, wo sie zwischen den Blättern eine Lotusknospe entdeckt hatte – eine Blüte, die sich bald öffnen würde.

Nun näherte Ahalya sich dem Teich mit zögernden Schritten. An diesem windstillen Morgen war die Wasseroberfläche glatt wie Glas. Während Ahalya am Teichrand in die Knie ging, wuchs ihr Schmerz mit jeder Sekunde. Sie konnte nichts sehen. Angestrengt kniff sie die Augen zusammen. Vielleicht musste sie nach etwas Kleinerem Ausschau halten als in ihrem Traum.

Vielleicht …

Plötzlich wurde ihr schwindelig. Um nicht das Gleichgewicht zu verlieren, stützte sie sich auf einen Felsblock, der neben dem Teich aufragte. An die Schwangerschaft wollte sie jetzt nicht denken. Ihr Wunsch war ganz schlicht und in seiner Schlichtheit rein: Sie wünschte sich nichts sehnlicher, als eine Knospe zu finden.

Erneut versuchte sie, zwischen den Blättern irgendeine Art von Ausbuchtung zu erkennen, wurde jedoch nicht fündig. Der Traum war eine Illusion gewesen, eine verlockende Lüge. Sita war nicht im Ashram, und der Lotus musste erst noch zum Blühen ansetzen. Die Sonne ging über einer Zukunft auf, die sie nicht wollte. Lakshmi hatte sie vergessen, Rama sie verlassen. Sie bestand inzwischen aus Stein, genau wie die Ahalya im Ramayana.

Sie musste weinen. Dabei war sie sich des Vogelgesangs rundherum kaum bewusst, und auch die Geräusche des erwachenden Ashrams und der gedämpfte Straßenlärm jenseits des Zauns drangen kaum zu ihr durch. Irgendwann riss sie sich zusammen. Während sie sich wieder hochrappelte, wappnete sie ihr Herz für eine Zukunft ohne Sita.

Nachdem sie ein paar Schritte gegangen war, blieb sie überrascht stehen. Schwester Ruth kam auf sie zugerannt.

Das Gewand der Nonne flatterte hinter ihr her, und ihre Augen glänzten wie die eines Kindes. Als sie vor Ahalya zu stehen kam, rang sie keuchend nach Atem.

»Es tut mir leid«, sagte Ahalya, die das schlechte Gewissen plagte, weil sie so klammheimlich aus dem Haus geschlichen war. »Ich brauchte nur ein bisschen Bewegung.«

Schwester Ruth schüttelte atemlos den Kopf. Jedes Mal, wenn sie nach Luft rang, erzitterte ihre ganze rundliche Gestalt.

»Nein, nein«, stieß sie mühsam hervor, »Sita …«

Ahalya starrte sie gebannt an.

Endlich hatte die Nonne sich so weit gefangen, dass sie dem Mädchen Thomas' Nachricht übermitteln konnte.

Zum zweiten Mal an diesem Morgen fiel Ahalya auf die Knie, aber dieses Mal füllten sich ihre Augen nicht mit Tränen. Stattdessen richtete sie den Blick nach Westen. Während sie das Gesicht der aufgehenden Sonne entgegenreckte, spürte sie, wie deren Licht in sie eindrang wie ein Samenkorn in den Boden. Es breitete sich in ihr aus, und ihre Haut begann zu prickeln. Plötzlich sprudelte ein Lachen aus ihr hervor. Sie hatte ganz vergessen gehabt, wie gut sich das anfühlte.

Der Traum war wahr: Sita lebte.

Und sie würde bald nach Hause kommen.

Einen Tag später stand Thomas vor einem schicken Washingtoner Wohnkomplex im kalten Regen und nahm seinen ganzen Mut zusammen. Er war erst zweimal in diesem noblen Teil von Capitol Hill gewesen, beide Male nachts. An beide Besuche konnte er sich mit beunruhigender Klarheit erinnern. Die Hand fest um den Griff seines Schirms geklammert, sah er durch den grauen Vorhang aus Regen auf den Eingang. Dort ließ sich noch niemand blicken. Es war Sonntag, morgens um acht – der einzige Zeitpunkt der Woche, an dem er sicher sein konnte, dass er sie zu Hause antreffen würde.

Er fuhr mit dem Aufzug hinauf in den fünften Stock. Ihre Wohnung lag am Ende des Ganges auf der rechten Seite. Nummer 503. Er war so nervös, dass er vor ihrer Tür noch mindestens eine Minute wartete, ehe er schließlich klopfte.

Angestrengt lauschte er, ob Schritte zu hören waren. Da er zunächst nichts vernahm, überlegte er, ob sie womöglich übers Wochenende verreist war oder – noch besser – bei einem neuen Freund übernachtet hatte. Dann aber hörte er sie doch an die Tür kommen. Während er in den Spion starrte, versuchte er sich zu wappnen. Die Wut, die er nach dem Desaster von Goa empfunden hatte, war nur noch eine blasse Erinnerung, an ihre Stelle waren Nervosität und Reue getreten.

Es dauerte noch einen Moment, bis die Tür aufging. Eingehüllt in einen Frotteebademantel stand Tera vor ihm, das nasse Haar zu einem Pferdeschwanz zusammengebunden. Sie sah ihn mit großen Augen an, die Lippen vor Überraschung leicht geöffnet. Zunächst brachte sie kein Wort heraus. Thomas, dessen Herz wie wild klopfte, machte seinerseits auch keine Anstalten, den ersten Schritt zu tun.

»Thomas«, sagte sie schließlich. Weitere Sekunden vergingen, bis sie sich einen Ruck gab und die Tür weiter aufschwingen ließ. »Ich dachte schon, ich würde dich nie wiedersehen.« Mit diesen Worten trat sie zur Seite.

Thomas kam der Einladung nach. Ihre Wohnung war avantgardistisch eingerichtet: alles in Schwarz-Weiß gehalten, klare, harte Linien, abstrakte Bilder an den Wänden, indirekte Beleuchtung, dekorative Kleinigkeiten aus aller Herren Länder. Tera hatte in Columbia einen Abschluss in Kunstgeschichte gemacht, ehe sie nach Chicago gegangen war, um dort Jura zu studieren.

Er trat ins Wohnzimmer und blickte durch die großen Fenster auf die Stadt hinaus. Da der Regen inzwischen etwas nachgelassen hatte, konnte man in den Ferne die unscharfen Umrisse des Kapitols erkennen.

»Wo warst du?«, fragte Tera, die ein paar Schritte hinter ihm stand, die Hände tief in die Taschen ihres Bademantels vergraben. »Wir haben uns fast drei Monate nicht mehr gesehen.«

Er wandte sich ihr wieder zu. »In Indien«, erklärte er ohne Umschweife.

Tera versteifte sich sichtlich. »Indien«, wiederholte sie.

»Was die Kanzlei betrifft, hattest du recht«, fuhr er fort. »Man hatte mir das Messer auf die Brust gesetzt, und ich habe mich für ein Sabbatjahr entschieden – ein Jahr unter verschärften Bedingungen in Bombay.«

»Dann bist du also nicht wegen Priya hin?« In ihrer Stimme schwang ein Hauch Optimismus mit.

»Ich habe eine Stelle bei CASE angenommen. Aber ich wollte auch meine Frau finden.«

Sie dachte einen Moment über seine Wortwahl nach. »Und, hast du sie gefunden?«, fragte sie schließlich.

»Ich bin mir nicht sicher«, antwortete er, »aber ich wünsche es mir.«

Tera legte den Kopf leicht schräg. »Warum bist du dann hier?«

»Weil ich mich dir gegenüber nicht richtig verhalten habe. Ich muss dich um Verzeihung bitten.«

Sie ließ sich auf dem Rand der Couch nieder. »Ich bereue keine einzige Sekunde«, erklärte sie.

»Hör mir doch erst mal zu.« Er breitete beide Hände aus.

Mit regungsloser Miene sah sie ihn schweigend an, also fuhr er fort: »Du warst in der dunkelsten Stunde meines Lebens für mich da. Als ich Hilfe brauchte, hast du sie mir angeboten. Das werde ich dir nie vergessen. Aber ich war ein Narr. Ich hätte es nicht so weit kommen lassen dürfen. Vielleicht wäre Priya trotzdem gegangen, aber ich hätte zu meinem Ehegelübde stehen müssen. Es war ein Fehler, in jener ersten Nacht mit dir hierherzukommen. In meinem desolaten Zustand habe ich das leider nicht begriffen. Dir mache ich deswegen keinen Vorwurf. Es war meine eigene Schuld, und ich habe uns allen damit sehr wehgetan. Dir, mir und Priya. Du hättest etwas Besseres verdient gehabt. Bitte verzeih mir.«

Tera stand auf und trat ans Fenster. Während sie den Blick über die regennasse Stadt schweifen ließ, schob sie sich eine Haarsträhne hinters Ohr, die sich aus dem Pferdeschwanz gelöst hatte. Thomas kam in den Sinn, dass er vielleicht besser gehen sollte, rührte sich aber nicht von der Stelle. Er konnte sie nicht noch einmal so stehen lassen.

Schließlich sah sie ihn an. »Ich brauche deine Entschuldigung nicht«, erklärte sie. »Ich bin ein großes Mädchen und habe gewusst, worauf ich mich einlasse.« Sie schwieg einen Moment, ehe sie hinzufügte: »Es war ganz schön dumm von Priya, dich zu verlassen. Ich hoffe, das ist ihr inzwischen klar.«

Thomas sah sie einfach nur an und zermarterte sich das Gehirn nach einer passenden Antwort. Im bleichen Licht dieses Regentages wirkte Tera sehr schön. Für einen Moment verspürte er den Impuls, sie zu trösten, wie sie ihn getröstet hatte, doch er widerstand der Versuchung.

»Auf Wiedersehen, Tera«, sagte er.

Da sie ihm keine Antwort gab, drehte er sich um und steuerte auf die Tür zu. Gerade wollte er nach dem Türknauf greifen, als er sie seinen Namen rufen hörte.

Sie erschien in der Dielentür. »Thomas«, wiederholte sie. »Würdest du mir einen Gefallen tun?«

»Nämlich?«

»Wie auch immer du dich entscheidest, bleib dieses Mal dabei.«

Er nickte. Zum Abschied brachte er sogar ein kleines Lächeln zustande. Er hatte gar nicht zu hoffen gewagt, dass er so glimpflich davonkommen würde. Eigentlich hätte sie jedes Recht gehabt, härter mit ihm ins Gericht zu gehen. Leise öffnete er die Tür und ging.

Er fuhr in Richtung Süden und kam zwanzig Minuten später bei seinen Eltern an. Abgesehen von einigen wenigen Autos, die wohl schon zur Sonntagsmesse unterwegs waren, wirkten die Straßen wie leer gefegt. Thomas parkte seinen Wagen in der Zufahrt und stieg aus. Mittlerweile hatte sich der Regen zu einem leichten Nieseln abgeschwächt, sodass er den Schirm im Wagen ließ.

Nachdem er geklopft hatte, hörte er drinnen schwere Schritte. Ihm war mulmig zumute, und zum wiederholten Male fragte er sich, wie er es seinem Vater beibringen sollte. Der Richter öffnete die Tür und sah ihn überrascht an. Er trug einen Nadelstreifenanzug und eine Paisleykrawatte. In einer halben Stunde begann die Messe.

Die Augen des Richters leuchteten auf. »Thomas! Komm herein!«

Elena erschien in der Diele. In ihrem malvenfarbenen Kleid und der schwarzen Strickjacke sah sie ebenfalls sehr schick aus. Voller Freude nahm sie Thomas in den Arm und ließ ihn eine ganze Weile nicht mehr los.

»Du bist ja ganz nass!«, stellte sie fest, als sie sich schließlich von ihm löste. Sie deutete auf seine Haare. »Komm, ich mache dir eine Tasse Tee.« Mit diesen Worten zog sie ihn in Richtung Küche.

Während Elena um den Herd herumschwirrte, ließ sich Thomas auf einen Hocker nieder. Sein Vater nahm am Frühstückstisch Platz. Diese Rollenverteilung – seine Mutter um sein leibliches Wohl bemüht, sein Vater in Warteposition, bereit, ihm bei Bedarf mit Rat und Tat zur Seite zu stehen – war ihm so unendlich vertraut. Wie viele Male hatten sie so dagesessen, als er noch ein Junge war?

»Wie geht es Priya?«, fragte Elena über die Schulter. Er hatte ihr aus Paris eine E-Mail geschickt und in groben Zügen, aber mit recht optimistischem Grundtenor über seine Fortschritte berichtet. Doch das war vor Goa gewesen.

»Im Moment läuft es nicht so gut.«

Seine Mutter wirkte sehr betroffen, drang aber nicht weiter in ihn. »Das tut mir leid.«

Achselzuckend wandte er sich an seinen Vater. »Ich bin mir nicht sicher, ob ich in die Kanzlei zurückgehe.«

Der Richter kniff die Augen zusammen. »Hast du meine Mail bekommen?«

Thomas nickte.

»Max hat vor, den roten Teppich für dich auszurollen. Er meint, du könntest vielleicht schon in einem Jahr Sozius werden.«

»Ich weiß gar nicht, ob ich das überhaupt noch möchte«, erwiderte Thomas.

Seinem Vater hatte es die Sprache verschlagen, was höchst selten vorkam. Statt seiner meldete sich Elena zu Wort. »Was *möchtest* du denn, mein Lieber?«

Nervös umklammerte Thomas die Kante der Küchentheke. »Das versuche ich gerade erst herauszufinden.«

Der Richter erhob sich. »Ich kann gar nicht glauben, was ich da höre. Als Fünfzehnjähriger hast du mir erklärt, du wolltest unbedingt Richter werden. Ich habe alles in meiner Macht Stehende getan, um dir das zu ermöglichen. Ich habe dir ein erstklassiges Studium finanziert, dir ein Referendariat besorgt und bei Clayton meine Kontakte spielen lassen. Und nach alledem willst du plötzlich aussteigen? Einfach so?«

»Randolph …«, warf Elena ein, doch der Richter brachte sie mit einem wütenden Blick zum Schweigen.

»Ich hätte gern eine klare Antwort«, fuhr er fort. »Die steht mir zu, wie ich finde.«

Thomas holte tief Luft und sah seinem Vater in die Augen. »Ich weiß, was ich ursprünglich wollte, Dad, und mir ist auch durchaus klar, welche Opfer du dafür gebracht hast.

Aber die Dinge können sich nun mal ändern. Wenn du eine Antwort willst, sollst du eine bekommen: Ich möchte mein Jahr bei CASE zu Ende machen und meine Frau irgendwie davon überzeugen, dass sie mit mir besser dran ist als ohne mich.«

Der Richter warf aufgebracht die Hände in die Luft. »Was du da sagst, betrifft doch nur ein Jahr deines Lebens, oder höchstens zwei! Was ist mit deiner *Zukunft*, Thomas? Was wird in zehn oder zwanzig Jahren sein? Wo wirst du dann stehen?«

Thomas spürte Wut in sich aufsteigen. »Keine Ahnung. Ich weiß nur eines ganz sicher: Ich will nicht mehr zurück ins Hamsterrad.«

»Na wunderbar! Jetzt vergleichst du mein Leben schon mit dem eines Nagetiers.«

Thomas funkelte ihn zornig an. »Es geht hier nicht um dich, Dad, sondern um mich. Möchtest du wissen, warum ich wieder in den Staaten bin? Weil ein Mädchen aus Indien hierher verkauft wurde. Ihre Schwester haben wir aus einem Bordell in Bombay befreit, wo man sie gegen ihren Willen festhielt. In ein paar Tagen wird Sita nach Hause fliegen, und ich werde sie begleiten. Ich stelle die Entscheidungen, die du in deinem Leben getroffen hast, keineswegs infrage. Ich sage nur, dass ich nicht das Gleiche will wie du.«

Er nahm einen Schluck von dem Tee, den seine Mutter vor ihn hingestellt hatte. Sein Vater wirkte plötzlich in Gedanken versunken. Thomas wusste, wie das Ganze ausgehen würde: Der Richter würde das Gespräch abrupt beenden und erst einmal ausgiebig über alles nachdenken, bis er zu einer Entscheidung gelangte. Diese würde er dann in Form eines ausschweifenden Monologs zum Besten geben, genau wie er es im Gerichtssaal zu tun pflegte.

Tatsächlich warf der Richter einen Blick auf die Uhr. »In einer Viertelstunde beginnt die Messe«, verkündete er, um einen ruhigen Ton bemüht. »Wir reden später weiter.«

Elena sah Thomas an. Ihr Blick wirkte entschuldigend, aber auch fragend. »Wie lange bleibst du?«, war alles, was sie sagte.

»Lange genug«, antwortete er. »Ich habe mich extra schick gemacht, damit ich mit euch in die Kirche gehen kann.«

Verblüfft sah seine Mutter ihn an. Er hatte sie seit seiner Collegezeit nicht mehr zur Messe begleitet.

»Heute stecke ich voller Überraschungen, was?«, meinte er und nahm sie am Arm.

Am Nachmittag kehrte Thomas nach Washington zurück, wo er noch eine letzte Sache erledigen wollte. Nachdem er kurz angehalten hatte, um Blumen zu kaufen – Gänseblümchen eingedenk des nahenden Frühlings – fuhr er durch das Tor an der Rückseite des Friedhofs auf das Gelände von Glenwood Cemetery. Die schmale Straße schlängelte sich zwischen den Bäumen hindurch. Schließlich hielt er an, bis zum Grab waren es nur ein paar Schritte zu gehen. In tiefen Zügen atmete er die frische Luft ein und genoss die Einsamkeit dieses Ortes. Obwohl nach dem Regen vom Vormittag inzwischen wieder die Sonne schien, war der Friedhof nahezu menschenleer. Das Grab lag auf einer Anhöhe, von der man einen schönen Blick auf den Garten der Engel hatte. Beim Anblick des Grabsteins kehrte sein Kummer mit voller Wucht zurück. Liebe, süße Mohini. Sie war noch so klein gewesen.

Ihre Bestattung hatte zu erbitterten Diskussionen geführt. Seine Eltern waren – als gute Katholiken – gegen eine Einäscherung gewesen, während Priya sich genauso heftig gegen eine Erdbestattung gewehrt hatte. »Meinetwegen könnt ihr den Fluss aussuchen, damit habe ich kein Problem«, hatte sie gesagt, »aber lasst mich meine kleine Tochter anständig bestatten.« Thomas hatte alles darangesetzt, einen Kompromiss auszuhandeln. Sie hatten sie einäschern lassen und ihre Asche an der Mündung des Hudson verstreut, die Urne jedoch auf dem Glenwood-Friedhof im Familiengrab der Clarkes beerdigt.

Er beugte sich hinunter und legte die Gänseblümchen vor den Grabstein. Eigentlich hatte er im Anschluss an die Bestattung damit gerechnet, dass der Grabstein Anlass zu weiteren Kontroversen geben würde, aber Priya hatte sich kommentarlos mit der Inschrift einverstanden erklärt, die seiner Mutter am besten gefiel: »In der sicheren Hoffnung auf Auferstehung«.

»Ist schon eine Weile her, meine liebe Kleine«, sagte er und spürte dabei, wie ihm die ersten Tränen in die Augen stiegen. Er musste einen Moment warten, bis er sich wieder gefangen hatte, ehe er weitersprechen konnte: »Es gibt da ein Mädchen, das dir bestimmt gefallen würde. Ich wünschte, du könntest sie kennenlernen. Sie heißt Sita und kommt aus Indien, genau wie Mommy.« So redete er eine ganze Weile weiter, sprach einfach alles aus, was ihm in den Sinn kam. Er erzählte seiner Tochter von Bombay, von Priyas Familie und von Ahalya und Sita.

Als ihm schließlich nichts mehr einfiel, drückte er einen zärtlichen Kuss auf den Grabstein. »Ich muss gehen, meine Kleine.« Er schloss die Augen, weil eine weitere Welle des Kummers über ihm zusammenschlug. »Ich liebe dich, Mohini.«

Nachdem er zu seinem Wagen zurückgekehrt war, saß er eine ganze Weile reglos hinter dem Steuer. Dann griff er nach seinem Rucksack, holte einen Notizblock und einen Stift heraus und ließ seinen ganzen Schmerz auf ein Blatt

Papier strömen, um auf diese Weise einer Frau zu helfen, die für ihn in nahezu jeder Hinsicht eine Fremde war – nur in einer Hinsicht nicht.

Liebe Allison,
mein Name ist Thomas Clarke, und ich war damals vor Ort, als Abby verschwand. Nachdem mir nun ein Freund erzählt hat, was passiert ist, musste ich Ihnen einfach schreiben. Ich kann Ihnen wenig Trost bieten. Es gibt kein Heilmittel gegen Ihren Kummer, und Sie werden auch nie eine Erklärung finden, die alldem einen Sinn verleiht. Die Welt hat Sie und Abby im Stich gelassen. Als das Böse geschah, war das Gute machtlos dagegen. Das tut mir aufrichtig leid.

Aber ich kann Ihnen ein Versprechen anbieten. Auch wenn es Ihnen jetzt nicht möglich erscheint, wird es ein Morgen geben. Auf der anderen Seite dieser Dunkelheit wird langsam ein neuer Tag heraufdämmern. Ich weiß das, weil ich vor nicht allzu langer Zeit selbst eine Tochter verloren habe. Ich war heute an ihrem Grab. Jedes Mal, wenn ich ihren Namen auf dem Grabstein sehe, bricht mir von Neuem das Herz. Ich konnte sie ebenso wenig beschützen wie Sie Ihre Abby. Trotzdem haben uns Mohini und Abby etwas voraus: Der Tod besitzt keine Macht mehr über sie.

Wo auch immer die beiden jetzt sind, sie haben ihren Frieden gefunden.

Nachdem er den Brief unterschrieben hatte, steckte er ihn in einen Umschlag, adressiert an Andrew Porter im Justizministerium. Andrew hatte seine Befugnisse ein weiteres Mal überschritten, indem er Thomas den Vornamen von Abbys Mutter verraten und mit Detective Morgan vereinbart hatte, dass jemand von der Polizei in Fayetteville ihr den Brief persönlich überreichen würde.

Mit einem letzten Blick in Richtung des Grabes lenkte Thomas den Wagen zurück zum Tor. Im Vorbeifahren betrachtete er noch einmal die Engel, die über den Kindergräbern die stummen Lippen spitzten, um mit ihren steinernen Posaunen von einem Tag zu künden, an dem alle Tränen für immer versiegen würden. Für einen Moment tastete er nach dem Umschlag auf seinem Schoß und wünschte sich dabei von ganzem Herzen, dass dieser Tag tatsächlich irgendwann kommen würde.

Eine Woche später saß Thomas am Flughafen von Dulles, Virginia, und wartete darauf, in die Maschine zu steigen, die ihn am frühen Abend zurück nach Atlanta bringen sollte. Die vergangenen Tage hatte er damit verbracht, alles noch Anstehende zu erledigen und sich um den Schaden zu kümmern, der im Lauf des Winters durch einen Wasserrohrbruch in seinem Sandsteinhaus entstanden war: Auf dem Wohnzimmerboden hatte sich eine große Wasserlache gebildet, die allmählich in den Keller durchgesickert war. Der Albtraum hatte erst ein Ende gehabt, als der letzte Handwerker mit seinem Geld in der Hand das Haus verlassen hatte.

Thomas holte sein BlackBerry heraus und überprüfte seine Posteingänge. Dabei stieß er auf eine ganze Reihe von Werbemails sowie etliche Anfragen von Freunden, aber nichts von Priya. Seit zwei Wochen hatte sie keinerlei Versuch unternommen, Kontakt mit ihm aufzunehmen. Er konnte es ihr nicht verübeln – sein Verhalten ihr gegenüber war einfach zu abscheulich gewesen. Trotzdem hatte ihr gemeinsames Wochenende ohne jeden Zweifel bewiesen, dass sie einander wirklich liebten. Reichte das denn nicht?

Durchs Fenster beobachtete er, wie die Wolken im Wind tanzten, und musste bei diesem Anblick an die Gedichte denken, die Priya ihm auf Goa aus ihrem kleinen Lyrikband – Elenas Weihnachtsgeschenk – vorgelesen hatte. Aus irgendeinem Impuls heraus war sie darauf verfallen, jedes Mal, wenn sie miteinander geschlafen hatten, eine kleine Lesung zu veranstalten. Anfangs hatte er die Augen verdreht, aber nachdem sie sich dadurch nicht aus dem Konzept bringen ließ, war er irgendwann doch der magischen Melodie der Worte erlegen. Vielleicht lag es aber auch an der Tatsache, dass sie sich nackt auf dem Bett gerekelt hatte, während sie ihm die Gedichte vortrug. Beim Gedanken daran konnte er sich ein Lächeln nicht verkneifen.

In dem Moment kam ihm eine Idee. Was, wenn er ein Gedicht für sie schrieb? Kein romantisches Liebesgedicht in der Tradition von Lord Byron, sondern ein paar Zeilen ehrlicher Lyrik im Stil von Naidu oder einem der Sufi-Mystiker, die sie immer zitierte. Er schüttelte den Gedanken gleich wieder ab. Warum sollte ihr sein stümperhafter Versuch etwas bedeuten? Bestimmt würde sie in schallendes Gelächter ausbrechen, sobald sie zu lesen begann.

Er richtete seine Aufmerksamkeit auf den Bildschirm über seinem Kopf und verfolgte die Nachrichten. Als ihm das schließlich zu langweilig wurde, beobachtete er durchs Fenster, wie ein Flugzeug abhob. Die Maschine stieg in den Himmel empor und zog dabei eine Spur mitten durch die untergehende Sonne. Plötzlich hatte er ein paar Worte im Kopf. *Wir wandern über die Sonne.* Aus irgendeinem Grund faszinierte ihn dieses Bild. Was bedeutete das?

Er öffnete auf seinem BlackBerry ein Dokument und ließ seiner Fantasie freien Lauf. Schon bald wurden die

Worte zu Verszeilen, und die Verszeilen zu einer Strophe. Überrascht sah er auf das Gedicht hinunter.

Wir wandern über die Sonne
Und unsere Schatten fallen
Auf das Ziffernblatt der Zeit
In Gestalt von Namen
Gesprochen vom Licht
Das uns gebiert.

Nachdem er die Datei gespeichert hatte, stand er auf und streckte sich ausgiebig. In zwanzig Minuten war es Zeit, an Bord zu gehen. Er nahm das Foto von Priya aus seiner Brieftasche und las erneut sein Gedicht. Es war nicht gerade Tagore, aber auch nicht ganz schlecht. Entschlossen schlug er alle Bedenken in den Wind, steckte das Foto zurück in seine Brieftasche und tippte dann, bis ihm die Daumen wehtaten. Nachdem er das letzte Wort geschrieben hatte, las er die ganze E-Mail noch einmal durch. Seine Nachricht lautete:

Liebe Priya,
ich wünschte, ich könnte dir das alles von Angesicht zu Angesicht sagen, aber da das nicht geht, bleibt mir nur dieser Weg, um dich wissen zu lassen, dass ich bei meiner Abreise aus Goa völlig am Ende war. Ich wollte dich nicht verletzen. Ich bin wirklich ein Idiot erster Güte. Es tut mir leid, dass ich dich hintergangen habe. Das ganze Desaster mit Tera tut mir leid. Du hattest ein Recht darauf, die Wahrheit zu erfahren, aber es war mir einfach zu peinlich. Im Moment bin ich in den USA. Wir haben Sita gefunden.

Vielleicht erzähle ich dir eines Tages die ganze Geschichte, wenn du magst, aber aufdrängen werde ich sie dir nicht. Wie es bei mir nun weitergehen soll, weiß ich nicht – mal abgesehen davon, dass ich sie nach Hause bringen und mein Jahr bei CASE zu Ende machen möchte. Über meine weitere Zukunft kann ich noch nichts sagen, außer dass ich hoffe – bitte glaube mir –, von Herzen hoffe, dass du ein Teil davon sein wirst.
Ich habe eben ein Gedicht geschrieben. Ich weiß nicht genau, was es bedeutet, aber irgendwie bringt es mein Leben besser auf den Punkt als alles andere. Ich schicke es dir als Anhang. Ob du mir nun antwortest oder nicht, du sollst auf jeden Fall wissen, dass ich dich liebe.

Kaum hatte er die Nachricht gesendet, wurde auch schon sein Flug aufgerufen. Durchs Fenster schweifte sein Blick noch einmal zu den Wolken hinaus, die hoch oben am Himmel das letzte Licht des Tages reflektierten. Dann griff er nach seiner Laptop-Tasche und reihte sich in die Warteschlange ein. Der Gedanke, gleich ins Flugzeug zu steigen und diesen Wolken hinterherzujagen, erfüllte ihn mit Freude.

33

Lass dein Herz nicht belasten von dem,
was vergangen und vorbei.

RAMAYANA

Atlanta – Georgia

Am Morgen des 24. März entschied das Jugendgericht von Fulton County, dass Sita nach Indien zurückkehren konnte. Die amerikanische und indische Regierung kamen überein, dass FBI-Agentin Dodd – die Spezialistin für Opferbetreuung – für die Dauer der Reise die Vormundschaft für Sita übernehmen sollte, und Thomas wurde den beiden ganz offiziell als Begleitperson zur Seite gestellt.

Der Gesandte der indischen Botschaft veranlasste, dass eine Abordnung des CBI sie am Flughafen von Bombay in Empfang nehmen sollte. Außerdem versprach er, dafür zu sorgen, dass Sita mit Ahalya in der Einrichtung der Barmherzigen Schwestern untergebracht wurde. In Thomas' Namen leitete Agent Pritchett noch eine besondere Bitte bezüglich des Holi-Feitertags weiter, die der Diplomat nur allzu gern zu erfüllen versprach.

Als schließlich alles arrangiert worden war, fuhr Pritchett die drei zum Flughafen. Agentin Dodd, eine mütterliche Mittvierzigerin, saß auf dem Beifahrersitz, Sita mit Thomas hinten. Da Sita die vergangenen vierzehn Tage aus bürokratischen Gründen quasi in Isolationshaft verbracht hatte, war sie begierig darauf, zu erfahren, wie es ihrer

Schwester ging. Thomas beantwortete alle ihre Fragen so genau, wie er nur konnte, und beschönigte dabei nichts. Lediglich die Schwangerschaft ließ er unerwähnt, weil er fand, dass Ahalya ihr das selbst sagen sollte.

Am Flughafen begleitete Pritchett sie noch zu ihrem Boarding-Gate, wo er Thomas die Hand gab und ihn noch einmal an die Verpflichtung zur Verschwiegenheit erinnerte, die er unterzeichnet hatte. Dann wandte er sich an Sita, die sich mit einer scheuen Umarmung von ihm verabschiedete, ehe sie sich mit Thomas und Agent Dodd in die Warteschlange einreihte.

In den späten Abendstunden des nächsten Tages erreichten sie das riesige, mit Lichtern übersäte Stadtgebiet von Bombay. Zwei CBI-Beamte nahmen sie am Gate in Empfang und begleiteten sie durch den Zoll zu einem vor dem Gebäude bereitstehenden Land Rover. Anschließend holte einer der beiden noch ihr Gepäck, und dann ging es los.

Sita blickte während der ganzen Fahrt auf die mitternächtliche Stadt hinaus. Ihre Rückkehr in die Arme von Mutter Indien löste widerstreitende Gefühle in ihr aus: Zorn und Kummer, wenn sie an die Gewalt dachte, die Ahalya angetan worden war, tiefe Trauer beim Gedanken an ihre ausgelöschte Familie, Unsicherheit hinsichtlich ihrer eigenen Zukunft, und auch Angst, weil sie wusste, dass Suchir sich in der Stadt aufhielt. Doch trotz all der Beklemmung, die diese Heimkehr in ihr weckte, konnte nichts die überwältigende Freude und Erleichterung trüben, die sie empfand. Während sie die feuchtwarme Luft von Bombay in sich aufsog, fielen ihr all die Gründe wieder ein, warum sie ihr Land liebte. Hier war ihre Heimat, auch wenn diese ihr tiefe Wunden zugefügt hatte.

Die Beamten vom CBI – die sich unter ihren Familiennamen vorgestellt hatten, Bhuta und Singh – chauffierten sie zum Taj Land's End Hotel in Bandra, wo Dinesh sie im Foyer mit einem Blumenstrauß in der Hand willkommen hieß.

»Nette Unterkunft«, bemerkte er, während er Thomas die Hand schüttelte. »Ich schätze mal, das war deine Idee.«

Thomas nickte. Ihm war anzusehen, wie sehr er sich über das unerwartete Auftauchen seines Freundes freute.

»Die Regierung wollte sie in irgendeiner drittklassigen Absteige draußen am Flughafen unterbringen«, erklärte er. »Das konnte ich nicht zulassen – jedenfalls nicht in der ersten Nacht, die sie wieder in der Heimat verbringt.« Er schwieg einen Moment, ehe er fortfuhr: »Aber was machst du hier? Wir hatten doch vereinbart, dass ich zu dir komme.«

»Ich bin nicht deinetwegen hier«, entgegnete sein Freund mit einem Schmunzeln, »sondern, um Sita zu begrüßen.«

»Sita«, wandte Thomas sich an sie, »darf ich dir meinen Freund Dinesh vorstellen? Dinesh, Sita.«

»Ghara mem svagata hai, chotti bahana«, hieß Dinesh sie willkommen, wobei er die gängige Anrede »kleine Schwester« benutzte. »Es wird dir hier bestimmt gefallen.« Er überreichte ihr die Blumen. »Die habe ich dir mitgebracht, damit du dich in deinem Zimmer noch wohler fühlst.«

Sita wurde vor Freude ganz rot. Sie schloss Dinesh sofort ins Herz. Während sie auf Hindi mit ihm plauderte, erledigte Bhuta die Formalitäten am Empfang.

Nach ein paar Minuten erschien der Manager des Hotels, um sie zu ihrer Suite im obersten Stockwerk zu geleiten. Nach einigem Hin und Her waren die beiden Männer vom CBI damit einverstanden, dass Dinesh mitkam. Der Manager führte sie hinauf, zeigte ihnen das geräumige Zimmer und überreichte den CBI-Beamten die Schlüssel. Agentin Dodd, die während des langen Flugs kaum geschlafen hatte, beschlagnahmte im Schlafzimmer eine Couch und machte es sich für die Nacht bequem. Sita dagegen trat erst einmal an eines der Fenster, die aufs Arabische Meer hinausgingen. Einen Moment lang stand sie reglos da und genoss den Anblick der schlafenden Stadt.

»Wo ist Ahalya?«, wandte sie sich dann an Thomas. »Wann kann ich sie sehen?«

»Sie ist im Ashram in Andheri«, antwortete er. »Wir bringen dich morgen zu ihr.«

Sita nickte. »Es ist schön hier.«

Nach einer Weile musste sie gähnen.

»Das Schlafzimmer steht ganz zu deiner Verfügung«, erklärte Thomas. »Unsere Freunde von der Regierung finden sicher einen anderen Schlafplatz.«

»Und du?«, fragte sie.

»Ich übernachte bei Dinesh. Er wohnt hier ganz in der Nähe. Morgen früh bin ich wieder da.«

»Dann gute Nacht«, sagte sie und verabschiedete sich mit einem kleinen Winken.

Am nächsten Morgen zauberte Dinesh ein Feinschmeckerfrühstück aus frittiertem indischem Brot, Kichererbsen und *Mahim Halwa* – einem festen Butterkuchen –, und er und Thomas nahmen es mit ins Hotel, um es dort mit Sita zu teilen. Agentin Dodd, die offenbar gut geschlafen hatte und einen erfrischten, zufriedenen Eindruck machte, ließ sich den Halwa-Kuchen schmecken und trank dazu mit fast andächtiger Miene ihren Chai. Als sie Sitas amüsierten Blick bemerkte, fühlte sie sich zu einer Erklärung genötigt.

»Zu Hause in den Staaten hole ich mir ständig etwas vom Chinesen, aber das hier schmeckt viel besser!«

Nach dem Frühstück holten die CBI-Beamten sie alle mit dem Land Rover vor dem Hotel ab. Thomas erinnerte

Singh daran, dass sie um neun im Ashram erwartet wurden, woraufhin ihn der CBI-Mann seltsam ansah und einen Blick mit Dinesh wechselte. Thomas merkte erst, dass Singh sich nicht an seine Anweisungen hielt, als sie die Zufahrt zum Western Express Highway passierten und entlang der Mahim Bay nach Süden weiterfuhren.

»Der Ashram liegt in die andere Richtung!«, rief Thomas und tippte Singh an die Schulter.

Der Beamte reagierte nicht.

Thomas sah erst Dinesh und dann Sita an. Dinesh grinste schlitzohrig.

»Da ist doch was im Busch«, stellte Thomas fest. »Was führst du im Schilde?«

»Ich war das nicht«, entgegnete Dinesh. »Du wirst schon sehen.«

Der Samstagsverkehr in der Stadt entpuppte sich wieder einmal als einziges großes Chaos. Obwohl sich Singh zu halsbrecherischen Manövern hinreißen ließ, dauerte die Fahrt nach Malabar Hill fast anderthalb Stunden. Als sie schließlich auf der Warden Road nach Breach Candy hineinfuhren, beugte Thomas sich zu Dinesh vor.

»Wir sind unterwegs nach Vrindavan, nicht wahr?«

»Vrindavan?«, hakte Sita nach. »Du meinst die Wälder, in denen Krishna gespielt hat?«

Dinesh reagierte auf Thomas' Frage nur mit einem Achselzucken. Während Thomas sich wieder zurücklehnte, schossen ihm unzählige Gedanken durch den Kopf.

»Ein bisschen anders ist es schon«, sagte er an Sita gewandt, »aber es bestehen gewisse Ähnlichkeiten.«

Als der Land Rover auf das Grundstück einbog, traute Thomas seinen Augen kaum. Entlang der Zufahrt drängten sich die Gratulanten. Neben vielen Gesichtern aus Priyas weitläufiger Verwandtschaft entdeckte er im Schatten eines Banyan-Baumes Jeff, Nigel, Samantha und den ganzen Rest der CASE-Belegschaft. Neben Anita Chopra stand Schwester Ruth in ihrer braunen Ordenstracht.

Am Ende der Zufahrt traten ihnen Surya und Surekha Patel entgegen. Priyas Vater sah in seinem weißen Leinenanzug sehr schick aus, und ihre Mutter, die in einen jadegrünen Sari gehüllt war, wirkte ausgesprochen vornehm. Sobald Singh den Land Rover zum Stehen gebracht hatte, sprang Bhuta aus dem Wagen und öffnete die hintere Tür. Während Dinesh ausstieg, wandte sich Thomas Sita zu, die ihn fassungslos anstarrte.

»Wer sind all diese Leute?«, fragte sie.

»Zum Teil Verwandte meiner Frau«, erklärte er, »zum Teil die Leute, die deine Schwester befreit haben.«

»Warum sind sie alle hier?«

Er schüttelte den Kopf, weil er selbst noch nicht so recht wusste, wer ihm die geplante Holi-Feier abspenstig gemacht und nach Vrindavan verlegt hatte.

»Sie wollen dich sehen.« Dessen war er zumindest sicher.

Er griff nach ihrer Hand, doch Sita wirkte immer noch nachdenklich.

»Du musst nicht aussteigen, wenn du nicht willst«, erklärte er und musterte sie dabei prüfend. »Der Fahrer kann umdrehen und uns irgendwohin fahren, wo du für dein Treffen mit Ahalya mehr Ruhe hast.«

Sita ließ den Blick über die Menge schweifen. »Nein«, entgegnete sie, »heute ist schließlich Holi. Das ist schon in Ordnung so.«

Thomas lächelte. »Willkommen zu Hause!« Mit diesen Worten zog er sie hinaus in den Sonnenschein.

Beim Anblick des Mädchens brach die Menge in lauten Beifall aus. Während Sita Thomas' Hand fest umklammert hielt und er die ihre beruhigend drückte, hielt er zwischen den vielen Gesichtern nach Priya Ausschau. *Sie muss hier sein,* dachte er. *Es sähe ihr gar nicht ähnlich, eine Holi-Feier zu verpassen.*

Plötzlich entdeckte er in der Menge ein anderes Gesicht. Es war Ahalya, die sich aus der Gruppe der CASE-Mitarbeiter löste. Mit tränenüberströmtem Gesicht lief sie auf Sita zu. Sie trug einen sonnenblumengelben Churidar und ein leuchtendes Bindi auf der Stirn.

Sita ließ Thomas' Hand los und rannte ihrer großen Schwester entgegen. Auf halbem Weg trafen sie sich und fielen sich in die Arme.

Während die Schwestern einander umschlungen hielten – was eine Ewigkeit zu dauern schien –, vergaßen sie alles um sich herum. Irgendwann war dieser ergreifende Moment trotzdem vorüber, und Ahalya trat auf Thomas zu. Sie kniete sich vor ihm hin und brachte ihren tiefen Respekt zum Ausdruck, indem sie ihn am Fuß berührte.

»Danke«, flüsterte sie, als sie sich wieder erhob. »Ich verdanke Ihnen mein Leben.«

»Da hatten viele Leute die Hand im Spiel«, entgegnete er mit feuchten Augen.

»Mag sein, aber Sie haben mein Armband getragen. Ich werde Ihnen das nie vergessen.«

Auf der Terrasse begann eine traditionelle Hindustani-Band zu spielen, und Surya Patel trat mit einer goldenen Schale vor Thomas und die beiden Mädchen. Thomas sah dem Professor in die Augen, konnte in dessen Blick aber wider Erwarten keinerlei Zeichen von Kritik oder Abneigung entdecken. Stattdessen hob Surya die Hand und bat alle Anwesenden um Aufmerksamkeit. Sofort verstummte die Schar aus Verwandten und Freunden.

Er begann seine Ansprache in überlautem Englisch. »Wie ihr alle wisst, hat Holi viele Bedeutungen. Es ist ein Tag des Spiels, an dem wir Krishnas und seines fröhlichen Treibens mit den Jungfrauen des Waldes gedenken. Darüber hinaus feiern wir an diesem Tag aber auch den Wechsel der Jahreszeiten: das Ende des Winters und die Ankunft des Frühlings.«

Er hielt die schimmernde Schale hoch. »In unserer Familie pflegen wir eine Tradition. Jedes Jahr an Holi bitten wir ein Kind aus unserer Mitte, den Tilaka auf die Stirn eines älteren Verwandten zu malen. Danach kann das Fest der Farben beginnen, und jeder – selbst diejenigen, die lieber keine Farbe abbekämen – ist zu Freiwild erklärt. Dieses Jahr ist es nur recht und billig, dass Sita Ghai die ehrenvolle Aufgabe dieses Kindes übernimmt.« Er wandte sich um und senkte die Schale, damit Sita das zinnoberrote Pulver sehen konnte.

»Ein frohes Holi-Fest!«, sagte Surya zu ihr. »Ihr beide, du und deine Schwester, seid bei uns jederzeit willkommen.«

Mit einem strahlenden Lächeln tauchte Sita den Daumen in das rote Pulver und drückte Thomas damit einen Tilaka auf die Stirn.

»Für mich wirst du immer *Dada* sein, mein älterer Bruder«, erklärte sie. »Ein frohes Holi-Fest!«

Die Menge brach in Jubel aus. Witzigerweise tauchten wie aufs Stichwort überall Beutel voller Farbe auf, und die Luft begann in allen Regenbogenfarben zu schimmern.

Surya aber war noch nicht ganz fertig. Er tauchte seine Finger in die Schale, schaufelte eine Handvoll von dem Pulver heraus und schmierte Thomas' ganzes Gesicht damit ein. Thomas musste gleichzeitig husten und lachen, während er versuchte, sich die feinen Farbpartikel aus den Augen zu wischen.

»Ein frohes Holi-Fest«, sagte Surya. »Ich glaube, du wirst von jemandem erwartet.«

Mit diesen Worten drehte er sich um und fing an, seine Familie mit roter Farbe einzustauben. Surekha hielt Sita und Ahalya einen mit Farbbeuteln gefüllten Korb hin, und beide Mädchen bewaffneten sich. Ahalya musste kichern, als Sita ihr lavendelfarbenen Staub ins Haar rieseln ließ. Im Gegenzug nahm Ahalya das Gesicht ihrer Schwester zwischen beide Hände und hinterließ orangerote Abdrücke auf Sitas Wangen.

Thomas begab sich währenddessen auf die Suche nach Priya. Schließlich entdeckte er sie auf der Terrasse. Als er merkte, dass ihr Blick auf ihn gerichtet war, zog sich sein Herz vor Aufregung zusammen. Rasch bahnte er sich einen Weg durch die Gäste und eilte die Treppe hinauf. Ein paar Schritte vor ihr blieb er verlegen stehen, weil er nicht wusste, was er sagen sollte.

»Wie es aussieht, hat mein Vater dich akzeptiert«, brach sie das Eis.

Thomas berührte die rote Farbe auf seinem Gesicht. »Ja, sieht so aus. Aber warum?«

Sie wandte den Blick ab. »Du hast ihn beeindruckt. Und du hast ihn an das Ramayana erinnert.« Sie wartete einen Moment, ehe sie weitersprach. »Ich habe ihm die Neuigkeit von Sita erzählt, nachdem deine E-Mail kam. So gerührt habe ich ihn noch nie zuvor erlebt. Kurz darauf habe ich mitbekommen, wie er zu meiner Mutter sagte, er habe dich falsch eingeschätzt. Er sagte, du hättest etwas höchst Ehrenhaftes vollbracht.«

»Dann war das alles hier also die Idee deines Vaters?«

Priya nickte. »Ist das nicht eine Ironie des Schicksals? Du hast Sita wie Hanuman in der Legende aus dem Feuer gerettet, da musste er ihr natürlich den Empfang einer Königin bereiten.«

Sie ging auf die andere Seite der Veranda hinüber. Thomas folgte ihr die Treppe hinunter. Quer über den Rasen steuerten sie auf eine Gruppe blühender Bäume zu. Neben einem Brunnen blieb Priya stehen.

»Es war ein gutes Gedicht«, bemerkte sie, als sie schließlich allein waren.

»Nur ein kleiner Versuch.«

»Mich hat es angesprochen«, erwiderte sie. »Es hat mir bestätigt, dass alles andere, was du gesagt hast, ernst gemeint war.« Sie wandte sich von ihm ab und richtete den Blick auf das sprudelnde Wasser des Brunnens. »Dir ist hoffentlich klar, dass ich meine Familie nie wieder verlassen werde.«

Er nickte. »Das habe ich inzwischen begriffen.«

»Und ich werde auch nicht dulden, dass du mich wegen deiner Arbeit vernachlässigst. Wie auch immer du dich entscheidest, ich muss sicher sein können, dass ich an erster Stelle komme.«

Auf Thomas' Gesicht breitete sich ein Lächeln aus. »Heißt das, du verzeihst mir?«

Sie schloss die Augen. »Ich habe dir bereits verziehen, als du am Strand zu mir gesagt hast, dass du mich liebst«, erklärte sie. »Aber ich brauchte erst noch die Bestätigung, dass es wirklich stimmt.«

Er streckte den Arm aus und strich ihr übers Gesicht. Als sie sich daraufhin zu ihm umwandte, sah er, dass in ihren Augen Tränen schimmerten. Sie trat einen Schritt auf ihn zu, und dann noch einen, bis sie nur noch wenige Zentimeter von ihm entfernt war. Thomas zog sie in seine Arme.

»Ich bin so froh, dass du nach Bombay gekommen bist«, sagte sie leise. »Ich dachte schon, ich hätte dich verloren.«

Lächelnd sah er auf sie hinunter und strich ihr eine Haarsträhne aus den Augen.

»Wärst du unter Umständen bereit, einen Mann zu küssen, dessen ganzes Gesicht mit knallroter Farbe bedeckt ist?«, fragte er.

Ihr Lächeln begann an den Mundwinkeln und breitete sich dann langsam aus, bis sie am Ende übers ganze Gesicht strahlte.

»Ich glaube, unsere Farben passen gut zusammen«, flüsterte sie, ehe sie ihm bewies, wie recht sie hatte.

EPILOG

Mumbai – Indien

Der Anruf kam am 7. Oktober um halb sieben Uhr morgens. Thomas' BlackBerry lag auf dem Nachttisch. Bereits nach dem zweiten Läuten hatte er es am Ohr und lauschte.

»In vierzig Minuten sind wir da«, erklärte er, ehe er das Gespräch beendete.

»Ist es so weit?« Priya rollte sich herum und sah fragend zu ihm hoch. Auf ihrem Gesicht schimmerte das bläuliche Licht der Morgendämmerung. Die Sonne war noch nicht aufgegangen.

Er nickte. »Höchstens noch eine Stunde, hat sie gesagt.«

Eilig zogen sie sich an – er eine weite Hose und ein Leinenhemd, sie einen in Rot und Schwarz gehaltenen Salwar Kameez. Dann fuhren sie mit dem Aufzug hinunter in die Garage, wo ihr Toyota-Geländewagen bereitstand. Nachdem Priya sich auf den Beifahrersitz niedergelassen hatte, legte Thomas den Gang ein und fuhr los.

Er folgte der Straße, bis sie nach Osten abbog. Zehn Minuten fuhren sie auf der Hill Road in Richtung S. V. Road, anschließend eine Viertelstunde auf dem Western Express Highway nach Andheri. Bis zum Ashram brauchten sie weitere fünf Minuten. Obwohl Freitagmorgen war, hielt sich der Verkehr in Grenzen. Auf dem letzten Stück der Strecke waren fast nur noch Rikschas unterwegs, doch Thomas schlängelte sich problemlos zwischen ihnen hindurch.

Priya zog seine Hand vom Schaltknüppel und legte sie auf ihren Bauch.

»Wie wollen wir sie denn nennen?«, fragte sie.

Ein paar Tage zuvor waren sie bei der für die zwanzigste Woche angesetzten Ultraschalluntersuchung gewesen, und ihr Arzt in Breach Candy hatte ihnen mit unumstößlicher Gewissheit das Geschlecht des Babys verkündet.

»Ich weiß nicht so recht.« Thomas warf einen schnellen Blick zu ihr hinüber.

Priya lächelte. »Ich tendiere zu Pooja.«

»Ganz bestimmt nicht!«, protestierte er. »In Bombay heißen doch alle Mädchen Pooja! Sie braucht einen besonderen Namen.«

Priya brach in Gelächter aus. »Du bist so leicht hereinzulegen! Ich habe eine viel bessere Idee.«

»Lass hören.«

»Erst, wenn der richtige Zeitpunkt gekommen ist.«

Sie verfielen wieder in Schweigen. Thomas' Gedanken kehrten zu den Ereignissen des Vortages zurück. Nach einer neunmonatigen, auf Korruption basierenden Verzögerung war Ahalya endlich aufgefordert worden, vor Gericht gegen Suchir, Sumeera und Prasad auszusagen. Entgegen der üblichen Gepflogenheiten waren der Bordellbesitzer und sein Sohn im Gerichtssaal zugegen gewesen. Es zeigte sich jedoch schnell, welches Ziel sie mit dieser Taktik verfolgten: Als Ahalya mit ihrem dicken Bauch, über dem der Stoff ihres Churidars spannte, in den Zeugenstand trat, erhoben sich die zwei Männer und starrten sie herausfordernd an. Obwohl die beiden rund fünf Meter von ihr entfernt standen, war die Drohung, die sie aussandten, deutlich zu spüren. Der Staatsanwalt erhob Einspruch, aber der Verteidiger konterte mit der unsinnigen Behauptung, aus gesundheitlichen Gründen seien beide Männer nicht in der Lage, über einen längeren Zeitraum hinweg zu sitzen. Wegen der ganzen Diskussion sichtlich verärgert, fegte der Richter den Einspruch des Staatsanwalts einfach beiseite und erlaubte es dem *Malik* und dessen Sohn auf diese Weise, mit ihrem einschüchternden Gebaren fortzufahren.

Selbst von seinem Platz ganz hinten im Gerichtssaal konnte Thomas den bangen Ausdruck in Ahalyas Augen sehen. Trotzdem ließ sie sich nicht aus dem Konzept bringen, und am Ende brachte sie ihre Aussage deutlich und mit fester Stimme hinter sich. Sie erzählte die ganze Geschichte ihrer Gefangenschaft, angefangen beim Tsunami über ihre Flucht nach Chennai bis hin zu ihrer Ankunft in Suchirs Bordell in Bombay. Sie berichtete über ihre erste Vergewaltigung durch Shankar und über die zweite durch den Jungen, der an dem Tag Geburtstag gehabt hatte. Bis dahin standen Suchir und Prasad Schulter an Schulter, doch dann kam Ahalya auf die Nacht zu sprechen, in der Prasad in ihrem Zimmer erschienen war, und auf die vielen erzwungenen Begegnungen, die folgten. Suchir verzog zwar keine Miene, neigte aber leicht den Kopf und murmelte eine Bemerkung zu seinem Sohn hinüber, woraufhin Prasad eine Spur blasser wurde.

Als Nächstes folgte das Kreuzverhör. Der Verteidiger startete einen skandalösen Angriff auf Ahalyas Glaubwürdigkeit, indem er, ohne dafür auch nur den Hauch eines Beweises zu haben, einfach behauptete, Ahalya sei ein Schulmädchen mit loser Moral, das schon etliche Liebesaffären gehabt habe. Als sie das abstritt, sprach der Anwalt einfach in noch lauterem Ton weiter und betonte dabei die

Tatsache, dass das Kind in ihrem Schoß durch Sex entstanden sei, der mit ihrem Einverständnis außerhalb des Bordells stattgefunden habe. Geduldig erklärte Ahalya, sie sei noch Jungfrau gewesen, als Suchir sie kaufte, und die einzigen Männer, die als Vater ihres Kindes infrage kämen, seien Shankar, der eine fürstliche Summe bezahlt habe, damit er kein Kondom benutzen musste, und Prasad, der in seinem Begehren so ungestüm gewesen sei, dass geschützter Sex für ihn nie zur Debatte gestanden habe. Obwohl sich der Verteidiger daraufhin noch mehr ins Zeug legte, indem er wild gestikulierend vor Ahalya herumtänzelte und sie einmal sogar anschrie, hatte er bereits den Kürzeren gezogen. Ahalya stand als Siegerin im Zeugenstand. Sogar der Richter, der völlig abgestumpft in diese Verhandlung gegangen war, hatte Suchir und Prasad am Ende mit einem strafenden Blick bedacht.

Wie passend, dass der Anruf ausgerechnet heute kam, dachte Thomas, während er zügig eine besonders langsame Rikscha überholte. Sie fuhren am Flughafen vorbei und dann auf der Sahar Road nach Andheri hinein. Als sie schließlich am Ashram ankamen, ließ Schwester Ruth das Tor weit aufschwingen und erlaubte ihnen, den Wagen auf einem Parkplatz innerhalb der Umzäunung abzustellen.

»Kommen Sie rasch«, rief ihnen die Nonne über die Schulter zu, während sie bereits den Pfad entlangeilte, »es dauert nicht mehr lange!«

Die aufgehende Sonne tauchte die Landschaft in ein goldenes Licht und verhieß einen weiteren heißen Tag. Die Zeit des Monsuns war dieses Jahr kürzer ausgefallen als sonst, die Regenphase hatte nur von Ende Mai bis Ende August gedauert, und im September waren Hitze und Feuchtigkeit mit umso größerer Wucht zurückgekehrt. Obwohl es noch nicht mal halb acht Uhr morgens war, spürte Thomas bereits erste Schweißtropfen auf der Stirn, während er hinter Schwester Ruth hereilte.

»Wie geht es ihr?«, fragte Priya.

»Es war anstrengend«, antwortete die Nonne, »aber nun hat sie es fast geschafft.«

Sie waren derart in Eile, dass sie fast an Ahalyas Teich vorbeigelaufen wären, ohne die Veränderung zu bemerken. Thomas jedoch registrierte den Farbtupfer aus dem Augenwinkel.

»Moment mal!«, rief er aus.

Schwester Ruth blieb so abrupt stehen, dass Priya sie fast gerammt hätte. Als der Nonne der Grund für Thomas' Ausruf klar wurde, breitete sich ein Lächeln über ihr Gesicht aus. Auf der schimmernden Oberfläche des Teiches schwamm eine sternförmige Lotusblüte. Ihre Blütenblätter waren genauso blau wie der Himmel, und die schrägen Strahlen der Morgensonne ließen sie besonders intensiv leuchten.

»Bei meinem letzten Besuch war die noch nicht da«, stellte Thomas fest.

»Sie ist erst gestern aufgeblüht«, antwortete Schwester Ruth.

»Hat Ahalya sie vor der Verhandlung gesehen?«

»Ja«, bestätigte die Nonne. »Ich war dabei.«

Thomas schüttelte den Kopf. Die Lotusblüte war also der Grund, warum Ahalya im Zeugenstand so unbesiegbar gewirkt hatte. Sie hatte die Blume als ein Zeichen von göttlicher Gunst angesehen und war zu dem Schluss gekommen, dass sie vor Gericht gar nicht verlieren konnte.

Sie erreichten die Krankenstation des Ashrams genau in dem Moment, als die ersten Schreie des Babys durch den Eingangsbereich schallten. Priya drückte Thomas' Hand. Schwester Ruth führte sie in einen kleinen Vorraum, an den sich der eigentliche Entbindungsbereich anschloss.

»Warten Sie hier«, sagte sie, »ich komme wieder, sobald das Kind in vorzeigbarem Zustand ist.«

Eine Minute später tauchte ein anderes Gesicht im Durchgang zum Entbindungsraum auf.

»Thomas!« Sita stürmte heraus, um ihn zu begrüßen.

In den sechs Monaten, seit er sie kannte, hatte sie sich sehr verändert. Vorher war sie ein schlaksiges junges Mädchen gewesen – hübsch, aber sehr schmal und zerbrechlich. Nun entwickelte sie an all den Stellen Rundungen, die eine Frau weiblich wirken ließen. Auch ihre Stimme klang inzwischen kräftiger, ihre ganze Art wirkte selbstbewusster, und in ihren großen Augen lag ein neuer Glanz. Die Nonnen würden auf sie aufpassen müssen, was die Jungs betraf. *Aber wer weiß,* ging Thomas durch den Kopf, *ob sie nach allem, was sie gesehen hat, überhaupt noch heiraten will?*

»Wie geht es Ahalya?«, fragte er, nachdem er sie zur Begrüßung in den Arm genommen hatte.

Sita strahlte. »Sie war unglaublich stark, und das Baby ist gesund. Kommt und seht es euch an.«

In dem Moment tauchte auch Schwester Ruth wieder auf und winkte sie hinein. Der Entbindungsraum war mit mehreren Betten, einem großen Waschbecken und einem Rollwagen mit medizinischen Geräten ausgestattet. Ahalya hatte sich aufgesetzt. Ein paar Kissen stützten ihren Kopf. Das Baby lag ruhig in ihren Armen, und zwei Krankenschwestern kümmerten sich um sie. Sita eilte an die Seite ihrer Schwester und nahm ihre Hand.

»Danke, dass ihr gekommen seid«, sagte Ahalya, als Thomas und Priya ebenfalls neben ihr Bett traten.

»Das konnten wir uns doch nicht entgehen lassen«, antwortete Thomas. »Hast du schon einen Namen für die Kleine?«

Ahalya lächelte. Auf einmal wirkte sie gar nicht mehr so erschöpft. »Sie ist Kamalini, meine kleine Lotusblume.«

Thomas erwiderte ihr Lächeln. »Auf dem Weg hierher haben wir deine Blüte gesehen.«

»Sie ist eine Wiedergeburt«, erklärte Ahalya sehr entschieden, »ein Neuanfang.«

Die Leidenschaft in ihrer Stimme überraschte Thomas. Monatelang hatte sie ihre Schwangerschaft eher als eine lästige Nebensache behandelt, als eine Bürde, die sie tragen musste. Thomas hatte ihre zwiespältige Einstellung zu dem Baby, nach allem, was sie durchgemacht hatte, gut nachvollziehen können. Während dann das kleine Mädchen in ihrem Schoß zunehmend Gestalt angenommen hatte, waren ihm zwar kleine Veränderungen an Ahalyas Einstellung dazu aufgefallen, aber dass sie das Kind schließlich von ganzem Herzen annehmen würde, hätte er nie erwartet. Als er sie nun aufmerksam betrachtete, begann er zu begreifen: Vor die Wahl gestellt zwischen Verbitterung und Liebe, hatte Ahalya sich für die Liebe entschieden. Auf diese Weise war es ihr gelungen, in ihrem Kind nicht mehr die Teufelsbrut eines Vergewaltigers zu sehen, sondern Kamalini als jüngstes Mitglied der Familie Ghai willkommen zu heißen.

»Möchtest du sie halten?«, wandte Ahalya sich an Priya.

»Darf ich denn?«

Nur Thomas registrierte das leichte Zittern in ihrer Stimme. Das letzte Kind, das sie im Arm gehalten hatte, war die leblose Mohini gewesen.

Eine der Krankenschwestern wickelte das kleine Mädchen in eine Windel und übergab es dann an Priya, der vor Rührung sofort Tränen übers Gesicht liefen, während sie es zärtlich hin und her wiegte. Nach einer Weile fing sie an, dem Baby das Schlaflied vorzusingen, das sie als Mädchen von ihrer Mutter gelernt hatte. Dieses Lied hatte sie auch Mohini am Tag ihrer Geburt vorgesungen.

Kann es sein, mein Liebling,
dass du des Halbmonds Sichel bist?
Die schöne Lotusblüte?
Der Honig in den Blumen?
Das leuchtende Licht des Vollmonds?

Sie reichte das Baby an Ahalya zurück. »Sie ist wunderschön. Sie sieht genau aus wie du.«

Ahalya lächelte. »Habt ihr denn auch schon einen Namen für euer Baby?«

»Wir haben auf der Herfahrt gerade darüber gesprochen«, antwortete Thomas.

Priya berührte ihn an der Schulter und sah die Mädchen an. »Ich glaube, wir haben einen. Wenn es euch recht ist, würden wir unsere Tochter gern Sita nennen.«

Thomas stockte für einen Moment der Atem, dann nickte er begeistert. Der Gedanke war ihm nie gekommen, aber im Grunde gab es keinen passenderen Namen.

»Das ist ein guter Name«, antwortete Ahalya mit glänzenden Augen. »Was meinst du?«, wandte sie sich an ihre Schwester.

Sita begann zu lachen. Einen Moment später stimmte Thomas ein, und dann folgten Priya und Ahalya. Am Ende lachten sogar die Krankenschwestern, auch wenn sie gar nicht recht wussten, warum.

»Ich habe mir schon immer eine kleine Schwester gewünscht«, erklärte Sita, während sie nach Priyas Hand griff, »und nun bekomme ich gleich zwei.«

ANMERKUNG DES AUTORS

Du bist in meiner Hand ist ein fiktives Werk, der Handel mit Menschen jedoch nur allzu real. Es handelt sich dabei um ein kriminelles Geschäft, von dem nahezu jedes Land der Welt betroffen ist und das jährlich mehr als dreißig Milliarden Dollar Gewinn erzielt und Millionen von Männern, Frauen und Kindern in Zwangsprostitution und Sklavenarbeit verstrickt. Trotzdem bleibt dieses Geschäft aufgrund der Tatsache, dass es sich im Verborgenen abspielt, oft rätselhaft und unverstanden. Beim Schreiben des vorliegenden Buches habe ich mich viel auf Tatsachenberichte über Menschenhandel gestützt, aber auch auf Quellen, die sich während meiner Reisen eröffneten. Wo ich der Romanhandlung zuliebe schriftstellerische Freiheit walten ließ, war ich bemüht, dabei behutsam vorzugehen und möglichst nahe an der Realität zu bleiben. Es ist nicht nötig, die moderne Sklaverei sensationsheischend zu schildern. Es ist schrecklich genug, wie sie ist.

Die gemeinnützige Organisation CASE ist ein Produkt meiner Fantasie, auch wenn sie viel gemeinsam hat mit der weltweit arbeitenden Menschenrechtsorganisation International Justice Mission, abgekürzt IJM, meinen Recherche-Partnern in Indien (*www.ijm.org*). Vor Kurzem habe ich erfahren, dass es mittlerweile mindestens zwei Organisationen gibt, die die Worte »Coalition Against Sexual Exploitation« im Namen führen. Die von mir erfundene Organisation steht in keinerlei Bezug zu einer dieser real existierenden Organisationen. Dasselbe gilt für *Le Projet de Justice*, die gemeinnützige Organisation, die ich in Paris angesiedelt habe.

Nach Fertigstellung des Romans wollten viele meiner frühen Leser wissen, wie sie mehr über das Thema erfahren und sich am Kampf gegen den Menschenhandel beteiligen könnten. Es gibt in diesem Zusammenhang viele nützliche Informationsquellen. Ein paar jedoch stechen besonders hervor. Das US-Außenministerium veröffentlicht jedes Jahr einen *Trafficking in Persons Report*, einen Bericht über Menschenhandel, in dem die Versuche bewertet werden, die Hunderte von Ländern auf der Welt unternehmen, um den Handel zu bekämpfen, gegen Menschenhändler, Zuhälter und Sklavenhalter strafrechtlich vorzugehen und sich um die Opfer zu kümmern. Der *TIP-Report* bietet nicht nur einen unschätzbar wertvollen Überblick über die moderne Sklaverei, sondern darüber hinaus auch ergreifende wahre Geschichten aus der ganzen Welt. Besagte Berichte sind alle auf der Website des US-Außenministeriums (*www.state.gov./g/tip*) zugänglich.

Eine der besten nicht-behördlichen Informationsquellen zum Thema Menschenhandel ist das Polaris Project in Washington (*www.polarisproject.org*). Andere nützliche Web-Portale werden von Shared Hope International (*www.sharedhope.org*) und Fondation Scelles (*www.fondationscelles.org*) betrieben. Diese Sites liefern Informationen über das Ausmaß des Handels, aber auch über die Marktkräfte von Angebot und Nachfrage, die ihn antreiben. Zusätzlich empfehle ich den Blog des Freedom Project von CNN wegen der dort veröffentlichten Geschichten und nachdenklichen Kommentare (*thecnnfreedomproject.blogs.cnn.com*).

Allen, die noch tiefer eintauchen möchten, empfehle ich folgende Bücher: *Menschenhandel: Sklaverei im 21. Jahrhundert* von E. Benjamin Skinner, *The Natashas* von Victor Malarek, *Sex Trafficking* von Siddharth Kara, *Smuggling and Trafficking in Human Beings* von Sheldon Zhang sowie *Die neue Sklaverei* von Kevin Bales. Ebenso empfehle ich folgende Fachartikel, von denen die meisten online verfügbar sind: »Sex Trafficking of Women in the United States« von Janice Redmond und Donna Hughes, »Demand: A Comparative Examination of Sex Tourism and Trafficking in Jamaica, Japan, the Netherlands and the United States« von Shared Hope International, »Desire, Demand and the Commerce of Sex« von Elizabeth Bernstein und »Sex Trafficking and the Mainstream of Market Culture« von Ian Taylor und Ruth Jamieson.

Etliche Dokumentarfilme enthalten Bildmaterial sowie Interviews mit Opfern, Ermittlern und Menschenhändlern. Ich empfehle *At the End of Slavery*, produziert von IJM, *Sex Slaves*, eine Fernsehdokumentation über den Handel in Osteuropa, erhältlich bei Fondation Scelles auf *www.fondationscelles.org*, *Demand*, eine Enthüllungs-Dokumentation über Menschenhandel in Europa und Amerika, erhältlich bei Shared Hope auf *www.sharedhope.org* und *Born into Brothels*, eine eindringliche Studie über den Rotlichtbezirk von Kalkutta.

Allen, die sich dem Kampf gegen die moderne Sklaverei anschließen wollen, schlage ich drei Möglichkeiten vor: Erstens, erheben Sie Ihre Stimme. Je verständlicher und lauter wir die globale Diskussion über das Thema gestalten, umso eher erreichen wir die Ohren und Herzen von Interessenvertretern und Entscheidungsträgern – Gesetzgebern, Politikern, Richtern, Polizei – und auch die Männer auf der Straße, die Mädchen und Jungen, Frauen und Männer kaufen.

Zweitens, helfen Sie den vielen Organisationen, die weltweit gegen den Menschenhandel kämpfen, durch finanzielle Unterstützung. Meine Frau und ich sind begeisterte Unterstützer von IJM. Die Ermittler von IJM setzen tagtäglich in Rotlichtbezirken auf der ganzen Welt ihre eigene Sicherheit aufs Spiel, indem sie nach Spuren suchen, Beweise sammeln und in Zusammenarbeit mit der Polizei vor Ort Mädchen aus den Händen von Zuhältern und Menschenhändlern retten. Eine Investition in IJM oder eine ähnliche Organisation ist eine Investition in die Hoffnung.

Mein letzter Vorschlag lautet: Setzen Sie Ihre Fähigkeiten ein. Wenn Sie juristisch versiert sind und ein starkes Gerechtigkeitsempfinden besitzen, können Organisationen wie IJM mit Ihren Fähigkeiten etwas anfangen. Falls Sie im Bereich der Medien arbeiten oder Zugang zu einer öffentlichen Plattform haben, und sei es nur etwas so Einfaches wie ein Blog, dann können Sie diese Plattform nutzen, um auf das Thema aufmerksam zu machen. Sollten Sie über die entsprechenden finanziellen Mittel verfügen, dann könnten Sie auch eine internationale Adoption in Betracht ziehen, denn Waisenkinder, insbesondere Mädchen aus osteuropäischen Ländern, geraten mit deprimierend hoher Wahrscheinlichkeit wieder in die Fänge von Menschenhändlern, sobald sie aus staatlicher Obhut entlassen werden.

Es besteht großer Handlungsbedarf, und oft scheint es, als wären die Herausforderungen gar nicht zu bewältigen. Doch für jedes Problem gibt es eine Lösung. Wir können etwas bewirken – selbst mit einem einzigen Wort oder einer einzigen Spende. Es gilt, Leben zu retten: eines nach dem anderen.

Corban Addison
November 2011

DANKSAGUNG

Du bist in meiner Hand war von Anfang an ein Gemeinschaftsprojekt – unterstützt von vielen Stimmen und Händen. Eine Danksagung in der Kürze, wie sie an dieser Stelle geboten ist, kann meine Dankbarkeit bestenfalls ansatzweise zum Ausdruck bringen.

In Indien danke ich der heldenhaften Mannschaft von International Justice Mission dafür, dass sie mir Einblick in ihre Arbeit gewährt hat. Mein Dank gilt außerdem Shanmugam und Grace Pillai und Sadhanna Shine in Chennai für ihre Gastfreundschaft und die Geschichten über den Tsunami.

In Europa danke ich Elias Mallon und Michael Mutzner von Franciscans International dafür, dass sie mich in Frankreich mit den richtigen Leuten zusammenbrachten. In Paris danke ich Gérard Besser von Amicale du Nid und Jean Sébastien Mallet von Fondation Scelles für die hochinformativen Interviews zum Menschenhandel in der EU.

In Washington, D.C., danke ich Pamela Gifford und dem Team der IJM-Zentrale dafür, dass sie mir Zugang zu der in Indien geleisteten Arbeit von IJM gewährten. Es war mir eine Ehre, bei diesem Projekt mit ihnen zusammenzuarbeiten. Mein Dank gilt außerdem Amy Lucia, Holly Burkhalter und Amy Roth von IJM, die dafür sorgten, dass das Buch in die richtigen Hände kam, und mich bei der Veröffentlichung mit so viel Enthusiasmus unterstützten. Vielen Dank auch an March Bell vom Justizministerium für die Insider-Perspektive auf den Menschenhandel in Amerika und an Charles Colson und Mariam Bell von Project Meridian Foundation (PMF), die den Kontakt zu March herstellten.

In Virginia danke ich Nate und Sara Hagerty, meinen Netzwerk-Gurus und wunderbaren Freunden; Jonathan und Julie Baker, die meinen Namen an die richtigen Leute bei IJM schickten; David Roberts, der den Kontakt zu Nathan Wilson bei PMF herstellte; Mark Johansen, der mich mit seinen Freunden in Chennai zusammenbrachte; Bill Finley, Matt Brumbelow, Eric Nelson und Charles Dumaresq, die mir mit Rat und Tat zur Seite standen. Ash Singh, der mir vieles über Indien beibrachte und mir eine tolle Literaturliste gab; Stephen Scott, Bob Kroner, Lamar Garren, Neal Walters und Chip Royer, die mir beruflich so viel Freiraum verschafften, dass ich nach Indien reisen konnte. Bei Scott und Palm Feist und bei Rick und Sue Shiflet bedanke ich mich dafür, dass sie Samen pflanzten und auf den guten Boden vertrauten, bei Michael O'Brien für seine Freundlichkeit und Inspiration und bei all meinen Freunden und Verwandten für die finanzielle Unterstützung, ohne die dieses Projekt nicht möglich gewesen wäre.

Ferner möchte ich Wade Bradshaw, Keith und Claire Hume, Christy Tennant und Alex Mejias dafür danken, dass sie die entscheidenden Kontakte herstellten, die zur Veröffentlichung des Buches führten. Herzlichen Dank an John Grisham, der einem unerprobten Autor eine Chance gab und sich zunächst bereit erklärte, das Manuskript zu lesen, und mir anschließend durch seine unschätzbare Unterstützung so viele Türen öffnete. Dank auch an Eric Stanford bei Edit Resource, LLC, für seinen besonderen Einsatz als Buchdoktor.

Außerdem danke ich meinem Literaturagenten und Manager Dan Raines von Creative Trust, meinem Agenten für Auslandslizenzen, Danny Baror von Baror International, und all ihren wunderbaren Mitarbeitern dafür, dass sie an das Buch glaubten, es durch ihr Feedback formten und es schließlich den richtigen Leuten in die Hand drückten und auf diese Weise in die Welt hinausschickten. Mir ist es eine Ehre, euch alle zu meinen Freunden zählen zu dürfen.

Vielen Dank an meine hervorragenden Lektorinnen und Lektoren auf beiden Seiten des Atlantiks: Jane Wood und Jenny Ellis bei Quercus Books in London, Lorissa Sengara bei Harper Collins Canada und Nathaniel Marunas bei Sterling Publishing in New York. Ich habe euch das beste Buch gebracht, das ich schreiben konnte, und ihr habt es noch besser gemacht. Auch bei meinen Verlegern möchte ich mich dafür bedanken, dass ihnen das Buch und seine Botschaft am Herzen lagen und sie ihre finanziellen Mittel in meine Arbeit investierten.

Ganz zum Schluss, dafür aber in ganz besonderem Maße, danke ich meiner Frau Marcy, die mir zur Seite stand und vielerlei Opfer brachte, um dieses Projekt möglich zu machen. Liebe Marcy, nie werde ich den Tag vergessen, an dem du zu mir gesagt hast, ich müsse dieses Buch schreiben und zu diesem Zweck unbedingt nach Indien reisen. Vielen, vielen Dank, dass du an mich geglaubt und mich ermuntert hast, diesen Traum zu realisieren. Danke auch dafür, dass du mich auf die andere Seite der Welt hast reisen lassen und mir den Freiraum gegeben hast, den ich brauchte, um dieses Buch zu schreiben und zu überarbeiten. Ohne deine Weisheit und Güte würde dieser Roman nicht existieren. Ohne deine Liebe wäre ich nur ein Schatten meiner selbst.